清江大木商

黄承钧／著

作家出版社

引　子

吴寨是一个三面环山一面临水的大寨，三面的山陡峭而翠绿，河水清澈而平静。山上长满遮天蔽日的大树，巨塔一般指向蓝天，每棵树都像要撑开一个天的口子，把白云挂在树的梢头。两条江从崇山峻岭中的两个山洼挤了出来汇流在寨前，再向东淌了出去。山寨多是木楼，或三柱两层或五柱三层，一幢一幢地连着，时而间隔着几栋高墙青瓦围着的窨子屋，顺着山形地貌蜿蜒起伏地呈现或隐蔽在江边的山坳上山洼中，沿江木楼的吊脚一排排地伸到江边的石崖上，木楼就一半搁在街上一半映在水中。木楼夹成的街道，都是用青石或鹅卵石铺砌的，时而平缓时而陡峭。屋檐水把门前的石阶滴出了一排排的小坑，顺溜地流淌成无数小石槽，连着屋檐沟，一直通到河堤边。从中街到江边是一条巨石墁成的道，石阶都被过往的行人踏得玉溜溜的，又被人们水桶溢出的水泼得能映出人影来。河边的古榕树巨伞般撑开，一半像要把河遮住一半像要把寨子挡起来。

河边古榕下，捶衣的洗菜的妇女每天都聚着一帮人。吴江的婆娘提着一大篮衣裳一走下台阶就大声大气地说："你们今天见到了没，大队大队的人马从这里开过去了。天没大亮我到园里去讨菜，才蹲下来想屙泡尿，就看见一队大兵转弯过来，领队的骑着高头大马，各个都拿刀拿枪，明晃晃的，吓死人了，害我裤子都提不快，白屁股都被大兵看见了。"

婆娘们就笑得前仰后合。吴嫂一边扭着洗好的衣服，一边打趣地说：“你平时走路屁股就摇得像筛筛子一样，就是想拿给别人看的，大兵看看没有什么了不起。”婆娘们就起哄起来，要脱吴李氏的裤子，看看屁股有多白。

吴李氏倒严肃起来，用捶衣棒用力敲了一下石板，厉声说：“你们还笑得出来，怕要起战事了，打起仗来，大兵把你们掳去，一列兵用一个，看你们是笑还是哭。”吴李氏是从李家寨嫁到吴家的，她男人吴江是吴家管家的侄子，在吴家大院管着家丁，前些天就隔三差五听到了些风声。

婆娘们都围过来，听吴李氏说些什么就鸟兽散去了。河边没了捣衣的声音，也没了婆娘们打闹嬉戏的笑声。

吴寨突然就静了下来，家家关门闭户，婆娘们更是大门不出二门不迈，只在家里做些缝补浆洗煮饭炒菜的事，有时从大门缝里看一看街上的动静。只有几个大胆的男人到寨头的亭子里去望望风，议论的也都是打仗的事。几个穷得叮当响的光棍汉倒不怕什么，在街上逛来逛去，觉得无聊，也就都回去了，只听得见时不时传出的几声狗叫。

1

吴寨人祖上的祖上，本也来自吴越，因为厌恶战争，才逆流而上，历经坎坷，来到这个山高坡陡同时也山清水秀的地方，过着男耕女织打鱼捞虾、与世无争、平平和和的生活，并日渐富足起来。

吴寨当家人叫吴恭，恭俭勤勉一生，却也文韬武略、老辣干练，兄弟几个都住在吴家大院老宅。

吴家大院坐落在山围子中间的山梁上，左抄青龙右包白虎，后山龙盘虎踞地延伸着，面对最宽最平前不见头后不见尾的江面，河对面是郁郁葱葱层层叠叠的森林。据说吴家祖上在这里搭的也只是一个窝棚，在这里淘金发了迹，才建了一座大院。进入吴家大院有七级台阶，门楼上赫然“延陵堂”几个大字，是明万历年间巡府所题，两旁两个大石狮固守着门楼。大院有三进，进门一个大天井，一边是青石长条的花台，一边是雕龙刻凤青石板围就的鱼缸，旁边一口清亮的水井。两边窨墙一边书“清风明月”一边绘松鹤延年，墙上的吊兰时不时飘来阵阵清香。上五级台阶是正屋，门窗都是花鸟鱼虫图案的双层透雕。堂屋中间是神龛，供奉的是吴氏祖宗和孔夫子，左边是家训右边是族规。

吴恭请来吴检、吴勤、吴勉几位兄弟和大侄子吴中原，议一议朝廷军队过境的事。吴恭拱手作揖后一甩粗布长袍端坐在太师椅上，眉头有些颤动却两眼炯炯。他主张和处理过家里族里寨里及家、族、寨与外界大大小小若干的矛盾和事情，是少有疏漏和失误的，可朝廷军队过境这样的大事却是从未经历过。西陲闹独立和苗民抗税他倒是早有耳闻，但这是不是大军压境的全部成因他却是拿不准的。再则大仗打起来难免会殃及吴寨，又如何对付如何收拾，是必须未雨绸缪的。这是他这几天思前想后眉头不展和打定主意要请几位兄弟、子侄前来商量的原因。

三弟吴检听完吴恭讲完议事的意图后，第一个站起来说：“二哥想事做事缜密细心是对的，打仗确实也是非同一般的大事，但我觉得也未必如此多虑。朝廷开大军过来，要对付的也不是我们这样的人，再说我们素来与外界往日无怨今日无仇，应该是不会受到什么惊扰的。”

四弟吴勤展开皱起的眉头，看了看刚讲完话的三哥，说：“三哥说得有一定道理，但从朝廷军队过境的规模看，仗是一定要打了，而且打的是大仗。打大仗就必然会有生灵涂炭，有灾荒有饥民有匪患，还是有必要早作准备提前防备的。”

五弟吴勉没等吴勤的话落音，急忙抢着说道：“几个哥哥讲得都有理，大道理我讲不来，但我是习武之人，在武讲武，觉得还是多备些兵丁和刀剑是错不了的。也算是兵来将挡水来土掩，不至于到时乱了手脚。”

大侄吴中原在听完长辈们的议论后，端端正正地站起来鞠躬后说：“长辈们议事，本轮不到我说话。但听了你们的话，我也听出了点门道来。我觉得朝廷既然大举派兵进入西境，除了打仗平乱，还应该有占地扩疆和一统管理的打算。这后面的事是难以预料的，也只能是走一步看一步了，但这可能才是我们现在无法绸缪的更大的事。”

吴恭听着大家的议论，也不插言，最后站起身来说道：“大家都想到一块去了，二哥深感欣慰。那就三弟负责接济灾民，四弟负责联络周边防务，五弟负责招兵买马训练家丁，贤侄负责了解和观察事态动向，并为我初算一下开支项目。大家就各负其责分头行动吧。”

几天不见战事也无兵扰，吴寨又恢复了往日的平静。男人种田捞鱼，女人织布洗衣，街上人来人往街谈巷议，仿佛忘了大兵又仿佛大兵还在眼前。但接下来确实是灾民来了匪患也来了，而且来的人是一拨接一拨出的事也是一桩接一桩，吴寨是有备无患井井有条并无大碍。

过了些时候，一位身着长袍马褂的青年人一早便登了吴府的门，此人眉清目秀温文儒雅，眉宇间藏有几分精明和干练，后面跟着一位挑夫。一进门便熟客一般叫道：“吴掌柜在家吗?”

吴恭见有客来访，急忙迈出堂屋迎到门前。“请问贵客有何贵干，莅临寒舍?”

“鄙人李万山，未曾通报，冲撞府邸，失礼了。”

吴恭急忙回应：“有客自远方来不亦说乎，请先到堂屋坐下喝杯茶，解解乏吧。”

李万山随吴恭进了堂屋，双方作揖拱手礼毕落座太师椅上。李万山招呼挑夫把带来的东西担进屋里，放在板壁边，便打发挑夫走了。

吴恭招呼张嫂先端上侗乡油茶，再去备些酒菜，以待贵客。

李万山急忙起身弯腰作揖道：“不请自来，打扰贵府，已是十分失礼了，怎敢再劳驾掌柜的。将来我们打交道的日子还长，下次我定当亲自登门请你。今天算是认认门，道明一下来意吧。”

吴恭起身请李万山坐下，回道：“来到侗寨进了侗家，就不要匆匆地来匆匆地走了。有什么话坐下来慢慢说，也算是陪我打发打发时光吧。”

李万山说道：“那就不好意思，打扰掌柜的时间了。”然后接着说，“我家远在吴越，是听在军中当差的表弟介绍过来的。没曾想贵地竟如此山美水美，真是让人乐不思蜀的好地方。尤其是杉木，漫山遍野、经纬巨大，是我们那里望尘莫及的，我们缺的也就是这样的好东西。这次来就是想把吴越的东西运些来，换些木材回去，还望老兄成全。”接着把担里的丝绸陶器拿出来，摆在吴家堂屋的八仙桌上。接着说，“今天带了些小东西，算是见面礼，事情办得成不成，绝没有为难兄长的意思。”

吴恭见李万山从担子里拿出东西，脸一下红到了脖子根，忙答：“这可万万使不得，我们这里的杉木长在山上，你看中哪棵拿走就是，哪有换不换的，让人听见笑掉大牙，还说我吴恭是个财迷心窍的吝啬鬼呢。带来的东西你拿回去，我们这些山野农夫不在田间就在河里，不是一身汗就是一身泥，吃饭喝水也都是大碗大瓢的，哪里用得上这样好的东西，算我心领了。”

李万山见状，一时不知如何是好，显出一脸尴尬的样子。说道：“我在这里无亲无故，连个落脚的地方都没有，难不成我又把东西担回吴越去？我来这里要换的东西不在少数，所以打算坐下来的日子也不是短时间，算是先把东西寄放在贵处行吗？”李万山见吴恭没有执意反对的意思，接着说，“我这次来找你商量办的事其实是件大事，办成了不仅你的家庭家族会更富起来，整个寨子都会很快富起来。”

吴恭听说能有很快让全寨富起来的事，慢慢动了心思。问道：“在我们这个山沟僻壤里，还会有什么能让全寨人很快富起来的好事？”

李万山见吴恭心里有了一些动静，就开心地说：“这样的事远在天边近在眼前，这茫茫林海就是摇钱树聚宝盆，这是你们的金饭碗啦。”李万山慢慢开始细说这杉木的质地品相及在中原的用途，吴越是如何需要。也是隐去了一些关于这些优质杉木是如何珍贵如何有价值的说法。吴恭仔细听完李万山的叙说，疑惑地说：“我小时候倒也听到征用‘皇木’的说法，说是把这边的木材运到京城去修宫殿，但不是在我们吴寨，我就觉得是人们编的故事。现在这倒变成真事了，这样大的木材如何运往远隔千山万水的吴越哟？”李万山站起身来，面朝门外向东远去的大河，轻声慢语地说：“我怎么来的这木材就怎么去。”吴恭还是表现出不解。李万山从行囊里拿出一张图来，展在八仙桌上，对吴恭解说起来。说：“你看你们家在清水江边上，这条江属长江流域的一条支流，流经洞庭而入长江，下游就是我的家乡。”吴恭似乎听懂了点什么似乎又不懂，一会儿点头一会儿又摇头。李万山继续说：“采伐下来的木材得要集中到码头，扎成大的木筏。在春江涨水的时候，顺流沿江放下去，到了目的地再解开筏子抬上岸，按照当地的需求截成段，就能成为商品卖给需要的人家了。”对木材怎么走，吴恭倒像是听懂了一些。但对这样大的木材连成大筏能放到千里之外去还是心存疑虑的。听说能变成商品，就更是一头雾水了。干脆就不再问这完全不懂的事，再问道：“那木材砍多了，林子不是越来越少了吗，这样对老祖宗和子孙后代都不好交代哟。”李万山就开心地笑了。说：“吴掌柜还真不愧是族中寨中德高望重的好领头人啦。做事深谋远虑，想着大家更想着后人，看来我来找你是找对了。”李万山就显得轻松而兴奋地继续说，“把树砍来变成钱，大家的日子就好过了，这是当下的事。树砍了，是可以种的也是要种的。据我观察你们这里的土壤和气候，只要树子种得好，不出二十年，就又能长成大树，这是长久的事。”吴恭心里像受到什么外来力量的揉动和冲击，有一种舒展开来的轻轻颤动又微微作痒的感觉，说：“过去我们就知道砍树修房子，还真不知道这树子能卖得出钱来。更不知道种树，而且种的树还会有这样的生长速度。看来，我真是闭目塞听才疏学浅了，也只能以后慢慢学了。那我们就谈谈具体的吧。”李万山顺手拿起八仙桌上的两样东西，说：“你看这陶器就权当是你们的木材，这丝绸就是吴越的产品，开始时我们可以分别论价来进行交易。你们需要什么，比如丝绸、陶器、盐等等，市面上大体有个价，也可以共同来商量确定，木材也要按质量按径级大小议价定价，双方按共同认定的价格来进行交换，以后你们如果想要钱不要物了，就直接进行买卖。如何交换或买卖法，我们都要把它写在纸上，订立合约，当然还有交货的时间地点等，共同商定共同遵守。”吴恭看着李万山的比画，听着他的讲话，眉头忽而舒展开来忽而皱起来，两手摩擦着，说：“好倒是好，但这对我们来说是个新东西，也是个大事情，容我想想也和大家商量商量，你看如何?”李万山立即回道：“这是情理中的事，只是请为兄放在心上抓紧一些，事能办成的话，好趁春水涨时把第一批木材运下去。我们那边太急需这样的木材了。”吴恭也赶忙说："那是自然，那是自然。"说完，两人才吃了早就摆在桌子上的侗乡油茶。李万山走后，吴恭闷在屋里想了很久，越想越复杂，越想头越大。毕竟这样的事情自己未曾经历过，就是老祖宗也没有经历过。就想最近是怎么了，这没经历过的事总是接踵而至。难道真应了大侄子的那句话，朝廷出兵西南边陲，会改变我们的生活会改变这世道，他突然就怀疑自己老了吗见识少了吗，怎么这脑子就不够用了呢？他慢慢踱出屋来，到后山的林子里待了很久，看着这些参天大树盘根错节巍然屹立，就觉得难道这外来的风竟有如此的神力，能把这千年的古树带到外面去。吴恭走出林子独自来到河边，他知道，这河水表面看似平静，但却往往潜伏着漩涡和暗流，尤其是涨水季节，山洪下来汹涌澎湃摧枯拉朽，那力量是不可阻挡的。他似乎悟到了点什么，觉得脑子身子都轻了一些，放开了步子向吴家祠堂走去，他想一股脑地把最近的心里话向祖宗倾吐出来。

吴恭进入祠堂，恭恭敬敬地点燃了香烛，行了叩拜之礼，也不站起来，就把最近发生的事，自己是怎么想的，打算怎么做，和盘托出地告诉了祖宗。只见几支烛头跳了跳，又恢复了平静，香都均匀地燃烧着，他觉得老祖宗没有怪罪的意思，心也就慢慢地静了下来。他站起身来，先用针把油灯拨得更亮一些，然后逐一抚摸着祖宗的牌位，似乎在告诉祖宗，我要做你们没做过的事了，我要动用你们留下的百年千年古树了，会不会冒犯你们呢？但我想做是为了你们子孙幸福，为了吴寨大家富足的事，如果出了差错，敬请理解和原谅。

吴恭觉得，大侄子知识、见识要多一些，脑子要活泛一些，决定先叫他来听听他的意见。大侄子是长兄的独子，长兄过世得早，是长嫂把他拉扯大的，吴恭也把对大哥的尊重和思念倾注在对侄子的好上，从小给他请了私塾先生，长大送到城里去读书，而且品学兼优。只是为孝顺母亲才回了家，是个出了名的孝子和知书达理的后生。

吴恭把大侄子叫到身边坐下，把吴越李掌柜来家的事一五一十地告诉了侄子。吴中原两手放在膝盖上认认真真听着二叔的叙说，虽不插言，脸上却掩饰不住情绪在心里的起伏波动。他觉得在城里读书时知道的中原文化对边地的影响是不可逆转的了，只是不承想到来得这么快这么突然，这么让人惊诧令人心动，心里也就少了些底气和主意。但紫气东来浩浩荡荡，顺我者昌逆我者亡这句话的意思他懂，就像这清水江的水向东而去是不可逆转的，他对怎样谈自己的看法心里就渐渐有了底数。

吴恭讲完要听大侄子的看法，吴中原端坐椅上，两手扶膝，眼睛看着吴恭，说："这样的大事还得二叔拿主意，不过我看得出二叔叫我来，心里已经有了十之八九的想法。二叔是办大事的人，怎么想怎么做当侄的都会附和和拥护。我只是想提几点想法供叔斟酌：其一是这树在这里不仅我们家有别人家也有，李掌柜先找你谈是看中了你在这里的影响力，如果你拒绝了或犹豫了，他就会去找别人谈，别人占了先机，我们就被动了；其二是得要了解一下李掌柜究竟要多少木材，是长时间要还是短时间要，我们好找相应的人家来商议，也好准备劳动力和其他的各种工具、材料；其三是做生意我们的确是外行，那门道莫说摸不着就是看都看不见，是不是得派人出去看看行情学点经验。反正我觉得，像我们这样完全封闭在山里的日子是不会太长了，早点与外界接触接触，学学外面的东西是有好处的。"吴恭听完大侄子的意见，好像心里也开窍了许多，就说："到外面去学学的事非常必要，但李先生说木排要在涨春水时才能放得下去，木材从采伐到扎排到运输又还要一段时间，看来这第一笔生意先学再干是来不及了，就一边干一边学吧。只是你几位叔叔的意见能不能统一得起来还是个问题。"中原也表示赞同，就说："他们怎么样，再说吧，反正我听叔的。"第二天，吴恭一大早就叫来几位兄弟和大侄子商量做木材生意的事。吴恭话没讲完，吴检就插言说："这山上的树是祖宗留下的，那就不光是留给我们还留给了子孙，我家名下那份我是不好擅做主张，还请为兄谅解。"吴勤有些犹豫地顿了顿，说："三哥讲的也在理，但二哥讲树砍了还可以种，我觉得是可行的。我就是担心做这件事我们太外行，做起来太冒险，所以我也想先看一看。"吴勉急匆匆地说："平时我都随二哥，这次我就随三哥四哥吧。"说完看了看吴恭。

吴恭把自己想到的事该讲的话都讲了，觉得做这件事自己本身就没有多大把握，只是作为家长族长，这样关系家和族的长远大事，又不能轻易放弃，所以这个责只有自己来担这个险只有自己来冒，也就不必勉强兄弟们了，就说："那就这样吧，这第一笔生意确实应该有风险，我和大侄子先做，做成了我们大家以后一起做，万一做亏了或做不成，损失我一个人赔，但忙不过来时还请兄弟们都搭把手。"讲完话，大家都围过来看李先生从吴越带来的东西，都赞不绝口，觉得这些东西确实精致确实好。

当天下午，吴恭就把李万山请来商量确定双方木材交易的事。李万山觉得吴恭确实是个想事长远做事果断的人，值得长期打交道，就草拟了第一份让吴恭尽量不担风险的合约。比如木材到河边验收后即付木价款，顺江而下的途中风险由买方自己承担；木材采伐劳务费用由卖方负责，但若发生大的事故，费用由买方帮助负担一半；放排的劳务费用以及途中发生的其他各项费用全部由买方自行负责；木材到吴越出售后，若发生亏损由买方全部承担，若有盈利，卖方得四成买方得六成。吴恭叫侄子过来斟酌过，觉得李万山已处处为他们着想，把风险都留给了自己，反倒感到有些歉疚和不安。李万山就说："你们这样想大可不必，其一，我生意做得早，本钱比你们大得多，抗风险的能力也就强得多；其二，我图的是长期合作，长期合作的前提就是以诚相待，谁也不要亏了谁，大家都有钱赚；其三，只要这批木材不遇大的洪灾风险，基本按期到达，我还是能赚钱的。"吴恭和李万山就高高兴兴地签了第一个合同，并把几个兄弟叫来，畅饮到二更才分别散去。

合同一签订，吴寨就热闹了起来。按照自愿结合互利互惠的原则，寨里组织了采伐队、放排队，婆娘们也加入了送饭洗衣的行列，外寨一些亲朋好友和愿出劳力挣钱的人也来了。吴寨的人气前所未有地旺起来，山上采木的拉箱的，河边锯木的扎筏的。砍树的声音倒树的声音拉箱叫号子的声音，锯木头的声音扎筏子敲榔头的声音互相叫唤的声音边劳动边唱歌的声音此起彼伏，打破了吴寨静静山林千年的寂静，静静流淌的河水也欢跳起来，似乎它所静静叙说的千年吴寨故事，承载的千年吴寨文化，在这个时候要重开一个新的篇章了。

2

河边老码头婆娘们的聚集地也热闹了起来。

吴李氏提着一大篮衣服一走下老码头的石阶，婆娘们就围过来问：“听说你家男人领头上山砍树，当了采伐队的队长？”

吴李氏一开始故做忸怩状，回道：“什么队长不队长的，这外乡来的新名称我也听不懂，反正不就是活路头呗。”接着抬起头看了看大家，又说，“那倒也是要老爷看得起，活路头当然也不是哪个都能当的。”说着把一篮衣服放在了河岸边的大石板上。

人们就附和说：“是啊是啊，吴大哥不仅能干，得到老爷的赏识，为人也好，我们都喜欢他。”

吴李氏把衣服泡进河水里又捞上来，用脚踩着，说：“好哇，你们都喜欢他，那就嫁过来做小吧，我当你们的大姐。”

姐妹们见吃了亏，就对吴李氏你揪一把我捶一下地打闹起来。

吴嫂分开人群，说：“不闹了不闹了，问问正事吧。”就问，“你家吴江知不知道砍树的份子钱有多高呢？”

吴李氏想了想，说：“我也只大概其地听到一点，说做一个月下来，至少要顶得上过去做半年的活路。”

有人又问：“那扎筏放排的呢？”

吴李氏用皂角擦在浆洗的衣裤上，边搓边说：“那我就不晓得了，据说比上山的少不了，没准还会多些。”

有男人参加的就兴高采烈起来，没男人参加的就说：“你们倒真是好了，除了男人做事得钱，晚上还没着压了。”

吴嫂对正在翘着屁股搓衣服的吴李氏噘噘嘴说：“那些大奶子大屁股的人，晚上没人压怕会睡不着嘞。”

吴李氏偏过脸来看着吴嫂，用手抹一把汗水甩在河里。说：“反正睡不着我就跑到吴嫂家去睡，吴大哥的能耐估计也大不到哪里去，我还怕不成。”

吴嫂走过去把蹲着的吴李氏拉起来，两手扶着吴李氏的双臂，说："那就这样说定了，你过来我就腾床给你，我就是怕受那死鬼没完没了的折磨，你来帮我出口恶气，消消他的气焰。"

大家就附和说，你们要说到做到，我们都是证人。洗菜的几个大姑娘，听得耳根都发了热，赶快收起菜篮子走了，几个婆娘就更加放肆起来，三下五除二地把吴李氏脱得赤条条的，扔进了河里，又要来扒光吴嫂。

吴嫂是个又白净又丰满的女人，瓜子脸双下巴，长长的柳眉下一双大大的眼睛。吴嫂就说："不要劳你们动手，我自己来，就怕你们看了我的大奶子，跟你们那些鸭蛋鸡蛋般大的奶子比起来，你们觉得害羞。"边说边脱光自己，用双手托住乳房抖了几下，一个猛子扎进了河里，拉着吴李氏像两条大白鱼潜入碧波，游到对岸蹿到树丛里去了。

山上采伐木材的窝棚里和河边的木筏上，晚上都多了星星点点的亮和哼着唱着的山歌声。

晚上，睡在窝棚木板床上的吴月偏过头来问吴江："江哥，你想嫂子了？我看你这几天总是翻来覆去地睡不着觉。"

吴江反手撑着床板，半立起身，又扭了扭脖子，然后躺下来对吴月说："小老弟也算猜对了一些，平时都抱着一个软绵绵的女人睡觉，烦了累了发泄发泄就缓解了许多，高兴了摸摸抱抱就轻松了许多。可现在这一醒来，听到的只是山雀和山虫的叫声，抬头只看见星星月亮，身边空荡荡的，不想那是假的。"

吴月看到吴江看他，便把面朝上的身子蜷曲起来，不好意思地侧过身子，问："晚上抱起个漂漂亮亮的婆娘睡觉，是不是舒服得很喽？"

吴江就打趣地说："看来小老弟是真没沾过女人？那真可惜，我像你这么大，都上去了。"

吴月把手伸到身下，又腼腆地问："上去就是干那事了？"

吴江觉得心里也有些热燥，就说："小老弟是雀雀硬得受不住了吧，想听那些事得很？"

吴月见吴江问得直接，心里又有一种朦朦胧胧的渴求，也就不加掩饰地说："看着女子走路那奶子甩荡甩荡的，屁股扭来扭去的，就会有一种冲动。"

吴江咳嗽了一声，清了清嗓子说："那是自然的，赶快找钱讨个婆娘吧。免得天天干想难受。"

吴月叹口气说："这人穷了，想也不是白想吗。哪里像江哥那么有福气，这边吴掌柜这般的信任，那边嫂子那般的漂亮，好事都让你占全了，我们是只有等下辈子喽。"眼睛就看着屋架的天棚不动了。

吴江坐起身来，扭动着腰杆，说："小老弟年纪这么小，怎么就讲出这样泄气的话来，只要人聪明勤快，肯想事能做事，以后找了钱，修了大房子，还怕讨不到漂亮的婆娘？但先要把事做好，才是真的。你说吴掌柜信任我，这不假。正是这信任才是我睡不好觉的原因了，木材从采伐到拉到江边，都是我们的事，又要在春水涨之前全部把木材运下山，工期催得紧得不得了。这样大的木材要从山上砍下来，拉到山下，送到江边，要挖槽要架箱，要人拉肩抬，这些我们都没有什么经验，又怕兄弟们砍着扭着摔着，还真是难着我了。"然后又摇了摇头扩了扩胸。

吴月才蛮是佩服和同情地说："我们平时只管做直活路，还真不知道有这么多你要操心的事情。我这人没有什么大的念想，只想通过自己这双手的劳动，将来能修个房子安个家，有个知冷知热的婆娘暖暖脚，就算我的造化了，也是江哥帮忙我才有了这个望头。以后只要小弟能做到的，江哥你只管吩咐，我一定尽全力去做。"

江面木筏的窝棚里，吴志强问吴中原："哥哥，听说这木材要运到吴越去？"

吴中原回说："是啊。"

"听说那里的江大得很地也平得很？"

"书上是这么说的，我也没去过。"

"说那里的寨子大得不得了，随便都有几十上百个吴寨大。也不叫寨子，都叫什么县什么郡，还有什么府什么衙门，会不会是真的哟？"

"是真的。那里就是三国孙权定都称帝的地方。"

"那《三国演义》中写的吕布和貂蝉，一个英勇无敌一个美貌过人，也是真的咯？"

"小说故事是这么写的，历史也大体是这么讲的。""这辈子要能像吕布就好了，又有大出息又娶大美人。”“你现在努力也不迟嘛。”吴志强就岔开了话头说：“都说吴越出美女，好像貂蝉不是吴越的。”

“貂蝉不是但西施是。”

“西施到底有多美哟?”

“我也说不好，反正书上讲有‘羞花闭月之貌，沉鱼落雁之容’，花和月见了都不好意思，鱼见了沉下去雁见了落下来，你就去想吧。这样美的人我们就没见过，怎么想得出她有多美嘛。”吴中原感叹地回答。

“那这次我们有机会去了吴越，一定要到她的家乡去看看，说不定能见到几个西施的后代，也是能饱饱眼福的。”

两人在谈论中美美地睡去。第二天，吴志强把垫单和被子都晾出来，上面还残留几块不规则的印子。

3

一大早，吴恭就邀约李万山来到河边看扎排的情况。太阳刚刚升起来，像被水洗过，透明透亮的，把江面染得绿中泛红，耀眼的明亮和光鲜。江面浅水湾的木筏已扎了两层，粗的木材二人以上都抱不拢，足有三四层楼高的长度，从岸边排到了江心。朝晖的光和色，抹在木筏上，黄澄澄水灵灵的，格外喜人。

李万山看着这又粗又长光溜溜直挺挺的木材，赞不绝口，对吴恭说：“看到这筏子我就有一种莫名的激动，在吴越我就没见过这样大这样好的木材，莫说是民间用，就是拿到皇宫建宫殿，那也是没得说的。怪不得过去要在这边征‘皇木’。”李万山掩不住满心的激动和感激接着说，“我知道，这里面有你们这里木材自然的好品质，更有你们这里人们诚信善良的好品质，还有你对我那份真心实意的兄弟情义，把最好的木材都选来了，这些我都是看在眼里记在心里的。”

吴恭听李万山说完，一跃跳上一块刚扎好的木排，用力在上面蹬了蹬，木材发出咚咚的响声，水面泛起了微波。高兴地说：“承蒙兄弟夸奖，这木材好是真的，人好我也认，但我觉得这是做人的本分，无需挂在心上。否则，我反而心里过意不去了。”接着看了看李万山，说，“我倒是想问问，这木筏扎得怎么样，合不合乎要求。”

李万山正低下头来看木排的接合处，并用力掰扯着缆绳，听吴恭问话，才抬起头来，回说：“很好很好，我来看时就特别注意这个事，这是关系安全的大问题，排要是扎得不好，在途中打散了，是要出大事的，那时就晚了。你的人都很听招呼负责任，学得快做得也好。”

吴恭跳下排来，与李万山一起看木材连接的情况，然后舒了一口气说：“那我就放心了。主要是你带来的师傅很在行很严格，严师才出高徒。看来以后我们要学的东西还多得很，你来办这件事，不仅是教了我们做生意，还教了我们很多技艺，开了我们的眼界，这些都是需要感谢你的。”

李万山捡起木排上的一把木棰，敲了敲连接木排的抓钩，说：“这些都是粗活，是些熟能生巧的事情，谈不上传技艺。我倒是觉得你这人不仅心细，更重要的是从细枝末节的事上看到大问题。最是值得我钦佩。”然后继续说，“我都恨我怎么不早些认识你哟。”

吴恭用双手相互拍打了一下手上的尘土，又蹲下来把手伸到水里洗了洗，说：“我说的是心里话，比如山上的采伐，斧砍锯锯的角度方向，你们的办法既节省劳力又保证安全，倒树方向的精准让我不得不佩服。还有拉木材，没有你们架的那种箱，那些大木材是运不出来的。再看这水上的木筏，这么大这么多的木材要连起来，既要相互联系又要相互平衡，筏与筏之间也要牵拉连接。这些看似粗活，其实是长期劳动的总结，就变成了技巧。看来，我原来对这些木材运到吴越去的担心完全是多余的了。”

两人谈话时，正在指挥截木扎筏的吴中原走过来，躬身叫“两位叔叔好”就又自顾忙事去了。

等吴中原走远，李万山对吴恭说：“你这位侄子，我观察好久了，是一棵难得的好苗子。不仅懂得礼数谦虚好学还很有思想和主见，经过一番磨砺，是个能成大器的人。”

吴恭看着吴中原的背影，说：“我们总有老的时候，我也在有意锻炼和摔打他。你这个当叔的对他也要严加管教，可不能宠他惯他。”

李万山回说："那是一定，那是一定。"

说话间，一抹朝阳映照江面，河湾波光粼粼，木筏从浅滩连到了远山的杉林，近处的橙黄与远处的翠绿在一碧清水的映衬下，出奇的光鲜明亮。

管家吴伯带着一拨人正一边谈笑风生，一边向河滩走来。老远就听人叫道："吴恭兄弟吴恭兄弟。"这是李家寨的几个老朋友，领头的叫李方舟，也算远近闻名的大户才子。

吴恭急忙拉着李万山迎了过去，拱手说道："哪阵风把贵人吹来了，也不招呼一声，岂不让吴恭失礼了吗。赶快回寒舍一叙，赔个不是。"

李方舟看到吴恭他们正在忙碌，回道："兄弟这是哪里的话，我们几兄弟是去走客回来，途经贵地，看到这山上江边热闹非凡，生了好奇之心，才不请自来，惊扰了兄弟，该赔不是的是我。府上今天就不去了吧，以免耽误了兄弟的事情。"吴恭突然想到还没对客人进行介绍，忙把李万山拉到身边，说道："你看，我们忙于兄弟见面，倒把远道的客人冷落了，真是失礼得很。我来介绍一下，这是吴越来的李掌柜，就是他来把我们这里搞热闹的；这是我们这里远近闻名的李掌柜，名方舟，人如其名吧。"

李方舟拱手向前一步道："原来是一家人，今日有缘相见，幸会幸会。"李万山急忙回道："久闻大名，今日得见，幸会幸会。"李方舟问："万山兄弟是官家人？要这么多的木材像是修衙门修宫殿。"李万山笑了笑回道："惭愧惭愧，哪是什么官家人，只是做些小本生意，走南闯北漂流四方，今天到贵地来讨口饭吃，还请为兄多多关照。"李方舟说："兄弟过谦了，一看就是见多识广做大事的人，出手就是大手笔。好多事以后还请多多赐教。"吴恭插言道："你们就都不要客套了，今天是难得的缘分，大家平时各忙各的，不是老天安排还难得聚到一起来，定当到寒舍喝杯薄酒，叙叙旧。再则，吴地李掌柜的事，我还正想请李兄伸把手帮个忙。"李方舟听说有要托自己做的事，也不好推辞，急忙谢说："那就恭敬不如从命了。"吴恭吩咐吴伯先回去准备，说一个时辰就过去吃饭。大家沿途边看边议，说些木材交易的情况和吴越新奇的事情，不知不觉到了吴家大院。吴恭叫摆上酒席，抬上一大坛十年的糯米酒。桌上的菜是侗乡的腌鱼腌肉，河里的剑鱼青鱼，山上的山鸡野兔。吴恭说："在这山野乡间，也没有什么美味佳肴，就只能是这些简单的土产品了，粗茶淡饭薄酒一杯，怠慢了贵客，敬请原谅。"吴恭把少许酒洒在地上，算是敬了天地祖宗，仰脖子干了第一杯，说："先饮为敬，请各位赏脸。"大家站起来说："谢吴掌柜款待。"一起干了第一杯。酒一下喉，李方舟就说："吴兄弟真是用情的人，光这酒就是不下十年的老重阳，而且是上等佳品，这是用来办大喜事的，我们今天是撞了嘴时运了。"吴恭站起来鞠了一躬，摆摆手说："看李兄说的，自家酿的土酒，蒙为兄的不嫌弃，我已十分高兴，今天我们就来个一醉方休，如何？"大家就说："这样好的酒和菜，不醉就暴殄天物了，当然是不醉不归。"吴恭接着说："我今天做东，冒犯李兄，先邀了第一杯，这第二杯定当请李兄赏脸赐大家一杯了。"李方舟站起来说："兄弟太客气了，蒙兄弟抬举，我就借兄弟的酒敬大家一杯吧。第一是祝吴恭兄弟，家庭兴旺发达年年五谷丰登；第二是祝万山兄弟，生意兴隆通四海财源滚滚达三江。"大家齐声应和，干了第二杯。吴恭用筷子点点菜说："大家别光喝酒，吃菜吃菜。"大家吃上菜，李万山说："这侗乡的菜，绝不是我奉承夸奖，我确实走过好多地方，尝过不少美食，像这样有特色开胃口的菜，我是来到这里才得享用的。"大家就说吴掌柜家的菜确实独特鲜美，今天大家是享口福了。李万山接着站起来说："蒙大家收留和鼎力相助，我今天得以在贵地做些事情并和兄弟们邀杯共盏，实是三生有幸。我真心地借吴兄这杯酒敬各位，祝大家家兴业兴、万事胜意。"大家高兴地干了第三杯。吴恭接着站起身说："三杯已过，我先来走一圈。"端杯走到李方舟面前说："李兄年长，先从兄长开始。"接着用酒壶为李方舟添了酒，李方舟急忙站起身来，与吴恭碰杯一饮而尽，两人都把酒杯翻过来，没有一滴下落的酒，都相互一笑。吴恭再把李方舟的酒满上，然后说："刚才在河边我说有事有求于兄长，是这么回事，万山兄弟用吴越的产品来与我们的木材进行交易，也可以直接用钱买卖。要的量比较大，而且这种交易不是一天两天一次两次，光我这点木材是远远不够的。我想了很久，无论从资源上还是从人的开明上，你与我是最适合共同做这件事的，具体怎么做，还是万山兄弟说得更清楚一些。”

李万山向在座的表示谢意后说：“吴越那边现在发展很快，到处都在建房子修庭院，很缺木材，尤其是缺你们这里这样好的木材。但那里有这里没有的一些好东西，互通有无对双方都有利，我这次来就是做这件事的。”他接着简练而清晰地介绍了双方进行交易的一些具体做法。并说，“这第一批交易看来是赶不上了，正好也让你们有一段考虑和商量的时间，还请方舟兄鼎力促成，拜托了。”

李方舟边听边点头，听完后说道：“过去这木材长在山上，我们就是用来修修房子，顶多做点家具，想不到还能换成钱财，真是好事。就是有一点我比不上吴恭兄弟，我家还有老人健在，还得经他老人家点头应允，我回去定当竭力说服老人办成此事，也好让我们兄弟更多一些相聚的机会。”大家推杯换盏直饮到日落西山才依依不舍散去，吴恭和李万山把李方舟兄弟一直送到村口码头边，双方说了些客套话才各自回了家。李方舟与几兄弟在路上，一直议着吴恭的客气李万山的精明，议着吴越的产品和木材交易的事，大家都说这是难得的生财之道，说吴寨敢办的事我们也应该能办，不过这破天荒的事就怕老头子的关难过，李方舟是长兄，也能说会道，就一致推举李方舟去做老头子的工作。

4

端午时节，汛期逐渐到来，第一批启程的木筏也已准备停当。吴寨杀了牛，沿江排开香纸蜡烛，以隆重的仪式祭了天地水神，谢了吴氏祖宗。鞭炮声响了一个时辰，全寨男女老少一起聚到江边祈求神灵护佑，为放筏队送行，周边寨子的人也都过来看热闹，到处挤得人山人海水泄不通。吴恭和李万山登上排头拱手向乡亲们致谢，都显得非常激动。随着九门火炮齐鸣，排成长龙的木筏缓缓向东流去。

人们刚刚散去，几个婆娘就议论开了。吴嫂说：“你们这些人是少见多怪，看到排上的男人打个光统统，就觉得稀奇了是不，男人个个一样，没有什么稀奇的。”婆娘们就说：“吴嫂就见过这样多男人不穿衣服裤子？”吴嫂被问得哑了口，就说：“那倒不，但他们也就像光不溜秋的竹竿一根，个个差不多，没有什么好看的，不像我们女人，该大的大该小的小，才叫好看。”灵芝就说：“也有不一样的，人家那个也是有的大有的小。”吴李氏附和道：“有些男人那东西，确实不像人的，看着怪吓人的。”吴嫂就说：“你这样的婆娘，还能被吓着，那就怪了，怕是喜欢都来不及哟。”接着说，“这几天吴江下了山，我看你眼圈都是黑的，怕是打夜功了吧。”吴李氏是个直人，就说：“那死鬼一下山，什么都不干，就猴急地把我拖上了床，搞得我都求饶了。”吴嫂就说：“这话你肯定是说倒了，人都说只有累死的牛哪有犁坏的田。”吴李氏就说：“吴嫂不信我也说不清，要不今天我把他灌醉了，你来当我的替身，看是牛死还是田坏。”大家就说，这个办法好，吴嫂就不再说话了。桂花慢悠悠地唱起了一支歌：“妹是塝上一丘田，整整荒了十六年，若是哪个来耕种，不烂犁头烂犁椽。”

吴中原和吴志强们的放排队，经历了险滩峡谷、惊涛骇浪，终是有惊无险，出了黔境。山慢慢小去，江渐渐宽起来，进入了洞庭。

吴中原和吴志强站在排头，看着大山外不一样的景象，心潮澎湃、热血沸腾。

吴中原对吴志强说：“过去读书，知道洞庭鱼米乡，却不曾想到有这么广大这么浩瀚，这么连天波涌动人心魄，让我想起孟浩然的一首诗来。”

吴志勇知道也很欣赏哥哥的才气，就说：“念来听听嘛。”

吴中原就念起来：“八月湖水平，涵虑混太清。气蒸云梦泽，波撼岳阳城。欲济无舟楫，端居耻圣明。坐观垂钓者，徒有羡鱼情。”

吴志强一边贪婪地看着洞庭湖的湖光山色，一边学着吴中原摇头摆脑的样子，听完后说：“哥哥真是才子，离开了学堂，这些诗都还能记得下来。我读书时听先生朗读过，略懂一些意思，觉得与我们这些长大了拉牛尾巴的人相去甚远，也就早还给先生去了。”

吴中原很感叹地说：“孟浩然的这首诗写得很委婉，但却把洞庭湖写得很开朗、容纳、浩瀚，真是一首写洞庭的难得的好诗哟。读书时终究只是读，今天到了这里才真是觉出这首诗的韵味和意境了。”

吴志强又问道：“诗中说波撼岳阳城，那岳阳就在洞庭边上喽？”

吴中原说：“是啊，岳阳楼有这大湖的衬托，所以才有那样的气势，也才有了范仲淹在《岳阳楼记》中留下‘先天下之忧而忧，后天下之乐而乐矣’的千古名句。你看那心胸那气度，是不是像这湖泊波涌浩瀚、无际无涯，真是让我们这些后辈人只能望其项背，汗颜得很。”

吴志强听后也觉很是感叹和激动，就说：“你再把范仲淹那段写洞庭湖的背来听听，让我也来分享一下他的气魄和胸襟。”

吴中原就端立排头，润润嗓子，对着洞庭湖声情并茂地朗诵起来：“衔远山，吞长江，浩浩汤汤，横无际涯；朝晖夕阴，气象万千，此则岳阳楼之大观也，前人之述备矣。然则北通巫峡，南极潇湘，迁客骚人，多会于此，览物之情，得无异乎。”诵着诵着，就觉鼻子发酸，要掉下几滴泪来。

吴志强被吴中原动情的朗诵所感动，说：“中原哥读古人的东西就能那样入得境界，又见景生情，真是个有情有义胸怀大志的人，将来定能成就大业。”

吴中原掉过头来，不好意思地说：“这不过就是学了点读书人那酸溜溜的劲，让兄弟见笑了。”

吴志强又问：“这里三国时归属哪里。”

吴中原用眼睛扫了一下湖面和远山，面朝北面，说：“这肥美之地，是三国时你争我夺的地方，主要归吴国，上去是江汉平原，归魏国。再上去是蜀地，那里的成都平原也是富得很啦。”

吴志强就说：“三国这三雄鼎立所占之地确实美丽富饶。”又说，“这人的眼界，就如同这江面这平原，是要走出大山，才能开阔起来。”

吴中原对吴志强投去平日不一样的眼神，说：“兄弟真是聪明有悟性的人，刚刚走出大山，说话就不一样了。俗话说‘人不出门身不贵'，看来这话是很有道理的。”

吴志强转过话题说：“我看这边的人穿着打扮跟我们那边的不一样，气质也不一样。”

吴中原点头说：“是的，气质在知识和见识，你以后也会和现在不一样的。”

吴志强捏起双拳举过头，抖了抖，说：“我也是这样想，要是以后运气来了，将来在外面讨个婆娘，回家也能风光风光，土里土气的也配不上人家。”

吴中原看着吴志强被山外世界激发起来的劲头，很是高兴，说：“古人讲，书中自有颜如玉，看来你是想通过自己的努力，颠覆这个道理了。”

吴志强略带羞涩又兴致勃勃地说：“那倒不是，我是怎么都不敢跟哥哥比，将来的嫂子一定是如花似玉的大美人。我就觉得这外面的女人，你光看她走路，腰柳一般柔软，胸鸽一般白嫩，看了都让人心动，晚上就会不由自主地臆想搂着这样的女人睡觉的感觉，害得我这几天短裤都脏了好几条。”吴中原觉得身子也热了起来，说：“我们都累了，休息吧。”两人就不再做声了，被子里发出了窸窸窣窣的响声，也都喘出了粗气来。

吴江下山后，休息几天，闲得没事，就邀吴月去玩山。说：“吴月兄弟，玩山闹姑娘，好像你没去过，我带你去尝尝腥，如何?”

吴月心里早就盼着吴江带他去玩山，去体会体会吴江时常给他在山上讲起的那种亲近异性的心动心跳的感觉，就说：“好哇好哇。过去有人邀我去，我姐说一点都不好玩，我就没去。真不晓得那是怎么回事。”吴江说：“你上当了，去去你就知道了。”吃过晚饭，天打了麻子眼，吴江就约吴月出了寨子。吴江说：“玩山你得会唱山歌，邀妹妹出来唱的山歌，就是表达你想妹妹，对妹妹爱的歌。”吴月说：“我听姐们唱过，就是些你爱我我爱你的意思，听不太懂，也就没有记下来。”吴江说：“那倒没关系，这次去，我们唱的时候，你先在边上听，边听边记下来，有时候也可以跟着哼一点，慢慢就会了。如果我们分开了，哪个女的来邀你，你也不要生分，跟着她走她会教你的。”吴月有些兴奋，声音也有些颤抖地说：“记下了。”吴江和吴月走到一片树林，几个姑娘已在那里等候。吴江拉着吴月走过去，几个姑娘说：“江哥带来这位小兄弟眉清目秀的，都没见过。”吴江就说：“他都还没见过这场面，你们可不能欺负他哟。”几个姑娘相对地笑了笑。吴江就唱了起来，几个姑娘与他一应一和，眉飞色舞琴瑟和鸣，越唱越亲近，吴江就拉着一个姑娘的手，到一边去了。一个姑娘就来拉吴月去了另一边。玩到半夜，吴江和吴月将几个姑娘送回了寨子。吴江就问吴月：“她们欺负你了没。”吴月腼腆地回说：“没。”“感觉怎么样?”“跟江哥这么久，江哥也没教过我，有点丢丑了。”“都有那么一回，下回就好了。”“长这么大，还不知道有这么快活的事。”吴月说这话时心里有些激动。“怎么个快活法?”“你经历过这么多，还问我?”“各人不一样的。”吴月就对吴江说：“女人的身子和奶子怎么这样软，抱着浑身就像酥了一样。开始我还不敢摸，她就解开扣子，把我的手拉过去，我一触着心就跳得像要蹦出来，动都不敢动，她用嘴把我的嘴一咬住，舌头一搅，我的气就粗了起来，我和她的手都摸到了下面，浑身都软了下来。”

吴江就说：“看来这回是真懂点了。”

5

李方舟到家后，觉得木材交易是件能让山上的木材变成宝物的事，就把吴寨与吴越进行木材交易的事和自己的一些想法告诉了爹爹。没等李方舟讲完，李嘎老就打断了李方舟的讲话说：“不要讲了，你屁股还没抬，我就知道你要屙屎。那样的事，只要我还在，你想都不要想。我问你，那‘男’字是怎么写的，就是在田里出力气，哪有投机取巧，不出力就赚钱的，做那样的事，你不感到羞耻我还感到羞耻。”

李方舟低着头回说：“木材交易也是要出力气的嘛，砍木材运木材，都要出大力气。”

李嘎老用手敲了一下桌子，很不耐烦地说：“你说出力气，那树是你种的？是老祖宗留下来的。古人早就说了，商贾之人是最受人瞧不起的下等之人，连卖艺的人都不如。你就不要再争辩了，还要把你的这些奇思怪想在脑子里给我洗干净，否则，看我怎么收拾你。”

李方舟见再讲下去也是徒劳，就灰心丧气地叩拜了老人走了。几兄弟见大哥闷闷不乐地出来，就知道事情过不了老人的关，也就各自散去了。

6

吴中原和吴志强们放的木筏，出洞庭经素颜、城府入扬子江，分别在镇江和扬州起了岸。把木材交给了李万山的商行，算是松了一口气，就由李万山的人带着逛街去了。

初入这花花世界，大家是万般的新奇万般的高兴，好像一下子就除去了几个月来的疲劳和倦意，整个人都精神振作起来。这街的繁华热闹是乡场怎么都比不了的，吃的穿的用的东西让人看得眼花缭乱，来来往往、穿戴华丽的人更让人见了目瞪口呆。吴中原、吴志强几人在街上走走停停，一会儿看东西一会儿买东西。吴中原为自己的母亲和叔叔、婶婶、弟弟妹妹都买了吃的穿的，吴志强也为自己的亲朋好友带了礼物，来的人也都没少带大包小包的东西。晚上吴中原和吴志强还上了茶楼，看了黄梅戏听了越剧。吴志强就对吴中原说：“父亲你们的决策真是对得很，这次出来，且不说开了眼界长了见识，光是我们放排李掌柜给的这辛苦钱，我看过去做几年的活路也抵不上，买这么多东西，在过去来讲那是梦都梦不到想都不敢想。”吴中原一边把买来的东西分装在袋里，一边说：“出来后才觉得，这世界大得很，精彩得很，人活着也就有了许多的希望和憧憬。我们放排，比起在家做活路，要苦得多累得多，甚至还有危险。做木材生意，遇到天灾人祸还会赔本，要动脑筋要担心。但这叫苦其心志劳其筋骨，苦了累了，觉得有意义。”吴志强把新买的衣服穿在身上，看了又看，试了又试，说：“中原哥说得太对了，我也是这么想，但表达不出来。

我就是觉得这样的苦和累，值。出来走一趟就觉得这脑子好像不是自己的了，想的问题不再是原来的。原来在家有父亲管着，我确实也不管什么事，但我看大家一年到头也就盼个风调雨顺，能有个好收成，多换几吊钱，修个好点的房子，讨个贤惠的婆娘，天天有饱饭吃有酒喝，就谢天谢地了。出来看看这外面人的生活，就想换一种活法，才不枉来人世走一趟。”说着在房子里转了一个圈。吴中原把装东西的口袋扎上，坐在床头，看着吴志强兴奋的样子，说：“你穿上这身衣服显得洋气了，回到吴寨怕人们认不出来哩。”又走到吴志强身边，为吴志强整理了一下没扯撑的衣服，说：“你刚才这席话，是走出来后，才说得出来的。你那换一种活法的想法，看来我们还是有希望实现的。”

第一批木材交易下来，吴寨好像就变了许多，人们就多了许多笑脸，街上多了许多店铺，码头多了许多新船，连寨门都修复一新。赶乡场的人，穿绸缎的买饰物的出手阔绰的人都是吴寨的。连平日穷得婆娘都讨不起的人，都要张罗娶媳妇了。吴恭和李万山对第一次的合作都感到非常满意，人们见了他们的面都笑嘻嘻地打招呼，表示祝贺和感谢。

李万山这段时间在想，吴恭确实是个很不错的人，不光忠厚实在，脑子转换也快，是个做生意的材料，吴寨的人也又聪明又厚道。这里又是山上有木材山下有河流，山好水好人也好，地利人和都不错，是个可以坐下来长期做生意的好地方。就对吴恭说：“吴兄啊，我们第一次的关系，算是买卖关系，是我们之间相互做生意。我想，为了我们之间的长久交道，是不是可以考虑合起来做生意，利用你们这里的资源我们那里的市场，共同来开一个专门经营木材的木行，利益均沾、风险共担。一起来谋求赚钱和发展。”

第一笔生意做下来就顺顺当当地赚了这么多钱，也是吴恭没有想到的，没有给祖宗丢脸，没有让吴寨人失望，还真是找到了一条带着吴寨人致富的路子，也就一直在想着今后怎么办的问题。李万山这一提起，吴恭马上就回应说：“这也正是我所想的事，看来我们是心有灵犀，想到一起去了，做这件事你在行我外行，但你这个人我信得过，你就来出主意，定方案，我们立说立行，马上就办，你看怎么样。”说这话时，吴恭脑子里好像就有了一幅新吴寨的图影。

李万山与吴恭的想法一拍即合，两人说干就干。订了合约，修了码头，建了房子，购置了木行所需的器具器械，招募了有关人员，没过多久，吴恭与李万山开了第一家专营木材的木行。开业时张灯结彩，鼓号震天，鞭炮声几里之外都能听见，烟雾笼罩了整个寨子。还请了本寨和附近寨子的耍龙队和耍狮队热闹了三天，本家和街坊都来恭喜祝贺。这热闹和喜庆场面是吴寨从来没有过的。又过了不长时间，吴寨和周边地区经营木材的商号今天刚挂了一个牌子明天又多了一个门脸，说话是外地口音的人也越来越多了起来。李家寨、杨家寨也渐渐热闹了。

7

寨上吴大年娶媳妇，吴嫂和吴李氏一大帮婆娘都来凑热闹，想看看这杨家寨嫁来的女人是什么样。吴大年算是寨上的老光棍了，人长得也不差，就是憨厚老实，又有老母瘫在床上，脚下还有几个弟妹，几个来相过亲的姑娘都嫌他家穷，说一个跑一个，一直拖到了现在。几个女人围在一起，吴李氏压低了声音说：“听说嫁来这女人，长得眉清目秀的，也是家穷才嫁到杨六家冲喜，结果不到两个月杨六还是病死了，又在他家守了两年孝，也真是个命苦的女人。”吴桂花就说：“那说不定还是个黄花闺女，让大年捡到便宜了。”吴灵芝嘛嘛嘴说：“听说那死鬼是个肺痨，有这种病的人，整天都想干那种事，那女人长得又算漂亮，几下把自己搞干，才被阎王爷钩了簿子，到阴间地府报到去了。”吴嫂说：“那老光棍就更厉害了，今天晚上吴大年家怕是响动大得很呢？你们不要来偷听喽。”

灵芝说：“不是我们去偷听，听说那些讨不起婆娘的男人，还真有爱去偷看女人蹬茅坑的，你们倒要注意点嘞。”桂花说：“你说这事不假，有一次我去蹬茅坑，刚蹲下来就听到隔壁好像有人，我又尿胀得不得了，也管不了那么多，就解开裤子先屙尿了。拉完才发现隔板有个洞，我侧眼看了一下，那人还正拿着那东西在掏弄，害得我都热燥起来。也不敢看他是哪个，提起裤子跑都跑不快。”几人就说，桂花的屁股又白又圆，肯定还把那看见的人害着了，起码几天几夜都睡不好觉，不晓得浪费了好多好东西哟。说着说着，接亲的队伍就到了，两个伴娘从花轿里扶下个人来，确实是端端正正秀秀气气的女子，吴李氏就说："大年还真是个有后福的人，全靠这放排成全了他，要不这光棍还不知道打到什么时候。现在起是吃素改吃荤了。"新媳妇进了屋，一些看热闹的婆娘就散去了，约着晚上再来闹新房。

吴中原和吴志强回到家，一拜望完亲人，就急急忙忙来找吴恭报告木材交易和一路上看到听到想到的事。吴恭让两人坐下来，说："你们一去就是几个月，太辛苦了，还是先休息几天再说吧。你们平平安安回来，木材安安全全到达，我一颗悬着的心总算落了地，这比什么都重要。"吴中原和吴志强脸上都流露出特别兴奋的神情，吴中原说："二叔的关心和爱护，我们是知道的。年轻人的力气是水打的柴去了又会来，没有什么辛苦的。这次您让我们去交排，不仅是锻炼了我们，更是让我们长了见识，我们现在明白古人'读万卷书，行万里路'的道理了，这万里路上学到的东西，是书上没有的。"吴恭看两个孩子都有满腹的话要说，也打心里高兴，就说："看来你们这次是收获也大，想法也多，要是不觉得累，那就讲来听听。"

吴中原就对吴志强说："我觉得，你这次的体会和收获都多。你先讲。"

吴志强看了看吴恭，心里有些发慌，欲言又止，说："一路上，我都在跟中原哥学，中原哥有学问，想得多讲得也清楚，还是中原哥讲。"

吴中原看出吴志强神态的窘迫，就说："我要先对二叔表扬一下志强弟，他不仅能吃苦肯卖力，学东西快，而且对外面新的东西有一种特殊的敏感性。看到后想到的我都觉得有道理。"

吴恭斜眼看了一下吴志强，说："你不要表扬他，他这个人底子浅心气高，常常是'嘴讲三十里屁股都抬不起'。我叫他跟你，就是叫他多向你学习。”

吴中原对吴志强投去鼓励和赞许的目光，接着说：“二叔讲的应该是志强弟过去的事，出去这一趟的变化大多了。”

吴恭叹了口气，正眼看了看吴志强，说：“但愿如此，但人的变化不能看一时一事，听其言观其行吧。”

吴中原就开始讲放排时如何与惊涛骇浪搏斗，在搏击中得到了人要敢于挑战人生才有乐趣和要顺应水性四两拨千斤的体会；讲走出大山，看到大江大河大平原和外面的精彩世界，让人的心胸眼界和境界都宽阔起来的感触；讲进入三国地带后，对三国英雄人物景仰的感叹；讲中原地带人们的衣食住行与西陲的区别和那里人的气质神态对自己的冲击和影响。

吴中原越讲越激动，吴恭也听得入了神，突然就觉得这孩子已经不再是孩子，已经长成了大人，心里就特别高兴起来。说：“接着讲下去，叔在认真听着。”

吴中原才回过神来，说：“情不自禁，话题扯远了，叔莫怪怨。”

吴恭突然听到这么些新鲜的东西，仿佛感觉是山外的一阵清风拂在自己面上，润入自己心底，心情既振奋又激动，说：“都是题内话，叔还想听哩。”

吴中原看着二叔对新鲜事的敏感和兴趣，也更是鼓足了劲头，接着说：“出去才知道，外面的发展确实很快，木材的需求量大得很，建房要、做家具要、造船要，就连做棺木，我们这大径杉木也是最好的材料。过去，我们真是抱着金饭碗讨饭吃哟。在我们这山上，九丘田怎么数都只有八丘，走时拿草帽才看到盖住了一丘。比起外面的大平原来，我们光靠种田，看来是富不起来的。但我们山多土好雨水多气候温和，非常适应树木生长，这才应该是一条靠山吃山的致富路子。而且树可以砍了种种了砍，循环往复，世世代代都可以靠这树过好日子。”

吴恭觉得侄儿讲出了自己一直在想却想不明白的事情，想说而说不好的话，就对吴中原投去鼓励的眼神，说：“讲得好，继续讲下去。”

吴中原接着说：“那我们就在两个字上下功夫。”

“哪两个字?”

“一个‘卖’字，一个‘种’字。”

“有见地，再讲深入一点清楚一点。”

吴中原用景仰、钦佩的目光注视着吴恭，继续说：“卖字我们有了一个好的开头。就是要与李掌柜继续深入合作，我们有资源他有市场，这是黄金组合。我们与他开办了第一家木行，这是深入合作的开始，但买卖的木材不能光是我们家的，那太少太有限，要买来卖，买不光买木材还要买山林。种字我们还没起头，但我觉得不仅要尽快在砍伐了的山上种，还要抓紧筹划买下大片的荒山荒坡，这时人们还没意识到荒山的价值，这山还不怎么值钱，我们可以花不多的钱买到大片的山大片的地。种上树以后就值大钱了。”

吴恭越听眼睛越发亮，心里感到甜滋滋的，说：“贤侄的话，真是使我豁然开朗。以后这买卖种树的事你不仅要多思量，还要多参与。”

吴恭对吴志强说：“你呢?”

吴志强边听边想山外的事，听爹爹问他，才回过神来回答说：“第一是爹爹过去叫我好好读书，我贪玩，不认真读，现在感到知识不够用，才晓得了爹爹的一片良苦用心，我是追悔莫及。但我也懂得勤能补拙和亡羊补牢这两个成语的含义，趁现在年轻，我一定努力弥补，不让爹爹再为儿操心。第二是这次走出大山，我也认真体会了山外有山、天外有天的含义，觉得这世界很广阔很奇妙，人生在世就是要闯一闯搏一搏，才活得有意义。第三是中原哥就是我身边的好榜样，我会好好向他学习，多为木行做些正经事、实在事。第四是我们的木行既然已经开起来了，就要做大，建议不仅要开在本地，以后还要开到外地去。”

吴恭听了志强的话，眼圈都有点红起来。就觉得过去对儿子也算严加管教言传身教了，但却是收效不大，这外面的世界却能在不知不觉不声不响中感染和影响一个人，而且影响得那么深刻那么巨大，使他一时百思不得其解。就又点头又摇头地说：“俗话讲‘人不出门身不贵’，这话看来不仅不假，还应该说很有价值和分量，你们这次出去的收效是我完全没料想到的。以后你们就好好干吧。”

吴检、吴勤、吴勉一起找到了吴恭要求合伙做木材生意，吴恭说：“我还正想请你们来商量这件事，看来大家已经想到一起了。”

吴检有点悔不当初地说：“我们当初没有支持二哥，现在想起来还是蛮后悔的，看来二哥就没有看错的事。不过二哥也不跟我们计较，还花钱给我们人人都买了好东西，总是那么关照我们。真是值得我们尊重的好兄长。”

吴勤这段时间心里就像打鼓一样，生怕二哥一时不能接纳他们，看了吴恭的态度，激动地说：“我们三个商量了，从今以后我们定与兄长有福同享有难同当、同生共死同舟共济。”

吴勉也说：“我这个人出不了什么好主意，但出力气的活路，我是不会偷奸耍滑，保证能干好。”

吴恭看着几个兄弟急切入伙的表情，也打心里高兴，说：“感谢兄弟们了，俗话都说‘打虎不过亲兄弟’，大家是一定能有福同享有难同当同舟共济的，同生共死没那么严重。不过，这生意场肯定有盈有亏有风险，大家都要有这样的思想准备。”接着说，“大家都入了伙，我与李掌柜商量一下，分个工，好明确责任各负其责。”

大家就说：“我们都听二哥的，你们怎么安排我们就怎么做。”就分头准备去了。

吴恭把三个兄弟都要求入伙的事告诉了李万山，李万山很是高兴，说：“好多事都是需要引导的，我们第一件事做好了，对我们现在和将来都很有好处。他们一加入木行，还会带动别的人也加入进来，我们的力量就越来越大了，真是好事情啦。”吴中原和吴志强回来后，都到木行去做事。吴中原做的第一件事，是把负责检尺计码的人集中起来，请吴越来的师傅进行实地训练。

吴中原对大家说：“这木材有好有坏，有大有小，有长有短，有些圆有些不够圆，我们是依质量径级定价格进行买卖。搞错了不是亏了卖木材的人就是亏了买木材的人，这里有算术的账更有良心的账，你们就是负责把这良心账和算术账都记好的人。过去我们都是在家做活路，犁田耙田栽秧打谷你们在行，但搞这行，我们都是大姑娘上轿头一回。所以，大家要认真地学认真地记，要听师傅的。今天在这里的人，有些是叔叔伯伯有些是哥兄老弟，我把丑话讲在前头，在这里做事就不像在家做活路了，早点晚点没有人会讲你，出不出力是你自己的事，搞错了搞对了只影响你一家人或一季庄稼。这里是一个大团体，环环相扣、相互联系，一个人、一个环节出了问题就会影响大家。所以不论哪个出了差错，我会一样追究。我有做得不对的地方，你们也不要客气护短。”大家就说：“听少当家的。”吴中原双手抱拳说：“以后请大家不要这样叫，我们大家都一样，都是干事的，这样叫就生分了。”过了一段时间，吴恭和李万山到收木材的地方去查看，见检尺计码都比过去快了，差错也少了许多，有些人还学会了记流水账、打算盘。李万山就对吴恭说：“你们这里的人不仅是忠厚，其实都很聪明好学。特别是你那大侄子，这段时间一直在盯这件事，还盯出了成效。看得出他办事认真，能分轻重缓急，把事办在节骨眼上，他们能这样我们也就放得下心了。”吴恭说：“他的进步，其实也是到你们那边看后对他的促进，只不过他这人用心，懂得珍惜和抓住机遇。”李万山说：“这就很难得了。我们年轻时候，都还懵懵懂懂的，看过的有些就视而不见，哪里晓得去抓住有用的东西为我所用。他们这样努力勤奋，还办事卓有成效，真可谓英雄出少年喽。”

吴中原和吴志强来到江边，逐一对木筏进行了检查。吴中原对扎筏子的人们说：“这一路上险滩峡谷的地方到处都是。木排扎得不好，遇到水急浪大的地方，排子打散了，不仅木材流失了难得请回来，更重要的是排上的人落入水中，容易被木材撞着、夹着，会有生命危险。无论哪个出了事，哪家出了事，都是天大的事。所以扎排是关系人命关天的大事，不能有任何粗心大意。我们上次放排下去，我和志强在中途都亲眼看到别人的木排被打散了的情况，还参加了救人和打捞木材，是很危险很费工的一件事情，大家一定要特别重视这件事。”然后，凡是重要部位都进行了逐一的检查和加固。

把外业的事做好，吴中原又到木行坐了几天，做了一些内业的事。来买卖木材和要求做劳务的人人来人往，各项事基本都井井有条。也有一些争执的时候，都是为木材收购不够及时、木材等级数量有些差异、付款有时较慢之类的事。吴中原到木行各环节都是先看后干，干了一段时间，回来找吴恭说："二叔，我们与李掌柜合作真是你的前瞻，光讲这木行的规章制度，就很规范，那都是李掌柜带来的。这些东西如果靠自己去慢慢摸索，非但要花上很长时间，耽误很多事情，还不会有现在的好。但我觉得，我们这地方跟吴越比，还是有蛮多的不一样，这样的话，有些东西就需要根据我们这里的情况和事态的发展来逐步调整和完善。我们的木行运行就会更符合本地的情况了，矛盾和问题也自然就会少一些，木行发展也就会更快一些了。"

吴恭很愿意听吴中原的独立见解，说："那你能不能具体说一说哪些东西还需要调整和完善。"

吴中原回道："比如，我们这里人情味比较浓，完全来硬的，有时反而行不通，可以软硬兼施。我们的人长期是自己干自己的事，没有什么纪律的概念，要把它纠过来，就要硬些，该惩的惩该罚的罚，要让他们逐步地把执行木行的规矩变成一种自觉。还有木材的质量等级，有个幅度，可松可紧的，就松一点，多给他们一些好处，不至于把木材挤到别家去；我们在管理和技术方面还很缺乏，可以用些鼓励奖励办法多网罗一些人才为我所用；有些需要统一的要求，是不是要做一个统一的规定，免得自己内部还发生争执；人员的状况也还参差不齐，是不是要多做一些培训，让那些差点的人尽快赶上来，以免拖了木行的后腿；还有就是我们现在要用钱的方面太多，红利这个阶段是不是可以考虑先少分一点，多留一些用于中转，该分的钱算做股份，滚大了还可以分得更多一些，对木行对个人都有好处。"

吴恭为中原考虑事情越来越深感到非常高兴，说："我看你提的这些，都可以考虑，你再想深一些，先拟个文本，我和李掌柜商量一下，下一步就由你来办这件事。让木行尽早尽快地更加规范起来。"

8

李方舟几兄弟看到各处的木材都卖得很红火，卖木材的人家都越来越富起来。李家寨一些人家的木材也砍来卖到了别的地方，就再也坐不住了，来找爹爹报告。李嘎老是个明眼的人，也正在想找楼梯下，就说：“我是老了，也管不了这样多的事了，你们就看着办吧。但我有个要求，卖祖宗留下的东西得的钱，一要置家产光大祖业，二要植树留给子孙，千万不能当败家子，遭后人唾骂。”

李方舟马上回说：“老人家说的是，爹爹一辈子勤劳俭朴，保下这份家业，还不断发扬光大。我们一定会百倍珍惜，竭尽全力把你老交给我们的担子担起来，遇到大事，我们定然还会找老人家拿主意。”

李嘎老说：“去吧，言行一致就行。”

李方舟几兄弟下来后，就商量和着手筹办木行的事，不出十天，便敲锣打鼓、张灯结彩地挂出了李氏木行的牌子，也是全寨的男女老少都来朝贺，热闹了好几天。

吴恭和李万山也送来了贺礼。吴恭两手抱拳面带喜色地说：“恭喜恭喜，老兄木行今日挂牌成立，真是喜事，特恭祝财源滚滚心想事成。”李万山跟在吴恭后面说：“兄长今日精神抖擞，眉宇间都是喜色，定能开张大吉，恭贺恭贺。”李方舟说：“同喜同喜，谢谢祝贺。今日人多，照顾不周，改日定当登门谢罪。”

李家兄弟与吴家兄弟和李万山一起，举杯痛饮，直到月上三竿，才依依不舍散去。

9

杨家寨也是清水江边的大寨，族大人多地广。杨田裕家是寨中族中的首富，有良田千亩山林千顷。吴寨做木材生意时，他还是不在意的，不曾想一年多时间，吴寨就不可想象地富了起来，吴家与杨家在人们眼中就没了什么差别，甚至觉得吴家更胜了一筹。杨田裕心里开始有了一些紧迫感，就派了几个见过世面的人出去走了一趟，才知道这山林木材确是宝物，也就扯起旗子办起了木行。

杨家寨到处都是原始森林，郁郁葱葱遮天蔽日。杨家木行一开张，来买木材的客商源源不断地踏破了门槛。

第一个来的是两湖人，姓陈名方亮，此人浓眉窄脸，高瘦身材，眼睛不大却两眼放光，着深蓝色丝绸长袍，戴瓜皮圆帽，浓重的湖北口音。进入杨家寨前，他已经踏遍了清水江的山山水水，对各地木材的储量、质量、木材采伐运输的条件都有了一个基本的了解，把第一站选在了杨家寨。

陈方亮一进寨口，就找到了杨田裕的家。进门前通报了门客，杨田裕就迎出门来，把陈方亮请进了杨府的堂屋。陈方亮打量了一下屋子，又惊讶又感叹地说："杨兄家好大好气派的府邸，怪不得杨掌柜是清水江出了名的首富。看了真让我羡慕哟。"

杨田裕听陈方亮讲的不是本地话，再用眼睛看了看陈方亮的装束，就知道是外来的客人，拱手回道："见笑见笑，区区寒舍哪是什么气派府邸。兄弟过奖了。"

陈方亮听杨田裕回话不俗，知道是读过书的人，说："你这建筑虽是百年老屋，但屋的方柱都是上等的红杉；窨墙是上等官窑青砖，墙上的彩绘，画工细腻栩栩如生，虽经百年风雨，仍清晰如初；窗花系紫檀、楠木雕刻，雕刻工艺又多是双层浮雕。整个建筑和园林，还又有徽氏建筑风格又有地方特色。这样的府邸，确实少见，不能不令人惊叹。"一边说又一边用手摸着堂屋进门两侧浮雕的窗花，边看边点头。

杨田裕听完陈天亮对这座老府邸的夸赞，心里一惊，知道来者确是见多识广的行家，也就直言道："先生真是慧眼，在你面前看来是无可遮拦了。祖上探花，曾在朝中为官，到过四品。告老还乡时，得朝廷封赏，赐了田林，建了这座庭院，供其颐养天年。我们这是沾了祖上的光。"说着，也表现出感激、自豪和歉疚的样子。

陈方亮急忙向陈氏祖宗牌位弯下腰去，深深鞠了一躬，才直起身来说道："敬佩敬佩，三生有幸，到得福地，真是前世修得的哟。"

杨田裕突然觉得失礼，说道："先生进门都有一阵了，尚未问及尊姓大名，未请坐上茶。深感愧疚。"急忙叫，"杨妈，上茶。"

陈方亮才把眼睛移向杨田裕，说："哪里哪里，是我来得唐突，未报上名来，失礼的是我，我免贵姓陈，名方亮。一进屋，就有一种重回故地并与杨兄一见如故的感觉，再加上这建筑和屋里的陈设让我着迷，竟把礼节都忘了。羞愧呀。"说完，做出很抱歉的样子。

杨田裕也拱手说道：“陈兄弟千万不要再谦恭，否则我就无地自容了。你是客我是主，这个秩序颠倒不过来，再错都是我的错。”又接着说，“兄弟千里迢迢到我们这穷乡僻壤来，又光临寒舍，有何贵干啦?”

陈方亮见杨田裕问入正题，不紧不慢地说：“贵地山清水秀，满山翡翠、遍地黄金，又是藏龙卧虎之地，真可谓是龙归穴凤归巢的吉祥之地呀，哪是什么穷乡僻壤。”

杨田裕见陈方亮是个很会说话的人，就说：“蒙兄弟夸奖，借兄弟吉言吧。”

陈方亮才切入正题地说：“我到贵地其实有些时候了，看了一些地方，主要就是想找个合适的合伙人做点木材生意。讲地方，你这里的木材又多又好；讲人，数你最开明有见识。我呢，在两湖一带有现成的水码头和销售网点，也有些做买卖的本钱。这样的话，我们就可以合伙起来买卖木材，你主要负责收，我主要负责卖，利益均沾，风险共担，比吴恭和李万山的合作条件更优一些。你可否考虑考虑，如有意向，我们再作深谈。”

杨田裕心里早就盘算，来者肯定与木材有关，有了一些想法，但仍不露声色。说道：“一看陈兄弟就像生意场上的人，精明干练，见多识广。听口音好像是两湖人?”

陈方亮也表现出惊讶地说：“哎哟哟，杨兄真是见世面的人，一说就准，鄙人确是江汉人氏，祖上曾在曹操营中做过一官半职，见江汉水路四通八达，生活很是方便，就把家安在了那里，留下了我们这些后人。”

杨田裕见陈方亮说祖上是曹操手下官员时，表情自然，并无夸耀的神态，便也表示钦佩地说：“兄弟果真是官宦世家，才那么有见识懂礼节，与我们这些山野粗人比起来，令我羞愧了。我哪是什么见世面的人，只是祖父曾在外地谋事，我小时也随祖父漂泊，才略略知晓一些不同语言区的分布情况，就冒昧地说了出来，不曾想就猜中了。”

陈方亮觉得杨田裕一直没有谈及做木材生意的事，心想会不会是之前已经有人前来联系，又不好推托，才不便直言。就说：“我一来就是一个多时辰，怕耽误了为兄的大事，还是另寻时间再来登门拜访吧。”

杨田裕见陈方亮要走，说：“哪里的话，我已准备了家常便饭，请兄弟赏脸。”

说话间，杨氏兄弟已陆续到来，杨田裕说：“请兄弟上坐，我们边吃边谈吧。”大家就围着八仙桌喝起酒来。

几杯酒下肚，杨田裕才说：“陈掌柜这次前来，看得出是真心实意来办事的，我们木行也是要找实实在在有经验有实力的合伙人。我们刚刚涉足这个行业，还是门外汉，兄弟却是生意场上的行家里手啦，还望兄弟不吝赐教。也因如此，我们是不是先签第一笔木材交易合约，大家相互了解后，再作长远计议。兄弟意下如何？”

陈方亮听杨田裕一说，觉得杨田裕也算做事精明谨慎的人，值得长期打交道。就不假思索地回道：“杨兄做事胸有成竹，说得在理。长期合作，要的是知人知心以诚相待，我相信我们会成为好朋友和长期合作伙伴的。杨兄能容纳我，就已经是我的造化了，就按杨兄的想法办吧，我绝无异议。”

大家举杯同饮。接着商议和签订了第一份木材交易合约。杨家寨也就突然车水马龙地空前热闹起来。

接下来，清水江面木材木筏越来越多，两岸山上的杉木倒得遍地都是。木材商行商号都挤满了买卖木材和出卖劳力的人，沿江城镇村寨码头天天都像赶场一样热闹，各地的产品摆得到处琳琅满目。

10

吴李氏拉着灵芝和桂花满街地逛。

几人走到街心热闹处，东瞧瞧西望望，都满心欢喜、玩兴很浓。灵芝说：“听说街头有一家专卖女人用品的商铺昨天刚开张，我们看看去？”

桂花拍拍巴掌，说：“好哇，那卖给女人的东西一定都是些稀奇货。”

吴李氏看着桂花说：“能稀奇到哪里去，难道不成还会有你讲那东西来卖?”桂花脸就红了起来。

灵芝用诧异的眼神看了看两人，说：“你们打什么哑谜，倒让我云里雾里的。”

吴李氏和桂花相视对了一眼，就笑得直不起腰来。

吴李氏止住笑，拍了一下灵芝的肩膀，说：“想知道可以，那今天中午你请我们吃刚开张的扬州春卷。”

灵芝看桂花还在脸红，觉得肯定有些奇妙，说：“那要看值不值得。”

桂花说：“保证值得，不值得你不开钱。”

灵芝说：“算被你们敲竹杠了，讲吧。”

桂花把两人拢在一起，用眼瞟了一下周边没人，细声细气地说：“昨天担粪上坡去浇菜，出村口就看见两条蛇绞在树上，觉得好霉气，就连吐了三泡口水。快到地头的时候，刚把粪桶放下来要歇口气，突然听到树林里有哼哼唧唧的呻吟。我大气都不敢出，躲到了草丛里，一看是一对男女像蛇一样绞在地上。那女的说‘我要死了’，那男的说‘我就是要你死去活来’，女的说‘你是吃什么东西长大的，那东西怎么这样长大，我那死鬼的怕还没有你的一半’，然后抬起头来看那男的，我才看到是村头的张寡妇。他们都在激动，也没注意到有人，我就再也不敢看下去，菜也不浇，悄悄地溜走了。”

灵芝推了桂花一把，说：“那两个都没穿裤子喽。”

桂花拍了灵芝一下说：“废话，穿裤子怎么整嘛。”

灵芝又问：“那男的你没看见是哪个?”

桂花看了看灵芝脸红心跳的样子，说：“不认识，反正是讲外地口音的。你打听是不是想去找嘛。”

灵芝胸口起伏，咽了一下口水，说：“好事都让你撞着了，昨晚你都肯定想得睡不着，还讲我。反正那人你见过，就去找吧，我不会去告密的。”

吴李氏就说：“现在也真是的，外面的人一来，把妇道都搞乱了，过去都没听说过有人在山坡野外打野食的。不过话又说回来，年轻人可以玩山，她那年纪的人都还如狼似虎，就该活活守寡到死？那也不公平。”

灵芝也对那寡妇表现出理解和同情，看了看满街的人，说：“你看这街都全变了，过去哪有什么商铺、客栈、饮食店，连女人用品店都有了，这一两年的光景，吴寨就不知道大了多少。还有什么不能变？”

吴李氏说：“妹妹这话在理，世道在变，人也会变的。”

灵芝兑现了承诺，几人一起吃了点春卷，去了村口的胭脂堂女人用品店，各自卖了胭脂、口红和铜镜，回去了。

吴恭和李万山一边安排采伐和收购木材，一边安排杉苗的培植和寻访周边的荒山荒地。

吴江带着吴月到处踏访荒山荒地的情况，把附近的村寨都走了个遍。

两人走在一条大山的小路上。吴月拿着柴刀走在前面，边走边砍断伸到路上的刺条，并小心地扔到了路坎下。两人走到一个山坳口，停了下来，坐在树荫下休息。吴月把衣服脱下来，挂在树杈上，对吴江说：“江哥，跟着你办事，真是我的运气，让我学到了好多东西。”

吴江也把衣服脱下来，抖一抖沾在衣服上的草叶，理顺了放在膝盖上坐下来，说：“你跟我的时间不长，但很聪明好学，很有灵性。在山上伐木架箱，吴越的师傅讲一两遍做一两遍，你就学会了，而且做得很好，所以我愿带你走。”

吴月站起来，拣两片大的桐油树叶摘下来，递一片给吴江，自己拿一片扇着风，说：“江哥做事认真负责，哪里的山有多大坡有多陡土层有多深，是肥沃还是贫瘠，树木生长情况怎么样，我看你都记下来。不光问还要亲自去看。”

吴江干脆用手枕着头躺在了斜坡上，看着蓝天上漂浮的云彩和时不时掠过的山雀，说：“这些都是应该的，人要用良心去做事嘛。其实这样做，不光是对掌柜的负责，对自己也是一个学习和长见识的过程。”

吴月从身边扯了一根草，择成一段一段的，说：“跟着江哥我就觉得这心里越来越亮堂了。”接着又问道，“都是荒坡的地方，我看你出价就不一样，这又是为什么呢？”

吴江立起身来，用树叶扇着风，赞许地看着吴月说："看着都是荒坡，有些土层深有些土层浅，有些土肥沃有些土瘠薄，有些坡度大有些坡度小，有些向阳有些背阴，不同的条件，树木的生长速度和质量就会不一样。还有这树长大后，砍伐了盘到河边，有些近有些远，有些容易有些难。那荒山荒坡的价值当然也就不一样了。"

吴月丢掉手中没择完的草，站起来说："我太佩服你了，晓得的东西这么多。"

吴江也站起来拍拍身上的尘土，说："这些都是最基本的，以后要学要会做的东西还多得很。我们一起一边做一边学吧。"然后替吴月取下挂在树上的衣服说，"走吧，再不走怕晚了。"

两人走在山道上，对门坡有姑娘唱起了山歌。

"哥啊哥，你在山腰我在坡，看你走进山窝窝，你去山窝搞哪样？莫非去掏麻雀窝。"

听到姑娘的山歌声，吴江马上来了劲头，扯起嗓子就对了起来。

"妹呀妹，我在山腰打瞌睡，梦见妹妹来摸我，害我急得猫抓肺，醒来不见妹妹在，两眼茫茫都是泪。"

对门山又回唱："哥啊哥，晓得你是想那个，梦见妹妹不是我，怕是天上的嫦娥，嫦娥哥哥见不着，枉费哥哥相思多。"

吴江又唱道："妹呀妹，你是哥的心肝肺，想妹让我肝肠断，想妹让我食无味，天上嫦娥我不想，只想和妹同头睡。"

对门山又唱："哥啊哥，妹妹也是想哥多，想得晚晚睡不着，哥要真是想妹妹，不怕刺蓬不怕河，跋山涉水来找我。"

吴江回道："哥的妹，唱得哥都落了泪，只要妹妹真爱我，坡陡水深无所谓，你情我爱江河水，河水不干哥不悔。"

对面山又唱："妹的哥，妹盼日头落山坡，妹在背山等着你，不见哥哥不挪脚，哥要不来妹难过，下次送你进鸡窝。"

吴江用俩手合成喇叭状，对着对门坡，大声唱了一声："好嘞。"就对吴月说，"今天我们去对门寨玩山去？看来是有搞头的。"

吴月听着吴江和对门山上姑娘的对唱，想起了初次去玩山时的情景，脸有点泛红，说："老实跟江哥讲，自从那次去玩山回来，我就老是有一种猫抓心那样痒痒的感觉。巴不得你又带我去，只是不好意思讲。”

吴江放快了脚步，边走边说：“那有什么不好意思讲的，我是过来人，你这样麻雀还没出窝的崽崽，想女人是很理解的。只是不要像上次那样，麻雀还没飞起来，翅膀就垮了。”

吴月激动地说：“真是有点害怕，你现在讲起来我这心就怦怦地跳了，晓得是为哪样？

吴江看了吴月下面一眼，说：“为哪样，看你小子，女人都还没碰到，裤裆就顶起来了，像桅杆一样，等你变成男人就晓得了。”

吴月觉出了自己的失态，有点不好意思起来，说：“江哥莫笑话。”

吴江放慢了脚步，说：“那有什么好笑的，莫讲你一个童男子，我们都还会想。现在看到那些外地来的女子，白白净净的，穿那丝绸衣裳，又薄又透明，身子都显露出来，走起路来又还摇摇摆摆的，让人看了都心动。”

吴月赶快说：“江哥说得是，有一天我出寨口去扛木头，看见几个外地女子在河湾洗澡，她们也没看到我，就脱光了衣裳在那里打水仗玩耍，那身子又白又细嫩，看得我下面直翘起来。我就想，要是有钱，讨个这样的婆娘，细皮嫩肉的，睡起那才叫舒服。害得我几个晚上都睡不好。”

吴江带着鼓励的口气说：“看不出你小子，还挺有野心的。不过现在看起来不应该叫野心，应该叫有志向。只要好好干，我看办得到。”

吴月见吴江没有笑话反而鼓励他，倒认真起来，说：“想法归想法，只是讲着好玩的，哪个大地方的人会愿意嫁到我们这种山沟里来哟？”

吴江却信心十足地说：“那也不见得，我们这里山清水秀，物产丰富，水路交通也方便。就是地方小点，但这是会变化的，光看这一两年的光景，那都是我们完全想象不到的。吴寨还像吴寨吗？跟那城镇都差不多了，再有几年又是什么样子呢？我看比那些大地方是不会差的，到了那个时候，还怕外地的女人不肯嫁过来？”

吴月也就鼓起劲来，说：“江哥真是想得远，你这么一讲，我就更有信心了，我一定要努力做事努力挣钱，将来讨个外地的女子做婆娘。”

吴江又笑着说：“也罢，你这种看到漂亮女人就走不动路的人，将来真是讨了一个这样的婆娘进屋来，那雀雀还喂得饱？我看是整天窝在家里抱婆娘，门坎都迈不出了，哪里还有心思做事挣钱？”

吴月又问吴江：“讲到雀雀喂不饱，我倒想起一句话来，我都不懂那是什么意思。”

吴江说：“什么话，你讲。”

吴月吞吞吐吐地说：“我看他们男男女女一起做活路的时候，有些男的去逗女的，女的就说：‘莫啰嗦，我有一口燎菜锅，你要不信放进去，保管你成菜脚脚。’”

吴江哈哈地笑起来，说：“你不懂，是因为你没经历过。你看那锅里的水烧得开开的，再新鲜的菜放进去，不是一下就软了吗。也就是说你想的时候，那东西会硬，进了女人那里你还不软下来？”

吴月听着吴江的话，开始是心里发痒，后来是脸上发麻，说：“幸好我没问她们，问了她们，不脱我的裤子才怪，那就丢人丢尽了。”

说着说着，吴江和吴月就走到了对门寨，天也渐渐黑下来。吴江说：“我们先找口饭吃，吃饱了饭，才好闹姑娘。”

走到街中间，看到一户人家走出个提着一篮菜的中年妇女，吴江就走过去说：“大姐，我们是吴寨的。在这边看林子，没注意天就黑了，现在是口也干肚子也饿，来你家讨口水喝。”这妇女就朝屋里喊：“梅秀，有客人来了，你们先把他们请进屋去，叫你爹杀个鸡，我去把菜洗了就回来。”屋里马上发出银铃般的回声道：“好嘞，妈你去洗菜，客人我们来招呼。”

屋里走出一个清清秀秀的姑娘，看到吴江和一个眉清目秀的后生，脸就有点红起来。说：“两位哥哥屋里坐。”

姑娘又叫道：“妹妹，快出来，有客人。”

屋里就蹦蹦跳跳地走出一位姑娘来。看到两位男子，收住了脚步，用眼扫了一下客人，高兴地说：“两位哥哥今天走错门了，得空来我家？”

梅秀说：“别问那么多，他们口干了，快去桶里舀碗水来，那是我刚刚去井里挑来的泉水。”

姑娘急忙去舀了一大碗水，递到吴江面前说：“哥哥请喝水。”

吴江接过水来说：“谢谢。”两人几口就把水喝得干净。

吴江和吴月坐在了梅秀家围着火塘的矮凳上，吴江说：“你们家收拾得真干净，两位姑娘肯定勤快得很，还又漂亮又端庄，我们是哪辈子修得的福，撞到好运气了。”

梅秀接过吴江手中的碗，说：“两位哥哥不嫌弃，到我家来，是我们的运气，可不要客气。刚刚还忘记介绍了，我们两姊妹，姓王，我叫梅秀，妹妹叫梅芳。”

吴江在递碗的时候，认真地盯了梅秀一眼，柳眉大眼直鼻梁，皮肤白净，丰满窈窕，看了很是让人心动，急忙说：“真是好名字，过去读书，有句诗叫‘梅花香自苦寒来’，两人是一枝独秀一枝芬芳。好让人喜欢。”

梅秀在吴江用眼睛看她时，收回了自己的目光，说：“大哥这张嘴这样灵巧，才真是讨妹妹喜欢。”

梅芳和吴月也在一边谈笑了起来。梅秀妈洗完菜回来，梅秀爹也杀好了鸡，见几个年轻人谈得投机，就说：“刚才路上见到你舅妈，说你婆想我了，叫我和你爹过去吃饭，你们在家陪好客人，我们出去了。”

梅秀、梅芳说：“放心去吧，客人我们会招待好的。”

吴江、吴月相对挤了一下眼睛。说：“谢谢叔父叔母。”

梅秀先烧水冲上一罐苦丁茶，然后拔鸡毛，洗净砍开，把鸡炖在了铁锅里，梅芳把煮饭的鼎罐支在火塘上，添上了柴火。两姊妹一边做饭，一边就跟吴江、吴月轻轻哼着对起歌来。吴月听了梅秀的歌声说：“莫非今天下午在坡上跟江哥哥对歌的是梅秀姐姐。”

梅秀也听出了吴江的声音，说：“江哥哥今天去玩山了？还讲是忙事，原来忙的是男欢女爱的事哟。那个妹妹差点没上你的当。”

吴江又瞟了梅秀一眼，说：“那个女的还真是把我迷住了，不见她人，光听那歌声，泉水一样淌来，就会让我茶不思饭不想，几天几夜睡不着哟。”

梅秀打趣地说：“那哥哥今天就不用吃饭睡觉了，这锅鸡我们三个人怎么吃得完喽?”

吴江也装着听不懂梅秀的话，说：“今天没遇到那个唱歌的女的嘛，还是吃得下睡得着的，只是心里会想得难受，晓得别人想不想哟。”

梅秀用眼睛盯住吴江，说：“哥哥一表人才，嘴巴又甜又会诓人。爱哥哥的妹妹不晓得有好多，哪会对一个乡下妹想得难受嘛。”

吴江来了劲，又轻轻地哼唱起来：“想妹多，白天想到日头落，晚上想到鸡唱歌，想得哥哥没奈何。没得妹妹亲一口，今生今世放不落。”

梅秀也轻声回唱道：“哥啊哥，哥的心思妹难摸，太阳出来西边落，月亮上山又下坡，山溪水流无情去，晓得哥哥想哪个?”

吴江看着板壁上挂着牛腿琴，就起身摘了下来，拨了几下琴弦。边弹边唱道：“太阳西沉圆啰啰，月亮下山要归窝，大江大河水不落，用心爱你是哥哥。”

梅秀用爱意的眼神回了吴江，对唱道：“莫非哥哥是太阳，莫非月亮就是我，月亮围起太阳转，太阳不落月不落。”

吴月学会了几支歌，也不敢唱，只在轻轻地哼，想叫梅芳教他唱。梅芳说：“一会吃完饭，姐们留在这里，我们到寨头去，我再教你唱。”

饭菜摆上桌来，吴月和梅芳急匆匆扒了几碗，就告辞出去了，留下吴江和梅秀在家中。

吴月和梅芳走出寨头，梅芳就牵着吴月的手，走进了一片树林。梅芳感觉吴月手有点抖，就问吴月：“你没玩过姑娘?”吴月说：“就是江哥哥带着去过一次。”梅芳问：“那你年纪肯定还小?”吴月说，“也不小了，都快十七了。”梅芳说：“我今年虚岁十五。”接着说：“别的男孩十四五岁都玩山了，你好规矩哟。”吴月有点不好意思地说：“我姐那时嫌我爱追她，不肯带我出去玩，结果到现在山歌都不会唱几首，真是丢人。”梅芳说：“那有什么。你这样聪明灵活，很快就学会了，说不定到时候还是个高手。”吴月和梅芳一问一答，慢慢也就轻松下来，心情也有点激动。吴月就对梅芳说：“我都还没主动亲过女的，我觉得你好漂亮，让我亲一口好不好嘛。”梅芳说：“哪有像你这样，一见面就想亲人家的。”又看了一下吴月显出尴尬的样子，说，“不过我觉得你这人还很单纯，又蛮逗人喜欢的，就亲一口。”

吴月搂住了梅芳的腰，把嘴伸过去，梅芳慢慢用嘴接住，两张嘴紧紧地粘在一起，梅芳用舌头轻轻拨开吴月的嘴唇，吴月就咬住了梅芳的舌头，贪婪地吸了进去，在嘴里舔咂着，又动手去解梅芳的衣服扣子。

梅芳急忙推开吴月，说：“说好了的，就亲一下，不能得寸进尺。”吴月说：“一下就是没有离开嘴的意思。”梅芳说：“你这是狡辩，一下是嘴接触的那一个短暂的时间。”吴月说：“男不跟女斗，就算你讲得有道理，我不跟你争了。那你教我唱山歌，也是说好了的。”

梅芳就说，真有你的，看来是个难缠的人，就唱了起来：“哥是天上一条龙，妹是地上花一蓬，龙不翻身不下雨，花无雨水花不红。”唱完，用亲昵的眼光看着吴月。

吴月就拍起手来，说：“妹妹看着就迷人，听这歌声就更迷人了，我就没听过哪个女的唱得这么好听的。”又接着说，“按照妹妹这调子我也试来接一首？”就唱道，“妹是天上的嫦娥，我是地上牛屎坨，嫦娥比花还要美，牛屎浇地才肥沃，鲜花栽在牛屎上，只怕花儿莫奈何。”边唱边对着梅芳笑。

梅芳朝着吴月背上捶了一锤，说：“看你表面老实，其实蛮鬼的。”就笑得弯下腰去。

吴月趁势一把将梅芳搂进怀里，一口把梅芳的嘴盖住，手就伸进了胸里，见梅芳也不大反对，就更加大胆地搓揉起来。梅芳也开始喘出粗气，顺手抱住吴月，手在身上摸索。感觉吴月的东西硬邦邦地顶在胯下，推了一下吴月的屁股，吴月就前后晃动起来，两人的气越喘越粗，不一会儿就停了下来。

梅芳坐起来，靠在吴月肩上，撒娇地说：“你真坏，还说你没玩过山，我看你比那些老玩山的还老练。”

吴月又顺手把梅芳揽在怀里，盯着梅芳的眼睛，说：“哪个叫你长得这么迷人好看，眉毛像柳叶，眼睛像星星，让我实在忍不住了。”

梅芳也用一只手搭在吴月的肩上一只手摸着吴月的脸，说：“那还成了我的错?”

吴月拿起梅芳摸着自己脸上的手，做出要打自己的样子，说："不是不是，千错万错都是我的错。要不，你打我解解恨。"

梅芳把吴月手中的手缩回来，两只手捧住吴月的脸，说："才不呢，打你我还手疼，再说我也舍不得。"又问，"你难受不?"

吴月回说："不难受，就是裤子脏了。"

梅芳有点不好意思起来，说："我们回吧，一会儿姐会担心的。"

吴中原和吴志强负责杉木苗的培育，找到了单家独户住在山上的老农。老农说："我也没有什么经验，这山上的树都是老祖宗留下的，只是觉得我家房前屋后太空旷，也就栽了百十来棵杉树。从这些树的生长情况看，还是两三年生的壮苗长得好。这苗是大杉树上落下来的果长出来的，杉树健壮的果也大，长出来的苗也壮实，还有这苗又要挡阳又不要被太阳过长时间照射，把育苗的地选在较宽阔一点的山冲比较好。那种地方土层深厚，苗的根深，又争太阳，苗就会长得又壮又直。"吴中原和吴志强听了频频点头。吴中原就说："老伯，我们要搞面积比较大的苗圃，育出一些壮苗来栽在山上。你就来帮我们吧，你看哪些人在这方面比较有特长，也托你把他们请来。我们在那里建一幢房子，你们就吃住都在那里，除了育苗还可以养养猪和鸡鸭，粪便用来做肥料。收入会比在田里做活路高得多，你看怎么样。"老农回道："那就试试看吧，做得好我就做下去，做得不好我也不好意思留在那里。"吴中原说："那就这样说定了，你先找十来个人，把架子搭起来，我们再来共同摸索，这种事老祖宗也没留下什么经验，边做边总结，会慢慢做好的。"

吴中原和吴志强告别了老农，就去选苗圃地。吴中原说："我们去南山吧，那块地是南向，光照好，三面有山围着，下面有条小溪，用水也方便，面积至少也有几十上百亩。就是不太记得土质怎么样。"吴志强说："你讲那地方我想起来了，应该是很好的地方，还留得有好多老树的桩子，土层应该深厚。中原哥真是个有心的人，连这样的地方都记得住。肯定那老农讲到育苗的条件的时候，你就已经想到哪里了。"吴中原说："是的，二叔他们把这些事交给我们，我们就得对每件事都先理出个大的头绪来，想好该一步步地怎么走。莫要到时候打急抓，那样是办不好事情的。”吴志强说：“确实凡事都要有个计划，做到心中有数。我也是想多学学你，那有些不太复杂的事，你就交代给我，我想好怎么办，再来听你的意见，你看好不好。这样我既能多学到些东西，也能为你分点担子，我的心才会安一些。”吴中原说：“那就谢谢兄弟了。”

来到南山，是一片长过大树的次生林地，土层又黑又深厚。吴中原问吴志强：“你看怎么样。”吴志强说：“中原哥有眼力，太好了。”吴中原说：“那就定这里吧。”

两人接下来估算了地块面积，看了准备修房和喂养牲畜的地方。回去报告了吴恭和李万山。

吴江和吴月回吴寨时，月亮张着笑脸，挂在西北坡上，把层层叠叠的山照得明晃晃的，星星都眨巴着眼睛，一闪一闪的，萤火虫在空中飞来飞去，到处是蝉鸣的声音，偶尔有几声山鸟的啼唱，声音在山里回旋着，好一阵都没有散去。一颗流星划过夜空，留下一条乳白色的弧线。

吴江问吴月：“梅芳妹妹怎么样?”

吴月捡起路边的一颗石头扔得高高的又接在手中，低声地说：“好。”

吴江说：“怎么个好法?”

吴月收住脚，看着远方的天空，想了想说：“人聪明伶俐开朗大方，长得又水灵。”

吴江看着挂在天上的一弯明月，也想起梅秀光洁的脸颊起伏的胸部和柔软的腰肢来，说：“我看梅芳身材也蛮好的，外地人叫什么凹凸有致，是不是?”

听到吴江问梅芳的身姿，吴月的思绪又回到了刚才在村头树林里那缠绵的香吻和亲昵中。这样美妙的感觉，自己还是第一次体会到，跟第一次懵懵懂懂的茫然无措的感觉比起来，还真是完全不一样。又不好意思直白地说出那样的感受，就说：“你不是看到了吗?”

吴江抬起手，拇指和中指一搓，发出了“嗒”的一声响声，说：“你肯定是摸了人家了，还有点不好意思。”

吴月面带羞涩，说：“她那长相、身材和性格，我都太喜欢了，忍不住。”

吴江微微地笑了笑说：“我们吴月运气还真是蛮好的，一开始就认识了这样好的姑娘，你要满意就多来找她点，建立了感情，将来就讨她做婆娘，我看蛮不错的。”

吴月敢说不敢说地说：“江哥是不是也是想多来见她姐姐哟？”

吴江也笑了起来，爽快地说：“她姐姐确实也蛮逗人喜欢的，人不但长得好，歌也唱得好。要是我还没讨婆娘，那我会使劲地追她。”接着问道，“你要跟梅芳好上了，那你想讨外地婆娘的想法不是落空喽。”

吴月定了定神，说：“那是叫花子款腊肉，香嘴的。还是农民配农民现实。”

吴江也认起真来，说：“我也不跟你打什么赌，以后的事情以后再说吧。但如果没有完全打定主意跟梅芳，就要控制住自己，不要过早走到那一步去，免得伤害了别人。做男人要学会担当，要学会对自己的行为负责，对别人负责。”

吴月感激而钦佩地说：“我会的。”又吞吞吐吐地说，“我本来就还没有和她到那一步。”

吴中原和吴志强选好了苗圃，吴恭和李万山也去看了，觉得不错，就开始动工建设起来，先搭起工棚开荒犁地耙地，寂静的山洼突然就热闹起来。吴中原和吴志强也吃住在工棚，天天披星戴月，没几天，就整出了个苗圃园的坯子。

吴中原和吴志强睡在刚搭好的苗圃地的窝棚中。吴志强对吴中原说：“中原哥，我看你整天又操心又劳累，人都又黑又瘦了，可要注意身体哟。”

吴中原自己也感觉最近是黑了好多瘦了好多，母亲也在不断叮嘱自己要注意身体，连这个心不算细的弟弟都看出了自己的身体变化，心里很是感激，就说："谢谢兄弟，我倒没觉得什么，精神挺好的。"

吴志强立起来，打个盘腿坐在床上，说："精神倒是挺好的，就是一门心思都在做大事上，好像什么别的生活事情都不顾了。"

吴中原也坐起来，诧异地说："兄弟指的是哪些生活事情?"

吴志强觉得对自己的哥哥无需转弯抹角，就直截了当地说："我看得出好几个姑娘都挺喜欢你的，你好像都视而不见，让别人都很失望。伯妈提这事，你也不正面回答，让伯妈心里急得不得了。"

吴中原叹了口气，认真地说："我又不是木头人，也是感觉到的。就是觉得现在木行的事都忙不过来，自己也还没有做成什么事，还没有时间和心思来考虑这件事情。"

吴志强试探着说："我看得出，你心里还藏着一个人。"

吴中原表现出不解地问："哪个哟?"

吴志强又倒在了床上，用手抓了抓头皮，做出想说又不便说的样子。吴中原说："说嘛。"吴志强才说："中原哥不愿承认，我也就不明说了，反正是在吴越那边李掌柜家我感觉到的。"

吴中原觉得自己的心速加快起来，脸都有些发红发烫，只是天黑吴志强看不到，也就声音有些颤抖地说："我知道你说的是李掌柜家的千金。"

吴志强见没有猜错哥哥的心思，就说："她要是看到你现在又黑又瘦的样子，肯定好心疼。"

吴中原确实也是初尝爱恋，第一次有人把自己心仪仿佛又还看不见摸不着的人与自己联系起来，说她会心疼自己，心里就有一种暖暖的特别满足的感觉。不好意思地说："你说些哪样哟，人家家庭境况这样好，人又长得漂亮，琴棋书画样样在行，哪可能看得上我们这样的乡下人。"

吴志强笑着说："还想瞒我，回来后你们都还一直鸿雁传书，我都是知道的。其实，我心里一直在为你祝福，希望你这个从来没有给过人的纯真的爱能够变为现实。我知道你这个人，没有十分的把握是不会说出来的，再说，我也看得出来，你一直担心李掌柜和伯妈会不会同意。所以，一直在心里藏着。我也就一直在为你保密。"

吴中原确实心里一直在想这件事，想到时心里有时像喝了蜜有时又像在吃黄连。他觉得李琦真是一个十分可爱十分难得的姑娘，而且她的爱意表露也应该是真心的。但他担心，李琦的母亲走得早，她就是李掌柜的心肝宝贝掌上明珠，他会同意吗？娘又是个很传统的人，这样的事她肯定是想都不敢想想都不会想，她又会同意吗？这样的矛盾心理他没有地方表达和倾诉。今天被兄弟揭开了，一阵难以掩饰的复杂情感潮水般向他涌来又溪水般在心里回环跌宕。说："知我者，志强弟也。"又长长地叹了一口气说，"听天由命吧。"

吴志强感觉到吴中原这个阶段的内心情感非常复杂，心里的矛盾压得他喘不过气来。心里生出些怜悯和同情，说："中原哥，其实你也不要想得太复杂，我觉得万事还是事在人为，还有就是'精诚所至，金石为开'，你是有主见有办法的人，你要想定了的事，没有办不成的。"

吴中原知道，这是几千年传统在人们精神世界里锁定的桎梏，要解开和打破它是谈何容易的事。所以，他情愿把这种美好的东西藏在心里，作为赏玩时的心理支柱和安慰，生怕拿出来会被摔伤或打碎。就说："我们说点别的吧。"

吴志强坐起来，把身子朝向吴中原，神神秘秘地轻声说："不晓得哥哥注意到没，那天我们来看苗圃地的路上，有个女的挑了一挑柴在我们走的路上坎歇气，天气太热了，她也没注意有人从下面经过，就撩起衣裳来擦汗，两个奶子跳了出来，像两只大白鸭扑入水中，晃动得撩人，人又长得丰满白净，还有一对漂亮的小酒窝，在这地方也算得上出众的女人了。你走到前面去了，我忍不住停下来看了一下，她抬起头来看见我，赶快用衣服盖住，有点不好意思，脸都绯红绯红的，越发显出自然的美貌。我现在想起来，心都还在咚咚地跳。"

吴中原知道吴志强是为了缓解他现在的情绪转移他的注意力编的，心里感谢他这份好意，不愿去说穿他，就不经意地说："兄弟运气好看见了，我没看见好可惜。"

吴志强用双手托住下巴，露出很纯情又很认真的表情，说："想着那山姑女子的美貌，让我觉得，这女子的美分几种，一种是这种自然纯朴不加修饰落落大方，带有山野芬芳香味的美；一种是受过教育和培养，有知识女性特征，又懂得装束打扮，轻施粉黛的美。”

吴中原听了吴志强对两种女子的评说，心里吃了一惊，说：“看不出兄弟对女子还有这番准确又精辟的高论，把城里和乡下两种地方美貌女子的特征概括出来了。看来是走出去后，在比较中有所感悟，得出的见解，蛮有见地的。”

吴志强用手在脑门上拍了一下，说：“有感而发，胡诌一气，班门弄斧，兄长见笑了。”

吴中原看着吴志强局促和略显尴尬的表情，说：“我对女子最缺研究，何谈班门。”

吴志强钦佩地说：“从哥哥平时为人处世、待人接物上我就看得出来，兄长慧眼识人，对人的看法不偏不倚，一看一个准。又只是心中有数，从不妄加评价。哪像你这兄弟，常常是不假思索、口无遮拦、乱发议论。”

吴中原也很正经地说：“我越来越觉得你很聪明机敏，脑子反应快，看问题准确，表达得又很精炼清晰，千万不要看低了自己。其实我的先天还没你好，只是你伯伯走得早，就养成了我内向的性格和相对独立的能力。这种内向的性格，其实也好也不好，比如在做生意与人打交道方面，是不太好的。这方面我都还得向你学习。”

吴志强听得出这是哥哥对自己的鼓励，心里就生出一种感激。说：“哥哥这是谦虚了。不过我也感觉到，现在来我们这里的外地人越来越多，那些来和我们打交道的人，有些确实很有能耐，讲话条理清晰，写的合约条款滴水不漏。这些对我是压力也是动力。你叫我不要看低自己，这很重要，也给我增加了自信。我会像哥哥说的那样去做的。”

吴中原听吴志强说出与外地人打交道的感觉，那是些自己心里也常常萌生出来的深深触动自己心灵的感觉，就说：“我现在也有这样的感觉，而且这样的感觉越来越强烈，感到我们在做生意方面的确与那些老练的人是有差距的，为此，经常会为这种差距感到有压力。后来又想，这也难怪，我们过去种田，是泥腿子，现在要做生意，当商人。我们这些祖祖辈辈面朝黄土背朝天的后代，突然遇到了这种转折，一时是难以适应的。但是要逼着自己去适应。就像放排，遇到了大风大浪，你跳排，水不把你淹死，木头也要把你撞死。那就只有拼了命地用篙子撑，把排扳正，才有活路。”

吴志强听了吴中原的话，感到很震惊也很佩服。说：“中原哥总是站在排头，看得到风向和航标的人。就像走象棋，我们最多看到两步，你却能看到四五步。看问题准确，讲事情精辟。天天跟着你，都能不断看到你新的变化。其实我有你这样的哥哥是蛮有福气的。”

吴中原也面对着吴志强说：“这都是顺着你的话，发一发感慨，哪里是什么新变化。我们要做成事，关键不在嘴上，主要还在付诸行动。我们兄弟俩就相互勉励和帮衬着走吧，是一定能把这条路走宽阔了的。”

11

吴恭和李万山的木行开始谋划在采伐了的山上种树，一边搞苗圃一边收购自然生长的杉苗。

吴江和吴月把荒山荒地踩完，等着吴恭、李万山去签契约，就带人上山去栽树了。吴江和吴月都手里拿了一根竹竿，上面刻了尺寸标记。凡是挖好的坑，都要去量一量坑与坑之间的距离和坑的深浅宽窄，不合格的要改到合格为止，合格后回填肥泥，然后才种树苗。吴江说：“你们来种树前，都给大家讲了怎么做，做成什么样子才符合要求，不符合的还要翻工，我们也是按规定来检查。有时候啰嗦一点，大家不要以为我们是在有意为难你们。现在不为难你们，到时候拿不到工钱，你们还会骂我们。”有人说：“这种树都赶上种庄稼了，还要规定株距、行距，坑也要挖得这么大这么深，还要回填肥泥。那么细致，有没有那个必要嘛。”吴江说：“我开始也是这样讲，李掌柜说‘种树就是要像种庄稼那样子，甚至还比种庄稼要求还要高。为什么呢？庄稼种得不好，就是差一季，树子种不好就差几十年。’我想也是这个理。大家说是不是？”吴江继续说：“还有就是栽树时要注意向阳背阴的方向，要让树尖朝向阳的那面。种下的树，回填肥泥后要踩实，还要再把树子往上提一提，让树根伸展开来，再浇水。树才活得好长得快。”种树的人都按要求办，慢慢地也就没有什么意见了。

吴江和吴月好多天都吃住在山上，晚上两人脱得光溜溜的，睡在工棚里。吴月对吴江说：“江哥，我只要跟着你，做什么都有底气了，你不光是什么都懂还什么都会。我看你现在是越来越行了，做哪样都理解得快又做得好，还会跟大家讲道理，种个树也把大家讲得心服口服的。吴掌柜也是越来越看重你，哪样事都要你去挑头。”吴江也觉得有些累了，两手排开，做出一个身体伸展的姿势，说：“也不完全是这样，有时候用人也是讲顺手。习惯了，一遇事情，就想起你来了。”吴月翻身扑着，仰起头来说：“那顺手也是因为你做的事，他都放得下心。”吴江侧过身来，一只手撑着头，说：“现在做的事，都是新鲜事，莫说我们过去没做过，就是做梦都没梦到过。哪样都要用心地去学去做。不讲身子累，心里压力还是蛮大的。”吴月像鱼打挺一样又翻过身来，身子把床板敲得咚的一声响，说：“那就叫嫂子多给你放松放松喽。”吴江坐起来，做了一个两手往后拉伸的动作，说：“你现在是小公鸡开了叫，越来越懂了。做那些事也是要有闲情的，现在人都累得嘴拱泥，一上床，脑壳还没挨枕头，呼噜就响得屋顶都要掀起来，哪里还有精神做那事。她有几次来推我，我翻过身又睡着了。还怀疑我在外面搞新鲜的去了，嫌弃了她，我都有口难辩喽。”吴月也跟着坐起来，吞了一口口水，说：“嫂子那身体、气色都好得不得了，你老让她闲着，怕也难受嘞。”吴江说：“那也没办法，别的事可以请人帮忙，这件事我是不想让人帮忙的。”吴月用眼睛盯着吴江，带着羡慕和夸奖的口吻说：“嫂子可是很美貌丰韵的女人喽，起码好多男的看着她都淌口水嘞。”吴江也自豪地回道：“那倒是，像她那样我看得起的，吴寨也没几个。追她时追得我扑爬筋斗的。”吴月试探地问：“那你第一次得她的时候，起码激动死喽。”吴江向窗外吐了一口痰，咽了一口口水，说：“你这鬼崽，问起这些来了。是不是想女人想得雀雀涨得难受了？”吴月又趴下来，说：“过去也不怎么想，自从你带我去玩过几次山，一有空就老想这件事。我又还没得过那个，有时候就想得难受。”吴江用力敲了一下床板，说：

"倒也是，我那时候有点像你现在，没尝过腥，想得不得了，得了第一次天天都想要，女人到了这个时候，比男人还要厉害。才成家那几个月，搞得人走路脚都是脚杆打飘的。"吴月只觉得口水忍不住冒上来，说："抱着嫂子这样的女人睡觉，江哥肯定是一晚晚地不歇气哦，舒服死了。"吴江手伸到了身下，说："不讲了，讲得我都想了起来，你小子就更睡不着了。"两人就不讲话了，在硬板床上翻来覆去的，弄得床板发出吱呀吱呀的响声。

12

李方舟家几兄弟的木行，第一批木材也是通过李万山顺顺当当运到了吴地销售，量比吴恭卖的第一批还要大。白花花的银子就像用戳箕在河滩戳沙子一样，戳了一戳又一戳，大家都很高兴，就把吴恭家几兄弟和李万山一起请来，还叫上了亲戚朋友和街坊邻居，说一定要喝个痛快，喝到人仰马翻为止。

吴恭几个弟弟加入木行以后，也是第一次把收购的木材运到了吴地销售，卖得很如意，大家都很兴奋。就一起到李家寨来喝酒同庆。

吴寨与李家寨同在清水江边，从吴寨乘船到李家寨只要一个多时辰。一条江上李万山都显得非常兴奋和激动。对吴恭说："我来你们这里这么长时间，生活在侗寨，天天看侗寨，但每一次出来总有一些能激发我激情的东西，让我不得不动情。我觉得侗族是一个很有生活情趣的民族。你看这寨子，前是清江碧水，后是林木葱茏，寨前古榕婀娜，寨中修竹掩映。进寨的码头在巨石上凿成，生成级级石阶。穿着漂亮的女子就在这里洗衣洗菜洗桌椅板凳，这就是一道很好的风景。还有这寨里的吊脚楼，一幢连着一幢，鹅卵石青石墁地，材料都是取自自然，就觉得特别亲近。再就是这侗寨独有的鼓楼、花桥也总是伫立溪边，遥相呼应，像一对有情人长相厮守，又都像与那溪水有无边的情结，有讲不完的悄悄话一样。"吴恭一边帮着艄公用篙子撑船，一边答话说："平时看你做事风风火火，还看不出你有那么多藏在心里的情感和文才。你这外乡人对侗寨特色的描述，连我这个本地人都感到又自愧又自豪。”李万山着迷地看着河两旁的山水风光和木楼村舍，说：“我少有回家，除了事多走不脱，我是打心里很爱这个地方。觉得这里的山水田畴木楼都会说话，都有灵性。我就常常一个人对着它们默默地思量悄悄地述说。有时在田埂边、小溪旁，不知不觉一坐就是半个晚上，都还舍不得离去。”

吴恭把撑船的篙子递给旁边的人，坐到了李万山旁边，说：“我看得出你这番表达是发自肺腑的，真是令人感动。你说到侗寨的鼓楼风雨桥，像一对恋人长相厮守，我倒要给你讲一段侗寨流传很广的珠郎娘美的故事:说珠郎和娘美本是同寨一对情投意合的青年男女，男的帅气聪明，女的貌美勤劳。但女方家父母嫌珠郎家穷，硬要棒打鸳鸯，拆散他们，俩人就逃婚来到一座远离家乡的侗寨，本想男耕女织相敬如宾过一生。但房东的儿子看上了美丽善良的娘美，搞得茶饭不思相思成疾，东家就打尽主意出尽坏招诱婚逼婚，都不能动摇这对有情人的忠贞爱情，东家最终不择手段陷害了珠郎，硬逼娘美与他的儿子成婚。娘美在举目无亲的情况下也毫不畏惧，施展才智，与东家周旋，让坏人血债血偿，为珠郎报了仇雪了恨，娘美最终以身殉情。”李万山边听边点着头，好像这故事触动了他的心思，良久没有插话也没有说话，有时还表现出呆滞的表情。吴恭讲完后，他才说：“真是一个凄美的爱情故事，这可能就是侗家人的性格，忠贞爱情追求自由，勤劳善良不畏强暴。”

吴恭看出李万山有心事，又不便问，就换了一个话头，说：“侗寨的鼓楼、花桥和戏台，都是侗寨的标志性建筑，不用一钉一铆，连接得天衣无缝。侗寨还真是有好多能工巧匠的。”李万山才收回思绪说：“那看来这山边溪旁矗立的鼓楼、花桥不仅是很美很有特色，还很有工艺水平，可以说是华夏民族的独一无二了。”又问，“那这鼓楼的主要功能是什么?”吴恭答道：“鼓楼顾名思义第一功能是用来击鼓聚众御侵的，有点像你们军队的哨楼；第二是用来民主议事，裁判是非；第三就是休闲娱乐了。侗族大歌，都是围着鼓楼火堂唱的。可以说侗家人一生就没有离开过鼓楼，也离不开鼓楼。从小就在这里唱歌娱乐玩耍生活，连老人过世都要到鼓楼来停上几天，人们还要用唱歌来为他辞行。”李万山感慨地说：“还真是很有情趣很懂生活的民族。”说着说着，很快就到了李家寨。

船没靠岸，就听到了芦笙莽筒的声音和悠悠的侗歌声，迎宾的队伍从码头排到寨头，李方舟几兄弟都已在码头恭候多时。李万山很是有些激动地问吴恭：“这侗寨的礼节如此隆重，有些什么讲究吗？”吴恭说：“侗族是很好客的民族，你来他家做客是看得起他。他就会载歌载舞欢迎你，还会唱着酒歌向你敬酒，唱一首你就得喝一杯。看来今天他们的仪式非常隆重，进寨前的拦门酒就会有九道，那牛角里装的都是酒，每过一道你都得喝。”李万山说：“那不是还没进到寨门人就先倒下了？”吴恭说：“那倒也不是，喝酒时你可以根据你的酒量来，能喝尽量多喝一点，不能喝也可以少喝一点。但是，要注意不能用手去碰那牛角，碰了你就得喝干。”李万山说：“那幸好我提前请教，否则我今天就只能站着进来躺着回去了。”

说话间九门火炮齐鸣，两排火枪朝天鸣放，震得整个寨子和山谷都动了起来，田里的鸭子扑棱扑棱地扑上田坎蹿到草丛里去了。身着盛装的男女老少一起吹起芦笙跳起舞蹈，两排满是笑脸的女子端着酒迎了过来。

吴恭拉着李万山的手走向船头，李方舟几兄弟把客人都迎下了船。李万山把吴恭推到了前面，吴恭就垂着手，或干脆把手背在背后，每道拦门酒都喝了一大口，过了九关，进了寨门。李万山也学着吴恭直朝前去，喝到兴头就问：“这米酒我怎么觉得好甜。”几个妇女听出他是外地口音，就围了过来，唱着歌敬他的酒。李万山想起吴恭讲：“一首歌要喝一碗。”就不加推托地喝了，进到寨门，已有些酩酊。

客人到齐，李方舟先把老人请入了正席，坐在主位上。然后清清嗓子说：“今天诸位赏光，使得李家寨宾朋满座也使得我李家寒舍生辉，我非常高兴非常感谢。我先要感谢祖上和老人，创下了这份家业，留下了满山的古树。如今这树能变成钱，成了真正的摇钱树，我们这山窝也变成了聚宝盆，这是祖宗的积德祖宗的恩惠。第二要感谢吴恭和李万山两位兄弟，是他们帮着我们把树上的钱摇下来，装进了我们的荷包里。第三要感谢亲朋好友和众位乡亲，有大家的鼎力相助，才有我们李家的今天。现在，以薄酒一杯谢谢大家了。”

吴家和李家几兄弟互相敬过，酒席上的气氛越来越浓，酒过三巡，就有侗歌声飘了过来。李万山问吴恭：“侗家人敬酒，为何只唱敬酒歌让客人喝，主人却不喝呢。”吴恭回道：“侗家人很好客，但并不是家家都有好酒好菜来招待客人，就宁可自己少吃一点少喝一点，也要把客人待好。久而久之，就变成了一种习俗。”李万山说：“在侗寨，我算找到‘好客’这两字的确切含义了。”看着敬酒的姑娘走过来，吴恭对李万山说：“侗家的女子很大方，她要喜欢你，还会坐到你的大腿上去，劝你的酒喂你的菜，你也不必拘泥和害羞，尽可大胆一点。这也是一种习俗。”说话间，三四个姑娘就端着酒，边唱着歌边走过来，见李万山是远道客人，就更加热情地敬起酒来，李万山也喝得爽快，几碗酒下肚，大了胆子，搂住两个姑娘，一边腿坐了一个。姑娘就一个捏鼻子一个拉耳朵地向他灌起酒来，弄得李万山趴在了桌上。吴家和李家兄弟都喝得口齿不清脚杆打飘，就由李方舟的家人们一起护送，住在了李家寨客栈。

李万山半夜醒来，口干舌燥，头也疼得厉害。就喊道：“水，我要喝水。”一个女人坐在他的床沿，说道：“你醒了。”李万山猛然惊醒过来，“你是谁？这是哪里？”这女人一下就扑在他的身上，两手捶打着他的胸口说：“还问是谁，我找你找得好苦啊。”李万山听到声音很熟，顿时酒醒了大半，也一把紧紧抱住了女人。两人相拥而泣泪如泉涌。

哭了良久，才泪眼对泪眼地相互看了起来。李万山说：“璇，我的璇儿，这真的是你吗？我不是在做梦吧？”然后甩了甩头，把眼睛睁大，确信不是做梦，而是真实的杨璇坐在了身边，眼泪更是不住地淌了出来，说：“我多少年望你真是望眼欲穿，怎么就在这样的地方见到了你呢？”杨璇更是悲喜交加，亲昵又委屈地说：“自从在岳阳楼一别，我就没有安生过。我找你等你这么多年，都绝望了。没曾想在这里重逢，真是老天有眼啦。”李万山说：“我在岳阳楼被抓去充军时，看到你哭喊着晕在了地上，几乎天天晚上在梦中或梦了醒来，都是那个情景。”杨璇说：“那你后来又去了哪里？我到你家去找过你，都说你没回过家，家里人那时对你也是天天以泪洗面望眼欲穿啦。”李万山说：“在军营没有固定居所，天天打仗，天南海北，也不知还能不能生还，连个递口信的人都没有，我也没有得到你和家人的音信，才懂了‘家书抵万金’的价值，但又能怎么办?”又问，“那你怎么又到了这里?”杨璇说：“我说是老天有眼就是这个意思。我祖籍就是这里的。我爷爷曾在两湖任职。爷爷疼我，就一直把我带在身边，我在那里读书上学，在那里长大。在岳阳楼认识你时，我还在长沙书院读书。那时我们沉醉在爱河，你也没问我，我也没有说起这事。我找你五年，没有任何音信，也失去了信心，才想回到家乡来，老此终年。”李万山听着感动得泪流满面。说：“你这样年轻，怎能说出这样的话来?”杨璇说：“我见你后，就有一种一见如故，今生有你足矣的感觉。在一起两年，你给我的，我一辈子也回忆不完享用不尽，我还去想什么，奢望什么?”李万山说：“我充军两年多，也在军中任了职，一次在战事时受了伤，差点就见不到你了。也是老天不让我们断缘绝望，我又死而复生。父亲想要我不再陷入军政的凶险，把商界的事交给了我，从此我就解甲从了商。没有了你，我也是万念俱灰，只能以拼命的做事来冲淡一点我的思念和悲伤。这么多年，我就没有沾过女人。”杨璇也被感动，说：“我感谢你的这份真爱，也不枉我对你的一片忠贞，几年苦苦期盼几年虔诚祈祷，终有回报，值了。”两人才转悲为喜，倒在了床上。

两人一觉醒来，李万山问杨璇：“你怎么会找到这里来?”杨璇说：“说来也巧，我家离这里不远，我这里有个姨，姨的女儿，也就是我的表妹孩子满月，吃满月酒，我就过来了。已经来了好几天，是她们把我留下来看昨天的热闹，我也很喜欢侗族的这种风俗，就留下来了。晚饭后她们在家议论，说是有个姓李的外地人高兴喝醉了。我就问她们那人是哪里的，她们说听说是吴越那边的，我又问那人是什么长相大概多大年纪，她们说的我就觉得与你很是相像。才叫我姨爹去问了李家的人，说那人叫李万山。我都还怀疑是不是巧合，才抱着试一试的想法，过来看看，结果就在这客栈见到了你。”李万山用力敲了一下自己的脑袋，说：“这不是老天给我们开了一个天大的玩笑吗？把我们安排在一起，又如此地捉弄我们。还把我们再一次的重逢安排在这样的场景下。”杨璇说：“这是上天对我们的考验，也是上天被我们始终不渝的情感感化对我们的赐予。”李万山说：“还真是应了那句老话，精诚所至，金石为开呀，无怨无悔了，无怨无悔了。”两人就又紧紧地抱在了一起，亲昵地抚慰着。

吴李氏来到吴江伐木的山上，天近暮色，到工棚边就喊：“吴江，你死在山上了？这样久活不见人死不见尸的。”吴月听到吴李氏的喊声，赶快迎了出来。说：“嫂子，你来了。路上没遇到江哥？”吴李氏摇了摇头，皱起眉头说：“没有啊，那死鬼要回去也不说一声。”吴月解释说：“那他可能是抄近路了。是吴掌柜叫人来传他回去的，说是有些买地的事要他回去才搞得清楚。”吴李氏掉头要往回走。吴月急忙说：“嫂子，你现在回去，可能晚了。走不出十里路，天就黑尽了，怕不安全喽。”吴李氏大声大气地说：“还会有虎狼不成？”吴月点了点头很认真地说：“有啊，我们傍晚时就经常听到狼群叫。要不我把你送回去？”吴李氏听说有狼群，也不寒而栗，摆摆手，说：“那哪行啊，你江哥留你在这里，是要你看山监工的。回去了不光你挨骂，连我都要挨骂。”吴月又点着头说：“那倒是。”吴李氏看了看吴月，衣裤都又汗又脏，说：“那我今晚就留在这里吧，也好帮你们洗一洗脏衣裳，也算跟你做个伴，你小崽崽一个人留在这里肯定也害怕。”吴月说：“那再好不过了，我从来都最喜欢嫂子了，人又漂亮，对人又好，江哥也是上辈子修来的福，才讨了嫂子这样的好人。”吴李氏看着吴月高兴的样子，说：“平时我都觉得你是小孩，想不到这张小嘴还蛮讨人喜欢的。”吴月才赶快去打水让吴李氏洗脸擦汗。

吴李氏洗完脸，就进工棚去清理被子垫单和脏衣裳，抱了一大堆出来说：“你们这些男人，还真是离不开女人，你看这床哪里是床，那是狗窝，衣裤脏得连根纱都看不见了，全是汗气，还穿得上身去。”又看了吴月一眼说，“还不快把你那身衣裳脱下来让我洗了。还怕嫂子看到你那个小雀雀？”吴月有点不好意思，脱下了衣服，留下了一条小短裤。

吴李氏说："你带我到沟边去。"吴月走在前面，吴李氏瞥了吴月一眼，突然间觉得一个印象中的小孩冷不丁就长成了一个壮实的小伙子，心里一阵潮热。没走多远就到了溪沟边，吴月掉过身来说："那嫂子在这里洗衣服，我回去煮饭。"吴李氏又看了吴月一眼，前胸手臂都肌肉隆起，又健壮又腼腆。才把装衣服的竹篮放下来，说："我来了，哪还用得着你去做那些事，做那点事就是你们一袋烟的工夫。你这段时间也辛苦了，就在这里陪嫂子讲讲话吧。"吴月就坐在了吴李氏洗衣的对面，把脚放进了沟里，搓着沟里的石头。

吴李氏把洗的东西都倒进了沟里，用脚踩着，问："你们累不累？"吴月看着吴李氏脚踩浆洗的东西，奶子抖动屁股扭动的样子，心里像揣了一只蹦蹦跳跳的兔子，说："我是做直活路的，倒不怎么累。江哥又要做活路又要想事情，真是蛮累的。"吴李氏把沟里的东西捞上来，丢在岸边的石板上，说："你倒是会为他讲好话，我都不晓得他有哪样累场。"吴月一边看着吴李氏弯腰捞东西翘起的圆圆的屁股，一边声音有些颤抖地说："现在，吴掌柜的蛮信任他，哪样事都喊他去挑头，又都是新鲜事，怕做不好耽误了吴掌柜的大事，人又累心又急，他人都又瘦又黑了。"吴李氏蹲在岸边，用木棒捶着被子垫单，一边说："是吗，我还以为他在外面有新的相好了，几十天不回一趟家，回到家也像霜打蔫的一样。"

吴月又偷看了一眼吴李氏有些发红的脸，越发觉得她的漂亮，说："那嫂子就冤枉他了，他几天不见你，就在念你的好，还说有时候想你都想得难受。"吴李氏站起来，把浸泡的被子扭干水，说："想得难受个屁，我都快被他晾干了。"吴李氏看了吴月一眼，见到吴月一直盯着她的胸口，就坐在了石头上埋下头去搓垫单，说："吴月，你这被子垫单印的都是那些印子，是想哪个姑娘想的哟。"吴月也脸红起来，说："嫂子莫笑我。"吴李氏把垫单抖开，放入水中搓揉起来，说："那有什么笑的，年轻人正常得很。"

吴李氏一边搓着垫单，一边偷眼看了一下吴月，见他裤裆已经顶了起来，也觉得心里有点发热，就问："你们去玩山了没？"吴月不会撒谎，犹豫了一下细声回道："去过两次。""好玩吗？""好是好玩，就是不大会唱山歌，丢丑得很。”“你不叫你江哥教你唱，他是老手。”“教了点，我也会唱了点。”“他不教你别的？”吴月听得出吴李氏是问男女间的事，又不好意思说，就回道：“教啊，锯木喽栽树喽。”吴李氏说：“你装什么傻，你嫂子是过来人，不怕听那些，讲来听听。”

吴月见被点破，瞒不住，也有些话憋在胸口里难受的感觉，就大胆地说：“第一次去玩山碰到的是个姐姐，她来抱我，我也有点冲动起来，就去摸她，那是我第一次触到女人，我一会儿就软了。”“那第二次呢？”“那个姑娘蛮漂亮，比我小，但比我玩山玩得多，我和她在草地上亲嘴，滚来滚去，我摸她她也摸我，我实在想得很，要脱她的裤子，她不肯，就隔着裤子泄了。”吴李氏听着浑身都燥热起来，说：“看来我们吴月兄弟还真是个没开叫的小公鸡。”然后就用力地在石板上搓起衣服来。

吴江回到家，听说吴李氏已上山找他，估计也回不来，就去对门寨找了梅秀。

13

杨家寨杨田裕与两湖人氏陈方亮的第一笔木材交易也很顺利。木材是运到两湖交货，运程短一些，很快有了回报。就定下来合伙开木行，揭牌的时候请了吴氏、李氏木行的人都来参加。杨璇告诉李万山，杨田裕是她的叔父，因父亲过世早，他也像父亲一样对她。李万山说：“那一定要好好地去庆贺，也好去认认门认认亲。”就高高兴兴地一起去了杨家寨。

杨家寨在清水江的上游，以苗族为主。一条路上，李万山也感到很新鲜，加上又与杨璇久别重逢，情感上如久旱遇喜雨，一时就像换了一个人似的，人也开朗起来，话也多起来。

李万山和杨璇站在船头，一边看着两岸的景致一边比画着赞叹着。李万山问杨璇：“苗族是怎么来到这里的？”

杨璇想了想，回答说：“我也不怎么说得好，还是小时候像听故事一样，从爷爷那里听来的。说苗族是蚩尤的后代，过去主要聚居在黄河流域，那时非常强大。就和炎帝打仗争地盘，炎帝当时相对要弱一些，就联合了黄帝一起来对付蚩尤，蚩尤最终被战败，部下和家眷就分成了几支分别南下和北上。南下这一支，一直遇到追杀，历尽千年苦难迁徙，才来到雷公山麓。这里林木葱茏千山阻隔，又有天险屏障，算是有了一个安身立命的好地方，就定居下来，在这里生产生活、栖息繁衍了。所以这一带聚居的民族主要是苗民。"

李万山听了杨璇的叙说，感慨地说："怪不得这一带的苗寨以建在山上的居多，看来是厌恶了战争，想过与世无争的平和生活，才把家建在了人迹罕至的地方。不过这苗寨建在山上，又都是吊脚楼，与那山间丛林梯田山溪相映成辉，还有朝晖晨雾夕阳星月相依为伴，经常是烟雾缭绕、时隐时现，特别有世外桃源、海市蜃楼的感觉，很是美妙。"

杨璇佩服地看着李万山，说："你还真会说道推理，我回来过几次，也有这样的感触和想法，因此向叔辈们请教过这个问题，他们也是这么说的。"

李万山少有到过苗寨，对苗族很是新奇，又问："苗族比起侗族来，又有些什么特色和讲究？"

杨璇笑了笑说："还真是少见多怪、盘根问底的人。"然后继续说，"苗族和侗族，基本同处一个区域，在居住环境、生活习俗等好些地方都有相近似的地方。比如住的吊脚楼，吃的酸味道，穿的绣品，戴的银饰，都爱唱歌跳舞。还有就是质朴热情的待客习俗。"

李万山觉得在杨璇家乡的第一次重逢就是醉态，很不好意思。说："你们这里的好客敬酒习俗，还真让我有点记忆深刻还受宠若惊。不过这若惊，也有害怕的意思。"

杨璇娇嗔地说："谁叫你好酒贪杯的。"

李万山摇着头辩解地说："第一是侗家人的情感和气氛感染所致，再就是孤独宣泄和借酒消愁，绝非好酒贪杯。"接着又问，"那又有哪些不同呢？"

杨璇说："比如，都住吊脚楼，但苗家的有'美人靠'，侗家的没有，侗寨有鼓楼花桥，苗寨没有；都爱吃酸食，但苗家的是酸汤鱼酸汤菜，侗家的是腌鱼腌肉；都爱划龙舟，苗家的是独木龙舟，侗家的是三板龙舟；都爱唱歌跳舞，但苗家是以飞歌为代表，风格豪放，侗家以大歌为代表，风格婉约；都爱斗牛，苗家多以户为单位，侗家多以寨为单位。”

李万山听杨璇一说，觉得概括得特别精炼，就说：“你回你的家乡不多，但对这里的民风民俗风土人情却了解这么多描述这么好，说明你的家乡情结很重。”

杨璇也自豪地说：“那是蒙你厚爱和夸奖。不过苗族来自中华原始文明的发祥地，虽长期隐居山林，但爱美的本性没变，穿着打扮很是讲究。比如头上戴的银冠，我敢说，没有哪个民族那么细腻那么华丽，还有梳的那头结没有半天工夫是出不来的，又大胆地在头上戴上一朵大红花，显得又美又自然，你看哪个民族敢这样张扬会这样表现。还有他们穿的盛装，那是能拿针线时就开始刺绣的，直到出嫁才穿着。这就已经不仅是一种简单的手工制品，而是世代相传的技艺和美的心血凝聚了。”

李万山边听边点头，赞叹地说：“怪不得苗家人那么爱美，喜庆节日穿着打扮得更是美上加美，头上戴的银帽和前胸后背的银饰，走起路来发出叮叮当当的响声，很是清脆悦耳，让人都忍不住驻足观看欣赏。而且你看她，她还会回过头来莞尔对你一笑，很是骄傲很是从容。那确实是爱美本性的表达，也应该是被压抑后一种不屈不挠，对生活充满热爱的表达，是一种乐观向上的积极生活态度。”

杨璇赞同地说：“我觉得你的理解是在情在理的。”

说话间，船就到了杨家寨的码头。

杨璇高兴地喊了一声：“到家喽！”

杨氏兄弟和陈方亮都到码头来迎接。进入芦笙场的一条路，排满了穿着盛装载歌载舞的迎宾队伍。李万山感慨地说：“真是任何艰难困苦都压不垮的民族。”

大家进寨，先到了芦笙场参加苗族的歌舞迎宾活动。芦笙场的中央，立着一根巨大的图腾柱，雕刻的都是夸张大胆的原始图腾，牛头悬顶，蝴蝶飞扬。下面挂着一面大大的铜鼓，人们抱着吹着的芦笙有些足有一层多楼高，莽筒如木柱般巨大。芦笙、莽筒声在山谷中萦绕回荡。全寨的人站满了芦笙场和周围的空地、山包，人声鼎沸、喜气洋洋，比过节还热闹。客人到齐，芦笙场里的人们，唱起了苗族飞歌、情歌、敬酒歌，跳起了木鼓舞、锦鸡舞、板凳舞，还一起围着火塘跳了团结舞。歌舞把人们的情绪一次又一次地带入高潮，李万山和杨璇几次都激动得要淌出眼泪来。

第二天吴氏和李氏兄弟都回去了。杨家人把杨璇和李万山留下来，再住几天。一起叩拜了杨氏祠堂，拜望了杨家的长辈和房族。

杨家寨是一个山环水绕的苗寨。沿江排开一层遮掩着寨子的垂柳和竹林，打鱼的三板船有些漂在水面，有些斜靠在岸边。进寨码头石阶边的巨石被河水冲刷得光怪陆离，风洞里积满了清水。寨头的风水树都是千年的古树，青藤缠绕，枝叶繁茂。树上的几个大鸟巢，时不时探出几个嘴壳嫩黄的鸟头，叽叽喳喳地吵着。树下宽敞的斜坡地都被古树茂密的枝叶覆盖得杂草都长不出来，光生生的。只有突出的树根龙爪一般起起伏伏，紧紧地抓住磐石和黄土再延伸开去。树下一个供人栖息的凉亭，亭子里的长凳又宽大又厚实，被人们坐得发紫发亮。大树坎下一口古井，水从大青石凿成的龙口里喷出来，形成了一个大大的弧线，跌落进古井中，溅起珍珠般的水花。树的根须和青藤飘在清凉的水里，悠悠地摆动着。井边放着几个供人饮水的竹葫芦。两边还有一副石铿的对联，表达的是饮水思源和杨氏香火永续的意思，边上一对石雕香钵，插满了还没燃尽的香烛。

一条用青石和鹅卵石铺就的路从码头通向寨子，又宽敞又明亮，铺在田垄边小溪旁，夹在吊脚楼中间，在寨子里弯弯拐拐起起伏伏地延伸着。木楼的板壁都用桐油浸过，在黄澄澄中又多了一些灰色一些亮色。寨的高处一股山泉涌出，分杈成多条小溪沟，欢快地流淌到寨上人家，发出叮叮咚咚的响声。寨后是一片古木参天的林子，地面都被人们踩踏得光溜溜的。

李万山和杨璇走在寨头的路上，李万山好像还在回味什么，说道：“你们这苗家的酸汤鱼太有特色太好吃了。我现在都还在回味那样的味道，真是一绝啊。”杨璇好像遇到了知音，也想起了李万山昨晚吃酸汤鱼那惊讶的表情，说：“你说的是真的，连我出去那么长时间，身处他乡都还时不时想着这样的美味，有时想起来都淌口水。”李万山说：“做这菜有什么诀窍吗？”杨璇笑了笑说：“其实我也只会吃，不会做。不过我知道做这菜，关键在酸汤。这苗酸汤有两种，一种是用纯米汤酿制的。你看我们在这里吃的都是用蒸笼蒸出来的米饭，颗是颗粒是粒的，不粘连，很好吃。蒸笼下的水是不是都是米的精华，酸汤就是用这个米汤酿制出来的，这种不加料的酸汤叫白酸汤。还有一种是加了辣椒和西红柿的，颜色呈红色，叫红酸汤。”李万山说：“那这酸汤应该是又有利消化又很有营养的。”杨璇说：“不错，还能解暑解乏。”又说，“还有这鱼，也有两种，一种是这清水江里打上来的江鱼；一种是在稻田里养的鲤鱼，都既细腻又带有淡淡的甜味。再说，在这酸汤里煮的鱼，越煮越细嫩，所以很好吃。”李万山说：“好像还感觉鱼里有很多种野草的香味。”杨璇说：“你是真细致，里面的山野香料至少也有十多种，都是增香增味的好东西。”李万山感叹地说：“看来我讲苗家是会生活懂生活的民族，再把这特色饮食加进去，就更加名副其实了。”

两人说着话，不知不觉走进一片古木参天的森林中，杨璇问李万山：“你知道这寨边的树为什么都这么古老这么大吗？”李万山说：“苗家人爱山爱林呗。”杨璇说：“你答对了一部分。”李万山问：“还会有什么更玄妙的原因吗？”杨璇说：“没错，而且这个原因你肯定是猜不出来的？”李万山有些着急地说：“那你就不要卖关子了，赶快说出来吧。”杨璇说：“苗族是一个具有树崇拜传统的民族。一个人生下来，就要找一棵又直又茂盛的树来作为联系自己的生命树，人的心要像这树这么直，身体要像这树这么强盛。人死了以后，埋在山上，不起坟堆，只是在上面栽上一棵树，这棵树就是墓碑是坟冢。所以这周围山上的树下都可能是一个故去的前人，人们是不会砍伐这些树的。”李万山睁大了眼睛听得入了神，还不住地点着头，听完后感叹地说：“这样的习俗真太少有太难得，太令人钦佩了。”

李万山和杨璇又认真地看了杨氏老宅。李万山对杨璇说：“怪不得你那么超凡脱俗出类拔萃，这是有根基的。你看你们这寨子，给人的感觉，就特别古老、淳朴、自然，不加雕琢，天生丽质。你祖爷爷传下来那老宅，又古色古香又有民族特色。你家不仅是大家族，还是书香门第，官宦人家。你的身上就不仅融汇了你这个民族的特质，还融汇了你这个家族血统的优点。"

杨璇把李万山两只手拉着，面对李万山，用眼睛深情地看着他，说："你尽是拣好的说，一个乡下妹，被你夸上天去了，注意被你宠坏了，以后不好招呼哩。"

李万山把杨璇搂在身上，让杨璇靠着他的肩膀，用唇亲了一下杨璇的额头，说："我说的都是发自内心的大实话。只要有你在我身边，莫说好不好招呼，就是你叫我去天上摘星星月亮，我都会心甘情愿、竭尽全力。"

杨璇任李万山搂着，抬起头，眸子忽闪忽闪地对李万山说："我爱你，也就是爱你的才智、你的实在，爱你对人的一片真诚和对爱的执着。这一点，你是一点都没变。"又接着说，"我们都相聚了，小姐也快放暑假，我们把她接过来一段时间吧。你肯定也特别想她了。"

李万山很是感动地说："我还正想跟你商量这件事，你都想到前头了。你的善良和善解人意在女流中是难有人比的。在你身上我所看到和得到的都是我丢不下的。所以，你对于我，也是你说的那句话：有了你，我别无所求。"又接着说，"你跟我那孩子也是很有缘分，她懂点事后就跟我说，她想要你这样的人做妈妈。这次她们知道我们重逢相聚了，她就很高兴，也很急切地想要见到你。"

杨璇眼圈都红起来，说："我这一辈子的命，看来就注定了是要来侍候你们的，不过我也心甘情愿。"

李万山就又紧紧地抱住了杨璇，久久地不愿松开。好像所有语言难以表达的情感都在这无声的拥抱中，在这身体和心灵相依相偎的传递中。

清水江上的木排越来越多，排得前不见头后不见尾。江面扛木、扎排的吆喝声，拉纤、撑篙的号子声此起彼伏，在江面上荡漾，在峡谷中回响。沿江的水码头也越来越多、越来越大，岸边的城镇也比以往大了许多，热闹了许多。街上人来人往，车水马龙。到处都在建商铺建客栈，好多地方都筹划着建会馆。

李万山来找吴恭商量，说几个老乡找到他，要他挑头筹建吴越会馆。

吴恭没有听过这样的新名词，问："这会馆是干什么的？万山弟莫不是又有什么新招数了？"

李万山看出吴恭心中的不解，就解释说："办会馆对我来说，也是大姑娘上轿头一回，我都不太懂。但我们那边是早些时候就有了，大概就是一个地方的人来多了，大家有个聚会的地方，有什么大事好共同商量，有什么困难好互相帮助，有什么大事小事相互间好有个照应。"

吴恭一听就明白了会馆的意思，说："那好啊，现在我也悟出些道理了。种田单家独户可以，这做买卖，小买小卖单干行。做大买卖，我看单打独斗就不太行，还是多有几个人商量，多有点人帮衬，才能做得好。像你们外乡人来到这里，举目无亲，不靠老乡又靠谁呢？俗话都说'老乡见老乡，两眼泪汪汪'嘛，不就是讲那份'亲不亲故乡人'的情谊吗？该办该办，我一定支持你。"

李万山很佩服地说："你这个人，想事做事都很善于举一反三，触类旁通。理解又透彻又有见地，表达是去繁就简，深入浅出，让人一听就明白，不得不服气。"

吴恭赶紧岔开李万山的话说："这只是在与你共事中学到的一点点东西，是在学经商中得到的一点体会，哪是什么深入浅出的道理，见笑了。"又接着说，"你做这事我完全支持，要地给地，要人给人，这段时间你也可以分些精力去做这件事。但我只是提醒你一点，也不要光顾办大家的大事，把自己的大事耽搁了。"

李万山觉出一种被人理解和关心的内心热流冲到了头顶，鼻子有些酸酸的，说："你说的是我和杨璇的婚事吧。很感谢你的关心，这事我们两个商量了，把这批木材放下去，顺道我们一起去看看我的老人和亲人，马上就办。我父母也催了，女儿也很高兴，都等着这一天呢。"

吴恭像自己办成了一件大事，又像自己要去办一件喜事，特别高兴起来，说："那就好那就好。你们这真是'有情人终成眷属'，把它当故事讲，都特别感动人，难得得很。"

李万山特别感激吴恭对人的真诚和关心，就顺着吴恭的话说："有点像鼓楼和花桥不离不弃的故事，结局又比你讲那珠郎娘美好，是有点故事情节。"

吴恭想起了那次快到李家寨的路上，讲起珠郎娘美的故事时，李万山那酸楚的表情。顺手拿起李万山桌子上的一对瓷人，点着头说："我看你这桌上的瓷人好久了，越看还越像你们两个，才想起你为什么摆在这里，原来是为了睹物生情，时刻不忘。你这人办事严肃认真、不苟言笑，其实是个很有生活情趣的人。杨璇和你在一起，还真是会很幸福的。"

李万山笑着说："我这心里的一点小秘密都被老兄看穿了，让我不好意思喽。"

吴恭也笑了起来，说："心里的秘密藏到可以让人分享的时候，就不是秘密了。是不是?"

李万山忙不迭地说："那是那是，其实老兄点开我内心的秘密，我心里就像乐开了花似的，你对我真是不是亲哥胜似亲哥，你都是把我的事当着你的事来做来想的。我对你还有什么秘密可言吗?"接着又说，"差点忘了告诉你一件事。我们从吴地回来，要把小女带过来一段时间，让她过来看看这边的青山绿水，也让她来了解一下这边的生活，更重要的是借这个机会，补一点对她亏欠的父爱母爱的账。"

吴恭又像自己家中有了什么喜讯似的，说："太好了。怪不得，我最近就老听到喜鹊在你那门前叫，原来是你们全家人要团聚喽。"

李万山很欣慰也很感激地说："老兄总是这样关心我，何以为报喽。"

接下来，两人又认真地商量了办吴越商会的一些事情，就各自忙去了。

几批木材出去，好多原本富的人家更富了，原来穷的人家也比过去好起来，有些还从穷人变成了富户。灵芝和桂花走在街上。灵芝问桂花："你听到街上人们的议论没？"桂花回道："听到，听了烦得很。说你们别看那些穿红戴绿、花枝招展的女人，过去也都跟我们一样是穿粗布衣的，就是老公去放了几次排，就变了个样。"还说，"现在最时兴的一句话就是'篙子下水，婆娘款嘴'了嘛，款嘴干什么，就是有钱了觉得了不起，要显摆呗。"灵芝说："还说是那边的窑子多得很，那些爱嫖爱赌的，再多的钱也不够用。说是排放到洞庭湖下面，排一靠岸，就有女的上排来，装成拣柴火的，手上提个篮子，懂行的人就过去搭讪，其实是谈人肉生意。"桂花说："不说这些了，听起来心烦。"

灵芝又问桂花："你那男人放排回来啦？"

桂花回道："回来都几天了。"

灵芝说："怪不得几天都没见你，原来是窝在家里抱男人喽。"

桂花说："哪有不出来，他一回来第二天，我就出来买鸡炖汤给他吃了。"

"那哪是为了他，分明是为你自已。"

"你说这话没道理。"

"那坝里的水被你抽干了，你不补谁补？"

桂花拉灵芝站住，看一眼四周没人，愤愤地说："我抽干，还没晓得是哪个抽干的嘞，一回来蔫巴巴的。我问他，怎么回事？他说放排太累了。又不好不应付我，东西不行，但花样多起来了。我又问他是哪里学的？他说在排上大家一天到晚都在讲这些。我说，都是乡下的，哪个不是想了爬上来，耸几下就滚下去，呼呼地睡了？他倒问我和几个人睡了，晓得别人是这样？我说还不是女人们在一起摆的。他就说是吴越来的师傅摆的。我说吴越的师傅教你们扎排放排，还教你们和女人做事的花样？他说我是讲蛮话，说男人丢久没女人，都会讲这些来过干瘾的。这出去几次，嘴巴也比原来会讲了许多，我倒讲不赢他了。"

灵芝看着桂花气恼的样子，想着自己家里的事，心里也有些添堵，说："那是要注意点。我也是听到一些说法，说是一些单身男人讲出来的。讲那边的女人又白又细嫩，身子软得像柳枝一样，又特别会递媚眼，会迎合男人，男人们想要的，她们都会做，把男人们搞得全身都酥了。”

“那还不都是为了掏男人荷包里的那几个钱。”

“那还用说，进去以后出来的男人，没有几个荷包不被掏空了的。”

“岂止是荷包掏空，那水也肯定是被掏空了嘛。”

“水掏空了，倒还会储起来。就是得尝了新鲜的，我们这些土产货，他们就嫌没味道了。”

桂花瞪大了眼睛说：“只要他爱偷腥，你怕老娘又不会去吃肉？”

灵芝看了一下桂花全身都有些微微地颤抖的身子，说：“那是，桂花这身子又白净又丰满，女人看了都羡慕，不晓得好多男人都看着流口水哟。”

桂花也看出了灵芝有些酸楚的表情，说：“光说我，你男人呢？”

灵芝摇了摇头，说：“我家那个，身体好得不得了。一天不和女人，那水又会涨起来。一回来照样是不歇气，也是花样多起来了。我问他，答复和你家那个一样的，我就怀疑他们是串通一气了的。”

桂花又问：“那得回来的钱比原来的是多还是少了呢。”

灵芝叹口气说：“肯定是少了嘛，我问他是哪样回事，他说现在放排的人多了，分的也就少了喽。反正怀疑归怀疑，你又抓不住他的把柄，又能怎么样？”

桂花说：“管他的，哪天也去取点经来才值得。”

两人就各自怀揣心事回了家。

14

李家寨与杨家寨是比邻，山连着山水连着水。一天，砍木材的人在山上争山闹了起来。两寨的人都搬了救兵，不分青红皂白地厮杀起来，打得天昏地暗，天黑下来才鸣金收兵。一个寨子死了一个，伤了十来个人。

吴寨与李家寨在种树的山上也发生了争执，两边都说是祖上传下来的，争得面红耳赤、互不相让，也是动手打了起来，有人受了伤。

吴江赶到现场，说：“你们都不要打了，我们都是邻居，世代友好相处，不要为这山就闹得伤了和气。还是各自回去找根据，该是谁的是谁的。这山就暂时谁都不要挖不要砍，山又不会飞到哪里去。”大家见说得有理，才各自劝说自己的人愤愤地回去了。

一时间，山寨间的林地纠纷此起彼伏，闹得不得安宁。

吴寨街上，吴嫂问吴李氏：“李家寨跟吴寨争的那片山究竟是哪边的哟？闹成这个样子。”吴李氏回说：“你问这话就难着我了，我对那片山又不熟，小时候倒去过，那是去打猪菜，觉得越过去猪菜越好，就越走越远，差点都迷路了，天黑了好久才回到家，把家里人都急死了。”吴嫂说：“你说是讨猪菜哟，肯定是哪个鬼崽，看你乖巧，邀你去玩山去了。”吴李氏说：“你说哪样话哟，那时候什么都还不懂，看到那些崽站起撒尿，跟我们不一样，还多出个雀雀来，不晓得是哪样回事，去问别人，别人说是我调皮，被我娘割了。我就去找我娘又哭又闹，我娘哭笑不得，好大了还拿这件事来笑我。”吴嫂就笑了起来说：“看得出来，你小时候肯定是那种野叉叉的姑娘。”吴李氏说：“是嘞，好多崽都被我打哭了，我娘就讲，以后大来，晓得怎么嫁得脱哟。我就讲，不嫁，一辈子陪着娘，还真让我娘着急了。”吴嫂说：“想不到这姑娘十八变，长成大姑娘，还就水灵得不得了，害得好多后生争得打起架来去。”吴李氏说：“还没打架，就被吴江占了。害我少得看好多热闹。”吴嫂说：“那你肯定是懂事早，好小就想那事。”吴李氏说：“懂什么事喽，小时候光贪玩，跟那些大点的去玩山。看到他们一个抱一个的，也不晓得是哪样回事，有人想来抱我亲我，还被我扇了一嘴巴。说那嘴臭臭的，才不要呢。”吴嫂问：“那后来呢？”吴李氏说：“后来的事还用问。还想要我把那些事讲来给你听？怕你睡不着去找吴江，把他累死了，我不变寡妇了？”吴嫂说：“你这种婆娘，吴江对付你一个人我看都难，还用得着别人帮忙？”吴李氏说：“那也不是这样讲，哪个男人不想多要几个？你看那山上的猴子，一个猴王就霸了一大群，害得别的公猴难受死喽。”吴嫂说：“说得也是，过去有些人穷得婆娘都讨不起，现在放排得点钱还去下窑子。”吴李氏说：“所以，钱既是个好东西也是祸害。现在争山还不是为了争这几个钱？为块荒山都打得头破血流的，有哪样意思嘛。所以，你问我这事，我都不想讲话。这边是媳妇那边是姑娘，难得做人。”吴嫂就跟着叹了一口气，不再说话了。

吴恭找来几兄弟和侄子商量处理争山的事。

吴恭心事重重的样子，坐在堂屋中间，说：“近些时候，发生了一些争山的事，有些是兄弟之间争，有些是家庭之间争，有些是家族之间争，有些是寨子之间争。过去这类事情就没有发生过，我在想为哪样，其实很简单，就是一个‘钱’字。你说过去谁要送一块荒山荒坡给你，问你要不要，你会想都不想地回答：不要。原因是不值钱，管不过来。所以，这些地方的山，大多没有什么契约文书。也就很难定下来该归哪个。如果，长期定不下来，就还会去争，去吵架打架，这样家庭、家族、邻里、村寨之间都不得安宁，不光伤人伤和气，还败坏了门风族风和寨风，对子孙后代都没有好处。昨天，我们吴寨就有人跟李家寨的人打了架，结果两边都有人受了伤。如果再不处理好，肯定还会有更大的事情发生。所以，请你们来，就是要商量一下这件事，看有个什么好点的办法，把这一类的事情处理好。”

吴检又叹气又摇头地说：“现在要钱不要脸的人还真是多起来了，为了点没有树的山都争得不可开交，不就是为了争得那山，将来卖荒山也得钱吗？如果我们的钱多也好办，就把那些有争议的山买了。我们种了树，看哪个还敢来争。”

吴勤也满脸阴云，说：“有争议的山就不光是有没有钱买的问题。既然山还有争议，那跟哪个买，钱又付给哪个？还是要先调解，先明确权属，家庭间的由长辈来调解，族里的由族长来调解，寨子间的由寨老去跟寨老商量。明确了归属，白纸黑字的签字画押，那时他愿卖就卖，愿自已管就自已管，就不会再扯皮了。”

吴勉对吴勤的想法表示赞同，又说：“调解是对的，就是要有个依的东西，现在这依的东西都没有，我看难喽。”

吴中原对几个叔叔的意见都边听边点头，然后说：“五叔说这依的东西很重要。就是要有个章法，没有规矩成不了方圆。可能还是得要请寨上管事的人来共同商量讨论，定一个多数人都认同的规定，共同来执行来遵守才行。”

吴恭认真听完大家的意见，最后说：“我看，今天大家都讲了好的想法。其实，把大家讲的合在一起，就是一个完整的好办法。首先，我来牵头，把寨里一些有威望的、有山多的、有文化的，还有就是一些年纪比较长，了解情况比较多的人请来，共同商量约定一个大家都要遵守的章程。第二是把这个章程用文字的形式定下来，凡是吴寨的人都要遵守，发生了争议，就用这个章程去调解去裁决，谁也不能再在这个章程之外，提出别的理由来扰乱这个章程的执行。至于和外寨扯皮的山林，就只有寨老之间来商量解决了，但定下来的规矩，也是可以用来参考的。第三是有人家愿卖的，我们能买的，我们把它买下来。不想卖的，留下来给他们自己家耕种和管理。定文书的事贤侄就多动一下脑筋，先想出个大的条条款款来，大家好讨论。”

第二天，吴恭就把寨里有关的一些人请到鼓楼来，商量山林土地争议调解的事。吴恭说：“最近发生的一些情况，大家都知道，我也就不再说了。要处理好这些事情，就要立一个规矩，请大家来，就是要办这件事。一是为了我们现在的人，不争不抢不打不闹。把权属明确下来，是哪个的哪个好放心大胆地去砍伐、栽树、管理，名正言顺地去得到该得的东西。不是你的，你就不要去争去抢，哪个要胡来乱来，不讲规矩，就要处罚哪个。二是为了我们的子孙后代，他们可以延续下去，把山用好管好，过安定富裕的生活。不要因为我们这一代人留下后患，让他们不得安宁，那我们就是睡在地下了，灵魂也是得不到清静的。所以我们这次要约定的这个事是事关长治久安的大事，不定时间，可以是一天两天，也可以是十天半个月，什么时候搞好什么时候散。大家先议论，敞开来讲，但是不要讲蛮话讲气话，大家讲的话，统一的意见，有人记下来，整理成条条款款，我们再来讨论，多数人的意见一致了算数，你们看好不好。”大家都说好，就又开始议论起来。

大家讨论得热烈争论得也激烈。争了几天，大体有了一个比较统一的意见，写成了文本定了下来。吴寨的争山就慢慢平息了下来。

杨家寨和李家寨双方发生寨子间的械斗后，杨田裕把寨里一些有威望的人请来商量下一步的事。大家情绪都很激动。杨田裕最后说："我看还是我先出面去找李方舟商量，他那边的事，他家老人基本托付给他了的。先礼后兵，对自己对别人都才说得过去。"

李家寨李方舟也在召集人商量处理争山打架的事，大家你一言我一语，争执不下。李方舟说："还是先商量吧，过去两军对阵都要先礼后兵的。商量不下来，我们再说。"大家都同意了李方舟的意见。李方舟又去找了老人。老人说："这地争了几代人了，再打下去，也不是个办法，非死既伤对哪个都不好，都是个凄惨的事情，还是以礼相待，商量解决为好。"李方舟就去做了一些准备，决定带几个人去找杨田裕商量。

李方舟的人到了杨家寨，杨田裕带人到寨头来迎接。双方作揖寒暄后到了杨田裕家，都坐在堂屋。杨田裕站起身来，向李家寨的人鞠了一个躬，说："劳驾李兄一行，不辞劳苦，亲临杨家寨，深表敬意。"李方舟也站起来还了礼，说："哪里哪里，同喝清江水，都是一家人，不说两家话。"接着说，"我们这次来府上，也不需要道明来意了。前几天，两寨的人为争山林打架，打得头破血流，还都有死伤，说起来都是一件又痛心又丢丑的事情。先向兄弟赔个不是。"又接着说："我们觉得，这架打下去，也不是个解决问题的办法，大家都有人员伤亡，非但对不起这些死伤的人和他们的家属，两寨间又伤了和气，搞不好还会结下世仇，更对不起子孙。所以，想去想来，还是决定来和你们共同商量一个解决的办法，我觉得这才是理智的做法，也才是关乎我们这一代人和子孙后代的长久之计。"

杨田裕听着李方舟的话，觉得很是在理，也是自己想要说的，就说："我们想到一起去了，这就说明这事解决起来也不是什么难得不得了的事。李兄说得对，我们都是吃着这一条江的水长大的，是隔壁邻居，又是世代友邻，还通婚嫁娶，你中有我我中有你。冤家都宜解不宜结，况且远亲不如近邻。'化干戈为玉帛'这句古话，我看现在用上最合适了。"

李方舟接下来说："兄弟真是明大义的人。"

杨田裕把坐姿前移一些，有点尴尬地说：“老兄见笑了，你还是长兄，倒先主动登门，我已深感自愧，未必再要客套。否则，就让我无地自容了。”

说话间，屋外传来了哭闹喊叫的声音。杨田裕叫人出去看看是怎么回事，那人回来后到杨田裕耳边悄悄说了几句。杨田裕不回避地直接说：“叫他们先回去，告诉他们说我们正在商量这些事，请他们放心，我们一定会把事情解决好的。”然后掉过头来对李方舟说，“让你见笑了，是那天打架死者的家属过来哭闹，说想讨个公道讨个说法。”

李方舟带着同情的表情，回道：“悲痛之人，可以理解，我们寨的死者家属，也是哭闹了好久的。这打架，死的差不多都是家里的主要劳力，上有老下有小的，撇下一家老小一走，家里就等于没了大梁，也是很悲惨很可怜的一件事情，这样的事，大家都只有同情只有劝说，能帮的大家伸把手帮一点，但说句老实话，人刚走时大家兴许还记得，还去帮帮看看，人走久了大家也就淡忘了，吃亏的还是死者家的人。”

杨田裕也带着同样表情说：“李兄真是很有同情心，不愧是家族、寨子的好带头人。人死如灯灭，那灯芯上的火花又还能跳多久，完全灭后就什么都看不见了，在黑地里摸的就只有自家人。特别是人刚死那几年，逢年过节，别人家是喜庆，那样的家就是思念和悲伤。”接着问，“李兄可有什么解决问题的高见。”

李方舟摇着头谦恭地说：“这争了几代人都没有解决好的争议，我们又不比前人强，能有什么高见。我看只要双方各退一步，去得来得就行。”

杨田裕点头称是，说：“你说各退一步，我赞成。俗话都说‘退一步海阔天空’，就是从哪个点退需要我们共同来商量和讨论，意见一致了，问题也就解决了。”

李方舟抬头看了看天花板，又面朝杨田裕说：“古人说‘难得糊涂’，我觉得在这件事上用得上，就是说，不要算得太细，算个大账就行。”

杨田裕直截了当地说：“你的话讲明点，是不是两个寨子一家一半。”

李方舟回道：“也可以这么解释。但是山一半还是树一半，就要麻烦一点。”

杨田裕把嘴闭起来，抬头看着天花板想了一阵子，说：“我也想过，这里面的问题细一点就比较复杂。比如：要是以土地来划分，就要从岭上破或从沟底破，才好定界管理，那从土地上讲，会有大有小，很难做到一家一半。树子也是，有些地方的长势好有些地方的长势差，有些地方的树子大有些地方的树子小，怎么分，都很难做到一家一半。另外一种办法就是顺着山的走势分，这爿山我也比较熟悉，那有点偏向了我们这边，你们也不会答应。如果先划界，再来抽签，抽得哪边算哪边。‘好汉签下死’倒是最公平的，但如果我们抽到了你们那边，你们又抽到了我们这边，两个寨子的山林成了插花地，以后又不好管理，难免还会引起新的争议。”

李方舟听了杨田裕的说法，心里一亮，说：“先定界后抽签的办法确实是最服人的办法，又有可能带来结果反了，不好管理的问题。但却给我一个提示，是不是可以先讨论出几个预选方案来，用抽签的方法来确定选择哪个方案，这样双方都不会怀疑中间有什么人为因素了。”

杨田裕如梦方醒地回说：“方舟兄提的这个办法我怎么想破了脑筋都没有想起来呢？看来还是方舟兄那脑壳好用，我看你讲的这个办法可行。大家如果没有什么反对意见，是不是就一边派几个人，按照几种方案把边界划好，我们用抽签的办法定结果，不得反悔。”

大家如释重负，显得身子都轻了许多。就一起在杨家大院共进了晚餐，喝了几桶酒，才踉踉跄跄地散去。

15

李万山和杨璇从吴地回来，带来了李琦。

杨璇把吴越带来的糖果，发给了吴家兄弟和木行的伙计。高兴地对大家说，我们在吴越结婚了。吴恭表示恭贺，但坚持要在吴寨再办一次酒席。

吴恭问李万山："你来这里几年了？"

李万山回道："三年零八个月又十天。"

吴恭说："回答得这么快这么准确，说明你对这块土地的情感深厚，也说明你重视我们兄弟间的情谊。再说杨璇家是这里的，你现在成了杨家的姑爷，还有不请叔叔叔妈舅舅舅妈和杨家的至亲喝碗喜酒的？"

李万山和杨璇觉得吴恭说得在理，又是吴恭的一片真情和热心，就答应在吴地再请一次酒席。

李万山和杨璇的婚席，也是找了一些人来帮忙。主桌摆在吴家大院，其余在街上一字排开。来贺喜的人多，桌子不够，就干脆把大街打扫干净，摆在地下。

吴嫂、吴李氏、灵芝、桂花都来帮忙做些洗菜打杂的活路。

灵芝问吴李氏："听说李掌柜这新娘子也是本地人氏？"

吴李氏说："是啊，杨家寨的，是寨上当家人杨田裕的侄女。"

灵芝说："那看上去就是大地方出来的大家闺秀，你看人家那扮相，又端庄又出众，人又长得窈窕水灵，在街上一走，那就叫什么'鹤立鸡群'。"

桂花说："你听她讲话，轻言细语，不紧不慢，连笑都是用衣袖掩住嘴的。哪像我们这些婆娘，在一起讲话屋顶都要掀起来，笑的时候，嘴里都能放得进一个鹅蛋。"

灵芝说："她走路那姿势，就像风摆杨柳那样，又轻又柔。哪像我们走路，一脚下去，地都跺出一个坑来。"

吴李氏说："开始我也跟你们一样，有人说她是杨家寨的，我说打死我都不信，还为这事争得吵起架来。后来才晓得她蛮小就跟她家爷爷到外面去了，在大地方上的学堂，叫什么'琴棋书画'，样样精通。跟我们这些人真是不好比的。"

吴嫂说："那看来人还是要读书、要出门。"

那天，吴恭还请人到鼓楼唱了侗族大歌和侗戏，请了舞龙队和舞狮队来助兴，爆竹放了一个时辰，整个吴寨像过节一样，热闹非凡。

李万山和杨璇都非常高兴，到主宾桌频频敬酒，人们也都来恭贺他们，气氛特别融洽特别热烈。

第二天忙完事情，李万山挽着杨璇到河边去散步。

李万山挽着新娘，想着吴寨人的好，心中有一种言语难以表达的感激和激动，说："你们地方的人，又忠厚又热情。在这里才感觉人情味特别浓，这些是用金钱买不到的，也是我们那边少有了的。你看，吴掌柜办我们的事情比办自己的事情还上心，把什么事都安排得周周到到妥妥帖帖，一点都用不着我们劳累操心，还办得又热闹又节俭，大家都很高兴。"

杨璇很自豪也很感慨地说："是的，吴掌柜确实是一个重情重义的好人。是不是让你感动得热泪盈眶了？"

李万山捡起一片石块，斜着身子打了一个水漂，水面形成一串珍珠似的链，拍拍手中的尘土，说："岂止是热泪盈眶，经常会感觉，这内心就像这河水一样汹涌澎湃，而且一浪高过一浪。"接着又问，"这边的婚俗你了解吗。"

杨璇也捡了块石片学着李万山向河面甩出去，但没出去多远，石块就沉下去了，说："还真没有夫君的技巧高。"然后又说，"对这边的婚俗略知一二，都是听来的。"

李万山用手绢给杨璇擦去手上的污渍，说："那你说说。"

杨璇从李万山手中拿过手绢，蹲到河边搓干净，站起来说："像我们结了婚，我就只在你家里住一晚或最多两晚。你就把我送回娘家，你家有什么大点的事，我才回来一趟。比如，我们这边栽秧打谷，就回婆婆家做几天活路，然后又回娘家。这段时间，可以去玩山，可以与心仪的人相会，直到怀孕，才正式回到婆婆家过日子。"

李万山显露出奇异的目光，说："这习俗的意义可能就是看女方有没有生育能力。"

杨璇用手绢给李万山擦了一下脸上的汗水，说："是这个意思。汉族讲'不孝有三，无后为大'。这里讲延续香火，有人做活路。"接着又说，"所以，这里的长子都住偏房，不住正屋。"

李万山又牵住杨璇的手，边走边说："很有意思。看是习俗，其实隐含着长期生活的经验总结和归纳出来的道理。也还说明，这里的人在男女问题上要比汉族开放。”

杨璇很喜欢李万山那种听人说话时的专注劲和对问题的准确推理，继续说：“汉族延续的是包办婚姻。媒妁之言父母之命，是不可违的。这边主要是自由恋爱，相互之间用唱歌的形式交流和相互了解。苗族叫摇马郎，侗族叫玩山或闹姑娘。开始是几个男子和几个女子对唱，后来逐步熟悉了心中有数了，就互相找中意的人，单独约会，逐步深入了解，最后自订终身。父母极少横加干涉。”

李万山和杨璇来到一堆木材旁，李万山拿出兜里的手绢放在一棵大木材上，说：“我们在这里坐坐吧。”两人就紧挨着坐了下来，面对着清亮亮的河水。李万山又说：“我倒听了吴掌柜讲的一段故事，说是侗族地区流传很广的，珠郎与娘美的故事，很是凄美和动人。讲的却是父母干涉女儿婚姻导致的悲剧。”

杨璇斜靠在李万山身上，说：“哦，那个故事我也听过，听得我都流下泪来。那样的事也有，但是极少数。我认为，是用来告诫人的。恰恰有了这个故事，人们知道了那样不对，不能那样去做，就更加推崇自由恋爱了。”

李万山用手轻抚着杨璇的脸，看着杨璇含情脉脉的眼睛，心里又一阵激动，说：“你的理解应该是对的。其实，这里的一些习俗和传承，比汉族还先进。汉族除了讲包办婚姻，还讲门当户对，好多有情男女为此痛不欲生甚至酿成悲剧。这里注重的是情投意合，男女般配。以后过起日子来就有意思，也少去好多两人不和的烦恼。”

杨璇把李万山的另一只手握在自己的两只手中，轻轻揉着说：“这边的父母不是干涉子女的恋爱，而是支持和鼓励。他家有姑娘，小伙子来找得越多，他越高兴，觉得他的女儿逗人喜欢。你去她家里，他会找理由回避，把场所让给你。跟汉族那种女子只能坐在闺房，不能与男子相见，一直要到进了洞房，揭开盖头，双方才能看到真面目的规矩比起来那是天壤之别。”

李万山让杨璇躺在自己的臂弯里，一只手搂紧了杨璇，说：“我觉得你就是敢于冲破枷锁的女性，我结过婚，还有个孩子，你并不计较。”

杨璇也抽手搂住李万山，把脸靠在李万山的胸膛处，说：“我觉得，爱没有理由。况且，大姐已经不在了。”

李万山捧起杨璇的脸，轻轻地亲了一口，说：“所以，那时候我还心存歉疚，不敢造次。”

杨璇轻轻地捶了李万山一下说：“怪不得，好久都是不冷不热的。”

李万山伸直腰，做出让杨璇打的样子，说：“那不是因为太爱你，怕失去你吗?”

两人又紧紧地抱在了一起。

桂花和灵芝的男人去放了筏子回来，兜里又增加了不少钱，相互邀着去逛商店。一进门，有个身穿长袍的男人也在准备买东西，对着两人笑。灵芝说：“没见过女人？有什么好笑的?”那人说：“大姐误会了，我是想给我妹妹买点东西，又不知道买什么好。正好你们进来，想请教一下。”桂花说：“想买什么喽?”男人说：“想买这边的一套民族服装，我觉得很有特色，很新奇。”桂花说：“那年龄个子如何?”男人说：“年龄比我小几岁，个子胖瘦都跟你差不多。”桂花就和灵芝比较了一下说：“那买这一套，先生看怎么样?”男人说：“真有眼光，我一进门，看中的也是这一套，就是对民族服饰外行，不好下决心。”然后就叫卖货的包上衣服，付了钱。又看着两位女子笑。桂花说：“又怎么啦。”男人说：“不怎么，就是觉得二位姐姐很漂亮，要是再戴上点首饰就更漂亮了。正好我刚从吴越带了些过来，还没出手。要不嫌弃，到寒舍看一下，都是这里还没有过的。”两人听说是新鲜首饰也动了心，心想我们两人去他那里还会被吃了去，去看一下又折不了财，就跟着去了。

到了男人住的地方，果真有好多新鲜的首饰，两人看了爱不释手。才问：“跟着先生到了家，都还没问及先生尊姓大名。”男子急忙回到：“失礼，免贵姓张名越，两位女子贵姓?”桂花说：“我叫桂花，她叫灵芝。”张越道：“好自然的名字。”两人就挑了几件首饰，要付钱。张越说：“这点小东西，还收钱？你们刚才帮了我的忙，也算交了朋友，算是小小的见面礼吧。”两人说：“那决不可以，先生不收钱，那我们就只好不要了。”说着就要把选了的首饰放回去。张越急忙说：“那就收点本钱吧。”两人表示感谢，付了钱。

正要出门，张越又笑着说：“不好意思，刚买来的衣服，我还是想劳驾这位女子帮试一下才放心，不知耽不耽误二位的时间。”

灵芝就对桂花说：“那你就留一下吧，我出门时就跟我家那位说好时间，要去他舅舅家一趟，晚了他会生气的。”桂花说：“那好吧。”留了下来。

张越见桂花愿意留下来，很是高兴。急忙看坐，又是端茶倒水，又是拿出了吴越的糖果小吃，请桂花品尝。

桂花觉得坐在这里，两人大眼看小眼有些不自在，说：“还是先试衣服吧？”

张越看出了桂花的忸怩和羞涩，说：“姐姐真是个热心人。”又犹豫了一下说，“我这里是临时住所，只有这一间房，很是不方便喽，怕会得罪了姐姐。”

桂花看张越也不像什么坏人，心逐步平静下来，说：“那有什么，我脱衣时你转过背去就是了。”

张越说：“听姐姐的。”就转身朝了另一边。

桂花觉得孤男寡女在这房里脱衣服，也是第一次，心就怦怦地跳个不停，脱下衣服时偷眼看了一下张越，张越也正在看她，两人目光相对，脸都红了起来。桂花也装着无事，急忙穿好衣服转过身来。

张越一副惊讶的样子，上下打量着桂花，说：“姐姐身材一流，人又漂亮，我有点情不自禁，冒犯了姐姐，还望海谅。”又走过去，帮着抚平衣服。

桂花也不正面回应张越的道歉，感觉张越的手轻抚在身上，有一种蚂蚁爬过的感觉，心就又有些跳起来，脸上发热，只是说：“漂亮吗？”

张越站开了几步，做出认真欣赏的样子，回说：“漂亮，太漂亮了。姐姐长得如此貌美，又配上这身衣服，如仙女一般。”接下来说，“先坐下来喝杯茶，吃点点心吧，这茶是今年的西湖龙井。闻着就有一股香味。”

桂花听到张越对自己的夸赞，心里也有些快意，坐回椅子，说：“谢谢夸奖了。还是先脱了衣服吧，坐褶皱就不好了。”

张越摆摆手，说：“不忙，姐姐穿着这身衣服，如花似玉，我真想多看一会儿。”

桂花有些不好意思地说：“都老大姐了，兄弟这样说我都不好意思了，你们叫什么‘受之有愧’？”

张越更是不加掩饰地盯着桂花，眼睛停在了桂花起伏的胸口上，说：“我说的是真话，不是奉承姐姐。姐姐这身材凹凸有致，皮肤又白，脸上不着脂粉，也白里透红，显出一种自然的美，看上去就是二十出头的人，哪叫老大姐。姐姐要走在城里，就俨然一个贵妇人。”

桂花看出张越有些动了心，自己见张越高挑帅气，也有些心热，说：“你这样都把姐姐夸得不知道姓什么了。”眼就对张越放出光来，说，“兄弟买这身衣服说是买给妹妹，怕是买给相好的吧?”

张越的眼接到了桂花送来的光束，就更是大起胆子来说：“衣服穿在姐姐身上，莫非姐姐是我相好的?”就走过去拉桂花的手。桂花也没起身，顺手一带，张越就坐在了桂花的腿边。张越双手把桂花抱住，接着用一只手握住乳房一只手搂住屁股，用嘴封在了桂花嘴上，舌头在桂花嘴里不停地搅动，又两手伸进桂花身子里去抚摸搓揉起来，越摸越使劲，越摸气越粗。桂花说：“哥哥，我受不了了。”张越才停下来，把桂花抱到了床上。桂花用手来拉他，张越说：“姐姐莫急。”然后，过来轻解桂花的衣扣。边解边用手轻轻抚摸桂花的身体，才慢慢脱下自己衣裤，又站着直愣愣地看桂花脱光了的胴体。桂花说：“还等什么?”张越说：“太美了，你这身体是让男人寝食不安、神魂颠倒的身体，穿着衣服都让人看了动心，何况是脱光的时候。”说着才俯下身来。

夜深下来，两人都还不想分开，桂花又怕太晚进不了屋，张越才不舍地送桂花出了门。桂花面带桃花，走路时脚都是叉开的。

李琦到了吴寨，也是第一次到黔地，一山一水一草一木一砖一瓦，都感到十分新奇。还有走在街上，人们看她的眼神都觉得是出奇的古怪。

吴中原带李琦到河边看木筏。一湾清水从远山夹缝中淌来，水面漂着一层薄薄的轻纱，青山倒映在河水里，晃晃悠悠的，时不时几个小鱼跃出水面，又轻飘飘地侧着身子摇着尾翼转了一个圈，才沉入水下。李琦一会儿抬头看山上又一会儿低头看水里，很是新奇很是兴奋。

吴中原问："来这里习惯吗？"

李琦回道："习惯，太习惯了。这里的山这么青，水这么绿，天这么蓝，一切都可以用美去形容去概括。处处都感到是梦境是仙境。"说着，就双手举起来仰望着天空，大声喊："我爱你，我太爱你啦。"

吴中原跟在李琦后面，看着李琦清纯大方、活泼可爱的样子出了神。突然听到李琦的喊声，没有意识到李琦在对谁表达这种爱意，脸就红了起来。

李琦回过头来看到吴中原的脸红彤彤的，就问："中原哥，脸怎么红了。"

吴中原用手遮挡了一下刚刚从山坳的疏林里透过来的太阳光，不敢面对李琦，偏着脸回说："太阳照的吧。"

李琦看得出吴中原的心思，也不便点破，说："看着中原哥脸红的样子，更觉淳朴和英俊。"

吴中原岔开话题说："李琦妹，你父亲和你璇姨结婚，你高兴吗？"

"高兴啦，我好小就失去了母亲，就特别想要母亲的疼爱，我觉得璇姨又漂亮又有知识又会疼人，所以，我一直就希望爸爸和她在一起。"李琦一副很高兴很快意的样子。

"那算是如愿以偿了，祝贺你们。"吴中原满是祝福的口吻。

"我爸爸现在精神也比以前好多了，从我母亲去世和他被充军以后，就从来没有见到他有过这样好的状态。我也为他高兴。"李琦补充说。

"那真是再好不过了。"吴中原又问，"妹妹还准备继续读书吗？"

"不读了，一个女孩家，再读都老了。"

"那妹妹以后打算到哪里去做什么事吗？"

“来这里，跟父亲和你们在一起。”

吴中原不完全理解和你们在一起的意思，又期盼这句话有某种更进一步的含义，说：“还是妹妹好，无忧无虑的。”

“才不好呢，女孩家没有事业，一事无成。哪有你好，这么年轻就干这么大的事情了，多让人羡慕。”李琦看着吴中原那种恍恍惚惚、手足无措的表情说。

走着走着，一湾溪水从山冲里流淌出来，漫过石崖跌落在潭里，珍珠四溅，清澈透明，看着都有甜味。山谷一片竹林，青翠欲滴，远处又传来几个女子捶衣嬉戏的声音。山边几块荷塘，青枝绿叶，醉荷风举，人们正在收藕摘莲。

吴中原用手捧起一捧山泉水喝了下去。说：“又甜又凉，是哪位神仙放了糖嘞。”接着说，“看着这景致，让我想起一首古人的诗来。”

李琦马上接道：“唐朝王维的《山居秋暝》。”接着就摇头晃脑地朗读起来：“空山新雨后，天气晚来秋。明月松间照，清泉石上流。竹喧归浣女，莲动下渔舟。随意春芳歇，王孙自可留。”诵完，看了吴中原一眼问，“是吗？”

吴中原点头佩服地说：“妹妹真是好记性，还读得情景交融、入情入境。”然后又说，“看着这一片荷塘，鱼游来游去，又让我想起一首诗来。”

李琦又抢着说：“《汉乐府》，‘江南可采莲，荷叶何田田，鱼戏荷叶间。鱼戏荷叶东，鱼戏荷叶西，鱼戏荷叶南，鱼戏荷叶北。’是不是？”

吴中原很是觉出李琦的才气和反应力，先是点了头，接着又摇头故意说：“我讲的是《古诗十九首》里的‘涉江采芙蓉。’”然后也学着李琦的样子，摇头晃脑地朗读起来：“涉江采芙蓉，兰泽多芳草。采之欲遗谁？所思在远道。还顾望旧乡，长路漫浩浩。同心而离居，忧伤以终老。”

李琦感觉吴中原在故意逗她，撒娇地说：“哥哥欺负我，这景致明明就是‘江南可采莲’，哥哥偏要说成是‘涉江采芙蓉’。”然后捏起小拳头，来敲吴中原，脚下一偏，扑在吴中原身上。吴中原急忙扶住李琦，两人就面对面地抱在了一起。吴中原觉得失礼，急忙推开李琦，李琦却把手吊在了吴中原肩上，不肯松开。吴中原感到了李琦的心跳，就不推也不抱，两手垂着，显出很尴尬的样子，李琦才松开了双手，用一只手牵住了吴中原。

李琦问："中原哥，我来你们这里后，也了解了一些本地的民情风俗。听说你们这里在男女问题上是很开放的，我觉得你却很书生气。"

吴中原似乎理解了李琦的意思，不知怎样回答，就说："因人而异吧。"

"你这是搪塞，我觉得你是不是有心上人了？"

"哪里的话，我连女子都少有接触。"

"少有的意思是不是只接触你心仪的人。"

"少有的意思是基本不接触女子。"

"基本的意思是不是一般的不接触，关键的、重要的才接触。"

"你这是咬文嚼字嘛，做生意哪有不接触人的，其中也少不了女性吧？"

"我讲的是男女间相爱的接触。"

"那也要看是哪种意义哪个层面上的爱。比如，我爱我的母亲，爱我的叔妈，也叫爱。她们也是女性。"

"你这是偷梁换柱。我问的是男女之间心仪的爱。"

吴中原被逼到了墙角，脸都急红起来，说："那没有。"

李琦说："那你的意思是到现在为止，没有你看得上的一个女子？"说着就伤心起来。

吴中原心里着了慌，急忙说："不是不是，绝对不是。我爱的人就是我刚才读的那首诗中的一句，'所思在远道'。"

"没有'远在天边，近在眼前'？"

吴中原不敢回答，支支吾吾的，半天说不出话来。李琦就蹲在地上呜呜地哭了起来。

吴中原也想得无计，就说："妹妹，我们出来得太久了。怕叔叔们担心，回去吧。"

李琦才站起来，低着头一声不吭地跟在吴中原后面往回走。

16

天空中，一片乌云黑压压的，像锅底一样严严实实地盖住了群山和江面，没留一丝缝隙。一个炸雷打来，整个山谷都震动了，村头的老古树被雷齐刷刷地劈了一半。雨像瓢泼下来的一样，打在木楼和木排上，发出山崖的水跌落到石板上一样的声响。

吴恭和李万山冒着雨，来到河边，眼看着河水不断地往上涨。吴恭用手抹去脸上的雨水，对李万山说："这大雨已经下了整整两天两夜了。你看我们原来在河边走的路都已经被淹，水已经涨到了寨脚，这雨还不见小，看样子还要下下去。山溪水的特点是暴涨暴落，来势非常凶猛。我们放在江边的木材和已经放下去的木排，都会很危险。"

李万山也被雨淋得睁不开眼睛，用两只手挡在额头上，看着河面上浑浊而汹涌的波涛，说："这两天晚上我都没合过眼，闭上眼就是大浪滔天的情景。途中的木材和木排上的人，河边正在扎的排和堆积的木材，都很有危险，担心得很啦。"

吴恭指着河边冒雨往上搬运木材的人，说："河边的木排我倒安排人用缆绳在加固，位子低的木材也安排了人在往高处转移。路上的木排已经叫中原带人赶去，尽量保证人的安全，把排先拖到水平缓一点的河湾上，多用些缆绳拉住。但这样做，也只限于雨不再这么大的情况，再这么瓢泼样地下下去，我们也是无能为力的。"

李万山叹了长长的一口气，说："人算不如天算，人尽了力，也只能坐观天象，听天由命了。"

天像被捅开了一个大大的窟窿，五天了都关不上。水从天河泼下来，灌满了山溪和河流，也把山上的泥土沙石浸泡得松动了，大雨把采伐了的山上的泥沙连同树兜都带了下来冲进了河里。水又浑浊又凶猛。上游的一些木材和屋架、家居用品，都开始不断地从江面越过了吴寨。

上游冲下来的木材和杂物撞在江面坞子里的木排上，发出闷雷一样的响声。接着，牵拉木排的缆绳被撕裂，吱呀吱呀地响了一阵，便砰砰的一声声脆响，一根接一根地断开。木排就像脱缰的野马，随着咆哮的江水，在浪头上时起时伏，一会就被大浪冲散，相互撞击着向下游漂去。

吴寨的街上也进了水，人们都忙着往高处搬东西，整个吴寨的人们喊的喊、叫的叫、哭的哭。有人就骂道："还哭什么丧，再不快来搬东西，吃饭睡觉的东西都冲完了。看你们喝西北风去。"

哭的人才惊醒过来，疯了一样冲进屋里，去抢东西。吴寨高处的平台，堆满了乱七八糟的粮食、用具，站满了老老少少的人，哭成一片喊成一片。

李家寨、杨家寨的人，也开始拿着抓杆，顺着水流往下赶，抢救被洪水冲下来的木材。

有人又大声喊："快救命啦，水里有人。"只见水里的人，一会冒出头来，一会又沉了下去，两只手在水面不停地摆动。吴恭叫吴志强："赶快把船撑过去，不行就跳水。"吴志强就和几个壮汉拼了命地撑着船接近水里的人，一个大浪打来，船就翻了。正好那人也到了身边，几人就托住那人竭尽全力往岸边游，一直被水冲下五里多地才起了岸。岸上的人都着急得拼命喊叫，嗓子眼都要跳出来。

吴恭安排寨里的壮汉，全部带上准备好的抓钩，全力以赴地顺江抢救木材。

大雨后的第六天，雨才停下来，河水也渐渐降了下去。吴寨的人们都在清理街上和家里的淤泥，把东西搬回了家。

吴恭和李万山几天都没合眼，疲惫地来到木行。经过清点，途中和水上水边的木材，损失了一大半，抢救木材时还淹死了一个人。整个吴寨和木行，都在忙碌和沮丧中。

吴恭有气无力地说："万山兄弟呀，今年一年都算白干了，也抵不了这损失啊。"

李万山也感到非常难过和疲惫，说："那又能怎么样，这真是'天要下雨，娘要嫁人'是管不住的。就把这当成老天对我们的一次考验吧。"

吴恭坐下来，摇着头说："事已至此，也只能是想开点啦。"

李万山又问：“不知道上游李家寨、杨家寨他们怎么样？”

吴恭思索了一下，回答说：“听说比我们还要严重一些，他们在上游，水来得更早更快，连岸边的木材都还来不及搬，也是惨得很。”

李万山说：“反正事也出了。我们也都几天没睡个安生觉了，现在我们先到死者家去看望，再回家休息一下，这处理灾后的事还多得很。先让中原侄把损失认真核实一下，再做打算吧。”

吴恭也觉有点支持不住，就叫中原来作了交代，才和李万山一起出了木行。

杨家寨这边也是一片狼藉。

陈方亮埋怨地对杨田裕说：“我当时看这天象，就算着有一场大雨，跟你商量，把岸边的木材搬一下，你都说没事。你看现在有事无事，途中的木排和河里岸边的木材几乎全部被冲了个精光，造成了这样大的损失，这教训也太大了。”

杨田裕很抱歉地说：“我也是四十好几的人了，长这么大，就没看到过涨这么大的水。也是缺了经验，少了主张，现在是后悔莫及。几兄弟和寨上有木头的人都在怪我，还不知道怎样交待哟。”接着又深深地叹了一口气。

陈方亮心里很乱，来这里就是为了找大钱，结果是钱还没找到多少，又被水打走了，心里空荡荡的。又想着是天灾，也不好怎么发火，就问：“下去清江的情况晓得怎么样了。”

杨田裕回答说：“捞回了部分木材，不到一小半，多数都淌下去了。还有几个人落入水中受了伤，差点没被水淹死，算幸运了。”

陈方亮说：“那就先休息一下，以后的事再说吧。”

吴寨街上又议论开了。灵芝和桂花听着人们的议论，心里很不是滋味。桂花说：“这次他们放排的工钱，晓得怎么算喽。力也出了，排又还没到地。吴掌柜和李掌柜的木排都被冲走了，哪还可能付这工钱喽？”灵芝说：“还讲工钱，我家还有木头在里面，要不算，这损失就大了。话又说回来，吴掌柜那人平时对我们那么好，人又不能不讲良心，在别人最困难的时候，不但帮不了什么，还说三道四、怨七怨八地帮倒忙，这样的事情我们也不能做。”桂花说：“我也是这么想的，还是等一等看一看吧。”灵芝就笑起来说：“是不是你和那人在山上搞，得罪了山神和天神，才下大雨涨大水的哟？”桂花说：“都什么时候了，还笑得出来，开这种玩笑。”灵芝说：“那有什么笑得出来笑不出来的。要哭能把冲走的木材哭回来，我愿哭它三天三夜。反正都哭不回来，整天哭丧着一张脸，多难受，还不如笑。”桂花说：“是倒是，到了这一步，就只有想开点了。”灵芝说：“那我问你的话，你都还没回答。”桂花说：“什么话喽？”灵芝说：“你和那外乡人的事。”桂花说：“你这个骚婆娘，真想听？”灵芝点了点头。桂花说：“这都快半辈子了，还真是没遇到过。过去，我家那个哪次不是他想了就爬上来，几下就下去了。他倒呼呼地睡着了，害我难受得要死，半天都睡不着。”灵芝说：“我家那个还不是一样的。他在外面和兄弟们一喝了酒回来，就要遭他的殃，揉得你青痛的，上来几下就滚下去了。”桂花说：“那外乡人确实不一样，他是轻轻地摸慢慢地揉，又用嘴来亲来舔，害得你浑身酥了，想得不得了，还不上来。”讲得灵芝脸热心跳起来，又接着问：“那光摸光舔喽？”桂花说：“那怎么会。等你难过得不得了了，他才上来。一会慢慢的一会快快的，让你死去活来。”说着，自己都热燥起来，说：“不说了，再说我都难受了。”灵芝也觉浑身躁动，就不再说话了。

李琦见吴中原几天不回家，就到木行去看他。看到吴中原靠在桌子上睡着了，脱下自己的外衣轻轻披在他身上。吴中原立即惊醒过来，用手揉了揉猩红的眼睛，抬眼看到了李琦。李琦说：“再睡一会吧，看你都困成这样了。人又不是铁打的，小心熬垮了身子。”

吴中原见李琦的外衣披在自己身上，心头一阵热。就马上站起来又把外衣递给了李琦。说：“谢谢李琦妹妹，我没什么。刚才把事办完，忙里偷闲，拽一下瞌睡。”

李琦看着吴中原眼睛发红眼圈发青，心疼而娇嗔地说：“还说没什么，都几天几夜没回家了，肯定是天天熬夜办事情，人都疲乏成这样子。事情要办，人也是要休息的，看你这样子，我好心疼，又帮不上忙，我就恨我自己，为什么长个女儿身。”

吴中原看一眼李琦又收回目光，说：“你要是男儿身就好了，我们肯定是好兄弟。”

李琦则盯着吴中原说：“我才不跟你当兄弟呢，兄弟迟早要分开，我不要和你分开。”

吴中原心里又一阵热，说：“不要在这里乱说，人们听到会传出去的。”

李琦更放大了声音说：“我就要说，就要说，还要大声地说，就是要人们听到传出去。”

吴中原看了一下周围没人。说：“妹妹愿说就说，我也阻拦不了。就是怕有人听到了，告诉李叔叔，妹妹会要被送回吴越家里去的嘞。”

李琦靠近吴中原说：“不说就不说。”然后突然朝吴中原脸上亲了一口，就快快地走出了木行。

吴中原半天回不过神来，脸上发红发热。看着李琦出了门，才几步迈到门口，依恋恋地目送了李琦。回来坐在木椅上，怎么都再也睡不着了。

吴恭和李万山休息了半天，就回到木行来处理洪水灾害善后的事。先把死者家属作了妥善的安排，接着议定被水冲走木材损失的分担和赔付。确定：凡是木材运到江边经验收了的原价照付；已抬到江边准备交材，还没检尺验收，就被洪水冲走了的，由出卖人报出数量，木行赔一半；放排到途中，排被冲走，放排人的工钱按运程和时间照付；参与打捞木材的，每天按放排的工钱付，另补助伙食费；打捞木材受伤的，木行负责全部医疗费用。并发了文书公告。

文书公告一贴出，木行里里外外都挤满了人。人们就说：“这是天灾，不是哪个愿意的。不能由吴掌柜和李掌柜全部来承担。这样我们良心过不去。”“我们这劳工钱不能要，木排没到地就被冲走了，比起木行的损失来，我们出点劳力算什么。”“打捞的木材也有我们自己的，过去我们要遇到这样的事情，哪个不会出来帮忙，哪讲什么钱不钱的。我们不能拿那昧心钱。”“我们的木材都还没交，况且大多数我们又都抬到高处去了，损失也不大。那损失的钱我们不要木行出。”“我们打捞木材受点伤，治疗用的都是草药，用不了几个钱，那费用我们不能要。”“我们要了这些钱，那是黑心烂肝，会短命折寿的。”

“木行要赔垮了，我们也就砸了饭碗、断了生计，万万不可以。”“吴掌柜、李掌柜真是好心人啦，好心一定会有好报的。”

吴恭和李万山听了大家的话，眼泪哗哗直往外掉，就从木行走出来，向大家拱手作揖，呜咽着对大家说：“父老乡亲们、兄弟姐妹们，你们的话我们都听到了，感激之情，无以言表。你们好多都是靠这些木材和劳务来养家糊口的，不容易啊。从山上把木材砍下来，抬到河边，要花掉多少劳力呀。那是你们的家产，你们都是希望换成钱的，不是我们要买，你们也不会有这损失。还有放排的，几个月的劳动，都是血汗钱，突然就打了水漂，那以后的日子怎么过。家里的人都还在盼着你们把这钱拿回去，养老人、养孩子。木行这次的损失是大了些，但我们算了一下，也还扛得住。钱我们也拿来了，你们就按这个去领吧。”

灵芝的男人就说：“那不行，老话都讲‘有福同享，有难同当，’我们现在都在一条船上，你们是掌舵的，朝哪里走我们都听。但遇到风浪，要我们弃船逃跑，那不仗义。我们宁可死在一起也不跳船。”桂花男人说：“是人就要讲道理，讲良心，违背良心的事我们不会做。”李家人说：“是嘛，做什么事都要将心比心，人心都是肉长的，木行对我们这样好，我们这心不能被狗吃了。”灵芝男人说：“我们要是把这钱领回去了，莫说要挨老的骂，连崽女都会看不起我们。”

吴恭就和李万山到屋里去商量了一下，回来说：“要不这样，家里太困难的先领钱，还过得去的，把该得的钱留在木行，算作股份，以后参与分红利。”

大家才很感激地慢慢散了去。

吴嫂见到了吴李氏说：“我听说吴掌柜和李掌柜这次的损失太大了，把这两年赚的钱差不多都赔进去了。”吴李氏说：“我也是侧面听说的，说是为了赔这钱，他们已经把能拿得出来的钱都搜干打净了。两人都很憔悴，不晓得以后会成什么样子哟。”吴嫂说：“像吴掌柜、李掌柜这样的人，确实是难得的好人，俗话讲‘善有善报’，老天会保佑他们的。”吴李氏说：“我也是天天在心里为他们求菩萨，保佑他们尽快渡过这个难关。”吴嫂问：“你家吴江最近规矩没？”吴李氏说："自从发了水灾，也不去砍木材，天天闷在家里，门都不出。也是在为木行这次损失发愁，觉得这几年好辛苦，一场水就把所有的辛苦冲得干干净净的，不值得，老在叹气。"吴嫂说："真是一个讲良心的人，都把木行的事当自己家的事来想来做。"吴李氏说："吴嫂讲这点，我认。不是自夸，吴江就是这样的人，做木行的事，比做自己家的事还上心，还卖力。"吴嫂说："你真是命好啊，嫁了这样的好人。"

李家寨在水灾中也受到了很大的损失。大水冲走了木排，冲坏了码头，把河坎上离水低一些的木屋都卷走了。

李方舟很是沮丧和气馁。李嘎老虽是眼睁睁看着大水打走木材和一些人家的房屋，心里也是难受，但见着儿子整天唉声叹气的样子更是心疼，就说："也未必如此丧气和自责，这是天灾，不是哪个愿意的。连我这把年纪了，都没见过这样大的水灾，是难以预料和防备的。不过干任何一件大事，要想都那么顺顺当当那是不可能的，干的事越大，老天就越要考验你，有时甚至还要捉弄你，就看你会不会被吓倒被打垮。是干大事的男子汉就要在最困难的时候，把腰杆挺直了，把气鼓起来。"李方舟觉得爹爹在木材经营这件事上，开始就是极力反对的，水灾后的一大心理压力，就是怕遭爹爹埋怨、指责，甚至把这件事叫停下来。没想到爹爹反而还来安慰和鼓励自己。一腔热泪就从心里涌向了眼眶，忍不住就呜呜地哭出声来。李嘎老递过去一方手绢说："都是当公公的人了，也不怕人看见笑话。"李方舟才转悲为喜地说："我不是伤心，是激动。你这番话让我觉得，人再大只要还有老人在，都是福气，就还可以享受老人的爱护和恩惠。"李嘎老说："我们是要吃的盐巴多些，吃过白米饭也嚼过粗糠。对好多事也就有心理承受力了。你们现在做的这件事是件大事，于家有利于寨有利，我是不会指责和反对的。你不要有什么想法和负担，还是要振作起来，带着大家好好干。"李方舟说："我这些天除了水灾给大家造成损失的心理压力外，真是怕爹爹责怪我。一个跟了爹爹大半辈子，自以为对爹爹最了解的人，看来对爹爹的了解是太肤浅了。我现在真是为我有这样的爹爹感到骄傲，同时也深感羞愧，爹爹的心胸气度和眼光，都是儿望尘莫及、自愧不如的。”李嘎老说：“也不能这样想，一个家庭一个家族，要进步要发展，需要的是笋子高过竹，一代更比一代强。好些东西你都是比我想在前头的，比如做木材生意，你看到了它的趋势和前景的时候，我不是还极力反对吗。只是人要多经历几番磨砺就好了，俗话说，失败是成功之母，放开胆子干吧。”李方舟说：“有爹爹的支持和鼓励，我就没有什么负担和顾虑了，一定不会再泄气和自卑。爹爹就看儿的吧。”李老者再一次对李方舟投去信任和鼓励的眼光。

李方舟把几弟兄召集过来，商量着对水灾损失大的人家进行了帮助和弥补。李家寨很快从水灾中缓过气来。

吴中原在木行忙事，李琦就在一旁等着。一忙完，就缠着要带她到山上去看。吴中原说：“那就走吧。”李琦蹦蹦跳跳地跟着出了门。

来到上山的小路，李琦要吴中原牵着她的手。

吴中原笑着说：“都这么大了，又不是小孩，还要牵，也不怕害羞。”

“就要牵，你是哥哥，当哥哥的就该照顾妹妹。你要不牵，妹妹滑倒了，你不心疼吗?”

“好吧好吧，该牵该牵。”吴中原说着就牵住了李琦的手，而且越握越紧，手心都冒出汗来。

“你们这里的空气真好，呼吸着就有一种清凉凉甜丝丝的感觉，还有这土地的醇味和野花野草的芬芳，都是令人陶醉的。”李琦脱开吴中原牵着的手，去采路边的野花，自己闻闻又把花送到吴中原的鼻子边。

“你是生长在城市，到乡间来，有一种新鲜感。我们是‘只缘身在此山中’，就不感到新奇。”吴中原也采了几朵，递给了李琦。

李琦把吴中原采的花与自己采的合在一起，对着花深深地吸了一口气，说：“城市和乡村的区别，不光在房多房少人多人少，还在城市的浮躁和世俗，乡村的宁静和安谧。那陶渊明，在朝廷做官，还是愿退隐乡间，过‘采菊东篱下，悠然见南山’的日子；杜甫县官不做，宁可身居草堂，与诗和修竹为伴。这是为什么？就是说人无论怎样去为志向奋斗，最终求的还是心灵的安静。所以，我爱这乡村，不只是一时的兴趣和新鲜，还是自己的一种心愿、一种态度。”

吴中原从路边摘了一根小藤，扭了扭，把李琦手中的花拿过来捆成了一把，举在空中摇了摇，做出献花的样子，给了李琦。接着说：“我是走出大山，到了洞庭湖，看到它的浩瀚而发感慨。你是从平原进了大山，感到它的清静而发感慨。是不是思想的相左哟？”

李琦接过花，亲吻了一下，说：“不是的，原因是在青蛙跳出井底以后，对事物的不同感觉。有些井深，里头黑咕隆咚的，只能看到太阳星星和月亮；有些井浅，里面有些亮光，也能看到一些外面的东西。但只要跳出那个圈子，又有一样好的视觉和知觉，对外界的认识，慢慢都会是一样的。”

吴中原觉得李琦看是一个女孩，思想却不但很敏锐还很有深度，对事物的认识不是停留在表面上，还能从一个事物看到与另一个事物的联系和区别。很佩服地说：“妹妹说得真好，我跟你在一起，都让我感到了知识的匮乏和欠缺，还常常会产生一种自愧不如的感觉。”

李琦好像说错了什么做错了什么，赶快说：“哥哥千万不要这样说，再说，我都要怪我这张嘴没有遮拦了。哥哥有知识，脑子灵活，办事认真，注重实际，所以我很钦佩和喜欢哥哥。哪像我，什么事都停留在嘴上，还不加掩饰，夸夸其谈，能有什么用。”

吴中原觉出李琦讲话还特别注意把握分寸，给自己面子，就感激地说：“妹妹谦虚了，妹妹不是那种把事停留在口头上的人，你讲的话都很有见地，跟你在一起真是让我长知识长见识的。”

李琦感觉得到吴中原对自己的夸赞是真诚的，想到看到的都是自己的长处，说明他很看重自己，心里自是很高兴，说：“跟你在一起也让我学到好多东西呀。比如你把学到的东西都用到了为人处世上，还用到了木材经营上。什么事都能学以致用、举一反三，这不是很难得吗？”

吴中原听到李琦的夸奖，心里有几分热，回答说：“那些都是跟你父亲和我二叔他们学的，都还只是学到了一点皮毛，讲起来都感到害羞，你还要夸我。”

李琦笑着说：“你这才叫谦虚了吧，我父亲和璇姨都说你聪明好学，脑子灵活，做事扎实，人又稳重大方。”李琦说着，眼睛盯着吴中原不愿离开。

吴中原脸红起来，说：“你父亲和璇姨真这样说我？那我就更是汗颜了。”

说着说着，两人来到一个山坳。凉风习习吹来，拂动了李琦的头发，一缕发丝飘到李琦的脸上，李琦说：“我要哥哥给我理顺。”吴中原见四周无人，就抖着手来理李琦的头发，手触在李琦的脸上，李琦就按住吴中原的手，又用一只手把吴中原的另一只手也牵过来，放在自己的另一边脸上，一双晶亮的眸子含情脉脉地看着吴中原。吴中原再也控制不住自己的情感，紧紧抱住了李琦。李琦把嘴迎过来，吴中原贪婪地咬住，互相吮吸着。两人都有一种从未经历的感觉，用一种从未有过的激情互相抚摸和拥抱着，久久不愿分开。

17

水灾后不过半年余，又一阵乌云滚滚而来，大有“黑云压城城欲摧”的气势。

吴恭疑惑地对李万山说：“莫非还会有大雨山洪？”

李万山皱了皱眉头，掐了掐指头，说：“不会吧，现在不是涨洪水的季节。可能也就是一场暴雨，不会下太长时间，就会雨过天晴的。”

吴恭摇了摇头，说：“去年那场暴雨灾害已经都把我搞糊涂了，也是‘一朝被蛇咬，十朝怕井绳’喽，连在脑子里背得滚瓜烂熟的黄历都忘了。”

说话间，突然有人来报吴恭和李万山，说：“掌柜的，不好了，这次放下去的木材，还没到洞庭湖就全部被抢了。排上的人带的所有盘缠全被抢光，连回家的路费都没了。现在是一路乞讨着回来的。”

吴恭像受到什么东西的猛烈刺激，突地站起来问：“是什么人抢的？”

来人说："听人说，是清军入关了，明军吃了败仗，节节败退，没了军饷，就到处抢掠，也有说是清军抢的。反正现在那边乱得很，到处在打仗，到处是伤兵和逃兵，人们都躲在家里不敢出门。"

吴恭和李万山都如同头上挨了重重的一棒，瘫坐椅上，半天说不出话来。

隔了半晌，李万山才支撑着立起身来，有气无力地说："看来是要改朝换代了。我还在明军时就有了这样的迹象，军队中军官贪污堕落，士兵没了士气，打仗是疲于应付，大多贪生怕死，不愿卖命。朝廷更是四分五裂，宦官当道，帮派林立，气数已尽，哪有不垮的。"

"如果果真是大势所趋，我们也无回天之力，认栽吧。"吴恭只觉得脑子嗡嗡作响，全身乏力，再也控制不住自己的情绪，眼泪哗哗地淌了出来，伴随着伤心地呜咽。

李万山也已满眼泪花，脑子晕眩，还是强撑着对吴恭说："老兄也不要过度悲伤，以免伤了身子。俗话讲'留得青山在，不怕没柴烧'，钱也只是身外之物，生不带来死不带去，还是身体要紧，千万要保重。"

过了一阵，吴寨和清水江流域都乱了起来，一条河上都是兵丁来来往往，有些拿着刀剑到处骚扰，奸淫掳掠、无恶不作。伤兵也包着头杵着杖，横行霸道、胡作非为。逃难的、要饭的也去了又来来了又去。到处不得安宁，人们叫苦不迭。吴寨人都躲在了家里，不敢出门，特别是有些姿色的女子，都不到河边去洗衣洗菜了。木行就支起了大锅，一些胆大点的男子出来，接济那些饥荒的民众和逃难的人。往日清水江的繁茂和热闹，一下子就消停下来，变得无声无息、死气沉沉的。

李万山双手抱在胸前，说话声音有些哽噎，说："这战事频繁、时局动荡，木材运不下去，就是运下去也不会有人买，看来我们是只能停一阵了。"

吴恭一脸的苦相，愁眉不展，说："这改朝换代就不是一时半会一天两天的事。停也就不是一阵了，不晓得我们兄弟还有没有再在一起的缘分喽。"

李万山看了看吴恭那难分难舍的表情，也动了感情。过了一阵还是定了定神说："兄长也不要悲观，我们兄弟一场是缘分，有了缘分就会是长远的。你想想，打仗就会破坏，不晓得烧了多少地方，损坏了多少房子，破坏了就必须要重建。还有新的王朝一建立，一定会用新的举动来安抚人心。那最大的手段就是让人民休养生息、安居乐业。是不是都要建设？要建设是不是离不开木材？所以，只要注意观察时局变化，把握了时机，我们肯定还会有大生意做。"

吴恭听了李万山的分析，心里郁结的气好像慢慢散了一些，绷紧的脸才舒展了一些，说："你这一说，我心里倒开了点窍。看来我们还是会有缘分合作的。只是现在也只能坐观时局，以静待动了。"

李万山深深地吸了一口气，说："我们这些年也累了，也该休息一下了，这也叫韬光养晦、蓄力待发。等时局一安定下来，我们马上行动，会大有收益的。"

吴恭关切地说："那你还是去把家眷接来，这里始终是山高皇帝远的地方，仗也不会打得太大太多，最多是受些兵扰，相对你们那里要平静一些安全一些吧。"

李万山心里发热，向吴恭投去感激的目光，说："我也这样想过。但一是那边是个大家庭，有老有小、拖儿带女，战事时出远门也不方便。二是老人都老了，故土观念很重，怕很难说服他们。也担心他们到这边水土不服，生活不习惯。还是我们回去一段时间吧。"

吴恭点头表示理解和赞同，说："那大概什么时候动身，我们怎么也得为你们送个行。"

李万山摇了摇头，很感谢很歉意的样子，说："兄长好意我们心领了，在这乱世，大家也没这份心情，还是免去一些麻烦吧，也免得我们兄弟在饭桌上又多些悲叹和酸楚。"

吴恭鼻子有些发酸，深深地叹了一口气。说："身处乱世，也乱了礼节，那就请兄弟多多包涵了。"说着，很抱歉地抱拳深深鞠了一躬。

李万山心里也是酸甜苦辣一起涌来，满腔热泪、心潮翻滚，急忙起身回敬了吴恭。说："愿兄长受兄弟一拜。"说着，止不住掉下泪来。

李万山与吴恭洒泪告别后，一回到家，就找李琦谈回吴越老家的事。

李万山把李琦叫到身边，很温和很无奈地说：“琦儿，这战局频繁、世道纷乱，你也看到听到了，父亲也很担心那边大家庭的安全和你爷爷奶奶的身体。我们木行的生意一时半会也做不下去，我和你吴伯伯商量了，打算先停下来一段时间，看看时局变化再做打算。这样，我和你璇姨商量，就准备回吴越去一段时间，也好回去看看你的爷爷奶奶。”

李琦用眼睛看着父亲，认真地听父亲说完，然后轻声地说：“你们去吧，我在这里有吴伯伯照顾，再说我也长大了，你们尽管放心。”

李万山觉出李琦异样的眼神和表情，说：“你的爷爷奶奶来信说，他们特别想你。你从小跟他们长大，离开他们这一段时间，他们就像缺了什么东西，心里空落落的，天天像盼星星盼月亮一样地盼着你回去。”

李琦装出没看出父亲表情变化的样子，手指卷着衣角，下齿咬住上唇，说：“我也非常思念他们，你们回去后一定要转达我的思念和问候。到这里来，我也想多了解一些乡下人的生活，对我以后是非常有益的，这也是来时你对我说的话。”

李万山严肃起来，很认真地说：“那是在社会安定时，现在这种情况，我们父女天各一方，我是放不下这心的。”

李琦不看李万山的脸，还是低着头，说：“这里是山区，比吴越那边要平静多了，战事骚扰也就是短暂的事。不必为我担心。”

李万山听着李琦的回话，摇了摇头，眼睛盯住李琦的脸，说：“你不是一个很懂事的孩子吗？你想想你一个女儿家，单独留在这里，我们当父母长辈的怎么能放得下这份心，怎么样你都得跟着我们回去，不要再有别的想法了。”

李琦见父亲铁了心，又不好继续争辩，就翘着嘴含着泪出了门。

李琦找到吴中原，说：“吴伯伯你们和父亲的生意一时做不下去，父亲要我随他们一起返回吴越。”

吴中原这段时间早就预知这一天的到来，想着李琦要离开他，万般的苦闷，天天心事重重、愁眉不展。李琦来找他，也只能强装笑脸地说："你也来了这么久了，也该回去看看爷爷奶奶，与大家庭团聚了。"

"我是回去，还是留在这里，是来征求你的意见的。"李琦摊开手说。

"当然是回去。"吴中原很干脆地回答。

李琦就用不解的眼神看着吴中原，说："回答得这么干脆，难道这段时间你对我的感情是假的?"

吴中原心中酸楚，鼻子突就酸了起来，低下头，脸偏向了一边。李琦觉出吴中原心里的矛盾和痛苦，就用手去拉吴中原。吴中原再也抑制不住内心的万般难受，一把搂住李琦，眼泪哗哗地淌在李琦的脸上。李琦也紧紧地抱住吴中原呜呜地哭了起来。

吴中原才一边舔着李琦的眼泪，一边说："妹妹莫哭，妹妹莫哭。"李琦就更是哭得浑身抽搐，吴中原也忍不住眼泪直往下掉，两人哭成了一对泪人。

两人哭了良久，才斜躺在河边的草地上。吴中原说："你是李叔的独生女，是你爷爷奶奶一手带大的心肝宝贝，他们是怎么也不会让你单独留下来的。所以，你要走我是早就预料到了。这一段时间，我的心就像进了油锅，天天被煎熬着。"

李琦看到吴中原内心的痛苦犹过于自己，心中很是感激和难受，就说："那能不能再去请求父亲让我留下来。"

吴中原摇着头说："换个角度你想一想。如果他们回了吴越老家，你留在了这里，你的父母和爷爷奶奶能有一天安生的日子吗？李叔这段时间，在生意上算是受到连续的致命打击，人已十分憔悴。如果不是他那样经过风雨见过世面的人，早就垮了。你爷爷奶奶又已年近古稀，最疼长孙。你也是个懂得孝顺的人，以孝为先，还是跟着回去吧。我二叔也和李叔商量了，一旦战事结束，就会有战后的建设需要大量的木材，那时我们又会见面的。"

李琦又止不住淌出泪来，把头靠向了吴中原，让吴中原用手搂着自己，说："这些事我也都想过，就是离不开你，所以心里特别痛苦和矛盾。"

吴中原把李琦搂得更紧，感叹而悲情地轻轻地吟起了《诗经》：“蒹葭苍苍，白露为霜。所谓伊人，在水一方，溯洄从之，道阻且长。溯游从之，宛在水中央。”

李琦接下来：“蒹葭萋萋，白露未晞。所谓伊人，在水之湄。溯洄从之，道阻且跻。溯游从之，宛在水中坻。”

吴中原又一唱三叹地念道：“蒹葭采采，白露未已。所谓伊人，在水之涘。溯洄从之，道阻且右。溯游从之，宛在水中沚。”

念着念着，两人仿佛尚未离别，就已在相互思念可望不可及的恋人。都思心徘徊，难以控制无限惆怅的心情，又呜咽着淌出泪来。

杨璇见李万山闷闷不乐地回到家中，就问：“我就知道李琦不愿回去。你知道是为什么吗?”

李万山看了看杨璇那难以揣摩的表情，摇着头说：“有点察觉，但不是很清楚。”

杨璇笑了笑，说：“凭我的直觉，她肯定在和吴中原相爱。你这个当爹的，怎么就视而不见呢?”

李万山好像如梦方醒，说：“怪不得这段时间李琦有些与平常不一样的表现。只是我觉得吴中原是个很乖的孩子，思想成熟、做事干练、避虚就实，正好和李琦形成互补。我想他们多在一起接触，对李琦会有好的影响和帮助。所以，也没有在意。”

杨璇很赞同李万山对吴中原的看法，夸赞地说：“吴中原确实是个好孩子。有知识、有素养，又聪明机敏，人也长得端正大方。与我们家李琦正是郎才女貌的一对。我倒是蛮喜欢他的。”

李万山表情有些轻松起来，说：“我倒没有注意那么多，也没你想得那么多。你现在讲起来我也同意你的看法。但就是这孩子小时，她母亲对她很是溺爱。母亲走后爷爷奶奶为了补偿她，更是疼爱有加，过惯了襁褓中的生活。况且她的爷爷奶奶肯定是不会同意她离开吴越，到远离他们的地方生活的。”

杨璇点着头听完李万山的话，接着说：“吴中原又是小时失去父亲，从小与母亲相依为命，是他母亲活着的精神支柱。也是不可能离开家乡去吴越的。”

李万山说："那正因为如此，我们千方百计都得要把她带回吴越去。"

杨璇说："这孩子是懂礼数、有孝心的，很能体谅大人，会跟我们回去的。就是要多理解她现在的心情，给她点时间，不要硬性强制。"

李万山说："好吧。"

李万山和杨璇匆匆打点行装后，带着李琦回了吴地。

18

若干年后，清水江畔又热闹起来，李万山回到了吴寨。

吴恭和李万山历尽劫难后再次相逢，两人都悲喜交加、思绪万千。

吴恭这些天就在想，人生的道路，有时觉得很长，有时觉得很短。与李万山共事的这几年，说起长，也经历了大大小小无数的事情，两人从相识到相知，从一见如故到患难与共，有些事欢喜有些事忧伤，可谓是酸甜苦辣、五味杂陈，这些都是时间链接时间堆积时间证明的。虽说没几年，竟经历了两个朝代，日月轮回、江山易主啊，不长吗？说起短，在人生的长河中也就是眨一眨眼睛的事，包括那些天灾人祸的日子，那时的感觉真是度日如年啦，每时每刻都像漫漫长夜那样漆黑得没有一丝光亮的漫长。可日子该过还得过，撑过去后，却是让你都还没来得及思考和回忆，新的一页又翻开了。在不知不觉中，人的头上又添了几丝霜雪，不短吗？

李万山也是感触颇深。这人啊，争什么哟，与天地争，在天地间，你比一粒尘埃还渺小，或许人消失了，这粒尘埃还会变大，或者还会在风霜雨雪的磨砺中，变得闪光起来，可人死如灯灭，到时候什么都没有了，那些钱啦财啦，不就是几张纸吗？在兵荒马乱中，人争不过天吧，在洪水灾害中，人斗不过地吧。与人争吧，连帝王将相都斗得你死我活，最后的结果还是在王与寇的厮杀较量中，成败就在一瞬间。王者又如何，还是逃不脱'三十年河东，三十年河西'的天定神算。还不如留下一份真情，留下一份让人没齿难忘的友谊。这些年与吴恭在一起留下的这份情感，竟然让人身处两地，却朝夕挂念，这才是最可宝贵的。

吴恭与李万山道完分别几年的离愁别恨。吴恭问李万山："就几年时间，这战火就算平息了？这改朝换代就算了结了？"

李万山掰着指头说："这改朝换代的感觉，在这里不算长，算起大账来就不算短了，明崇祯九年，皇太极就废了大汉，继了帝位。吴三桂引清军入关后，迁都北京，清朝算是正式建立。后吴三桂部进入云贵，坐拥滇黔，并日渐做大，继而割据称帝，康熙帝为了巩固清政权在全国的统治地位，开始削三藩。吴三桂等起兵谋反后，康熙又举重兵平叛，前后历时八年，才平息了延及十省的吴三桂之乱，算是稳定下来。"

吴恭听着李万山的叙说，也在想着这些年发生在身边的事情。说："这几年，这边也是一点都不得安宁。军队间打来打去，一下子说是吴三桂的军队在和大西军打，一下子说是吴三桂领兵讨伐水西安氏的安坤，一下说吴三桂起兵谋了反，一下又说是康熙派清军围剿吴三桂，吴三桂死后又是其孙吴世璠称帝，清廷又派湖广总督蔡毓荣入云贵进剿。反正是战火不断、匪患不断，把老百姓折磨苦了。"

李万山听完吴恭的话，很有同感地说："改朝换代都是为了江山为了政权你争我夺相互杀戮，是很血腥很残酷的，哪里还会管你老百姓的死活。要么是战争要么是灾荒，老百姓都会民不聊生，这些年是战争灾荒一起来，老百姓哪有好日子过哟？"

吴恭长长地叹了一口气，感叹地说："这江山都改名换姓了，老百姓应该有一段安生的日子了吧？"

李万山抬头看了看门外的蓝天白云，说："我们那边倒基本平静了，已经在开始大规模地搞建设。朝廷害怕这边的土司做大，与朝廷分庭抗礼，在一步步削弱土司的势力，使其归顺朝廷，搞的是什么'改土归流'，不过这对于一般老百姓来讲，应该不会有太大的影响吧。"

吴恭偏着脑袋问："我也听说'改土归流'的事，就是还不懂是什么意思。"

李万山回说："我也不大懂，大体意思是改变原来沿用的土司制度，让你归顺朝廷。比如承袭制度，按照原来的，一代代承袭下去，就会越来越大。现在作了一系列规定，符合这些条件，又按程序办的，才能承袭。又比如土司的权力和职责，原来好多都自己有权决定，现在不行。大的事都要经过朝廷，留给你的权力就是按规定向朝廷贡纳银两，原来可以贡些土产品，现在都要折成银两上贡，也是要削弱你的财力，放缓你的积累。还有就是对土司要一年一度地进行考核，叫什么‘有功则叙，有罪则处’，但你做得再好也不能升任流官，最多给你一个虚职。还颁布了一些‘苗疆禁例’，凡是他觉得会有可能威胁清廷的，都不让你做。”

吴恭边听边点头，好像听懂了一些，好像又还不太懂，但他最本质的东西是听懂了的，就说：“那简单地说，就是要把这边的少数民族限制起来，让你规规矩矩地听他的话。不让你再有什么蛮民造反的事情发生。”

李万山觉得吴恭的理解很直接很到位，说：“直白地讲就是这个意思，他就是要从根本上解决元、明以来，土流长期分治的状况，把民族地区都纳入中央王朝的流官统治。”

吴恭又疑虑地问：“那以后这山上的树还能不能自己砍，田地还能不能自己种？”

李万山想了想说：“康熙帝对农民这块倒还应该是放松了的，他为了让农民不造反，就要尽快让他们多些生计，快些富起来，还采用了减免税赋的方法来鼓励开荒种地，砍树种树应该不会有什么变化，受到多大的限制。”

吴恭听着有些高兴、激动起来，说：“那我们就还是尽快把这木行张罗起来，把木材卖出去。”

李万山觉得与吴恭还是那么默契那么一拍即合，心里也很是高兴，说：“我急着来也就是为这事，前为中原一带因为打仗，到处都打烂了，也多年没有建设，现在局势安定下来，朝廷认为目前正值百废待兴的时候，地方官员也为了安定和争取民心，都在鼓励搞建设。到处大动土木，热火朝天，需要大量的木材。还有就是这些年黔地的木材也被人们看好，又有比较好的价格。就是想和你商量，怎么样尽快抓住这个时机，办好这件事。”

吴恭看了李万山一眼，笑了，说：“怪不得你这次也没带上杨璇和令爱，就只身匆匆前来。”

李万山很坦诚地说：“是这样。等到时局更加稳定了，我们也把事情做起来了，她们再过来吧。”

没过几天吴恭和李万山的木行就又重打锣鼓另开张了，不过改了一个名字，叫“吴寨商行”。李万山告诉大家，把这“木”字换成“商”字，就意味着我们以后就不仅限于和木材打交道了，这江山都更姓换名了，我们也要用一个新面孔新气象面世，要在更宽的范围做更大的事情。

吴志强问吴中原：“这次李掌柜的怎么只是一个人来？”

吴中原也有很多的疑虑和期盼，李万山来了李琦没有来，自己的心里天天就像打鼓一样，怎么都平静不下来，有气无力地回答说：“可能是李叔先来把商行的业开起来，事情做顺了，再叫她们来吧。”吴中原心里估计到李琦再来的可能性不大，他想过，只要李琦要求越强烈，她的爷爷奶奶和父母就越不会让她来。他们通过一些信，她爷爷奶奶知道她对吴中原有恋情后，就一直张罗要在吴地给她找合适的人家，来他家说媒的人也踏破了门槛。李琦就是一意孤行，一个非吴中原不嫁的态度，弄得家里都为这事感到苦恼和难办。

吴志强看得出吴中原的心事，就安慰说：“我知道中原哥为这事很苦恼，但也还没到山穷水尽的地步。我想以李琦对你的那份真爱和她的聪明是能说服他们的，加之她的家人对她又那么疼爱，会转得过弯来同意她的想法的。”

吴中原摇摇头又点点头，似乎看到了一线希望似乎又觉得希望渺茫，说：“但愿吧。她倘若不能来，我也一定要跟着木排到吴越去见见她，那时就清楚了。”

吴志强鼓励地点了点头。

吴寨的街上，突然就非比寻常地热闹起来，商行营业，门面开张，到处张灯结彩、鼓号连天，会馆人头涌动，码头人来人往。

灵芝和桂花走在街上。灵芝问桂花：“你那个吴地相好的回来了没?”

桂花很恼火地说：“莫问这些，那个挨刀砍脑壳的走后就没有个音信，再来我也不会理他了。”

灵芝知道桂花心里牵着那人，笑了笑说：“说是这么说，怕是放不下哟。哪个还能像他那样让桂花魂不守舍的?”

桂花这些天也确实在盼着那人的到来，加上对灵芝也没有什么值得掩饰，说：“你说得也是，不晓得怎么回事，硬是让我做梦都在梦见他。我这个人又是刀子嘴豆腐心，说不好几句话，又把我说过去了。”

灵芝见说中了桂花的心思，哈哈地笑起来，说：“我没猜错吧，桂花的魂都被他拿去了，那身体还跑得脱?”

桂花听这话心里有些跳，和那人的感觉，忽就爬进了心里，让她有一种酥痒酥痒的感觉，接着说：“自从和了他，我和我家那个一点兴趣都没有。还有就是我家那个也是一样的，他也不爱沾我，落得大家都轻松。”

灵芝看着桂花脸红心跳的样子，打趣地说：“老是这样，那东西不是生锈喽?”

桂花看着灵芝做出的怪样，说：“你这么担心，是不是想要我去找你家那个磨一下吗?”

灵芝表现出同意和无所谓的表情，说：“那有什么，想去就去喽，我还得休息点。就怕我家那个比不上吴越那个人，让桂花失望。”

桂花也装出害怕的怪样，说：“那倒不怕，怕就怕姐姐说得好，到时候又拿扁担来打我。”

灵芝做出恼怒的样子，说：“拿扁担打是不会的，最多是把你的一只耳朵咬下来，让你有点耳性就行了。”说着就来扳住桂花的脸，做出要咬耳朵的样子，桂花就一溜烟地跑了。

吴恭来找李万山商量，说：“县里衙门来了指令，说是清廷要翻新故宫，要我们进贡最好的木材做‘皇木’，我们和几家大的木行都有摊派，也不讲价钱。”

李万山听后开始是惊讶过后是惊喜，说：“过去你说过，只听说明朝时候有来这边征‘皇木’的，现在不是轮到我们了吗?”接着又问，“我们摊多少数量?”

吴恭想了想，掰开指头说：“五十棵大树，都要两人以上合抱的。杉木三十棵、楠木十棵、樟木十棵。”

李万山心里有了盘算，说：“朝廷要那也只能办，不办就是违抗圣命，是哪个都担待不起的。不过，我们倒也可以趁这个机会把我们这里的木材名声大大地提高起来。能做皇木修皇宫的木材，那价值自然就不一样了。”

吴恭经李万山稍一点拨，心里马上开了窍，说：“李掌柜真不愧是做大生意的人，看问题的方法跟我们就是不一样。接到这个指令我就犯愁，就想着不知道要贴多少进去，你一说我就明白了，这是皇帝要往我们木材上镀金，也是在往我们商号的脸上贴金。看来这事不仅要办，还要尽量办好。”

李万山得到吴恭的回应，说：“你说得太对了，做生意肯定是要有盈有亏的，都是盈的事是没有的，有时候亏就是为了盈。这件事就是今天亏了，明天一定会赢回来的事。”

吴恭又疑惑地问：“这木材砍伐运到河边归我们，下去以后一直运到北京归他们，北京这样遥远，这样大的木材，怎么能运得去哟?”

李万山解释说：“也是先运到吴越，再从运河走。”

吴恭问：“就是历史上讲的那条大运河?”

李万山回说：“是的，那是中华民族创造的一个奇迹。我们从边远的西南，把这样大这样好的木材送到皇宫，也算一个奇迹了。这样的奇迹发生在我们这一代人身上，也是难得的机缘喽?”

吴恭和李万山就着手派人上山去选“皇木”了。

一个湖广人到李家寨找李方舟谈木材生意。此人原来在清水江上也做过几单木材，就是还没有找到一个大的卖家，与他一起联合开木行。找到李家府上时，李方舟还正为贡纳“皇木”的事犯愁。

此人一见李方舟就说：“久闻李掌柜大名，今日才得相会，实是遗憾。拜一声兄长。”

李方舟正在堂屋里一边喝茶，一边犯愁贡纳皇木的事，见有人来访，立即站起身来说：“来客请坐，我们哪里见过？兄弟如此熟悉的样子。”

那人说：“未曾谋面，却有一种似曾相识的感觉，就冒昧称兄了，很是唐突，请为兄见谅。我姓王名海，湖广人氏，做些小本生意，来到贵地也有些时候了。”

李方舟心里在想着皇木的事情，没有心思和人攀谈，就直言直语地说：“兄弟到李家寨来，有何贵干?”

王海从李方舟脸上看到他心里的纠结，说：“听说为兄正要筹资备皇木纳贡?”

李方舟听来人开门见山提到皇木，便急急地问：“兄弟消息如此灵通，莫不是官家有人?”

王海摆着手说：“哪里哪里，官家有人的应该是李兄，听说兄长的叔父就在湖广的县衙为官，管着一方百姓。我们正是李兄叔父的臣民。”

李方舟听来人提到叔父，也有些欣慰，说：“一个七品而已，不足挂齿，况还是前朝老臣服务新政。”

王海赶忙用佩服的口吻夸赞地说：“为兄叔在那一方，可是勤奋廉洁、爱民如子的好官，很得人们爱戴，提到都是无人不知无人不晓的。所以改朝换代、江山更迭都没有动他，可谓是不倒翁了。”

李方舟又问：“那兄弟又如何知晓这皇木的事?”

王海回说：“那次战事时，我的木排到了洞庭湖，正有明军来抢，突然又有清军赶来。明军逃窜后，一清军将领走上木排，问这木材可是来自何处。我也吓得魂都丢了，战战兢兢地说，来自黔地。那将领说，他也算走南闯北，就没见过这样好的木材。又说康熙帝接了顺治皇帝后，一直想把故宫修葺一新，就托付各地将官搜寻最好的木材。也算他撞了好运气，总算找到了。他将立马禀报朝廷，把黔地的木材运到宫中去整修故宫，定然是最好的材料。并在我们的木排里精选了一些，通过运河运上了北京。这次来到黔地就听说了朝廷来征皇木的事了，定然与这事是有联系的。”

李方舟听此人说是经营木材的，心想肯定是有些想法，才来李家寨找的他，就问：“那兄弟对此事可有想法？”

王海也是直人，说话不愿转弯抹角，就说：“这可是千载难逢的好机会。一是你贡了皇木，你的木行就会声名鹊起，还会受到清廷的重视和保护。二是你叔父也可借此修书一封到朝廷，朝廷见其忠义，还有可能得到褒奖或升迁。”

李方舟见来人直率，也就有了一些好感，说：“兄弟说得在理。就是上次遭遇天灾人祸，损失比较惨重，目前手头有些紧张，筹资比较困难。”又叹一声道，“真是巧妇难为无米之炊呀。”

王海也直人直语，说：“兄长大可不必为此犯愁，兄弟这次恰好带了些钱物，足够筹办这皇木的，只要算做我在你这木行的股份就行。”

李方舟如释重负地站起来说：“你能雪中送炭，解我燃眉之急，很是感谢。只是这木行并非我一人所有，待我与几兄弟商量，定然及时回话与你，如何？”

王海点头称是，说：“理所应当、理所应当。”便告别李方舟，去了住地。

杨家寨杨田裕也在和陈方亮商量办皇木的事。

杨田裕见陈方亮在遭遇两次灾祸后，还是选择回到杨家寨，觉得他是有心来合作做事的。就很信赖又很无奈地说：“我家本也是几代官宦人家，办官家的事理当义不容辞。但这所要木材的数量大，规格和质量都要求很高，要花一大笔钱才能办成此事。这改朝换代时又遇到了那样大的天灾人祸。现在又才重打锣鼓另开张，正是青黄不接时，真是感到有些力不从心。”

陈方亮听说皇木的事后，就一直在盘算如何做，心里早有一些打算，又担心杨田裕会为此对他产生想法，就先是叹着气说：“真是三斗米让英雄折腰哟，有钱处处顺无钱处处难啦。老天又不掉钱，这能怎么办呢？”杨田裕见陈方亮也拿不出什么好主意，直觉头晕脑涨，就说：“我今天头疼得厉害，这事我们明天再议吧。”陈方亮感觉到杨田裕对这事确实已经伤透脑筋、走投无路，就说：“可这皇家的事是头等大事，耽误不得呀。”然后试探着说，“我也一直在想这件事情。倒想到了一个主意，就怕说出来，为兄会觉得我唯利是图，损人利己。其实话又说回来，这样办也是出于无奈，皇木催得紧，办慢了或办得不好，都有可能会犯杀头之罪。要按我出的主意办，也就是把这困难分摊一下，让大家来帮我们点忙，也属不得已而为之。”

杨田裕对这件事心头也失去了主意，心想有病还是先投医吧，看看他开出的方子如何再说，就说：“只要不是伤天害理，又是为了办皇木，不妨说来听听。”

陈方亮大着胆子说：“这皇木下了多少指令给我们，只有你我知道。既然是皇木，那就像皇粮国税那样，是进贡的意思，我们收进贡的木材就不能按正价算，只能给些辛苦钱。那这次收的木材，我们可以把很大一部分按照皇木来收购，就可以少去很多收购木材的价款，等于是把上贡的木材让大家来分摊了。大家都是皇帝的子民，都要靠皇帝老子恩赐吃饭，共同来分担皇家的事，我觉得也应该是在情在理的。”

杨田裕觉得陈方亮出了一个大大的损招，自己平生就没做过这样损人利己的事，心里像做了贼一样跳个不停，脸一会红一会白，又想不出好的办法来办好这件事，渡过这个难关。就用眼睛盯着陈方亮，一直没有出声。

陈方亮看出杨田裕心里的矛盾。说：“如果杨兄不愿意这样做，那也不勉强，就另想高招吧。就是我现在也是囊中羞涩，拿不出几个钱来，只是怕万一误了大事，你我担待不起。”又说，“不过办不好这件事，上面要怪罪下来，那也不是找我而是找你，我主要还是在为你担心，为你着想。所以最多也就是一个建议，至于采不采纳，那是杨兄的事。”

杨田裕近期也是冥思苦想，忧心忡忡，找不到什么好的解决办法，想着贡纳皇木的期限逐日临近，更是心慌意乱，就说：“那你就算一下账，一是这样的分摊尽量少一些，还要把这些人的名字和所交木材的数量记好。二是过了这个关口，我们再用别的形式来补偿他们吧。”

陈方亮知道杨田裕也想不出再好的主意，用个激将法的口气，也不过是让他早下决心而已，就说："那好吧，只要你表了态，别的事你也就不用操心了。不过这样的事情最好是你知我知算了，晓得的人多了容易坏事。"就匆匆地走了。

19

吴寨又在办皇木，又在准备运往吴地销售的木材。山上、江面、码头、街上都热闹非凡。

吴江第二天要上山去选贡木，和吴李氏一起喝了几碗酒，就上了床。

吴李氏问吴江："掌柜的又叫你带吴月去山上选皇木？"

吴江应道："是啊。"

"那皇木的意思就是拿到京城皇宫去用的喽？"

"是啊，不拿到京城去修皇宫还叫皇木？"

"听说那京城大得很，皇帝老子坐的地方也大得很。"

"那还用说，皇帝还会住在吴寨这么大的地方？还会住你家这么大的房子？"

"光这拿去整修皇宫的木材就要这样多，那肯定是大得不得了。"

"哪里才这点木材，又不是只在我们这里要，全国各地凡有好的木材都在进贡。"

"那哪个把这事办好了，会得到皇帝的赏赐喽？"

"那当然，但这也只是一个方面。"

"那你要办好点，搞不好赏你一个美女哟。"

"你就做梦吧。是不是在打什么歪主意，想要我去找了别人，你好去和外地人喽。"

"那倒不是，最多是找个妹妹来，让我松和点。"

"天天还怀疑我到外面找妹妹去了，供应你太少，现在倒还讲想要松和点，口是心非的。"

"说是还要各地把美女选送到皇城去，供皇帝挑选做嫔妃。"

“你打听这个，是不是想去选吗?”

“我倒不会，我是嫁了人的人，这一点你婆娘是知趣的。怕是你知道皇帝有三宫六院三千嫔妃，你想得睡不着。”

“我有什么睡不着的，跟你一个女人我都受不了，那么多还不把我搞死啊?”

“你讲这话也是，那看来当皇帝的还蛮可怜的哟。莫讲处理国家大事，光应付这么多女人就够他受的。”

“你这叫皇帝不急太监急，还为皇帝担起心来了。人家生活好，还有专门的药吃，那东西要用的时候随时都可以起得来。”

“那有的又说，有些人进到宫中，一辈子都得不到一次。最后老死宫中，那才可怜。”

“太多了嘛，皇帝怎么顾得过来。”

“那还是我们好，只要想要就可以要，自由自在的。我看比宫里的日子快活多了。”

“你这叫没得羊肉吃，才讲羊肉臊；没得杨梅吃，才讲杨梅酸。不过也有点道理，老百姓有老百姓的活法，有老百姓的自由，少去好多约束和烦恼。”

吴李氏讲着讲着就去摸吴江，吴江也冲动起来，吹灭了油灯。

吴中原和吴志强在河边负责检查验收已经运到江边的皇木，天天都住在排上的窝棚里。

吴志强问吴中原：“听说现在主政的康熙帝，来自草原戈壁，却非常博学多才?”

吴中原懂得朝代换了世道变了，要做好生意，是要了解一些新政的，因此也一直在关注这方面的事情，说：“听过一些传闻，也看过一点有人从中原带来的史料。说康熙帝是清廷进京后的第二位皇帝，八岁登基。从小嗜书好学，治国方略天文地理医学养生无不通晓。特别喜欢读《易经》看《尚书》谈《左传》诵《诗经》，又赋诗著文，习以为常，确实是博学多才的。”

吴志强感到很惊奇很好奇，说：“一个在马背上驰骋疆场的人，却如此的好学博学，那也实是难得。”又问，“那他不是很会治国喽？”

吴中原觉得吴志强能关心政事，也很高兴，就把自己知道的都说了出来：“康熙帝是以儒学为治国之本，很是崇尚程朱理学，规定清廷要将治统与道统合一。所以，强调仁治。采取轻徭薄赋、与民生息的治国方略，认为‘家给人足，而后世济’。以民为本、齐家治国。”

吴志强听后也很激动，说：“果真像你说的那样，有这样的皇帝，那我们就有好日子过了。”

吴中原接着说：“平三藩，除鳌拜，统台湾，与俄罗斯修好，都是他干的。把这些大事都办了，为以后的安定铺平了道路，起码少些战乱，多些安定吧。”

吴志强回说：“那他还真是少年英雄，这社会要的也应该是这样的人。天下安定了，大家的日子好过了，我们这生意就做得安稳做得长了。”

吴中原也感慨地说：“老百姓都盼有一个长治久安的局面，这些年的天灾人祸把大家都搞怕了。人心所向的东西应该是大势所趋吧。”

吴志强又问：“这皇木，就是拿去修葺故宫的喽？怎么就把我们这里的木材定为‘皇木’了呢？”

吴中原稍作停顿，想了想说：“朝廷这样定，肯定有他的理由。你想想，全国这样大，哪里没有木材，又哪里的官员不想把好的木材往宫里送。我们这里的木材，尤其是杉木，多是百年以上的古木，主干直，径级大，年轮细密，耐腐蚀，不变形，疖子少。那宫殿很是高大，整修一次都是百年大计，需要的就是这样的木材。”

吴志强点着头说：“你都快成木材行家了，把这木材的品相、好处说得这么准确。我看叫你陪押‘皇木’到京城去，再把这里的木材介绍给他们，蛮合适的。”

吴中原也笑了笑说：“那是官家的事，我们平头百姓把自己的事办好就行了。”

吴志强说：“哥哥说得是，你当你的官，我搬我的砖，我们老百姓不稀罕做他们的事。”接着又说，“那北京不晓得有好大好壮丽哟，故宫又不晓得好大好辉煌哟。”

吴中原说："哪天我们钱多了，就去看看呗。"

吴志强说："那不敢去，万一被宫里人看中了，捉进去割了当太监，那就完了。"

两人就哈哈笑了起来。

杨家寨的木材收购价格太低，木材就顺流流向了下游的木行，收的木材还不够上贡的皇木，人们对杨田裕和陈方亮的做法很有意见，说的话也很难听。一时间，杨田裕和陈方亮到处背负着骂名。

在大家的议论和指责中，杨田裕窝在家里，门都不好出，心里受着外界指责和内心痛苦的双重煎熬。他想把事情的原委告诉大家，但不能。这样不地道不仗义，况且这次这样做，自己也是同意了的。他想把家里的困境和难处给大家说说，以求大家的谅解，但在人们眼中这样大的家族这样富的家庭，突然就变成了穷光蛋，大家不会信，自己面子也丢不起。他想要兄弟们帮他担一点责，但他做了投机收购木材的事后，几兄弟都齐力反对，还为这事红了脸。他想要陈方亮收收手，差不多就不要再这样干了，可陈方亮说不做都做了，人们也不骂都骂了，五十步和一百步都是一样的。他感到孤独无援、百般无奈。就想，自己种的苦果自己吃吧，这也是自作自受，作茧自缚哟。

杨家几兄弟见二哥杨田裕近期非常痛苦，就一起来劝他。"为兄这次确实办了不该办的事，但那不是你的本心。也是在想不出主意的情况下，听信了谗言，出了下策。况且，为兄也是准备在渡过这次难关后，要对那些吃了亏的人予以补偿的。""正因为如此，为兄应该把话给大家讲清楚了，该认错的认个错，大家不是本家也是乡里乡亲的，会得到大家谅解的。""你是一家之长，一族之长，如果再这样下去，到时候办不好皇木的事，我们家又曾经前朝有人为官，还说我们是不满现政而有意拖延，那就是犯了灭九族之罪，岂不是全部完了吗？"

杨田裕一直低着头听兄弟们的劝告，见大家都在关心他，也都说在理上，就满脸愧疚地抬起头来说："这样久以来，我都处在极度的羞耻与痛苦中，无法解脱不能自拔。今天兄弟们的话，出自内心发自肺腑，字字在情句句在理，我是又羞愧又感激。那么，今天大家去准备一下，明天我们把寨里族里的一些人请来，我向大家真诚地赔礼道歉。”

第二天，杨田裕在家中摆了几桌酒席。他深深地向在座的鞠了一躬，抬起头来对大家说：“各位父老兄弟，我是无颜面对大家。这次的事，是我错了，彻底的错了，错到不光大家不能原谅，连我自己也不能原谅自己的地步。大家说我是被钱打瞎了眼睛也好，是被鬼迷了心窍也好，还是良心被狗吃了也好，我都认，还觉得大家骂得不够重不够狠。我办这事，那是只要是人都不应该办都不会办的事。我对不起大家，对不起诚信为本的祖宗。”说着就泪如泉涌，痛哭起来。

大家见杨田裕悔恨交加、知错能改，慢慢消了气，决定不再追究杨田裕所做的事情。

杨田裕说：“谢谢大家宽宏大量，我是感激之心无以言表，但我自己是不能原谅我自己的。我想慎重地对大家说，我已不再胜任族长和寨老的职务，恳请大家应了我的要求吧。”

杨家几兄弟和在座各位都没想到杨田裕会突然提出这样的想法，一时不知如何是好，就说：“今天，我们是来听你说明情况的，你要辞去族长、寨老的事我们择日再议吧！”大家才宽心地喝起酒来。

县衙的知县到吴寨来催办皇木，看到事情办得又快又好，很是高兴，说：“你们给了我面子，我也给你们带来了礼物。朝廷知道战后大家都很困难，很是体恤，为办皇木的事拨了专款，我给你们带来了。这是天降甘霖，皇上的恩惠呀。”

在座都跪拜后齐声呼应：“谢主隆恩。”

知县又继续说：“办皇木，是我们祖祖辈辈都没想到的事，我觉得是天开了眼地开了窍，皇恩浩荡，照到了我们这块土地。也是天道酬勤，厚待我们这块土地上勤劳的人民。这木成了皇木，这山就是金山了。当今皇上特别鼓励垦荒种地，大家以后，凡有主的荒地，种树种庄稼都免税六年，无主的荒地，不争不抢，谁种归谁，也照样免税。”

大家又一次跪拜，齐呼：“皇上圣明、皇上万岁！”

没过几日，朝廷就派了督办和兵丁前来恭接皇木进京，整个清水江畔，披红挂彩，锣鼓喧天，笙竹齐鸣，人们身着盛装、载歌载舞，恭送皇木出境，比过节还热闹。

晚上，吴寨举行了一次空前的侗族大歌会，附近侗寨都来参加。四面八方的人们都穿着盛装，聚到了鼓楼，围着鼓楼的火堂一圈一圈地向外扩散，把鼓楼都挤得满满的。附近人家的屋檐下，吊脚楼的廊道上，花桥里，街面上，都坐满了人，站满了人。领歌的歌师歌声一起，主唱的、合唱的、和鸣的，男声部的、女声部的，唱真声的、唱假声的，发重音的、伴轻音的，口唱的、鼻哼的，清雅的、雄浑的，都有准备地应声而出应声而和。歌声抑扬顿挫，宛转悠扬。那声音像在层层叠叠的鼓楼中转了几个圈，再从每层翘檐斗拱中扩散开去，把鼓楼旁的水塘都激起了微波，回荡萦绕在清水江畔的群山环抱中。让人觉得，鼓楼动了，花桥动了，吊脚楼动了，山和水也动了，连星星月亮都动了。整个空间被一种有形又无形的魅力包围了、控制了、笼罩了。又觉得是一种有声的宁静代替了无声的宁静，又温馨又祥瑞。

李万山听得激动不已，对着吴恭说："这歌声对我来说，是一种有生以来未曾有过的感染和震撼。听着这歌声，连自身是置身凡间还是天宫都搞不清楚了。在我的意识里，只有传说中的天宫才有这样宏大而美妙的音乐。听后，就有一种'余音绕梁，三日不绝于耳'的感觉。"

吴恭也好久没有听这样大规模的侗族大歌了，也显得分外高兴分外激动，笼罩在心中久久的郁闷好像都被这歌声驱散了，还一直跟着唱跟着和，偶尔还充当了领唱。听了李万山的这番话，说："感谢你的这番赞美。你是用心去感受的，才会有这样深切的感悟。"

李万山看着吴恭的投入和动情，说："过去也听过一些侗歌，但规模没有这样大，震撼力也就没有这样强。这唱侗族大歌，又没有伴奏又没有指挥，唱的还是多声部。歌声一起，就那么整齐和谐，这真是让我百思不得其解的。"

吴恭解释说："你问的这个问题，连我这个侗家人都说不清楚。应该是一种从小的养成吧，当然也有歌师的把握和安排。侗家人爱歌舞，如同爱生命，有句俗话就讲'会讲话就会唱歌，会走路就会跳舞'。在这侗族地区，男的不会唱歌讨不到婆娘，女的不会唱歌也嫁不出去。所以，只要在这环境长大，言传身教耳濡目染，不会都会会起来。”

李万山又问吴恭：“侗族好像没有文字？”

吴恭回答说：“你说得没错，侗族确实没有自己的文字，正是没有文字，唱歌就显得更为重要了。侗族有首歌谣就是这样唱的‘汉人有书传书本，侗家无字传歌声。祖辈传唱到父辈，父辈传唱到子孙’。也就是说，侗族文化的传承方式主要靠唱歌和讲故事。”

李万山很惊叹侗族以歌传承所创造出来的这种无与伦比的绝妙音乐，感觉这相同又不同的声音所承载的东西太奇特太厚重了，说：“我虽然不大听得懂，但我听得出在大歌中就有多种不同的风格，应该有不同的意义。”

吴恭听得出李万山是懂音律爱侗歌的，心里又多了一层知音难觅的感觉，说：“是的。侗族大歌大体上分嘎所、嘎麻、嘎想、嘎吉四类。‘嘎老’就是‘大歌’的意思，‘侗族大歌’也叫‘鼓楼大歌’，在侗家人的心目中，它是宏大而古老、崇高而神圣的歌，是在很严肃很庄重的场合唱的。嘎所是声音大歌，多是模仿一些自然界中优美的声音，比如鸟啼蝉鸣、潺潺流水等，像‘蝉之歌’就很典型，这类歌旋律跌宕，声音优美。嘎麻是柔声大歌，像年轻人谈情说爱的对唱，多是这个调子，是一种情感表白的歌，特点是舒缓柔美；嘎想是伦理大歌，教人们怎样去做人做事，注重晓之以理动之以情的劝诫；嘎吉是叙事大歌，讲述侗族的祖先如何诞生，如何来到这里，如何艰辛困苦地创业等等，以教益后人。它是以讲故事为特征，娓娓道来，低沉而忧伤。”

李万山听着吴恭的解说，入了迷，频频点头，不断称是，然后说：“我是陶醉在这歌声里，着迷在你的解说中。”然后又说，“吴兄对侗族大歌了解得这么多这么深，莫非曾经是歌师？”

吴恭对李万山的问话不置可否，想了想腼腆地回道：“大体算得上吧，在这侗族地区，歌师是很受人们尊重的。你不仅要把传承下来的歌记下来，把它唱好，还要随机应变有问有答，就需要在生产生活中不断编出新歌来。”

李万山如梦初醒地说："怪不得，嫂子又漂亮又贤惠，歌喉又好。看来你这歌声的功劳不会小。"

吴恭笑着说："那都是过去的事了，孩子都这么大了，也不值得提了。"

李万山又说："我感觉这歌有一种'众低独高'的声乐特色，忽而平和宁静，忽而深沉凝重，忽而鸟啼虫鸣，忽而小桥流水，忽而如泣如诉，忽而欢声笑语，忽而低沉婉转，忽而高亢嘹亮。我太迷恋这歌声了，一直想学一学，还不知道老师就在眼前。看来我还真得认真地请你吃个饭，行个拜师礼呢。不会不收我这个笨学生吧。"

吴恭耸了耸肩，说："你教了我好多东西，我办这点事，太应该了。你真想学，那我是求之不得哟。再说，我看你对音律不仅是有爱好，还应该是有造诣。侗歌你都没学过，就理解得这么深刻，学起来很快的，说不定没多久，徒弟就打师傅了。"

李万山抱拳笑道："不敢不敢，师傅永远是师傅。"

两人听了侗歌非常激动，又谈得投机，直到三更才依依不舍地散去。

那晚李万山没有马上回家。他在木楼旁的小溪边坐了很久，眼睛发呆似的看着满天的星月，耳朵听着似风似雨似虫似鸟的声音。秋蝉不知疲倦地唱着，吱呀吱呀的声音从四面八方传来又传到四面八方去。蛙儿一问一答地对唱着，唱累了又扑通一声跳入水中，那些知名和不知名的山虫也在应和着。偶有几声鸟叫传来，又清脆又响亮，声音划破夜空，像是要传到月亮上去。好像都在续唱大歌的曲目，上演山野田畴的自然奏鸣曲。他才恍然觉得，这不就是大自然的多声部吗？侗族大歌不就是采了天地之灵气的天籁之音吗？

20

清廷的鼓励垦荒方略，打消了人们对时局认识不清恐生变化的疑虑，激励了人们开荒种地、种树的积极性，清水江沿岸，到处呈现了热火朝天的开荒种树景象。

吴恭和李万山一起上山去看商行新买的荒山。两人登上吴寨附近的一个山顶，放眼望去，大山层层叠叠、蜿蜿蜒蜒，清水江在山脚下曲折回环地淌着，在太阳的映照下，闪着习习的光彩，像一条银色的长龙，舒缓地游弋在青山绿水之间。

吴恭和李万山坐在山顶上，吴恭拿出旱烟点燃，递给李万山，对李万山说："来一口吧，你看这风光这么迷人，再来一口烟，就有神仙一般的感觉了。"

李万山接过吴恭递过来的旱烟杆，仔细地看了看，烟杆是乌竹做成，竹节很细密，烟杆经长期使用和把玩，都成了紫红色，杆中间挂着一个烟包，绣的是鸳鸯戏水的图案，还有一块长寿玉，雕得也很精致。

李万山问吴恭："嫂子送的吧?"

吴恭不作答，示意李万山先吸烟。李万山拿着吸了一口，呛得喘不过气来。

吴恭接过烟杆吸了一口，慢慢地把烟子吐成了一个圈，说："烟杆和杆上的玉是父亲留下来的，烟荷包是内人绣的。"

李万山被烟呛后，吸了几口气，慢慢平息过来，说："这烟杆的精致都能当传家宝了，荷包又是锦上添花，嫂子真是好手艺。"接着又很是奇怪地问："我和你在一起这么多年，都没看到你吸过烟，怎么就突然吸起烟来了?"

吴恭拿着烟杆用烟嘴敲了敲鞋底，说："过去抽过，后来戒了。这次再抽烟，说起来你是有功劳的。"

李万山纳闷地说："你吸烟，怎么就跟我扯上关系啦?"

吴恭又吸了一口烟，慢条斯理地说："我来说给你听，看是不是跟你扯得上关系。这第一是不是你来了，我才和你一起经营的木材?"

李万山更是表现出不解，说："这买卖木材就更不好与烟扯上关系啦?"

吴恭说："是这样的，我原来是吸烟的，后来曾经有一段时间咳得厉害，就戒了，一戒就是好多年。直到经营木材后遇到那两次天灾人祸，心里烦闷就开始在家里吸烟。特别是你走后，心里像失去了什么，又没有什么事做，很是不习惯，整天就在烟雾缭绕中度日。你说与你有没有关系?”

李万山听吴恭说完，才恍然大悟，说：“那是有关，万山把吴兄引入歧途，罪不可赦。”

吴恭笑着回答说：“看来老弟的认错态度是蛮好的，我就不予追究了。只是今后无论遇到再大的事情，我们两兄弟都得在一起扛过去，再也不许你离开我了。”

李万山听了吴恭的话，很是感动，觉得吴恭就是把自己当成了不离不弃的亲兄弟，这样的情谊是经历了血与火的考验的，是价值连城，值得永生记起的，说：“我们有太多的事要做，老兄又有太多值得我学习和留恋的东西，我们要永远携手并肩地走下去，干出一番大事情来。”

吴恭听了李万山的话，也是心里有一种甜甜的感觉，接着把烟从烟斗里敲了出来，用脚擦灭，说：“那你看这大事从哪里干起?”

李万山拿过吴恭的烟杆，指着延绵起伏的大山说：“你看这万亩青山，好多大树都砍了没有栽上，该认真补一补这一课了。现在时局稳定，朝廷又出台了一系列稳农扶农的新政。老百姓到处都在开荒种地种树，这对我们加快加大杉木人工种植是个大好时机。前些年，我们又探索了一些种树的办法和经验，现在是派得上大用场的时候了。”

吴恭接过李万山的话题，说：“最近我也一直在想这件事，前些年我们派人踏查了山林、荒地，也试着办了一些苗圃，种了一些杉林，有了一个比较好的基础。现在又有了新政，也就是说在万事俱备的情况下又吹来了东风，我们也就可以放心大胆地干了。特别是那场灾害对我的触动很大，我们把老祖宗留下的木材砍了，如果不为后人着想，多种点树留给后人，那会变成千古罪人的。这样这心永远都会不得安宁。”

李万山看到吴恭说到种树就来了劲，也心潮涌动起来，说：“这还不光是把砍了的山种上树，了个心结的问题，我们的商行也需要延续和滚动发展。如果木材砍光了，没有了后续的，商行的生命也就结束了，那我们兄弟又还能长期在一起吗？砍了老的种了新的，一茬接一茬，这生意就能不断做下去，商行就能越滚越大，我们有了子孙也有了。所以，这是事关当前也是事关长远的大事情。”

吴恭听着李万山的话，心里越来越热，说：“兄弟说得对，这商行做起来了，就不光我们做，孩子孙子们还得做下去。树种多了，我们底气也就大了，生意也就能越做越大。这是一举多得的事。”

李万山在地上捡了一根木棍，在地上一笔一画地画着“正”字，说：“还有就是，我们这木行改成了商行，那就不光是改一个字的事。比如，现在到处开荒种树，靠挖几根野生苗是不够的，非但数量不够，质量更不能保证。搞得好，一亩地可以砍出几十方木材来，搞不好就只能有几方十几方，就有个优质杉苗的培育供应问题。这样的话，我们就不光可以经营木材，还可以经营种子、苗木，还有种树管山用的各种工具、材料。再加上，现在人们卖木材、做活路，都有了一些钱，我们还要把外面的一些好东西，运到这里来卖，这样我们经营的东西越来越多，生意也就越做越大了。”

吴恭又点起了一袋烟，深深地吸了一口，说：“兄弟真不愧是见多识广的人，想的事情又周到又长远。听你一讲，我是又佩服又兴奋。就是我年纪比你长一些，受那几次打击后，明显觉得身体在走下坡路。做起事来经常感到力不从心，不晓得能撑到什么时候啊。”

李万山看了吴恭一眼，觉得吴恭脸上是有些灰暗，有些大病初愈的感觉，说：“兄长怎会这样讲，你身体好得很，有时太累或偶遇风寒，人有懒散的时候，是很正常的。我们现在正赶上好时机，正是可以大干一场的时候，这是最能让人精神振奋的。那时你我都会觉得有使不完的劲的。”

吴恭又深吸了一口烟，没吞下就吐了出去，说：“但愿吧，我是想和兄弟大干一场的。”接着站了起来，说，“我们还是多去走走看看吧。”

两人走着走着就来到了南山的苗圃地，树苗都长成一人多高了，新抽的嫩绿也有一两尺长，一派生机勃勃的景象，两人看着都很高兴。李万山对吴恭说：“我们过去买荒山，挖杉苗，搞苗圃，种杉树，都还是小规模的，但也算是一种成功的一种尝试。这次我们是不是认真地匡算一下，除了正常的木材经营所需款项外，把主要的财力和物力投到种树上去。这样我们推动荒山种树的进程就会快得多，这新政的东风来了，就像给我们安上了翅膀，借风我们就可以扶摇直上，飞得更高更远。”

吴恭用钦佩的眼光看着李万山说：“你这样想真是令我感动，其实自从水灾后我就有这样的想法，只是觉得这个时候正是商行重打旗帜另开张的时候，最缺钱，把钱用到造林上去，必然会影响我们木材方面的经营，我开不了这个口。没想到你这么开明这么远见，真让吴恭佩服了。”

李万山一边蹲下来拔着苗圃地里的杂草，一边说：“其实我开始也是想先做几笔大的木材生意，把天灾人祸的损失补一些回来，再来抓种树的事。但想这种树是讲季节的，季节不等人啦，过了这个季节就要耽误一年，我们就又要多一年的心里歉疚。所以还是觉得这个时候做这件事情好，其他方面我们精打细算一点也是过得去的。”

吴恭一边听李万山的说法，一边也在盘算着资金问题，说：“是不是把各位股东都请来，把这个想法告诉大家。我们为这次种树专门设立一个股份，让大家多凑一些钱，种树的这批杉林除了商行买山的钱和这次的投入，其余就是大家共同的，按出资多少定权属。”

李万山站起来，拍拍手上的泥，说：“这样好啊，那以后商行就不光经营木材的部分是大家共同的，山上种的树也逐步是大家共同的了，包括我说到扩大经营范围的事都可以这么去做，大家在商行的共同利益就越来越多起来了。商行就成了大家共同经营共同关心的一个大家庭，分不开了嘛。”

吴寨商行召开了商行新一轮的股东会，专门研究股东联合种树的事。大家你一言我一语地说开了，都说这真是光宗耀祖、造福子孙的大好事。我们山上有了更多的林子，就是添了更多的家产，不算败家子了，我们以后去了那边，也就好给祖宗有个交代了，我们这代有，子孙后代也有，我们也就放得下心喽。我们大家都来支持都来入股。李万山听着大家的议论，越听心里越热，觉得这帮人太忠厚太靠得住了。有什么问题大家都会自觉地来想办法，有什么困难大家都会一起来担担子，还会有什么跨不过的沟翻不过的坎呢？跟这样的人打堆，也真是自己的福分喽。

听完大家的议论，吴恭站起来说："大家统一了意见，以后大家就是这几千亩林地共同的主人了。我这里准备了一大坛酒，我们每人倒上一碗，大家共同来庆贺吧。"于是倒上酒，大家一饮而尽。高高兴兴地签了字画了押。

21

第二年一开春，吴江就和吴月一起带着好多人上山去栽树。吴嫂和灵芝也到山上来为种树的人做饭。吃了晚饭，吴嫂对灵芝说："你把碗洗一下，吴月对这一带比较熟，我叫他陪我去讨点蕨菜、笋子，明天才有菜吃。"吴嫂就叫吴月一起下了山冲。

吴嫂没多久就讨了好多蕨菜背在了竹篓里。吴月说："嫂子真是手脚麻利，一会就讨了这么多。"吴嫂说："我们从小就做惯了这些活路，不像你们这些当崽的，小的时候得惯事，玩得多做得少。你看你讨的这些蕨菜，好多都是苦蕨，吃不成，你就不要讨了，帮我背上这竹篓就行。"吴月接过篓子，箍在吴嫂身上的竹篓背条一松开，两个奶子隔着衣服都摇晃晃的，吴月看得眼睛都不愿移开。吴嫂说："吴月的眼睛不看蕨菜，倒看起嫂子的胸口来了。有什么好看的，哪个女的没得？"吴月有点不好意思，说："别人有倒是有，就是没有嫂子的好看。"吴嫂说："不就是两坨肉嘛，有什么好看的？"吴月说："是倒都是两坨肉，但也要看长在什么人的身上，长在嫂子身上的这两坨肉就是不一样。"吴嫂说："吴月小兄弟还真会讨人喜欢，尽拣让人爱听的话讲，把你嫂子都讲得不好意思了。"

吴月换个话头说："嫂子说我们这些当崽的，好大都还得惯事。我是没那福气，我还没晓事，妈就走了，所以特别羡慕那些有妈的。"吴嫂说："那还真是可怜我们吴月了，我是无意讲到了你的痛处，不要怪嫂子啊。"吴月说："嫂子这么好，你又晓得我没有妈，怎么会生气。"然后又有点吞吞吐吐地说，"我还想说又怕吴嫂骂我。"

吴嫂说："小月这样乖，讲话都还像小女孩一样，我咋个会骂嘛。"吴月就说："可能是我好小就没了妈，就特别想摸比我大些的女子的奶子。"吴嫂脸有点红起来，说："是吗?"

吴月看到吴嫂的脸红，就说："嫂子皮肤白嫩，脸又红彤彤的，蛮好看。"吴嫂说："小月还蛮会夸人的，会逗女人喜欢，人又长得清秀，以后肯定找一个漂漂亮亮的女子做婆娘。"吴月就低声说："我都还没得当男人。"吴嫂说："小月要当男人还不容易，你去玩山，看中了哪个姑娘，打算和她过日子，她也看中了你，就可以当男人了嘛。这个还要嫂子教?"吴月说："我是还没会嘛。"吴嫂说："这个不用教的，懂事了就会。"然后捞起衣服，摸了一下身子，说"你看我浑身都是汗了，你在这里等一下，我要把里衣脱了。"就走到一边去脱衣服。

吴嫂正把里衣脱下，要穿外衣，吴月站在了身边，眼睛直愣愣地看着两个又大又白的奶子。吴嫂赶快把外衣披上，有点难堪地说："都被吴月看到了。"吴月撒娇地说："让我摸一下嘛。"吴嫂不做声，吴月就把吴嫂紧紧抱住，吴嫂胸口起伏，脚手都软了，披在身上的衣服也落在了地上，两人就倒在了草丛里。吴嫂感到吴月的东西硬邦邦地顶在她的胯下揉动，有点控制不住的感觉，整个身子都燥热起来颤抖起来。吴月把吴嫂的裤子褪到半处，露出了白花花的半截屁股，吴嫂在吴月要解裤子时，猛地用力推开吴月，提上了自己的裤子，红着脸对吴月说："小兄弟，你太小了，再这样下去我会受不了，将来你也会后悔的。"吴月怕吴嫂生气，才站起来，跟在吴嫂的后面，到竹林去讨笋子。

吴江看着满山又都种上了树子，非常高兴，就带着吴月一起到处查看。吴江说："这大树砍了，原来还遮天蔽日的山，一下就变得光秃秃的，还真不适应。那时虽然砍树得钱，心里还总是有一种空空的感觉，现在这树一种上，心里就踏实多了。没几年，这树又会长起来，小树又会变成大树，秃山又会变成青山，多好啊。"吴月说："江哥这人看来不光有干劲，想事情还想得特别长远。"吴江说："我们生活在这块土地上，如果又有钱，又到处都是青山绿水的，那才叫好。如果光有钱，到处都是荒凉的，走到哪里连棵遮阴的树都没得，想下河洗个澡水又浑又脏，走在路上搞得满身都是灰，你愿意吗？那时你再有钱，想讨个外地人做婆娘，人家是不愿嫁过来的。”吴月说：“江哥说得是，以后我还要把你讲的这些道理讲给大家听，让大家不光为钱砍树，还要多栽树，多为子孙后代做点好事情。”吴江转过头来对吴月说：“吴月是越大越懂事了，更想女人了吧？”吴月说：“想有什么用，江哥都好久没带我去玩山了。”吴江说：“吴月也是该开荤了，今天晚上我们又去对门寨？”吴月高兴地说：“我早就想去了。”

在从对门寨回山的路上。吴江问吴月：“吴月，我看你今天人好像都变了，肯定是得了吧？”吴月腼腆地回说：“得了。”吴江说：“感觉好不好？”吴月说：“舒服死了，从来还没晓得有那么快活的事，我是得了一次又要一次，不是你说好的时间，我都不想走。”吴江问：“那梅芳呢？”吴月说：“一样的。她还说和我在一起，全身都酥了，这一辈子也值了。”吴江说：“我早就说过，吴月那雀雀是还没得吃肉，得吃了，是难得放得下得很。怕今天晚上做梦都在梦那事，明天做活路都不安心喽。”吴月说：“人不是说有豆腐不吃白菜，有肉不吃豆腐吗？说明各个都还是爱吃肉的嘛。”吴江说：“吴月倒是蛮会比喻的，那女人也是得吃肉不吃豆腐喽。”吴月说：“那还用说，我觉得她们比我们还要贪。”吴江说：“你怎么知道？”吴月说：“从她那眼神和黏巴巴的话里看得出来嘛。再说，哪次都是我都还没缓过来，她就又想要了。”吴江说：“我说吴月聪明，连这些都学得快得很嘞。怕梅芳也是被你迷住，离不开你了。”吴月回说：“名师出高徒嘛。”吴江朝着吴月屁股上狠狠地揍了一巴掌，说：“什么名师出高徒，你这是无师自通。”

安排完商行木材交易和种树的事，李万山对吴恭说：“差点忘了告诉你一件事，杨璇已经从吴地启程好些天了，大概还有两三天就可以到这里。”

吴恭一边收起商行木材交易的账本和股东们入股种树的清单，一边说：“这倒真是好事，弟媳来了你的生活就少一分牵挂多一分乐趣了。”

李万山用指头在桌子上画着清水江的形状，边上点了一个点，写了“吴寨”两字，说：“我们上次离开吴寨前，就一直有一个愿望，希望沿着清水江走一走。她说清水江是苗侗人民的母亲河，却还没有认真地看清母亲的面目。再者，我也想对沿江的木材分布、宜林山地等方面的情况作一个比较全面的了解。看一看我们以后还可以朝哪些地方发展。”

吴恭马上回答说：“杨璇到后，你们就放心地去办这件事。我会把这边的事处理好的。”

22

李万山和杨璇沿着清水江进了㵲舸河，到了且兰古国。

李万山背上背包牵着杨璇的手下了船，从码头往街上走去，说：“这一路上是乘舟楫，过铁索，行栈道，爬坡越溪。一路崎岖却风光无限，真是值了。”

杨璇偏着头看着李万山问：“只是风光？”

李万山说：“当然不只是，旅游鼻祖徐霞客选的线路，无论自然的还是人文的，那都是一流的。你看这栈道、碑林、庙堂、宗祠、民舍，在别的地方我都是少有见过或没有见过的，很是奇特，别有风味。看到这些，旅途的劳顿便荡然无存了。还有就是和我亲爱的人一起来，那感觉更是不一样。”接着问杨璇，“这且兰国，我倒真要请教了。”

杨璇想了想说：“这我也说不好。听我爷爷说，这里的历史当上溯到公元前，周即属且兰，春秋战国时为且兰国，也就是独立于诸侯国以外的，由若干具有血缘相近的氏族组成的残存部落。可能是这里开化晚，原始痕迹遗留的时间就比别的地方要长些。”

李万山睁大了眼睛出神地听着，然后继续问：“那到了什么时候才结束这种社会体系？”

杨璇回道：“战国时，楚将庄乔受命于楚王伐夜郎，且兰才悉属于楚，归顺了中原。西汉建立了郡治所，之后一直是历代郡、县、州、府所在，无一挂漏。”

李万山心中赞叹，在远离中原的地方，竟有这样沉淀和承载着如此久远而深厚历史的珍珠和翡翠，说：“怪不得这里的建筑这么古老而有特色。看来这部落人还是很会选地方落脚的，在这山区，有这么大一块平地，这么开阔，还沟壑纵横、林木葱茏，土地肥沃，看着就很大气，而古城又坐落在这洼地突起的中间。这感觉就像我们地处一望无际的平原，突然出现一座苍翠挺拔的崆峒，让人在惊诧中自然产生一种一定要去看一看的想法。”

杨璇也感叹地说：“我有同感。在这华美中一定还隐含有沉甸甸的历史和文化。”

李万山很是认同杨璇的看法，说：“你看我们走进古城垣，看到的就是古殿宇、古宗祠、古街巷、古泉井、古民居。好些都既有中原文化的色彩，又有部落遗迹的残存。”

杨璇又补充说：“你看这城墙，建于宋代，东宝相寺建于唐代，室内所藏古钟又是宋代的，年纪相当于老祖宗了吧。”

李万山继续说：“那进城前的栈道，更久远，是战国时黔与滇、楚的交通通道，还沟通了黔与川、陕的往来，驿道上的四墩五孔大桥也是很壮观的，更是耄耋老人。这里是经牂牁河取道各地的枢纽门户，所以才商贾云集，有那么多各地的会馆和帮会的堂口。”

杨璇说：“佛教也是唐朝就传入的，你看现在，寺庙林立、香火鼎盛。元代又传入了道教，很有文化的多样性。”杨璇每到一座庙宇殿堂，都要拉着李万山一起去烧香祭拜，很是虔诚。李万山问她求什么，她说祈求家庭美满、事业顺畅，祈求你们再也不要遇到过去那样的天灾人祸了，令李万山十分感动。

李万山说：“你求的还真是时候真是地方。这里妈祖庙也请进来了，庙堂还比较新，应该是这次水灾后所建，保佑这条江风平浪静的，我们回去后也应该去办这件事。在福建沿海一带，人们出海都要拜妈祖的。”

杨璇说：“看来此行不光养眼养心，还取到真经了。我们回去，就乘船顺流直下，体会体会‘千里江陵一日还’的感觉吧。”

李万山很赞同地说："从陆地上看了，再从江面上看看是对的。那一定会给我们另外一种意想不到的感觉和收获。"

返程途中，李万山和杨璇坐在船头，一路赏着美景，谈谈笑笑、亲亲密密。杨璇说："有这清水江，才有了苗侗儿女的栖息繁衍之地，也才有了巫楚文化的传入，有了中原文化与苗侗文化的交流融合。文化注入越多，两岸的建筑越有特色，它就越显貌美了。"

李万山乘舟楫顺流而下的感觉比杨璇还新奇还强烈，说："你这比喻很恰当。人有了文化，是越变越有气质，江有了文化，是越变越年轻。而且，你给它青山它就会回报你绿水，这绿水就是母亲河的乳汁，清洌甘醇。"

说话间，杨璇指着河岸一巨石问："你快看那石崖像什么？"

李万山正看得入神，立即回道："观音。不是像，简直神似。你看那微笑端庄的神态，就是护佑这条江上生灵的。"

杨璇赞同地点点头，又指着一片色彩如金的石山说："那是'流金溶洞'，真是色美形异、妙不可言。"然后又指着一群怪石问，"你看那些像什么？"

李万山回道："一如龙，一如虎，一如鹰。你看那龙头，就是栩栩如生的崖岩艺术，人力不可为啊。"

杨璇看了看李万山，说："可否取名'龙盘虎踞、鹰击长河'。"

李万山点头说："非常贴切、无以复加。"

杨璇又说："如果要突出特点的话，是不是也可把这河段，取名'龙头河'。"

李万山又赞许地点了点头。接着说："你看那片石崖，褐色如茶。不可用'赤壁'重名，你看叫什么好。"

杨璇不加思考地说："那就叫'火烧岩'吧，当地人都是这么叫的。"

李万山对着杨璇伸出大拇指，说："还真是难不倒你。要文雅的，你有书本知识；要粗犷的，你有生活基础。"

杨璇打趣地说："我把这名字取得粗俗一些，先抑不是为你后扬吗？"

李万山说："感谢夫人给我面子，这就谢过了。"说着起来鞠了一躬。

杨璇也站起来拱手弯腰回道："夫君受娘子一拜。"

两人相视一笑，抱在了船头。

杨璇突又推开李万山说："你快往那里看，那巨石夹缝中是什么？"

李万山看后很是惊讶，回道："这战争一结束，谁就把这大群大群的战马放到这里来了？"

杨璇把脸靠在李万山肩上，说："比'马放南山'好，这里牧草丰美，水如琼浆，朝可饮露，夜可沐浴。是放战马的好地方。说不定你打仗时骑的那匹马也在里面呢。"

李万山用一只手把杨璇搂得紧紧的，说："哪天找时间去认一认，找到了给你当坐骑，免得你天天走路。"

杨璇说："还是夫君好，指这石马，总比别人画的饼实在。"然后摸着肚子说："可能再有半年是不太能走了，我们的小宝贝就快要来看这清水江喽。"

李万山就又激动地抱住了杨璇，久久不愿松开。突然又指着一片水中的石墩说："你看这人有了喜事，就要敲锣打鼓。你看那巨石就如鼓钹状。"

杨璇急忙数了起来，说："共有八墩，很像铜鼓，就叫'八鼓鸣江'吧。"又说，"过去我听说过'铜鼓塘'，可能就是这里。"

李万山又指着另一边说："你看那是什么？"

杨璇回过头去一看说："这就是了，我过去就听说在离铜鼓塘不远的地方，有处叫'九牛困塘'，你数数是不是九头。"

李万山正数着，说："正是。"又说，"这困字用得真好，这牛是出不去的。"

杨璇反驳说："不是出不去，是不愿出去，有这琼浆沐浴，哪里还舍得走呢。"

李万山看了看天上的日头，炽烈却并不暴热，浸在水里的太阳，在绿水青山和蓝天白云间悠悠地晃动着，有时竟像晚上的月亮一样，柔柔和和的，就问："要是晚上月亮出来了，塘里的牛喘不喘喽？"

杨璇回道："那是你们吴越的牛怕太阳，我们这里的不怕，再热的天，到这清凉的水里一泡，那还热吗。黔牛是不喘月的。"又指着河中间说，"那不是'江心浮蛙'吗？"

李万山顺着杨璇手指的方向看去，果真一巨蛙浮在江心，悠闲自得的样子。又见一石桥凌空飞架，说："这比牛郎织女那鹊桥好了，万古千秋，永不退去。"

杨璇说："那就是我们的姻缘桥吧。河在桥在，百年相思。"

李万山紧紧搂住杨璇的腰，头相互靠着。一缕斜阳照来，把两人兴奋的脸抹得更红。

李万山一回到吴寨，吴恭就来找他。说："这皇木没走几天，就有大批的木商拥入了。现在这场景，简直就像打仗一样，人来人往，乱哄哄的，到处是收购木材的站点，卖木材的人也不知道往哪里送好了。"

李万山兴奋地说："我是预料到了的，皇木之后肯定会有'踵皇商之后，民商拥至'的局面。这就是'酒好不怕巷子深'的名气效应嘛。"

吴恭把最近收购木材的册子递给李万山，说："你还真是料事如神，说这皇木一走，定然木价陡涨，这木材是比以往值钱多了。幸好我们早有预知，那时多收了一些，到现在这木材收购价都快涨了一倍了。"

李万山一边翻看册子，皱起了眉头，一边说："木价款是高了些，那也还得抓紧收，越快越多越好。趁着所办皇木又补到了一些钱，除了支付造林款的以外，把它全部用出去，用于收购木材和荒山荒地。"

吴恭又把收购荒山的登记簿递给李万山，说："我也想过，但现在商行的项目多起来，蛇大孔也大，哪个方面都要用钱。你看这木材值了钱，连荒山的价格都见涨了。"

李万山又接过登记簿来翻看，说："那是肯定的，木材长在山上，木材值了钱，山还会不涨价？水涨船高嘛。当然主要开销用度的钱都要留出来，不能种了田又荒了地，但现在最急需的还是多存木材多买地。是不是叫中原侄抓紧安排几个账房认真地算个账，看这次放下吴越的木材和造林要支付多少工钱，用于放排、采伐的工具材料还需要添置多少，剩的钱还能收多少木材、买多少荒山。至于以后的开支，我们这次卖出去的木材盈利，肯定是挪得开的。”

吴恭也感到事情紧急，说：“事不宜迟，那我马上安排他去办。你刚回来，也累了，先休息两天吧。”

吴中原和吴志强主要负责收购木材，吴江和吴月主要负责购买荒山。

吴中原和吴志强一大早就到了吴寨收购木材的坞子，木材的收购价高，交售木材的人也踊跃。收木材的人都带上尺码和算盘，边验收边计数和计价，吴中原和吴志强就忙着安排把不同等级不同标准和不同材种的木材码到不同的地方。有时又帮着收木材的人，验收、计价，开出卖材人到账房领款的凭据。

吴志强对吴中原说：“中原哥，你看过去这些都只会上山种田和下河捞鱼的人，经过这些年买卖木材，大家对计数计价都熟得很了。那木材有多大多长，什么等级质量，大概合多少钱，别说用尺量，用算盘算，我看他们光用眼睛看用心算，都有八九分准了。”

吴中原正拿起算盘要复查木材的累计数量，放下算盘说：“是啊，莫说他们了，就是我们刚开始时也还都是门外汉，看着这些东西一抹黑，头都晕。现在就不一样了，出去几天，不和这木材打交道，心里还空荡荡的，好像缺点什么。”

吴志强跳上木堆，看着满江的木筏和忙忙碌碌、来来往往的人，也是心生感触。说：“是啊，现在真是与木材有感情了，做木材生意，教会了我们好多想都想不到的东西。比如木材的识别鉴别，计量计价，砍树运输，扎筏放排，种子苗木，林地整理，种树管树，还有人际间的交往等等等等。”

吴中原也跳上木堆，与吴志强并排站着，看着穿梭于木材、木排间的人们，说：“你看这江面都像赶场一样了。随着木材交易量的增加，商行的做大，我们以后要打交道的东西只会越来越多，要学要会的东西越来越多，我们积累的经验和知识也就会越来越多，内在气质也就会自然而然地发生变化了。这些不都是你一直想要的吗?”

吴志强拉吴中原坐在木堆上，说：“是啊，做木材生意走出去以后，就觉得外面的人是要有气质一些，自己也就有一种想要脱胎换骨的想法，还就时不时产生一种对外面的女子羡慕和希望得到的欲望。”接着问，“中原哥，璇姨都来了，李琦怎么还不来呢?”

吴志强提到对外地女子的想法，触动了吴中原，让他陷入一种茫然的思绪中，听到吴志强的问话，才回过神来说：“我就算着她不会来，她爷爷奶奶是不会让她来的。”

吴志强感觉到自己的问话触动了哥哥内心的酸楚，话又已说出，收不回去，就说：“那她最近的心情一定不会好。”

吴中原低下头随意拨弄着手中的算盘，说：“她回去就一直没好过。又是孝女，不能对爷爷奶奶硬着来，就把什么心事都藏在心里，找不到人述说，这就是最苦的了。”

“李掌柜和璇姨的态度不晓得怎么样?”

“我也不好问，他们也不好说。看来还是以爷爷奶奶的意见为重了。”

“再耽误，你都快二十二了，李琦也应该近二十了吧?”

“最近母亲也是老在说这事，我也很作难。心里放不下一个人之前，是装不进别的人的。”

“那你还是去一趟吴越吧，对这事也好有一个决断。”

“这形式上的决断容易，内心的决断难喽。”

“你们确实是郎才女貌的一对，话又投机，心心相印。我看双方要找到能替代对方的都难。但她来吴寨你去吴越都办不到，又不能长期天各一方，就更难了。”

吴中原几个指头一起用力弹了一下算盘珠子，发出劈劈啪啪的响声，说：“这明知不可为的东西又为什么偏要为之，这就是命吧。认识她以来，确实是苦多甜少，在一起如胶似漆，离开后又受尽煎熬。前辈子都有所欠吧，这辈子是来还账的。”

吴志强拾起身边的一把木槌，使劲在木堆上敲了一下，说：“也未必吧。难道这枷锁就砸不开，牢笼就冲不破。”

吴中原把吴志强手中的木槌接过来，放到了另一边，叹息着说：“这枷锁和牢笼都是钢筋铁骨，又都是铸造了几千年的，要砸开和冲破，谈何容易。”

吴志强看着吴中原无奈的表情，说：“我看吴李氏家表妹对你很有意思，人又漂亮又有文化，听说家境也不错。”

吴中原心中又添几分酸楚，几分歉疚，说：“我也看得出来她喜欢我，要在过去，我能找到她，都是高攀了。主要是李琦在我心里一直放不下，对她就只能不冷不热的，肯定还伤了她的心，我也没有什么办法。”

吴志强说：“那就抓紧去一趟吴越，敞开来谈一次。女孩比男孩还要不经老，也免得耽误了李琦，她都过了花季了。”

吴中原长叹一声说：“看来也只能这样了。”

吴中原又问吴志强：“我也看出来，璇姨家表妹也是对你十分的好，人又窈窕又丰满，不就是你追求的那种模样的人吗？”

吴中原提到这人，吴志强心里也有几分激动，说：“我倒是一见她就喜欢了，就是觉得这样乱了辈分。”

吴中原一本正经地说：“这是哪里的话，璇姨与我们又没有血亲关系，不存在那样的事。”

吴志强说：“她聪明活泼，心也好，又会做事。我父母肯定也会喜欢她。”

吴中原说：“那你肯定和她亲热了。”

吴志强心里有些跳，说：“两人互相的感觉都好，她也很喜欢我，两人抱着都觉得好舒服好激动，有几次我们差不多都控制不住了。”

吴中原说：“那看来是水到渠成了。‘花开堪折直须折’吧，‘莫待无花空折枝’嘞。”

“那大哥不摘我也不摘，不能乱了长幼秩序。”

“我们兄弟不用讲究这些，你这样把我还难着了。”

“我这话不是开玩笑，叫‘大丈夫说话，一言既出驷马难追’。你就看着办吧。”

吴中原就又叹气又摇头地笑了。接着又问：“那你讲想找一个外地女子的话就不叫男子汉说话了喽?”

“还不是怪哥哥，哥哥找外地女子都成这个样子，我又没有哥哥那涵养和定力，还敢找吗?”

“我俩不一样，一是哥哥性格柔弱，二是母亲只有我这一个儿子，不敢冲破礼教。你的性格比较自我，又还有兄弟妹妹，二叔思想也比较放得开。你要找是可以的。”

吴志强吞吞吐吐地说：“上次从吴地来看李叔和璇姨的那个女子，我倒真是蛮喜欢的，人又漂亮又有文化。说是李叔家的侄女。”

吴中原看了吴志强一眼，点着头说：“那姑娘与李琦的性格还有些相似，她们是姊妹，还蛮投缘的，不知道她对你的感觉怎么样?”

“哥哥都只顾自己和李琦亲热去了，哪还管我。她对我蛮好的，我们也很谈得来，她说她很喜欢这个地方，也特别喜欢跟璇姨在一起。”

“那她回去后，你们有通讯吗?”

“常有书信往来，她说她最近想来一次。还想尽量约着李琦一起来，不知能不能成行。”

吴中原听说李琦可能要来，内心平添几分高兴，说：“那就太好了。想不到兄弟还把这事捂得严严实实的，气都不透。”

吴志强说：“一是你太忙，二是我害怕勾起你的心思，让你难过，你不提这事我都不敢讲出来。”

吴中原说：“谢谢兄弟的关心和体谅。”又说，“不过你有了想法，你们也有了一个好的开头，就要抓紧点喽。”

吴志强说：“会的。”

23

吴李氏和吴嫂都挑了一挑衣服和被单到河边洗，两人捞起裤脚，把衣服扎在裤腰上下了河里。

吴嫂把洗的东西倒入水中，用石头压上，问吴李氏：“你家吴江又上山了？一个人守空房喽?”

吴李氏回说：“有他没他一个样，我都习惯了。不过这几天老做噩梦，醒来有点怕，吴嫂过来陪陪我嘛。”

吴嫂用捶衣棒捶着衣服，边捶边翻，扭成了绳状，说：“那晚上吴江回来了怎么办？三个人挤一床睡不下嘛。”说着笑了笑。

吴李氏一边扭着洗好的床单，水就滴滴答答地落入了河里，一边说：“我家那床宽得很，睡三个人都还显宽。”停了一下又说，“万一睡不下，叠起睡嘛，怕什么。”

吴嫂站起来伸伸腰，两个乳峰挺得高高的，舒了口气，说：“有人压在你上面我又难受，压在我上面，我又怕出不来气，还是算了吧。”

吴李氏把床单抖开，走上河滩，铺晒在卵石上，又用石头压住几只角，说：“哪里的话，人都说‘男人能挑千斤担，女人能顶千斤汉’。况且吴嫂那身板这样厚实，我看两千斤都顶得起，莫说一个人了。”

吴嫂也走过来晾晒被单，说：“那人有锥子了嘛，锥着痛得很，我还是怕。”

吴李氏用捶衣棒朝吴嫂一指，比划着说：“再大的锥子，在吴嫂那火炉里还不都化了。再说那是肉锥又不是钢锥，吴嫂是闲小不闲大哟。”

吴嫂扯了扯粘在身上的衣服，捞起衣裳来用衣角擦了一下脸上的汗，说：“火炉还是吴李氏烧得旺，我看最近吴江一在家，走路脚杆都是打飘的。肯定是你那火催得太急了，还是试着点，不要总是那么急捞捞的，细水长流才长久。”

吴李氏揪了一把吴嫂捞衣服擦汗时露出的肚皮，又把裤腿挽得更高些，站进水里去搓被面，两个奶子晃晃悠悠的，说：“不晓得他是在哪里被炼软的哟，最近一天到晚恹巴巴的。吴月还帮他说话，说是太忙太累，压力大，人都又黑又瘦了，还托付说叫我多关心他，哪里还想那些事。”

吴嫂也又站到水里捶衣服，把脏水挤入了河里，说：“吴江倒真是个做扎实事的人，为商行的事都成拼命三郎了，我看他真是比以前黑瘦了，那是要多炖点鸡给他吃。”

吴李氏把浸满油枯水的被面丢进河里，弯着腰搓揉清洗起来，说："瘦倒是真瘦了，不过他那人一去玩山，肯定又是精神得很。"

吴嫂一边把清洗好的衣服丢上河滩，一边又在清洗裤子，说："男人哪个不是一样的，想管你也管不了，你就干脆放开缰绳让他跑，哪天他在外面跑累了，要回来的。"

洗完了衣服，两人走上河滩，一人选一个光滑平整的石头坐下来，等待晾在河滩上的东西晒干。

吴李氏捡起身边的一块石头丢进水里，水就漾起了一圈圈的涟漪，说："现在这日子倒是好过了一些，就是外面来的花花绿绿的东西太多，这人也分心了。"

吴嫂随手捡起几颗大小差不多的圆石子，握在右手，留一颗在手中，其余的撒在地下，接着把手中的石子抛起来，手快速一捞，全部抓起了地面的石头，又把空中的石头接住，不经心地回答道："有钱了，就想要让生活丰富点嘛，多些快活多些享受，这也正常。"

吴李氏就坐到吴嫂对面，与吴嫂比起理石子来。

衣裤被单晒干后，吴李氏一边收拾衣裤被面，一边说："吴嫂今晚真的过来陪陪我嘛，两个人也好款款门子散散心。"

吴嫂把晒干了的东西折叠好，放进簸箕里，用洗衣棒压在上面，与吴李氏并排挑着往河岸走，说："那好吧。将就到你那里吃晚饭，我们两姊妹好喝顿酒，快活一下。"

吴李氏将担子换了一下肩，说："我炖好野兔等你，正好吴江前天打了一只野兔回来，都还没吃。"

吴嫂也换过肩来，面朝吴李氏说："那我还真是三十晚脚洗得好，有嘴运。"

24

吴中原和吴志强在河边收木材，来交木材的人越来越少，喊的价格却越来越贵。

吴中原和吴志强休息时坐在河滩沙地上，画了一个五子棋盘，走起棋来。

吴志强先走一步，问吴中原："皇木之后，这木材真是越来越金贵，价格越来越高，还不知道要涨到什么程度，这生意做下去还有赚头没有呢？"

吴中原靠着吴志强下的棋子落了子，说："是要好好算一算了，再这么下去，大家竞相提价收木材，又竞相降价卖木材，搞不好大家都要赔进去。幸好李叔有远见，我们前段多收了一些木材，要是按现在这样子，不赔也赚不了多少了。"

吴志强用石子在田字格上把自己的连起来，说："听说我们这木材成了皇木后，前一段卖价也一直在涨。但后来各地的木材都进了洞庭湖，以假冒真、以次充好，把这木材价格又搞得降下来了。不知道是不是这么回事。"

吴中原下了一颗子把吴志强连着的棋子断开，说："这事假不了，现在来收木材的大多都是外地人，倒不是说外地人怎么样。主要是他们经历得多，见的世面也多，形形色色的人都有，五花八门的事也就都有了。"

吴志强拿起石子不落下去，说："那这样下去，不光木材生意场上乱了，人们的心也会乱了，我们这边的人忠厚老实是要吃亏的。"

吴中原催促吴志强落子，自己又夹住了吴志强的石子，说："兄弟说的是，再纯的东西，只要掺了别的东西进来，肯定是会变的。不过这也正常，这世界哪有一成不变的东西。你看那河水都没有原来那么清了，这沙地也没有原来那么洁净了，人还会有那么纯吗？"

吴志强悻悻地说："不下了，想着这些事心里烦。"接着问，"那我们这诚信为本、以信立身还做得到吗？"

吴中原把石子埋进沙里，把沙子抹平，说："孔夫子说'己所不欲，勿施于人'，我们不能要求别人怎么做，但自身还是立身要正的。起码不能做违背良心的事，我们吴家这世世代代的传统不能丢。"

吴志强站起来，左右摆动着身子，在沙地上踩了两个深深的坑，说："我父亲最近都老为这些事在叹气，他说不晓得会变成这样子，当时就不应该做这件事。"

吴中原也站起来，眼睛望着河水淌出去的地方，说："不是这件事错，也不是我们出错。这是社会在变，我们不做这件事，也照样有人做，也会变成这样子。”

吴志强偏着头问：“这就是你讲的大势所趋？”

吴中原把眼光收回来，看着脚下，说：“是的，中原、沿海早就是这样了，我们要边远封闭一些，这样的事来得晚一些而已。为什么李叔、璇姨他们总是处变不惊的样子，那是因为他们早就见过了也料到了，预料中的事就习以为常见怪不怪了，还有什么大惊小怪的。”

吴志强又坐在了沙地上，用木棍在沙地上画了一个怪物，张牙舞爪的样子，说：“那他们觉得这事还能做下去吗？”

吴中原也坐在了沙地上，说：“当然要做下去，只看怎么做而已。李叔对这事有了一些想法，只是还在酝酿中，也还要等待时机成熟，这事他也在跟二叔商量。”

吴志强才“哦”了一声说：“这件事他们能够引起警觉和重视，那我就觉得心里有点底了，否则这段时间心里也是乱糟糟的，空落落的。”

吴中原也用木棍在沙地上画起了山水图，山外有山、层层叠叠，山脚下是木楼，一条河弯弯拐拐地淌去了很远的地方，河里漂着木排，天上还挂着一弯月亮。说：“这世道在变，时代在变，我们的思想也是需要跟着变的，否则就适应不了这社会。就把这些变化当成是对我们年轻人的一次磨练吧，一帆风顺是锻炼不了人的。”

吴志强抹去了在沙地上画的怪物。说：“哥哥什么事都会往好处想。我要什么时候才能学到你哟。”

吴中原也在画里加了一男一女牵着手站在河边，说：“往坏处想又能怎么样，那不是自寻烦恼吗？出了问题有了困难，只能想办法去解决，愁是愁不出名堂来的。现在还有二叔、李叔当家，我们也就是说说而已，还轮不到我们想大事。真正费脑筋的是他们，他们还真是蛮难的。”

吴志强站起身来，伸伸腰，说：“我父亲老说我‘不当家不知柴米贵’，确实有道理，是该多做些让他们省心的事，免得他们头发白得那么快。”

吴中原用木棍刮平了沙画，也站了起来，说："人要总是平平静静的生活，也就没有什么意思。兄弟这番体谅老人的话，就是磨练出效果了嘛。"

吴志强感激地看着吴中原说："我会慢慢把事办好的，只是哥哥要多提醒多敲打。"

吴中原说："提醒可以，敲打已经用不着了。"

25

杨田裕和陈方亮到河边去看木材，边走边商量木材收购的事。

杨田裕这些天一直心情很郁闷，他为清江的木材成了皇木后的价格混乱和暴涨感到很惶惑、很忧虑，说："木材价格一下就涨成这样，还真是预料不到的。前次办皇木的事，大家本来就很有意见，好不容易才取得了人们的谅解。木价这一涨起来，比收皇木时不知高了多少倍，又有人在说那时吃亏太多了，想要我们再补一些。现在木材收购价都这样高，若再拿钱出来补，非但赚不了，还要赔进去，那就是纯粹是帮别人做活路了。这木材究竟还收不收哟。"

陈方亮心里也一直在盘算这些事，不过他已经有了一些想法，只是还不愿意对杨田裕说出来，就回答说："木材必须要收。你想一想，我们地处上游，木材只会往下流。那就是说，你只要不收，我们这里的木材马上就卖到下面去了。到了下面的木材越多，价格就越会下来。他们收的价一下来，就等于我们收的价上去了。再以同样的价格卖出去，那他们就会盈，我们就会亏，至少是他们盈得多，我们盈得少。至于那时收皇木的钱补不补，我看过去的事也就只能让他过去了，要补的话，大家就只能死在一起，一个都活不成。"

杨田裕停下脚步，面对陈方亮说："即便按现在的价收，我们都已经没有什么赚头。这木材的价还在涨，而且乱到了没有哪家能控制得了的程度，我看风险也太大了。"

陈方亮很无奈地说："这一点我也知道，但是开弓没有回头箭。我们不买了，就等于把机会拱手让给了别人，当地老百姓也会有意见，更会骂我们是唯利是图黑心肠了。”

杨田裕也觉得生意停不下来，停下来的话，很多结果就很难预料很难收场，说：“还变得买也不是不买也不是，进也不是退也不是，左右不是人了。不光这生意难做，人也难做喽。”

陈方亮知道杨田裕的本意也不是要把生意停下来，就顺着杨田裕的话说：“这钱拿进去了，还退得出来吗？只有卖了才出得来。前几年只得了几单木材，赚了点钱，谁知道后来的又被水冲，又被人抢，算起账来不赔也赚不了几个钱。本想现在做好了，可以补回来，想不到又成这样子。”

杨田裕连着叹了几口气，说：“得个母鸡想要生点蛋，孵出几窝鸡来得卖钱，结果是鸡飞蛋打。难啦。”

李家寨李方舟也在和王海商量收木材的事。

李方舟先给王海倒上茶，自己就着小巧的茶壶一边把玩一边小口地吮咂着，说：“今年这批明前茶特别好，汤色和味道都出奇的诱人，泡四泡都还不淡味不褪色，喝下去又清爽又回甜。我家老人都舍不得喝，每天都只是匀着喝一点。”李方舟手中的茶壶是王海托人从吴越捎来的民窑精品。一对茶壶，一个孝敬了老人，一个自己留着，整天不离手。

王海听着李方舟对茶的夸赞，说：“是啊，现在我喝惯了这边的茶，别的地方再有名的茶，喝起来都觉得淡味了。”

李方舟有些得意地问：“那你说说是什么原因？”

王海把茶杯拿起来看着那袅袅升腾的茶雾，先是把茶气慢慢吸入喉里，再轻轻咂了一口，说：“这边的茶园，是茶在林中林在茶中，地处高原，雨水充沛，今年又是晴雨交叉多，雾气就大，这茶是靠雾滋养出来的，所以茶瓣特别嫩绿、厚实，茶就又香又经泡。”

李方舟边听边点头，说：“说得很有道理，真是懂茶的行家，但还有一样你没说出来，就是我们这里泡茶的泉水都是来自山间，煮饭泡茶都得其精华。”

王海也点着头说：“你说得没错，这边的山泉水都是大片大片的森林滋养出来的，所以清凉甘冽，我外出时喝的都是山泉水，很是爽口，还从来没坏过肚子。”

李方舟又喝了一口茶，轻轻把茶壶放在八仙桌上，说：“书归正传吧。我了解了一下清水江上游和下游的木材价格情况，都是差不多的，只是下游的要稍微便宜一点，主要是他们吴家的山比较多木材也比较多，把自己的木材多砍一些，就把木价冲低一点了。”

王海也咂了一口茶，说：“这倒是一个办法，我们是不是可以尝试一下。”

李方舟有些为难地说：“我家的山也是几兄弟的，各有各的想法，都怕吃亏，有点难办。”

王海略作停顿思考后，说：“你要跟他们算这个账，我们的木材砍多一点，就能把木材价格冲下来一些。我们的那一部分是肉烂在锅里头，反正都是自己吃。收进来的木材价低了，就有赚头，有了红利，还不是大家共同分享？”

李方舟又把茶壶拿在手中，轻轻地摸索着，闻了闻从壶嘴冒出的茶气，说：“你讲得有一定道理，我去跟几兄弟商量一下吧。”

王海也一口把杯中的茶都喝了下去，说：“还可以多加一个办法，就是买山林，我们自己再雇人来采伐。我们比较有经验，基本能估算得出木材的储量来，卖的人就不一定那么懂行，我们就可以赚这部分钱，这叫双管齐下，你看怎么样？”

李方舟站起来踱了一下步子，说：“兄弟脑筋真是活泛，那就按兄弟的点子试试吧。”

26

吴中原和吴志强随木排进了洞庭湖。湖边岸上的木材都打的是“黔之皇木”、的牌子，买木材的客商到处窜，在找真正的皇木。有人找到吴中原说：“你们这皇木好倒是好，就是真假难辨了。”吴中原说：“真假是能辨认得出来的，你看我们这木材就是正宗的皇木，年轮密度大，说明它生长期长；木质细腻，说明木材的本质好，不易变形和开裂；表面光滑，说明它品相端正，没受过病虫害的侵蚀；主干通直疖子少，说明它是成片生长，少有分支；木心黄中偏红，说明它接受阳光充分，硬度大。当然，主要还是我们那边的木材品种和土壤气候条件好。”那人说：“我看了好多木排，有些在同一块排中，有些像你说的，有些又不像。好像皇木中又夹了别的木材，他又不肯一棵一棵地卖，要买就得整块排都要买下来，我们不是明摆着吃亏了吗?”吴中原摇了摇头说：“那我就不好说了，你们自己慢慢比较斟酌吧。”那人说：“把你们的木排卖点给我吧，我愿在现价的基础上再加两成。”吴中原很抱歉地说：“对不起大哥，我们这木材是送到吴越去的，订了的合同必须守信用。以后我们有机会再打交道吧。”那人说：“你就先匀两块排给我吧，我们是用来修衙门的，必须要好木材。又要得急，不然的话，我们就直接到你们那里去买了。”吴中原指了指另一边，说：“那边杨氏木行的木材也是我们那里的，他们的木材有些就是在这里分销，质量也是蛮好的。”那人说：“他们的木材我是早就看过了，我说皇木夹别的木材就是讲他们。都是一个地方的，怎么就是两种人两种货呢?”吴中原就不再讲话了。

晚上休息下来，吴志强说：“进洞庭湖之前，我们就一路看到有打散了木排又重新扎的。开始我就纳闷，又没有洪水，怎么就散了这么多排呢？现在才明白过来，他们是在把别的木材夹在中间充黔木。怎么就为了钱，什么缺德的事都做得出来呢?”

吴中原枕着双手，无精打采地睡在木排上，看着满天的星星眨着神秘的眼睛，仿佛那些星辰能看懂人世间的世态，叹口气说：“你原来说到有鱼目混珠以次充好的事，我还以为是别的木材打黔木的牌子。现在看来，这事比预想的要严重得多，是自己人在砸自己的牌子。一旦继续下去，那黔木就变成吃昧心钱的‘钱木’了。那就不光黔木坏了名声，黔人也就成了不讲信誉的人。以后谁还敢跟我们做生意，谁还愿和我们交朋友。”

吴志强一下坐起来，很气愤地说：“那能不能去揭穿他们，免得一只老鼠屎搅坏一锅汤。”

吴中原也坐起来，摆摆手，摇着头说：“这样做不妥。首先你没有根据，他那样做，你我也不是亲眼所见，在一块排里哪根是黔地的木材哪根不是，你可以辨认但不能定论。其次，大家都是做木材生意的，你这样做了，他还会反过来说你是为了卖好自己的木材，故意坏他们的名誉。再次，都是乡里乡亲的，抬头不见低头见，今天不见明天见，为这事红了脸，以后也不好见人不好打交道。”

吴志强还是平不了心中的气恼和愤怒，说：“如果谁都不来加以制止，任其泛滥，那黔木黔人的名誉不都坏了吗？连我们出去都没有脸面见人了。”

吴中原站起来舒展舒展身子，说：“我这两天一直在想这件事，心里倒有了一个主意。”

吴志强急匆匆地说：“说来听听，我都被这事困扰得心里不安得很了。”

吴中原又坐下来，平平静静地说：“我们是不是可以尝试制作一些吴寨商行的钢印，凡我们收购了的木材，都打上印。这样，就等于我们吴寨商行的产品有了标签，也是向买方作了承诺，凡是有我们钢印的木材，决不作假，有假包赔。你看，那个想来买我们木材的人，都愿在现价基础上再加两成，说明只要是货真价实，还是能卖出好价钱的。”吴中原说完，用眼睛盯着万志强，看吴志强的反应。

吴志强认真地听着吴中原的主意，听完后长长地吐出一口气，高兴地说：“哥哥想的这个办法太好了，掌柜们一定会采纳的。那时我们就可以挺直腰杆说，吴寨的人决不作假，吴寨商行的货绝没有假。”接着又说，“如果做得更细一些，是不是可以把每棵木材的等级和径级都打上印，买家对木材的质量和数量就一目了然了。”

吴中原轻轻地拍了拍手，对吴志强投去不一样的目光，说：“兄弟太聪明了，这样就更好了。”

两人才安下心来谈起了别的事情。

吴中原抱着膝盖，偏过头来问吴志强：“那次你说起李琦那堂妹叫什么名字？”

“叫李枚，一枚两枚的枚。”

“枚，树干的意思。《诗》有‘伐其条枚’，说明她与木材有缘分，说不准还真跟你有缘分呢。”

“哥哥如何有这好记性。这样的字意出自哪里都记得住。”

“有所爱就记住了，对什么东西，要想印象深刻，不是刻意去记，而是爱好、喜欢，有所感悟，自然就记住了。对事是如此，对人也是如此。你要真喜欢李枚，那你对她的一言一行一举一动甚至一颦一笑都会铭记于心难以忘怀的。”

“哥哥真是体会深刻，看来是有感而发哟。不过确实是这么回事，一般的女子，说过笑过也就过了。可对李枚，却是她和我相处的每一个瞬间的一点一滴，都总是萦系于心里，久久不能散去，久了没见到人，一想起她，就像丢了魂似的，有一种让人心神不定的感觉。”

“到了金陵。就可以见到你朝思暮想的人了，现在心开始跳了没?”

“哥哥笑我了，我觉得哥哥现在的心情肯定比我还要激动，这我是体会得到的。”

吴中原又仰望天空，看着天河总是那么分隔着牛郎星和织女星，叹息着说：“我现在的心情十分复杂，不知是喜是忧，是福是祸，最多喜忧参半吧。”

吴志强看了看吴中原那无奈的表情，说：“我觉得，到了吴越，哥哥还是尽量朝好的方向发展吧，你们的这份感情是真诚的，免得放弃了，造成一辈子的遗憾和痛苦。”

吴中原又站起来，凝望着吴越的方向，说：“谢谢兄弟的好意。人生的痛苦莫过于苦苦追求触手可得的好东西，突就变成空中楼阁了。我会珍惜的。”

27

吴嫂来到吴李氏家，吴李氏正在炒菜做饭。吴嫂问：“妹子，有什么要帮的?”吴李氏已经把茶籽油倒入锅中，正把砍好的野兔肉放进去，调过头来说：“又不是做酒席，有什么好帮的。今天你能来和我做伴，我已是十分感激了。你坐下来休息，今天我伺候你。”吴嫂说：“你是做黄焖的兔肉吧，一进来闻着就蛮香的，害得我口水都快要淌出来了。”吴李氏一边麻利地翻炒着兔肉，一边说：“你就放心吧，今天这野味做出来一定让吴嫂满意。”

吴嫂搬了根木凳坐到洗菜盆边，用竹葫芦将大木缸里的水舀进木盆里，一边说：“吴李氏喜欢野食，我相信一定做得好。”吴李氏回道：“吴嫂不喜欢野食？那我就把它舀出来换别的菜吧。”吴嫂说：“吴李氏喜欢的我都喜欢。还是共同享用吧。”又说，“我这个人，做惯了事，难得享这样的清福，不做反而觉得浑身都是紧的，我来洗点菜吧。让妹子一个人累着了，我心疼。”吴李氏家灶台的火烧得旺，用锅铲把锅里的菜翻得哗啦哗啦的响。说：“看你那手，又嫩又白的，还以为在家是不做事的呢？”吴嫂洗完了第一遍菜，端起盆来把水倒进沟里，说：“没有那个命，我家那个才是，一回到家，什么都不做，像老太爷一样，躺在太师椅上等饭吃，还要把饭添好把酒倒上。”

吴李氏被菜呛得打了几个喷嚏，捞起围腰擦了一下鼻子，说：“还不是你惯出来的。好让他休息好了，有力气陪你呗。”吴嫂又坐下把水舀进盆里洗菜，说：“陪个屁，要么是喝醉了酒，倒下床呼呼大睡，要么是上来耸几下，就滚下去了，害我难受。”吴李氏把兔肉舀起来，坐到吴嫂旁帮着洗菜，说：“都差不多的。”吴嫂换个话头说：“我听说现在木材买卖乱得很，你出一个价，我又出一个价。搞得卖木材的人不知卖给哪个好，买木材的人也不知道买哪个的好。”吴李氏把洗好的菜放进竹篮里，拿到灶台上去切，说：“我也听吴江说，现在的人有奶便是娘，钱比什么都管用，还说，讲良心？良心值几个钱？”接着说，“你帮我把火烧大点。”吴嫂用火钳把灶孔里的柴架空，鼓起腮帮用火筒吹了一下，火就噼噼啪啪地燃起来，说：“良心要是不值钱，都变狼心狗肺了，那人不都变成畜生了？那还要穿这身皮干什么？干脆个个都打光统统上街算了。”吴李氏把菜放入油锅里，发出哗啦啦的响声，说：“那吴嫂这一身白肉走到街上去，男人的眼珠子不晓得要掉下来好多哟？”吴嫂脸被火烤得红红的，看了吴李氏一眼，说：“那我们两个一起上街，就去捡眼珠子炒来吃算了。”又说，“快好了没，摆桌子吃饭吧。”吴李氏说：“好了，我们两姊妹搞它几碗酒再说。”

吴嫂就和吴李氏倒上酒喝了起来。吴李氏把一大块兔肉夹进吴嫂碗中，自己也吃了一块。吴嫂说：“妹子炒这菜还真好吃，酒也喝着甜甜的。吴江还真是享福。”吴李氏拿起酒碗，说：“好吃就多吃点多喝点。莫提那没良心的，吃着碗里的又看着锅里的。”吴嫂也把酒碗拿起来，碰在了吴李氏的碗上，说：“那就来，干它一碗满的再说。”两人就咕嘟嘟地喝了下去，碗底朝天，一滴也没滴下来，又把酒碗重重地砸在了桌子上。

吴嫂也夹了一筷菜到吴李氏的碗中，说：“想不到两个女人在一起喝酒还这般痛快，你这屋里热得很，又没有外人，我们干脆把上衣脱了，赤膊上阵，也来体会一下打着光统统喝酒的感觉。”吴李氏马上响应，说：“也是，平时他们男人就是舒服，天热了一条短裤，赤身裸体的，还要在街上逛来逛去。我们还要包起，热烘烘的。也太不公平了。”吴嫂一边脱去上衣，扔在一边的靠椅上，露出两个晃悠悠的奶子来，还两手托住抖了抖，说：“这人还不都是讲个习惯，如果自古以来女的也不穿上衣，就没有什么稀奇了。那比男人还要好看些。”吴李氏也脱去衣服，两人相互看了一眼，都笑了起来。吴李氏说：“女人这奶子大小不一样，才要包起来。你看男人也是嘛，差不多的东西露出来，有大有小的东西就包起来了。”吴嫂又端起酒碗，自己干了一碗，说：“你说得对，包起来的东西，人们才觉得稀奇，天天露出来就不值钱了。看来还要把它包严实点。”吴李氏也跟着干了一碗，说：“你那两大坨，包严实了要沤出蛆来的，还是让它敞点风，自由自在的才好。”吴嫂放下酒碗，看着吴李氏的奶子说：“你就莫讲我了，你这两坨是又大又好看，要上街也像现在一样，保证看的人更是多。”吴李氏看了一眼吴嫂说：“我倒想，就是怕人家骂我是疯婆娘，吴江就乘机把我休了，他好讨年轻的。我不干。”吴嫂又抬起酒碗来，说：“他休了你不要紧，找个外地的，妹子更舒服。”吴李氏也拿起酒碗碰在吴嫂的碗上，说：“不讲了，把我讲骚起来了你又解决不了问题。喝酒吧。”接着又干了一碗，两人都喝得晕晕乎乎的，差不多站不起来。吴嫂丢下酒碗，说：“这酒坛都下去大半了，再喝下去，我们两个都要睡地下了，哪个男的进来还不让他赚了便宜去。

还是上床去摆门子吧。”吴李氏把几个吃空了的碗碟摞在一起，说：“好嘞，碗也懒得洗了，明天再说吧。”两人搀扶着上了床。

两人四仰八叉倒在床上，说些男女间的事情，越说越燥热，就说还是睡了吧，静静的黑夜发出了两个女人在床上翻来覆去的声音。

28

吴中原和李琦一前一后走在秦淮河边，两人都低着头，良久没有说话。

吴中原停下脚步，等了一会李琦，抬起头来问：“你是怎么出来的？”

李琦还是没有抬头，低着头答：“李枚邀我，说到同学家走走。”

吴中原“嗯”地应了一声，也低下头去。

又过了好久，李琦问：“你们那边的情况现在怎么样？”

吴中原才抬起头来看了看李琦，觉得她很困倦很茫然，自己止不住鼻子有些发酸，说：“比以前又热闹多了，买卖木材的人满江都是，开荒种树的人也满坡都是？”

李琦也抬眼看了一下吴中原，见他又黑又瘦了，心里更是难过，说：“那很好嘛。”

吴中原也看出李琦下巴都尖了，一股无可名状的痛苦向他袭来，说：“也好也不好。”

李琦歪着头认真地看了吴中原，问：“怎么说法？”

吴中原叹息一声，说：“自从黔木成了皇木，名声大了，去做木材买卖的人也就越来越多，价格也越来越高，卖木材的人倒是得了实惠。但是，木材价格很乱，买卖失去了秩序，木材掺假的情况也越来越严重，卖价就起不来。不但生意不好做，名声也被一些人搞坏了。”

李琦也跟着叹了一声，说：“这倒是个大问题了，生意好不好做倒还在其次。关键是在一个纯之又纯的地方，都出现了信誉缺失，一潭清水，被人搅浑了，这个损失是无法用金钱来衡量的。”

吴中原仰头看着天上的蓝天白云，把在眼里打转的眼泪收了一些回去，说："我们也只能是清者自清了。"

李琦又问："我父亲和璇姨怎么样？"

吴中原把眼光回到李琦的脸上，说："他们都很好，身体和精神状态都不错。就是现在这种情况，李叔要忙一些。又要做生意上的事，又要考虑如何能把几个大点的木行的想法和意见逐步统一起来，免得这种局面恶化下去，越来越不好收场。"

李琦看着吴中原沮丧的表情，把头扭开去，问："你现在的情况怎么样？"

吴中原眼圈发红神情黯淡，说："也蛮好的，在李叔那里学到了不少东西，有忙不完的事，自己也很充实。"

李琦说："那就好。"然后斜了一眼吴中原，低着头问，"个人的事呢？"

"没有什么变化，还是我在信中跟你说的那些。"

"信中说哪些？"

"你没看到信？"

李琦不作回答，一副痛苦的表情。吴中原感觉得出他们之间的通信早就已经被李琦的爷爷奶奶封锁了。也就深深地叹了一口气，不再问下去。李琦拉了吴中原的手，两人并排坐在了林荫道的木凳上。

吴中原听到了李琦轻微的抽泣声，就两手把李琦的手握住，问："你现在的情况又怎么样？"

李琦抽出一只手抹了一下眼睛，说："不怎么样。"

吴中原又问："不怎么样是怎么样？"

李琦看了一下吴中原，看出吴中原的眼睛还是红的，说话的声音也沉闷而沙哑。说："两个字：难过。心里难过，日子也就难过。"

吴中原鼻子更觉发酸，紧闭了一下嘴，声音有些颤抖地说："你难过，那爷爷奶奶一定也会很难过。"

李琦紧握吴中原的手，说："他们在装，我也在装。但心里的东西在脸上是掩饰不住的，实际上我们都很痛苦。"

吴中原似乎冷静了一些，说："那也不能长期这样下去呀，老人不开心，我们难受，我们不开心老人更难受。"

李琦皱了皱鼻子，说："那又能怎么样？叫我顺从他们，我做不到。叫他们同意我的想法，他们做不到。在这件事上，是找不到两全其美的办法。办法只有一个，拖。"

"拖到什么时候？"

"老人百年之后。"

吴中原听着，眼泪夺眶而出，呜咽着说："李琦，是我对不起你，让你一个活泼可人的女孩承受了那么多那么大的痛苦。这种苦苦的等待，也是没有结果的。你想想，我们是希望老人长寿百岁的，如果他们是因这事痛苦不开心，减了寿命。那就不光是他们走得不安心，我们也会为这事自责一辈子，永远得不到心灵的宁静。"

李琦一把紧紧地抱住吴中原号啕大哭起来。说："我们怎么这么苦啊，难道这老天就不知道我们的心吗？俗话都说'有情人终成眷属'，我们是又有情又有意啊。"

吴中原把李琦抱得更紧，眼泪不住地掉在李琦的脸上身上。两人相拥着哭了很久也不愿松开。吴中原见李琦越哭越伤心越哭越动容，才强忍着眼泪，用手慢慢擦拭着李琦的泪花。说："这锁链是铸就了几千年的，我们的力量太单薄了，要掰开它是无能为力的。从观念上来说，你在大地方，我在乡下。这样的结合是门不当户不对的。门当是什么，是大宅门前的一对石鼓，鼓声那是宏阔威严、厉如雷霆的。人的任何喊叫在它面前都会显得微弱和苍白；户对是什么，那是置于门楣双侧的砖雕、木雕。也可以理解为鼓槌，有户对的宅院，必然有门当。我们那是木屋，没有门当户对。"

李琦听着吴中原对家庭婚姻的诠释，心中更觉茫然。

吴中原接着说："从现实来说，你从小跟爷爷奶奶长大，他们整天把你含在嘴里都怕化了，怎么可能舍得让你离开他们，到他们不可想象的地方去。我又是从小失去父亲，与母亲相依为命长大，她是个一辈子都没有离开过大山的女人，怎么敢想她的儿子去娶一个大地方的富家小姐。这些世俗的障碍比这千山阻隔大多了，千山万水我们都可以不惜代价地越过去，但这比万丈深渊还深还险，比刀山火海还利还热。要硬闯过去，结果只能是粉身碎骨、化为灰烬。你说是不是？"

李琦用奇异的眼神看着吴中原，说："你的意思是退却，依从他们?"

吴中原用手抹了一下脸上的泪，说："我的本意绝对不是。我们都还没有谈婚论嫁，只是情缘相投，他们就已战战兢兢、恐惧不堪了。再怎么，那不是我们在明知的情况下，还在举起刀剑，摧毁我们最尊重最爱戴的人的精神存在和美好愿望吗？那是我们都不愿为之，不能为之的。"

李琦也觉得这段时间自己的态度和所作所为，对爷爷奶奶来说是缺乏恭敬甚至是残忍的。点着头回答吴中原说："冷静地想，我们倒是在做明知不可为而为之的事。但我在爱情上，心眼比针尖还要小，心里有了你，还容得下别人吗?"

吴中原觉得李琦已在逐步回归理性，自己也平静一些，说："我又何曾不是。我母亲多次提起这事，我都是回绝或闭口不谈，而且表现得很痛苦。任何人来提及此事，我都把他们拒之门外。她看见我这样，就只能自己把痛苦埋在了心底。但我看得出来，这几年她都是为这事愁眉不展的，我心里其实也很难受。"

李琦长长地呼出一口气，像是想吐出些郁结在心里的苦闷，然后说："自己心甘情愿装进心里的东西，又要自己不情愿地掏出去，那是什么样的感觉啊，我自己都不敢想。"

吴中原说："我和你是一样的感觉，不敢去想更不敢去试。所以也解答不了你提的这个问题。"

李琦说："我也不求得到你的解答。解铃还须系铃人，这系铃人是自己还是我们共同，我都还不清楚。所以这结是难得解开的。"

吴中原说："系铃肯定是共同，但心结应当在自己。所以解心结还得主要靠自己。"

李琦说："现在是心乱如麻，真是'剪不断理还乱'啦。"

吴中原说："'问君能有几多愁，恰似一江春水向东流'，就是我现在的心境。"

李琦说："一个李清照一个李煜，都是李家的。我命该如此吧。"

吴中原用眼睛直愣愣地看着李琦，鼻子又酸起来。说："我们回吧，出来的时间长了，爷爷奶奶又该担心了。”

李琦低着头，慢慢地跟在吴中原身后，边走边擦着眼泪。

在吴地的旅店，吴中原耷拉着脑袋，心神不定、没精打采。

吴志强看得出吴中原肯定是为李琦的事在痛苦中挣扎。就说：“中原哥，我们出去走走吧，待在屋里闷得很。”

吴中原倒在床上，闭上了眼睛，说：“你去吧，我想在屋里静一静。”

吴志强坐到了吴中原的床沿边，说：“哥哥的心事我知道，这种撕心裂肺的痛楚也只有哥哥能承担。但我在想，这或许也是一件好事，反正已经知道是没有结果的事，长期吊着，对双方都是痛苦和煎熬。时间拖得越长，痛苦越深。把话挑明了，对双方也许都是一种长痛不如短痛的解脱。”

吴中原拉被角蒙住了眼睛，忍不住呜呜地哭出声来。过了好一阵子，才说：“到了这个地步，也只能这么想了。这几天我就没合过眼，睁眼闭眼都是李琦的影子，她和我在一起的点点滴滴时时刻刻。而且是在脑海里循环往复地出现。我又在想，她一个女孩家，这么多年来都是这么过的，她的这些痛苦又在折磨着我的内心。”

吴志强说：“爱情要比情爱复杂多了，是因为它很神圣很崇高吧。”

吴中原坐起来，看了看吴志强，说：“兄弟经常冷不丁说出一些惊人的话语来，很准确很透彻。”

吴志强腼腆地说：“我也不是正在体会爱情吗，也是有所感有所悟。欣喜中也经常害怕，就怕哥哥这样的事在我身上发生和重现。”

吴中原用鼓励的眼神看着吴志强，说：“不会的，弟弟的一些性格和条件我都是不能比的。你的勇敢和反叛，是成就你真爱的决定条件。哥哥所不能实现的愿望，我希望弟弟能够去实现，我会支持你的。”

吴志强看到哥哥在痛苦和沮丧中挣扎的冷静，说：“谢谢哥哥。我会珍惜和努力的。”

吴中原问：“李枚的态度怎样?”

吴志强说：“她很喜欢我。说这次要随我们到黔地去，她说她也想她伯伯和璇姨了，她父母也已经同意她过去。”

吴中原说：“那就太好了。这是你们加深了解和建立感情的一次好机会，也应该是天公作美吧。”接着又说，“我虽然不甚了解李枚，但从她的个性看，应该比她姐姐开朗大方。这也许是由她的家庭条件决定的，她父母双全，又上有哥下有妹。她爷爷奶奶和父母就不一定强调要把她留在身边。那边又有她伯伯和璇姨，只要你们有感情，我估计这事能成。”

吴志强说：“要这事真能成，那就真是‘千里姻缘一线牵’了。那李琦不成嫂子，也是成就弟弟的这根红线。”

吴中原眼圈又红了起来，吴志强就不再讲话了。

29

杨家寨的木排到洞庭湖后，由于木材掺假，失了信誉。大多数木材都卖不出去，收购木材的价款和放排的工钱都支付不了，上上下下都闹了起来。满腔愤怒的人们一起拥进了杨田裕家。

杨田裕家几兄弟都聚到了堂屋商量如何处理这次木材掺假的事。

杨田裕双手不断地揉着太阳穴，一副很痛苦很自责的样子，说：“我这次是有十张嘴也讲不清了。前一次用皇木来做由头压木材的价，害得好多人都吃了亏。我提出辞呈，大家还原谅了我。叫我解除与陈方亮的合约关系，我又心软，原谅了他。这次放下去的木排，在进入洞庭湖之前，他又一路掺假，我确实是蒙在鼓里头的，要是知道，打死我也不会去做这样的缺德事。但事不做都做了，我是总管，又不能把事情推得一干二净。那也不是我做人的风格，这叫我怎么说怎么做哟?”

兄弟们说：“二哥这次的事，我们也不晓得怎样说了。现在这社会，靠心软是做不成事的，‘当断不断反受其乱’这句话在二哥身上这次真是应验了。”“二哥虽说是不知道木排在沿途掺假的事，但确实是无法向大家解释。我们自家兄弟信，人家根本就不会相信，还说是编的鬼话。”“现在说什么都是空的，关键第一步是在哪里去找钱来付给大家，否则是得不到大家的理解和原谅的。大家天天来闹，我们这个家也安宁不了。”

杨田裕捏起拳头在头上捶了几捶，把手放下来，摇了摇头，说：“我这里倒还有点钱，本来是想留着，等这批木材的回款收回来了，一起来办个龙舟节，也好让大家高兴高兴。现在我想也只能把卖苦力的工钱付了，然后，赔本把到了洞庭湖的木材处理出去，再来付大家的木价款吧。”

几兄弟说：“那就只有跟大家说好话，先请等一点时间，木材款一到，一定及时付给大家。”“还有就是这次怎么都不能跟陈方亮合作下去了，跟他这样的人在一起，我们确实丢不起这个脸面。再没有这个态度，大家都是不会答应的。”

杨田裕站起来，说：“这次我这两个帽子是无论如何都不能戴下去了，我是无脸再来当这个家，也再没有什么威信了。”几兄弟都同意了杨田裕的想法。才出了堂屋，把想法给大家说了，人们才渐渐散去。

李家寨木行也在讨论这次木材收益分配的事。

王海翻着买卖木材的账本对大家说：“我们合作后，这次木材买卖也算出师不利。本想靠着皇木这块牌子，会赚几笔大钱，没曾想，牌子都才立起来，就被有些人砸了。这木材哪里还卖得起价，卖得掉就算不错了。所以，只能是保本微利。”然后念了几笔大的买卖明细账，边念边摇头。

李方舟站起来说：“我看不用念了，其实大家心里早就有了一本账，过后再认真地看吧，反正账本是翻不烂的。只是这条江再是这样乱下去，什么时候才是个头，是不是请吴寨商行来牵个头，定下一些规矩，大家老老实实地做生意，大家才有个盼头。”大家都同意了这个提议。

吴中原和吴志强回到了吴寨。吴恭和李万山召集商行的股东们开了一个会，讨论清水江流域出现恶性竞价和皇木造假后，吴寨商行怎么办的问题。

吴恭一边翻看收购木材的账本，一边拣一些有代表性的念给大家听，然后说："自皇木之后，清水江上的木材身价越来越高，本来是一件好事。木材值钱了，卖木材的人自然就有钱赚了，种树的人也就更有积极性了。但想不到的是这钱就把有些人搞得头昏脑涨的，打起了歪主意。一是来清水江买木材的人，蜂拥而入。这也不算什么，有钱大家赚嘛。但不对的是，为了得到木材，乱喊价乱收购，明明有人定了的，就是抬高价格把木材拉过去，得到木材后就在等级数量上又搞名堂坑别人。二是木材收购价高了，就在造假上打主意，木材出了黔地，就以假乱真以次充好，搞挂羊头卖狗肉的事。不但把皇木的声誉毁了，把我们这条江上人们忠厚老实的信誉也毁了。三是现在洞庭湖到处挂的都是'黔之皇木'的牌子，也不知道哪块是真的哪块是假的。再这样下去，不光这木材生意没法做了，重要的是人都歪了，影子还扶得正吗？影子是什么，影子就是人的灵魂，过去都说快死的人没有影子，就是说没有了灵魂，活着就是一具干尸了。还有什么意思。"

李万山拿着销售的账本，也念了一些给大家听，说："吴掌柜的都说了，黔木以假乱真这件事是件大事，关系到'黔之皇木'这块来之不易的金字招牌保不保得住的问题，更关系到我们这条江世世代代所尊崇的信誉至上的传家宝保不保得住的问题。刚才吴掌柜念的木材收购账说明什么，说明木材收购价涨得很快，而且很乱，一天一个价，甚至一天几个价，不同的坞子不同的价，有些是同一坞子不同的价。这些都是什么东西造成的，都是钱造成的，是心不正造成的。我念这个账本又说明什么，说明只要我们坚守了诚信这个原则，人们还是信得过的，价格也是稳得住的。但同在一条江，光靠一家两家守诚信也守不了多长久，俗话都说一粒老鼠屎搅坏一锅汤，况且现在老鼠屎还不止是一粒。所以好几个木行都看到了这个问题，都希望我们吴寨商行能够站出来承个头，想办法定个规矩，抓紧把这个还不算成气候的歪风堵住，让整条江的木材经营能够正常起来。这样于大家才都有利。"

李万山话音刚落，大家就争先恐后地讲了起来，情绪很激动，讨论得很热烈。

吴恭听着大家的话频频点头，然后站起来说：“大家都说得差不多了，是不是请李掌柜的把他的想法说一下，有了酒娘子，才酿得出好酒来。”

李万山站起来向大家鞠了一个躬，两眼炯炯有神，说：“其实，大家把我要讲的都讲了，我只不过是把大家的话归拢来，重复一下。大家觉得可行就用来参考，不行就再来想好的办法。这第一呢，还是要把一条江上的几大家都邀拢来，成立一个组织，叫木材帮会也好，叫木材行会也好。规矩大家来定，才能共同遵守，也有个执行和监督的地方。第二呢，是要坚决杜绝作假，要把我们这皇木的名声保住，还要发扬光大。更重要的是要把我们这里的诚信名声保住，这几千年的好东西，不能被钱毁了被人毁了。谁要作假，就不是杀猪杀牛的事，那是要把他从木行里清除出去，不能让他再来做这件事情。第三呢，是要按照各个时期的木材行情，定一个参考价格，买卖的人都心中有数，都不吃亏，哪个要恶意抬价，我们也不能让他在这里做生意，免得有些人故意浑水摸鱼。第四呢，这个主意是中原和志强两个贤侄出的，我们觉得非常好。就是各家的木材都打上钢印，标明木行名称、木材等级、规格大小。让买木材的商家一看就清楚，其实也是向买主做了承诺，是一个诚信标识。”大家听完都说，这样就好了，以后这条江就有希望了。

没过些时候，清水江上就成立了木材行会，总会设在吴寨，还在李家寨和杨家寨设了两个分会。清水江上的木材买卖越来越有序越来越红火起来。

30

李琦和李枚到了吴寨。

杨璇在家里一边扫地抹桌子，一边对李万山说：“孩子们都来了，李琦现在心情也比较郁闷，你商行的事也算上路了，加上我现在还勉强出得了门，就带她们出去走一走吧。”

李万山把茶杯放在八仙桌上，走过来拿过杨璇手中的扫把帮着扫地，说："你就少做点事吧，家里已经被你收拾得够干净的了。"接着说，"带她们出去走走的事，我倒也这么想，那你看去哪里好呢？"

杨璇擦了一下脸上的汗，说："我们前次途经的石屏镇怎么样，那是一个山水相依、古风古貌很浓的好地方。我们上次行程匆忙，正好也没来得及看。"

李万山又抢过杨璇手中的抹布来抹桌子，说："那我给吴兄说说，就马上动身吧。"

几天后，李万山一家来到了石屏镇。

李琦看到石屏镇巍巍矗立的青山，如斧砍刀劈一般，又有一湾清水缠绵流过，山环水绕，显得格外刚劲又格外静谧，多日来一直阴沉的脸慢慢舒展开来，说："看着这山，让我想起李白的一段文字来。"

李枚看着李琦开了笑脸，急忙助兴说："是不是《蜀道难》中那一段？"

李琦点头说："妹妹说得是，接着就念起来：'地崩山摧壮士死，然后天梯石栈相勾连。上有六龙回日之高标，下有冲波逆折之回川。黄鹤之飞尚不得过，猿猱欲度愁攀援。青泥何盘盘，百步九折萦岩峦。扪声历井仰胁息，以手抚膺坐长叹。问君西游何时还？畏途巉岩不可攀。但见悲鸟号古木，雄飞雌从绕林间。又闻子规啼夜月，愁空山。'"接着仰起头来问李万山："父亲，我现在的心境，是不是悲鸟号古木，愁空山？"

李万山看到女儿的心情在大自然中得到舒缓，心里很感谢杨璇的这次行程安排，深情地看了杨璇一眼。回道："我女儿那么景仰李白，他的诗词都能脱口而出。李白多潇洒多豪气。他是笑看悲鸟的，哪有愁空山的情结。"

李枚见李琦还是在为与吴中原的关系受到老人的阻挠愁闷和生怨气，故意断在那里的，为缓解气氛，岔开一节继续念道："连峰去天不盈尺，枯松倒挂倚绝壁。飞湍瀑流争喧豗，砯崖转石万壑雷。其险也如此，磋耳远道之人胡为乎来哉！"

李琦又问李万山："磋耳远道之人胡为乎来哉！"

李万山答道："为这神奇的山水来也。"

李琦说："不对，是为倾慕的璇姨而来也。"接着又自言自语地说，"我却不是。"

杨璇看了李万山一眼，不再言语。

李琦又说："你看这山，'天台四万八千丈，对此欲倒东南倾。"

李枚接着："这水，'云青青兮欲雨，水澹澹兮生烟'。"

杨璇听着两个孩子文采的对白，也凑趣着说："确实亦险亦奇，又巍峨又俊秀。真是上天的杰作，上天的偏爱。"

李琦说："青山如黛、碧水如丝。"

李枚说："诗情画意、如梦如烟。"

杨璇似乎被两个孩子的文采所感染，说："这座城不光秀美，还非常古老，有史记载建城立市就有两千多年。曾为荆州南境古罗斯国，史称夜郎。"

李万山问："什么时候才归楚？"

杨璇答："楚王派庄豪征战至此，夜郎降，才结束了这里独立于中原的历史。秦军又平定了楚黔中，设立了黔中郡，遂在这里置县、府、州，并沟通了与滇、川、湘、陕的交通。所以，这里从来就是朝廷锁控之要地，兵家必争之要冲，商贾云集之闹市。这条江在沅江之上，所以称'黔山尽处楚溪头'。"

李琦问："那这卫城就肯定是驻军的了吧？"

杨璇说："没错，明朝对西南西北一带的治理是土流结合，以土为主，但你要有所不从，他实施的就是军事征剿。明代这里就曾屯兵达五万。你父亲来这里，就是当时你表叔领兵过来，看到这里盛产木材，才介绍过来的。"

李琦指着山脊上蜿蜒的石城墙说："你看那里，规模和气势如此宏大，很像北方的长城。我们何不上去看看？"

杨璇顺着李琦手指的方向看去，心情也很激动，说："听说过南长城，说不定就是，用来防御西陲一带土司反叛骚扰的。"

大家登上南长城，石屏城尽收眼底，李琦、李枚更是激动起来。

李琦站在烽火台放眼四周的景色，崇山峻岭巍巍峨峨延绵起伏，一条江在深山峡谷中缠绕跌宕，阳光照射下更是熠熠生辉，城里的人马如蚁般蠕动，感慨地说：“过去读‘会当凌绝顶，一览众山小’，难以体会得到，现在才觉出，莫说登上泰山之巅了，就在这里都感到了那登峰造极的豪气。”

李枚也跟在李琦后面登高远望，说：“这南长城，不好跟北方的长城比，但在南方，也确实应该算是登峰造极的了。你看它绵亘起伏，虎视眈眈，何其雄壮何其霸气。”

李琦用手抚摸着南长城，又看着脚下的牂牁河，说：“好像随时都能看得见熊熊战火的硝烟，听得见金戈铁马的嘶鸣。那水又一直唱着‘风萧萧兮易水寒’的歌。”

李万山来到长城，就如同闻到战火的气息，看到身边倒下去的战友，感触颇深地说：“我们倒希望这长城斑驳了去，不再有硝烟和战火，老百姓能过上平平安安的日子。刚才过来时，途经一个战神庙，庙中祭祀的是白起、王翦、廉颇、李牧，我想其意就是用战神来守护这座城垣，免受战火涂炭，让人们的生活太平安详。”

杨璇说：“那就请战神护佑、长城作证吧。”

李琦指着牂牁河畔的一面山间：“那是什么，烟雾袅袅的。”

杨璇想了想说：“应该是青龙山吧。传说苗族的祖先蚩尤是在这里乘青龙而登天宇的，人们就把它叫做青龙山了。”

走到去往青龙山的桥上，杨璇说：“这里不光有南长城，还有‘南丝绸之路’。你们看桥东楹联是：‘把笛作龙吟东去洞庭秋月满；传书随风使西来滇海庆云多’，桥西楹联是：‘汉使浮槎撑斗出，缅人骑象过桥来。’丝绸出滇和缅人骑象，过的桥就是这桥。”

李琦和李枚都听着杨璇的说道，仰头看着两副对联连连点头。李琦又说：“那桥是‘黔中孔道’的桥，这桥是搭在这如丝如绸的水面上，让我父亲和璇姨永远情如清波的桥。”

杨璇又看了李万山一眼，说：“我琦儿真会说话。”

李琦、李枚就做出了骑象的样子，把鼻子翘起来，吹着气过了桥。

几人登上青龙山的崖壁，放眼望去，一湾清流之字形淌过，城在山围之中茂茂然悠悠然。

李万山看着脚下灵动的山水之城，说：“这座城整个就是活灵活现的太极图。你看这之字形的河就是太极的中线，河北为府城河南曰卫城，是太极的内核。这人动物动山动水动形动神动，循环往复、无始无终，就是太极阴阳转换的本源。怪不得这里是兴旺发达长盛不衰之地，这古人还真会选地造物啊。”

杨璇顺着李万山述说的顺序边看边点头，说：“你这一说还真是的。我爷爷给我讲过一些《易经》，说了太极图的阴阳转换和互动，我看都被你用得淋漓尽致了。有这一套还深藏不露呢。”

李万山被杨璇一说，脸有点微红，说：“是在从军时学的，皮毛而已，怎可谓淋漓尽致，没准还是班门弄斧哟。”

李琦站到了李万山和杨璇中间，说：“都不要谦虚了，我们继续看吧。”接着问，“我觉得儒、释、道三家同处这崖上，真让我很是疑惑。儒家乃孔学之尊，主张礼制，强调伦常关系。佛教释迦牟尼强调靠自身去透彻觉悟。道教以老子的《道德经》为经典，崇尚自然，主张清静无为。三教信奉信仰不同，内涵迥异，居然能和平共处、相安无事。不知其中有何玄机。”

李万山听着女儿的问话，觉得女儿不仅好学多才，还勤于思考，心里很是高兴，回答道：“我的理解有三点。第一点是三教虽教义不同，但天、地、人合一的追求和境界是相同的，这里青山绿水蓝天相依相连，住在这里就如同人在画中画在人中，是和谐共生的绝佳环境。第二点是这太极磁场的引力所致。第三点，这里是这方土地上人们的祖先骑青龙入天界的地方，有种冥冥中的东西在起作用。”

李琦听了父亲的话，觉得很有道理，也是心生崇敬，说：“父亲的观点比较具有说服力，我基本赞同，但尚待进一步证实。算是基本答对吧。”

李枚又说道：“我觉得这崖上建筑是这太极镇的神来之笔。全都是循山势而形而建，对建筑的所谓对称原理是置之不理的。却又自得其妙，很是让人惊叹。”

杨璇回答道：“我觉得所谓对称，应该有形的对称，神的对称和神形的对称，这里的建筑可谓是神与形相结合的对称。你看整个建筑群都是循崖而建，因势利导、顺其自然，在神与形中，以神导形，神形兼得。其建筑吊脚或长或短，飞檐翘翼或高或低，卷板封檐或进或退，洞与廊相接，木与岩相衔。或峰回路转或曲径通幽。建筑于环境环境于建筑，都是环境也都是建筑。这章法应该是最高境界的章法，这原则应该是最高境界的原则。”

大家都边听边点头，李枚说：“璇姨的这番说道使我心悦诚服。那这崖上建筑应该是不可多得的瑰宝了。”

李琦说：“在这里的建筑群中，有几副楹联很有意思，我都把它记下来了。”

杨璇说：“念来听听。”

李琦就念道：“不典不经格外文章圈外句；半真半假水中明月镜中花。”

杨璇说：“那是万寿宫的戏台联，你这一讲，倒也让我又多了一个想法，你们说这里是三教并存，还应加一俗，民俗的‘俗’，这万寿宫就是民间会馆，这三教一俗共存一崖更是稀有，或者是绝无仅有。那戏台联表面看写的是戏，其实是借讽社会和人。戏的故事情节是编的，唱戏的人是扮的，那都是半真半假的，当然也就是水中明月镜中花了。也就像入不了经典的文章词句一样，是经不起推敲传不了世的。但现实中的人，也有像演戏一样半真半假的，这做人做事要都像唱戏一样，那就真是看不清真面目了。在皇木中掺假的人就是这样的人，这是很可怕的。”

李琦认真听着杨璇的见解，说：“璇姨说得对，做人一定要真实，决不能假戏真做、自欺欺人。”

杨璇说：“还有吗？”

李琦再念道：“胜景自天开不让嫏嬛称福地；仙山容客到无烦矶畔问渔船。”

杨璇说：“这副楹联真是大开大阖，很是豪气。寓情于景，天人合一、情景交融，把这青龙山与周边的景致巧妙地结合升华了，好楹联。”又问，“还有呢？”

李琦又念道：“颇有几文钱你也求他也求给谁为好？不做半点事朝也拜夕也拜叫我如何？”

杨璇笑着说：“挺有意思的，又形象又生动。这联你父亲最有体会，他说得清楚。”

大家就朝着李万山笑。

李万山见大家都在看他，说：“你们不要都朝着我笑，我反正不做那样的事，也不是那样的人，我是不求不拜靠自己靠努力。但也作为警言吧。”

杨璇换个话头说：“不知你们注意到没有，这里还有关于王阳明先生的记载。”

李琦疑惑地问：“王阳明先生是吴越人氏，他果然到过这里？”

杨璇说：“他在朝廷为官时，做人真实正派，得罪了宦官刘瑾。被廷杖四十，贬谪到黔龙场做驿丞，往返都曾在此地逗留和讲学。说不定这里对他悟道还有过启发。”

李琦点着头说：“先生倡导的学说倒真是与半真半假格格不入了。”

杨璇说：“琦儿说得没错。先生是陆王心学集大成者，精通儒释道。提出的‘知行合一、知行并进’，是讲求学与行、说与做一致的人，最反对做虚假的事，做虚伪的人。”

李万山也跟着说：“他倡良知之教，修万物一体之仁。对当前出现的掺假货做假事，是最有针砭意义的。”

李琦说：“是啊，他讲的是‘无善无恶心之体，有善有恶心之动，知善知恶是良知，为善去恶是格物’。是何等深刻何等针砭时弊啊。”

李枚说：“先生还是上马治军下马治民，集文武韬略于一生的大家。特别景仰诸葛亮，常以诸葛自喻。”

杨璇说：“这里也是诸葛亮往来魏蜀吴间的地方，有个诸葛洞，我们再找时间去看看。”

大家说，那一定要去看一看。

晚上住在客栈，李万山带李枚去看夜景，李琦陪杨璇留在客栈休息。李琦问杨璇：“青龙山里有一面平石，上挂雨具，边有食物，确实很形象很生动。说是张三丰所睡之床所留之物，我倒不相信。但张三丰曾经此地倒应该是真的。”

杨璇坐在床沿，绣着小儿衣服的花，听了李琦的问话说：“那是确有其事。张三丰是经这里取道滇的。他特别喜欢各地不同的民风民俗、自然景观，这一带民风民俗浓郁，地质地貌奇特，他都进行了考察，还做了详细记载。”

李琦移动身子靠近杨璇，看着杨璇的绣品，说：“璇姨真是心灵手巧，又会做衣服又会绣花，绣工工整细密，图案栩栩如生。”又说，“张三丰还真是个奇人。可惜我是个女子，要是男儿身，也要像他一样，游历名山大川，写下今古奇文。”

杨璇把手中的绣品递给李琦说：“我女儿是有志趣的人，是能成就一番事业的。”

李琦接过杨璇手中的绣品，耍娇地靠在杨璇肩上，说：“璇姨，我是太郁闷太无助了，有时想起一些事就心乱如麻，钻心的痛，真想出去走一走，去吹吹风淋淋雨，吹去一些苦闷淋去一些烦恼，哪是成就什么事业。璇姨是最懂我的。”

杨璇用手搂住李琦的肩，摇了摇头，表现出同情和无奈。

李琦感到了一种母爱的温存，也不忍为难杨璇，就说：“这里地处偏僻，群山阻隔，又与我们那里相距千里。但建筑风格却与我们那边的很是相似，这是为什么?”

杨璇也感到了李琦传递给她的家庭温情，轻抚了一下李琦的脸颊，回答说：“这是受两次较大事件的影响。一次是明初的移民。那时的原则是‘移民就宽乡’，就是鼓励人口稠密的地区往人口稀疏的地方转移。那时吴越一带来了不少人；一次是驻军和军屯，军屯就是可以开荒自给。军人好多带了家属，吴越籍的比重大，就把那边的建筑特色带过来了，又结合这边的情况作了一些调整和改进，就有了现在这里的建筑形式。既有徽派建筑风格，又有吊脚楼的演变形式，还有就山势地形的错落，很是奇特漂亮。”

李琦特别佩服杨璇的知识把握和应用，说什么事总能有板有眼，娓娓道来，还深入浅出，无懈可击。就说：“怪不得，这里分的片区，叫牌，从一牌到六牌，在统一中又有分别，在分别中各有千秋各有特色。”

杨璇说：“是的，主要是一个地方来的，基本都聚在一起，就在统一大格调的基础上有了不同的地方特色。但其中肯定也还有不同功能区造成的分别。”

李琦很是赞同地说：“璇姨说得很在理，这种分别是在统一大格调下的分别，所以这种美，就是在统一中彰显个性的美，这样有分有合有特色的美，才是真美。”又说，“还有些是这里特有的，比如门楼的造型和题匾，街巷中的古井，铺砌在街面的青石和鹅卵石，特别是城在山水中山水在城中，相互依存、相得益彰的这种妙不可言的格局，都很是让人惊叹和难忘。”

杨璇看着李琦的眼睛，眸子有神，有时像清水有时像深潭，又明亮又有光，说：“女儿观察什么都很仔细，没准以后是个经商的好料子。”

李琦眨着长睫毛的眼睛，说：“经商是男人的事，哪有女人干这事的。”

杨璇深情地鼓励她说：“那是对没有什么文化的人而言的，对你来说应是例外。你想，你父亲老了，谁来接这个班，那不只有你吗？要把心思放点到上面来。”

李琦很感激杨璇对自己的这份评价和信任，说：“我父亲还年轻，有精力，又有你的帮衬，用不着我。”

杨璇坚持着说：“反正我觉得你是块好料子，你在将来的出类拔萃表现只是迟早的事。”

李琦还没有讨论事业的心思，也提不起经商的兴趣，就岔开话题说：“这边的婚俗真好，没有门当户对，只讲两情相悦、情投意合。”

杨璇知道李琦的心思还在梳理感情的纷乱上，也只能因势利导，就随着李琦的话说：“那是化外的时间长，不太受孔夫子思想的影响和约束。”

李琦带着夸赞的口气说：“这就是落后中的先进，尊重而不是扼杀人性。”

杨璇说：“从某个角度讲是这样，你看这边的女性是要自由些，不受那么多礼教的捆绑和制约。但她们又缺文化，少见识，其实也就少了自己的主张，大事还是听命于男的。所以，这种平等也不是绝对的。”

李琦说：“我倒也听说，有些地方，都是女的做事，男的反而只是在家抱抱孩子，犁田耙田栽秧打谷的重活都是女子干，这也不公平。”

杨璇说：“这样的情况有些地方是，但只在少数，那是有母系氏族的残留，女的干活，但说话算数。”

李琦突然试探着问：“璇姨，我其实对吴中原一直放不下，不知家里对这事会不会有点松动。”

杨璇说：“阻力其实主要来自爷爷奶奶那里。你想，我和你父亲就是冲破了礼教束缚的，说明你父亲的思想不是那么守旧，如若不是就没有我们的今天了。但你是跟爷爷奶奶长大的，他们舍不得你离开，更不希望你到他们不可想象的地方去生活，他们内心是为你好，希望你以后的日子幸福。你父亲又是个孝子，只能顺着他们。”说完，很同情很无奈地摇了摇头。

李琦说：“可我现在不是幸福而是不幸。”

杨璇说：“我倒觉得吴中原是个有主见懂感情还用情专一的好孩子。可我现在也没有什么好主意，你确实想这样，也只能背着你父亲，走一步看一步吧。”

李琦感觉得出杨璇是支持她的，心就又宽了许多。

31

清水江上的木排都被堵在了三江口。这是两江汇一江的地方，两条支流的木材都需经过这里，属陈家寨的地盘。

吴中原站在排头，对拦江的人说：“这地方虽然是你们寨上的，但并不说明这段江就归你们独享了。这江是沿途城镇村寨的人们共同的，怎么就只有你们可以用，我们就不能用呢?”陈家寨的人说：“这航运权是我们祖上花钱买下的，我们还进行了疏浚，这滩头的礁石是我们取掉的，否则你们这木排也下不去。”吴中原说：“我们那段的航运权也是我们祖上买下的，也一样疏通了滩涂。我们如果也不让通行，那上面的木材也下不来，这江不就成了死江了。”陈家寨的人说："你们收不收钱，那是你们的事，你们愿做好人你们自己做，没有哪个强迫你们怎么样。反正我们这段就是不能白用，要给补偿费。"吴志强愤愤地说："说白了就是要留下买路钱了嘛，那与土匪关羊又有什么区别？"陈家寨的人说："你这话就难听了，光天化日，讨还一点前辈付出的，这也是做生意，有生意大家做嘛，怎么就允许你们做，就不允许我们做呢？"吴志强更加愤怒起来，说："拦路打劫也叫做生意，真是大言不惭，这不是天大的笑话吗？"吴中原拦住吴志强的话说："不要争了，他们也是说话算不了数的人，争也白争，还是请寨老间来商量吧。"吴志强愤愤不平地把脸掉了过去，不再面对陈家寨的人，自言自语地说："现在的人也真是要钱不要脸了，什么东西都变着戏法来要钱，还不知道以后会变成什么样哟。"

说话间，杨家寨与陈家寨的人打了起来，李家寨的人也加入了进去，吴寨有些放排的人也朝着陈家寨的人扔去了杆子，放排的人与陈家寨的人打成了一团。有些人被打进了水中，排上的人跳了下去，把陈家寨的人直往水下按。陈家寨的鼓楼一阵急骤的鼓鸣，全寨的人拿着木棒和锄头朝河边赶来。排上的人见陈家寨人多势众，怕吃眼前亏，就弃排跑了。有两个已经受伤的人，跑不快，被陈家寨的人乱棍打死。还用刀砍开了几块木排，有些木材被人抬回了家里，有些顺流淌到下游去了。

吴寨、李家寨、杨家寨和木排被堵在江面的村寨的人们，有些从水路有些从旱路一起向陈家寨聚来。陈家寨的人见来人太多，男女老少全部撤出了寨子。

四面八方赶来的人把被打死人的摆在了陈家寨的寨头，进入寨中，牵牛扛猪，洗劫一空。还把几个抬了木材回家的人家，点火烧了。陈家寨的人不敢回来，外寨的人也不散去，干脆安营扎寨，等着陈家寨的人来处理死者。

事情越闹越大，惊动了官府，衙门派了兵丁，把双方的人都抓了一些去，到处一片哭闹喊叫的声音。

吴中原也被抓走，吴母瘫倒在床上，李琦哭成了泪人。

杨璇劝李琦说："你不要着急，中原不会有事的。他一不杀人放火二不打人骂人。他是挺身而出，志愿去了官府。说是他知道整个过程，可以说得清楚。也真是一个难得的孩子，有男子汉的气魄，有敢于担当的精神。”

李琦边哭边问：“那他会被打吗？”

杨璇把李琦拉到身边，握着李琦的手，说：“现在只是把抓去的人关起来，要各方拿出证词，我们都在抓紧做这方面的工作，证明我们是清白的，他很快就会放出来的。”

李琦泪眼汪汪地看着杨璇，说：“我要马上去看他。”

杨璇为李琦抹去脸上的眼泪，说：“我们做些准备，等把官府打发好后，叫志强陪你去。”

李琦才平静一些，说：“那我们就去看看伯母吧。”

两人去了吴中原家，吴恭几兄弟和李万山都在那里。吴母瘫倒在床上，紧闭两眼，只有嘴在轻轻地嚅动，好像想说什么说不出来的样子。

吴恭站在吴中原母亲的床前，一字一句地说：“大嫂，你想说的话我们知道，中原是个好孩子，平时不惹事不闹事，遇到大事还不怕事。他没有犯任何一点事情，很快就会出来的。那边我们也打发了官府，让他好吃好睡，不会受到委屈，你就放心吧。”

几兄弟都说：“嫂子，你就放心吧。中原侄这次不光不犯事，应该还是阻止了一场大械斗的好人，官府不但不会追究他，还会表彰他的。”

吴母好像才平静了一些，两行泪从眼角淌了出来，嘴眼少了一些抽搐。

吴恭对来看望的人挥了挥手，说：“这里留下你们二嫂陪着，大家都散去吧，好让大嫂休息一会。”

李琦和吴志强到了县衙，看望吴中原和吴寨的人。李琦一见到吴中原就痛哭起来，越哭越伤心。说：“你这个人，你以为你是为你一个人活着，你全家的人和我们是多么为你难过和担心，你要怎么了我们还有活头吗？”边说边用手隔着铁栏去捶吴中原。

吴中原看着李琦哭红了的眼睛，鼻子发酸两眼发红，过了一会才逐步镇定下来，平静地说："你们放心吧，我心怀坦荡，不做亏心事更不做缺德事，来这里就是为了证实一下这件事情的真实情况，不会有事的。"

李琦紧握着吴中原的手，说："你没有事我们有事，我们现在是日不能食、夜不能寝，度日如年，你知道吗?"

吴中原也握紧了李琦的手，说："他们没有对我怎么样，你看，不是好好的吗?"说着还做了一个无所谓的鬼脸，让李琦哭笑不得。接着问，"我母亲怎么样?"

李琦与吴志强对视了一眼，说："挺好的。开始有些难过，她也是大风大浪过来的人，大家一劝说她也想通了。还为你的举动感到骄傲，现在都很正常，你就放心吧。"

吴中原听后一副无可奈何的表情，说："我进来不怎么样，心里其实最担心的是两个女人，一个是母亲，另一个就是那个人。如果是这样，我就算基本放下心来了。"

李琦用眼睛盯着吴中原问："那个是哪个?"

吴中原避开李琦的眼神说："那个就是那个，还是哪个?"

李琦嗔怪说："到了这个时候，还是这么讨厌，说话吞吞吐吐不明不白。"

吴中原用手擦着李琦脸上的泪，说："那次你问过我，有没有远在天边近在眼前，现在是。"

李琦就又哭了起来，更是哭得晕厥过去。

吴志强才过去扶住李琦，对吴中原说："哥哥，你看多好的嫂子。光为她，你都一定要坚强地挺住。"

吴中原一抹眼泪说："兄弟，拜托管好你姐。"就转身不回头地进去了。

过了些日子，县衙升堂审理航运权争斗的案子，衙门里里外外都挤满了人。

判决的结果是抓了打死人的主犯，放了随从的人，对吴中原等劝架的人予以了褒奖。但各段的航运权还是按明代的赋权维持，要各航段自行商量处理。

吴寨人像迎接英雄一样，给吴中原戴上红花，敲锣打鼓地迎回了吴寨。

32

吴恭和李万山商量河道航运权的事。

吴恭把祖上在明万历年间，买下吴寨一段航运权的凭据拿出来，摆在桌子上，说："这条河的航运权之争已不是一时一事，而是早已有之，到现在已是积弊成患。官家在处理这件事上，避重就轻，草草了却，没有解决根本问题。再这样下去，还会有大事，甚至有比这次更大的事发生。"

李万山拿起吴家航运权凭据仔细看过，说："这里有几个方面。一是从你们这航运权的凭据看，官府的裁决不是完全没有道理，陈家寨拦江，也不完全是无凭无据、无理取闹，只是过去这河道不淌钱，大家没有想起这件事来而已，现在这河道可以说是流金淌银了，争是必然的；二是既然官府还认前朝的凭据，那我们就还是得把沿河的几个大寨寨老和有航运权的人家都请来，大家共同商量一个合情合理的解决办法，既尊重历史，又注重现实；三是这航运权的事处理不好，大家就无法顺利通航，木排走不了，买卖合约就会延时，卖木材的人就成了违约不守信，所以尽快处理好这件事很急切；四是如若不从根本上解决好这个问题，还会有大的纠纷和械斗。陈家寨的事处理了，还会有张家寨、李家寨、王家寨的事冒出来。解决的根本办法是要有一个长久之策。"

吴恭听完李万山的分析，说："那如何解决？兄弟可有高见。"

李万山坐下来喝了一口茶，说："要解决好这个问题，最终还得官家出面。第一是对前朝确认的航运权要有一个合理的了断。第二是河流资源如何共享，如何共同疏浚、开发、管理。那就包括航运权如何重新确定；管理费用如何上交、如何使用；河道如何疏浚、费用如何分摊等等，都要以官府的名义定下来。不要让木行之间、寨子之间抢去抢来打去打来。"

吴恭急得站了起来，脸上都冒出了汗，说：“这个问题要按你这讲法解决下来，那要等到猴年马月，再说官府都是愿办那些好办的事，麻烦的事都是推三阻四的，所以受不受理还是回事。木排下去又是等不了时间的。现在是下面要木材的人也急，上面卖木材的人也急，急就容易出乱子，一出乱子，就会出人命关天的大事。”

李万山请吴恭坐下来，说：“我讲那办法是长远之计，解决当前的事还得几个大寨间一起坐下来商量。你有航运权的，我们可以交一些钱，但要有根据，要合理，不能坐地喊价，狮子大开口。还有就是收这钱要用在河道的保证畅通上，不能吃了祖宗的饭不管现在的事。”

吴恭又站起来，说：“那我就主动牵个头，抓紧商量这件事。其实别的地方也很着急，不会耽误太长时间的。”

李万山也跟着站起来，说：“那就劳驾兄长了。”

吴中原到家，才知道母亲为他被抓的事已急得瘫痪在床，听说儿子放出来后方略有好转。吴中原一到床边便长跪不起，一只手握住母亲沧桑瘦弱的手，一只手轻轻为母亲擦拭脸上的泪珠。说：“是儿不孝，让母亲受惊染疾了。”

吴母挤出微弱的声音说：“我儿是堂堂男儿，为母欣慰，不枉费母亲半生心血，一片苦心。”说着，脸上露出了高兴的神情。

吴中原还是跪着，说：“母亲含辛茹苦、历尽沧桑把我养大，本该朝陪寝伺、寸步不离守候在母亲身边。但孩儿不孝，整天东跑西颠、忙忙碌碌，还经常让母亲担惊受怕，儿实是心里有太多的歉疚和不安。”

吴母用手抚摸着吴中原的头，再轻抚到脸上，拭去泪迹，说：“乖崽快快起来吧，好男儿志在四方，怎可窝在家中，受母亲拖累。母亲一放下心，病就好了，你放心去做你该做的事。”说着要从床上坐起来。

吴中原急忙扶住母亲。说：“母亲好好调养身体，这几天孩儿就守在床榻，待母亲完全好起来。”

吴母拉吴中原坐在床沿，说：“母亲的病需要静养，你守在这里陪母亲说话，母亲反而会焦虑不安的。”吴母偏过头来看着李琦问：“这位就是李家小姐吧?”吴中原、吴志强和李琦都点了头。吴母脸上露出了慈祥的微笑，说：“真是难得的好姑娘，伯母这就谢过你了。”李琦赶快回道：“伯母千万不要这样说，这就让我自愧了。伯母病在床榻，小女不能精心伺候，已是过意不去，还请伯母见谅。”吴志强趁机插言道：“李琦是到城里看哥哥去了，哥哥不在吴寨这段时间，她比我们还急还难受。大妈看李琦姑娘好吧?”吴母闭上眼不住地点头，两行老泪淌了出来，轻声地抽泣。大家就不再讲话了。

33

一堆女人到河边洗衣洗菜，都议论开了。吴嫂说：“陈家寨的人也真是不像话，还想用前朝航运权那张纸来吃蛮钱，引来了这一场打斗。”灵芝说：“比强盗光天化日下抢钱好不到哪里去。”桂花说：“还又想当婊子又想立牌坊，硬说这航运权是他们祖上的，要钱好像是正分的。我家那个还被他们的人打伤了脚，恨死他们了。”灵芝说：“我家那个脚杆差不多都被打断了，现在都走不得路。”吴嫂笑着说：“是哪只脚哟，不是第三只吧？要是断了那一只，是得叫他们赔一只好的。”灵芝说：“那只倒没断，脚受了伤，也不方便了嘛。”吴嫂说：“那灵芝就多累点喽，你多攒点劲他少攒点劲。”灵芝说：“这个我不会，吴嫂去教一下嘛。帮我做个样子，我好学。”吴嫂说：“我不行，不会使力，把那一只也搞断了，吴嫂赔不起。”吴李氏说：“你们这几个骚婆娘，架都打成这样子了，还有闲情开这些玩笑。要是这航通不下去，没了钱，你们就打光屁股上街算了。”灵芝说：“光屁股倒不会打，就是衣服烂点，怕露出肉来被人看见。要是没了饭吃，饿得你们走路都打踉跄，看你们还嚼舌根不?”吴嫂说：“好像听说掌柜的他们去商量去了，想拿点钱买平安，先把排放下去再说。”吴李氏说：“如果这样都办不到，我们这些婆娘都去把这命拼了，看他们是要钱还是要命。”吴嫂说：“他们会识相的，拦了这么多排，就是断了全部上游的财路，犯了众怒，那会天怒人怨的，口水都会把他们淹死，还用不着人去把他们踏平。”

吴李氏又说：“这中原兄弟，平时看着像个秀才，对人温温和和的。想不到到了关键的时候，还挺身而出，敢担担子，是个男子汉。”吴嫂说：“女人能找到这样的男人，就算找到依靠了，比什么都强。他要是个懦弱的不负责任的男人，李掌柜家的千金能喜欢他吗?”灵芝说：“李掌柜那千金，好像叫什么李琦，那人才叫好，又落落大方的。我们中原找到她，那是前辈子修来的福。”桂花说：“我们中原也不差呀，笋子配竹，还是很般配的。”灵芝说：“般配肯定很般配，不般配也成不了一对。我说的意思是，过去哪里敢想，一个大地方的大户人家的女子会愿嫁到我们乡下来。”吴李氏说：“灵芝说得是，这样的事，那过去是做梦都梦不到的，一是我们中原优秀，二是我们这地方也越来越好了。”吴嫂说：“那我们有些放排的，跑到大地方去抱起那些妖妖艳艳的女子睡觉，你又想到没？还回来款嘴，说是那长满茧子的手，展劲去揉那细皮嫩肉的人，差不多把人家那肉都要磨出血来，舒服得很，过瘾得很。”吴李氏问桂花：“你家那个是不是回来这样款的嘛。”桂花说：“我猜想他背着我倒肯定敢做，当着我倒还不敢款嘴，在外头敢不敢款，那我就不晓得了。”灵芝说：“外面那些女子也没有我们桂花好。人家外地的男人还就喜欢我们桂花哟。”吴嫂说：“我们桂花哪里都让男人心动，又野性。哪个得了离得开哟。”桂花说：“那人说，他更喜欢吴嫂那样的，叫我哪天带来认认你。”吴嫂说：“那不敢，还是桂花独自享用算了。我这人从来都是成人之美，不夺人所爱。”吴李氏说：“我看你们是三句话不离本行，有点正经的没?”灵芝说：“那你讲点正经的来听听。”吴李氏说：“倒也讲不出来，看来真是大哥莫讲二哥，几个都差不多。”大家就都笑了。

34

讨论缴纳通航费时，杨家寨的意见最大，杨田裕说：“我们在上游，经过的航道最长，如果按照每个航段交一次费的办法，我们交的钱也就最多了。这样无形中我们每方木材的本钱就要大些，大家卖的都是一个价，那我们又如何与大家比，这样就显得不公平了。”李家寨也同意这个看法。吴恭说：“杨家寨、李家寨的讲法都在理，哪个在上游哪个在下游，这是祖辈传下来的，世世代代都这样住，这样生活，也不是那个想在哪里就在哪里。我们算地处下游，我也同意在黔境内共交一次费，这就要成立一个机关，共同来掌管这钱，一部分用在疏浚河道上，一部分用来分给原来买了航运权的寨子。大家看怎么样?”最后几个寨都同意了这个想法。清水江就又通了航。

35

晚饭后坐在清水江边的木堆上，李琦斜靠在吴中原身上，说：“中原你看，斜阳照在江面和木堆上多美呀。”

吴中原一只手轻抚住李琦的脸，看着远方，说：“是啊，夕阳西照、渔舟唱晚，晚霞盈天、漫江红遍。一幅多好的‘山居秋暝’图啊。特别是进了一次监，出来后更感觉一切都是那样美好，阳光、空气、雨露，甚至雷鸣闪电和雾霭都是那样美得动人，可见人的自由是何等重要啊。”

李琦也把两只手抬起来，摸着吴中原的两边脸，说：“那我们的思想还禁锢在牢笼里，这个几千年的精神枷锁，憋得人气都快出不来了。”

吴中原深情地看着李琦说：“你还是不屈服的嘛.”

李琦也盯着吴中原的眼睛，说：“你的意思是叫我屈服喽?”

吴中原感激地说：“当然不是，就是觉得你为我付出的太大太多了，我心里老是忐忑不安。”

李琦立起身来，一只手挽住吴中原的腰，一只手握住吴中原的手，说：“好像你母亲通过这件事，思想有点松动了。”

吴中原也紧紧地搂住李琦，说：“不是松动，是你的付出对她的感化、感动。她本来就很喜欢你，只是不敢有那样的奢望。所以，心里就一直有一个结。你要真能成她媳妇，我看她睡着都会笑醒来，还不知道怎么为她儿子骄傲哟。”

李琦高兴地说："是吗？那我以后一定陪着你好好孝顺她老人家，多给她一些慰藉和补偿。"

吴中原就吻住了李琦，眼泪哗哗地掉在了李琦脸上。

李琦一边为吴中原擦泪，一边说："真是傻得可爱。我觉得嫁给你这个选择绝对错不了，我今后会很幸福的。"

吴中原捧着李琦的脸，深情地看着，说："我会一生一世把爱全部给你，惯你宠你，让你天天都泡在蜜水里。"

李琦娇嗔地说："全部的爱我不要，现在只要一半，留一半给老人，以后有了孩子，还要分给他们。"

吴中原又亲吻了李琦一口，说："你这样美丽善良又通情达理，叫我怎么放得下。所以，想到要和你分开，就心如刀绞，疼痛得很。"

李琦拉着吴中原面对面地站起来，双手紧紧地抱住吴中原，说："以后无论遇到什么样的情况，都不会让你与我分开了。"

吴中原把李琦搂得更紧，说："谢谢你的这份情感和情谊。以后永远都不会分开了。"

36

吴中原和吴志强在河边整理木排待运。

吴志强手中拿着钢印看来看去，还亲吻了一口，高兴地说："中原哥，你出这个打钢印的点子现在起了很大的作用。好多木商都开始直接到这里来订木材，一来就先选打有吴寨商行钢印的，这钢印成了我们信誉的标签和牌子，出价都要比别家的要高上两成。"

吴中原一边认真看着打在木材端头的印，一边说："是啊，这是信誉的价值，它不是黄金胜过黄金，所以就更是值得珍视和爱护。但是，一旦大家都讲了信誉，木材的质量都差不多的时候，那木材价格就不能再高了。哪怕买木材的人愿意出价，我们也要主动把它降下来。"

吴志强偏着头看了看吴中原，带着疑惑的口气问："为什么？"

吴中原吹了吹木端钢印上的灰尘，再用手抹一抹，见钢印很是清晰，点着头说：“你想想，木材价格是由它的等级和径级决定的。同样质量的木材，他拿回去是不是做同样的事情。这木材无论是修房建屋，还是制作家具，斧砍锯截以后，钢印还在吗？没了。那时他回过头来想就会觉得划不来，就会去选择买另外别家的木材，也就等于是我们自己把客户拱手让给了别人。再则，同质量同数量的东西，我们卖得比别人的价高，也会觉得心里过意不去。所以，我觉得做生意很重要的一点在诚信。那我们该怎么办？该对收的木材有个底价，童叟不欺。该对卖的木材有个限价，也是童叟不欺。这样，和我们做生意的人就会越来越稳定，越来越多。不是生意越做越大了吗？”

吴志强点着头认真地听完吴中原的话，说：“为兄几句话，真是使我豁然开朗，受益匪浅。你做事总是与做人联系起来，而且举一反三，想得很多看得很远，悟出很多常人想不到的道理，经常是让我佩服得五体投地。”

吴中原用尺码量了另一根木材，找了一个对应的钢印，打在木端上，说：“兄弟千万不要这样说，好多事都是我们一起做的，好多办法都是我们一起想出来的，这里面本身就有你的智慧和主意。我才是觉得你越来越长进越来越成熟呢。”接着问吴志强，“你和李枚的关系进展得如何？”

吴志强也正打完一根木材的钢印，走到吴中原身边，说：“应该说有进展，但进展不大，我和她接触越多，越是觉得我们之间的距离越大，她很聪明很有学识，我常常会感到自愧不如，觉得配不上她，这时就会莫名地产生一种自卑感，无论说什么话做什么事，都会显得很笨拙。我还感觉到，她为了给我自尊，常常会让着我，避开我的短处和缺陷与我交流，更是使我觉得这种爱变成了她对我的施舍和怜悯。我经常会在心里骂自己，当初为什么就不好好地学习呢？”

吴中原接过吴志强手中的钢印，放在木堆上，然后拉吴志强坐下来，说：“我觉得兄弟能这样想问题，说明你们之间的距离在拉近。人所以‘明’是因为有‘自知’，自知是好多人都不愿做、做不到的，这样的人，他们总是看不到自己的缺点和与别人的差距，总觉得自己比别人强，这种过于自负的人，往往都是怨天尤人，觉得老天对他不公，遇到困难和问题就容易自暴自弃，甚至走极端。我觉得兄弟是有自知之明的。再则知识有先知有后知，有从书本上学的，有在实干中学的，有借鉴别人的，有自己悟出来的，都有一个逐步掌握、逐步积累的过程。还有学习知识的目的在运用，我认为，在运用方面你肯定有比她强的地方，所以千万不能自卑，不要自卑。古话说‘知耻者后勇’，况且，你这还不算耻，都后勇了，以后会有很大的发力的。”

吴志强看着远方，听了吴中原的话就觉得眼前很透亮，低下头来又觉得很混沌，说：“哥哥看问题想问题，都那样真知灼见高人一筹。这就是我与你的差距，也是我与她的差距。跟你在一起，我都在向你学，你就是我最好的师长，在你身上我确实学到了很多东西。但我们是兄弟，你不会小瞧我，我也不会自暴自弃。可是与李枚在一起，就觉得不一样，越想拉近距离，距离就越大，心里觉得惭愧得很。常常有一种自己是不知趣，明明不可为而要为之的感觉。”

吴中原听出吴志强那种矛盾心理，说：“如果你这种感觉太强的话，会损伤你的自尊心，挫伤你的上进心。很多事，不要急于求成，只能顺其自然，水到渠成瓜熟蒂落。如果实在不行，也不要勉强自己，算是长些见识学到些东西，又亏不了什么。这样想这样做可能会好些。”

吴志强说：“那好吧。”接下来问吴中原，“哥哥与李琦应该是稳定了吧。”

吴中原舒了一口气，说：“在我们两人之间算稳定了，你伯母那里也没有什么问题了。但李叔那里他好像还没有什么态度，可能是李琦爷爷奶奶那边的原因吧，但估计她爷爷奶奶的弯是很难转得过来的。”

吴志强传递给吴中原一个希望而坚定的眼神，说：“我认为，李叔那里不表态，也不反对你们之间交往，就算默许了。因为李琦的态度和想法璇姨是清楚的，甚至还可以说是支持的，她不可能一点都不跟李叔交流。”

吴中原接到吴志强的眼神，心生一种感激，说：“我也是这么想的。只要我们态度坚决，老人那边也只能走一步看一步，慢慢来。”

吴志强笑着说：“现在的感觉很幸福吧？”

吴中原眼睛像注入了光亮，点着头说："比以往什么时候都幸福。"

吴志强以祝福的口吻说："你们确实是男才女貌，特别般配的一对，有情人会终成眷属的。"

吴中原高兴地说："谢谢兄弟的祝福。"

37

吴江和吴月在山上办买地种树的事。

吴月问吴江："江哥，现在这买卖，什么都用契约文书，这契约文书究竟起到什么作用？"

吴江在路旁摘了一根茅草，打了一个结，晃了晃，说："作用太大了。你看我们这个地方，你上山安铁夹夹野猪野羊什么的，是不是在那边上插上一个用茅草打结的表，这表表明什么，表明这里有铁夹，这铁夹是有主的。别人看到了你的表，第一是不是给人们一个警示，不会踩上去伤着人？第二是不是不会拿走你的铁夹，你的铁夹夹到了什么东西，是不是别人也不会要你的？这实际就是最原始的大家共同约定也共同遵守的规则。这样一个用茅草打成结的规则大家都要遵守，那你看写成的契约是不是更有约束力了。有了契约这个东西，现在争争吵吵的事少多了吧。关键还在，不光现在做什么事有根有据，今后有了这方面的争执，就拿这个东西来作依据裁决。这契约就不像茅草打成结的表那么简单了，不仅把你家有哪块山，文字上写得清清楚楚，还东到哪里南抵哪里，西面与哪家交界北面与哪家接壤，都画得明明白白。这样就可以子子孙孙地传下去，大家安心安意地种地种树，不担心别人来争来抢。那树子长起来了，什么时候可以砍，能卖多少钱，都心里有数。也就是说他家有多少家底，他留给了子孙多少财富，早就有了一本账。你看重不重要？好不好？"

吴月也拔根茅草在手上打了一个表，边听吴江说话，边看手中的茅草结，好像要看出其中的联系来，听完吴江的话才"哦"了一声说："江哥这一说，我就明白了。我要挣了钱，也要去买块地来种树，才是永久的财产。"

吴江顺手把茅草结扔进了刺蓬里，说："吴月真是聪明，也有心计了。这才是当男人的样子。"又问，"你和梅芳现在怎么样了？"

吴月还一边看茅草结一边想吴江讲的契约的道理，听到吴江的问话才说："蛮好的，不到一起就想，到一起就离不开。"

吴江笑着踢了一下吴月的屁股，说："那茅草结是梅芳？这么好看？"又说，"莫要只顾自己舒服，把人家肚子搞大了。"

吴月扔下茅草结，说："哪是我把人家肚子搞大了，她和我是一样的，见着就想，有时候见一次面要几次。"

吴江用手揪住吴月的耳朵，让吴月的脸偏过来，说："有那么舒服？"

吴月拿开吴江的手，说："江哥还问我，你和梅秀还不是一样的？"

吴江坐下来，斜靠在路边的茅草坡上，说："你这个鬼崽，还敢讲起我来了。徒弟打师傅了是不？"

吴月也坐在了吴江旁边，说："不敢。只是尽是我讲给你听，你一点都没讲给我听，我也还不是想听听。"

吴江又斜躺下来，跷了个二郎腿，很舒适地摇晃着，说："想过干瘾是吧？我和梅秀确实很好，那人的身子又软又细嫩，抱起摸起都觉得很舒服，反正她现在嫁人了，又不怕怀孕，就常常在一起。好像她最近有点像怀崽了的样子，可能就要回她男人家去了。"

吴月看着吴江又进入了想入非非的状态，说："那江哥以后想和她在一起就要难些了，心里牵挂吧。"

吴江说："我心里祝福她，愿她以后幸福。"

吴月又问："那你和嫂子成家后，她回娘家那段时间，你好不好受吗？"

吴江头枕着手，看着天上，说："这是自古的习俗，家家一样，也不去想那些。不过那时我也还是常常去找她。"

吴月也斜躺着把身子偏过来，一只手撑着头，眼睛看着吴江，说："那你和嫂子在一起，肯定也是蛮舒服的那种。"

吴江看着吴月讲到这种事情的冲动，就闭上眼睛，像在想着什么，也觉得身子有些发燥，说："那时年轻得很，刚尝到和女人在一起的味道，一天到晚粘在一起不愿分开。她那身姿确实也是迷人，看着她那奶子屁股，就想去摸去抱，回到家就想去做那事。”

吴月看出吴江的冲动，说：“怕是还没回家就在山上干喽。”

吴江用手的食指和中指夹住吴月的脸，扭了一下，说：“你得了梅芳那么漂亮乖巧的女子还不知足？算你行了狗屎运了。还想听别人的。”

吴月用手摸着被揪疼了的脸，说：“还得感谢江哥，不是那次去玩山，我说不定都还是个童男子。”

吴江站起来，拍拍屁股上沾着的草，说：“你这是谢我还是怪我哟。”

吴月拱手说：“绝对是谢，到我们结婚时一定请江哥坐上席。”

吴江用一根指头戳了一下吴月的头，说：“那还差不多。”

38

吴寨商行的生意越做越大，经营的品种越来越多，砍伐了的山上也多了一些新绿。商行在寨头圈了一大片地，打算新建商行一条街，把商行各项业务都装到里面去。

吴恭和李万山召集股东们来讨论商行街的建设问题。

吴恭深深地吸了一口叶烟，然后把烟斗里的烟火掐熄，站起来说：“托祖上的福，也托在座各位的福。吴寨商行几波几折几起几落，现在逐步走上了路子。大家算是同舟共济同甘共苦的兄弟，是与商行共兴衰共荣辱的一家人。商行每走的一步，都有大家的心血和汗水。所以，我和李掌柜首先要衷心地感谢大家，感谢大家在商行最困难的时候，对我们所做事情的理解和支持，在商行难以为继之时，不离不弃，竭力支撑，才有了商行的今天。现在这条船是越来越大有些规模了，但我们觉得这条船还是太空了，风浪一来反而容易摇摆，要遇大风大浪还容易翻船。怎么办？那就要把该装的货物装上，把桅杆立起来，顺风时我们把风帆张开，让它乘风破浪地前进。”

李万山听着吴恭充满感情和激情的讲话，心里十分激动，吴恭讲完，也站起来，说：“装船的货物有哪些呢？首先是与木材有关的副产品，比如利用我们的一些好树种，像香樟、金丝楠、紫檀等，再到外面请些好的工匠，培训一些我们自己的人，办个木雕场，办个枋板加工场。这样，木材的价值就可以更高了。第二是与采伐、放排和种树有关的东西，比如各种工具、材料，还有种子等。材料不仅要买卖，还要自己加工制作，就又要有加工作坊。种子一方面要从外地引一些好的来，另一方面也要利用本地的好品种培植和优化。第三是外面缺乏的，我们山上又有的一些宝物，像灵芝、茯苓和其他一些中草药，也是不光要买卖，还要加工。第四是这里需要的一些外地的产品。这一点我们很方便，我们在吴越有商行，又要在黔地与吴越间频繁地往返，可以捎带，就少去一些成本费用。桅杆是什么？还是我们主营的木材，我们熟门熟路，有资源、有码头、有商行、有网点，可以加快速度做大做强。风帆是什么，就是大家的智慧和力量。这大船是什么，就是我们的商行，但这只是船壳，要有具体的内容，内容就是我们要建设的这一条商行大街，把我们现在经营的和以后要经营的东西都装进去，就有血有肉有生命了。大家说是不是？”

在吴恭、李万山、吴中原详细说明了商行大街建设的内容、做法后，大家都表示赞同，就决定由吴中原来具体负责这条街的建设。

开完股东会的当天，吃完晚饭，吴中原就找了吴志强、李琦、李枚几个年轻人来到河边，议论商行大街建设的事。

斜阳把沙滩上面粉般的沙砾镀上了一层金色，几人围坐在沙滩上。吴中原用木棍把面前的沙地刮平，有意识无意识地画着街道和建筑，然后把木棍插在沙地上，说：“今天我们几个年轻人聚到一起，就是来议论年轻的事。因为我觉得，在我们这种地方建商行大街，确实是前无古人的，要孕育，要出生，要成长。现在都还处在孕育阶段，是不是具有新生命的年轻的东西。叫我具体做这件事，没有什么可以参照，我心里也没有个底，所以和你们先在一起议论一下，开阔一下思路。”

李琦拿起木棍在吴中原沙画的木楼边添了一些竹子和笋子，又在天上画了一个笑盈盈的太阳，说：“我觉得正是因为过去没有人做过的事，做起来才更有意义。说是商行大街，就是把它的功能定了位，我们就要围绕商行的业务来思考和做这件事。只要这一点定下来，我们做事就有了目标方向，就不会乱了。第二就是把现在我们商行正在做和将要做的事装进要建的建筑里面去，这个关键是要把将要做的事想好，要有比较准确的预见性。”

李枚站起来，看着吴中原和李琦在沙地上画的画，睫毛一闪一闪的，好像好多的未来好多的憧憬都在这画里，说：“我觉得姐姐平时也不怎么关心商行生意上的事，讲起话来却是那么在行，一下就把商行街的建设方向点明了，我们讨论就有了框架。怎么把商行大大小小的事装进去，就是要按照这些事的功能划分，来设计具体的建筑结构。像我们刚刚去看过的青龙山，儒、释、道三家同处一个地方，却各有各的特色，同时又很好地融合在一起，让人觉得是一个分不开的整体。我觉得我们商行街也应该是这样的。”

吴志强抬眼看着李枚，想正视又不敢正视的样子，说：“既然建的是一条商行街，那临街的一面是不是像吴越那边的商业街道那样，都建成铺子，都买卖东西，将来一看上去，货柜上到处都琳琅满目的，来买东西的、逛街的人就会多，吴寨也就更加热闹起来了。”

李枚看着吴志强，在吴志强斜眼看她时也没有移开目光，鼓励地说：“志强说得对，这样做，以后吴寨就变城镇了。”

李琦看到了吴志强和李枚相互传递着的眼神，把两只手的拇指伸出来，并在一起，相互触动了一下，表示赞同地说：“我看志强和李枚的想法挺有新意的。那是不是可以考虑以后这些铺面就是商行股东们的，大家再各自按商行的要求来经营自己的东西，这样，这条街就把商行和股东们完全联系起来了。”

吴中原看着李琦对吴志强和李枚传达的动作表情，心里也很是高兴，说：“李琦的这个提议太好了，吴掌柜和李掌柜的想法就是要逐步把各位股东的利益通过各个项目联系起来，使大家都真正成为商行的主人。只有利益共享风险共担了，大家才会像关心和爱护自己家一样来关心和爱护商行，使商行成为股东们共同的一个温暖大家庭。”

李琦又拿着木棍在沙画的空白处添了一些房子，房子后画了些杉木长出的嫩枝，说：“还有就是商行街是新东西，我们就要想得更宽一些更远一些。这就除了商行现在经营的项目以外，还应该要考虑一些事关长远的项目，把它们也装进去，免得以后建成了再来修改和增加就费事了。”

吴中原站起来，仰起头想了想，说：“我想提一个大胆的想法。就是我们这里是以做木材买卖为主，经营的东西大，交易的金额也大，买卖木材的人，拿着那么多的钱既不方便又提心吊胆的，是不是学吴越那边，办一个钱庄。存取兑换都在钱庄里进行，做再大的木材生意都用一张银票就行了，不是对做大木材生意和别的生意都有利吗?”

吴志强点着头听吴中原讲完，抢着说道：“我也想到一件事，就是现在的人想做事，又缺点钱，想把有些东西卖了或抵押变成钱，好办别的事。还有的是刚买了一些东西，或者家里原来有些东西，又想卖了，换成更需要的东西，找不到地方去办这件事，是不是可以开一个当铺?”

李琦拍着掌说：“我觉得中原和志强想到的这两样东西都很新，都是发展中必须的必然的，算是好的有预见性的新东西了。但我还想是不是在里面建一所学堂，让吴寨的子子孙孙都有地方读书，也让商行今后有源源不断的人才。”

吴中原很激动很感激地说：“建学堂的事也是这段时间几个掌柜经常议到的大事，太好了。我觉得大家到一起来，真是‘三个臭皮匠，赛过诸葛亮’，我这心里也敞亮多了。是不是抓紧组织几个人来办这件事，还要有个分工，各负其责。定下来后，这些人再找点各方面的内行和骨干，一起到吴越这样的地方去看一看，取点经回来，会少走些弯路，把我们的事办得快些办得好些。”

大家都觉得应该这么办，才散了去。

天色尚在黄昏，远山时明时暗、时隐时现，天边有几颗星星从树林的空隙处冒出来，河边又慢慢飘来了一些一闪一闪的萤火虫，一弯月亮也从云彩里钻出来，白晃晃的。李琦对吴中原说：“这景色多静多美，我们再走走吧。”

吴中原在大家七嘴八舌的议论中，对商行街也开始有了一些轮廓，好像这夜色，又美丽又朦胧，说："我也正是这样想，就被你抢先说出来了。这是不是叫做心有灵犀呀？"

李琦感觉得出吴中原心里的高兴，说："我看是有些人学会了投其所好。"

吴中原故作思考的姿态说："让我想想你的所好是什么，"然后抓抓头说，"想起来了，黄昏、夜色、美景和共享美景的知己。"

李琦偏着头，盯着吴中原说："我好像听出这共享美景的知己是非你莫属？"

吴中原也学着李琦偏着头的样子，看着李琦说："不是非我莫属，莫非还有他属？"

李琦用手把吴中原的头扳正，说："属个人秘密，无可奉告。"吴中原两手捧着李琦的脸说："你的秘密在你眼睛里，我怎么看见的就是我一个人呢？"

李琦把吴中原拉得更近，用一根指头在吴中原眼前左右晃了晃，然后把自己的脸凑在吴中原眼前，说："你肯定看错了，再仔细看看，我眼睛里明明就是一个小狗嘛。"

吴中原双手抱住了李琦，嘴直往李琦脸上拱，说："小黑狗要咬小花狗喽。"

李琦感觉吴中原两行热泪滴在了自己脸上，才把手绢拿出来，揩干净吴中原脸上的泪，说："这次掌柜的叫你做这么大的事，说明对你很是信任和寄予希望，也说明他们觉得你成熟了，可以独挡一面了。"

吴中原牵着李琦的手，慢慢踱开了步子，说："正是因为这样，心里更是有压力。我想，第一次独立办这样的大事，一方面是要多向掌柜的请教，一方面要多动脑筋独立思考，审慎办事，大胆办事，尽力把事办好。"

"我相信你是有能力把这件事办好的。"

"还要靠你多费心，鼎力相助。"

"这还用交代呀，我或者比你还担心还急。"

"真是找不到的好夫人！"

“谁是你夫人了？”

“对不起，是我发音不准确，把妇人说成夫人了。”

“我也还不是妇人。”

“又错了，那就叫贤内助吧。”

李琦扭过身来，站在了吴中原面前，用右手食指挤住吴中原的鼻子尖，说：“越讲越离谱了，想不到你还真是个坏人。”说着就来打吴中原，两人又抱到了一起。

吴中原感到了自己，也感到了李琦心跳的加速，身子都有些燥热起来，说：“我是真想把这件事办完，就把你接过来。真是一时一刻都不想离开你。”

李琦轻抚着吴中原的脸，深情地看着吴中原说：“我何曾不想，那我最近多做做父亲的工作，他通了，再请他去做爷爷奶奶的工作。”

吴中原压住李琦的手在自己的脸上磨蹭，说：“万一过不了关怎么办？”

李琦扳过吴中原的头，轻轻地给了一个吻，说：“放心吧。只要用心专注、痴心不改，石头都会开出花来，不会有万一的。”

吴中原也拿过李琦的手，手心手背地吻了个遍，说：“那我会激动得天天睡不着觉的哟。”

李琦收回手来，双手拉着吴中原的手，说：“那就抱着那开花的石头睡吧。”

吴中原在李琦的额头上吻了一下，搂住李琦的腰，说：“你比花还漂亮，是石头也是一块无瑕的璞玉，开不败的石头花。”

李琦的眸子更是黑亮、晶莹，说：“真会讨人欢心。”

吴中原又问李琦：“志强和李枚你觉得怎么样？”

李琦走近河边，看着月光下追逐嬉戏的小鱼和时不时跳出水面的虾子，说：“李枚倒还蛮喜欢志强的，觉得他聪明淳朴。就是志强自己觉得有些文化差异，比较拘泥和自愧不如，因此反而有自暴自弃的心理。”

吴中原也走到河边，蹲下来搬开一块石头，抓住了一个小螃蟹，放入李琦手中，说：“这个情况志强也跟我谈过，我也开导过他，看来作用不大，老在怨自己，有时还唉声叹气的。”

李琦轻抚了一下指甲壳般大小的小螃蟹，又把手放入水中，螃蟹就轻飘飘地没入了水里，说：“那这样不好，容易让人在情感和意志上受到伤害。”

吴中原又抓了一条花色的小鱼，说：“那你也开导开导李枚吧，正确对待，不要勉强。”

李琦在河滩刨了一个小坑，把小鱼放进了小水坑里，看着小花鱼在水坑游动的身影，说：“我会的。”

39

清水江在陈家寨的航运争端解决不久，上游到下游以及几条大的支流都又不断发生堵江事件，引发了更大范围的争端。

吴恭、李万山、吴中原在一起商量应对的办法。

李万山很恼火很无奈地问：“事情的症结究竟在哪里呢？”

吴恭摊开手，摇了摇头，说：“现在都说不清了，有几种说法。一种说法是由没有航运权的村寨开始引发的。他们说现在是原来有航运权的寨子分到了航运费，那航运权都是哪朝哪代的事了，朝代都改了，航运权还不能改？过去的航运权早就不应该算数了，都在一条江上，他们得到的航运费，我们也应该得。所以就闹了起来。开始是陈家寨下面的王家寨堵江，后来又有四五个寨子响应，就闹成了现在这样子。一种说法是陈家寨的人去撺掇的。说是前次几个寨子的联合起来欺负他们，人也挨打，房也被烧，猪牛被杀被牵，还被抓了人。分明是官府得了上面寨子的钱，袒护他们，不公平，咽不下这口气，又联合了毗邻的王家寨来堵江，说要讨还这不公平的债，出出那口恶气。”

吴中原等吴恭说完，补充说：“还听说是有些木商来这里买不到木材，说要搞不成大家都搞不成，就故意搬弄是非，挑起堵江事件的。再一种说法是陈家寨被烧房子那几家，亲戚都在王家寨，他们觉得那次损失得不到什么补偿，对上面寨子和陈家寨的寨老都有意见，说既然寨老不能为他们撑腰讲话，他们就自己解决，因此联合了王家寨的来堵江。”

李万山仰头叹了口气，说：“归结起来这症结还是两个字，一个是‘钱’一个是‘理’，看来一件事没有处理好，就埋下了隐患，后患无穷哟。”

吴恭坐在凳子上，一口接一口地抽起了闷烟，“唉”地长叹了一声，说：“当时官府把这件事处理下来，是避重就轻、草草了事。我们就讲还会出事，甚至会出大事，现在看来是不幸言中了。”

正说话间，李方舟和杨田裕也前后脚踏进了吴寨商行。吴恭、李万山和吴中原急忙行礼让座。

杨田裕额头上的汗都来不及擦，就急匆匆地说：“都不要客气了，想必方舟兄也一定是为堵江的事来的。还是赶快来商量一下怎么办吧，交材时间都已快到合同期限，急死人了。”

李方舟也边擦汗边说：“想不到卖木材得几个钱，还出了那么多的事，这钱也真是害人的东西。”

吴恭把烟斗里的烟捏熄，问：“两位仁兄可有什么好的主意?”

杨田裕一口把杯里的茶喝干，站起来用手敲了一下桌子，说：“我们是不是可以联合起来，成立一个航运护卫队，找一些武功好的壮汉压排。谁拦就和谁干，把那些想收买路钱的人打怕为止。”

吴恭又问李方舟：“李兄呢?”

李方舟闻了闻茶气，抿了一口，说：“杨贤弟提的办法也不失为一个好办法，就是担心这样会引起沿江的众怒。有些不怀好意的人反而借机把事情闹得更大。是不是还是先礼后兵，但怎么个礼法怎么个兵法，我也还没有想出什么好主意。”

吴恭又点燃了烟斗里的烟，递给杨田裕，皱起眉头想了想，说：“护卫队护航就像押镖一样，也是到处通行的，不同的就是方舟兄说的，涉及沿途的村寨和人太多。大家祖祖辈辈都在一条江上生活，这样做把自己孤立起来了，以后难得做人做事。”

李万山在大家说事时，盘算着如果要扩大补偿范围所需的金额，然后说：“事情到了这个份上，我觉得是不是分两步走。第一步是救急，也就是再花钱摆平。凡有排的，再出一份钱，分给原来没有分到钱的沿江村寨，先把这批木材放下去。但这不是长久之计，你要将就，就还会不断生出理由来要钱，甚至就不是要而是敲诈，矛盾会越来越多越来越激烈。那就还是要打官司，由官府来裁决。我们几个寨子联合起来，尽快向官府递上一份请求重新发放航运权的文书。哪怕就是多花一些钱，干脆把航运权买下来，免得再为这些事这么误工误事，还吵架打架伤人伤和气。”

大家也觉得没有更好的办法来解决当前的事，就同意了先出钱救急，再通过官府解决的办法。

杨田裕接过吴恭递过来的烟斗，猛吸了几口，站起来就要往回走，说：“钱我也交，排还是要押，免得再生出什么事来，这时间我们是耽误不起了。”大家就委托吴恭去办这件事。

吴恭请杨田裕坐下来，大家接着商量了向官府申报航运权的事项。决定三家共同成立一个航运社，承诺向官府缴纳的航运和保护费比现在的还高两成，要求承揽整条江的航运业务。由吴中原执笔，尽快报官府。

杨氏木行的交排期限越来越临近，等不及吴恭把事情商量下来，就由护航队押排上了路。护航队都是请来的彪形大汉，个个持刀舞棒，一路通行，无人敢阻，一直到了王家寨。王家寨的人用缆绳拦住了江面，岸边站满了手持刀斧锄头的人。岸上的人不敢上排，排上的人不敢上岸，一直相持着。押排的人看着天色渐渐晚下来，怕天黑后吃亏，就硬性砍断缆绳，把排撑了下去。岸上一些水性好的，就撑着船追了上来，排上的人都是以一当十的壮汉，也不着急。船上的人见木排渐渐远去，一伙人就强行登上了木排，排上的壮汉一顿刀砍棒打，王家寨的人无人能挡，全部退了回去。后面的木排也跟了上来，又把王家寨落水的人一顿好打，木排都离了王家寨向下漂去。

李万山对吴恭说：“杨家寨这一闹江，怕是以后的事情更是难办了。”

吴恭端起茶杯喝了一口，把进到口里的茶叶嚼碎，咽了下去，说："是啊，这边商量给过江费的事，堵江的人又狮子大开口，一直商量不下来。他们确实也是等不及了，不过这样对那些拦路打劫的人也是一个教训，也让他们收敛一点，没准也不一定是坏事。有些人是欺软怕硬的，你硬一点他们反而软了。"

李万山也端起盖碗，用盖子在茶杯里刮了刮，斜开盖子，喝了一口，说："那我们是不是也要作两手准备，请吴勉筹办一下成立护航队的事，一是防着有些人报复，二是官府的批文老下不来，也只能先这么干。"

吴恭干脆用手抓起杯底的茶叶，嚼在嘴里，说："看来是得有这样的准备，一则是杨家寨见我们老不动会有意见，说我们是耍奸捡便宜。二则是官府有些东西也是靠不住的，不能把希望都放在他们身上。"

没多久，吴寨商行和李家寨木行也都组织了护航队。刀枪棍棒，弓箭火雷一应俱全，有些还披盔戴甲、威风凛凛。

杨田裕组织了杨家寨的人在一起商量应对王家寨吃亏后报复的事。

杨田裕拿着家传的铜质水壶烟袋，吸得咕噜咕噜响，说："这王家寨的人想吃蛮钱，吴恭代表我们几大木行的去商量过江费的事，他们喊的天价，我们也算先礼后兵了。再说我们派了护航队押排，也是为了保护自己的财产，他们如若不是无理取闹，也不会有那一场打斗，互有人员伤亡。"镖师说："总的来说他们是吃了点亏，关键是他们认为快要到口的肥肉，竟然有人虎口夺食，让他们吃不到，心里肯定是不服气。"杨家三弟说："那是活该，给脸不要脸，自作自受。就是要让他们知道，这肉里有骨头，是会卡喉咙的。"杨家四弟说："也用不着怕他们，他们要敢上来，那是不自量力。"镖师说："他们倒不会这么傻，王家寨与杨家寨比硬的，那是鸡蛋碰石头，他们是绝对不会找上门来的，真要来那不是自找苦吃吗？他们是想玩地头蛇，在他们的地盘上和你斗，也就是你们讲的'门背后耍弯刀'而已。不过这次他们免不了是要报复。我们派去侦查的人看到他们到处砍竹子，做弓箭，是想从岸上射我们排上的人。"杨田裕放下水壶烟袋，说："镖师可是想了对付的好办法?”镖师说:“我们是干这一行的，他们与我们不能相比，对付他们那点小把戏，还用不着我们怎么动脑筋。就是光靠我们的人，恐人手少些。只要杨掌柜去邀约和通报一下几个大木行，大家协作一下，我们几家的排一起下去，共同来对付他们，就万无一失了。”杨田裕又端起烟袋吸了一口，说:“他们也都急着要把木排放下去，也都成立了自己的护航队。我去联系一下，会相互照应的。只是要注意适可而止，教训教训他们就行了，不要闹出太大的事来，以免难得收场。”

第二批木排下来，王家寨有所准备，要报复杨家寨。杨家寨和上游的放排队也作了准备，以防侵扰。木排浩浩荡荡地往下漂来，王家寨埋在江心的铁钩，钩住了木排，木排就一块接一块地停在了王家寨的江面上，一直堵到了陈家寨的三江口。王家寨的人就用弓箭如雨般射向大排，大排上的人有来不及躲闪中箭落水的，多数都躲进了防箭的棚里。王家寨的弓箭渐渐稀疏下来，排上的人使出弓箭以绝对的优势压了过去，后面备好的船只箭一般驶来，直冲岸上。王家寨的人未料到来势如此凶猛，没有招架之力，直往后退。排上、船上的人上岸后，狂奔着向前追杀，王家寨跑不快的，死伤无数。

官府见事闹大，派来一些兵丁，抓了几个挑头的人，判两边都负责对方伤亡人员的费用，也派罚了几个木行一些钱，把事态暂时按了下去。

事情没过多久，一些外地的镖师就到吴寨、李家寨、杨家寨，都挂起了镖局的牌子。

王家寨在争江时吃了亏，觉得是县衙袒护木行，亏了老百姓，把状子送到了州府。过了些时日，州府派了几个人下来调查寻访，维持了县衙的裁决。王家寨见官府不能解决，很是愤怒和气恼，就着人到处联络凡是没有木行的沿江村寨，继续闹江。尽管都有镖局押排，但也是不断受到滋扰，不断发生打死打伤人的事件。一条江硝烟四起、不得安宁。

由于事大，省府也只能派人到了清水江处理闹江事件。结果采取了对木材买卖征木业税，对江面运输征航运税的办法，同意了几个木行取得航运权的申请。整条江的闹江风波才算基本平息下来。

40

吴中原和吴志强带了一帮人到了吴越，走在金陵城的街上。

吴志强新奇地左顾右盼，看着皇城金碧辉煌的建筑、热闹非凡的街巷，很是感慨，说："这里真是名副其实的古都，到处都是古风古貌。皇帝老子真会选地方过日子。"

吴中原也兴致勃勃地赏着金陵的风貌，一会念念城楼上的楹联，一会评说建筑的特点。听了吴志强的话，说道："自三国孙权在此建都，这里就是六朝古都、十朝都会。长江、秦淮河从此流过，襟江带河、一衣带水，钟山龙蟠、石头虎踞，是藏龙卧虎的好地方。"

吴志强跟着说："看着这山形地貌，就有帝王的霸气和灵气。"

吴中原翘首看着坚固的城墙宏大的城楼，深吸了一口气，点头说："你说对了，王安石对这里的描述就有'自古帝王州，郁郁葱葱佳气浮'，就是那霸气和灵气。"

吴志强也学着吴中原要吸入点皇气的样子，说："怪不得李叔做什么事都总是那么稳重大气，李琦她两姊妹又这么聪明伶俐，看来是沾了点这灵气的。"

吴中原认真地看着一块匾额，苍劲有力的书法吸引了他，说："这里真是'江南佳丽地，金陵帝王州。透迤带绿水，迢递起朱楼。'的地方。中国的精华都荟萃于斯。你看他们什么东西没见过，见多就识广了。"

吴志强也凑过来看那匾额，说："原来是王扬的，实是书法大家之作。"

吴中原对着那字一笔一画地说："王扬字玄静，字如其名，既潇洒苍劲，又藏锋内敛。"又说，"没有这点才气，唐伯虎会把千金嫁给他？"

吴志强对着吴中原笑着说："才子配佳人，那是必然的。"又说，

“我们哥哥不也是吗?”

吴中原听吴志强这一说，脸有些红起来，说:“弟弟这一比，我就汗颜了。那是蝼蚁比鲲鹏，是不好比不能比的。”

吴志强摆着头摇着手说:“不不不，我哥哥现在也不是蝼蚁，但将来一定会是鲲鹏的。”

吴中原说:“我们说点别的吧。”

吴志强又说:“这金陵城，莫说这街上自古繁华，就连郊外都是那么紫气沉浮、引人入胜。”

吴中原双手撑在河岸的栏杆上，面朝秦淮河说:“又被你说对了。北郊观音门外，有个燕子矶，是这长江之上的四大名矶。前朝开国皇帝朱元璋有首诗，很是大气。”

吴志强说:“念来听听。”

吴中原念道:“燕子矶兮一秤砣，长虹作杆又如何?天边弯月是挂钩，称我江山有几多。”

吴志强笑得弯下腰去，说道:“这是帝王的诗?大是大气，但充其量算首打油诗。”

吴中原转过身来，背靠秦淮河的栏杆，看着吴志强说:“你说得也没错，朱元璋就是从小爱念打油诗，但都是信手拈来，很有味道。这首诗就是他兵渡长江，正欲攻城拔寨时，来到燕子矶前，恰逢傍晚，雨过天晴，一道彩虹跨江而过，天边又有一弯初月，就即兴大声吟咏了这首诗。何其大气何其宏阔。”

吴志强才点着头佩服地说:“看来帝王就是帝王，念首打油诗都极具帝王之气。”

吴中原拉吴志强坐在秦淮河边林荫道的木凳上，说:“从这里我倒悟出点东西来。我们虽不是帝王，甚至连学到他们的一点皮毛都难，但做什么都要大气，有远见。我们这次做这商行街就要如此，至少几十上百年都不能落后。”

吴志强斜眼看着秦淮河里花花绿绿的画船和河岸熙熙攘攘的行人，说:“我在看金陵城时就在想这问题，这里的商贸街很繁华很气派，但我们照搬不行，连学都难得学得到，可是能给我们很多很大的启示。”

吴中原也赞叹地说：“徽式建筑很漂亮，很有特色，连这画船都是翘檐斗拱、浮雕彩绘，这是吴越建筑文化的精华，我们再把苗侗吊脚楼的元素加进去，那不是很美吗?”

吴志强收回目光，看着吴中原说：“我们把这两者一综合，就变成自己的特色了。”

“弟弟说得对，这也是吴越文化与苗侗文化的交流融合，一旦融合成功，就能产生飞跃性的进步。”吴中原仿佛看到了两种建筑文化结合起来的吴寨未来商行大街。

“这样说来，我们承担的这件事，不但重要，还意义重大。”吴志强说这话时，表现出满脸的兴奋。

“所以，我们要竭尽全力地把这事做好。”吴中原说。

吴志强突然想起什么事来，焦急地说：“哥哥，我们只顾又看又说，是不是要耽误大事了?”

吴中原诧异地问：“什么大事?”

吴志强说：“我们跟李琦爷爷奶奶约的时间应该是差不多了吧?赶快买点东西过去吧。”

吴中原才拍拍脑袋说：“看这记性，东西就不买了吧，怕是来不及了，如果去迟了老人会觉得我们不守信的，就带上二叔带来的土特产去吧。”

吴志强叫同行的人把从吴寨带来的东西交到吴中原手上，说：“那就这样，快到李琦家时，你先拿上这东西进去。我去买点东西再进来，这是父亲一再交代的。远道而来，就带点土货，也不失我们的礼信。”

两人才急匆匆地往李琦家里赶。到了李琦家，两个老人都等在家中，老人把吴中原迎进了屋。

李琦爷爷说：“想必贵客就是吴家大公子吧？李琦父亲和李琦都来了书信，说你们要来吴地看看，好回去做什么吴寨的商行大街。”

吴中原急忙打躬作揖地回道：“小生不知吴地礼数，还恐失礼于两位老人，如有差池还望海涵。掌柜的和李琦、李枚都多日不见老人，心中甚是挂念，特嘱晚辈定来看望。”

李琦奶奶问：“他们一向可好？”

吴中原端正坐在椅子上，两腿并拢，两手放在膝盖上，回说：“都非常好。生意顺意，身体安康，二老的小孙子也快要出世了。一家人牵挂的就是两位老人。”

爷爷端起茶杯示意吴中原喝茶，自己抿了一口，说：“那就好那就好。他们安康顺利我们也就放心了。回去告诉他们，我们一切都好，无须挂念。”

说话间，吴志强提着东西进了门。

爷爷笑盈盈地看着吴志强说：“这就是吴掌柜家的公子吧？眉清目秀、落落大方的。”

吴志强急忙回道：“小生正是，给两位老人请安了。”

奶奶请吴志强坐下，叫人端上了茶。爷爷说：“人来就是了，给我们带来了万山孩儿们的平安信息和他们的问候祝福，我们已是非常高兴和欣慰了。何必还去买这些东西，就显得见外了。这么多年了，他们都是得到吴掌柜的无微不至的关心照顾，我们都无以为报哟。”

吴志强起身行礼，说：“我们来得匆忙，就是带了些林芝山参之类的山货。我父亲又是千叮咛万嘱咐，说一定要在金陵为两位老人买点可口的东西，也是父亲和大哥的一点心意，还不知道合不合适。”

爷爷又喝了一口茶，说：“合适合适，你父亲和万山前些时带来的东西都特别好，那些产自深山的东西比吴越的强多了。那就在这里向吴掌柜谢过了。”

奶奶把桌上的点心递给吴中原和吴志强品尝。问：“李琦、李枚在那边习不习惯？”

吴中原捡了盘里的一块糕点，谢过奶奶，说：“很是习惯，那边有李叔、璇姨照顾关爱，两人又特别喜欢那边的山水风光、民风民俗，身体心情都特别好。只是他们走后，老人少了些陪伴的，他们感到特别歉疚和牵挂。”

奶奶舒了口气，说：“那就放心了。回去告诉她们，爷爷奶奶身体心情都很好，无须挂念。”

吴中原看着两位老人身体健康、精神矍烁，就说："两位老人身体心情都好，我们也就好回去告知李叔、璇姨他们了。二老也要休息，我们那边的人也在等着，就不多打搅了。"

爷爷站起来说："不急不急，我们现在都是闲人，在家中也没有什么事情可做，哪有什么打扰不打扰的。李枚父亲一早就出去办事去了，还有些时候才能回来，你们就多待些时候，在这里用过晚饭再走吧。"

吴中原急忙站起来扶爷爷坐下，问道："李枚父亲及弟妹可都好?"

奶奶看着吴中原的举动，认真地打量了一下吴中原，说："都好都好，叫李枚不必挂念。"

吴中原看着奶奶的眼神，有些脸红起来，说："我们来的人较多，他们在等着我们，下次再来操烦吧。"一边说着一边拿出了几家人从吴寨带来的一些土特产品。两位老人表示感谢，把吴中原和吴志强送出了门。

离了李琦家，吴志强说："李家真是大宅院，里三层外三层的，又是花园又是荷塘。没人带路，找都找不到。"

吴中原回头看了看李家宅院的门楼和院墙，说："他们祖上是官宦人家，从李琦爷爷起，又是商贾之家，又是书香门第，算是这金陵城里的大户。"

吴志强索性回过身来，一边看着李家的宅院，一边退着步子走着说："我也看得出来，他们那个家，不光庭院深深，房屋、花园、廊道也造得很精致，家具都是上乘的紫檀、红木做的，雕工很是精细，好多肯定还是祖传的精品。"

吴中原把吴志强拉着转过身来，说："兄弟现在看什么都能看出个道道来了。有些我都没你看得那么仔细。"

吴志强看看吴中原，笑着说："哥哥是紧张了吧。我看她爷爷奶奶慈眉善目的，语言又温和。虽没提及你和李琦的事，我觉得他们对你的第一印象肯定是蛮好的。应该可以把心放在肚子里去了。"

吴中原低下头，若有所思的样子，说："他们越是不露声色，我倒还越是紧张。是不是会觉得我太拘泥，缺少城里人的气度风范哟。"

吴志强摇了摇头，说："不会的，你若太表现得乖巧，他们反倒会觉得你油滑。我觉得你今天的表现恰到好处，很是自然，也很有分寸。"

吴中原才抬起头，说："兄弟这是宽我的心吧？"

吴志强拍拍胸口，说："你这次就信信兄弟的话，等着好消息吧。但前提是要在这次商行街的建设中，把你独当一面的能力和智慧充分表现出来，让他们感觉到完全可以放心地把李琦交给你。说不定这项目的成功之日，就是你双喜临门的日子。"

吴中原停下来，抱着手说："那我就更有压力了。"

吴志强也停下来，双手撑住吴中原的双肩，说："压力会变动力的，而且是不竭的动力。"

吴中原和吴志强一行，看了金陵又到了杭州。

两人漫步在西湖边，吴志强感慨地说："人说'上有天堂下有苏杭'，真是一点不假，这西湖之美就让人有一种绝世佳人的感觉。怪不得苏轼有'欲把西湖比西子，淡妆浓抹总相宜'，其喻再生动准确不过了。"

吴中原踌躇在湖堤上，一步一景的感觉让他心晃神移、目不暇接，说："莫说苏轼了，连人家外国的马可·波罗都说这里是'世界上最美丽华贵之城'，光是附近就有苏堤春晓、平湖秋月、断桥残雪、雷峰夕照、三潭印月等景致，都何其美妙，何其有诗意。"又说，"因为它美丽宏阔，五代吴越国和南宋都开始在这里建都了。"

吴志强看着吴中原流连西湖景色那投入的劲，心情也很激动，说："这里风景如画、美女如云，才留下了柳永著名的《望海潮》吧。"

吴中原停下来，攀着一枝柳，看着湖面微风漾起的涟漪，说："是啊，柳永为人放荡不羁，穷困潦倒一生，却很有才气。他在《望海潮》中铺写杭州，算是'承平气象，形容曲尽'，实是难有人超得过他。"接着念道，"东南形胜，三吴都会，钱塘自古繁华。"又说，"你看这气势，一出笔，就入手擒题，波澜起伏，让人叹为观止。"

吴志强接着念道："烟柳画桥，风帘翠幕，参差十万人家。"

吴中原放开柳枝，看着垂柳在水中飘飘逸逸的倒影和捕风捉影的鱼儿，说："你看这几个字，就把杭州的街巷之美、民宅之雅和都市之华，写得淋漓尽致了。"接着念道，"云树绕堤沙，怒涛卷霜雪，天堑无涯。"

吴志强放眼湖边的古树柳荫和一望无际的湖面，说："古木被他写成云树，钱塘潮被他写成霜雪般翻滚的怒涛，江面浩瀚得天堑一般。又有美感又有气势。"

吴中原把目光移向河岸的建筑和建筑上华丽的装饰，说："是啊，你再听听，'市列珠玑，户盈罗绮，竞豪奢。'市场多么繁荣，市民多么殷富。"

吴志强背靠一棵古木，看着湖里色彩艳丽的画船，说："也表述了声色之盛。"

吴中原让吴志强一起坐在了湖心亭里，亭中是彩绘，亭外牡丹艳丽，荷叶亭亭，翠竹掩映。他说："正因为有这里的繁华，才有柳永依红偎翠、浅斟低唱的生活。"

吴志强感叹地说："他死时还是几个红颜知己筹钱埋的，真是生在花丛死在花下，做鬼也风流。不过这里的女子确实貌美，看着都让人动心，也难怪那位才子了。"

吴志强说话间，两个俊俏女子打着花伞边说边笑地走过来，身子摇摆、绰约多姿，吴中原说："我们那边的女子，要有这环境的熏陶，再受些教育充实内在，也是很美的。"

吴志强也抬眼看过去，很是惊艳这边女子的貌美和风韵。说道："那倒是，我们那边的女子，有山水的沐浴，山雨的洗礼，肤色的确好。又长期爬坡下坎，身材又丰满又窈窕。只不过少些文化少些见识，也就少了些内在的东西，穿着也没那么洋气，但那也会改变的。"

吴中原站起来，走出了亭子，说："所以，我们建的商行街，是不是该按李琦的提议，建个好的学堂，将来子子孙孙都有学上有文化。"

吴志强还依依不舍那亭里亭外迷人的感觉，看着吴中原走出了亭子，才慢慢地站起来，跟在吴中原身后，说："确实应该。现在我就觉得吃了小时不刻苦学习的亏，我还可以去现身说教，让人们以我为戒，多学些知识。"

吴中原掉头看了看吴志强，说：“尤其是女子受教育少，干脆多办个女子学堂。这女子不是外在内在都有了吗?”

吴志强觉得吴中原看他有一种诡秘的神态，心想莫非哥哥以为我依恋这亭子，是为了看这些过往的女人？才赶快回答说：“哥哥说得是，一定要办，而且要办好。”

吴中原没有留意吴志强的表情，继续说：“柳永这首词，下阙写的就是这西湖了。”

吴志强心里还是那两个打着花伞的女子在游离，就说：“那就不念了，以免受他的思想约束。”

吴中原不再念出柳永的词，说：“他是把这西湖写得蓄洁停沉、圆若空镜。山上的桂子，湖中的荷花，栩栩如生，词美意境更美，就是一幅国泰民安的生动画卷。”

吴志强觉得吴中原把柳永关于西湖的词解读得如此简洁确切，心里也生了些感叹，说：“将来，我们的教育上来了，出了几个文学大家，说不定把那久藏深闺人不识的山川写下来，也会动人心魄、流传于世的。”

吴中原赞同地点着头，说：“这绝不是梦，是不久后的现实。”稍作停顿，接着又说，“讲到这，倒让我想起一件事来。离我们吴寨不远，就有一座小镇，算是军事城堡。唐代王昌龄晚年被贬龙标尉时，就在那里办了‘龙标书院’，很有成效。我们回去后抽时间去看看。”

吴志强似乎也想起了那独具江南风味的小镇，说：“那时没有办学堂的打算，就对王昌龄办学堂的事有点不以为然。你想到了，真该去看看，肯定会有启示的。”

不知不觉，太阳停在了西湖边的山洼，脸越来越大越来越红，一副依依不舍落下山去的样子，把天边和西湖染成了五彩缤纷的颜色。吴中原说：“今晚我们就住在西湖边吧，西湖的夜景一定很美，才可能有这样出名的‘三潭印月’。今天恰逢十五，这景致我们是可以饱览了。”

吴志强看着那斜阳的迷人景致，非常高兴，说：“那就住得月阁吧，那里是近水楼台。”

夜幕降临，一轮明月照在潭中，泻在岛上。湖水波光粼粼，堤上风动柳摆，蛙声蝉声一片。

吴中原和吴志强站在得月阁的围栏边，月亮一会儿冒出来，一会儿又隐入云中，月光一会儿亮亮的，一会儿又淡淡的。吴中原说：“你看这空中月、潭中月、塔中月，又是云掩着月树摇着月水浮着月。再去体会‘烟笼寒水月笼沙’，何其美妙。”

吴志强手把栏杆，长长地“啊”了一声，然后说：“亭、台、廊、榭、桥，浮在水上，印在月下。绿岛凝萃、花影扶疏，妙不可言，太美了。”

吴中原把手搭在吴志强肩上，说：“这让我萌生了一个想法。过去我们在水边，是为了生活方便，但是我们还没有很好地利用好自然景观，把山水和小镇结合起来。这苏堤、小瀛洲好多还是人工造的，我们那山水却是上天赐的。我们要充分利用好这一点，建出一个山水相依、相得益彰的水上小镇来。”

吴志强兴奋地说：“好啊，让它成为自然的自在的人们向往和羡慕的好地方。”

41

吴中原和吴志强一行回吴寨时，带来了吴地的一些好工匠，开始了商行街具体的谋划和建设。

吴恭和李万山听取了吴中原和吴志强一行去了吴越回来后对商行街建设的一些想法。

吴恭把烟斗里的烟塞得满满的，用拇指按了按，吴中原急忙走过来把烟点上，吴恭把烟嘴放在口中，吸了几口，说：“你们年轻人就是有思想有朝气，容易接受新事物，提的这个方案就很有特色和新意。当时李掌柜提出要中原来主这个事，说句实话，我心里都还不是很放得下这个心。因为这个工程确实很大，不光事关吴寨的发展，也事关这么多股东的利益。万一做得不好，那损失是很大的，向股东向后人都不好交代。现在，我这份担心慢慢少了。”

李万山也把盖碗茶刮了刮，喝了一口，轻轻把茶碗放在桌上，说："我觉得你们提的这方案，有几点是特别可取的。一是思路新。这是百年大计，必须超前，不能落后。比如在形式上吴越建筑与本地建筑的嫁接和互补；空间上山水风光与建筑的协调与配合，再造新的景观；在未来的安排和预留上考虑了钱庄、当铺和学堂。第二是实用性强。用了外面的好经验，但用的是其精神实质，不照搬照套，结合了本地的实际。选择的材料也是以本地产的为主；第三是在保证功能质量的前提下从简，省钱省事省工期。你们再把方案搞细一点，我们把股东们都请来，大家讨论一下，我看就可以动工了。"

吴恭放下烟杆，说："这次开工，我看是不是搞一次地方性的活动，大家都来热闹热闹，也算给我们这次大行动添添人气添添喜气。"

李万山又抿了一口茶，问："吴兄说的是什么活动?"

吴恭不紧不慢地说："我们这地方最盛行、大家最爱的活动是牛打架。正好现在是秋收后，今年又是一个丰收年，大家心里都很高兴，也比较有时间，有闲心。今年我们商行也做得比较顺当，我们就拿出点钱来办这件事，把附近一些地方的都请来，让大家都欢喜欢喜，也让大家慢慢忘掉一些不痛快的事。"

李万山应和着说："那好哇，这样大规模的牛打架我都还没有看过。是不是把李家寨和杨家寨的也请来，大家都来过一个自己的节，也算是我们几个木行的一次聚会。"

吴恭站起来，高兴地说："非常好，那就叫吴勉去安排这件事吧。"

吴寨商行街的开工仪式和牛打架安排在同一天。

活动快到的前几天，吴寨的街上就分外热闹起来，街上的人熙熙攘攘，大街小巷人头攒动。主要街头和好些人家还张灯结彩、披红挂绿，姑娘小伙都穿上了节日的盛装。街上赶着马车的，街尾牵着斗牛的，客栈发权打码的，茶馆喝茶聊天的，街心唱歌跳舞的，寨外对歌玩山的，全都聚在了一起，比过节还热闹。

商行街动工仪式那天，吴恭和李万山都讲了话。

吴恭站在临时搭建的斗牛评分台上，目光闪烁，大声说："各位父老乡亲、兄弟姐妹们：感谢大家的光临和捧场。我们吴寨商行街经过比较长时间的策划和筹划，今天正式动工了。为什么我们要把开工仪式和斗牛放在同一天呢？因为商行街的建设对我们来说是件大事，斗牛在当地来说也是件大家都特别喜欢的事。几千年来，我们都是靠牛耕作才有饭吃有衣穿。牛有一种吃苦耐劳、勤勤恳恳的精神。所以，我们爱牛、护牛、敬牛、崇拜牛。我们要用牛的精神去做好商行街的建设和我们的各项事情。”

李万山看到这些天吴寨街上的人们像过节一样，心情也非常激动，他紧接着吴恭的话说：“这条街建成了，不仅我们吴寨商行做大了，我们整个吴寨都会变大起来，变热闹起来。这是我们所希望的，也是大家所愿望的。牛打架是一种竭尽全力的搏斗，大家爱看牛打架，就是喜欢这种搏斗精神。有了这种搏斗精神，吴寨会越来越漂亮，大家也会越来越富裕。”

接下来，九声铁炮响起，爆竹遍地燃放。锣鼓喧天鼓号齐鸣，芦笙莽筒声载歌载舞声在山谷回响在江面回荡。龙狮翻卷，舞动山魂。

斗牛场设在群山包围的低洼处。那里人山人海、水泄不通的人流，是声嘶力竭声色俱厉的呐喊。男的女的老的少的，苗家的侗家的汉家的，着盛装的穿便服的，轻描淡写的浓妆艳抹的，本寨的外寨的，无所不包、形形色色，喝彩声叫骂声评价声呼喊声，人声鼎沸，一浪高过一浪。

看斗牛的人把脑袋歪酸了，脖子伸长了，嗓子喊哑了，太阳晒得汗流浃背了，也没人离开半步。斗牛也是爱热闹的种，人越多，喊声越大，它也越卖力越起劲，越愿出尽风头。精彩场面一个接一个，一个胜一个。天都快黑下来，人们也不愿散去。

李万山问吴恭：“我看那披盔戴甲牵牛出阵的人很是威风。”

吴恭看得入了神，听到李万山的问话，才侧过身来说：“那是牛王。这些人爱牛胜过爱自己，对牛的特点、牛的习性、牛的能耐，一看就能知几分。但从不妄加评论，总是一副秘而不宣神神秘秘的样子。”

李万山听了吴恭的解答也觉得很是神秘，接着又问：“那斗牛哪个能打，他们也是一看就知几分喽?”

吴恭才想起来吸了一口烟，说：“是啊，这斗牛除了体形魁梧体格健壮外，关键是在具不具备好斗、敢斗、会斗的习性。再就是牛角的形状，因为牛角是最重要的攻击武器，宽大的攻击面大，弯窄的善挖眼睛。斗牛的选择，除了实战的检验外，这些在行的牛王，一看也能辨出七八分。”

李万山也才咕嘟咕嘟地把壶里的茶喝了个精光，说：“看来是行行都有能人行行都有规则。”

李琦抽出被吴中原握着的手，说：“这里的人真是爱看斗牛啊，有这斗牛赛，饭都不愿吃事都不想做了。看斗牛那表情，是全神贯注；那激情，是声色俱厉。”

吴中原正看得入了迷，听李琦说话，才感觉肯定是把李琦的手捏疼了，说：“对不起，是不是把你的手握疼了?”李琦点了点头，吴中原才又说：“这里的人，视斗牛如命，侍候牛胜过关爱自己。宁可节衣缩食，也要把牛喂得膘肥体壮。有些人家，一家喂有几头斗牛，哪里有赛事，都牵去打。只要有牛打架，那比过节还热闹。”

李琦也是初次看斗牛赛，那精彩的场面吸引了她，好奇地问：“那打赢了有奖喽?”

吴中原待看完一个精彩的场面，才回过头来说：“要说有奖，那奖项也不大，主要还是爱好。打赢了的牛，披红戴花，主人和寨上的人都会很有荣誉感。获胜的牛也会昂首挺胸，嗷嗷地大叫几声，似乎是在向它的对手宣告它才是战之能胜的勇者。”

李琦看完两个牛之间的打斗，松了一口气，说：“我觉得这牛与牛之间的争斗，是很激烈和残忍的。”

吴中原一边鼓掌一边回答说：“是啊，特别是牛之间的第一搏，那是力量的大比拼，是生与死的大较量。”然后回过头来对李琦解释说，“这或者是自然物种优胜劣汰规律产生的争强好胜，或者是报效主人的忠心驱使，或者是斗红了眼便会置生命于不顾的战争特质表现吧。所以，才那么激动人心。”

李琦点头表示赞同，说：“我也觉得，斗牛最精彩的一幕或者说是一瞬，是双方的牛从相对方向朝对方冲过来，拼死拼活、竭尽全力地一碰。那气势和声响，山崩地裂、震人心魄。”

吴中原也很赞同李琦对牛的第一碰的解读和理解，继续说：“你没看到，还有当场一碰而倒毙的。”

李琦摇着头说：“那太残酷了。”

吴中原把李琦的手握过来，说：“这里的人不这么看。他们认为牛尽力的这一搏，是一年风调雨顺五谷丰登的预示，是吉祥之兆。”

李琦开始疑虑地看着吴中原，听吴中原把话说完，仿佛才明白过来，说：“这各地的风俗还真不一样。不过，华夏民族算是坚守农耕文明最久的民族之一，没有牛的负重耕耘，就没有人们的衣食。这里在牛崇拜上更突出，从图腾器物、佩戴饰物、衣物绣品到吊脚楼的顶部造型，牛角都是主体图案。你这解说看来还是有根据的。”

吴中原又接着说：“祭祀活动的最高形式古臧节，也是以牛作祭品。各个地方的时间不是一样，但都是十多年才一次的大节日，很隆重又很肃穆。”

李琦拉过吴中原的手，说：“那你一定要带我去参加一次古臧节，这应该是在吴越看不到的最古老的祭祀活动了。”然后又说，“这次斗牛比赛，确实为我们这商行街建设的开工仪式增添了不少气氛和色彩。”

吴中原把李琦的手握得更紧，说：“所以，两位掌柜讲话时都把开工与斗牛联系起来，要我们学习牛的精神，用牛的干劲去把商行街建设好。”

李琦说：“有寓意有意义。”

就在商行街开工仪式的当天晚上，李万山和杨璇的小生命呱呱落地了。

吴恭一家几兄弟和媳妇们都来祝贺。

吴恭一踏进李万山家的大门，就对迎出来的李万山说：“恭贺兄弟了。你看这小家伙还真会选时间，他知道今天是个好日子，也来祝贺来了。”

李万山笑得嘴都合不拢："托吴掌柜的福，托大家的福。杨璇生了一个胖小子。"

走到杨璇塌下，吴恭媳妇说："昨天我就梦见李掌柜家里钻出一条带着冠子的大蛇来，那是一条龙啊。果真是一个带把的，你看又白又胖，天庭饱满，地阁方圆。还都拣他父母的长处长，眉清目秀的，将来可是个有大出息的人哟。"

杨璇高兴地说："借得嫂子吉言。"

大家都按当地的习俗，每人吃了一碗甜酒鸡蛋，又坐下来和李万山一家谈天款地，共享天伦之乐。

第二天，杨田裕一大家也赶了过来。一进门就说："舅公舅婆们都来看小外孙喽。"带来的是鸡、蛋，还专门做了一个大大的糯米粑，用品红写了个大大的囍字，还有猪头和猪肉，都用箩筐挑着，足足十来挑。

李万山把大家迎进屋。杨璇看到舅舅舅妈们都来了，高兴得不得了，就说："万山，快给长辈们倒糖茶，煮甜酒蛋。"

李琦、李枚急忙请爷辈们坐下，忙煮东西去了。

一会儿，吴恭夫妇也赶了过来，说一声："舅舅、舅妈们好，难得你们这么早就赶过来了。"

杨田裕几步跨过去，握着吴恭的手，激动地说："吴掌柜想得那么周到，连晚就派人送信过去。我们一家人激动得一晚都睡不着，才连夜又打粑粑又杀猪。真是大喜事啊。"

叔叔们就说："我们家杨璇，最得我们爱了，一家人都把她当宝贝。"

吴恭向杨家来的人打躬作揖，说："本来也是宝贝，又漂亮又有文化懂礼节，一个吴寨的人都喜欢她得不得了。还羡慕你们家出了这么一个大才女哟。"又说，"还是我们李万山好，最好的都归他了。"

李万山也赶快回礼道："前世修得的福。长辈们都这么爱她，我们是又激动又感激，也不知道说什么好了。"

吴恭用眼睛看了一眼大家，诚恳地说："什么都不用说，只要你对杨璇好就比说什么好听的都要好。你这里今天又忙又乱，我赶快回去，做好了饭，大家一起过来，我们为这小家伙的诞生共同庆贺。”

杨田裕和李万山同时说：“那怎么好劳驾掌柜的。”

吴恭抱拳说：“不能这么说，这么说就见外了，我们都是亲戚是兄弟，不是这小家伙成全我们，怕这么整整齐齐地把你们请来是不可能嘞。”

李万山才说：“那就谢过了。”

吴恭一大家、杨田裕一大家和李万山家，都到了吴氏府上。

杨田裕进了吴恭家就四处张望，说：“一进吴府，感觉都是文的气息，庭院窨墙、屋里屋外、门窗板壁、花台鱼缸，还有种的松竹梅兰，都是古人的器物名人的墨宝当下的时尚，又雅趣又大方。”

吴恭拱手把大家迎进堂屋，说：“兄弟见笑了。都是拼拼凑凑的东西，有些是祖上所传有些是本人所爱，都放在了一起。哪比得上杨府，好多都是朝廷封赏之物，一定得找时间去饱饱眼福开开眼界。”

杨田裕摆着手说：“你这么一说，我倒感到羞愧难当了。到了我辈，不但不能发扬光大，那次水灾人患差点还要把那家败去，那才无颜对祖宗和族人喽。”

吴恭叫家人倒上茶，请杨田裕一起坐在太师椅上，示意大家喝茶，笑着说：“我们也是一样的。那时我和李掌柜的，差不多是万念俱灰，觉得已是无回天之力来挽救那场败局了。谁曾想，竟天无绝人之路，又柳暗花明，有了今天这个起色。”

李万山端起茶杯，闻出是上好的明前茶，浅喝了一口，说：“这方土地是有神灵护佑的。只不过是叫我们像唐三藏那样，多些磨难，方能修成正果。”

杨田裕端起茶杯正待喝茶，听李万山说起唐僧取经，心里一动，又把茶杯放在桌上，说：“你们倒是历经磨难取到真经了。可我们却还在路上跋山涉水，还不知道有多少火焰山要过嘞。”

吴恭看着杨田裕有欲言又止难以启口的话，就说：“火焰山倒都过了，但前面的路谁也不能料定还有多少崎岖坎坷、大风大浪。”

杨田裕把茶杯端起来，喝了一大口，说：“刀山火海我们都不怕，就是要有个好的领路人，不要错了方向，引入歧途。我就是个把不好方向的人，前几次在与陈掌柜的合作中，我们是一错再错，我是没了脸面再做这领头的了。但几次大家都宽宏大量地原谅了我，我们也解除了与陈掌柜的合作。虽是放下了一些包袱，也是断了一条手臂。”

吴恭听出杨田裕话里的话，说：“那再找条好的，接起来就是了。”

杨田裕接到吴恭传递过来的目光，看了看大家，说：“那我们兄弟之间就直话直说了。我们几兄弟过来时，也议了一下这件事，觉得你们吴寨商行是最有信誉最有实力的商行，是我们最信得过的。现在我们又成了亲戚，我们想投靠你们算了，只是怕给你们一些拖累。”

吴恭与李万山对视了一眼，说：“话说到哪里去了，什么叫投靠、拖累。前段我和李掌柜的正在议这事情，要想经得住大风大浪，就得把船做大。怎么做大，就得几个有实力的木行联合起来。你们这样想，不正是与我们的打算不谋而合吗？你们是山多林多材多，你们要不说，我们哪敢开这口哟。”

李万山心里很赞同吴恭的意见，也觉得是老天成全的好事，就说：“是不是趁热打铁，各位长辈们今晚就不要回去了，就住在我们这里，今天我们先喝个一醉方休，明天我们接着就来议定这件事情。回去后两边再把明天形成的合作协议分别请各自的股东统一一下意见，接下来我们就可以办这两家合一家的事了。”

大家听后都很高兴，欢欢喜喜地边吃边聊起来，个个酒醉饭饱、喜笑颜开。

42

陈方亮离开杨家寨时，怀里也揣了好些钱，去了陈家寨。陈方亮进到寨中，找到了陈家当家人陈石奎。

陈方亮一进陈石奎家，就躬身说道：“久仰石奎兄大名，小弟陈方亮今日特来拜会。”

陈石奎把陈方亮迎进堂屋，说：“兄弟就是原来与杨田裕合作的掌柜吧?”

陈方亮沮丧着脸，说：“羞愧羞愧，小弟正是。怎么与杨氏木行脱了干系，想必为兄已经知道，我就不再叙说了。总之是兄弟的不好，但那时觉得山穷水尽、无路可走，才出了一些下招，触犯了一些人的利益，得罪了一些人，现在是后悔莫及了。”

陈石奎站起身来，请陈方亮坐下，说：“生意场上，在所难免，也是花点学费，学点做人做事的道理。说不好，有那教训，以后还能干出大事来。”

陈方亮阴云密布的脸好像被风吹去了些暗色，声音有些颤抖地说：“看来我投靠的人是选对了。为兄真是胸怀大度、不计前嫌的人。”

陈石奎看出陈方亮走投无路后急需寻找码头靠岸的心情，也觉得他正是自己所需要利用的人选，就说：“兄弟抬举我了，我不过是做点小本生意的木商，何以为投靠。只是我这塘子太小了，怕难容得下你这条大鱼，耽误了兄弟的前程。”

陈方亮马上说：“为兄抬举我了，我就是一个小鱼小虾，哪里是什么大鱼，你这塘子就够大了。再说，这生意都是从小到大，哪有一开始就做大买卖的？你们有山林有码头。我在两湖都有商铺，我们何不联合起来把生意做大？进来时我是担心为兄嫌我名声不好，不予接纳，是不敢冒昧提出来哟。”

陈石奎才吩咐家人倒上茶来，示意陈方亮喝茶，说：“孔夫子都讲‘知错能改，善莫大焉’，再说我们都是一家人，莫说两家话。”

陈方亮实是有些口干舌燥，一口喝完了碗中的茶水，说：“我清理了一下族谱，我们还真是一家人，按辈分，你是我的长辈，叫一声叔吧。”

陈石奎瞟了陈方亮一眼，慢吞吞地说：“哪里哪里，离了三代就不必拘礼了，还是兄弟相称吧，这样随意些。”

陈方亮站起身来鞠了一躬，说：“谢兄长宽厚，将来定效犬马之劳，以报兄长知遇之恩。”

陈石奎也站起来，扶住陈方亮，说：“兄弟言重了，好些东西我们还得向你学习，靠你扶持帮助嘞。”

43

吴寨河边，桂花一边在河里洗着韭菜，一边说：“这次我家那头斗牛是出尽风头了。这么多牛比赛，居然就得了第二名。”

吴嫂把一筐红薯放入河里，摇晃抖动得全身都动起来，泥水从箩筐缝里淌了出去，现出一筐紫色发亮的红薯来，才把箩筐提上岸，站起来擦了擦脸上的汗水，说：“看来我们桂花只要是公的都养得好。男人身强体胖，公牛也膘肥体壮。”

灵芝也直起身子，扭着刚洗了的衣服，说：“她家那个怎么能不壮。桂花坐月子的时候，他杀鸡煮鸡汤，结果鸡他全吃了，把汤留给桂花。桂花问‘那鸡肉嘞’？他说‘别人说的，营养全在鸡汤里面，坐月子的人，咬鸡骨头，以后牙齿会松的，我怕浪费，就把鸡吃了’。桂花还信以为真。”

吴李氏也翘着屁股在洗山药，一根根白生生的，整整齐齐地摆在洁净的石板上，偏过脸来问灵芝：“那后来呢？”

灵芝把扭干的衣服抖开，说：“后来桂花知道吃了亏，就骂了他男人。他男人就使劲往里放盐。桂花说‘家里的盐是不是全放进去了’。他把一大碗汤一口就喝了下去，说‘不咸啦’，然后桂花连鸡汤都不得喝了。”

吴嫂把箩筐里的红薯拿出来，一人递了一个，自己咬了一口，说：“吃盐多的人，比牛还有力气，况且又天天吃这壮阳的韭菜，桂花是喜欢的。”又问，“你家那牛是不是也喂盐喽？”

桂花把篮子里的韭菜也一人散了一把，咬了一口红薯，鼓着腮帮说：“他还真是往牛草里放盐，说这样牛爱吃，也长膘。”

吴嫂一边吃着红薯，一边说：“怪不得你家那牛这么厉害，怕是几个母牛都受不了嘞。”

吴李氏把嚼在嘴里的红薯咽进肚里，说：“有些事，人还不如动物，动物怀了崽，还知道不要做那事了。人还不管这些，想起来就干。”说着就呛得脸红筋胀地弯下腰去。

吴嫂走过来一边为吴李氏捶背，一边说：“你这个傻婆娘，吃东西像别人要来抢一样，怎么不被呛着。”又说，“怪不得吴李氏那崽生出来时，头上都是一层污垢，肯定是崽在肚子里都蛮大了，吴江还干那好事。”

吴李氏缓过气来，眼睛都还噙着泪迹，说：“我去看你坐月子时，你那崽的头上还要更脏些。那肯定是吴嫂要吴哥敷上去的。”

灵芝洗完衣服，坐在了石板上，撑开两条大腿，说：“你们这几个婆娘，三句话不离本行，一天到晚把那晚上用的东西挂在嘴上，也不嫌脏。”

吴嫂把扁担戳在灵芝面前说：“那胯张得这么大，小心蛇钻进去哟。”又说，“现在还只是讲讲，爱叫的狗不咬人。等我们吴寨这条商行街建起来，什么穿的用的打扮的都有卖，我看你们几个女人都要变妖精了。那这街上男人的心还不被你们偷了去？”

桂花也坐在了灵芝旁边，然后两手反撑在地上，把腰跷起来，身子成了个弓形，两个奶子顶得高高的，说：“那第一个偷心的肯定是吴嫂，吴嫂最丰满白净了，屁股又翘，哪个男人看了都心动。”

吴李氏拉吴嫂也坐下来，说：“你们一天都在打嘴巴仗，哪个都不愿吃点亏。有那精力，你们就都出点力，去帮中原点。我看他一天到晚忙得走路都在打小跑，哪像你们一天没个正经。”

吴嫂盘腿坐在地上，说：“我们能做什么喽？要能做，我们是该多帮帮他，真是一个难得的好后生。他妈也是没白苦半辈子，好人有好报了。”

吴李氏把裤脚捞得高高的，两条白腿撂在石板上，说：“听说商行街里面还要建一个女子学堂，我们要是晚生十几年，不是也可以上学了？”

吴嫂在吴李氏腿上重重地拍了一下，现出五个指头印，说：“你要上了学堂，屁股还不翘到天上去？那追你的男人怕要从街头排到街尾哟。”

吴李氏缩回脚，摸了摸被打的红印子，说：“我听他们念什么‘窈窕淑女，君子好逑’，我们这身材，鼓鼓囊囊的，动作又野叉叉的，哪是什么窈窕淑女，没人追的。”

吴嫂也做出难过的样子，轻轻地抚摸吴李氏那被打红的大腿，说：“你那是该鼓的鼓该凹的凹，男人最喜欢。我要是男人，吴江就没有份了。”

吴李氏拉开吴嫂的手，翘起嘴巴说：“那你就去和吴江比一下，哪个赢我就跟哪个？”

吴嫂站起来抖了抖身子，两个奶子上下直跳，说：“他有他的长处，我有我突出的地方，那是比不了的。”

吴李氏看着吴嫂说：“那就比看哪个厉害嘛。”

桂花站起来，双手按住吴嫂的肩膀，说：“那不用比，肯定是吴嫂厉害。不信，你们哪个敢跟我打赌。”

吴李氏也站起来，反手捶了一下腰，说：“那就算了，反正吴嫂赢了，我也不能嫁给她。我们两个锣对锣镲对镲的也办不成什么事。”

大家就哄堂大笑起来。

吴嫂止住笑，说：“你别说，这次商行街的建设，还真是我们吴寨的大事，是我们这些祖祖辈辈与泥巴打交道的做梦都没想到过的。建成后，我们这里不是像城里了吗？到处青山绿水的，生活又方便。到那时候，哪个用三抬大轿来抬我，我还不愿到城里去住。”

吴李氏偏过头，眼睛盯着吴嫂，说：“你嫁人的时候，都没得三抬大轿抬，现在倒想了，还想重新嫁一次怎么的。”

吴嫂也盯着吴李氏说：“这人生活好了，还真是想重新活一回。这话有错吗？”

吴李氏对吴嫂伸出大拇指，说：“你们看，谁说我们说话没个正经。吴嫂说这话，我看就没几个男的能够说得出来。”

灵芝也急匆匆地说：“是啊是啊，现在这生活还真是有点像过日子了。过去我们穿的都是那身家机布，哪像现在花花绿绿的。过去一年杀一头猪都算好的了，现在天天有肉吃，天天有酒喝。”

桂花用双手拍拍自己的脸，说：“还有抹在我们女人脸上的这些东西，莫说见过用过，就连听都没听说过。”

吴李氏手指着寨头那片空地，说：“等这商行街建成，那就又不晓得成什么样了，我们也真是赶上好时候了。”

吴嫂也顺着吴李氏手指的方向看去，若有所思地说：“也有一样不好，就是怕外地那些红红绿绿的东西进来，我们就被闲起来喽。”

桂花两手撑着腰，说：“那有什么，他们让我们闲，我们自己不闲不就得了，反正萝卜白菜各有所爱。”

吴嫂跟着说：“说得也是，青花菜黄花菜你卖我也卖。”

吴李氏收回目光，看着吴嫂，用食指刮了一下吴嫂的鼻子，说：“吴嫂都说过，那爱跑的马你干脆把缰绳放了，它跑累了要回来的。现在都还没脱缰绳就怕了？”

吴嫂揪了一下吴李氏的脸，说：“讲着好玩的，你吴哥那点东西，几下就榨干了，怕是想跑都跑不动嘞。”

桂花拍了拍吴嫂的肩膀，说：“你看我们吴嫂白白胖胖的，就是抽那营养养的。吴哥是想胖都胖不起来哟。”

吴嫂抓住桂花的手，在掌心打了一下，又把桂花牵到身边，说：“那桂花帮个忙，去帮他补点营养嘛。我看你家那个就是你补肥的。”

灵芝把桂花拉过来，说：“那千万不行。桂花再去抽点，吴哥怕是路都走不动了。”

吴李氏把脚边的一个石头踢进水里，荡起了一个由里向外螺旋的波纹，说：“这男女之间是相互的，有那青山，就有这绿水，山也搬不去，水也干不了。”

吴嫂一把扶住吴李氏有点倾斜的身子，说：“你们看，我们吴李氏说这话，又有几个男的讲得出来。我们女子也不比男的差，就是他们得读书，我们就是砍柴、讨猪菜的命，没有文化才被他们欺负的。将来有了女子学堂，我叫我女儿一样去上学。”

吴李氏站稳脚，顺势靠在吴嫂身上，说：“我也是，我女儿一到读书时间我就让她去上学，还要让她出去见世面。姑娘和崽是一样的，不能厚此薄彼。”

灵芝和桂花都说：“我们也一样，都来带这个头，这也是对中原的支持。”

吴中原、吴志强和李琦、李枚一起到了龙标寨。

几人走在进寨的路上，吴中原感叹地说：“这里是王昌龄得罪贬官龙标尉的地方，他是过五溪入夜郎，跋山涉水才到的这里哟，也是苦了他了。不过有他到了这里，也才有了这里的‘龙标书院’。”

李琦走在吴中原身边，听吴中原说完，接着说：“是啊，因为这样李白才是为他鸣不平，专门写了那首《闻王昌龄左迁龙标有此寄》的七绝，对王昌龄的被贬充满同情和关切，实是感人肺腑。”接着念道，“杨花落尽子规啼，闻道龙标过五溪。我寄愁心与明月，随风直到夜郎西。”又说，“这样一首难得的怀人赠别好诗，想不到竟然与这边陲小地方扯上了关系。”

李枚抱不平地说：“他本也只为生活小节被贬，可能是遭人妒忌。为这事他写道‘洛阳亲友如相问，一片冰心在玉壶’，表明他是清白的。”

吴中原听李枚说完，点了点头，说：“他本就清贫一生，早年贫贱，困于农耕，年近不惑，始中进士，实是不易。但他博闻强记，才华绝伦，与李白性情很是相投。”

李琦慢下步子来，看了看田埂边低头吃草的牛和被斜阳照映得透明透亮的一汪田水，说：“正是因为这种傲岸不羁的性格，两人在官场上才是一直不得志，但他们倒也不屑这些东西。不过细细想想，他们要是在官场得了志，心思在了别的地方，说不定就少了两个文坛泰斗了。”

李枚抬头望着天空，蓝天如镜白云如丝，呼了一口气，说：“是啊，那屈原要是得志，还有流传千古的《离骚》吗？他们的志本就应该在文场，而不是在官场。他们这类文人，你要他低三下四、阿谀奉承，他们是做不来的。”

李琦心中涌入了一股悲情，说：“这也是文人的悲哀，社会的悲哀。物以类聚，人以群分，趣味相投的人也才能聚在一起。所以王昌龄与李白、高适、王维、王之涣等人都很交厚。李白又很重交情，他的几首别友诗都写得特别动情感人。”接着念了一句，“明月不归沉四海，白云愁色满苍梧。”

李枚念道：“夜发清溪向三峡，思君不见下渝州。”

吴中原念道：“孤帆远影碧空尽，唯见长江天际流。”

吴志强说：“莫念了，谁把我的眼泪念出来我就请他把我的眼泪舔干净。”

吴中原掉过头来，对李枚笑着说：“那我们几个中，我看就只有李枚敢念了。”

李枚果真念道：“桃花潭水深千尺，不及汪伦送我情。”

吴志强就佯装着哭了起来，李枚也做出要帮吴志强舔眼泪的样子，逗得大家都笑了起来。

这是一片沟壑纵横、山清水秀的开阔地，龙标所这座具有典型江南风格和风情的村寨就坐落在这里。

龙标所并不大，围城的城墙不过三余里。街道呈丁字布局，以千户所衙门为中心，往东、南、西分别分支出三条主街，又有六条巷子与之相通，街道都用鹅卵石或青石铺砌，街巷一定间距有一口露天石井，呈圆形或方形，青石镶边，水清石寒。家家是庭院式格局，屋基都高于街道，须上五级或七级石阶才能进入门庭。庭院皆有门楼，朝向多为南向或上水方向，门楼设门当户对，上方有匾额，书有主人姓氏郡口，如“三槐世弟”、“济明世弟”、“关西弟”等，标明主人姓氏和祖籍。门楼两侧书有楹联，都很高雅而有寓意。院子小的有两进，大的有三四进，一个或两个天井，用青石板材铺设，屋后还有菜园。庭院四周有风火墙，墙、屋都设翘檐斗拱，雕龙绘凤。

进入龙标所，李枚东张西望地说道：“真是好地方，一进来就觉得是到了吴越的小镇，风格风情一模一样，甚至还要典型和精致。”

几人坐在城楼上，俯瞰着龙标所，城上凉风习习城下楼宇错落。吴中原说：“这里住的多是祖籍吴越一带的人，风土风情依旧，本就是江南小镇。”

李枚睁大眼睛问：“那是为什么？”

吴中原扶栏俯瞰龙标所，回道：“早些时候，灾荒、苛捐、兵役很重，逼起了全国性的起义和反抗，苗族、侗族起义也风起云卷，朝廷就派兵过来镇压。这里是开一线以通云南的战略要冲，又有大片的良田沃土，就在这里建了千户所，驻扎了好多军人。这样可以‘屯田自给’，‘兵无更调之劳’。这里又山清水秀，是个安居的好地方，好多就带了家属过来，战争结束，这些人就留了下来，在这里生活繁衍啦。”

李琦皱起眉头，想着龙标所的构造，说：“我就觉得，这古堡非同一般，除了具有江南小镇风格外，它的一个重要特色，就是整个城堡都是按战争要求设置和布局。你看这四座城门都是‘勒马回头’的设计，进出都要拐个弯，不能直通直达，而且有一座城门是长期闭塞不开的。哪天叫我父亲来看看，这方面他更内行。”

吴志强也拍拍脑袋，说：“你这一说，我倒也觉出了一些奥妙。一开始，我也觉得怪怪的，比如所有的街巷都是丁字，有进口无出路，走到底就是死胡同。你这一讲，我才醒悟过来，这样的设计就是让那些不熟地形的人，进得来出不去的。”

李枚似乎观察得更仔细，眼睛骨碌碌地转着，说：“还有就是，家家户户后院都有一个相通的门，平时是关闭的，打起仗来一打开就互通了，这样进攻退守都方便。另外在大门的门楼处还有一个内小外阔的孔，里面可以清楚地看到外面，外面却不能看得见里面。”

吴中原听着大家你一言我一语的说法，感到很兴奋，说：“你们也真是看得仔细。这按功能要求来确定具体的建筑结构的做法，对我们商行街建设的启发意义太大了。我们要是把各种各样的业务装进去，这就需要按功能区来布局和安排建筑的结构，才又节省又适用。”

李琦笑盈盈地盯着吴中原说：“你这人现在是整个心思都在商行街上，看到什么东西都能跟你要做的事情联系起来，三句话不离本行。看来做完这件事，要成建筑方面的专家了。”

吴中原也笑着说：“不是有‘泰山’压顶吗？不使劲撑着，会被压扁的。”

李琦拍拍吴中原的背，说：“那就使劲撑着吧，但不要把背压驮了，驼子我是不喜欢的哟。”

吴中原就伸了伸腰说：“驼不了，只要有你扶着，只会越来越挺直越来越强健。”

几人到了“龙标书院”。书院是园林式布局，偌大门坊，进门便是鱼池拱桥，桥下芙蓉亭亭，鱼戏莲叶。庭院桂花盈院，桃李满园，苍松枝繁，翠柏叶茂，修竹掩映。

吴中原数了数院里的建筑，比划着说："这房屋建筑，是正厅五楹、大门五楹，廊庑庖湢。外围甃以石级，缭以城垣，又气派又雅静。"

李琦顺着吴中原比划的方向左顾右盼，说："说明这里的人很重视教育的。拿了这么好的地方，这么大的地来做书院，还修得这么雅致，进来就仿佛听到了'诗家夫子'领着学子们朗朗的读书声。"

吴中原收回手抱在胸前，若有所思地说："是啊，有了这书院以后，这里的人就连连中举，泥腿子出仕做官的人若干。你说人们重不重视教育，尊不尊重王昌龄。所以，他离开这里以后，人们为了纪念他，修了状元祠、状元桥，他故去后又修了状元墓。他对这里的人是恩重如山、功德无量，这里的人们是把他奉为宗师，奉若神灵啦。"

李琦听吴中原说完，更是心潮澎湃起来，说："教育确实是改变人改变社会的最好途径，等我们的女子学堂修好了，我们也去学学先贤吧。"

李枚也显得很激动，说："姐姐去教书育人，我也要去。"

李琦把李枚搂到自己身边，说："那好啊，我们两姊妹就选这条路吧。"

吴中原看着两人激动的劲，说："那还真是学了先贤了。自古无论仕途通坦，荣归乡里或仕途坎坷，归隐田园的学者夫子们，选的还都真是这条路。他们都把教书育人作为自己晚年的慰藉和寄托。"

李琦对着书院合掌作了个揖，像是要对着王昌龄创下的书院许个心愿，说："我们倒不能跟他们比，但学习他们的精神是可以的。这是一种让人感到充实的精神支柱和不懈动力。"

吴志强说："今晚我们不如就住在这里吧，也可以多多感受一些夫子的学习和教育精神。"

斜阳下，吴中原和李琦坐在状元桥的小河边。

桥下淌着一条小河，河水从远处转了一个弯过来，自然地蜷曲着秀美的身姿，在寨前平静地躺着，让人似乎能听见它轻微的鼻息。水在斜阳照映下，是耀眼的亮，河床里的卵石把太阳的光吸了去又放了出来，让波光一闪一闪的。鱼儿吐出的泡珍珠般地连成了串，忽而变白忽而变蓝，忽而变小忽而变大。斜阳的霞在水面聚成一道一道一团一团的光晕，蓝天被白云簇拥着、衬托着，被碧水洗得一点杂质都没有了，蓝是透了亮的蓝，白是雪花般的白。青山倒映在琼浆中，出奇的青翠、出奇的婀娜。

寨边的稻田已割了稻，用水浸着。稻草都堆成了圆形带尖的塔状垛子，码在田坎边或杉树下。水田里的稻桩又长出了些嫩绿，在秋风撩动下舞动着它的旋律。鸭儿拍着翅膀扑棱棱飞起来，惊飞了岸边觅食的山鸡，咯咯地叫着。河边吃着水草的牛也仰起脖子嗷嗷地叫了起来。

李琦看得入了神，说："多好的山居图啊。看来夫子在这里时有苦也是有乐的。"

吴中原接着说："乐在山水间，乐在淳朴的民风中。这里没有城市的喧嚣，没有官场的龌龊。他可以静心地教书，静心地思考，静心地写作，开心地吟诗诵经。还可以与民同乐，大块吃肉大碗喝酒。"

李琦摘下一朵野花，放在鼻边闻嗅着，说："陶渊明笔下的南山，欧阳修梦里的桃花源也不过如此了。"

吴中原说："看来人的躯干在社会中，灵魂还是想在这山水里。否则，怎么会到了这样的地方，就让人魂牵梦绕呢?"

李琦闻着清香的野花，似乎陶醉其间，说："是啊，无论城里的、乡下的，富贵的、贫贱的，最终也都离不开这三尺黄土，离不开生他养他的母亲的土地，离不开山与水的滋养和荫庇。所以，最大的幸福，莫过于在这山水间有意义的生活了。"

斜阳在西山慢慢隐去，夜幕渐渐降临下来。

李琦斜靠在吴中原身上，说："这夜好静啊，只听得见蛙声和蝉声，感觉得到你我的心跳。"

吴中原轻轻地搂着李琦，说："还有像鹅毛一样扫在脸上、身上的山风和这些山里的小动物与山月的对话。"

李琦躺入吴中原怀里，看着辽阔而寂静的星空，说："月亮和星星在这水中都不愿离去，好像住在山溪里比天上还舒服还惬意。它们也是想听这些潺潺流水、鸟啼蝉鸣的。”

吴中原也把脸贴在李琦脸上，轻轻地磨蹭着，说：“秋风也把山野的芬芳都送来了，好像心闻到这些味道，都舒展开来，人就有一种特别舒畅、空灵的感觉。”

李琦扳过吴中原的头，吻了一口，说：“青草的、野花的、稻桩的、杉林的、松柏的、翠竹的，还有土地的香味和淳味，都拌在了一起，在空气中飘浮弥漫。都是迷人的味，醉人的味。我都不想回客栈去了。”

吴中原用手轻轻地抚摸着李琦的脸颊，说：“多么充满恬静安谧的田园诗韵啊。当初王维要来看王昌龄就好啦，两兄弟在这溪边月下喝点酒，那又不知道会吟出多少脍炙人口的传世诗作来哟。”

李琦突就推开吴中原，坐起来，说：“你这假设倒是一语点醒梦中人。我们那商行街是不是也要尽量多一些文化，商业与文化决不是对立的。”

吴中原又用手搂住李琦的腰，说：“是啊，苗族侗族的、中原的，阳春白雪的、下里巴人的，都应该萃取其精华为我所用也，让文化的气息弥漫在商业中。”

李琦马上背出那段文字来。“楚襄王问于宋玉曰‘先生其有遗行与？何士民众庶不誉之甚也！’宋玉对曰‘唯，然，有之！愿大王宽其罪，使得毕其辞。客有歌于郢中者，其始曰‘下里巴人’，国中属而和者数千人；其为‘阳阿薤露’，国中属而和者数百人；其为‘阳春白雪’，国中属而和者不过数十人；引商刻羽，杂以流徵，国中属而和者，不过数人而已。是其曲弥高，其和弥寡。故鸟有凤而鱼有鲲，凤凰上击九千里，绝云霓，负苍天，翱翔乎杳冥之上；夫藩篱之鷃，岂能与之料天地之高哉？鲲鱼朝发昆仑之墟，暴鳍于碣石，暮宿于孟诸；夫尺泽之鲵，岂能与之量江海之大哉？故非独鸟有凤而鱼有鲲也，士亦有之。夫圣人瑰意琦行，超然独处；夫世俗之民，又安知臣之所为哉？”

吴中原搂紧李琦吻了一口，说：“我们李琦真是才女奇女，这段有趣的对话居然一字不落地记得下来。我理解你是叫我在实际中，要重视千人附和的下里巴人，在志向上要学习凤凰、鲲鹏。”

李琦向吴中原递去鼓励的眼神，说：“学凤即可，无须学凰。我们中原本就是鲲鹏，一旦羽翅丰满，一定可以扶摇直上九万里。我就觉得你们这里的苗侗歌舞和习俗，不能简单地理解为下里巴人。被众人认可和爱戴的东西，一旦提升，就是阳春白雪。所以，两者同等重要，不可偏废。”

第二天，几人直接从龙标所去了五脑寨。吴中原说：“五脑寨是何腾蛟的故乡，何腾蛟可是明末拜为兵部尚书的大人物哟。”

所谓“五脑寨”，就是建在五个山丘上的小镇。循着山势而建的街道，就必然有起伏、有错落，就有了翘街，也称扁担街，像翘扁担一样，呈两头高中间低的状态。翘街沿街都是琳琅满目的铺面，足有两余里路长，街中间用汉白玉铺砌，宽约两丈余，高出两边地面五六寸。两边的街面都用鹅卵石镶嵌成各式各样的花边图案。配上街两面翘檐斗拱的建筑和建筑间的隔火窨墙，很是具有独特的形态和风味。

一行人看得入了迷。李琦感叹地说：“真美。”

吴中原看了看几人问：“你们说美在哪里?”

李琦不假思索地回道：“其一是这地形造成的建筑错落，给人视觉上的立体美；其二是在这边远小镇呈现给人们的竟然是江南水乡徽式建筑与北方四合院特色建筑结合之完美。”

没等李琦说完，李枚抢着说：“其三是这街与巷、巷与沟、沟与井的交叉、互动的美；其四是这街中主道与两面花街的色彩搭配和材料反差彰显的美。”

吴志强也看着街边的建筑说：“还有这窨墙的造型、彩绘与门庭的翘檐、浮雕的艺术美和庭院层层叠进的构造美。”

吴中原高兴地说：“看来你们都观察仔细并被这里的特色和新奇所感染，才会有这么深的感触和准确的描述。但我觉得还有一点非常奇怪，我觉得这里人的讲话和装束与我们那边和这边附近的都不一样。”

几人相互看了看，都有一样的感觉和认识，但一时又想不起像哪里的话哪里的人来。吴志强突然拍拍脑袋说：“想起来了，讲话和穿着都像京城那些来迎皇木的人。”吴中原说：“我也正想这么说。”

李琦眨巴着眼睛说：“你们这边，怎么就会有这么多稀奇的人和事呢。”

吴中原说：“我一直在想，随着社会的发展，两种文化的结合是必然的。没想到这边是早就走在前面，早开先河了。”

李琦兴奋地说：“你这一问一说还真叫做一语点醒梦中人，我看到了这里的建筑特点有南北交融的美，却不闻不问其中的奥秘，看来这里还真是很早就接受了北方文化的，真是中原文化与地方文化结合的典范啦，对我们商行街建设太有借鉴价值了。”

几人沿着翘街上了荷花塘。一处可以将翘街尽收眼底的街之头，一座古木掩映的孔庙之下，竟然是一潭翠绿的荷塘。塘埂风摆垂柳、修竹掩映，塘中荷叶滴翠、荷花妖娟，水下鱼儿追逐着莲影和倒映在水里的蓝天白云。李琦和李枚赏着荷花，逗弄着荷塘里的小鱼，一直不愿离去，玩累了才坐在通往孔庙的石坎上憩息。

进入孔庙，一阵桂香飘来，几人同时把眼光移向了大成殿两旁的两棵桂树—— 一棵金桂一棵银桂。树上树下满是金银的色，悬挂着、铺陈着。

李琦翘首看着金银桂说：“这是儒家的书香与自然的桂香香在一起了。”

吴中原点着头说：“我们说这里是两种文化交融的猜测不是一步步得到证实了吗？你们看这里的人，选择在这五个山丘的最高位置建孔庙，又建成这样宏大的大成殿，如此浩大的藏经阁，说明这里的人是多么的信孔尊孔啊。”

李琦、李枚同时说：“这就更是坚定了我们要在这方土地上学圣人学夫子的决心和信心了。”

几人又一起拜了孔夫子塑像，看了藏经阁。才下了孔庙，去了平街。

平街比翘街平坦得多，长也在两余里，南伸至难泉山脚下，北延到福禄江边。南端多是学堂的所在，北面云集了较多的商户，街上人头攒动、熙熙攘攘。街面都是青石铺就，不远处一口方形或圆形的水井，又隔不远有一座跨街的贞洁牌坊。

李琦站在一块高大的牌坊下，手扶着牌坊说："这条街看到的就是更多的中原文化、儒家思想了。"

吴中原翘首远处，说："街上牌坊林立，山头文笔高耸。看来这里是有过不少贞洁女子，也出过不少文豪、文人啦。"

李枚看到有些牌坊都还较新，说道："这牌坊的主人有些是不是何腾蛟麾下明军将领的遗孀哟。"吴志强点着头，表示同意李枚的看法。

吴中原听李枚提到了何腾蛟，想了想说："听说南泉山是何腾蛟苦读兵书、研习兵法的地方，我们何不前去拜望拜望。"

几人一起来到南泉山，到佛家圣殿虔诚地烧了香拜了佛，也叩拜了何腾蛟的书斋。

在下山的路上，吴中原说："这山还有一段何腾蛟的传说。说是何公时常拿着一卷书在这山中的林荫道上漫步阅读，一日走出书斋不远，便猛然听见有山崩地裂般的响声，脚下也有些颤抖，待声响和地颤弱些下来，定睛往山涧处一看，是一条古木般大的巨蟒爬出洞来，身披苔藓，吐须张口，仰首四探，很是怕人。平日里他就听说这附近常有巨蟒吃人的事发生，看来这蟒定然就是害人之物了。于是不慌不忙回到书斋，取了一支巨笔，在墨缸里饱蘸墨水，又回到山道上，对着巨蟒将笔头的墨水洒将出去，口里念念有词，'一点一千年十点一万年。'于是这条巨蟒便被永久压在了山下，再也不能出来祸害人们了。"

李琦听完吴中原讲的故事，说："这与我们那边雷公塔镇妖的传说倒有些相似。看来是何公太深得人心了，人们景仰、怀念他编出来的传奇故事。"

吴中原赞同地说："是啊，太忠君，太有民族气节了。明、清的当政者都给了他极高的评价。这里的人们为了纪念他，修了何公坟、何公祠，据说埋在坟里的遗物是人们冒死寻来的一缕头发，也许都不足为据，但人们对他的崇敬和景仰是足以让他安笑九泉了的。"

李琦长叹一声说："人最有价值的是什么，不就是这些不死的传说吗？"

吴中原几人回到吴寨。觉得自己还真是应了"大难不死必有后福”那句话。他记得从监牢出来那天晚上，做了一个梦，梦见自己剃了光头。后来问了懂得解梦的人，说是一个吉兆，预示要有新起色新气象。好像这一切都应验了。那天晚上，他是在这种甜蜜的思想中睡了去的。

李琦回来的晚上也做了一个梦，梦见了疼爱她的母亲，甜甜的笑着，抚摸她的脸颊，她感到很甜蜜很幸福。记得有同学说过，梦见得到母亲的爱抚是爱情如意的征兆。她梦醒后就又甜甜地睡着了。

商行街的建设很顺利，一天一个样，几天大变样。

吴恭和李万山来到商行街的建设工地。

李万山兴致勃勃地东瞧瞧西看看，高兴地说：“中原侄子还真是能干事的，总把事情想在前头，安排事情也条理有序，工程推进得又快又好。”

吴恭对李万山笑了笑说：“是不是该改口了，把贤侄叫贤婿吧。我看他们两个情投意合的，特别般配。”

李万山流露出欣喜如意的表情，认真地回答道：“我和杨璇倒算是默许了的，就是李琦她爷爷奶奶那里，需要坐下来好好地跟他们做做工作，两个老人转这个弯要困难一些。现在小儿又还太小，一时半会回不去，再等点时间吧。”

吴恭从李万山的眼睛里看出了李万山的态度，心里为吴中原高兴，说：“这他们年轻人是能理解的。”

李万山又说：“他们这次去了龙标所和五脑寨，收获也是很大的。关于功能区的划分与建筑的匹配；中原文化与地域文化的结合和在建筑中的表现；临街铺面的设置和街面材料的铺砌；学堂建设在商行街中的结合与分隔及学堂的环境打造等等，我觉得都很好。”

吴恭轻抚着已经竖起来的学堂的屋架，眼睛盯着直插云霄的木柱，说：“你看这学堂用的都是上好的古木，学堂建起来，一定是漂漂亮亮的，将来子子孙孙都有学上有书读，我们也算做了一件有功德的事了。”

李万山也用手敲了敲木柱，发出金属般的咚咚响声，说：“下一步还要考虑怎么请些好的先生来，有了好先生才不误人子弟，才能培养出好的人才来。”

吴恭感叹地说：“十年树木，百年育人，长远大计啊。我们现在就着手在附近访一访，多寻些有真才实学的人，也可以考虑从你的家乡请点先生来。这也算文化交流嘛。”

李万山轻松地走在屋架的地脚枋上，说：“你的思想倒是蛮开化的，那边文化底蕴要厚些，可以这么考虑。李琦和李枚都想到女子学堂教书，我是赞同的。”

吴恭也稳步跟在后面，时而还用脚尖点在木枋上行走，说：“那好啊，我看她们两个文化底子都很好，思想又活泛，学堂就是要点年轻的，都是老的就会比较古板。”又说，“看你那身形步法是有些功夫的嘛。”

李万山反身一跳，稳稳地落在木枋上，对着吴恭说：“那是实话，没有这点功夫，怕是在战场上就回不来了。还有那次负伤，如果不是身体的底子好，差点要了我的命。”又说，“还有钱庄和当铺，对这边来说都是新东西。现在就要开始物色人选，主要是要有点文化，脑子灵活，还有就是要忠厚本分。这跟钱物打交道，不能要那些把钱看得太重的人。把他们派到吴越去学习一年半载，商行街一建好就能用上了。”

吴恭也摆出一个防守的架势，说：“看来还真是真人不露相，怪不得平时走路那么轻盈，还像二十多岁的小伙子一样。”又说，“选人的事，我看还是你亲自来办吧，这样稳妥些。”

李万山拉吴恭坐在木枋上，说：“这事可能还得你来办，你对这儿的人的文化底子和人品能耐要了解些。”

吴恭把拖到地上的长袍搂起来放在腿上，说：“那好吧，我初选你把关。外行人不能打肿脸充胖子，去办内行人的事。”

李万山拍着屋基的木枋说：“钱对于做生意的人来说，是不是可以比喻成房屋的基脚，没有钱做不了生意，像房屋没有基脚就立不起来一样，钱庄的人就是连接这些基脚的枋柱，枋柱越牢实，建的房屋也越高大。”

吴恭点着头说：“你这比喻很形象，要修大房子就必须把基脚打牢了。”又问，“这钱庄是怎么回事，以后怎么运行，我还真是闹不懂。”

李万山回答说：“钱庄有些地方叫银号，明朝初期才出现，还都是在一些大地方才有。所以对我们来说都是新东西，我也不内行，边学边干，相互学习吧。有这钱庄后，买卖木材的钱存取兑换都方便，一张银票就可以大过几口袋钱，大家做买卖就方便多了。”

吴恭摇着头叹了口气说：“做梦都想不到，跟泥巴打交道的人，居然就跟商品和钱打起交道来了。”

李万山若有所思，也长叹一声，说：“好多事都是难以料定的。我过去就不想接我父亲经商这个班，武夫倒也不想干。我爱好文的东西，就想到处走走看看，写点东西。那时世道一乱，父亲也没了精力，我充军后死里逃生，才觉得也应该珍惜前人创下的这份家业，阴差阳错才把父亲这担子接过来的。”

吴恭看了看李万山，说：“那我就是你带上这条路的，不知道是该怪你还是该谢你。”

李万山站起来，拉起吴恭，躬身说：“该怪该怪。当个农民、族长、寨老，做点活路，唱点山歌，喝点小酒，评判点是非，自己又清闲，又受人尊重。哪有这么多烦心的事。”

吴恭也还了礼，笑着说：“可我跟你，跟形形色色做木材生意的人学到了当农民几辈子都学不到的东西，这个价值还是最大的。还是谢吧。”

两人才大笑起来。

杨家寨木行自与吴寨商行一起做木材生意后，一直就顺风顺水起来，生意也越做越大了。

杨田裕找到吴恭说：“傍了你们这座靠山，还真是遇到贵人了，做什么都很顺当。不仅人不是那么累了，找的钱也比过去多了。我才恍然醒悟过来，看来这信誉是很值钱的。”

吴恭请杨田裕坐下来，把茶端到杨田裕身边，又递上一包黄澄澄的烟丝，说：“主要还是你们自己努力的结果。自从我们联合后，摊子大了，实力强了，信誉度就越来越高了，来找我们做生意的人也是越来越多，我们买卖的木材也比过去多多了。所以，这种联合的互利互惠是双方共享的。现在都成了一家人，也就不用客套了。”

杨田裕把烟丝按进水壶烟袋的烟嘴里，说：“我是想跟你商量一件事。”

吴恭把火递过去，说：“什么事，直说吧。”

杨田裕点上火，咕噜咕噜地吸了一口烟，把水烟壶放在桌上，说：“杨家寨的人，看到我们木材生意做大了，又看到吴寨在建商行街，就看到了希望，他们也都想在杨家寨建这么一条街。等吴寨的商行街建好了，是不是可以考虑他们这个愿望，特别是建一个好点的学堂。”

吴恭也拿过杨田裕的烟壶来吸了一口，又递给了杨田裕，说：“那是好事啊。这些东西建起来后，都是我们共同的财产，我和万山兄弟正商量，想把你请来，等这商行街建好开业的时候，我们就可以把这商行改成商号了。实力强，牌子大，办钱庄才更有可信度。”

杨田裕高兴地站起来说：“那太好了。你们两个真是办大事的人，心胸大度，眼光长远。站在这个坡头，心又到更高的山头去了。我们跟着干就有了盼头，有了劲头。”又问，“这商号又怎么讲？”

吴恭也站起来伸了伸腰，说：“你问这个，我也不怎么说得清楚。反正商号要做大就不是一个人干两个人干，而是好多人干；也不是在一个地方开，而应该在我们觉得能找钱的地方都开。不光是做木材生意，还可以做赚钱的各种各样的买卖。那就要设总号、分号，各号都得有人来做事、管事，才能在不同的地方更多的方面找更多的钱。”

杨田裕就说：“你这么一讲，我倒听出点头绪来，总的就是由很多的人来干很大的事。余下的东西我是想都不会想，想都不敢想，越想这脑子就会越糊涂，只能是跟着边干边体会了。”接着又说，“我又想起一件事来要告诉吴掌柜。”

吴恭急忙躬身说：“我们之间这关系就不要这样称呼了，有事说就是。”

杨天裕想了想，叹了口气，说：“听说陈方亮到了陈家寨后，他们也是想尽快做大起来，一开始就要办个商行。做的东西没我们的大，但内容都差不多。”

吴恭“哦”了一声说：“那好啊，做生意又不怕人多，你做你的我做我的。大家共同赚钱共同发展嘛，还能相互学习，这是好事。”

杨田裕还是叹着气说：“如果是这样，那当然是好。可听说，他们做这商号，就是对着我们来的，是要和我们抢生意争地盘。杨家寨几次与陈家寨江上的争斗，是和陈家寨结怨了，陈方亮又在我们那里受到过一些冷落，心里是一直不舒服的。”说着脸上露出了自责的表情。

吴恭睁大了眼睛说：“他们如果这样想，那就不对了。首先陈方亮是在你那里立住的脚，你一直待他不薄。那是他自己动了歪脑筋，把自己的名声搞坏了，你还一直为他扛着，他应该谢你才是，怎么反而会恩将仇报呢？”

杨田裕想起那些事，心里还隐隐作痛，说：“他不是这么想的，征皇木那次，他出的那点子确实缺德，坑了不少人。我一直担待着，说这事是我的错，是我同意办的。可后来还是有人知道是他干的，一开始就是想用这皇木来榨人家的血汗钱，又不同意补偿给吃了亏的人，就打了他。他还猜疑是我阴一套阳一套，卖了他，他才挨的打。”

“那第二次呢？”

杨田裕欲言又止，摇着头说：“那次他在我们的木材中一路掺假，我是的确没晓得，结果他是自己害了自己，也害了大家。你们的木材不仅卖出去把钱收回来了，卖的价还比我们的高两成。我们的却卖不出去，钱都压在了货上，没有钱来付劳工钱和木价款。他回来后无法交代，就又编了一套是你们故意讲出去坏了我们名声才卖不脱木材的假话。被人识破后，又是挨了一顿打。他就把这些账又记在了我的身上，还对中原和志强两个心生怨气。”

吴恭愤愤不平地说：“那次的事情，我是听说了一些的。在洞庭湖，别人是来问了中原和志强的，他们也只讲了些辨认木材的方法。知道他搞假后确实很气愤，但碍于都是同一个行当的面子，也就只有不做声了。两个年轻人还算理性的，要是当场揭穿他，那他还不知道会怎么说了。”

杨田裕心里很是难过的样子，猛吸了几口烟，呛得咳了起来，喝了几口茶，才平静下来，说："是啊，后来我也逐步看出他来，还真是个有奶就是娘的主，为了利益，什么坏招损招都出得来。几次寨上的人的意见都大得不得了，都害得我这心啦，像拿到油锅里炸一样，我们也只能是惹不起躲得起了，才下决心和他解除了合约关系。他又怪我是容不下他，木材经营上路了，有了好处想独吞。"

吴恭也拿起自己的烟袋装上烟，吸了几口，又把烟按熄，说："是这样的话，那是该防着点。不过你很了解他，他的什么动作，应该是逃不过你的眼睛的。"

"是倒是，但有些人是让你防不胜防的，所以还是要早有对策和准备。"

吴恭又问："那陈家寨呢？"

杨田裕一脸的无奈，"陈家寨算是与我们结仇了。特别是和押排的打架那两次，他们都吃了些亏。我们现在与你们一联合，他们心里更是不舒服，又气又怕。加上原来与你们起争端，官府判那两次，他们觉得官府有偏心，是因为你们给了官府好处，就一直耿耿于怀的。现在更是觉得拿我们没办法，咬骨头又硬咬屁股又臭。所以，就想与陈方亮伙起来，跟我们唱对台戏，也好泄一泄心中的火。"

"有些人就是愿意用小人之心度君子之腹，那也没办法。我们哪有贿赂什么官府，衙门的门朝哪头开，我们都不知道。就是怕中原吃亏，打发了点衙狱，也是不得已而为之的。但这冤仇宜解不宜结，大家乡里乡亲的，还是尽量从好处着想和办事吧。实在要怎么的，那我们也是不怕的。"吴恭站起来，走了几步，又坐回到椅子上。

"有这思想准备就行，大风大浪过来的人，小沟沟里也翻不了船。况且，谅他们也掀不起什么大浪来。"杨田裕把话讲完，算是平静了些，喝了几口茶。

"不过我们也还是要尽量把事情做好，不要留给人家什么把柄和口实。只要不做亏心事，半夜是不怕鬼敲门的。"

"那掌柜的就去办正事吧，我也就不再耽误你了。我得抓紧去看看外孙崽去，几天不见就又想他了。"杨田裕说着就站起来要往门外走。

吴恭起身把杨田裕送到门口，说："那你就快去吧，一会儿我把这边的事办完，就来陪你。"

44

陈方亮来到陈家寨后，算是又找到了一个安身立脚的地方，一直在想着下一步该怎样走。当然最重要的第一步还是要尽快地把生意做大，先多找到一些钱，这是自己离乡背井来到这里的目的。还有就是有了钱才风光，才不被杨家寨的人看笑话，也才有能力去讨还那笔被人抛弃、羞辱的债。这得靠自己，也得靠陈石奎，陈石奎的特点一是视钱如命，二是心胸狭窄，要在钱和仇两个字上激将他。就说："我们和吴寨隔得近。他们寨大人多，山多林多。这些年他们又积累了大量的资金和管理经验，在做生意上走出了自己的路子。现在他们又和杨家寨搞到了一起，实力更强了。我们要想从他们那里分到一杯羹真不是那么容易的事情。"

陈石奎知道陈方亮已经有了主意，也想先看看陈方亮的精明和狡诈程度，就慢吞吞地说："我这些年都是这么零敲碎打的过来的，饿不了肚子，也找不了大钱，是没有什么办法了，兄弟可是有些什么好主意呢?"

陈方亮感觉得到陈石奎在看他的态度，就试探性地说："要是不图有什么大的发展，倒也可以按部就班慢慢来。饭一口一口地吃，路一步一步地走，生意一桩一柱地做。这样就是不痛不痒，难得有大的发展。要是想快一些找到比较多的钱，那就只能冒冒险，虎口夺食。"

陈石奎尽量不用目光与陈方亮对视，以免陈方亮从他眼神里看到什么，就目光散视地叹着口气说："我们刚刚开始，我看还是先慢一些，把事做得扎实一些稳妥一些，反正一口也吃不出一个胖子来。"

"我倒也是这么想，就是他们发展太快了，等到他们成了巨人，我们还是小孩，那就怎么也推不动他们了。"陈方亮看着陈石奎漫不经心的表情，摇了摇头，逐步把钱字转向了仇字。

"你要虎口夺食，那会很容易被老虎咬伤或咬死的。"陈石奎也想听陈方亮关于下一回的分解。

“那看怎么个夺法。正面去夺肯定是不行的，得要趁老虎松懈的时候，从侧面夺。”陈方亮感觉得到陈石奎要的就是快字，快些捞钱快些报仇，又不愿铤而走险。

“那你讲讲具体怎么个夺法。”陈石奎慢慢听出了些兴致，用眼睛瞟了一眼陈方亮。

“你想想，他们最近的主要精力和财力是不是都花在吴寨商行街的建设上了，加上他们事情做顺了，对我们也就不怎么看在眼里，这就正好给我们留下了一个空当。我们又地处下游，只要我们把木材的收购价抬高一些，木材就自然流到我们这里来了。”陈方亮并没有说到具体怎么做就停了下来。

“上次木材价格乱了以后，这条江的木商就共同定了一个规则。我们要这样做，大家就会认为我们在破坏这个规则，只要他们一挑逗，一条江上的木商就会对我们共诛之，那不是惹火烧身吗？这样的话，非但坏不了他们什么事，怕反而让我们以后的生意难做哟。”陈石奎不以为然陈方亮的说法。

“这规则有明的有暗的。明的我们肯定是要遵守的，但暗里我们要会巧妙操作。要让他们捏着鼻子吃葱菜，呛着了也只能往肚里吞。”陈方亮得意地笑了笑。

“那又怎么个暗里操作法？”陈石奎看到陈方亮诡诈的表情，又来了兴趣。

“这个办法很多。比如对木材质量特别好的，我们可以采取另外加价鼓励的办法；在执行我们的合约中，交材及时，讲信用的，我们也采取奖励的办法；对山多林多的大户，我们可以吸纳为我们的股东，这样除了得到木材价款外，还可以得到分红。多管齐下，木材也就来得快来得多了。”陈方亮细数着他谋划已久的策略。

“你说这些办法应该都是好办法。说是暗里，其实摆在桌面上也都说得过去。他们只能是闻到屁臭，也不好追究是哪个放的，吃了闷亏还告不开口。”陈石奎暗自佩服陈方亮的脑袋，就附和着说。

“等他们醒悟过来，有了意见。我们又换别的办法，这脑袋长在自己脖子上，办法都是人想出来的。哪有尿会把活人憋死的。”陈方亮很得意自己的点子和说服能力，站起来，倒了杯茶，一口喝了下去。

陈石奎一拍桌子，说：“那就干吧，事不宜迟。先下手为强，后下手遭殃。”

45

吴中原和吴志强都忙在了商行街的建设上。木材收购、扎排、运输，这些江面上的活路换成了吴江和吴月来管。吴江开始也没觉察到什么，只是觉得怎么来交材的人越来越少，大块大块的木筏子到了地也不停下来，就直接往下游去了，还以为是上游的木材在往下游运。他观察了一段时间，觉得不对头，才拦下了一块木筏来问情况。那人说：“我是做活路的，老板叫我送到哪里就送到哪里。”吴江问：“那你送到哪里？”那人说：“陈家寨。”吴江又拦下一块筏子，说：“兄弟，休息一下，喝口酒再走吧。”那人说：“好嘞。”就停了下来。吴江说：“看兄弟好生面熟，好像是对门寨的吧。”那人说：“是的。我在寨上也见过你，好像你常去梅秀家。”吴江说：“我们是亲戚，所以有走动。”那人说：“那你下次去，要到我家哟，我也要请你喝酒。”吴江说：“那是一定要去的，你这人一看就很面善，肯定是个值得交的朋友。”接着又说，“好像你家过去的材都是交在我们这里，这怎么又交到下面去了。”那人说：“都交都交。”喝了几杯酒下肚，那人说：“现在是陈家寨的木材收购价比你们高出一两成，这木材当然就流到下面去了。”吴江才如梦方醒地说：“哦。是这么回事。”

吴志强对吴中原说：“这陈石奎和陈方亮还真是打不怕的程咬金，什么阴招都使得出来。”

“他这还不是阴招，是阳招。”

“哥哥这话怎么讲？”

“你想想，他们并不是对所有木材都提价，而是对优质木材和信守合同的予以奖励。特别是后面那个吸纳卖材大户入股的办法，真是绝了。这就不是提价竞争而是管理有方了。”

"换个瓶子来装药，那药就变成酒了？"

"你这比喻还蛮贴切，有些药还就是酒泡的，你说那是药还是酒。"

"可以说是药，也可以说是酒，准确地说就是药酒。他们这药酒还是他们喝了强身体，别人喝了坏身体的酒。"

吴中原才拉着吴志强坐了下来，慢慢地说："《孙子兵法》是这么讲的'兵者，诡道也。故能而示之不能，用而示之不用，近而示之远，远而示之近。利而诱之，乱而取之，实而备之，强而避之，怒而挠之，卑而骄之，佚而劳之，亲而离之。攻其无备，出其不意，此兵家之胜，不可先传也。'他们这是在用诡诈术对我们釜底抽薪啦。不过他们用的这些办法，有些的确还是值得我们学习的。"

"以其人之道还治其人之身是不是？"

"也是也不是？"

"什么是是，什么是不是？"

吴中原说："对诡诈的人你必须比他还诡诈，这叫是。作为一种管理，他有合理的方面，我们确实该向人家学，如果一概而论地加以否认和排斥，这叫不是。比如鼓励和奖励的办法，还是应该用的，这事物都是良莠不齐的，你总是让他一般齐，那就显不出高低优劣了。这样的结果，好的优的就受到了压抑，差的坏的也受不到处罚，就会带来好菜坏菜捆成一把卖的结果，怎么都是卖不出价来的。要解决和改变这样的状况，我们是不是在管理上该有奖有罚，这样就能把坏菜剔出去把好菜选出来，菜就又好看又有价了。"

吴志强说："哥哥说得对，奖勤罚懒、奖优罚劣才能让人有压力有积极性，商行也才能有活力。"

吴中原又接着说："我们要把商行改成商号，就是要把我们的事做大，要做大就要有若干把我们的事都当自己的事来做的人，是不是？怎么才能把大家的事当自己家的事来做，那他就得是你这个家庭的一分子。怎么才叫一分子呢，那就是你家的家产大了，他能分得到享受得到。那我们就要像他们那样把更多的大户或特别能干事的人吸纳为股东，股东就是这个大家庭的成员。那肥水还会流到外人田去吗？"

吴志强佩服地说："你这一说，还真是在理得很。看来他们这次还教了我们一些东西，我们是不但不能责怪他们，还得感谢他们喽。”

吴中原说：“那倒不存在责怪和感谢的问题。他们有违反大家定的规则的，该算账的我们还是得要找他们算账，但必须有理有据，以理服人，还要让这条江上的人通过这些看清他们的真实面目，不受他们影响不受他们骗。他们有合理的地方，我们要拿来为我所用。好用的东西不存在是什么人用过，谁用过的我们都能用，还少去一些学费，少走一些弯路。”

吴寨商行接下来也开始讨论成立商号和商行街开业的事。

“这总号就设在吴寨吧，然后在杨家寨和吴地的几个大地方都设分号，其他一些地方，哪里条件成熟我们就在哪里设分号。”李万山虽也知道陈家寨争材源的事，但也不想把这件事作为这次会议大家争论的焦点和主题。

“管理方面是不是分两头？当务之急是怎么应对陈家寨与我们争木材的事。我们好些客户都到他们那里去了，如果不及时调整过来，我们就会处于被动地位。当然，在此同时，我们也要着重研究和制定符合商号发展中的管理问题。”吴恭感觉到杨田裕提醒的事竟如此之快地到来了，有些按捺不住。

“两个掌柜说的我都赞成。特别是与陈家寨争材源的事，是该采取有力措施对付，决不能掉以轻心。”杨田裕附和着吴恭的提议。

吴中原这段时间一直在想这件事情，就把自己的想法提了出来，“我想了一下，对这件事我们要有针对性，但又不能明里这么办，我们还是得在管理的条款上下功夫。比如我们要做大，就要吸纳木材大户和有管理头脑的人为股东，怎样吸纳，怎样管理，怎样分配，股东们有什么样的权利，又该负有什么样的责任，都要在条文中明确地写下来。那在管理中有奖有罚的事，就在下一个层面体现。这是我们内部的事，别人就不好说我们是针对谁了。我们商号大实力强，可信度就高，只要一条一款的严格办，别人是难得跟我们争的。”

吴志强接着说：“另外我们还要有些新的东西，比他们的那些办法更有说服力和吸引力。比如成为商号的股东后，对家属子女的就业、读书都有一定的优惠。这一点我们能办到的他们就很难办到。”

李万山心里很为两个小辈的见识和气度感到高兴，说：“我看中原和志强两个小辈的建议都很好，还真是看得远想得宽会管理了，我是感到欣慰和高兴。只是这奖励要把握好一个度，一定不能变成变相的涨价，大家再来打一次价格上的乱仗，难得收拾残局。”

吴恭补充说：“是不是再加上一条，就是按质按量按时交材，超过一定数量的部分，我们另行奖励。还有就是我们是不是还可以在买方那里打点主意，就是让他们跟我们的关系稳定下来，留住回头客。至于怎么办，我还没想好。先提出来，大家来斟酌。”

杨田裕边听边点头，说：“这样就更全面了。”

吴恭见这件棘手的事有了一个两全的解决方案，才切入主题地说：“那我们就来接着讨论商行街开业的事吧，是不是先叫中原把有关的情况和问题先说一说？”

吴中原站起来，向在座的行了个礼，说：“商行街经过比较长时间的酝酿、策划、筹划、考察、建设，现在基本算是各项工程完工就绪。人员的学习培训，也都基本达到了可以应付业务的程度。我们还从外地请了一些师傅和先生来，他们也认为准备工作做得差不多了，可以考虑开业了。”

李万山接着说：“我们商行街建起来了，比较大也比较新，大家都看到了。把开业的事做好，不仅是增加了一些业务，关键也是对我们商行的一个宣传和实力展示。我看是不是主要讨论几个问题，一个是商行改商号的问题，这不只是改一个字的事，而是要充实实在的内容，给商行装上翅膀，让我们商行站在一个新的发展起点上。说明我们要从吴寨走出去了，要起飞了腾飞啦。我们把商行街的开业和商号的挂牌一起办。第二个是商行街的管理问题，管理首先是要人，先把各个部门的掌柜明确下来，由他们去筹备开业前的前期事项。接下来是明确他们的权力和责任，还要给他们定任务下指标，而且对下达的指标要分级分季考核，严格兑现奖惩。第三个是专门讨论学堂的开学和下一步的发展问题。我们要让凡是到了学龄的孩子们都愿上学、能上学，上得起学，上得好学。”

吴中原又补充说："问题主要在钱庄那里。钱庄一开张，就必须得有雄厚的资金拥有量作基础和保证，人家要来取钱或借贷，你断了资金链，那就不是丢丑的问题，而是信誉、实力和能不能办得下去的问题。商行里的钱，现在压在这条街的比较多，还有就是在存材上，一时又转不出来。我的想法，就是请在座的带个头，先把你们在商行街定下的铺面钱全部付了，再就是大家再把你们那些压箱子的钱拿些出来，作为第一批股东。按照外面办钱庄的经验，我们也算了一下账，只要管理得好，这是一桩包赚不赔的买卖，大家也没有什么大风险。"

李万山说："中原讲的风险不大，是一般的情况。办钱庄风险也还是有的，比如大的天灾人祸，使得借贷的人还不起钱，也不排除个别的人要赖有钱不还。那这些我们还是按照行规设立了防范风险措施的。但话又说回来，做生意就是风险越大，回报越高，这就叫不入虎穴焉得虎子。"

吴恭看到好些人欲言又止，肯定是还没有吃下定心丸，就说："我和李万山、杨田裕还有吴中原先议了一下。我们愿把钱拿出来，占对半以上的股份，先来担这风险。余下的还是按照自愿的原则，自己确定。"

在座的大家先是你看我我看你，见几个掌柜的都已经抬了一大半，也就放了心，都说："掌柜们敢干的我们也干，再说这风险也不能光由你们来担，如果那样的话，就不地道了。"

吴恭看到大家解除了顾虑，就说："那你们就到账房先生那里报个数吧。"

等报完数，吴恭高兴地说："大家报的这个数还超过了我们的想象，看来我们几个地合起来，要占到一半以上的话，还要加码了。"

李万山也很高兴，又说："关于办学堂的事，商行抽了一部分，我们几个也已经拿了些钱来做基金。现在暂时还过得去，等学堂办起来，还有哪些方面缺钱，大家再来资助吧。"

大家就说："这办学是造福子孙、功德无量的事，我们是一定要出钱的，还要动员寨上有点钱的人都来支持，大家肯定都是愿意的。"

吴恭很感谢大家对办学的热情，说："那就先代表子孙们谢谢大家了。我们是不是先建一个办学的功德簿，然后再刻一块功德碑，把你们捐赠的款项都记在上面刻在上面，让子子孙孙都不忘你们为他们做的好事情，你们看怎么样?"

大家都说："那就太好了。"

吴中原、吴志强、李琦和李枚到新学堂去看开学前的准备情况。快到学堂时，吴中原像突然想起来什么事，说："我想请你们承头办件事。"

李琦听到吴中原突然提出要办什么事，觉得有些奇怪，问道："什么事？这么神神秘秘的。"

吴中原停下步子，看着几人说："一点都不神秘，完全是公开的，而且是大公开。只是平日事务繁乱，把这事忽略了。"

李枚一副急切知道的样子，"那你就说吧，急死人了。"

吴中原加快了步子，进到学堂里，请大家坐在了一棵桂花树下，说："我想请你们承头在新学堂组织一个活动，目的是让寨上和附近寨的男女老少都去，一是让他们看一看新校区，二是让他们感受一下学堂的气氛，好让他们支持孩子上学。"

"你这个想法太好了，我想是不是搞一个歌舞会，唱唱跳跳吹吹打打，又热闹又喜庆，参加的人和来看的人自然也就会很多。"吴志强听到吴中原这个提议也来了劲头。

"志强讲这个我赞成，弹琵琶唱侗歌，吹芦笙跳苗舞很是热闹。另外再搞一个赛诗会，让请来的先生都来参加，这样地方的气氛和学堂的气氛都有了。"李琦想起了在吴越读书时学堂里组织的赛诗会，那次她是得了奖的。

"我看还搞一个孩子们喜欢的活动，比如猜灯谜或者是儿童游戏之类。"李枚也想起了儿时最喜欢的灯会，仿佛城隍庙前那热闹非凡的场景就在眼前。

吴中原如释重负，说："你们提的都太好了，那我们就三个活动都搞，你们三个人都辛苦一下，把你们的特长和智慧都发挥出来，一人负责一个活动，准备时间不能超过半个月。”几人都高兴地应和下来。

吴中原和李琦走在新学堂的林荫道上，天色渐渐暗了下来。吴中原牵着李琦的手越握越紧，手心都沁出汗来。他觉得，他做的这一切都很顺当、很如意。其中最重要的原因，还是来源于爱的力量。吴志强说过，这次两位掌柜的叫他独立主持商行街的建设，当然主要原因是因为他们信任了哥哥的能力，但能不能把这件事情做好，将对他和李琦的关系起到特别重要的作用。因为只有做好了，李叔才好以此为依据，去说服李琦爷爷奶奶，这一点吴志强是想对了的。他自己就明显地觉得李叔和璇姨对他的态度有一种从外人向亲情的转变，这是连李琦都感觉到了的变化。他一个乡下崽讨一个大都市大户人家千金做婆娘的梦是不是快要能圆了呢？他越想越是激动越是兴奋。

李琦思考了一下，慢慢地说：“我听父亲和璇姨的意思，是借这次商行街开业和学堂开学把我爷爷奶奶接来。一个理由是接他们来看看孙子，二个理由是让他们来看看这边的新变化新气象，三个理由是过来避避暑，呼吸呼吸新鲜空气。另外一个实在意图你想都想得到。”

吴中原又高兴又顾忌地说：“那倒是好得很了，但我还是心跳。会不会胜败在此一举哟，如果是的话，那胜是几成，败又是几成的把握呢？”

李琦拍了拍吴中原的肩膀，说：“你就放心吧，我父亲从来都不打没把握的仗。再说我爷爷奶奶对我父亲和璇姨还是很偏爱迁就的。只要他们有了主张，爷爷奶奶大多数时候都很将就他们。再说我家爷爷奶奶也都不是那种食古不化的人。只要他们看到了我未来的幸福，是会点头认可的。”吴中原的眼神在李琦的话语中，忽而闪亮忽而混沌中变化着。

吴寨商行经营策略调整后，大量的木材就截在了吴寨的码头和坞子，凡有好木材的，都争先恐后到吴寨来交材，每个来交材的人除了领到木价款，还领到了一张单子，单子上注明了交材人、交材数量和以后要得到的回馈。

46

陈方亮几天来心里都很不是滋味，他在陈家寨的河边一直踱着步子。他思考着在杨家寨和陈家寨出的这几招究竟是好还是损是得还是失。他想，在杨家寨时自己还是做了不少事的，不光是为那里的木材变钱开了一条路子，还让寨上和附近的人挣了不少钱，否则，自己走后杨田裕就不会说是断了一条手臂。但那里的人却是那样地恨自己，在他们的眼神里就能经常看到一种不屑和蔑视，这是他决心要离开那里的真实原因，他觉得做人不说被人尊重，但至少不能被人瞧不起甚至被人嫉恨。是那里的人过河拆桥、不讲情面，还是自己所做的事确实损人利己，有失道义？他觉得还是难以解答的。这些做法要在湖广，那就是司空见惯的事，同一种做法在不同的地方给人的认同结论怎么就截然不同呢？在陈家寨出的这一招，那是立竿见影出了效益的，但想不到吴寨商行这么快就把这刀子接了过去，反而是拿着了刀把子，用了更锋利的刀口直对陈家寨砍来。陈石奎是不但不谢自己，还怪怨是自己搬起石头砸了自己的脚。这些招数在商界那是通行的，你要从商，那就得唯利是图、无利不起早。如果不是这样，那吴恭、李万山早就兴师问罪到门上来了，既然没有来，那就是他们也认同了这个规则。而且还变本加厉地运用了这个规则，把陈家寨的财路堵得死死的。

他在想，在吴寨商行强大了以后，用胳膊扭大腿的方法会是自己吃亏的。但你要不扭，就只能顺从，寄人篱下讨口饭吃，那就很难有出头之日。这又不是我陈方亮的性格和到这里来的初衷。怎么办呢？又不能步人后尘，又不能围追堵截。想着想着他心中就突然豁然开朗起来，对！对付吴寨商行的唯一办法就只能是滴水穿石、以柔克刚。无论你怎么强大坚硬，反正我就绕着你，让你不得脱身。他想起孙子兵法中的一段话，好像是这样讲的：“夫兵形象水，水之形，避高而趋下，兵之形，避实而击虚。水因地而制流，兵因敌而制胜。故兵无常势，水无常形。能因敌变化而取胜者，谓之神。故五行无常胜，四时无常位，日有短长，月有死生。”那就是要避高而趋下，避实而击虚，因地而制宜。还要做到兵无常势，水无常形。

那么，吴寨商行“高”在哪里呢？应该是所处的地理位置和他们基本成型了的管理套路；“实”在哪里？应该是他们的经济实力和将要开业的商行大街。“虚”又在哪里呢？他想了很久，突然醒悟过来，他们的虚恰恰就是强大。《三国志》里就讲“木秀于林，风必摧之；堆出于岸，流必湍之；行高于人，众必非之。”我们的办法就是造风以摧之，造流以湍之，惑众以非之。我就不相信你们就能脱得了“五行无常胜，四时无常位”这个圈子。又想，这还不能成为以柔克刚的第一步策略，用这样的办法是要寻找时机的。他们的另一个“虚”，应该是吴恭和李万山诚实本分和具有同情心的性格，就先从这里开始吧。

第二天，陈方亮找到陈石奎。这般这般地说了一些，陈石奎就点了头。

李老爷子和老太太到了吴寨，李万山、杨璇带着一岁多的儿子和李琦、李枚一起到码头来迎接。李万山和杨璇为人好，一个码头都站满了迎接的人，浩浩荡荡、人挤马欢。老爷子和老太太精神矍铄地上了岸，被李万山和吴恭两家人接到，往李万山的府上去。

吴恭向老爷子们打躬行礼后接过老爷子一行带来的行李，说：“老人家一路劳顿，还这么精神好，真是万山一家人的福分啦。”

老爷子紧握住吴恭的手，分外激动地说：“这就是吴掌柜吧？未曾谋面，你就已经在我们的脑海里留下深刻印象了。一见面，就觉得你比我心目中那个吴掌柜还要面善。我们万山和璇儿经常提到你，你就是他们心里最好的恩人，有福气才交了你这样好的长兄。”

吴恭恭恭敬敬地回礼道：“老人家这样说，我就惭愧了。我和万山是风雨同舟的好兄弟，还是他把我带上这条路的，应该表示感谢的是我。我还要感谢你们两位老人家，培养了这么一个有能力有教养的儿子，又有了这么好的一个儿媳妇，才有了我们今生今世的缘分。”

快到家门口时，李万山说：“我们全家今天算是来得最整齐的了。如父亲母亲所言，你真的是我们最值得尊重和感谢的人，再一次在这里谢过了。你们也是从早上站到现在，就先回去休息吧。”

吴恭一行把李万山家的人送进屋，说：“那我们大家就先回吧，也好让他们先休息一下，叙叙家常。”又说，“晚上是不是请老人家到寒舍去坐一坐?”

李万山拱手说：“谢了，晚上还是在这里吧，让老人先有个回家的感觉。改天一定到府上去拜望。”

老人拿出了从吴越带来的糖果散给了屋里屋外的各位朋友和乡亲。再一次打躬作揖表示谢意，各位才散了去。

李万山和杨璇的儿子一溜烟跑到爷爷奶奶身边，睁着大眼睛叫：“爷爷、奶奶。”

奶奶一把把孙子抱在身上，激动得眼泪都要掉下来，说：“你看咱们这孙子多机灵可爱。一来就知道亲自家爷爷奶奶，听那声音就叫人心里觉得比喝了蜜还甜，太讨人喜欢了。”

爷爷摸着银色的胡须，点着头对着老伴说：“还没来时，就在天天念叨，把那孙子在她那心里的形象描述来描述去。现在怎么样，比你那想象的更是可爱吧。”

奶奶抱着孙子亲了又亲，说：“那是那是，比他父亲好看多了。他父亲一生出来，像个毛猴一样。哪比得上咱们这孙子，白白胖胖的，又乖得这么可人。”

爷爷对着杨璇慈祥地笑了笑，说：“那是我们这媳妇会带孩子，哪像你一样毛里毛张的，还好意思说。你看咱儿子，现在不是一表人才吗?”

奶奶瞪了老爷子一眼，说：“还说我，你那时候做什么，一天到晚跷个二郎腿坐在太师椅上，怡然自得的，好像那儿子就是我一个人的。只当爹爹不做事，哪个不会。”

爷爷摆着手说：“谁叫你生就是这个命，那是怪不得我的。”

李琦和李枚抢着说：“爷爷，那我们生出来是什么命?”

爷爷赶快回道：“时代不一样，你们是千金小姐命，你奶奶是丫鬟命。”

李琦和李枚就一起站到了奶奶边上。说：“我们和璇姨加起来有四个女的，你们男的只有三个，还有一个现在还小。看爷爷还敢怎么说？”

爷爷又摸着胡须说：“不敢了不敢了。我这两个孙女都是我的心肝宝贝，我爱都来不及，还敢说什么哟？”

两位孙女又说：“那也不许欺负我们奶奶。”

爷爷点头，“哪敢哪敢，平时都是你们奶奶欺负我，今天是当着大家我才敢出口气哟。”

大家看到两个老人又心宽健康又风趣和睦都非常高兴。

李万山对李琦和李枚说：“你们去看王阿姨饭做得怎么样了，一个去帮忙，一个去把你们吴伯伯请来，我们还是先吃饭吧。你们爷爷奶奶肯定饿了。”

正说话间，吴恭和家人就有说有笑进了门。

李万山满脸感激地说：“你看看你这个兄长，哪一次来都要提东西，叫我说什么好嘛。”

吴恭一手提着一只山鸡一手提着一只甲鱼，说：“这算什么？两位老人来看我们，就是我们最高兴的事。这点山货已是不成敬意了。”

爷爷奶奶说：“每次只要一有人去吴越，吴掌柜就少不了捎去东西，还都是些吴越没有的稀奇货，我们是感到比我们的孩子还要亲哟。”

吴恭和家人把手里的东西放下来，说：“我和内人都是没了双亲，你们本来也就是我们的父母一般。千万不要客气。”

爷爷听后感到很是亲热，说：“贤侄要不嫌弃，那就当我们的孩子吧。你们看怎么样？”

吴恭与家人对视了一眼，说：“是我们感谢老人家不嫌弃才是，那我们是求之不得哟。”

爷爷高兴地说：“你看这次来收获大了，还多了一对儿子和媳妇。”

吴恭赶快拉着内人说："还不赶快给干爹干妈下跪。"两人扑通一声五体投地匍匐在地上，然后昂起头齐声喊道："给干爹干妈见礼，祝二老长寿百岁。"

两位老人急忙来扶吴恭夫妇，说："好儿子好媳妇，赶快起来吧。愿你们家庭美满，万事胜意。"

吴恭才和内人起来，坐在了老人身边。

陈石奎在吴寨商行找到了吴恭和李万山，沮丧着脸说："我和陈方亮合伙做生意后，就想有个新的变化，听了他的一些意见和建议，搞了一些收购木材的奖励办法。我在这方面基本还算是大姑娘上轿头一回，就只有他怎么说就怎么办，没曾想这些做法直接侵犯了贵行的利益。我们两个寨是一衣带水彼此相邻，祖辈都是友好相处，我是后悔莫及，生怕因此生出枝节来，这次特负荆请罪来了。还望两位掌柜的大人大量，切莫为那事坏了我们的关系。"

陈石奎的登门，吴恭是没有料到的，但无事不登三宝殿倒是肯定的了，至于葫芦里卖的什么药，吴恭确实没有揣摩过，就回答说："陈掌柜想到哪里去了，你们的做法本就没有什么不对的地方。有些还是木行管理中的好东西，这样做的结果，不仅卖好木材的人得到了好处，还让那些想投机取巧夹点差木材的人少了空子可钻。何罪之有啊，更没有负荆请罪可言了。兄长一万个放心，我们还是好邻居好兄弟。"

陈石奎没看出吴恭有防备和异常的神态，也听不出吴恭的话里有任何带刺的口气，说："是这样的话，我就放心了。这些天我为这事是饭都吃不下觉都睡不好嘞。"接着看了看李万山又说，"你们这商行街建起来了，真是又漂亮又气派。这一营业，吴寨都变城市了，我们不晓得哪年哪月才有这气象啊。"

李万山本来不想插话，见陈石奎看他，有听他口气的意思，就说："陈家寨也是山清水秀的好地方，我去过。住在那里会让人感到很安静、很休闲。"

陈石奎从李万山的表情和话语里也觉察不出什么异样来，就赶着话头说：“安静是安静。就是太安静了，人在这种环境中生活就会穷，就会无事生非。”

吴恭似乎想到了陈石奎无事生非的一贯做派，心里有些好笑，又无须说穿他，说：“陈族长在那里已经把大家慢慢带富起来了。我看好多人家都在修新房子，也是热火朝天的。”

陈石奎觉得这氛围可以把话渐渐引入正题了，就说：“说到带，我倒还真是想开个口，几次话到嘴边都说不出来。”一副欲言又止的样子。

吴恭也不想和陈石奎闲聊，说：“有什么想法你就说吧，这里又没有外人。”

陈石奎站起来，好像壮壮胆的样子，怯生生地说：“那我就说了，算话就留下，不算话哪里说了哪里丢。我是想请你们把上面下来的木材给我们留条缝隙，让我们也有点生意做，有口饭吃。也算富人带带穷人吧。”

吴恭见陈石奎葫芦里倒出药来，无非就是要分点材源，就说：“这话说到哪里去了。我们也没在这江上拦个坝，连根绳子都没牵，一个江面都是大敞大开的，何谈留条缝隙给你们？”

陈石奎装出对吴寨商行很佩服，自己很可怜的样子，说：“你们那未来商号的条款比筑坝和牵绳子有力多了。我们要想出比你们更好的条件来吸引材源，那是出不起的，现在是连陈家寨的人都把木材拖到吴寨来卖。我们就只能眼睁睁地看着下锅的米越来越少了。”

吴恭摊开手说：“这就比较难了，别人要把木材交在这里，我们却硬要活生生把别人赶下去，别人还以为我们充老大，会瞧不起我们的。那不是得罪人吗？”

陈石奎感觉到吴恭没有把话堵死的意思，说：“那你们能不能说下面也是你们的收购点，请他们运一部分木材到陈家寨来交呢？”

吴恭并没有去想陈石奎这番来意背后的真实意图，只是很为难地说：“我们要是这样说又是说了假话，知情的人一传出去，不但我们的信誉受到影响，对你们反而是帮了倒忙，就得不偿失了。不过你说这话的意思我懂了，待我和万山、田裕商量一下再给你回话吧，不会让你失望的。”

陈石奎知道吴恭已经进了圈子，也担心话多有失，说：“那就先在这里谢过了。”于是，弯着腰匆匆出了门。

陈石奎走后，里屋的吴志强说了话，“这分明就是黄鼠狼给鸡拜年来了。别理他，都是些给脸不要脸的人。”吴恭朝里屋瞥了一眼，摇着头说：“话不能这么说，伸手都不打笑脸人。人家求到门上来，我们也不能让人家空着手回去呀。”李万山听出吴恭执意要帮的意思，说：“你实在要施怜悯之心，也只有从我们收的材中匀一部分给他们了，我们不赚钱，给他们成本价吧。这事你要跟田裕商量，他是绝对不会同意的。”吴恭听了李万山的建议，说：“看来也只有这样办了。”吴志强愤愤地站起来说：“我是把话丢在前头，这件事我们帮了他，那就是东郭先生帮了狼，肯定是要生出是非来的。”

吴志强问吴中原：“哥哥，你觉得陈方亮和陈石奎他们这次是唱的哪出戏？”吴中原说：“有点真假难辨。但从他们一贯的做派来看，应该是《鸿门宴》，是对着我们来的。”吴志强说：“醉翁之意不在酒嘛。”吴中原说：“他们无非是要在这批木材上做文章，搞出点无事生非的事来，坏我们的名声，我们只要有所防备，也没有什么关系。要安排吴江、吴月把每一单木材的收购价、转移价和进出库等相关的各个方面都记得清清楚楚的，还要打上只有我们才知道的暗号，到时好跟他们理论。”吴志强说：“那好吧，我去办这件事。什么事先往坏处想，只会有好处。”

吴月很不解很不服气地问吴江：“我们辛辛苦苦收的木材，眼看就可以卖出去赚钱了。为什么会白白地匀给他们一部分呢？”吴江也想不透商行这样安排的意思，说：“我们这几个掌柜也是心善得很，人家下狠手就从来不会顾及我们。他们现在少了货源，上来一求，我们掌柜倒是有求必应，还要给他们些好材。掌柜的叫这么做，我们又有什么办法。”吴月说：“志强哥来布置这事，说明他们还是有想法有戒备的。”吴江说：“所以，我们要严格地按照要求办，千万不要出差错。人心隔肚皮，是要有所防备才行。”

47

李万山一家人漫步在吴寨的街上。爷爷说："这里真是山好水好的地方，山上林木掩映、郁郁葱葱；山下绿水湛蓝、清澈见底。再配上这参差的木楼，起伏的街巷，到处都如诗如画。气候又温和人又朴实，住在这里还真是一种享受。住下来这几天就觉得精气神都很好，怪不得你们来了的都不愿回去了。"李万山急忙回道："儿孙们决不是贪恋这气候、景致，忽视了对老人的孝道。主要是这边的事务缠身，总是一桩接一桩的。困难时是疲于应付，好起来时又想着如何抓住时机，尽快把商行做大起来。就有些简慢老人了，还望二老体谅。"爷爷说："孩儿这话说到哪里去了，我和你母亲都不是那种希望子女当燕雀的人，好男儿志在四方，千万不可困在那蜗居里享清闲，丧失了志向。你这是在外面吃苦、打拼，而且有了成效，我们高兴都来不及，那里还会怪怨于你们。"李万山说："父亲这样说，孩儿就宽心了。"

走着走着来到了新建的商行街。两个老人饶有兴致地仔细看着这新建又即将开业的楼宇和街巷、景致。屋里屋外都是忙忙碌碌的人，有清扫垃圾的，有擦洗柜台的，有货物上架的，有物品进仓的，有张灯结彩的。有忙上忙下的，有指手画脚的。

两位老人脸上一直挂着微笑。奶奶问："这就是中原和志强他们到吴越去看后回来建的那商行街?"李万山说："是啊，这次我和吴掌柜是完全不管事，把商行街的建设全部交给中原干的。还真是干得又快又好又出色。"爷爷说："进来后我是一直在认真看的。从建筑特色来看，既有中原的元素又不失这边的民族风格，结合得是相得益彰。这应是两种建筑文化结合的精品和典范。从功能布局上看，既体现了用途确定建筑结构的原则，又在功能区中有分有合，相互衔接相互补充。将来用起来可能比金陵的那些老的商业街还好用。从商业与文化的结合上看，到处都有文化的气息，让人觉得进入这商行街不是被商品包围着，而是被文化感染着、熏陶着。这一点尤其可贵。还有就是把这商行街建在这有山有水的环境中，不让人觉得是一种累赘，而是一种巧妙结合，是一种互补和映衬。街巷与建筑的协调性也很好，走进去和走出来都觉得是在同一个环境中，只不过一个露天一个不露天而已。”

李琦开始还有些顾虑和担心，听着爷爷对商行街的评说和夸赞，越听心里越有了一种甜甜的感觉，爷爷一说完，马上接着说：“我们辛辛苦苦干了一两年的东西，想不到爷爷走进来不到半天，就归纳得这么精辟，说得头头是道。爷爷真不愧是商业老手，头脑清晰、眼光独到。要是当时请爷爷来作指导，那这商行街肯定还能再上一个台阶。”李枚眨巴着眼睛跟着说：“我们爷爷学的是太上老君，轻易是不传不说的，主张的是清静无为，哪会管你这凡人的事。”爷爷高兴地说：“这两孙女真是我们的一对活宝贝，讲出话来还真让你又是高兴又是哭笑不得。”

李万山看着祖孙间无拘无束地交流，心里平添几分快意，说：“是啊，我们都得好好地向你们爷爷学习，不光是头脑和眼光，还有他过人的胆识和博大的心胸。否则，就不会有我们这一份在他手上不断发扬光大的家业。我每每想起这些来都是又骄傲又惭愧，办起事来都还总是战战兢兢的。”爷爷停下脚步来，用鼓励和坚毅的目光看着李万山，说：“你已经是干得不错了，我很是感到欣慰和高兴。开始把这份家业交给你，你还有些不情愿，我那时还真是有些担心的。现在不一样了，看着你在风风雨雨中摔打，跌倒了又爬起来，而且走得那样扎实。我就觉得已经没有什么可以难得倒你的了，也就无需我再担什么心喽。”李万山脸上表现出很谦恭的神色，说：“谢谢老人迁就和抬爱，我是知道我自己有几斤几两的。还望你老看后多多指点、教训，好让小辈少走些弯路，进步更快些。”

一家人看完商行街又来到河边，河岸满是木垛，河里漫江都浮着木筏。吴江和吴月迎了过来，躬身叫道：“爷爷奶奶好，掌柜的好。”爷爷说：“多么朴实的后生啦，一看就是做扎实事的。”又问，“你们干这活累吗？”吴江说：“不累不累，李掌柜这人特别好，非常关心体贴我们，我们做起事来也有劲。”爷爷说：“那是应该的，没有你们的努力哪有商行的发展。”吴江说：“爷爷奶奶也是那么慈眉善目的，让人感到好亲近。”

爷爷把吴江拉到身边，指着坞子里的木排问：“这江面的筏子大概有多少？”吴江回说：“得有两三千方。”爷爷说：“你们那时被大水冲走的有没有这么多？”吴江说：“少一点也不多。”爷爷看着李万山，有些动情地说：“那损失是够大的，吴恭你们算是摔了一个大跟头。”李万山说：“还有战乱时被抢的呢？我们那时是欲哭无泪哟。”爷爷坚毅地说：“男人眼泪是不轻弹的。咽下去不是化成你们今天不折不挠的动力和丰硕成果了吗？失败是成功之母这句话，看似简单，其实用起来就因人而异了。有些人受到打击后就消极颓废，从此一蹶不振，有些人却能从中吸取经验教训，更加振奋精神、奋发有为地做成大事。希望你们都能成为后面这种人。”李万山心里很是感谢父亲的理解和鼓励，说：“谢谢爹爹教诲，孩儿定当牢记于心，付之于行，不会让老人失望的。”爷爷说：“你已经是这样做的了，再接再厉吧，芝麻开花节节高嘛。”

回到家中，杨璇对李万山说：“看来爷爷奶奶来后的心情一直很好，对吴中原的基本印象也不错，只是需要找一个更恰当的机会来跟老人谈李琦他们的事了。”李万山说：“爷爷在夸商行街时，我几次话到嘴边，都没有说出来。就怕搅了当时的气氛，也觉得是在场的人多了些，老人不便讲话，还是我们两人一起找他们谈吧，他们对你这媳妇也是疼爱有加、言听计从的。”杨璇说：“那是爱屋及乌吧。”李万山说：“那也是屋是你，乌是我。”又说，“我在想，爷爷奶奶的出发点就是希望李琦有个好的归宿，人和地方比起来，人还是最重要的。吴中原这孩子我觉得李琦没有看错，说明我们李琦还是很有眼光的。我们老人的责任，就是帮他们当好参谋，让他们今后有好日子过。”杨璇说：“不如我们现在就到老人们的屋里去，我看今天他们特别高兴，这样的时候讲话的效果会好一些。”

李万山和杨璇带着孩儿一起到了老人的房间，孙儿就叫唤着爷爷奶奶，直往奶奶怀里钻。奶奶说：“我的心肝宝贝，一会儿不见，就让奶奶想死了。”宝贝就往奶奶嘴里塞东西，说：“给奶奶吃最好吃的东西。”爷爷说：“只给奶奶吃，不给爷爷吃？”宝贝又跑到爷爷身边，把东西塞到了爷爷嘴里。爷爷说：“真是乖孙子。”

李万山和杨璇进到老人房中也不说话，又都有话到嘴边说不出口的表情。还是爷爷开了口，说：“是为中原和李琦的事来的吧？”李万山和杨璇对了一眼，说：“什么事都瞒不过老人。”爷爷说：“都是家里的事，无须包瞒，我也知道你们是为孩子好。我和你们母亲其实已经商量过了，同意他们相处。一来是中原这孩子确实优秀，是一个值得信任和托付的人，这是最根本的。二来是李琦对他确实是动了真心，他们在一起是真心相爱。如果再横加阻拦，不但李琦痛苦，也把他们耽误了。三方面是这里也不是我们想象的那么边远偏僻，担心琦儿会吃苦受累，生活不习惯。再则，又有你们在这里关心和照顾，我们还有放不下心的吗？我们的出发点，都是为他们以后的日子好过。这个目的是大，其他小分歧都是可以求同存异的。”李万山说：“我们之所以迟迟不说，是不忍心。琦儿是爷爷奶奶一手带大的，她就是你们的心头肉，走哪儿都舍不得她离开半步，何况她又是选择了离爷爷奶奶这么远的地方。”爷爷说：“孩儿大了都有离开的时候，你能指望她一辈子留在身边？那是不现实的。像你们，我和你母亲就没有要求你们留在身边嘛。只要他们以后生活得好，幸福美满，这比什么都重要。”接着对李万山和杨璇笑道：“看来吴越与吴寨只一字之差，是有缘的。我们李家跟这方土地更是有不解之缘，否则，就不会你们这一辈讨了这边的，下一辈又要嫁到这边来哟。看来这就是缘分，是缘分的东西就是不可违的了。那就与这里亲上加亲吧。”李万山和杨璇听了都很激动。就说：“那我们先代小辈谢谢爷爷奶奶了，他们知道这个消息，不知道要高兴成什么样子哟。”

48

学堂建好后，师资也配齐了，关键的是入学的学生问题。

吴嫂、吴李氏、灵芝、桂花几家统一了让女儿上学的意见，就陪着吴中原、吴志强、李琦、李枚一起，家家户户地去做工作。吴嫂说："我开始去的那一家，他们是死活都不肯让女儿去读书。我说'为什么？'他们说'那是帮别人出钱，迟早女儿都是别人的'。我说'那书是读到她肚子里，别人还能偷了去？'他们说'人都是别人的了，肚子里的东西还不也变别人的了？'我说'她嫁出去，就不是你们的女儿啦？你们就可以不管不问啦？她有了文化，会讲理了，到了别人家，至少也会少被别人欺负点。还有就是他家有几个媳妇，别的没有文化，她有文化还可以给那家里买卖木材算个账记个账什么的，那还不变宝贝啦。如果她没有文化，别的有文化，那她不是受人瞧不起，受贱了吗？你们心里不也难过吗？"他们家才勉强同意他女儿上了学，那孩子高兴得不得了，一直把我送出门好远，不断地说谢谢。李琦说："那看来孩子还是很想读书的，关键还在大人那里。如果都像吴嫂那样细心地做工作，还是会有效果的。"

吴李氏说："我是没有吴嫂那耐烦心，我是来蛮的。他说不行，我就说为什么我家行你家就不行。他说你家是吴家管家的亲戚，我家又不是。我说既然你说是管家的，那就还管你们吴家这个大家。那章程上说了的，凡是不让女儿去上学的，除了平时不给帮助，还要罚钱罚款。反正他们也不识字，就被我唬住了。"吴中原说："那他们知道后，会生你的气的。"吴李氏说："中原兄弟就是实在。那假话也分两种，一种是为他好的，他得到好处后反而会感谢你的。一种就是恶意的了，那骗人的话才是可恶，人家会恨你一辈子，这样的事情我是不会做的。"

桂花说："我是用我家的事情和身边的人来说事，开始我家那个是怎么都不同意的。我说我们祖祖辈辈都没有这机会读书，现在赶上了，容易吗？两个掌柜的都是有文化的人，他们又不是为自己，是为我们大家，为你们吴家这个大家族，为我们这个寨和周边的人，你要再不让孩子去读书，那是不懂得领情的无情无义的人。我又拿了你们这些人来打比方，你们有文化的人跟我们就是不一样，我们和你们比起来，那是天上比地下，房屋比茅坑。问他是喜欢住房屋还是喜欢住茅坑，他就不说话了。"灵芝说："我们桂花还是蛮会讲话的嘛，要是再有点文化，那就不知道成什么了？"吴嫂说："那山鸡就是山鸡，还会变凤凰来？”桂花说：“还不说，我家那个还就是说了这意思，我就说那乌鸦和凤凰脱了那身毛，那还会有什么区别，文化就是那漂亮的羽毛，被我说得哑口无言，就不再还嘴了。”李枚说：“姐姐这比喻还真是贴切得很。”

灵芝听了几人的叙说，急着说：“我和我家那个差不多要干起架来，我是红了脸，跟他来硬的了。我说要是实在不行就分开，你带儿子，我带女儿。我让女儿上学，你就没有什么屁放了吧。他是见我执意要这么做，才松了口。”吴中原说：“这叫女孩读书还真是一件很难的事。不过只要多有几个像姐姐们这样的热心人，事情还是会有转机的。那就请你们把那些愿意让女孩上学了的，都动员起来，大家一起去说服那些思想还没有转过弯来的家庭，让大家都来支持这件事，就好办了。”几个姐姐就说：“你们就放心等好消息吧。”

吴中原和李琦听说爷爷奶奶同意了他们相处，高兴得跳了起来。

吴中原眼圈发红，把脸偏向了一边。李琦把吴中原的脸扳过来，面朝着自己，两手搭在吴中原肩上，中肯地说：“那就还是按照我原来的想法，我们的婚事就与学堂的开学一起办。”

吴中原两眼噙满泪花，身子有些颤抖，捧起李琦的脸，摇着头说：“那是绝对不行的。爷爷奶奶他们开始不同意的一个原因，就是怕你吃苦受累，过不惯这边的日子。现在我家都还是那样子，就把你接过去，那不仅对不住你，也是对不住爱你宠你的爷爷奶奶和你的父母的。”

李琦疑惑地说：“你这不是叶公好龙吗？那你要打算什么时候才办？”

吴中原让李琦坐在自己身边，把李琦的手放在自己的胸口上，说：“你看看我心跳有多快，差不多都要蹦出来了，怎么会是叶公好龙呢？只是我爱你珍惜你，我要为你修一所漂漂亮亮的房子，不说能与你们家的大宅比，但在我们这里起码也算得上好的那种，再把你风风光光地娶过来。我在外面考察的时候，其实都在留意这方面的东西的，心里也有了些轮廓，到时候建起来，保证是让你满意的。”

李琦翘着嘴说："我是嫁给你，又不是嫁给房子。"

吴中原轻抚着李琦的脸，两眼炯炯有神，说："是男人就要有责任，一定要让自己心爱的人得到与她的身份相匹配的东西。你的身份是什么，不说是大户人家的千金小姐，这个话你也不愿意听，但你是个有品位有才华的女性，所以我们的居所也一定要有知识有品位。"

李琦理解也懂得吴中原对自己的那份真情，很是感动地说："感谢你对我的这份情谊和责任。但我想我们除了情投意合以外，还有一个原因是为共同的追求走到一起来的。办这学堂，'传道授业解惑'就是我们当前最大的追求。这比起我们自己的享受来孰轻孰重？孟子早就说过，鱼和熊掌是不可兼得的，还是舍鱼求熊掌吧。"

吴中原还是坚持着说："问题是熊掌是可求的了，我们是不是这个时候结婚，这学堂都办定了，用不着舍鱼。"

李琦更是坚定地说："学堂是办定了，但还要讲效果。现在这里最大的问题，就是人们对读书还不是那么重视，特别是在女孩上学问题上，现在还是一个大难题。我们选择这个时候结婚，最有说服力。你是不是因为读书有文化，才娶到的我，我又是不是因为有文化你才爱得死去活来的。我们两个是不是有差不多的文化才般配，又是不是有文化才有了共同的追求和婚姻基础。再说，我又爱教育，把它选定为我的最大愿望和终身追求。这学堂又是你最尽心的得意作品。我们这个时候在这种地方结婚不是最有意义的吗？那小房子我们成了家后还可以共同来构思设计和建造，可能还会得到比你想象更好的结果。"

吴中原也感觉到李琦的坚持是对的，是发自内心的，心里也很佩服李琦的开明和执着，就说："从我内心来说，我们俩的结合，我和母亲都早已是朝思暮想、迫不及待的了，就是怕对不起你和你的老人们。如果你的态度这么坚决，我们俩也争执不下，那就还是先征求老人意见再定吧。但老人已经是迁就和让步到这个程度，就千万不要违拗老人的意见了。"

李琦才点头说："那好吧。"

49

吴恭和李万山把部分收了的木材分给陈家寨后不久，不同的传闻就像瘟疫一样传播开来，搞得满条江沸沸扬扬的。有些说吴恭过于诚实过于相信人上了陈方亮的当；有些说吴恭这样做其实是为自己，他那样的明白人，哪有轻易吃亏的。

吴志强对吴中原说：“你看现在应验了吧。我父亲这人就是心太善，我说得重点是脑子里面缺根弦。真是人善被人欺，马善被人骑。他帮了别人，别人还跑到他头上拉屎拉尿来了，值不值得嘛。”

吴中原似乎是早已料到了这样的结果，不慌不忙地说：“没关系的，善有善报，恶有恶报。恶贯会有满盈的时候，这个账我们迟早会跟他们算的。”

吴志强心里的气出不来，憋在胸口里闷得慌，说：“那要什么时间才算，怎么个算法?”

吴中原看着吴志强急躁的样子，还是平静地说：“俗话都说，不是不报，时间未到。那疖子你要等成熟，一揭盖子就全部落下来了，还没成熟时你去揭它，它还会溃烂，还会影响到别的地方。等他们再表演表演吧，不过就是一场闹剧而已。我们不揭露，都会被人识破看穿的。”

吴志强摇了摇头说：“你倒是越来越稳得住了。什么戏一出场，好像就能看到结局似的。”

吴中原也觉得陈石奎们做的这件事很荒唐很无聊，又不过是一些很低级的下三滥之作，说：“也不是这样，我又不是未卜先知的人。况且现在这钱已经把好些人的眼睛蒙住了，你要想用手去捂住这些人的嘴巴，他们反而会用力掰开你的手，然后大喊大叫地喊冤叫屈，倒还会把那些脑子清晰的人搞糊涂了。很多时候都是树欲静而风不止，难得有风平浪静的时候了。所以，多数时候还只能是坐观天象。你天天要去避它躲它，他就天天制造事端，搞得你鸡飞狗跳的，那自己的事情反倒是什么都干不成了，不正是中了人家的奸计吗?”

吴志强咬咬牙，说："哥哥说得是，我们虽不玩空城计，但也要学学诸葛亮，稳坐城楼，摇把鸡毛扇。他们也不知道我们唱的哪出戏，觉得更难对付一些。要是学那李逵，玩完三板斧，人家就找到对付的招数了。"

吴中原捏紧拳头，脸上的青筋都冒出来，说："诸葛亮要学，李逵也要学，看是什么时候。到该冲该杀的时候，李逵那三板斧也是很有威力的，他会杀得你昏天黑地、片甲不留，才让那些欺软怕硬的人感到害怕。"

吴志强看着吴中原既愤怒又平静的表情，说："哥哥还真不是坐以待毙的人，只是越来越沉稳内敛了。看来如何对付这场闹剧是已经胸有成竹了的。"

吴中原沉思着说："对付他们这些善于搞阴谋的人，是该用点阳谋，不能让他们的阴谋轻易得逞。"

吴中原一边忙着筹备商行街开业，心里又在盘算着如何迎住陈方亮和陈石奎使出的这一招。他想他们这是在无中生有、无事生非、无风起浪，既然是没有的东西也就成不了什么势，那对商行的损伤也就是有限的。但他"生有"，你不能让他有到既成事实的程度；"生非"不能让他非到混淆人们视听的程度；"起浪"不能起到令船颠簸的程度。现在这种情况，这本没有的东西，要去证明它的不存在，也不是什么难事，手头就有现成的东西，完全能够揭穿他们。但他来一招你迎一招，就会一直处于一种被动和招架的地位。还不如先不理他，让他们把架势都摆得差不多了，又还不至于具有杀伤力的时候，再借力发力地出招，让他们没有招架之功没有还手之力。想着想着心里也就静了下来，只是找来吴江说了些看似无关紧要的话，便安心去做别的事了。

吴李氏问吴江："你们转给杨家寨这批木材究竟是怎么回事吗？怎么会惹出那么多的闲话来。"吴江说："你问这话我倒应当跟你好好说说，你们这些婆娘爱在一起嚼舌根，肯定也是乱七八糟什么话都听得见。你也可以帮我们去澄清一些事情。"吴李氏说："那你说嘛，我听着。"吴江说："陈方亮到陈家寨入伙后，一开始就是对着我们来的，就是玩的歪心眼。陈石奎本来因为堵江的事，不但没捞到什么好处反而吃了一些亏，就把这账记在了杨家寨和吴寨的身上。陈方亮就更是不消说了，在杨家寨尽出些烂点子，自己把自己搞臭了，不得已离开了杨家寨，心里反而恨那杨田裕。两个又看重钱又心眼窄的人搞在了一起，乌龟遇到了王八，你说能不滥菜？陈方亮就又挖空心思地出了不少的歪主意，搞得一段时间木材都流向了他们那里。我和吴月发现这事不对头，才想了一些办法，摸到了他们的底。我们把这些情况告诉两位掌柜后，商行也就采取了一些措施。我们实力强又信誉好，办法才出来，木材就拦在了我们上面。他们自己种的苦果就只能自己吃了。结果他们又可怜兮兮地来找吴掌柜他们求情，说是请求给他们留口饭吃。吴掌柜那人你是晓得的，人家几句好话他就心软了，就把我们已经收了的一部分木材分给了他们，还交代要给些好的，一分钱都不赚，算是跟他们白做活路了。哪个晓得他们其实还不是为这木材来的，就是心怀鬼胎，要找茬子来算计人。结果是得了便宜还到处造谣生事。”吴李氏说：“想不到这社会是什么样的人都有。吴掌柜也是的，天天跟各种各样的人打交道，还会上那些小人的当，那狗还改得了吃屎吗？你拿心去贴他，他不但不是拿冷屁股贴你，还是拿刀来刺你。可能这次也把吴掌柜搞寒心了。”吴江说：“他那人也是涵养好稳得住，我们把话传给他，他也就是笑一笑，说离地三尺有神灵，老天爷看得见的。”

吴李氏说：“这些话传起来，开始大家都不信。但人又讲无风是不起浪的。所以假话讲多了，人们也会信以为真的。那是得去扳正来，不能让那些小人得志。”吴江说：“你说得有道理，有句话叫众口铄金，就是说人多说了会把金子都熔化掉的。不过你去辟谣的话，人家不一定信，还会说是我教的。”吴李氏说：“我们这一帮婆娘，家家都是得了吴掌柜的恩惠的，个个都晓得他是好人。要不帮着讲话，那是没良心。”吴江说：“你们这帮婆娘人也多嘴巴也得行，去把他们扇的那阴风点的那鬼火灭了，算你们厉害。”吴李氏说：“莫说动嘴讲，就是一人一泡尿都能把它灭了，我就不信正还不能压邪，那还真叫做出鬼来了。”

吴江拍了一下吴李氏的屁股，笑着说："那倒是的，你们这帮婆娘，个个都是大屁股，一人屙泡尿，河水都能涨起来，是能把他们淹死。"吴李氏也刮了一下吴江的鼻子说："看来你是注意这帮婆娘的屁股得很嘞，巴不得大家蹲成一排撒尿给你看是不是？"吴江收住笑，正经地说："玩笑归玩笑。听说你们去帮着说服那些不肯让女孩上学的人家也是立了大功的。"吴李氏说："你又听哪个说的喽。做这点事算什么，立大功是谈不上的。但凡是我们去的那些家，都没有空手回来的。"吴江说："让孩子上学，这是天大的事，说是立大功一点都不是款嘴的。"吴李氏说："我是好久都没得你款了，这一款，我就干劲更大喽。"吴江说："你要真是把那件事办好了，我一定奖励你一套漂漂亮亮的衣服。"吴李氏说："才不稀罕你那衣服，我是稀罕那理。"吴江说："想不到我这婆娘不光漂亮，还识理了呢，那我就更是稀罕你了。"吴李氏说："晓得是稀罕哪个小女子去喽。不过讲这话就是诓我的我也开心。"

吴李氏找到吴嫂、灵芝和桂花说起陈家寨到处散布谣言的事。大家越讲越是气愤，吴嫂说："我看我们再找他几个能说会道点的，一个是到人多的地方去听，有人说假话坏话的我们就跟他辩，那说假话的人他是心虚的。有理走遍天下，无理寸步难行嘛；二个是来陈家寨买木材的客商，也都住的吴寨，我们访好了，就到门上去揭穿他们，让那些人生意都不愿跟他们做。"吴李氏说："我看吴嫂出的这主意好，要讲事实，我们今天讲的这些我看就够了，还一点都用不着去编。我们分头行动，一个人再去邀他一两个人，到处去说。等吴寨和陈家寨这边说得差不多了，我们又到附近寨子去走亲戚串门，也去说这事，我就不相信这理扳不正来。"大家就急匆匆、愤愤不平地各自去办事去了。

陈方亮和陈石奎使出的招数并不怎么起效，还有种不攻自破的感觉。到吴寨的木材不见少，到陈家寨的也不见多，而且还就感觉人们越来越用一种异样的眼神在看他们，仿佛是很生疏仿佛是很厌恶，跟他们做生意的人居然就比原来的还少了。见到打声招呼，都像陌生人一样，有些还干脆好远就躲开了去，也不愿跟他们见面。就连陈家寨的人见着他们，那脸上的笑都是紧绷绷的，笑都像哭的样子，有些人还就干脆不笑，偏着脸就过去了。尤其是那些婆娘们，站在一堆就在议论着什么，他们一走近，就又散开了，一些还唔啊唔地喊着什么，让陈石奎和陈方亮觉得很尴尬、很无奈。

陈石奎耷拉着脑袋说："方亮老弟这次出的这一招的确不怎么样，好像一点也没有伤着吴恭、李万山，反倒把自己伤着了。你看现在人们见着我们好像见着麻风病人一样，躲都躲不快。再这样下去，我们就成'孤家寡人'了。现在连我家兄弟都对我有意见，说我已经不是以前的大哥了，是被鬼迷了心窍，变成了逢人说人话逢鬼说鬼话的人。跟他们倒不像兄弟，反而跟钱成拜把了。我这心里也不是个滋味。"

陈方亮也不想表明这只是自己用来掩人耳目的第一个无须见效也不可能见效的步骤，说："其实我心里比你还要难受，自从到了你这里就没有做好一件事，没有做成一件事。不仅没有帮上你的忙，还给你添了不少乱。"

陈石奎也看不透陈方亮的心思，又急着把木材卖出去，找回些钱来，说："那我们是不是这段时间还是把心思放在生意上，专心专意地把这批木材运下去卖出去。不再节外生枝、画蛇添足，让人们不再用异样的眼光看我们。有些事以后再说，反正有句话叫君子报仇十年不晚，也不急于这一下子。"

陈方亮点头说："听兄长的，我们先安心做生意吧。"

吴恭近来心情又转好起来。他最近也是一直在反省自己，觉得对陈家寨木行那件揪心的事自己还是做得有些问题的。一来是心太善，看来这年头光心善还是不行的，这样很容易被人利用被人欺负。你太软了，他就会拿着你的脑壳转，再软他还会骑在你的头上把你的头拧下来。所以这心善心软一定是要看人来的。对善人要善，但对恶人要恶，否则你善他恶，反而会正不压邪，滋长恶人的气焰。这不光对自己不利，于社会也不利。二来是过于主观，李万山完全是在自己一意孤行后，才不得已顺着自己出的主意，也是有他这主意才少去一些麻烦。怕杨田裕不同意，就干脆不跟他商量，也是他不计较、不顶真，才不造成内部的分歧和意见，还真得感谢这两个合伙人的心胸大度。自己应该找个时间对两人赔个不是才是，否则，这心是不安的。

吴恭想着想着心里又暗自好笑起来。觉得自己讲离地三尺有神灵没错，老天还真是有眼睛的。哪个是好人哪个是坏人，他清楚得很，而且就偏袒了好人讥讽了坏人。难道那神还真就那么灵？不是的话，那些想把别人脸抹黑的人，怎么就反而把自己的脸弄脏了呢？这应该是心黑的人手就洗不干净，一不小心就把脏东西抹到自己的脸上去了。好人有好报这句话也没错，还屡屡应验了，这就是因果报应吧。所以做人还是要品行端正，多做善事。刘备那句话真是讲得好，“勿以善小而不为，勿以恶小而为之。”应该是自己一生一世做人做事的准则，是自己心里永远都不能乱的朝纲。他又想，人们的心里也是有杆秤的，只要你那秤盘心不摆偏，人们心里那秤砣就会帮你挪平衡了。你动了秤盘心，秤砣就会落下来砸着你的脚。他想着在这件事上，这么多人不但不怪怨他，不小瞧他，反而都在为他鸣不平，在下着力地帮他，让他平平安安地度过了这段不平静的日子。心里想着这些好人，就感激感动得眼泪都要淌下来。

李万山也在思考着近期发生的一些事情。他觉得这方土地上的人本质上是很善良忠厚的，心地清澈得像这清水江的水一样，心胸又宽阔得像这浩瀚无垠的苗岭大山一样。可现在看来好多东西都在变，有些人为了钱，什么虚假的话都说得出来，什么昧良心的事都做得出来。是这世道变迁使然，还是外面一些不太干净的东西进来污染了这里，好像都说不清道不明。说是这世道变迁使然吧，现在也算难得的太平盛世了，推崇的是孔夫子的伦理道德，强调的是风清气正，建设的是清平社会。这大环境应当是让人们净化心灵、陶冶情操的。说是外面不干不净的东西带进来吧，那哪里都有干净的也有不干净的，只是看形不形成气候罢了。就像这清水江的水，一股污流也是不可能把它染黑的，只可能是被荡涤、被净化。可能还是因人而异吧，有些人是出污泥而不染，有些人是近朱者赤近墨者黑。不过总的来讲，钱这东西还是诱人的，有人因它而变异有人因它而堕落，有的还会跌入万劫不复的深渊，可见它还真是万恶之源。不过，值得庆幸和欣慰的是这里还是清风朗朗的，正还能压邪，义还能镇恶。不过这以后的事就很难预料了，那就得靠教育靠教化，靠提高人们的素质和境界。所以，选择办学堂这条路绝对是对的，是不仅要办而且一定要办好的一件大事。

他又想，陈方亮他们这次动的这心思，怕还只是一个开头，只不过是这歪风一起来就被正气吹散了，他们才不得已暂时停下来而已。恶念和贪欲就像魔鬼，一旦释放出来，吸不到足够的血是决不会善罢甘休的。不过，苍蝇不叮无缝的蛋，人正才不怕影子歪，这就要做到不能让他们有把柄可拿有空子可钻。那就要对我们过去实施的东西和商号新的规章多反省再斟酌，尽量做到没有瑕疵和漏洞。还有就是要拿出几套应对他们的措施，做到有备无患。

吴志强对吴中原说："哥哥，你这次不动声色、不怒不愠的想法和做法还是正确的，这叫以静制动吧。最后的结果反而是人们在比较中更加认识了我父亲和他们，还真是清者自清浊者自浊。"

吴中原一边翻着商行街建设的账簿，一边抬眼回道："是的，这世界白的就是白的黑的就是黑的，硬要人们也跟着他把白的说成黑的把黑的说成白的，那除非他是魔鬼，用了高明的障眼法，把人们的眼睛都蒙住。在这清平世道里，人们的眼睛还是亮的，哪容你几个人颠倒黑白。不过这次还得谢谢那几位姐姐，她们不光在说服那些不愿让女孩上学的家庭上立了大功，又在陈方亮他们散布谣言上予以了澄清和反击。她们这段时间是天天去做这件事，把自已家的事情都撂下了。"

吴志强也很感慨地说："是啊，我在路上见着她们，说声道谢。她们还说谢什么，又不是为哪个，就为扳个理。"

吴中原一边翻账簿，一边把账簿里的一些重要的东西记在另一个本子上，说："看来，我们这方人还是蛮讲正气的，那些邪气在这里还是占不了上风。"

吴志强也拿起算盘来核对账目，说："最近看来那帮人还是缩回去了，也不见什么风吹草动。"

吴中原把毛笔在石砚上舔了舔，抬头看了一眼吴志强，说："树欲静而风不止。只是看那风什么时候吹，从哪边吹来罢了。我们还是得要观好风向的。”

吴志强把算盘拨得啪啦啪啦的响，说：“那还不就是兵来将挡水来土掩。”

吴中原把笔摆在笔架上，喝了一口茶，说：“话虽是这么讲，但还是要未雨绸缪、防患未然。那些人出牌都是不讲什么规则的。”

吴志强核对好一笔账，也停下来，说：“是倒是，俗话都讲‘害人之心不可有，防人之心不可无，’又问，“那又怎么个防患未然法?”

吴中原站起来走近吴志强，看了一下吴志强核对的账，说：“兄弟这算盘打得是越来越熟了。”又说，“那就要对他们打算什么时候行动，怎么个行动法甚至行动到什么程度都要有个了解，才能做到‘知己知彼、百战不殆’。”

吴志强抬头看了一下吴中原，流露出佩服的神态，说：“这样的话，我在陈家寨倒有几个好兄弟，他们对陈石奎早就有意见了。但也只是貌合神离，表面上还没有什么冲突，陈石奎也还不怎么防备他们。”

吴中原点了点头，说：“那就请他们留点神吧，但你也不要把话讲得太白了，还是要防备那些风吹两边倒的人，免得生出些枝节来。”

吴志强说：“这个我是会掂量好的，你就放心吧。”

50

李琦对父亲谈起办婚事的想法后，李万山和杨璇就一起找到爷爷奶奶商量这件事。爷爷说：“李琦这个想法倒是一个明理孩子的想法。她选择了教书育人这条路，也是值得我们支持的。就是吴中原家目前这种状况她就过去，我们觉得还是亏欠了她一些。我们担心她吃苦受累那份担心在我们心里也就得不到完全的释然。”李万山说：“我们也是这么想的。无论是从爷爷奶奶对她疼爱有加的角度讲，还是从她从小就失去母亲的角度出发，我们都觉得她应当风风光光地嫁过去，我们也才心安一些，也才能对得起将她视若掌上明珠的爷爷奶奶和慰藉她九泉下的母亲。可她就是要以这种形式去教育和影响那些不重视让孩子上学的人家，还说是要用自己的行动去开第一课，又让我们觉得无可非议。真是有些着难了。”爷爷说：“孩子已经大了，她已经有她独立的思想独立的人格和自主选择的权利,就把这决定权交给她吧。这也是她选择当先生应当具备的一种风范和品格。”李万山说：“不过吴中原跟我们的想法是一样的。他说如果按李琦的想法办了，他也会尽快把条件改善好，绝对让李琦满意，让爷爷奶奶和我们放心，这孩子倒是一个说到做到的人。”爷爷奶奶说：“那就尽快把陪嫁的东西和婚礼要办的事准备得尽量周密一些吧。我们就准备抱小重孙喽。”

吴寨商行街开业、商号挂牌、学堂开学一切事宜都在紧锣密鼓、有条不紊地进行着。

杨田裕对吴恭说：“吴寨现在办的都是未来商号的几件大事，也是杨家寨的大事，李琦结婚，又是我们杨家的喜事。我是想提个建议，我们在搞这个活动时，把杨家寨的几个龙舟队都调过来，苗家的独木龙舟还是很有特色的，你也把你们这里和附近的龙舟队组织起来。我们来搞一场龙舟比赛，增加一些喜庆热闹气氛，你看如何?”

吴恭听了杨天裕的话流露出激动的表情，站起来对杨田裕鞠了一躬，说：“那就太好了。我们这地方办大事办喜事就要有我们自己的特色，这样参加的人多爱看热闹的人更多，尤其我们是在江上做木材生意的，把这江面搞热闹起来，不光喜庆还是吉利的事。那就这样定下来了，这边的事我叫吴勉去办，他对这些事非常热心。”

商行街开业的头几天，吴寨就进行了龙舟比赛，河两岸都挤满了看热闹的人。

李琦爷爷对杨田裕说：“我看你们寨上来的几条龙舟最有特色，龙头镶眼塑舌着须，昂首吐焰，龙尾摆动自如，龙身都着彩绘，很是栩栩如生。”杨田裕回道：“爷爷看东西真是仔细。我们这龙舟还有一个特别的地方，就是整条舟都不是用木板镶嵌的，而是一根巨木雕琢而成，所以叫独木龙舟。”爷爷说：“那这根木材确实十分巨大，那上面还能乘得下二十来人，还有锣鼓之类，真是开了眼界了。”接着又问，“我看你们那龙舟的入水仪式也是很庄重的。”杨田裕说：“是啊，入水叫接龙，是非常庄严肃穆的一项祭祀活动。这个活动一般情况下都是在端午时节举行，那时正是一年农耕开始的时候，所以既是赛龙舟，又有祈祷一年风调雨顺的意思，所以很神圣。”爷爷说：“那些唱啊跳的，还有那些人的装束和扮相，以及那些念念有词的人，好像还有楚时巫风的遗留。”杨田裕说：“爷爷见多识广，对各地风情都十分了解。我们这条江就是沅江、汨罗江的上游，也是楚风影响、传播的地方。”爷爷说：“过去楚国巫风盛行，民间祭祀，都要‘作歌乐鼓舞以乐诸神’，屈原《楚辞》就是不歌而诵的诗篇。其中的《九歌》前身可以说是当时楚国包括沅、湘一带民间祭祀的歌。所以《楚辞》是屈原将楚国地方文化与中原文化结合汇成的文化巨流。”杨田裕说：“怪不得人们说你老是儒商，对历史和文化太有研究了。对于苗族来说，还有一种说法是五月初五是苗族祖先在部落争斗中失去家园和领袖阵亡的日子，是哀悼日、祭奠日，所以歌调和舞蹈色彩就显得肃穆神圣。”爷爷说：“也有说五月初五是吴越地区，‘龙’的部落举行图腾祭祀的日子。从这些相近的祭祀方式和内容来看，这里与吴越还真是很有渊源的。”

李万山问吴恭：“这些龙舟队员好像都是专业训练的一样，配合得很默契很协调。”

吴恭看得入了神，听李万山问话，回道：“这些队员都相对固定，包括位子和角色。调整也只是新老交替，还有个别替补，所以都配合得很好。”

李万山又问：“那敲鼓打锣的人更不能换喽？”

吴恭指着船头敲鼓的人说：“敲鼓的人叫‘鼓头’，定这个人是很有讲究的，他家必须是四世同堂，他本人又是很受大家尊重的人物。你看那穿着华丽的小孩，看着是一个女孩是吧？其实不是的，他是鼓头的孙子，是男扮女装，表达一种子子孙孙繁衍昌盛的愿望。其他一般是锣手一人，艄公一人，桡手十六名，加起来有二十来人。”

李万山点头称道，“想不到还有这么多的讲究。”

看龙舟赛的人太多，人声鼎沸，人潮如涌，吴恭大声说：“基本都是有规则的。比如比赛发舟时，是不是铁炮一响，鼓声就起了。鼓头是面对桡手击鼓的，鼓声就是号令，鼓点就是节拍，锣手是顺鼓点节奏尾声击锣应之，桡手们在鼓锣声中叫出雄浑铿锵的号子。队员们的手、臂及桡的推拉起落，足、腿、腹的蹬收进退，身体的前扑后仰，都是一致的。只有这样才能产生合力，使龙舟快速前进。”

李万山也大声地说：“甚至还有他们身体肌肉的隆起和收缩，面部表情的松紧与张弛。我都看得出来，是那么的配合一致。看来这就不仅仅是力量的比拼，还更是技巧的竞赛。那舟一发，便如箭离弦、风驰电掣，很有一种催人奋进的劲头和气势。”

吴恭又指着岸上的人说：“你看那岸上呼喊的人，叫声最大的，往往就是正在比赛的龙舟那个寨的，大家都还是很有荣辱感的。”

李万山点着头，把目光移向岸边，说：“赛舟你追我赶的浪和岸上喊声呼声的浪，是一浪接一浪，一浪高过一浪，很是壮观和感人。我还是第一次看这么大场面的龙舟赛，你组织的这些活动，几乎每一次都让我有新的收获和感动。”

吴恭凑到李万山耳边说：“这一次这感动，你就应该去对你叔叔说了。你看把那杨璇笑得前仰后合的，你那儿子也又喊又叫，全家都高兴得不得了。”

李万山点着头，看着父母亲和杨田裕也谈得投机，高兴地说：“这样的活动以后我们多搞一些，商号出点钱，大家都高兴，值得。”

吴中原和李琦的新房就设在吴家的老宅里，长房家的房也算气派。吴中原的母亲天天笑得合不拢嘴，几个叔妈都忙前忙后地备办着婚事需要的东西。这侄子冷不丁把一个大地方的小姐娶进了吴家的门，真是光宗耀祖了，大家都感到很是荣耀和高兴。把个家庭屋里屋外擦扫得干干净净、一尘不染，神龛壁头都擦了一遍又一遍。把唐朝、宋朝来的花瓶摆在了吴中原的新房里。院子天井的花台，进正屋、厢房的石阶都摆满了一盆又一盆的鲜花。门楼门庭廊道都挂上了灯笼，牵上了彩带，门窗都贴上了楹联。一个吴家大院红红火火喜喜气气的。

李琦和李枚也在忙着布置新房的事。

李枚拿着一个刚刚剪好的红双囍问李琦："姐姐看妹妹为你剪的这几个'囍'字如何？有龙凤的，有鸳鸯的，还有鱼戏莲叶的，反正妹妹是去认真学来，又精心设计的。"

李琦很是感激地说："满意得很，妹妹对姐姐的好那是没得说的。又有一个聪明的脑袋一双灵巧的手，除了妹妹，还有谁能担此重任？"

李枚把囍字平平整整地摆放在桌子上，偏着头问："这也算重任？那伴娘之类又算什么？"

李琦看着李枚那内心喜悦的样子，说："妹妹说得是也。这'囍'字是双喜，是人一生中只会写一次的字，只有它才有权利挂在床头，贴在大门和窗栏上。又是出自自己妹妹之手，况且这妹妹又还是伴娘。你看何其重要，何其有意义。"

李枚一边把囍字工工整整地贴在床头，一边说："姐姐就是聪慧灵巧，一个囍字的意义也被姐姐诠释得淋漓尽致的，还把妹妹夸得嘴都合不拢，也没白费妹妹这番心思了。"

李琦站在远处，指挥着李枚贴字的角度，待李枚贴好字，说："妹妹再给认真看看，还有哪里需要调整的吗？"

李枚从凳子上下来，说："这房子虽不新，但经这一打扮还蛮有一番特殊的气象和味道。"

李琦想听听李枚的说法，问："怎么个特殊法？"

李枚把房门打开，看着门外，比手画脚地说："你看这大院，虽不如我们金陵的宅子气派，但却是在这山水间鹤立鸡群的，除了古色古香，还有民族特色，这是我们那里没有的。这院落也是被一种中原文化与民族文化完美结合氛围装点着、笼罩着，它有一种把自然与社会巧妙融合的感染力和冲击力。还有就是这屋里屋外的婚俗打扮和你这新房装进来的家具和饰品，既与这老宅相协调，又都是你的所爱之物，说明吴中原还是费了一番心思的。这不是特殊的味道吗？"

李琦也站在了门边，看着屋里屋外的装点，说："那你是说，姐姐选择在这老宅结婚没错?”

李枚看着李琦眼里幸福的光泽，说:“没错没错，不仅没错，还是明智之举。在我看来，就没有一件事是姐姐看错了，做错了的。我是对姐姐佩服得五体投地了。”

李琦用反问的口气说:“难道不是妹妹投姐姐所好吗?”

李枚又站到窗前，欣赏着自己剪贴的窗花，歪着脑袋对李琦说:“哪里哪里。妹妹完全是发自内心，有感而发。”又说，“尤其是姐姐选姐夫这眼光的独到和一见钟情、一举成功的做派，更是让妹妹折服。”

李琦也爱惜地摸着窗花，说:“哪是什么眼光、做派，那是鬼使神差的事。”

李枚羡慕地说:“不管怎么说，姐姐的婚姻大事，算是几经周折，但好事多磨，终是如愿以偿了。”

李琦看出李枚的心事，拉李枚坐在床上，说:“瓜是后面的甜，妹妹会更好的。”

李枚拿过一只鸳鸯枕头，看着那刺绣的针脚，说:“我也不要更好，有姐姐这结果我就十分满意了。”

李琦也拿起一支压在枕下的红线，缠绕着自己的指头，说:“这婚姻还真是讲个缘分，过去我是真不信这些的。但怎么就会由不知不觉到自觉自愿地嫁到这山沟来呢?我想肯定是月下老人用根红线牵来的。不是的话，这人就不会像着了魔似的非要往这里钻了。我作过很多种假设，假如父亲不到这边来做生意;假如吴中原不去吴越或者去了吴越不去我们家;假如他缺少文化或缺乏志向;假如没有父亲与璇姨的结合和璇姨的暗中支持;假如吴中原缺了追求的恒心和勇气。”

李枚抢着说:“假如吴中原不是那么聪颖和帅气;假如爷爷奶奶不予让步;假如你不是痴心不改、一意孤行;假如在吴中原之前有一个如意郎君追求了你;假如吴哥没有多大本事能用行动把爷爷奶奶感化和说服。”

李琦拍了拍李枚的肩膀，说:“你这个调皮鬼，好像你就是我一样，我想说的话都被你讲完了，那我讲什么?”

李枚说："我是替姐姐高兴嘛。不过确实像你说的一样，这些假设，只要一个条件不成立，那就没有今天的结果。确实这婚姻是命中注定的，过去老说父母之命不可违，我看还是天意不可违。你们是'天生的一对、地设的一双'哟，比翼双飞吧。"接着用双手做成翅膀的样子，在屋里转了起来，逗得李琦笑倒在了床上。

李枚笑后从床上竖起来，拉着李琦的手说："新房我觉得差不多了。新婚的仪式在学堂，我们还得抓紧到那里去看看他们布置得怎么样了。"

李琦再一次环视了一下新房，说："那里的意义主要在用文化的氛围影响人。在于简洁朴素有学堂味，不要求奢华堂皇。这一点我倒是跟在那里布置的先生们统一了想法的。"

李枚笑着对李琦说："进了新房就舍不得离开了是不是，当了新娘就天天在这里啦。还是赶快去吧，去闻闻那里有没有我们想象的那种学堂味嘛。"

两人来到学堂，好多先生们都还在那里忙着。礼堂大门一副大大的对联："吴寨吴地男才女貌喜结连理；桃树李树桃红李青硕果盈枝"，横批是"家旺业兴"。礼堂正面悬挂着孔夫子的画像，两边又一联："孟子荀子老夫子滋养千秋万代新学子；老子孔子天之子营养万古千秋华夏人"，横批是："气贯长虹中华魂"。礼堂两侧挂的都是老子、孔子、孟子、荀子的语录。顶上也是张灯结彩、披红挂绿的，看着又喜气又雅致。

李琦看到同行们精心打造布置的环境，很是满意和感动，说："不用闻，一进门就满是学堂味了。"

李枚也觉得先生们费尽了心思，达到了无可挑剔的程度，说："是把新婚喜气浸在古老书斋的味，太好了。"

李琦说话都有些颤抖："尤其是这对联和夫子语录，那都是冥思苦想、精心挑选的，书法都苍劲有力很有功底。这也说明我们这批先生是才高八斗的精华。"

李枚看着墙上的语录念道："老子曰：知人者智，自知者明。胜人者有力，自胜者强。知足者富。强行者有志，不失其所者久。

死而不亡者寿。”念完，自言自语道，“老子这些夫子们就是死而不亡者吧。”

接着又念道：“老子曰：道生之，德畜之，物形之，势成之。是以万物莫不尊道而贵德。道之尊，德之贵，夫莫之命而常自然。故道生之，德畜之，长之育之，成之熟之，养之覆之。生而不有，为而不恃，长而不宰。是谓玄德。”又自言自语道，“是谓玄德者，要生养了万物而不据为已有，为万物尽了力而不恃其能，助万物成长而不宰割它们。人要涵养到这样的程度，何其不易啊。”

接着又念道：“老子曰：知者不言，言者不知。塞其兑，闭其门，挫其锐，解其纷，和其光，同其尘，是谓玄同。故不可得而亲，不可得而疏；不可得而利，不可得而害；不可得而贵，不可得而贱。故为天下贵。”又自言自语道，“知者不言，我们这些话多的人就是不智了，还是应该矜持稳沉点好。”

李琦问李枚：“你一边念，一边自言自语些什么？”李枚答：“边看边领会喽。”

李琦接着念道：“子曰：学而时习之，不亦说乎？有朋自远方来，不亦乐乎？人不知而不愠，不亦君子乎？”

李枚问：“我以后来看你，是有朋自远方来乎？你会不会不亦乐乎？”李琦答：“妹妹自远方来，那更是不亦说乎喽。”李枚说：“姐姐说得不对，孔夫子的话是不能改的。”李琦说：“那就不亦喜乎吧。”接着又念道，“子曰：温故而知新，可以为师矣。”李枚说：“温故知新者，就可以为师，那当先生就简单了。”李琦说：“不简单。通过温故不断巩固老知识，又不断学习和掌握新知识的人，还不可以为师吗？”李枚说：“我姐姐就是那样的人，她当先生不是符合条件了吗？”李琦说：“那还要又善于学习又勤于思考才行。子曰：学而不思则罔，思而不学则殆。”李枚说：“子曰：‘三人行，必有我师焉;择其善者而从之，其不善者而改之。’你觉得我和吴中原、吴志强几个人在一起，谁是善者谁是不善者？”李琦说：“那是随时会变的嘛。”李枚说：“我以为你会说吴中原是善者，我是不善者呢。”李琦说：“妹妹说这话时就是不善者，是需要改之的。”

李枚说："那就改之吧。"接着又念道，"孟子曰：心之官则思，思则得之，不思则不得也。孟子曰：生于忧患而死于安乐也。孟子曰：仁则荣，不仁则辱。孟子曰：鱼，我所欲也，熊掌亦我所欲也；二者不可得兼，舍鱼而取熊掌者也。生亦我所欲也，义亦我所欲也；二者不可得兼，舍生而取义者也。孟子曰：老吾老，以及人之老；幼吾幼，以及人之幼。"接着说，"孔孟之道，如出一辙。"李琦说："孔子与孟子同为儒家先师，都推崇'仁'的思想，都讲求'仁者爱人'，但孔子偏向敦厚，而孟子则偏向愤世嫉俗。还是有所区别的。"李枚边听边点头。

李琦又念道："荀子曰：学不可以已。荀子曰：青，取之于蓝，而青于蓝；冰，水为之，而寒于水。木直中绳，輮以为轮，其曲中规。虽有槁暴，不复挺者，輮使之然也。故木受绳则直，金就砺则利，君子博学而日参省乎已，则知明而行无过矣。荀子曰：吾尝终日而思矣，不如须臾之所学也。吾尝跂而望矣，不如登高之博见也。登高而招，臂非加长也，而见者远；顺风而呼，声非加疾也，而闻者彰。假舆马者，非利足也，而致千里；假舟楫者，非能水也，而绝江河。君子生非异也，善假于物也。荀子曰：积土成山，风雨兴焉；积水成渊，蛟龙生焉；积善成德，而神明自得，圣心备焉。故不积跬步，无以至千里；不积小流，无以成江海。骐骥一跃，不能十步；驽马十驾，功在不舍。锲而舍之，朽木不折；锲而不舍，金石可镂。"李枚说："荀子的《劝学篇》，姐姐都是倒背如流了的，是当先生之所必备哟。"又说，"荀子虽也是先秦大儒，却与孟子在很多方面认识是相左的。"李琦说："荀子不同意孟子的'性善'说，主张性恶论，认为人、物皆可改变。能'知明而行无过矣'。他反对迷信天命鬼神，提出'制天命而用之'的思想。还主张治天下要既法治又兼用'礼'治。"又说，"这些老夫子们的名言警句读着都不愿停下来，每一句都是那么经典，那么发人深省、振聋发聩，那么令人心胸赫然、眼睛发亮。"

李枚提醒李琦说："姐姐都光顾着崇拜这些老夫子们，倒忘了谢谢这些做作品的人了。"

李琦回过头来，面对李枚说：“是难为他们这么用心了。”接着对在场的先生们拱手说道，“谢谢大家，谢谢同事们了。”说完又深深地鞠了一个躬。

大家就说：“恭喜新娘子，贺喜新娘子，这些是我们乐意做的。”把李琦叫得脸都红了起来。

两人就从学堂走了出来，漫步在河边。

李枚牵着李琦的手，说：“新娘子这称呼真好听。”

李琦看着李枚说：“想接受这称呼了？那就抓紧点吧。你先当了伴娘，然后就当新娘子了。”

李枚挣脱李琦的手，两手交叉看着天空，一副茫然的样子，说：“我的伴娘怕要等到你那孩子来当去喽！”

李琦又把李枚的手握在自己的手里，说：“妹妹胡说些什么哟？你把这伴娘当好点，月下老人看见你这么殷勤漂亮，马上就会来找你啦。”

李枚感激地看着李琦，俏皮地说：“姐姐真会宽我的心。我还是静下心来，先把知识学好把书教好吧。等姐姐先当了新娘，再把经验传授给我，我不是可以坐享其成、事半功倍了吗？”

李琦轻轻地揪了一下李枚的鼻子，说：“那有些经验是不好传授的，还得自己去亲身亲历哟。”

李枚也刮了一下李琦的鼻子，说：“想不到姐姐还没进新房，就开始学坏了，是吴中原教你的吧。你要再不老实点，看闹洞房时我怎么跟你们算账。”

李琦忙做个鬼脸说：“为姐不敢了，望妹妹宽恕姐姐的造次吧。”

李枚板着脸，说：“话都已经说出来，也收不回去了。你就等着吧。”

李琦又装着气恼的样子说：“等着又如何，妹妹还能把姐姐吃了去？那看你姐夫如何找你算账？”说完，脸有些微红。

李枚又装着害羞的样子说：“哎哟哟，都还没戴上盖头，坐上花轿，就姐夫姐夫的了，也不害臊哟，是吃了吴中原的口水变胆大了吧？”

李琦白了李枚一眼，反问道：“妹妹还有这研究？莫不是妹妹验过，男士的口水里还有壮胆药？”

李枚也不示弱，用拳头轻轻地敲了一下李琦，说：“没吃过鹿肉，还没见鹿跑？这不是可以推理的吗？我姐姐平日里跟妹妹讲话，哪有这么大胆过。自从快当这新娘，那就旧貌换新颜了，已经不再是往日的姐姐喽。”

李琦脚踮了踮，说：“不是要升级了吗？升了级就不再讲你们小孩的话了。”

李枚用手压住李琦的肩，说：“哟，一会又变大人了呢？是姑娘变什么了吧？”

“他们这里叫什么婆娘，真是难听。”李琦话一出口，有点不好意思。

“姑娘变婆娘，一下变成了婆。连升三级，属于学业优秀，跳了级。这名称好听。”李枚打趣地说。

“你这当先生的还真会咬文嚼字，连《说文解字》上没有的，你都能辩说得那么好，将来一定是个称职的好先生。”李琦俏皮地说。

“《说文解字》上没有的东西多了，这苗语侗话它有吗？将来还得靠我们把它充实起来。”李枚比划着，说了几句不洋不土的侗话。

“你说得也是，看来我们今后是得研究点苗族侗族的东西才是，这样才是真正的文化交流和融会贯通。”李琦也用侗话对了几句。

“那就还得边教边学，又当先生又当学生喽。”李枚说。

“教学相长嘛。”又背道，“是故学然后知不足，教然后知困。知不足然后能自反也，知困然后能自强也。故曰教学相长也。”接着问道：“夫子们说得没错吧？”李琦背着手，装出当先生的样子。

李枚急忙回道：“夫子们说得没错，姐姐说得也没错。”

“姐姐怎敢与夫子们相提并论啦。”

“姐姐把这边民族的东西研究透了，有所建树，不也成这边的夫子了吗？”

“妹妹给我压这担子太重了，压弯了腰，变成老太婆就惨喽。所以，妹妹得和我一起撑着，我们大家一起来担这担子才行啦。”

吴中原近来一直处于一种忙里忙外的状态，走路都是脚不点地的。内要筹办婚事；外要筹备商行街的开业。因为一种名誉感和要当新郎官的亢奋心理在撑着，一直是精神饱满、容光焕发。他想，这两件都算得上他一生当中的大事。经过百般周折、千般努力，终能如愿以偿，娶上自己梦寐以求也是过去做梦都没梦到的如意新娘。她又是那样的识大体、宽容和善解人意，从不向自己苛求什么，越是这样就越是应该对得起她才是。自己不能为她建造一座如意的爱巢，就已经是心中忐忑、内心负疚了。再不在现存条件下精心弥补，自己就配不上一个负责任的男人的称号。就会受到真爱的嘲笑和良心的谴责，这种良心谴责就会成为自己一生一世背不动的一个沉重包袱。还好，自己尽力了，也应该是基本达到了预想的效果，李琦也是满意的，这从她的表情和状态就能看得出来。这一点，自己也就大体心安了。

商行街的建设，也是自己从懵懂走向成熟的一个标志。第一次独立办事就干了这么大的一件事情，也是老天神助、贵人帮忙，自己也尽了力。结果应该是种瓜得瓜种豆得豆，一分耕耘得到了一分报偿。两位掌柜是满意的，自己也就不留下大的遗憾和歉疚了。也可能是这个原因，更快地成就了和李琦的婚姻大事，不说是决定因素，至少也应该是一个不可少的重要辅助因素吧。但这开业也是一个非常重要的环节，无论大文章小文章，开好头都是很重要的。何况是这么大的，对吴寨可以说是开天辟地的，对商行可以说是转折性的大事情。其中的事千头万绪、事无巨细，没有一样可以小憩可以松懈。这商行街开业后，又还有各种行当的开张和揭牌，比如钱庄和当铺的开业；木材及制品交易市场的揭牌；百货商场的开场仪式；苗木基地的剪彩和学堂的开学等等。都只是前后几天的事情，都是需要统筹进行、通盘考虑的。到目前，大的准备工作倒是做得差不多了，但还得一样一样地反复检查斟酌，尽量调整完善。经过这一轮的筛查后，再请几位掌柜的来听取各个部门的报告，还要开一次股东会议来通过。这些东西，倒都是列了明细日程表，也一样样地反复梳理反复检查了，但还是生怕在一个小小的环节出现疏漏和闪失。

吴寨商行街开业时，吴寨、杨家寨及附近村寨的人都来了。人们都像过节一样，穿着盛装，身上的银饰在阳光下耀眼的亮，走起路来叮当着响，街巷都挤得水泄不通。

吴李氏对吴嫂说："这下我们吴寨长脸了。商行街一开业，我们这里肯定是最热闹的地方，附近的人都会到这里来逛街、赶场、买东西。"吴嫂说："是啊，就几年工夫，这变化真叫大。小房子变成了大房子，铺子变成了商店，小街变成了大街，小地方变成了大地方，尤其这商行街真叫漂亮、气派。乡下都变成城镇了。"吴李氏说："我看吴嫂都更是变得白胖了，奶子、屁股都更是显大喽。"吴嫂说："你是骂我成了胖婆娘了是不?"吴李氏说："不是不是，吴嫂这不叫胖，叫富态。就要这样子才是更好看，越发显得贵气，按我们这里的说法你是越来越坐财了。"灵芝说："我看我们现在是少做活路少晒太阳，又吃好穿好了，都显得白胖了些。"桂花说："男的都喜欢胖点的，说摸着睡着才舒服，那些太瘦的，你都还没戳着她，她倒先戳着你了。"吴嫂说："这话肯定是那吴地的商人告诉你的是不？我们桂花白白胖胖的，还不把那人舒服死了？怪不得扯都扯不脱哟。"灵芝说："狗才扯不脱嘛，哪有人扯不脱的。"吴嫂说："这你就孤陋寡闻了吧，还真就有扯不脱的。说是陈家寨那边有一个女人，老公放排下去了，闲不住，就和一个外面的人搞，就硬是扯不脱了。在一起连着好几天，等他们分开命都差点丢了。"灵芝说："只听见那些放排下去，进过窑子的人念：'猫逼有刺，狗逼有锁，人逼好日，价钱老火。'还有人逼有锁的？是不是那人的东西太大喽。"吴李氏说："再大，还会有那娃娃的脑壳大？娃娃都生得出来了嘛。肯定是太激动还是太紧张了造成的。"几人说得脸红心跳，才逛商店去了。

商行街开业，吴恭心中甚是欢喜。他想，自己这十多年的努力没有白费，算是对吴家人、吴寨人都有一个交代了。十多年啦，在人的一生中有几个十多年呢？在人的生命河流中，这一段真是惊涛骇浪、沉沉浮浮，但最终还是有惊无险，也算得上是最让人记忆深刻，又最值得让人记忆的一段了。这一段，自己从拿犁耙子到拿算盘，从一个不折不扣的农民转变成了商人。这一段，自己有缘与一个在梦中都不可能谋面的外乡人，成了生意上和人生中不离不弃、共沐风雨的搭档、伙伴。这一段，在生意的起点上就遇到天灾人祸，这也许就是老天对自己的一次考验或者说是锻炼吧。如果说那次自己倒下，也就前功尽弃了。如果没有那一次伤筋动骨、刻骨铭心的经历，也铸就不了自己现在钢一般的毅力和水一般的柔性，也就没有柳暗花明、死而复生，而且愈益生机勃勃的今天了。这一段，经历了“皇木”的过程，也让这木材贴上了令人炫目的标签，誉满华夏、价值倍增。这一段，所做的事是越做越大、越做越顺，从木行到商行再到商号，从单一的木材经营到涉猎了各行各业。这一段，我们的经营队伍是越来越大越来越成熟，经营管理的条款章程也是越来越规范了。这一段，也经历了许多的风风雨雨，接受了人们善与恶的话语和目光，还有心的交流和互换。这一段，还就建成了一个让人们瞩目和赞赏，也让商号有了根基的商行街。再有就是侄子吴中原已经长大了、成熟了，可以独立地撑起一片天了。还就要娶回一个让吴家、吴寨人都喜欢都佩服的媳妇来，他早去的父亲、自己尊重的大哥，可以安笑九泉了。还有志强这孩子，这些年就像换了一个人似的，人也稳重了，想事也全面了，做事也扎实了。要是再早点醒悟过来那该多好啊，不过也已经很不错了，这世上的事，哪有什么如意的好事都归到你吴恭的头上的？你就知足吧。

想着这些，他又不知不觉地走向吴氏祠堂，他一刻也不敢忘记不会忘记，自己在这里抚摸着祖宗牌位时心中暗暗许下的诺言，他一定要为吴家为吴寨在商场上厉兵秣马、披肝沥胆，哪怕战死疆场也要肝脑涂地而在所不惜。自己遇到艰难险阻没有退却，得到进步发展没有自满，有了成绩荣誉没有居功。没有给吴家祖宗丢脸，更没有辱没先人，这是祖宗的护佑祖宗的显灵。他心里得到了如同祖宗抚摸一般的慰藉和鼓舞，才又点燃了满堂的香纸蜡烛，匍匐跪拜后踱出了祠堂。

李万山这几天也是心潮澎湃、思绪万千。他今生今世是与这一方土地结下不解之缘了的，他与吴恭虽没有像三国里的刘关张一样在桃园对天饮血盟誓，有过赤壁之战、水淹七军、错失荆州、火烧联营那样惊心动魄的经历。可他们的兄弟情义也是经过了血与火的考验的，是对天可表、没齿难忘的。吴恭这人也是一条汉子，遇到困难不退却不倒下，大事小事肯负责敢承担，有过能认有功不抢。还有就是他的脑筋活泛、思维缜密，读书不很多却能学以致用。想事做事都能举一反三、由此及彼。对待未来，还就有一种得蜀望陇、志在必得的眼光、信心和勇气。自己提个想法，他只要是觉得可行的有益的，就会去想方设法变为现实。十几年来两人还就没有为一己之利扯过皮、红过脸，真算是莫逆之交了。也是有这样的合作伙伴，才会有今天如鱼得水的事业和令人欣慰的发展。

再就是杨璇，那也肯定是前世有缘、今生有份，人才、人品、人缘都是一流的，是那种失去她会悔恨终生遗憾终身的人物，明明就已失散得无影无踪，就偏偏在自己大失所望时又喜出望外地到来，在自己穷途末路时又牵来一线光明，为自己鼓足了已经泄下去的勇气。她要不是痴情不改、非君不嫁，她要不是这方人氏回到故土。或者我要是不到这里来，或者来了又走了，都成就不了这场姻缘。

还有就是吴中原和李琦，就是棒打鸳鸯都打不散的一对。那李琦这样好的条件，哪个都看不上，就硬是看上了这吴寨的吴中原，这人倒是自己一直看好的好后生，但绝没有想过他会成为自己的女婿，而这女婿又是这样努力，这样争气，这样值得放心和托付。李琦她爷爷奶奶是把她视着身体和精神的一部分的，要是吴中原不那么优秀，是怎么都过不了他们的关的。虽也有过一些障碍，但那不是因为吴中原，而是为他们孙女的幸福。这层坚实的思想壁垒，还就被吴中原在不言不语、不声不响中顺利地破了。这一切，不都是我李家与这方土地的斩不断破不了分不开的情缘吗？所以这个家在这里，是得到这方天地神灵的护佑的，这里也就是自己的第二故乡了。

吴中原和李琦在去学堂的礼堂举行婚礼仪式前，来到了吴氏祠堂，拜望他们的祖先和早逝的父亲。

吴中原心想，结婚意味着什么？意味着自己已经走向成熟了；意味着自己即将为这个家族的兴旺发达、繁衍生息而生儿育女了；意味着自己已经成为一家之长，要担当了。这在人的一生中是最重要最严肃最神圣的一件事情。所以，在这样的时刻来拜望祖宗是必不可少的。自己从小失去父亲，是在母亲和叔叔叔母的照顾和呵护下长大的，自己也还算没有给这个家庭、家族丢脸，没有愧对祖先和父亲。在对事业的态度和成效上，在娶了这样一个有文化有教养的外地女子为妻这件事情上，自己也可以算得上是做了光宗耀祖的事情了。

吴中原和李琦点燃了祠堂的纸烛，恭恭敬敬地对祖宗行了叩拜之礼。两人站起来走到父亲的牌位前，吴中原两眼噙着泪花对父亲说："你的儿子要娶亲成家了，我们来向你报喜。你的媳妇是一个你不会想到的难得的好女子，可惜你没有能够看到她，但你的在天之灵一定是看到了的，我们都在梦里看到了你的慈祥，你的微笑。"李琦也说："父亲，你的儿子是好儿子，你的媳妇也一定是好媳妇，都会为你争光，不会让你失望的。我进了你们这个家门，就是这个家庭的一员了，我会好好珍惜，会对母亲和你的儿子好，一定尽到一个好媳妇的责任，你就放心吧。"两人才一起向学堂走去。

学堂礼堂的里里外外都挤满了人，婚礼仪式由吴恭主持。吴中原和李琦的婚礼按侗族的礼仪，穿的是侗族的盛装。

吴恭站着向在座的深深鞠了一躬，说："吴氏祖宗、李氏祖宗在上，在座的各位长辈、先生、父老乡亲们：今天是贤侄吴中原和媳妇李琦大喜的日子，我和他的亲属、李琦的爷爷奶奶和父母，都像大家一样非常高兴和激动。这高兴的，第一是吴中原也是前世修来的福，能与一个又漂亮又有文化又和善懂礼的好女子结为连理。李琦的家庭本就是一个书香门第、礼仪之家，才有这番传统和教养。我们要感谢她的爷爷奶奶和父母，教育和培养了这样一个好孩子，也赐予了我们吴家这样一个好媳妇。第二是婚礼是在新落成的学堂，与学堂的开学典礼一起举行，这意义是很大的。大家想一想，我们过去穷，那是为什么？就是因为缺教育少文化。按照吴中原的想法，是要建好一座新屋以后，再把李琦娶过来的，但是李琦有她的想法。她说，吴中原他们是怎么走到一起来的，是因为吴中原他们两个都有文化，就有了共同的语言共同的志向，才成就了他们的今天。现在我们建起了学堂，我们有些家庭有些人还不愿让孩子上学，这不是糊涂吗？今天在这里举行这场婚礼的一个主要意义，就是要来教育和影响这些人的。第三是吴家的、李家的、杨家的，亲上连亲、亲上加亲的亲人们今天都聚到了这里，特别是李琦的爷爷奶奶都已是年近古稀的老人，也都在这里，还都这样健康，这样矍烁。都来共同见证这庄严的有着特殊意义的时刻，我们能不高兴吗？第四是，我们这媳妇是个挺有文化素养的人，她还有她的妹妹，都加入了我们学堂先生的行列，自觉自愿地把她们的青春她们的知识，贡献在我们侗寨，我们怎么会不感动和高兴呢？还有就是这礼堂的布置，进门那一副对联，讲的是吴地和吴寨，吴家和李家的缘分，其实从大道理上讲，它讲的是我们侗家与汉家的缘分，我们这山里与外面世界的缘分；礼堂正面这一联，讲的是中华的文化、中华的精神、中华的伦理、中华的国粹，中华气贯长虹的魂魄。四周都是夫子们的教诲夫子们的语录，这就叫做文化氛围。让你觉得在这样的环境里，讲了脏话、丑话，会被这些老先生们听见、看见，会对不起他们，被他们笑话。怎么样才对得起他们呢？那就要好好的读书好好的学习，长大了，为官也好，为民也好，都做出点对社会有益处的事情来。是崽的将来讨个好媳妇，是妹的将来嫁个好人家。种田的把田种好，做生意的多赚点钱，做官的做个老百姓都拥护的好官，都能过上安安稳稳、舒舒心心的好日子。这些转变靠什么，靠先生们把书教好，靠孩子们把书读好，读好了书就有黄金屋等你，就有颜如玉等你。你说是天天跟泥巴打交道有望场，还是跟书本打交道有望场。”然后对大家笑笑说，“你看这一高兴，就把话题扯远了。让一对新人脚都站酸了。”大家就说：“没扯远没扯远，掌柜的讲得好，都讲到我们心里去了，我们都还想听。”接着鼓起掌来。吴恭就面对李琦说：“不过这些话是媳妇交代我要多讲些的。是吧。”李琦就只顾点头。吴恭就走到李万山面前，说：“还是请中原的泰山讲几句吧。”大家就又鼓起掌来。

李万山站起来拱手转了一个圈，说：“吴掌柜把我要讲的话都讲了，我剩下的就只是激动和感谢。我首先要感谢吴寨的父老乡亲，先是接纳了我，现在又接纳了我的女儿，接纳了我们全家，这里就是我们的家了，以后就和大家共同望着这片天守着这块地，和大家一起看着太阳落，看着月亮出了。第二要感谢我的父母，是他们不仅含辛茹苦把我养大，也是他们把我女儿养大并培养成人。今天又同意他们最疼爱的孙女离开他们，嫁到这里来。”接着带着吴中原和李琦向爷爷奶奶深深地鞠了三个躬，两个老人急忙起来扶住了孩子。把在场的人都感动得淌下泪来。“第三要感谢吴恭哥子，是他的大度宽容，他的眼光韬略，使得我们的合作是那样的默契，那样的富有成效。第四要感谢在座的我的女婿女儿结婚的见证人。你们那善良的眼光里透露出来，你们都是把他们当自己的孩子看，当自己的兄弟姊妹待的，将来还靠大家来关照他们爱护他们。最后，我还要提前感谢各位来自四面八方的先生们，孩子们的学业，孩子们的进步，孩子们的未来，就拜托你们了。”大家都鼓起了热烈的掌声。

吴恭说：“那我们就不多说了，下面就请司仪来主持婚礼吧。”

礼堂里响起了对讲话人感谢和对新人祝贺的经久不息的掌声和大家发自内心喜悦的欢笑声。

吴中原牵着李琦的手，把新娘引入洞房的时候，对李琦说：“今天我觉得你特别的漂亮。”李琦说：“谢谢夫君夸奖，李琦还是平日里的李琦，又没有浓妆艳抹，怎么会特别漂亮来。”吴中原说：“娘子那是天生丽质，不是闭月也是羞花的貌，特别是你的气质和内在美，今天都统一和洋溢在了你的容貌里，所以是特别的美。这使得我又自豪又歉疚。自豪的是我娶到了这样又如花似玉又玉洁冰心的你，歉疚的是不光不能为你建好爱巢，连轿子你都不坐，就这样走进了我们家的这个门。”李琦说：“我是嫁给你，也不是嫁给屋子，更不是嫁给轿子，有你我就今生满足了。”吴中原说：“像你这样，谁会把你与大户人家的千金联系起来。”李琦说：“那就更好，我本就不想当什么千金。我现在是先生，是娘子。”吴中原就真地跪在李琦身边说：“那就先生受学生一拜，娘子受郎君一拜吧，”李琦急忙回拜道：“郎君在上，受娘子一拜才是。”两人才相拥进入帐中。

商行街开业，学堂开学后，吴寨换了一番面貌，天天都是人来人往、热闹非凡。码头边、大街上，客栈中、茶馆里，酒店里、商场中，讲侗话的、讲苗话、讲汉话的，本地口音的、外地口音的，穿民族服饰的、穿长袍马褂的，涂脂抹粉的、素面朝天的，穿金戴银的、便装打扮的，抽洋烟的、吸土烟的，都混在了一起。成了一个热热闹闹、不折不扣的码头城镇。

杨田裕对吴恭和李万山说："看着这吴寨的发展和变化，真是让我觉得心里痒痒的，我是又高兴又羡慕。哪天杨家寨要像这样子，我就心满意足了。"

吴恭这些天一直很高兴，好像一下就扫去了往日的阴云，心里充满了对未来的憧憬和遐想，说："吴寨大的发展变化也就是近几年的事，也有你和杨家寨的功劳，我看你这些天就高兴得很嘛。你那里是商号建起来后的重点发展地区，下一步杨家寨建设起来也会是翻天覆地的。建在后面，有了吴寨的经验，说不定比吴寨还要快还要好。"

李万山也是双喜临门，喜上眉梢，说："我觉得杨家寨发展起来，更会有杨家寨的特色。其一是地理位置、山形地貌、江河溪流，结合得完美。大山蜿蜒，很有气势；江水婉转，很有灵气。苗族建筑的味道很浓。再就是叔叔家老宅，那是镇寨之宝，是画龙点睛的好东西。"

杨田裕感觉到两位商号主事对他的尊重和支持，心里自是高兴，说："你们这么一说，好像就有一个很美的图景展现在了我的脑海里，感觉是美滋滋的。也怪那些年我欠我们那里的太多了，尽管这些年他们都像忘记了过去一样，那是他们的善良、大度。我却没有丝毫的忘却，我是一定要用我的努力来还这个还不完的内疚和人情债的。"

吴恭理解杨田裕改变家乡面貌的心情，说："真是一个有情有义的汉子，我们也会跟你一起来办好这些事的。下一步我们的建设重点也该向你那里转移了。这次开股东会，就把这件事提出来，列到我们近期的日程去吧。"然后用眼睛看了看李万山。

李万山回了吴恭的目光，点点头说："我也这样想了，总部的事办了，就该着手办分部的事。杨家寨的事做大了，我们在清水江沿线的战线就算铺开了，我们商号在这边的实力和影响也就更大了。"

杨田裕突然转过话题，说："听说钱庄一开起来就出了点乱子？"

李万山愣了一下，不紧不慢地说："那算个小事，我也就没有通报你们。"

吴恭急切地问："什么事？"

李万山回道："应该也是陈家寨故意搞的。那天他们刚刚把钱存进来，等我们已经将钱入了库，正要关门歇业时，他们又要取款。店员说，老板等明天行吗？钱都已经入库了。那人说不行，人在等着要钱。没有这笔钱，这单生意就吹了，哪个来负责。我们的人说，那我们也店有店规呀。那人就大喊大叫起来，说是我们没钱了，故意推托的。我们的人找到我，我分析他们是想找茬坏我们的声誉，就决定把钱从库里调出来，给了他们。他们才无话可说地走了。"

杨田裕很是气愤地说："那以后就不接受他们的存款，也不借贷给他们，不跟他们打交道。惹不起还躲不起吗？"

李万山摇了摇头，解释说："这钱庄是认钱不认人的，我们要是那样做，那就正好中了他们的奸计。还不把这清水江闹得翻过个来？"

吴恭站起来，声音有些发抖，"对他们这种人，是得要想些以恶治恶的招，不能撒尿随卵摆，以后我是不会再当那东郭先生了。"

杨田裕愤愤地说："黑道白道随他们，顶多就是白刀子进红刀子出，那也只是他死我活，还会倒过个来？"

吴恭觉得有些失态，压了压心头的火，慢慢平静下来，说："是嘛，过去我也是想，做生意嘛，多个朋友多条路。哪个晓得，你给他留条阳关道，他就偏要走那独木桥，看来是还想一条路走到黑了。"

51

陈家寨与吴寨是邻居，凡是从下游到吴寨都要先经过陈家寨，也就先看到了陈家寨的木材堂子和生意，有些还以为就是吴寨的一部分，也算沾了吴寨名声的光。再加上陈方亮在生意场上也是老手，蛇有蛇路龟有龟窝，他也是挖空心思网罗了不少的人，生意也是越做越大起来。看着吴恭、李万山、杨田裕们的事业如日中天，心里又恨又急，先安心做好自己事情的想法，逐步被那颗不安分的心代替了去，想绊住吴寨前行道路的念头像猫抓心一样，使得陈方亮不得安宁。

特别是近来吴寨发生的一系列变化，使得他心乱如麻、心如刀绞，决心还是要与杨田裕们碰个鱼死网破。那闹钱庄的事只不过是他的一个引子一个虚招而已，他想使出的是扫堂腿，哪怕使尽浑生解数，也要把他们绊倒在地而后快。他找了不少缺德的孽“才子”和社会上的混混，搜集吴寨商号“违章枉法”的材料，虚构的也好、道听途说的也好，越假越好越多越好，反正我把你告上去，官府就得来查，你就得把生意停下来，你就得花人力物力财力去周旋去打发。我是在帮官府办事，官府也怪罪不了我。再说这官府哪有清水衙门，哪有不爱财的，不光我给了他钱，我办这事也是帮他们开了生财之道，这世道就没有不花钱就想摆得平的事。近来搜集到的材料使得他越来越心动越来越快活越来越坐立不安起来。比如放下去的排卖出去的材，就有漏了木业税少了航运税的；那钱庄就少了官府的监管，也偷了衙门应征的税收；商行街的各行各业，都是各方人氏开办的，那还有不偷漏税的？我这一告上去，你们是不死也得脱身皮，他越想越是快意，想得自己都笑出声来。他想，有仇不报，只是时机未到，现在应该是时候了。

其实吴中原对陈方亮他们也是早有防备的，不光吴志强托付了几个哥们，自己也悄悄地放了眼线。搜集到的材料是有时间有地点有人物，好多都还签了名压了指印。只是你不出招我不还手而已，那借招发力的架势是早就摆开了的。他最近也得知了陈方亮的动态，也准备好了状子，只等陈方亮一递，他就会呈上去。

在陈方亮和吴中原同时把状子递上去没几天，县衙抓走了吴恭，州府抓走了陈方亮。但又没几天吴恭就被送了回来，陈方亮却还被关在监牢里，这是陈方亮万万没有想到的。他只知道螳螂捕蝉黄雀在后，没想还有螳螂捕蝉居然还有蝉在后的，而且那蝉还是异化了的能吃螳螂的蝉。那前面的蝉不是成了诱饵吗？而且自己递上去的状纸反而成了自己恶人告状的一份罪状。而他们告自己的每一条都无可推脱无可辩驳，枪枪点在致命的穴位上。这次果真是引火烧身、自作自受了。

吴恭回到吴寨，大家吊在心头上的石头才算落了地。

吴恭进到商号，拍拍身上的灰尘坐下来，看着大家那难以言表的表情，清清嗓子，说："大家的担心我是知道的，也是心存感激的。其实我被带去，就是问了一些陈方亮告我们状的情况，我都一一作了答复。我们没有做违法的事，更没有做丧失良心的事，那些莫须有的罪名是强加不到我们头上来的。不过，衙门的人还会来，需要进一步证实一下他们告的东西，也证实一下我的答复。我们要全面地清查一下，看还有些什么漏洞。我们也不靠做那些偷鸡摸狗的事赚钱，清查后，该交的都交上去。我看就没事了。"接着问吴中原，"对付他们的事，你们怎么就想到前面去了？"

吴中原为吴恭倒上茶，行过礼，说："他们搞了对付我们的一些背后动作后，我就和志强议了一些事，觉得他们不是善良之辈，决不会初战未捷就善罢甘休，肯定还会有一系列的阴谋要实施，就得要有所防备，不能让坏人抢占先机。所以，就做了一些准备，不出所料就用上了。"

吴恭喝了茶，点上烟，慢慢吸了一口，说："你们年轻人能够把这世道想得这么复杂看得这么明白，还真是不容易。这样做，为我们分了忧愁担了担子，就让我们放心了。这下面的事，你们就来应对吧。你们在年龄上就能胜算他们，智慧上我觉得就更没有问题了。"

李万山走到吴恭面前，问候了几句，接着对着吴中原和吴志强说："吴掌柜的这个想法好，年轻人就是要找点复杂的事情来锻炼自己，就让他们当我们不花钱的老师吧。不管正面的也好，反面的也好，你们都要去大胆地面对和处理，这对你们的成长一定会是大有裨益的。"

吴恭谢过李万山的问候，接过李万山的话说："不过对这些人，现在看来是一点都不要发善心。打蛇要打七寸，免得他反过头来咬着你。还有就是尽量不要正面对着它，蛇在昂头的时候，你用锋利的刀把它的头削下来，它还会飞过来咬着你，那也是要命的，千万要小心。"

李万山口气铿锵地说："对付他们这样一些无耻之徒，要找到他们的软肋，他们的软肋就是自私、唯利是图，是不得人心的。那就在私和利上去找，通过那些与他们离心离德的人去找。狐狸再狡猾，尾巴也是藏不住的。"

杨田裕想着陈方亮过去的所作所为，气不打一处来，说："是不是应该把陈方亮在杨家寨的所作所为呈上去，多给他加点罪状，让他有点记性。"

吴恭想了想，说："这次是不是就算了，不是我又发善心。是因为中原他们掌握和告上去的东西，已经让他难以招架了。等到他们下次发难的时候再用，好让他们每一次都有难得对付的东西，也免得不知情的人讲我们落井下石。"

几天后，州府和县衙都来了人，对双方状子所告的事情进行了调查核实。陈方亮告吴寨商号的事基本都是没有事实的编造，吴中原等告陈方亮的事条条是事实。吴寨商号补了一些尚未完善行业和事项的税款，陈家寨木行被又补又罚，而且暂时停止了该行木材的交易和码头的运输。

陈石奎对陈方亮的作为和遭遇是又恨又怜。一开始陈方亮要这样做，陈石奎是不同意的，他觉得刚刚把事做起来了，而且比预想的还要好些，自己也正在兴致勃勃地憧憬未来的兴头上。事做顺的时候是不宜搬弄的，俗话说'人搬穷火搬息'，陈方亮就是不听这些，不信这些，非要一意孤行。后来他还是默许了，心里有股恨有团火，内心还是想泄一泄。况且陈方亮是蛮有把握、信誓旦旦。好像一切尽在掌握之中，在胜与败之间，只有胜没有败，那只盈不亏、只胜不败的事让他做了，又能让自己出了恶气，何乐而不为呢？结果自己还为他出了不少的点子提供了不少的材料。最后却是偷鸡不成蚀把米，猪八戒背老婆看戏，力也出了丑也丢了。心想这蛇毒吧，其实还比不上蝎子，吴恭他们比蝎子还狠还毒，自己辛辛苦苦经营起来的东西，又让他们连根带叶地一扫而光。搜集那些材料就是把人往死里整的。心里就更恨吴恭，更恨吴寨商号了，心想，你要我死，我至少也要让你活不好。还有就是这合作人是他最头疼的一件事，以后再跟陈方亮合作吧，这人就是个灾星，成事不足败事有余。不与他合作吧，自己又没有什么做生意的能耐，想要东山再起，连火都点不燃，更没有兵刃草料。要想报这一箭之仇就更是不可能了，况且这仇还不是一箭了。自己要是有张巨大的铁弓，又有百发百中的武艺，那是一定要还他们个一箭穿心的。不过这次陈方亮进去，也是他自作自受，自己讨来的，也就怪不得谁了。反正现在官府也还没让我们经营，就让他在里面多坐些时间吧，省得花钱去捞他。

陈方亮在狱里经常做噩梦，吓出一身身的冷汗来。他梦见那些水灾死去了的人，来找他喝酒，没喝酒时是人，喝一口酒下去脸一红又变成了鬼，他大着胆子睁大眼睛看时是人，眼神一恍惚，看到的又是鬼。他要吃饭，鬼们又跟他抢饭吃，他要离开，众鬼都拉着他不让走。想喊人来帮忙，是怎么都喊不出来，憋得心口出不来气，想跑脚怎么都迈不动。他梦见自己落入深渊，挂在树上，饿慌了的猴子就来撕他咬他，抓得他血淋淋的。猴王过来喊一声众猴不能动，以为得救了，却是要来吃他的脑水和心脏。无论自己怎样哀求，猴子们还都伸着又尖又利的爪子向他抓来。他拼命地喊出声来，就来了老鹰，心想自己脱险了，老鹰却一直盘旋在空中，还对着自己笑，没有丝毫来救自己的意思，反而伸出长长的鹰爪要来抓自己。他梦见自己落入了水中，在水里挣扎。正要浮出水面，又有水鬼来扯他的脚。正捞着一块木板想把自己托起来，木板又变成了石头，沉到水底去了。自己筋疲力尽也游不到岸边去。他梦见自己找吴恭打架，自己拳脚交加，使尽了浑身解数，吴恭却像神仙会飞一样，轻松地就躲闪开了。一会儿到了河对面一会儿又到了山顶上，笑着招呼自己过去，自己过去他又走了。有时还像孙悟空一样站在云头看着自己。自己想变个如来佛，把他捏在手心里，可一变又变成了妖怪，反而挨了孙悟空的金箍棒。他每一次被惊醒过来，都要定好久的神，才相信那是梦。就想，自己做的那些事是不是真的得报应了呢？又想我那手段还远不如吴恭他们的老练毒辣，可能还是我下手不够狠，才吃了他们的亏。看来出去以后对付他们还要更隐秘一些，更狠一些，打他们个措手不及防不胜防才行。

吴江、吴月陪着吴恭和李万山到了山上。砍伐后又植了树的山都长成了比碗口还大的树，而且林向整齐，长势喜人。从山头望去，一片连着一片，一山连着一山。

走到一个山顶上，李万山解开外衣扣，任山风吹拂着，觉得很是爽气，他手指着延绵起伏的杉林，说："这可以称得上杉山林海了，这色彩比海水还要绿还要蓝，一山连着一山就像大海汹涌澎湃的波浪，风一吹来，波涛翻滚，真是壮观。"

吴恭干脆把外衣脱下来，挂在手腕上，一手叉着腰，看着漫山遍野的新绿，心情格外激动，说："真是想不到这人工林比自然林长势还好，而且可以肯定以后出材量比自然林还要高。"

李万山理了理被风吹乱的发梢，把一根粗辫子放到前面，说："你说得一点没错，一来树种是选优的，二来是密度比自然林合理，你看这林向，就像士兵排了队一样，横竖都是整齐的。再有就是比自然林多了管护。"

吴江走到两位掌柜面前，行了个礼，说："我一直有些想法，想报告两位掌柜，现在重要的是两件事。一是对密度大的要抓紧适度间伐，把土地的肥力和阳光留给茁壮的。第二是要特别注意防火，这个阶段的杉林还没有完全密闭，树下还有杂草杂木，最容易被点燃。"

吴恭看了看李万山，对吴江说："我看防火这件事要抓紧办。第一是定一个山规民约，不准在山上用火，连火种都不准带上山，在每一个进山的路口都安一个警示牌，草木干燥季节还要有人看守，哪个违反的比照乡规民约的办法进行处理。另外就是建一个巡山队，还要配上防身和灭火的工具。你抓紧做一个方案出来，我们商量一下就立马办这件事。"

李万山赞同地说："是啊，对于山林来说，没有比山火更可怕的了，一定要严防死守，不能有半点疏漏和松懈。另外就是间伐的事，现在就可以办，恰好吴越那边急需一批用来做屋檩子的小径材，间伐的材又可以卖钱，这样就一举两得了。"

吴恭接着说："看来这人工造杉林，是一件大有文章可做也大有前途的大事情。”

李万山也正琢磨如何做大人工林这篇大文章的事，说：“你这几个大字用得好。大有文章可做就有两层意思，第一是有多篇文章可做，第二是这篇文章可以写成长篇大论。第二个大字是中心，过去几百年形成的自然林，我们用十几年、几十年的时间就可以与之媲美了，而且还品质优、效益好，做这样的事真是一举多得、大有前途的事。第三个大字是结论，这样做不仅把山上这篇文章做活了，让山林可以永续利用，也是前人栽树后人乘凉，为子孙后代造了福。这不是大事情吗。”

吴恭点着头，很佩服地说：“经你一说，就把人这脑子理顺了。还是有文化的人有眼光，对事情的认识也深刻。我们这些人看问题，只能看到皮毛，你却能看到五脏六腑和骨子里去。所以，办学堂教给子孙文化真是千秋功业。”

李万山摆着手说：“我才佩服你举一反三和实干的能力呢，你就别夸我了。”

“我倒一直想请教你一个问题。你怎么会想到种杉树要像种庄稼一样的方法的？”吴恭问。

“来这里以后，我就觉得你们这里的土壤气候条件都比我们那里要好，只是过去杉林多，也就用不着去种植。那时你们这里多数人对种植杉木还持怀疑态度，所以，我的想法是不做则已，要做就一定要做好，规范的种植就是种好的基础和保证，所以就这么做了。现在看来是有收益的。”李万山回答说。

“这个推广的意义太大了，现在我们这里的人不但接受了，还成了一种自觉行动。哪家种树都是选好苗，规范种植，规范管护，效果都很好。你看这一条江两岸的人工林都长得很好，你是有功劳的。”吴恭伸出了大拇指。

“说什么功劳，也就是将功补过罢了，我们来这里，把这漫山遍野的林子砍了，要是不种起来，不是罪过吗？”李万山谦逊地回道。

“那大家得钱了，富裕了，是功劳还是罪过呢？”吴恭说。

“那不能这么看，即便大家有钱了，富裕了，如果树砍光了，没种起来。那就是杀鸡取卵，吃子孙饭，还是罪过。”李万山说。

“大家都有你这心胸和眼光就好了，做什么事都能考虑别人，考虑后人，着眼长远。”吴恭说。

“你就是这样的人嘛，记得我刚来时，和你谈起这件事的时候，你最担心的事就是树砍光了怎么办，最怕的就是遭后人唾骂。”李万山说。

“真是个有心人，十多年前的事了，还记得这么清楚。”吴恭说。

“那看什么样的事，有些事当时就可以忘记，因为那不值得记，有些事一辈子都不会也不能忘记，因为那是大事。有些还应该用来作为自己的行为目标和努力方向，像造福子孙的事。”李万山说。

“怪不得你对植树的事和办学的事，这么用心和专注。”

“你不是比我更尽心更费心吗？”

“不是我的家乡吗？”

“不也是我的家乡吗？”

两人对视一眼，都开心地大笑起来。

吴江听了两个掌柜的对话很是感动，说“都像你们那样，多看长远少看眼前，多想别人少想自己就好了。可现在还有些人，为林地的权属争执和自己的一己之利，时常吵架打架，既影响了相互的关系，又影响树木的种植和山林的管护。”

吴恭回答说：“这些事还是要用契约去规范。另外就是你们在买地的时候要注意一个问题，有些人家穷，想把山地都卖掉，也有些是懒，不想做事，就想卖山得几个钱，先让嘴巴舒服了再说，结果没多久把钱都用光了，只有眼巴巴地看别人种树卖材得钱。对这些人家，他要卖，我们也不能买，家家都还是要留点山，也是留了生活的出路。实在缺钱的，就让他来我们山上种树，也得点钱来买米买油盐。”

李万山用手指为吴恭弹去爬在背上的一个毛虫，说：“你这人真是心善之人，做什么事都会为别人着想。”

吴恭说：“这也是得益于前辈的教益和影响，我这个家发迹的起源还是心善做好事。到了这里我倒要带你去一个地方，翻过一个山就是了，到了那里我再跟你讲这个故事。”

几人翻了一座山，只见眼前一亮。后山延延绵绵、郁郁葱葱，很有气势。两面又有青山包抄，前面一条大河流过，绕了一个弯，静静的水像一面巨大的明镜，发着熠熠的亮光。

几人来到一座坟前。吴恭说："这是我祖公的坟。"

李万山好像从梦中醒来，说："我终于明白了，你这个家这么兴旺发达，原来有这么好的风水宝地。"

吴恭诧异地问："你还懂风水？"

李万山点了点头又摇着头说："略知皮毛。"

吴恭拉李万山坐在坟边的草地上，慢慢地说："我这个家到祖公年轻时都还比较穷，有一天祖公上山砍柴，回来的路上，见一个衣衫褴褛的人晕倒在路旁，祖公急忙把柴火撂在路边，用手听这人的脉搏和鼻息，见还活着，肯定是又饥又渴晕厥过去的。就急忙下到山沟打了一壶水上来，身上又还有点带上山去吃的糯米饭。就扶他起来喂了水和饭，那人才缓过气来，但尚不能说话。祖公就柴火也不要了，把人背回了家。回到家中好生伺候了半天，那人才眼泪汪汪地说话了。"

李万山听得有些激动，说："你那祖公就是一个难得的好人。"

吴恭接着说："那人醒来后说是我祖公救了他一命，非常感激，从床上硬撑着起来，拜谢我祖公。我祖公说，是人皆如此，有什么值得谢的。那人见我祖公家也贫穷，不想多增加祖公负担，就挣扎着下床要走。祖公那哪肯依，硬着把他留下来，住了几天，还借钱去买鸡来炖给他吃，为他补身体。那人深受感动，说出了他的身世。"

李万山听吴恭说到这里，心里有了几分明白，说："莫非是看山的先生？"

吴恭点点头回道："你是一猜一个准。那人说他带着一个罗盘走了很多地方，来到这里时，被这里的山水风貌迷住了。顺着这座大山走了过来，走了几天几夜。有时没有村寨，就在山上风餐露宿，经常是饱一餐饿一顿的，有时就激动得忘了饥渴，到这里找到穴位时人也虚脱了。他说祖公是个好人，就把这穴地作为报答，送给了祖公。"

李万山感觉吴恭对风水很感兴趣，就把自己懂的说了一些出来，

“看坟山讲几个原则。一个是依山傍水。就是‘山主人丁水主财’，择山，可以令后世人丁兴旺；择水，可以令家中财源滚滚。石为山之骨，山有了水才有了生命，没有水的山就仿佛没有灵性，所以风水有言：有山无水休寻地，未看山时先看水。所谓：‘风水之法，得水为上，藏风次之’，就是认为水面越大，聚气越厚，财富也就越厚。一个是讲究前朝后靠左右有抱。‘左青龙右白虎，前朱雀后玄武’实际就是四面环山，中间是一个宽敞的洼地，风水所讲的‘穴’就在这个地里，四面的山叫做‘砂’。这个地形在‘葬’字上也有体现，就是葬字下面的‘廾’，意思是双手并在一起捧着，形成了一个中间凹陷的穴窝，这就是一个好的墓地。一个是屈曲蜿蜒的原则，墓地也讲究挡住煞气，‘直则冲，曲则顺’，所以，坟山前后的山、水、路都以曲为好。一个是讲明堂的开阔。明堂开阔有利于孕育人才，发展事业，才能地灵人杰。因此既要‘登山看水口’，还要‘入穴看明堂’，明堂开阔，生机勃勃，讲的就是这个道理。还有一个就是讲求自然第一、天人合一。”然后指着坟山周围的环境说，“你看这坟山还有什么不具备，那是样样都占全了。莫说是内行，就是明眼的外行人都会觉得你祖公这穴地确实好，是穴发地。”

吴恭听得入了迷，说：“看不出你是样样在行，连坟山风水都懂得这么多，不得不令人佩服。”接着叹口气说，“也正是因为这穴地好，还颇费了一番周折。这山是陈家寨的，人家不肯卖，其实就是要高价钱。我祖公忍痛割爱，卖了几亩水田才买到了这片荒山。先是种上些树，他故去以后葬在这里，果然这家就越来越顺起来。公公开始淘金沙，慢慢发了财，修了现在我们家这栋老宅。也为父辈和我们留下了些家产，特别是有条件供我们都读了私塾。”

李万山感慨地说：“礼信至上之家，好啊。”

几人说话间，吴月突然喊了起来：“掌柜的，不好了，快来看这里。”原来坟的正中间插了一根铁钎。

吴恭当时就气得脸色铁青，差不多要晕了过去，回过神来才用手捂着胸口，说：“这些人是把坏事做绝了，做起挖坟掘墓的事来了。”

李万山走过去试图用手拔了拔，纹丝未动，说：“真是可恶之极，坏事做绝要恶贯满盈遭报应的。”接着问，“这坟埋得深不深?”

吴恭慢慢清醒过来，说：“听我公公说，正因为地好，怕人破坏，埋得很深。”

李万山紧皱眉头，说：“那就应该没有什么问题。暂时留着它吧，也是一个见证。”

吴恭铁青的脸才逐步有了点血色，说：“这事决不能告诉吴勉，他知道那要出大事的。”

吴江也凑过来看那铁钎，表情非常愤怒，说：“我觉得这事到一定时候还是应该说出来，这边的人是最恨挖坟山的，好让人们认识他们。”

李万山对吴恭说：“那叫中原他们去把这事完全搞清楚，要人证、物证、时间、地点样样扎扎实实，让他们抵赖不了，再来跟他们理论。这也是一个最能说明问题的事情，是好人是坏人，人们一看就明明白白了。”

吴恭自言自语：“这世道怎么就让人这样了呢？各做各的生意不好吗？我做我的生意挡了你的路吗？非要踩在人的头上才站得高吗？非要绊住别人的脚自己才跑得快吗？做了坏事心能安吗?”

李万山看着天边，蓝天白云下也有几丝乌云掠过，说：“你这一连串的问话，就是应该怎么做人的问题。像你一样，做好人是有根有种的；像他们那样，做坏人也是有根有种的。但这‘种’随着土壤气候的变化，也会有变异。”

吴恭把拳头捏紧又松开，身上都冒出汗来，说：“过去我这人做人尽量行善，但现在对他们这样的人，我是再也慈善不起来了。这算变异吗?”

李万山偏过头来，看着吴恭说：“这应该算是向好的方向的变异。像我是打过仗的人，对来杀我的人是不会心慈手软的，你心软了，就只有被杀死。对那些人就只能是手起刀落、你死我活。”

吴恭点了点头，说：“看来生意场也有点像战场，你善他不善，善人反倒会吃亏。”

李万山收去眼中一瞬间的杀气，说：“你的悟性就是好，这个比喻应该非常恰当。其实我们有时做事恶一点，那也只是以恶制恶，以其人之道还治其人之身罢了。心还是善的，总是得饶人处且饶人。这叫为人不做亏心事吧，心里不受谴责就是了。”

吴恭才站起来，拍去身上的尘土，说：“你说得也是，像这挖坟掘墓的事，你就是给我万贯家财我都是不会干的。人就是穷死饿死，都要有做人的原则做人的骨气。”

吴江也赶快站起来说：“今后掌柜的出来，多带带我们吧。跟你们在一起，听你们说话，看你们做事，好像这人心胸都宽阔起来，敞亮起来。”

吴月站在吴江身后，说：“听你们说话，我鼻子都酸了。你们这心胸气度，我们是下辈子都学不到哟。”

吴恭把吴月拉到身边，说：“小小年纪家，讲什么下辈子。要想学习，哪个年纪都可以学，有句古话叫‘活到老学到老’，虽然讲的是学无止境的意思，但像你这样年纪大一点才读书，也是适用的。现在又有了条件，不会的可以到学堂去请教先生，不是进步快了吗。我看你很有灵性，抓紧读些书识些字，会更有长进的。”

吴月躬身说：“小辈记下了。”

52

学堂开了学。吴嫂、吴李氏、灵芝、桂花的女儿都在女子学堂读书，吴嫂的女儿叫桂子，吴李氏家的叫梨花，灵芝家的叫雪梅，桂花女儿叫芳香。几个孩子的学名都是请李琦和李枚起的。这地方的女孩，也包括男孩，一生下来，人们抱着就没有人说是好英俊好漂亮的，见着那女儿长得乖巧可人，人们就会拖长嗓子说，好丑，太丑了，那主人才会高兴。说是那样孩子才会越长越水灵越长越漂亮。取的小名，就更难听了，都是狗啊、牛啊、马啊、羊啊之类，有些孩子多了，就干脆从大到小数下去，大的叫大狗，二的叫二狗，依次类推；有些就叫牛，也是从大牛到小牛。有些就在牛啊、狗啊的身上找名字，从头到尾或从毛到皮。还有叫得更出奇的，叫什么鸡翘鸭翘之类。说是这样孩子才成长得顺序、健康、好带。那学名也不能取得洋气了，就是这山上的山花、野果、植物，那是随处可生随处可长的。李琦、李枚也觉得挺有趣味，就为他们取了这些山野的名字。

几个女儿都才六七岁就进了学堂，几人把孩子送到学堂就在教室外看女儿们读书。李琦为她们上了第一课，心里很是激动，脸上有一种掩饰不住的兴奋。自己刚刚当了新娘，又当了新学堂的新先生，一切都是新的，连女孩上学在这里也是新鲜事，她要用一种新面貌来留给孩子们一个崭新的印象。今天她穿得又职业又华丽，举手投足、开口闭口间都温文尔雅、文静大方。像山外吹来的一阵爽朗的风，像天上飘下来的一位绰约的女神。孩子们都背着手，端端正正地坐在板凳上，睁大又迷惑又惊异的眼神，看着她们长这么大就没见到过的这样漂亮这样洋气的先生。这就给了李琦更大的信心和勇气。

李琦走上讲台，向孩子们鞠了一个躬，说："同学们好。"孩子们齐刷刷地站起来说："先生早，先生好。"李琦看到这像训练过的举动，感到很惊异，后来才知道是李枚和吴志强来对孩子们操练过，心里也更是感动起来，声音都略微有些颤抖。说："孩子们，今天我给大家上第一节课。看到你们，仿佛又回到了我的童年，那是一段多么童真无邪多么值得人去留念和回味的日子啊，可是它走了，而且走得很快，在自己还没有回过神来的时候，就只能看到它的背影，再也不会回来了。就只有你们，我的孩子们，能够赶得上它了。大家说，这段日子这么短暂，这么金贵，值不值得珍惜。"孩子都齐声说："值得。"李琦说："回答得太对了。"接着说："有句话叫'光阴似箭日月如梭'，讲的就是这个意思。你们还小，没有射过箭也没有织过布，但是你们都看过，那是不是都很快？那还只是这么比喻，其实时间比它们快多了。有个成语叫稍纵即逝，意思是一眨眼就没有了。大家说，时间走得这么快，值不值得珍惜？"大家又齐声说："值得。"李琦又说："你们的奶奶、婆婆、母亲过去读过书吗？"孩子都说："没有。"李琦说："是她们不愿读吗？不是，是没有地方让她们读，有些家是读不起，有些家是不让女孩读，你们现在有了条件有了机会来读书，是不是应该珍惜？”孩子们都眼泪汪汪地更大声说：“应该。”

李琦说：“大家知道该认真读书就好了，现在我们就从《三字经》学起吧。不过还要先跟大家讲清楚一件事，那就是哪个要是不认真读书，或者说影响别人读书，那是要挨竹片打手打屁股的哟，我是希望大家都不要挨打。一个女孩子家挨了打，那是很没面子的，传出去别人笑话，家长也会生气。”接着说道，“《三字经》是南宋就有的，已有几百年历史，共一千多字，它与《百家姓》《千字文》都是三大国学的启蒙书，短小精悍、朗朗上口。内容还包括了历史、天文、地理、道德和民间传说，所谓‘熟读《三字经》，可知千古事’，是很有道理的。大家一定要读好背下来，还要懂得它的意思。好不好？”孩子们都说：“好！”李琦接着念道：“人之初，性本善。性相近，习相远。”接着解释说，“这是什么意思呢？就是说，人生下来到很小的时候本性都是善良的，只是由于成长过程中，后来各自所处的环境不一样，性情也就有了好与坏的差别。你们这里不是有句话叫‘跟着好人成好伴，搭着花子满街串’吗？书上叫‘近朱者赤近墨者黑’，讲的都是这个意思。”接着又念道，“苟不教，性乃迁。教之道，贵以专。”又解释道，“这就是说，如果从小不好好教育，善良的本性就会变坏。为了使人不变坏，最重要的方法就是要专心一致地去教育孩子。今天我们办的这学堂，就是为了让我们把大家教好，大家呢，又都要学好，将来长大了都成对社会对家庭都有用的好人。是不是？”大家都说：“是。”

李琦越讲心里越高兴，越是激动起来，接着说：“下面我先来给大家讲一个‘孟母教子’的故事吧，听了这个故事，后面的几句，就好理解了。孟母就是孟子的母亲，孟子大家知道是谁吗？”有同学就回答道：“孔子孟子。”李琦就说：“也对，但孔子和孟子是两个人，孔子要比孟子大一百多岁。孟子小的时候很聪明，但也很贪玩，这都是儿童的天性嘛，像你们现在一样，哪个不想玩，玩泥巴呀，躲猫猫呀，下河洗澡啊，上山捉鸟啊，是不是？比在学堂读书有趣嘛，是不是？”孩子们都答：“是。”李琦说：“但孟母不是这么想的，孟子从小就没了父亲，很可怜的。孟母就觉得光是可怜就会娇惯，那会毁了孟子一生，她要担起教育孟子的责任。‘孟母三迁’讲的就是孟母为了教育儿子成才，选择好的环境，创造成长条件的故事。早年，孟子一家居住在城北的乡下，他家附近有一块坟地。坟地里，经常会有人在这里挖坑掘土埋人。死者的亲人披麻戴孝，哭哭啼啼，吹鼓手吹吹打打，在娃娃看来很热闹很新奇很好玩。年幼的孟子，就学着他们的样子，一会儿假装孝子贤孙，一会儿装着吹鼓手的样子。他和邻居的孩子做游戏时，也模仿出殡、送葬时的情景，还拿着小铁锹挖土刨坑，搞得浑身都是泥巴。孟母感到这个环境实在不利于孩子的成长，认为‘此非所以居吾子也’，就决定搬家。不久，孟母就把家搬到了城里，他们搬家后居住的那条街十分热闹，有卖杂货的，有做陶器的，还有榨油的油坊，西邻打铁的，东邻杀猪卖肉的。行商坐贾，高声叫卖，自然热闹得很。孟子也很喜欢，就天天在集市上闲逛，还学着商人的叫卖声喊叫喧闹，模仿商人做买卖。孟母觉得家居闹市对孩子更没有好影响，于是又搬了家。这次搬到了城东的学宫对面。学宫里聚集着许多既有学问又懂礼仪的读书人，每天书声琅琅，可把孟子吸引住了。他时常跑到学宫门前张望，有时还看到先生带领学生演习周礼。周礼，就是周朝的一套祭祀、朝拜、交往的礼节仪式。在这种气氛的熏陶下，孟子也和邻居的孩子们做着演习周礼的游戏。‘设俎豆，揖让进退。’不久，孟子就进这所学宫学习礼乐、射御、术数、六艺。孟母非常高兴，才最后定居了下来。大家想一想，孤儿寡母，搬一次家都是很不容易的事了，而孟母为了儿子的成长，竟然接连换了三个住的地方，是不是就是为了创造一个儿童成长的好环境？”大家回道：“是的，我们现在懂了。”李琦说：“在《三字经》上，这个故事就六个字，叫‘昔孟母，择邻处。’就是正确地选择了让孩子健康成长的环境。后来孟子把儒家学说作为他毕生奋斗的事业，终于成为一位不为一己之身而谋，舍生取义，只为忧世忧人而谋国、谋天下的‘圣人’。”

李琦让大家休息了一会儿，又接着讲课，“那么，接下来的一句还是孟母教子的故事，叫‘子不学，断机杼。’讲的是孟子小的时候，有一次逃学回到家中，孟母生气地说，‘还没放学，你怎么就回来了?’孟子不敢做声。孟母生气地把织布机上的梭子拆断了，说，‘梭子断了，布就不能织了，学习也像织布一样，是一经一纬连接成的，需要日积月累，积少成多，不断学习，不断进步，才能获得最后的成功。’孟子听了母亲的话，看到母亲如此生气的举动，从此努力读书，长大成为了伟人。这两个故事连起来，是不是讲了两层意思，一是一个人的健康成长需要一个好的环境，再一个就是要在孩子的成长过程中，有针对性地对孩子的行为进行纠正，并不断进行教育和训化。就像大家熟悉的树子一样，小的时候发现弯了，就要及时地把它矫正，等它长大了再去矫正，要么就是折断，要么就是成不了有用的栋梁之才。”然后笑一笑说，“当然，也可以用来做你们都知道的牛拉着犁田的那犁掾，那是弯的，但那就不是担当大用场了，是不是?”大家就笑了起来。

孩子们像先生为他们搭起了云梯，很快就可以触摸到星星月亮一样，兴致勃勃地在美好的幻想中游弋，下课时都围在先生身边，问着各种稀奇古怪的问题。李琦听着他们童真的问话和看着他们稚嫩的脸，心里像喝了蜜一样甜滋滋的。

在另外一所学堂，吴检的小儿子吴定伟举起手来问先生：“孟子的母亲是不是在做梦的时候生他的?”先生略带怒气地说：“孟子叫孟轲，那孟是姓孟的孟，不是做梦的梦。”吴定伟说：“那我觉得孟母是梦想成真了的。”先生又转怒为喜地说：“你还知道梦想成真这个成语，而且用得很对。人都要有梦，这就是理想是抱负，读书就是你们把梦变成现实的桥梁，要是你们能把梦变成现实，那就学到了孟子的精神，你们的母亲也就获得了孟母的成功。如果一直在梦境中，那就变梦游了，那反而是有害无益的。”

正在先生说话间，吴定伟突然叫了起来。先生问：“怎么回事?”吴定伟从后背抓出了一个钉爬虫。先生厉色问道：“谁干的?”坐在吴定伟后面的吴思明怯生生地站了起来，吴思明是吴江的儿子。先生拿起竹片，走到吴思明面前大声说：“趴下。”吴思明趴在课桌上，先生狠狠地在他屁股上打了两下，直打得吴思明呜呜地哭了起来。先生说："还有带小虫的吗？"又有三个学生拿出来，有皂角虫、蛐蛐等，都用线牵着，放在了桌子上。先生说："你们都趴下。"然后一人被打了两板。

先生走上讲台，对大家说："我愿意打你们吗？打你们的时候我是手疼心也疼。但是不打行吗？你们的父母把你们交给了学堂交给了我们，我们就得为你们的父母负责，也是为你们负责。刚才给大家讲了，孟母为孩子就搬了三次家，这就是当父母的为孩子的良苦用心。孟母又要管家又要管孩子，当孟子逃学时，她一刀就断了机梭和织好的布，那是她谋生的饭碗她朝夕劳作的心血呀，她愿意吗？但为了教育孩子，她毫不犹豫、当机立断地这样做了。这对孩子不是震动吗？你们听到这些，又是怎么想的呢？"几个玩虫的孩子才说："先生，我们错了，以后保证不犯了。"

先生眼里的光由气恼转成了温和，说："那我就给你们再讲一个'奕秋'的故事吧，这个故事其实也是孟子讲的。"先生就摇头摆脑地念道："孟子曰：'今夫奕之为数，小数也；不专心致志，则不得也。弈秋，通国之善弈者也。使弈秋诲二人弈，其一人专心致志，惟弈秋之为听；一人虽听之，一心以为有鸿鹄将至，思援弓缴而射之。虽与之俱学，弗若之矣。为是其智弗若与？曰：非然也。'这是什么意思呢？就是说下棋作为技艺，虽是小技艺，不专心致志，也是学不好的。弈秋是全国的下棋圣手，让他教两个人下棋。一个人专心专意，只听弈秋的教导。另一个呢，虽然听着，但心里却想着有只天鹅快要飞来，要拿起弓箭去射它。这样，即使两人都是跟同一个人学习，他们的学习效果也会是截然不同的。是因为学得不好那人的聪明不如人吗？自然不是这样的。这个话的意思大家懂了吗？就是说，大家都在一个课堂上，但有些人专心学习，有些人三心二意，那专心的人学到了知识，不专心的呢，就学不到什么了。这可不是我讲的，是圣人讲的哟。"大家就说："我们都学那个专心致志的人。"先生高兴地笑了，说："只要你们好好学习，我还会给你们讲好多的故事，你们认真记下了，还可以去讲给你们的爷爷奶奶父亲母亲和朋友们听，你们不都变成有知识的人了吗？"

53

吴寨商号开了第一次股东会，主要讨论商号股东会的章程和规划设计未来的远景。

吴恭一只手拿着一把筷子一只手拿着一张契约，对大家说："股东会是什么？其实我也不大懂，但我还是悟得出点名堂来，不就是要做大事，一个人的资本不够，智商不够，资源不够，然后就把有资本有智商有资源的人团起来，大家共同来做这件事。你一股他一股，这些人就是共同做这件事的股东，合起来不就是'会'了吗？好像是我手里的这把筷子，一支很小，一把呢？不是又大又坚实了吗？那章程又是什么？这个一说大家就明白了，就是契约文书，我们种树砍树买卖什么的不都用这个东西吗？你一股他一股，是散的也不行，得要把这些股拧成一根绳，才结实才有力量，靠什么把它拧起来，不靠我，不靠李万山，也不靠杨田裕，靠大家共同制定也共同遵守的契约，这个就是章程了嘛。"接着用手中的契约把筷子包起来，在空中摇了摇。

李万山点头听吴恭讲完，接着说："这个章程定下来以后，是大家都要遵守的，对股东会的每一个人，对参与我们商号做事的每一个人都有约束力，包括我和吴恭、杨田裕三个人，当然更包括我们的家属、亲属了。而且，一旦定下来后，好久都不会改，不能改，一直到大家觉得形势变化大了，不适用了，大家又才共同坐下来讨论、修订。所以，大家一定要当回事，要逐字逐句来斟酌，统一意见后才能定下来。这关系到商号的利益，也关系到商号每一个人的利益。"杨田裕说："那以后我们三个人讲话还算数不？"李万山回道："在章程框架内的算数，离开章程的不算数。"

在吴中原跟大家说明了章程的讨论稿以后，大家进行了热烈的讨论。

吴恭听着大家七嘴八舌的意见，心里就有一种抑制不住的冲动和兴奋。他不敢相信眼前这帮人，就是童年时代在一起玩泥巴捉蛐蛐，长大了还跟泥巴打了半辈子交道的地地道道的农民。他们还是地地道道的农民吗？他们究竟还是单家独户的一个人一家人，还是这商号团体中的一分子了呢？他们的血管里流的肯定还是世世代代遗传下来的农民的血，可他们的脑子里却装下了商品的东西，现在成了这两样东西的混合体。思想的本质是农民的，那样朴实，那样憨厚，那样不加掩饰地对自己的想法看法进行毫不保留的表达。同时，又是那样快地接受了新鲜的东西，还进行了消化吸收。

他们自给自足、单打独斗惯了，会伙起来做事吗？他过去是怀疑的，现在不了。他们也是会伙起来做事的，比如起房造屋、筑堤修路。又比如上山打猎，围住一个或一群野兽时，他们是齐心协力、奋勇当先的，打得了猎物，他们还按照见者有份的原则进行公平分配，没有人会居功自傲、抢夺猎物。这样一些扎根在内心世界的朴素的本质，或者还是这崭新事业中一种动力一种合力呢。但自私的本能也是不可忽视的，那在具体的事情中肯定会暴露出来，这也是正常的，一步步地走，一步步地看吧。

李万山觉得这帮人太本源了太可爱了，跟他们打交道比跟纯粹的商人打交道要轻松得多，快活得多。从他们身上，就能看得到商号朴素的特质和压不垮的韧性。商品经济是唯利是图、尔虞我诈的，是残酷的。但商品经济最终要的还是诚信靠的还是诚信，朴素的人多半都是最守信的，他们以诚信立身以诚信为本，走过了世世代代，把这当成了脸面当成了内心当成了门风当成了家训当成了不可丢失的传家宝。跟这样的人做生意才放心才靠得住。不像有些生意人总站在自己的角度上跟人算账，那算盘珠子总往自己这边扒拉，那样的生意就只能做一次，以后别人就不敢跟你做不会跟你做了。这些农民打扮的人就不会这样，他们在做什么事的时候，总是一手在做事一手摸着良心，有时还恨不得把心都掏给别人看。他们不怕亏着自己，就怕亏了别人，最怕欠的就是良心账。还有就是他们讨论时发表的这些东西，都是实实在在的，对那些表面文章的东西，那些无关紧要的东西，他们不感兴趣，看都懒得看，讲都不想讲。这样的话，以后这章程执行起来就容易了，反正做的事都是钉子钉在板子上的事，一个钉一个眼。这看来跟他们长期遵循村规民约是有关系的，这也成了他们的一种习惯一种自觉，这样以后维护这章程也就没有什么大的障碍了。

他们这些人也是有眼光有心胸有胆识有气魄的，也可能是这大山锤炼了他们的坚强和意志。你要从这座山到那座山去，看得见喊得应，但最少都得爬坡下坎走半天。有些还就没有道路，有点羊肠小路也是野兽走出来的，是人走出来的，满是悬崖满是荆棘。怕苦的人胆小的人缺乏耐力的人没有信心的人是走不过去的。也可能是他们长期生活在这大山里，少看到或没看到过山外的世界，有些是祖祖辈辈都没有离开过大山走出过大山。在他们看来，世界就是这大山生活就是这大山，当然他们也不知道世界是什么，仿佛也不需要知道是什么，有饭吃有酒喝有歌唱，就是快乐就是幸福就是生活的意义就是生活的全部。他们白天在比床大不了多少的田里干那点活，晚上就在比田小不了多少的床上做那件事，一辈一辈一代一代日复一日年复一年乐此不疲其乐无穷。所以，他们没有梦或很少有梦，他们最多把梦牵在那几亩弯弯曲曲的趴在山边的田里或挂在伸进云里去的树的梢头。而这些年这木材突然就捅破了大山的一个口子，把外面的世界展现在了人们的眼前，让人们突然感到眼前一亮，又眼花缭乱。那梦就多了起来，仿佛要把过去没有做的梦都补回来，就多了许多幻想许多憧憬许多希冀许多望场。他们是没有走过的路都想走一走，没有看过的世界更想看一看。这就是走向未来的动力，商号发展的希望。李万山想到这些就笑了。

吴江和吴月在筹办巡山队的事。吴江说："我们提的建议和请求，掌柜的很快就答应了，提上去的方案他们也及时作了答复。他们越是重视，我们就越是要把事情办快办好。"吴月说："也是江哥有心，什么要紧的事都想得周全办得好。掌柜的才会这样信任和支持你。"吴江说："我们陪着两位掌柜的走这一趟，你看他们有多少当紧的事要办，又有多少烦恼的事要他们去承受去解决。我们要再不主动想些事做些事，连自己内心这关都过不去，能对得起他们吗？"吴月说："他们那心胸气度确实对我触动很大。这有文化的人就是不一样，文化还能扫去心里的渣子，让心胸明净起来？"吴江说："看来，这些天你还真是在想一些问题，这句话就讲得非常好，要是讲给掌柜的听，那他们肯定会高兴的。”吴月说：“有江哥表扬我就够了。不过这些天我就在怪自己生在了一个穷人家，母亲又走得早，自己没有读书的机会，才老是高不成低不就的，也是运气好，跟上了江哥，要不就惨了。其实，那时我看到和我一样大的伙伴得读书，我是想得很，还躲在没有人的地方哭了好几回。后来又想，这就是命，要是自己生得晚些，生在这个时候，不是得读书了吗？心里才平静些了。但吴掌柜那句话我是记下了的，现在也可以学。那时我缠着小伙伴教我，也是认识了几个字，这些年跟着你，你又教了我一些。也能读得通一些简单的书，认不得的字读不懂的地方还可以去问先生，有这条件，还是要趁着年轻学点东西，将来至少结了婚有了孩子，也不被孩子笑话。”

吴江认真听吴月讲完，脸上露出了微笑，说：“小月真是越长大越懂事了，不光想着自己，还想着后一代了。”接着问，“是不是打算和梅芳结婚了？”吴月说：“有这个打算，但现在又想推迟点。”吴江问：“为什么？”吴月说：“我是想，当个男人就要有当男人的样子，莫讲像中原哥他那样，事业有成才成家立业。但起码也要有个像样的窝，再把人家娶过来，也才对得起江哥这个红娘嘛。”吴江说：“不过你这样想我也赞成，现在已经不是我们结婚那个时候了，我们结婚的时候大家都是种田的，合意了就走到一起来，也不讲究要多少彩礼多少陪嫁，也不一定要布置什么新房，讲究这些的也没几户人家。大家都差不多也就没有什么面子不面子的了。现在不一样了，种田的变成了做生意的，穷的变成了富的，女人穿的家机布变成了绸缎，情况好点的人家差不多都盖了新房子，置了新家具。这个时候再像我们那时那样是有点对不起人了。还有就是孩子出生以后，莫说是要吃山珍海味穿绫罗绸缎，但也不能比一般的人家差吧，这样心里才踏实。”吴月说：“就是想到这些才心里着急嘛，才要学点文化，把事情做好点，多得点钱喽。”吴江说：“你这样想就对了，但学文化决不仅仅是为了多找几个钱，是为了提高自己，也是为了下一代。看来我们吴月现在就不光是想那快活的事喽。”吴月说：“那也想，又得快活又得过好日子才好嘛。”吴江说：“那就是心里也快活，那里也快活了嘛。”

吴江讲这话时，吴月又有了心跳的感觉，看着吴江心情也好，就说：“你把我讲得想起来了，又不放我的假，我要找你负责的哟。”吴江说：“怎么个负责法？给你牵个母牛来？”吴月说：“母牛我倒是没本事对付，要不我们今天晚上去玩山嘛。”吴江说：“吴月现在都成玩山高手了，歌也唱得好，又会逗姑娘，用不着我带了。”吴月说：“那我也不能丢下师傅不管啦，那就太不够意思了嘛。”吴江说：“师傅把徒弟带出来，就算完成任务了，徒弟自己下山化缘去吧。”吴月说：“师傅就是师傅，徒弟化得缘来也是要孝敬师傅的。”吴江说：“我们兄弟这张嘴呀，真是要徒弟打师傅喽，今天就按徒弟的安排，下山走一趟吧。”吴月才高高兴兴地做饭去了。

吴中原和李琦在新婚家里，感到很温馨很惬意。吴中原问李琦：“现在李枚和吴志强究竟怎么样吗？”

李琦正聚精会神地学着当地的民族刺绣，传统的多工艺刺绣技艺和自然活泼的图案吸引了她，听吴中原问话，抬起头来说：“也不怎么样，也不怎么样。”

吴中原接过李琦手中的绣品认真地看了看，说：“你是心灵手也巧，学得蛮快的嘛。我看都快要赶上老师傅绣的了。”又说，“那就是不好也不坏，还是老样子了嘛。估计两人都是还在犹豫，当然主要是李枚还没有在内心里接纳他，或者说吴志强对她还没有足以让她信服和依赖的吸引力。”

李琦轻轻地拍了拍吴中原的肩膀，说：“你说的后面一点是关键，一个家庭和谐稳定的基础是什么？除了物质条件外，我觉得是家里的男人是不是让女人从内心里佩服、信服和心服，让她觉得你是她的依赖她的港湾她可以遮风挡雨的地方。女人，包括表面要强的女人，她的内心还是脆弱的，是有依附性的。她需要一个靠得住的男人坚实的肩膀，这个男人是她的骄傲她的希望她的生活兴趣和精神支柱。”

吴中原把李琦的手放在自己的腿上，磨蹭着轻抚着，说：“你这说法对男人要求真是蛮高的，那我还得不骄不躁继续努力才是，感谢娘子为我树起了这根标杆，让我有了努力的方向。”

李琦娇嗔地看着吴中原，说：“你又贫嘴了吧，那只是一种理想状态，不是哪家哪个都办得到的。你已经很不错了，我这标准不是按照我对你的印象和感觉讲的吗？那你又觉得男人对女人的要求是什么？”

吴中原从李琦的眼里看到了温情和满足，说：“男人的责任是在外面干事业闯天下，有得到有失去、有希望有迷茫、有高兴的时候有痛苦的时候。那女人就应该是男人的温馨地温柔乡，是男人困了累了心烦了心碎了得到抚慰得到缓释得到栖息得到精神支撑得到体能恢复的地方。”

李琦把吴中原的头搂进自己的怀里，说：“你这个对女人要求的标准也不低呀。”

吴中原感到了李琦的柔情和体贴，以及她的体温和心跳，说：“我已经得到了，你就是这样的女人，甚至还要好些。”

李琦摸着吴中原的脸，亲吻了一口，说：“谢谢郎君夸奖，那也是我的努力方向，这一点我还是有自知之明，不会被你夸得飘飘然的。不过哪天我不知道姓什么了，那也是你惯出来的，还是你的错。”

吴中原笑着说：“反正在这个家我是抱定了认错的态度的，一方面是你难得出错，再就是这男人事事跟女人计较，那还是男人吗？不过特别对于你，我是心甘情愿依着的。”

李琦抚摸着吴中原的手移到了他的头上，梳理着吴中原的头发，说：“我还真不知道你这是不是在表扬还是在批评我，不过你这人还是挺能让人的，认错态度也还是端正的，至于诚不诚恳真不真心就不予深究了。”

吴中原把身子翻过来，趴在李琦腿上，说：“那一定是诚恳的真心的，不然的话也换不来我这美人的芳心。不过，我还有一个观点要与娘子商榷和讨论，我觉得一个家稳定和谐的基础，还在相互欣赏，才能相互原谅，求得大同存得小异。”

李琦把手伸进吴中原背上，挠了起来，说：“一个家在男人担得动撑得起靠得住的前提下，两人又各有所长、相互欣赏，那当然是两全其美，再好不过了。”

"那我们这个家是吗?"

"基本算是。"

"怎么加了'基本'和'算'呢?"

"那你说是木行好、商行好还是商号好。"

"当然是商号好。"

李琦停住抓背的手,说:"这不就是了吗?家庭也是需要经营的,两人郎才女貌、情投意合,那只是有了一个稳固的基础和框架,在这基础上还要加砖添瓦、开窗做门,外粉刷内装修,添置家具,配好饰品,再加上一个和睦的家庭氛围,才能营造出一个温馨的家来。也像你们把木行经营成了商号一样,看准目标就同甘共苦、同心同德地朝前走,不断努力不断进步嘛。"

吴中原又翻过身来,看着李琦说:"你说得对,我俩结婚以后,跟你在一起生活,还经常让我有一种初恋的感觉,看来你这家庭经营观是用上了的。"

吴中原坐起来的时候,李琦又靠在了吴中原身上,说:"这我不敢独享成果,这种事情必须是两人共同努力共同经营共同感受才能共同享受。"

吴中原又问:"你在学堂的感觉怎么样?"

李琦展开手,一副很满足的样子,"很好。那是我的心愿我的事业,我愿用我的全部努力去渲染它我的毕生精力去献给它。特别是你们侗乡这些孩子,真是又天真活泼又充满对知识的渴望和追求,她们的眼睛像这里的山河这里的天空一样纯净,没有半点杂质,那是她们内心世界的显现和表露。我讲的课文讲的故事,她们总是能与她们的生活她们的家庭她们的感受联系起来,有什么讲什么,不怕害羞不怕别人笑话。所以,记忆深刻,收效也大。有时候我还叫她们当我的老师,比如讲侗话唱侗歌。"

吴中原也舒适地伸展开身子,说:"你这个人,做什么事都很用心,很负责任。看得出,你是把她们当着自己的孩子对待的,才那么用你的心你的情去滋润她们浇灌她们,你们的关系才那么融洽。你把幸福给了她们,她们也把快乐给了你。"

李琦把床上的被子往床头理了理，让吴中原一起斜靠在被子上，说：“你说得很对，幸福和快乐是相互传递相互给予的。而且是一种公平对等的交换，在这一点上不会因为师生、辈分上的差异而不同。”

吴中原侧身把头偏向李琦，说：“以心换心，没有心大心小的差异，只有掏不掏心的区别。”接着说，“我听说，第一节课你就把心掏出来给她们，也把她们的心赢过去了。孩子们都特别喜欢上你的课。”

李琦露出了喜悦的笑容说：“是吗？谁说的哟？”

吴中原一只手撑着头，一只手搂着李琦的腰，说：“不是一个两个人说了，孩子们的家长都很喜欢你，我也就跟着沾光喽。连母亲听着都笑得嘴都合不拢来，你爷爷奶奶和父亲璇姨不是更高兴了吗？”

李琦也搂住吴中原，把头埋进吴中原怀里，蹭着吴中原的胸口，说：“我爷爷和父亲是不随便表扬人的，不过我从他们的表情上看得出还是基本满意的。但这只是有了一个好的开头而已，我自己也就给我打个及格分吧。”

54

吴寨近年突飞猛进的发展变化，冲击了李家寨人的视觉和脑海。这些变化像蓝天上不断变换着美丽身姿的云彩，像天边五光十色的朝霞，像一头搭在丛林一头伸进清水江的彩虹，让人感到耀眼和炫目。有时还像雷鸣闪电一般，吧嗒一声，让地壳都颤动起来，使得李方舟有一种坐不住的感觉。

李方舟说：“吴寨商号真是越做越顺了，特别是最近这些年，差不多是一季一个小变化一年一个大变化。李家寨的人看着都眼红都羡慕，也都希望我们能够加把劲赶上去一点。”王海说：“他们起步要早些，底子要厚些倒也是因素。但吴恭和李万山都敢想敢干还是主要的，又加上个吴中原，少年老成、后生可畏，这个组合真是黄金组合，挺有气势，挺有后劲的。”李方舟说：“那你觉得我们可以向他们学些什么？”王海说：“今天我们讨论的这些事也算是向他们学的一步吧。把木行改为商行，是经营范围的拓展，是规模的扩大，也是经营方式的改变提升。我觉得吴寨商号走过的这一步，我们先捡起来用就是了，不需要作什么调整和改变。等我们搞了一段时间，看哪些适用哪些不太适用，再改再调也不迟。”李方舟说：“好用的东西捡起来用，也不失一种廉价的方法。但会不会造成像陈家寨一样，让人觉得是对着吴寨商号来的。”王海说：“那倒不会，首先我们两人从思想上就没有要针对谁的想法，我们对他们的做法是欣赏是学习。其二是我们与吴寨、杨家寨虽然也都是上下游的邻居，但相距都比较远，在木材的材源上就形不成多大竞争。其三是我们外卖的市场和内销的市场都各是各的，谁也没有抢谁的生意。”李方舟说：“那就好，做生意还是要以和为贵，不要搅去搅来，搅得大家不得安宁，斗去斗来，两败俱伤，还伤了和气，伤了元气。”

王海说：“他们这斗，吴恭他们是皮毛未损，而陈家寨是付出了代价的。不过陈方亮、陈石奎他们是小肚鸡肠了些，没有吴恭、李万山大气。”李方舟说：“那是不好比的，从气度上比，那是天上比地下，大山比泥丸。从实力上比，就更是相差悬殊了。我也搞不明白，有这样大的差别，为什么还非要去比个高低大小。是有点不知天高地厚了。”王海说：“这人气度小以后，往往爱钻牛角尖，就像本钱小的人去赌博，越赌越输，还总想赢回来，就卖尽家产去赌，还有把婆娘都赌输掉的，不是赌得红了眼什么都不顾了吗？”李方舟说：“也像吸大烟的人，吸得倾家荡产都还是想吸，因为吸的时候有一种腾云驾雾的感觉和一些非比寻常的幻觉。”王海说：“如果把这种幻觉变为现实的追求也是好的，像我们李家寨未来的发展变化，现在还只是一种想法，但我们只要坚持去办了，未来的现实会像今天的幻觉一样美丽。不过那不是抽大烟时产生的，是用我们的努力实现的。”李方舟说：“等到了我们的商贾街也建起来的时候，大家就高兴了，我也落心了。”

王海在李方舟谈及商贾街建设的事时，想起了资金筹集的问题，问：“除了我们木行的积累外，筹款进展情况怎么样？”李方舟说：“大部分有钱的人家都很积极，都愿把钱凑进来，他们以后在商贾街就有了资产有了股份。”王海说：“是不是请这些有钱的人都和我们一起到吴寨商行街去看一看，那是实打实的东西，最有说服力。”李方舟说：“这件事我跟吴恭联系过了，他很乐意很支持，说是到时叫李万山和吴中原都来向大家介绍一下，用实际的效果来消除一些人的顾虑，给大家鼓鼓劲，我们上下游都搞起来就好了，就有清水江上的整体效应了。”王海说：“吴恭他们是有眼光有气度的，做生意也讲形成大气候，一条江的城镇都建好了建大了，来这里的人就更多了，人气越旺生意也越好做。”李方舟说：“他们在杨家寨的建设都动起来了，议这件事他们比我们还晚些，动作真是快。”王海说：“再加上他们又有吴寨商行街建设的经验，不光快，还会更好。我们要多学习和参照他们的一些做法，才能少走点弯路。”

55

吴嫂、吴李氏、灵芝和桂花到学堂去接孩子，学堂还没有放学，几人就坐在树荫下摆门子。

桂花说：“我听来了一个先生的故事，你们听不听？”灵芝说：“这么弯酸干什么，有话就讲有屁就放，乡下婆娘讲话还要弯弯拐拐躲躲闪闪的？”桂花说：“话说一个先生到外乡去教书，辛辛苦苦一年得了一些钱，里三层外三层地叠起来，放在胯裆底下他老婆给他缝的一个兜里，生怕掉了被人偷了，走一会又去摸一下。”灵芝插嘴说：“那人家还以为他是老二痒了去抓哟。”吴嫂说：“你想去帮忙抓？”吴李氏说：“先生的东西柔弱得很，她不喜欢。他是喜欢那些外地商人的。”灵芝说：“吴李氏晓得外地商人的不柔弱，肯定是尝过味道了。”桂花说：“你们几个多嘴婆，究竟还听不听，不想听我就不讲了。”吴嫂说：“还是桂花款得好听，讲吧。”

桂花清了清嗓子，接着说：“先生走了几天，到了家门前的渡口，眼看就要到家了，很是高兴。那摆渡的艄公知道先生是个老秀才，比较迂腐。就跟先生搭话说：‘看来先生今年是得了不少钱回来，还挑了那么一大担东西。’先生高兴地说，‘今年也算运气，还是有些进项的。’艄公就说：‘你是先生，有文化，我们用字来打个赌，你要赢了，我把这一年的进项都给你，你要输了，你那胯裆底下的银钱就归我。’先生心想，我一个堂堂的秀才赌字还赢不了一个大字都不识的船夫？就答应了。艄公就走到船头，四仰八叉地睡下来，手平伸脚打开。问什么字?”灵芝抢着答：“一个大字哪个认不得。”桂花说：“先生也像你一样，不假思索就这么答了。艄公马上站起来说：‘把银两掏出来吧，还说是先生，明明大字下面有一点，是个太字，你还念成了大字。’先生先是脸都红到了脖子根，后来又气得青筋都冒出来。认错字都丢了脸，又不好当着这么多的人说话不算数，就只好解开钱囊给了艄公，垂头丧气地挑着担子回了家。回到家中，他婆娘看他一直在不言不语地生闷气，又拿不出教书的钱来，觉得就有些蹊跷，一再追问下才说出了实情。他婆娘才一把把他抱在身上说：‘你这个老学究啊，这有何愁，我明日一定去要回来就是，我们已是一年不见，先欢喜吧。’两人饭都不吃，就上床去干那事去了。到了第二天，日上三竿两人才下床。那婆娘拿了一根扁担就大步出了门。他婆娘是个风风火火的人，先生怕她拿扁担去打架，才急急忙忙跟了出去。那婆娘到码头就一纵身跳上了船头，用扁担指着艄公说，我今天来和你比试，你输了就把昨天吞了我丈夫的钱吐出来，你要赢了，我再给你一吊钱。说着又把那一吊钱拿出来摇了摇。艄公被惊吓，赶快点头应了。那婆娘也像艄公睡在船头的样子，只是在头上加了一根扁担。问什么字？艄公急忙答，天字。婆娘跳起来说，把昨天你吞了我丈夫的钱吐出来吧。你也是把天字下面那个口看少了，我刚才明明提示了你那个吞字，你却偏偏还要认错，这也就怪不得我了。”

几个婆娘听后就哈哈大笑了起来。吴嫂说：“故事倒好听，就是在这夫子圣地，你们拿先生来开涮，就不怕老夫子听到，剥了你们身上这张皮，让你们没脸见人?”吴李氏说：“那真是的，现在我们几个婆娘在一起还可以没有什么顾忌地摆点滥门子，当着崽们讲话是要注意点了，现在他们学到了知识，被他们听到了，那是真没有面子的。”几人才相互做了个鬼脸，边说边笑地到教室边等候接孩子去了。

吴中原和吴志强到了杨家寨，去指导那里的工程建设。修路的，平基的，打夯的，碾土的，锯木的，砌保坎的，造屋架的，立房子的，到处一片热火朝天的景象。吴中原和吴志强拿着绳、尺，这里量量那里比比。这里的商号街，规模和功能与吴寨的差不多，但地势不同，侗家建筑与苗家建筑的特色也有所差别，就要进行一些调整和优化。

吴志强对吴中原说："不知是少来的原因还是民族特征上的差异，来到这里就觉得很新奇很兴奋，觉得这里的环境不比吴寨差。"

吴中原拿着量尺边量边记，说："我也感同身受，这里也是依山傍水，两江汇流，只是山势更加陡峭一些，但更显得有气势。还有这里的苗家吊脚楼，又多了个美人靠，特征也就更突出了。"

吴志强把标杆立在确定的位子上，说："那这个特征是不是要突出地表现在商号街的建筑里。"

吴中原一边指挥吴志强移动着标杆，一边说："那是肯定的。否则，与我们那商行街就没有什么差别了。再说，也只有这样，才能让商行街与杨家寨的建筑融为一体，成为一个不可分割的组成部分。"

吴志强按吴中原的要求放了线，画上石灰印，直起腰来问道："苗族建筑的另一个特征，是不是屋顶的牛角造型和层叠式的屋面倒水？"

吴中原很赞同吴志强的看法，说："你说得很准确。还有就是堂屋的开放式，不设封拦的板壁，在这样的屋里生活，让人觉得在屋里也仍然身处大自然，没有被屋子封闭起来的感觉。"

吴志强觉得自己的看法得到认同，也受到鼓舞，说："还有就是璇姨家那老屋，也是苗族文化与中原文化完美结合的典范，很是值得学习和借鉴。"

吴中原拿过标杆来比了比，说："那都可以做古董了，建得非常巧妙又非常含蓄和大气。真是两种文化结合的标杆喽，是应该很好地突出出来的。"

吴志强问吴中原："哥哥，你们新婚燕尔就离开嫂子，惯不惯喽？"

吴中原心里牵挂的东西被吴志强提起，心里暖融融的，说："肯定心里还是牵挂，但离得也不远，过几天把些大点的事办完，就可以回去一趟了。"

吴志强很是羡慕地说："哥哥真是幸福，什么都如愿以偿了。"

吴中原反问道："你是不是除了我们的兄弟关系外，还是想跟我做姨老嘛。"

吴志强说："想有什么用，也是空想白想。"讲完接着叹了一口气。

吴中原拉吴志强坐在屋架地脚枋上，说："说句老实话，你与李枚确实有点文化差距，但那应该不是你们难得走到一起来的原因。原因还主要在你的不自信。你想想，你总对自己作一种不如她的心理暗示，结果在她面前讲话做事都显得拘谨，你的聪明、能力就表现不出来，就很难给她一种靠得住的男人的感觉和印象。女人要找的是她的终身依靠和精神支柱，你这根支柱在她心里总是立不起来。那她又如何靠过来？"

吴志强看了吴中原一眼，埋下头来，说："那哥哥说我该怎么办？"

吴中原让吴志强把头仰起来，说："你在心里确实爱她放不下她，那唯一的办法就是努力缩小差距，这一点我知道你正在做，而且进步很快。还把那不如她的心理暗示彻底的丢掉，把自信建立起来。心里要有一种念头，我有很多方面都比她强。有比她弱的地方，通过努力一定能够赶上她超过她。这才是男人的气质男人的做派。"

吴志强眼里多了一些神色，说："谢谢哥哥的鼓励，我就鼓足勇气再冲刺一把吧。"

吴中原又问："璇姨那侄女你们还来往吗？其实，那姑娘也蛮不错的。"

吴志强又低下头，说："我知道她人好，长得也很合我的意，还蛮黏我的，就是心里有了李枚，她就总是进不到我的心里来，有时觉得对她还蛮歉疚的。"

吴中原点着头说："这是对的，脚踩两只船不好。"

吴志强把墨斗的线钉扎在木方上，说："要是对李枚也像我对她那样自信，可能情况就不一样了。在她面前我就放得开，她就很佩服和欣赏我。"

吴中原鼓励地说："自信是能把事做成做好的一个重要因素，不光谈恋爱，做任何事都如此。只有自信，你才有勇气去面对去跨越去攀登，去想方设法地排除障碍达到目的。”

吴志强说：“哥哥说得对，我们从木行发展到商号，好多东西都是靠自信心加脚踏实地地干事才实现的。”

吴中原把墨斗线重新定好位，说：“确实如此，没有二叔和我岳父他们的自信和努力，就不会有吴寨商号的今天。”

吴志强顺着墨斗线放了石灰印，抬起头来看了看杨家寨的周边环境，说：“我看到这杨家寨的山形地势和我们正在建设的商号街，就觉得心里好像产生了一个未来的图形。”

“什么图形？”

“现实版的《清明上河图》。”

“那是北宋张择端描绘京城汴梁繁盛景象的风俗画，堪称中国绘画史上的经典之作。”吴中原很佩服地说。

“你看，在疏林薄雾中，掩映着几家茅舍、草桥、流水、老树和扁舟。一片柳林，枝头刚刚泛出嫩绿，虽是春寒料峭，却已大地回春。这杨家寨村头不正有这番景象吗？每当走到村头看到这样的景致时，我就会在心里感叹这种惊人的相似。”吴志强目视村头，扬起手，描绘着说。

吴中原接着说：“街上的屋宇鳞次栉比，有茶坊、酒肆、脚店、肉铺、庙宇、公廨等等。商店中有绫罗绸缎、珠宝香料、香火纸马，此外尚有医药门诊，看相算命、修面整容，各行各业，应有尽有，大的商店门首还扎‘彩楼欢门’，悬挂市招旗帜，街市行人，摩肩接踵，川流不息。做生意的商贾，看街景的士绅，骑马的官吏，叫卖的小贩，坐轿的贵人，背篓的行脚，问路的游客，狂饮的豪门，男女老幼，士农工商，三教九流，无所不备，形形色色，样样俱全。这确实是未来杨家寨商号街的景象，还多了寨前寨后的参天大树和满目的青山。”

两人就开心地笑了起来。

住在杨家寨的客栈，吴中原翻来覆去都睡不着。吴志强问他刚结婚出来习不习惯，想不想李琦，更是勾起了他的思念情结。他与李琦的恩爱和情感用如胶似漆、如糖似蜜、如醉如痴、如影随形什么词来形容来比喻都不过分，好像都还表达不了那种真真切切的想着的时候心里就特别甜蜜特别舒心的相思感觉，刚刚离开一天两天就像丢了魂似的。他也不知道这是不是一个干事业的男子汉该有的东西。说该有吧，事业和爱情谁为重呢？把爱情摆重了，人们又说是个不中用的人，整天围着婆娘转。说不该有吧，哪个爱江山的人不爱美人？况且我还不到他们那个层面，不过是一个商人一介草民。不过那些爱江山爱美人的人，也是得江山才得美人，失了江山，美人也到云里雾间去了，还是得静下心把事业做起来。

吴中原翻了一个身，还是睡不着，脑子里满是李琦的影子。又想，李琦一个新娘就独守床头，肯定会觉得很孤单很失落很相思。不过还好的是那帮孩子是她的生活兴趣她的精神寄托，她在孤独思念时可以抹去一些愁绪冲淡一些郁闷，是聊以自慰的最好的安神剂和精神食粮。还有她所爱的书和画，说不定她正在挑灯夜读或正在勾勒她的花鸟鱼虫，或者在穿针引线地刺绣。也许她正好抽这时间去与爷爷奶奶和父亲璇姨共享天伦之乐，她的老人、亲人都在表扬她，让她受到莫大的鼓舞和鞭策。也许她正在陪着母亲说话，帮着母亲做些事情，让母亲得到一种期盼了许久才得到的儿媳的慰藉。

也许李枚正在陪着她，她们在兴奋地谈着学堂谈着学生谈着学堂学生那些有趣的事；也许在思念李枚远方的父母和姊妹，或者是她们学生时代的同学和伙伴；或者在谈论吴志强，说吴志强的好，吴志强的聪明率真，吴志强在恋爱上的腼腆羞涩和有时表现出的拘谨后答非所问无所适从的狼狈样子。想着想着才慢慢睡了去，梦里还亲昵地叫着李琦的名字。

56

陈方亮从狱中出来，心中带着气馁更带着怨恨。他觉得自己走南闯北阅人无数，竟栽在这样一些自己平时都不愿正眼看一看的人手里。他恨杨田裕，把他引上了木商的路子，在他困难的时候给他出了无数的点子，使他多次脱离险境，他却并不领自己的情，还过河拆桥反诬自己，使得自己在杨家寨连立足之地都丧失殆尽。他就是自己的克星，后来又成了自己在生意上的对头。他恨吴恭，觉得吴恭就是一个笑里藏刀的笑面虎，一个深藏不露老奸巨猾的奸商，长着一副慈善的面孔，背后藏的是杀机是轻易不出鞘的屠刀。他恨李万山，一个吴越人，学的都是孙权的老谋深算，奸诈之术，盘踞江东，却窥探魏蜀。他恨吴中原，一个嘴都还没脱黄壳的黄毛小子、无名小辈，居然如此老辣干练，出手封喉。他也恨陈石奎，明一套暗一套阴一套阳一套，又自私又无能，自己进了牢狱，他却不闻不问，连根毛都不愿拔来救自己。

陈方亮又想，人是三节草，不知哪节好，我不相信我就没有翻身的时候。突然又想起在外时朋友讲的一个故事来。说是一个举人，努力了半生，还是在衙门里无职无权混口饭吃，很是失落很是无奈，整天唉声叹气、心灰意冷。一天晚上做了一个梦，梦见了自己的三个举动，很是奇怪还很是荒唐，其岳母又深谙解梦之术，乘一大早衙门还没办公，就背着妻去了岳母家，想看看自己的梦境有没有好兆头。恰其岳母又一大早去了菜市场，只有妻妹在家。妻妹问，姐夫闷闷不乐，一大早过来，是不是跟姐姐吵架了。姐夫说我与你姐姐感情甚笃，怎会吵架。只是昨晚做了一个奇怪的梦，想来请母亲解解。妻妹说，解梦何需母亲，我现在比母亲更胜一筹，尽管道来，我保解得你满意。姐夫虽有些迟疑，但又不好驳妻妹面子，也就说了出来。说第一个梦是梦见自己打着伞在雨里行走。妻妹皱皱眉头说，这可不好，这是伞下黑呀。又问第二个呢，或许会好吧？姐夫说，梦见自己走在墙头草下。妻妹惊异地说，那就更不好了，你想，那墙上草都是两边倒，你又比那墙头草还低，那就更是难有望场了。姐夫叹了口气说，看来是没有出头之日了。妻妹说，那第三个呢，没准会逆转命运呢。姐夫说，第三个我对你是讲不出来的。妻妹说，有什么讲不出来的，莫非姐夫还会有什么背着姐姐不可告人的事？姐夫只好红着脸说，我梦见和你睡觉。妻妹一听，满脸怒气地说，痴心妄想、白日做梦。

姐夫满脸通红一脸无奈，也不好意思再待在岳母家里看妻妹生气，就垂头丧气地出了门。还没跨出大门，岳母回来了，岳母问明缘由说，那黄毛丫头会什么，回去我跟你解，女婿才亦步亦趋地跟着进了堂屋。女婿说完三段梦境，岳母拍手跳了起来，说我女婿熬出头了，这回肯定是时来运转步步高升喽。接着说，第一个梦境雨下打伞是什么，伞那坡面是个人字嘛，你打着伞，那就是人上人嘛；第二个梦境你想想，你梦见墙上草，墙上的草是不是比人高，那就意味着你要高人一头嘛；第三个梦就绝了，你和女人睡觉，是不是总有翻身的时候。这回你是想不当官都不行喽。女婿才高高兴兴地出了门，到衙门上班去了。

陈方亮想着这个故事，自己一个人都笑出声来。想着自己在狱中也是做了和女人睡觉的梦的，还不是和一个女人在一起厮混，那还会没有翻身的时候？心里就想，我要是翻过身来，不把你们整死才怪。

陈方亮又想，这陈石奎，也是茅坑里的石头，又硬又臭。但我们现在又是一条绳上的两只蝗虫，一个往一头跳是不行的，一个跳一个不跳也动不了，还只能是两个一起跳才行。现在他离开我，生意也无法做下去，我要离开他，那除非是钱不挣了仇不报了。人为了达到目的，别人都可以钻胯，我在屋檐下低个头没有什么了不起的。想着想着踏进了陈石奎的家门。

陈石奎早就料到今天陈方亮要来找他，已在家里等候多时了。仍然装出很惊讶的样子说："兄弟出来了也不早说一声。哥哥好到县里去接你呀。"陈石奎心里有一本账，他知道陈方亮这几天要出来，在去不去接的问题上他是考虑过权衡过的。去接，说明他陈石奎还重这份兄弟情义。但这乡下人总觉得和一个牢里的人是朋友，自己丢不起这个面子，再说怎么都还得花钱去给他买身衣服去去晦气，喝顿酒压压惊。不去接，也说得过去，我又不是他亲属，他出来又没有通知到我，装着不知道，也是说得过去的，这叫装憨得顿饱。再说他是肯定要来找我的，这也叫青蛙跳进汤锅里，涮(算)死的。

陈方亮也装着可怜兮兮的样子，有气无力地说："已是囹圄之人了，怎敢劳驾为兄的？为兄不嫌弃，还能让我进这个门，我就已是感激涕零了。"然后低下头，半闭着眼睛，用余光看着陈石奎。

陈石奎知道陈方亮玩的是以弱小博得同情的把戏，也装出很同情很不平的样子说："什么囹圄之人，兄弟那是英雄义气、侠肝义胆，为劫富济贫挺身而出才遭的难，还为哥哥挡了一箭，哥哥应该感谢你才是。”又走到陈方亮面前，装出很关切的样子，偏着脑袋认真地看着陈方亮瘦削的脸和黑眼圈，说：“兄弟这次确是受苦了，人都瘦了好几圈。哥哥今天为你补补身子压压惊。”说着就挥挥手把下人叫来，大声说：“今天我有贵客，拣家里最好的酒菜做。”又走到那人耳边咕哝了几句，接着装腔作势地说：“不要舍不得，只要家里有的就拿出来。”陈方亮是习惯了他这做派的，也装聋作哑、面无表情地呆坐着，任他表演任他摆弄。

陈石奎看了看下人离开了的背影，又把嘴凑到陈方亮耳边说：“幸好兄弟精明，留了一手，把一些钱放在了另外一个户头上，否则，被他们搜干刮净我们就没有翻身之日了。”

陈方亮知道那钱是陈石奎不敢吞也吞不下的钱，对陈石奎的说法也不作反应，却表现出一种对当下情况的关心，问道：“最近的生意做得这么样?”

陈石奎坐回到太师椅上，摇着头，唉声叹气地说：“哪有做什么生意，官府停止我们木材生意和码头运输的事都才解冻没几天，名誉又被他们搞坏了，连来接洽的人都没有几个，更谈不上有来买木材的人了，还指望着兄弟你来下活这盘死棋哟。”

陈方亮知道陈石奎的德行，肯定是想把这段时间赚的钱独吞了，想着玩这一招你还不行，过不了几天我就会一清二楚的，就不再追问，也不再理会陈石奎的各种解释。说：“损失是大了些，但只要青山在，柴是会长起来的。”接着又说，“账是算不烂的，有些账以后慢慢地再来算吧。”陈石奎一时听不出这句话是针对吴恭他们还是针对他自己，又有些心虚，便装着不懂地回道：“有仇不报非君子，账是一定要跟他们算的。”

陈方亮看出了陈石奎心虚后的狼狈相，心想，我都还没出招，你就腿软了，还跟我玩什么花样喽。又想，还是给他留点面子吧，不要一来就撕破了脸，以后也不好做事。就扯开话题说：“吴中原和李琦结了婚，成了李万山的女婿，又成了杨田裕的侄孙女婿，又是吴恭的亲侄子，他们这关系就千丝万缕、错综复杂了。”

陈石奎不懂陈方亮说这话的意思，诧异地说：“那他们都成了至亲，不是更拧成一股绳了吗？”

陈方亮摇了摇头，说：“那不见得，人亲钱不亲，一家人为钱扯破脸的多了去了，矛盾和问题还在后头。”

陈石奎赶紧回道：“那倒是，俗话都说‘公公奶奶，见钱眼开’，钱能把眼睛打瞎，也能让亲戚分开的。”讲完这句话，陈石奎才反应过来，心想这陈方亮还真是厉害真是狠毒，刚出得牢里，就又想着从哪里下手来搞名堂了。而且是从一般人认识的相反方向找到蹊径，找到问题的关键所在。是有点让人防不胜防的鬼才。不过他也没有点破，心想这坏事还是让他陈方亮出头，自己装傻，不是说“难得糊涂”吗？这些事情上，糊涂比明白好。

刚从狱中出来，陈方亮也不想马上又去招惹什么麻烦事，话也就点到为止，不再深谈。两人就谈起下一步如何收拾局面，做好木材生意的事来。陈方亮说：“这人也遭不住几次折腾，这一次硬是让我感到心身疲惫，确实是累了。这段时间只要别人不来招惹我们，我们就安安心心地做点事情吧。”陈石奎心想，前几次是哪个招惹你了，还不是你自己得了几个钱就烧包？又心想你都是改不了吃屎本性的，突然嘴巴里吐出象牙来，那象牙也一定是假的。但也觉得这时不宜去对过去的事理论和追究，是该安心做事了，再不好好地做，钱都进到别人的荷包里去了，人跟人有仇，跟钱没有仇啊。就说：“那是那是，我们再不往前走，别人都跑得连背影都看不见了。”陈方亮说：“那最近我们两个是不是分个工，我负责去找那些老客户，把他们请回来，你呢，就多收一些木材，而且要最好的，也算酬谢那些还愿跟我们打交道的人，也是把我们的面子挽回一下。你看怎么样？”陈石奎说：“那已经扎好的木排，里面的木材有好有坏，是不是要打散了重来？”陈方亮说：“那也不必，先把那些排放一边，过一段时间再卖。现在先买好的卖好的，要好到超过别的木行的供材质量的程度。人想要让别人觉得你漂亮，都要花钱来打扮，何况木材？”陈石奎说：“那是那是，何况我们是重打锣鼓另开张，就像是嫁二嫁的人了，更是要打扮。”陈石奎的说法，把陈方亮都逗得笑了起来，说：“石奎兄还真是脑子反应灵活的人，我们是能一拍即合的。”

57

吴中原出门这些天，李琦都愿意到他们谈恋爱时走过的地方去走一走。在这些地方，她似乎能看得到他的身影闻得到他的气息，那些一点一滴的东西好像都渗透到了一草一木和泥土中，在空气中游离在水面上飘荡。她需要这样的感觉痴迷这样的感受，他觉得自己一个人与这种感觉的交流，有一种独特的像野花散发着清香像米酒飘逸出醇味像清风撩起发梢像秋阳照着脸庞的感觉，这样的感觉多一个人都得不到。

她一边走，一边蹲下来采一朵蒲公英吹拂在空中，看着那又轻又白的絮的柔美的舞姿，它轻轻的雪花般地降落和随风飘到远方去找到归宿的情景。她又悄然地摘下一枝柳，扬了扬，像要抖搂柳枝上的露珠，然后嗅到鼻子边，再用嘴的气把它吹开去，她觉得人们送别亲友，都要摘柳，特别是那多情种子柳永差不多每一篇送别的诗词都离不开这个情节，肯定是它那窈窕淑女般柔软的身姿，最容易撩动人的情绪人的相思。

她又伫立在河边，看着透彻的秋水从远处青山的夹缝中淌来，像天一样蓝像山一样绿像镜面一样透明像晨曦一样迷离。想着如果有一叶纸叠的小舟顺流而下，那肯定是吴中原从上游传递下来的情书，那字里行间会是多么的柔情蜜意、惹人陶醉。

她躺在开满野花的草地上，呆呆地看着蓝天，看着蓝天上飘着的不断变换着美妙姿态的朵朵白云，她觉得每一朵云都肯定是一对有情人的情怀表达，不是的话它就不会那么美妙动人。突然，一群白鸽飞了过来，发出竖琴在崆峒弹奏那样空灵的声响，她想，我们家如果有一只信鸽，我就会不断地写上我的思念我的情感，让它送去给我的哥哥，让他少些思念少些牵挂。

想着想着暮色降临了下来，她才慢慢地向家中走去，好像还失落了些什么在小河边，在旷野里。

晚上李枚来陪姐姐。她们姊妹间从小就在一起生活一起嬉戏一起读书一起弹琴一起绘画，一起谈论社会一起憧憬未来一起初试爱情一起进入校园，好多的一起和一样。她对姐姐很是喜欢很是尊重，她觉得姐姐大她不多，却稳重大方，很有学长、师长的风范，对妹妹也是关心备至爱护有加。而自己就有一种总是长不大的感觉，一种脱不了也不愿脱的孩子气，一种活泼天真逗人喜欢的开朗女孩性格。

姐姐和吴中原的爱情，她也是在中间起到不可磨灭的促进促成作用的，她觉得吴中原是一个难得碰到的才子佳人，好像用这个词也不大准确，应该分开来，先是才子再是佳人，这就比较准确了。还有就是他很早失去父亲后养成的那种独立、自强的性格和对情感的坚贞专一对事业的不懈追求，都是可遇不可求，打着灯笼都难找的。所以，在姐姐面前她对吴中原总是那么追捧那么夸耀。让姐姐对吴中原总是有一种非他不嫁，而吴中原对姐姐则是非她莫属的认同。现在他们是有情人终成眷属了，自己是从内心感到高兴为他们祝福的。而自己……想到自己的感情经历和情感归宿，却不由得又有点沮丧有点失落有点心里踏实不下来心情晴朗不起来的灰扑扑雾蒙蒙的感觉。

吴志强这人吧，情感真挚聪明好学，人也长得帅气大方，就是总让人有一种还不是自己的理想归宿的感觉。可能是他太爱我太重视我了吧，跟我在一起的时候总是那么拘谨，甚至畏畏缩缩、言不达意，没有把一个大男人的形象立起来。或者是有了吴中原做比较，就总是觉得吴志强不够严谨不够成熟不够男人味。其实如果不熟悉吴中原，或者根本就不知道这个人，单独认识了吴志强接触了吴志强，那吴志强或者也还是不错的，他的坦白他的率真他的活力他的上进心和火一样的热情都是很不错的个性特征。自己也力图说服自己，排除吴中原这个参照物，却自觉放下又不自觉地立起了来。她也想去找姐姐谈谈这些想法，听听姐姐的意见和建议。

李枚撒娇地说："姐姐倒是成家立业、如愿以偿了，也不管管妹妹的事。"

李琦看出李枚的心思，对吴志强还是有好感的，就是文化的差异让李枚下不了决心，一是这差异并不大，再则，是可以通过学习和互相帮助补上来的，并不是不可原谅不可弥补的缺陷或陋习。从为妹妹好的角度考虑，吴志强也应该是妹妹比较好的选择，就说："妹妹要是愿意留在这里，姐姐也有个伴，那不是姐姐愿望的吗？反正我觉得吴志强人还是不错的，本质好，人聪明，爱学习，勤思考，感情专一，责任心强。不知妹妹还要选什么样的。"

李枚翻了一下白眼，说："我说他不好啦？我就是看不得他那畏畏缩缩的样子，缺少一个男人的气质和魄力。"

李琦瞪眼看了一下李枚，又温和地说："这你就不能全怪他了。你在他面前，总是那么洋洋得意、咄咄逼人，让人讲不了话伸不直腰，你把他的角色都占了，叫人怎么当男子汉？"

李枚觉得很委屈地说："那姐姐的意思就都是妹妹的错喽？才当了人家几天的媳妇，胳膊肘就往那边拐了。"

李琦轻轻地拍了一下李枚的脸，说："你是我妹妹，他是我弟弟，都是一样的亲。我们在一起的时间近二十年，跟他们认识也就是几年的事，你说我的胳膊往哪里拐，怎么样我都是站在妹妹的立场上的，存在胳膊往哪里拐的问题吗？"

李枚噘着嘴说："那你也不跟我出个定准点的主意，我究竟应该怎么办？"

李琦用指头轻点了一下李枚翘起的嘴，说："妹妹又不是自己拿不了主意的人，从来都是自我得不得了。哪里需要姐姐拿主意，充其量当当参谋就不得了了。"

"那就当当参谋呗，哦，不是，是高参，是师爷。"李枚说着做了一个抱拳的样子。

"你要真是喜欢他，那就把自己再放低一点，多给他一些自信一些自主，让他能多发挥一下自己找回一些自己。那时你再看看他是不是自己理想的心仪的人再说呗。感情这东西也是不能勉强的，勉强了以后你会怨我也会怨自己。"李琦很认真地说。

"那我姐夫他们什么时候能回来呢？要不等放假，我们去那边看看，都没去过，肯定是很新鲜很好玩的。"李枚眨着眼睛，偏过头来问。

“这一说就等不及了吧，是不是嘴上说不怎么的，心里其实很想念很牵挂哟?”李琦打趣地说。

“光说我，姐姐敢说不想念不牵挂?”李枚盯着李琦的眼睛。

李琦从床头抽出一封信，说：“你吴哥来信了，过不了几天要回来一趟，那时你再抓紧点吧？不要以为‘有花堪折直须折，莫待无花空折枝’这句话只是对男人讲的哟。”

“那你摘的是不是开得最茂盛的时候的花?”李枚问。

“算是吧。”

“那我觉得，我想要摘的这枝花好像还是花蕾的多。”

“那不是更好吗？摘后用个花盆养起来，你欣赏到那花开的时间更长些。”李琦走到窗台前，赏着那盆翠绿的坠枝上开着小白花的金边吊兰。

“盆里的花是经不了风雨的，还是等它开得茂盛点再采回来吧。”李枚也凑到花盆前，摘去一片黄叶。

“那就进行重点培育和管护喽。不要不管不问让人采了啊。”李琦把花盆转了一个朝向。

“那我用刺把它围起来，别人就不敢去采了。”李枚俏皮地说。

“那不是个办法，刺太多，花也是开不好的，还是多给阳光多浇水多施肥。”李琦说。

“那不是把它当宝贝啦？怕惯坏了脾气哟。”

“那就看你会不会把握尺度和分寸了。”

“这个没有经验，也只有慢慢学习慢慢体会慢慢实践慢慢总结啦。”

“我妹妹是悟性很好的人，用不着那么多慢慢的，还是当快则快当慢则慢吧。”

“反正我有辅导先生有师爷，不怕的。”又拉李琦坐在了床上，在一起谈起学堂的事来。谈到学堂谈到学生，两人都像血会冒到头上来，充满激情充满活力充满希望和憧憬。

“教孩子的感觉，就像在花园里劳作。看着那种子慢慢发胀，生根，发芽，长出枝条，长出花蕾，别提有多高兴了。那时就顾不得辛苦顾不得劳累，只想去给它浇水施肥除草剪枝，恨不得它长得越快越好。”李枚满心欢喜。

“我也是特别愿意看那芽叶一瓣一瓣长出来，花蕾从针尖这么小开始，然后逐步地萌生，慢慢地染上颜色，再一瓣一瓣地张开来，又慢慢地有了果实再慢慢长大，那样的感觉真好。”李琦伸出白皙的手，比划着。

“那是自己劳动而产生成果过程的感觉，是一个非常快乐非常幸福的感觉过程，是当园丁才能体会到的劳动喜悦。”李枚很赞同很感触地说。

“所以，快乐不仅是发生在对自己劳动果实的欣赏或品味时，有时就觉得，你在种植到收获的过程中，细细地观察它体会它感知它品味它，或者更是欣然自得、其乐无穷。”李琦饶有兴致地说。

“姐姐是不是也要我去体会和感知吴志强成长成熟的过程啦？”李枚好像感觉李琦话里有话。

“好多道理都是可以举一反三、推而广之的，妹妹这样理解，姐姐也赞同。”李琦很是佩服李枚的聪颖喜欢她的活泼。

“姐姐现在是越变越坏了，或者说是跟中原哥越学越坏了。说话还要人去琢磨，增加人的脑筋运转成本。”李枚也很佩服李琦的思想深度。

“妹妹也不做生意，还讲起成本来了。这是一种情趣，一种引导多元解题的方法。你教学生时，不都是让学生在一个问题上有多种疑问多种想法多种回答吗？回答出来的问题，有时也有让人啼笑皆非的，但我觉得那样的回答只是不准确而不是错，往往还能开阔老师的思路。”李琦说着拿出了学生的一些作业和卷子给李枚看。

李枚看了几张卷子，边看边笑，说：“姐姐真是一个好先生，完全脱离了老先生那种唯我独尊自以为是的思维模式。培养出来的学生，现在就这样有脑筋，将来肯定是那种会学习善思维能做事的一流的学生。”

李琦也翻看着学生的作业，好像看不完看不够一样，说：“那还不敢那么夸夸其谈，都还是在学习在探索。不过几个老夫子在教学上都是循循善诱，启发思维的，与弟子之间也既是师生关系又是朋友关系。你看《论语》里面的东西，不都是孔子和他的弟子之间平等风趣的对话吗？不知道到了什么时候，夫子的话就变成神圣不可侵犯的圣言了，连先生的话都成了不可反驳的真理，这应该是有悖圣人们的初衷的，是可笑可悲的。”

李枚听着李琦的话频频点头，然后说：“我听爷爷讲过关于佛的故事，说在佛四十九年的教化中，弟子们所看到他们的导师，总是和颜悦色，慈悲安详的。佛对自己所说的道理，绝不强迫弟子们接受，他鼓励他们怀疑发问。一直到他八十岁在婆罗双树间即将临终时，一再还在垂询弟子们还有没有疑问。佛说：‘大疑才有大悟，小疑只有小悟，不疑就永远不悟。’佛也在最后的遗教时说：‘我没有想过你们弟子是我的，众生是我的……我不过是你们当中的一个，常常和你们大家在一起。……我从不压迫别人，也不会要人来服从我。’佛陀这样了不起，都允许和鼓励他的教徒自由怀疑发问，进而深入探讨问题，真是值得敬佩和学习。”

李琦也很喜欢和景仰佛家的说教，说：“唐僧历尽千辛万苦都要到西天取经，是有道理有价值的。而且佛教传入中国后，又得到了发扬光大，很有生命力。”又说，“那些相传万世、留名千古的人们心中的智者和圣人，值得人们景仰，得到人们尊重，那都不是他们要求人们这样做的。是他的言行他的精神影响、感化、教育了人，触动了人的心灵深处，才有了那么多信徒，那么多崇拜者、追随者，那么多对之心服口服、五体投地的人。”

李枚的思想又回到了学生时代，很有感触地说：“姐姐说这些真有道理。过去我们当学生，那是有想法不能想有问题不敢提，让我们有过许多困惑许多苦恼。有几个敢讲话的，就说他是刺头，有时候还加以大逆不道的贬斥。现在我们是不能再这样对待学生们了。”

李琦也很赞同李枚的看法，说：“你又想想，最后走出社会来，又有几个死读书读死书的人是中用的？中用的反而是那些被认为是刺头的人，因为他们有思想，敢超越，敢背叛。当然喽，打基础还是重要的，所以中用的还是那些基础又打得好，脑子又好用的人。”

李枚随着李琦的话说：“那些只会鹦鹉学舌的人，只会摇头晃脑吟诗诵经的人，只会跟在人后面亦步亦趋的人，反而是让人感到生厌，甚至是可恶的人，最后也是中不了大用的。”

“吴志强不是这样的人吧，不令人生厌吧?”李琦问道。

“姐姐是无时无刻地找着机会变着花样给吴志强说好话哦。”李枚说。

李琦笑了笑，说：“那也不是，只是有话赶话，讲到哪里想到哪里而已，还会编个套来让妹妹钻?姐姐又不是卖瓜款瓜甜的王婆，更不是三寸不烂之舌的媒婆。”

李枚说：“说到媒婆倒真有个媒婆的故事，说是有两个人，男的是个瘸子，女的腿有点蜷，站起也就不那么高。女的嫁不脱，男的讨不到，两人都为此感到很痛苦，家里人更是着急。媒婆就来撮合他们，她对女方家说女儿既是这样，那找男的就只好不要那么挑剔，‘高低点’就行了，女方家连说那是那是。她对男方家又说，那孩子生就有这不足之处，对女方的要求也就不要那么高，‘去得来得’也就是了，男方家也连说那是那是。她安排他们见面时，让男的骑马女的纺线，两人上身都是健全的，还一个帅气一个貌美。两人一见都很高兴两家也很欢喜，就择吉日拜堂成了亲，进了洞房才发现了对方的不足。就都来找媒婆理论，媒婆对两家说，我对你们都是实话实说、有言在先的，没有骗你们啦?我说那女的对男的要求只有高低点，那他走起路来不是一高一低的吗?我对男方说对女方的要求也不要那么高，她不是不怎么高吗?不是能走路去得来得吗?两家也就无言以对不再啰嗦了。”

两人就笑得前仰后合，倒在床上，慢慢睡着去了。

58

吴寨山后起了一把大火，火焰腾腾地烧进了没有成材的人工林，红了半边天，把吴寨的人都惊呆了，大家不约而同拿着柴刀、镰刀、锄头和打火把往失火的山上奔去。

森林的火都是从树下往树尖上蹿，火烧着杉叶发出鞭炮一般噼噼啪啪的响声，火势很快蔓延成火龙，在山上山下舞动，一会儿就吞灭了一个坡，打火的人都拢不了边。吴恭指挥着大家说："这火靠扑灭是不行的，只有砍开火道，第一是决不能往寨子蔓延，要保住寨子，第二是把火引向河边，到了河边火就过不去了。"吴江、吴月带着护山队的队员们冲在前面，拼命地砍着火道，一边告诉大家："人一定要背靠来风的方向，面向风去的方向，不能被火焰燎着，人被浓烟呛倒就完了。"有人也在喊："人要站在火烧过的地方，不能到林子和草深的地方去。万一火围过来，只能朝火烧过的地方冲，千万不能朝没烧过的地方跑，人是跑不过火的。"大家一边打火、砍火道，一边互相关心着、照应着，把火逐步围在了一定范围。直到半夜，火势才控制下来，慢慢熄灭了。大家回到家都满身伤痕，浑身瘫软。

吴恭为这件事感到很闹心很无奈很烦闷很苦恼。这火是吴检的婆娘烧地埂时烧起来的，论损失烧了几十近百亩。吴检家的人天天来找他，要求手下留情，这边是骨肉兄弟，那边是吴寨和商号大家的利益，还有刚刚制定出来的《山规民约》，他是进退维谷，左右为难。

李万山说："松一手吧，这也是他不愿意的，大家来抬，一人就摊不了多少，他要一家人赔，那就翻不了身了。"吴恭说："要他全赔，他自然赔不起，《山规民约》倒也没有那么定，但越是一家人就越不能徇私，处罚决不能比民约定得轻，否则就难以服众。先罚下来，我和中原再来帮着担一部分吧。"

吴检两口子虽也歉疚但也不快意，觉得就沾不着为兄的一点光，无非就是要张脸面，无非就是要给人们一个铁面无私的印象，无非就是不愿为弟弟讨个人情，无非就是这弟弟他靠不了也无须靠，难道这同胞的情义就那么不值钱？就连那些看不见摸不着的东西都抵不了？不帮就不帮吧，就用不着来讲那些乖面子话了，说什么我先出，过后他来帮着抬，抬不抬就只有天晓得了。吴勤、吴勉也来劝吴检，算了吧，二哥也有难处，他要徇了私情，那以后在族里、寨上、商号还有威信吗？吴检说："不就是那张脸面吗？他要帮了我，人家也会认为是情理之中的事，骨肉兄弟，又不是外人。哪个家敢讲没有点事，不需要帮？"吴勤、吴勉就不再说话了。下来两兄弟也说，二哥这次也是脸太青了点，同胞兄弟帮一下也过分不到哪里去，别人也还是可以理解的，我们以后也是难得靠得住他哟。

火灾事故的事处理下来，罚了吴检家的款，扣了他在商号一年的利益分配应得，杀了他家的几头猪，还用了一些粮食请寨上的人来吃了饭。大家都觉得吴恭办事是公正的，不徇私情、不枉规矩。

吴中原回到吴寨，听说了三叔家惹起的事情，也听了人们的议论，他觉得二叔是对的。看到其他几个叔叔、叔妈对二叔家比较冷淡，心里也不是滋味，就主动找到吴恭说："二叔，你做得完全对，他们几个叔从亲情的角度考虑多了些，过段时间就会好的。在这件事上，再拿几个方案来比较，我觉得无论怎样办，也不会比这样处理的结果好。主要是维护了《山规民约》的权威，也维护了大家的利益，公正地处理了大家与小家的关系，大家都看在眼里，记在心里，很是佩服。他们怎样想怎样做，你也不要往心里去。"吴恭说："贤侄这样说，二叔也就安心一些了。我也是想等你回来跟你商量，我们两家现在条件要好些，就帮着你三叔担一部分吧。处置亲兄弟，就是从我身上割了一块肉，我心里的疼痛一般人是体会不到的。至于他们几个弟弟怎样想怎样做我都能理解，不会去跟他们计较。"吴中原说："帮三叔的事，我也是这样想的，你当叔的说怎样办都行。"吴恭说："那就把这次你三叔出的钱、物和全部的开销分成三份，一家担一份，怎么样?"吴中原说："可以的，本来我们还可以多出点，但也要让他们有个记性，就还是让他们承担一份吧。"接着又说，"我记得当时在订立商号章程的时候，我岳父就说过，规矩这东西一旦订立下来，主要就是约束力，特别是对几个掌柜和至亲的约束力。一家两家定个契约，变卦了也就是个信誉问题，没有多大的影响。而我们这商号里里外外、上上下下牵扯到了上千号人，一件事处理得不好，就会带来一连串的问题，不仅关系到现在，还会影响到将来。这样的话，这规矩就不是为哪个人定的，也不是定来做样子的了。是要用它来连接和保障很多人的公平和利益，用它来统一和约束这个大团体的语言和行为的。对了用它来奖励，错了用它来惩罚。就是你在那次股东会上说的，不是由哪个人来说了算，而是由章程、契约说了算。这章程、契约不会讲话，就靠人去当它的传声筒，去把这号令吹正吹响。千万不能是歪嘴和尚吹喇叭，把调子吹歪了。尤其是关系到我们这个家里的事，全寨、全商号的人都在用眼睛盯着，看你怎样做。你这次是把这号角吹得又响又正，以后就不担心大家不听号令了。”

吴恭说：“过去读书，知道‘正心修身齐家治国平天下’，我们倒没有什么治国平天下可言。但我理解，一个人心先要正，再就是注重自己的品格修养，接下来就是处理好家事，一个连家都管不好的人是做不了大事的。贤侄说是不是这个意思?”吴中原回说：“二叔讲得太对了，这是出自《礼记·大学》里的话，是中国人几千年最尊崇的信条，二叔记得这样好，也用得这样好，小辈的当躬身学习和牢记才是。”

吴恭说：“贤侄现在真是成熟了，你讲的这些，把叔这些天一直存在心里的阴影才扫除出去，心也就敞亮了许多。叔还得谢你哟。”吴中原说：“那是决不敢当的，小侄若有言语上的不恭和冒犯之处，还望二叔海涵才是。”吴恭说：“你虽是小辈，但说话在理，处事公道，叔叔们若还有不理解的地方，你来说一说，他们也许会释怀得快一些，免得影响了我们兄弟间的和气和家人的团结。”吴中原说：“为侄就是叔不说，都应当那样去办，叔说到了，更当按叔的要求，把事办好，叔就放宽心吧。”吴恭才说：“你忙了这些天刚回来，就赶快过去多陪陪你的新媳妇吧。千万不要冷落了她。”吴中原才恭恭敬敬地行礼后退了出去。

火灾事故的事刚处理完毕，吴寨又出了两家人为争山打架的事，吴恭叫吴中原去处理。吴中原和吴月去了李家，吴志强和吴江去了吴家。

吴中原两人进入李家，李家当家的斜躺在床上，头上和腰背都包扎着，一脸的沮丧和无奈，抬一下头偏一下身都哼一声，好像很痛苦很难受。家里的内人正在灶台上熬药。吴中原走到床榻前，问：“这是在争山打架时受的伤吧。”李家人叹着气说：“讲起这事不光我这身子难受，心里更难受。现在的人为了钱都不要脸不讲理了。那天我和兄弟去看山，看见他们在那里挖坡，把我们刚栽好不久的树子拔起来丢了，就过去跟他们理论。我都还没讲上几句话，就挨了几拳头，我兄弟过来帮忙，也被他们打伤了。”吴中原轻抚着那人的伤处说：“那要好好养养伤，这天气热，千万不要让它长脓发炎。不行就找郎中看看，开点药来吃，会好得快些。”接着从兜里拿出一些钱，交给吴月说，“拿去给嫂子，用来捡点药，买点鸡鸭补补身子。”李家人就要从床上撑起来，说：“千万使不得，我们自己惹的祸，怎么能让掌柜的破费。”吴中原说：“这是什么破费，人之常情而已，哪家都可能有大灾小祸、三病两痛的时候，互相帮点是应该的。”接着问，“你们跟吴家争这座山有什么根据?”李家人道：“哪里是我们跟他们争，是他们来跟我们争，那山是我家祖上明万历年间就从他们吴家买过来的了，当时都是有中人有契约的。”吴中原说：“那你拿出契约文书来给我看看行吗?”李家人说：“要还存有契约文书那还有什么争的，就是崇祯年间，我家隔壁失火，殃及我家，什么都变成灰了。他吴家知道这件事，过去也没争，现在年长月久，老辈也都过世了，林地又值了钱，他们又估到我们没有了文书，就来争这座山了。”吴中原又问：“你们是不是自从买下这山后就一直栽种和管护?”李家人说：“这是千真万确的，讲了半句谎话都天打雷劈。”吴中原问：“有没有人证明，这山一直是你们在用的。”李家人说：“那有，隔壁邻居和那座山附近种地的人家都是知道的。”吴中原说：“契约被火烧了的那个时候，你们家前辈要去找到卖地的人家补一份契约就好了，那就不会有今天这场争执了。”李家人说：“是嘍，我估计那时他们是认为都已经买来耕种几十年了，不会再起争执，就忽视了再去补一份文字契约，哪个晓得隔了那么多代人还来争。看来这白纸黑字的东西比人的信用还重要哟。”吴中原说：“以后你们就要特别重视这个东西了。这是财产也是信誉，是世世代代都用得上的东西。”那人说：“有这次教训是记下了，还要跟后人讲千万不能小看这个事忽视这个事。”吴中原说：“这就对啦，现在我们讲这个话也是后话了，不过你相信，我们会尽量把这件事办公正的。你就放心养病吧。”接着又说了几句安慰的话，就叫着吴月一起离开了李家。

吴志强和吴江到了争山的吴家。吴家人很客气地把他二位迎进了屋，倒上茶水。然后点上一袋烟，跷起二郎腿说："要按辈分，你们都算小辈了。这争山的事你们要帮着你们叔叔做主哟。"接着拿出了明正德年间买山的契约，说："你们看这白纸黑字，有中人有手印的东西还有什么争场喽。"脸上露出了很得意很自信的表情。吴志强和吴江都把契约拿过来看了，吴志强说："这个契约不假，但听说你们家在万历年间把这山已经卖给了李家。"吴家人听这一说，心里一怔，立马变了脸说："这不是空口说白话吗？他家要买了那地，只要有文书，我们屁都不会放一个，哪个还会去跟他们争。我们也不是不讲理的人家是不是？"吴江用眼睛看了看那人的神色，说："说是崇祯年间那把火，他们家全部被烧光了，什么都没抢出来，所以就没有了契约。"吴家人慢慢镇定下来说："崇祯年间那把火确实大，吴寨的人现在都是拿来当教训的。又不光是他们家被烧，好多人家都被烧了，那怎么别人家的东西又没有烧光，现在照样拿得出契约来？"吴志强说："这不是各家有各家的情况吗？他家就在起火那家隔壁，所以就抢不快了。"吴家人又生气地站起来说："好像你们都是站在李家的位子上讲话一样，是他家给你们什么好处了？"吴江见他说蛮话，就声音轻语气重地说："你是老辈子，就要有老辈子的样子，讲话更要讲道理，给我们小辈做出个榜样来。我们是就事问事就事论事，有理不在声高，你发什么火呢？"吴家人就不屑地说："我看你们是胳膊肘往外姓那边拐去了，这就没有什么讲的了吗？告诉他家，要打要闹随他们，就不要劳烦你们了。"吴志强冷冷地说："叔叔这话就不讲规矩不讲理了，不能光讲兄弟多拳头硬，再硬都没有理硬，有理走遍天下嘛。我们今天也就是了解一些情况，最后会把事情搞得清清楚楚、明明白白的。还是都要多克制一点，不要动不动就讲打架，打伤哪家的人都不好。"两人就出了门，吴家的人也不送。

吴中原对吴志强几人说："看来这件事还需要一些人证物证材料才好调解和裁决。从我们双方得到的情况和大家分析的情况看，吴家当时应该是把地卖给了李家的，但李家已经没有了契约，吴家那一份卖地的契约肯定是不会拿出来的。定山林权属最重要的还是文字根据，但如果李家买山用山养山是事实的话又不能不重事实和诚信。是不是请吴江兄和吴月再去多走访一些人家，要让那些了解情况的人，出来提供李家被烧和那座山一直是他家使用管护的人证和物证。”吴志强说：“那还得赶快去办这件事，那吴家这些年是有点仗他家人多势众，爱吃蛮钱。他家人要是去交代了别人，怕好多不想惹事的人家就都不愿出来作证了。”吴中原说：“那就赶快叫他们去办这件事吧，而且要尽量把事办得扎实可靠一些。”

几天后，吴江和吴月带回了一些材料。吴江说：“这个吴家还真是有些耍霸道，是出去放了些风声的，有些人家就不敢出来证实了，但他们嘴上都讲，那山一直是李家在种树管护，山里还种了一些地，多年都是这样，吴家也没去争过。叫他们按手印，他们就不干了。我和吴月还是把他们提供的言词记录了下来，我们两个都签了字。不过大多数人家都是又出来证实又按了手印的。”吴月说：“我们是把李家隔壁邻居和在李家那座山附近有山有地的人家都走到了的，有些还是到地头去找的人，他们好多人都还是为李家打抱不平的。”吴中原和吴志强都认真看了对两家争议采集到的材料，吴中原说：“这些材料也够了，我先提个基本想法，大家看怎么样，再来统一一个意见。我想这凭人多势众、仗势欺人的风不可长，长了这个风，就坏了我们吴家的门风，坏了寨子的规矩，就没有了诚信，不公平了。但又要人们高度重视契约文书的重要性，这是有了寨规的。李家那文书烧了以后，如果当时重视的话，是可以通过中人，找到吴家补回来的。如果把山全部裁定给了李家，吴家势必拿着那张原来的契约往上告，上面在李家拿不出文字根据的情况下，就会把山裁给吴家，李家就更吃亏了。是不是还是把这山分成三份，李家占两份，吴家要一份，树多的那大半给李家，树少的那小半给吴家。把这事解决在寨子内部算了。”大家都说这样比较合理，也对别的人有教育和影响作用，两家也不会有什么大的意见。吴中原就说：“那吴江哥和吴月就再辛苦一下，去定个界，做这个事你们已经很内行了。然后再一家家地带他们去看，把这样分的道理跟他们讲清楚，都同意后就定个契约，以后就再也不能争了。”

吴江他们去找吴家的时候，吴家开始还有些不乐意，说还要拿着那张契约再往上告。吴江说："我们这是在给你们家留面子，你们就不要得寸进尺、得酒想糟了。你们想想，大家都是这个寨上的老住户老邻居，对这里发生的一切事情哪里有不清楚的。那块地人家李家耕种了那么多代人，寨上基本是家喻户晓、人人皆知。你们硬要去争那块地，人们对你们又是怎么想怎么看的，以后又会怎样和你们打交道，你们都应该想得到。有些东西是比金钱比物件值钱的，是花钱买不到的，比如人们的信任、帮助和亲密相处、互相尊重。得了一块地，丢掉这样多的东西，以后你家有什么大番小事，人们都不愿拢边，你家虽然兄弟多，处理得了，但也很别扭，就不值得了。把地分一部分给你们，也说明你们不是完全无理取闹地去争，得了地也没失了理，不是里子面子都得了吗？"吴家对这山也是心知肚明的，见这样裁决既考虑了他们的利益又顾及了他们的面子，加上吴江讲话也在情在理、掷地有声，就不再说什么了。

吴江两人到了李家，把情况作了说明，利弊做了分析，李家人就说："我们知道是亏了些，但你们也是费了大心，奔波劳累，为我们家找了那么多的证人证言，也难为和感谢你们了。要怪也只能怪我们的祖先糊涂，没有补下那契约，害那些不要脸的人钻了空子。不过话又说回来，老人讲吃亏是福这句话是不会错的，再则，一旦我们这契约签下来，以后子孙就不用再去争了，也是好事，就这样吧，谢你们啦。还要请你们再帮谢谢少掌柜的，他那人这样好，定然会好人有好报的。"吴江、吴月办完这事，心里落下来一块石头，走路都轻快大步起来。

李家寨的李方舟和王海，在办起了商行，进行了商贾街的建设后，李家寨也越是红火起来。有一个五台山来的方丈，游历名山大川，来到这里，见这里山川秀丽、民风古朴，山形地势又十分空灵、生气，觉得是佛家落脚修行的好地方。李家寨又与外界没有什么争执，很是平和、清净，就打算在这里建一座寺庙。李方舟父亲对此特别有兴致，就着人与方丈一起看了一块风水宝地。五台山那边，长老出了一些钱，李家寨商行出了一些钱，把佛家寺庙建了起来，仿佛有这佛光普照，李家寨的建设发展都很顺利，一切都比预想的还要快还要好。

李家老人心里很是快意，他明白这里的玄机。那年他和哥哥一起去看望在长沙读书的侄儿，他们专程去了五台山。哥哥说那是中国的四大佛教圣地之一，很是神圣很是灵气。他们在那里烧了高香，哥哥和他及侄儿都分别许了愿，结果侄儿出仕，自己家也家庭兴旺财源滚滚，他们还在第二年去还了愿。所以对佛是充满敬畏、深信不疑的。建这寺庙时，他常常去找长老攀谈，求教一些心里的疑惑和问题。他对长老是万分的崇敬，把长老的话视为金口玉言，句句牢记于心。他决心寺庙建好以后，第一个到这山庙去吃斋念佛，请求佛护佑李家寨和李家家族平平安安、顺顺当当。

王海对李方舟说："我看老人最近的心情特别好，连骨头都见硬朗起来，走起路来像年轻人一样风生水起的。"

李方舟也是明显地感到了老人近来的变化，心里很是高兴，说："他是找到了一种精神归宿和寄托，这比什么灵丹妙药都灵验。过去坐在家里三天两头都会是大病没有小病不断，有时还容易上火来气，不骂家人就数落外人，现在好像就心静了、气顺了、没病了。这佛还真是佛海无边样样管事。"

王海到李家寨这几年，对这里人的平常心态充满了猎奇和敬意，说："李家寨的人本就心境平和，有这佛家影响，就更是和谐稳定了，是一件好事。"

李方舟拱手谢过王海对李家寨人的评价，高兴地说："我老人本来就对佛崇敬，现在又不断去请教长老，学得了些教义，天天一到家就跟我上课。经常会说一些让我云里雾里、似懂非懂的东西。说什么'佛是一个理智、情感和能力都同时达到最圆满境地的人格。'我说听不懂，他说'换句话说佛是大智、大悲与大能的人'。我说，还是听得不怎么明白。他又认真地解释说'佛是佛陀的简称。就是说，佛是一个自觉觉他、觉行圆满的人。也就是说，佛是一个自己已经觉悟了，而且进一步帮助其他的人也能够觉悟，并同时达到最圆满境地的人'。接着叹口气说，'你们现在还在功利中，是理解不了佛的真谛的'。要是换着过去，他哪会为一句话反复耐心地跟我解释来解释去的，那肯定早就发火骂人了。”

王海也来了兴致，说：“你别说这些东西还挺有意思的，我过去在家时，家母对佛也是十分虔诚，初一十五都要吃斋饭念佛经，有时也带我们到寺庙去听长老讲经，我现在都还略略记得一些。比如释迦牟尼把他的觉悟、成就和造诣，归结在人自己的努力与才智上。他认为一个人的吉凶祸福、成败荣辱，是自己决定的，在你的行为善恶和努力与否。没有哪个人可以让你上天堂，也没有哪个人可以推你下地狱。要想提高自身的修养和素质也如此，只有扎实静心地去修心养性，才能使自己的人格净化升华，使自己享受到心里的快乐。他还说‘人要怎么收获，就先要怎么栽’。他不能使一棵莲雾树长出苹果来，你想要收获苹果，就必须要播下苹果的种子。再比如佛陀还提倡‘无缘大慈’和‘同体大悲’，无缘大慈就是说不但对跟自己有关系的人要慈爱，如自己的父母、亲戚、朋友等；同时对跟自己没有亲戚、朋友关系的人也要慈爱，就是从不交往素不相识的人，也要一样对待。同体大悲就是一种人饥己饥、人溺己溺的感受和精神，把一切众生看成人我一体，休戚与共、骨肉相连。地藏王菩萨‘我不入地狱，谁入地狱？’的悲愿深心，就是同体大悲的极致。这些都对我影响很深教育很大。”

李方舟似乎恍然大悟过来，说：“怪不得你这人这么慈善，有同情心，又从来没有那些坏别人的心眼和过高的欲望，原来是受了佛家的教益和家母的影响。看来我们这个缘分，就是佛牵来的，建这寺庙是太对了。”

王海也谢过李方舟，说：“等老太爷去长老那里取得更多的真经来，我还要去找他讨教哟。”

李方舟摆摆手说：“讨教肯定谈不上。只是他平日就很喜欢你，你又去和他谈这个东西，那他更是对你高看一眼了。他对那东西正着迷，兴趣一上来，怕是留着你和他讨论，让你走都走不脱哟。”接着又说，“不过我最近也是觉得有些奇怪，自从一开始建这寺庙以来，做什么事都特别顺，也不知是巧合还真是佛缘所至了。”

王海赞同地说：“应该都有吧，心诚则灵嘛。但佛都讲了，一切还在于自己，自己的用心，自己的努力，自己的造化。”

李方舟想到了自己迫切要求又犹豫不决建设的商贾街，心里就有些好笑，说：“现在还真是觉得商贾街的建设与做木材生意是一种相辅相成、互相促进的关系。当时还担心商贾街这边分了财力、人力和精力，怕会影响主业，殊不知还得了双丰收。木材生意这边比原来的量多多了，商贾街也让李家寨靓丽了许多，人气旺了许多。”

王海也切身地体会了这样的变化，说：“我想主要在两方面的原因，一是商贾街的建设增大了李家寨的名气，知道的人越多，来的人越多，一传十十传百，来的人更多。二是木行改商行也使得人们对我们商行有了新的认识，那些原来认为我们实力不够的人的疑虑消除了，跟我们做生意的胆量也就增大了。生意不是越来越好了吗?”

李方舟对铺开了的摊子是既高兴又有些担心，说：“你这个分析完全是对的。生意是本钱越大越好做，就是摊子大了，我们的管理要跟上去才行。”

王海说：“从制度上说，我们倒是捡了不少吴寨商号的便宜。但在人的方面是有点感到不够用，特别是账房和制度管理这两方面的人有点缺。”

李方舟说：“好在我们新学堂也办起来了，以后的人才还有望学堂的学生们。解决现在的问题，是不是一方面找些有点文化又机灵的人，你来教教他们带带他们，二方面从你的家乡那边找点人来救救急。”

王海说：“就按这两个方案办吧。包括学堂的先生，都要从外面请一些来，才好在相互的文化交流中互相学习互相促进。”

两人说话间，吴恭、李万山、杨田裕一行踏进了李家寨商行的大门。李方舟和王海赶快迎出去，拱手把几人让进屋里就坐，吩咐端茶倒水。李方舟很是激动和客气地说：“你们这样忙，我都才说一声，马上就整整齐齐地过来了，真是让人过意不去。”吴恭回礼后说：“别说为兄吩咐了，就是不请都会自来的。一是想念兄长兄弟们了，二是你们现在是越做越红火，我们也好过来学点东西。只是前些时候太忙，耽误了些时候，还望兄长见谅。”李方舟露出谦卑的神色，说：

“吴恭兄弟这样说，就见笑了。我们好多都是从你们那里学来的，从引导我们入行到办木行、商行，哪个时候，哪件事离开过贵商号的影响和帮助喽。我这次请你们来，也是想要你们在这个时候再过来指点指点，免得我们商贾街建设木已成舟时再来改就后悔莫及了。”李万山也谦逊地说：“都是共同摸索相互学习，你们好多地方都的确很有特色，是很值得我们学习的。这不是客套话。”王海也面带钦佩的表情说：“你们总是那么为人谦逊厚道，办事有胆有识，又是最佳的黄金组合，真是想要发展不快都不行。”吴恭才站起来打躬作揖地说道：“谢你们夸奖了。我们这次来是真有学的，一个是建寺庙的事，我们那里峨眉山也有方丈过来看过，很有兴趣来建一座寺庙，我们也有这个想法和愿望。你们做在前头，我们来学点不花钱的东西。二是万山兄弟说，王海来自湖广，那里人的经营思想和那边做市场的方法也很值得我们学习借鉴。”杨田裕也笑嘻嘻地说：“还有我还没到过府上，早就想来拜望拜望了。说到来李兄这里，大家都很乐意，客走旺家门嘛，所以来的人就多，操烦了。”李方舟说：“何谈操烦，招待不周，见谅就是。”接着就一起出了门，去看李家寨的商贾街和庙宇的建设。

走在商贾街上，李万山说：“你们建这商贾街，真是花了心血花了本钱，这立柱都是百年以上的古木，门窗都是金丝楠、香樟还有榉木，是按百年大计来修建的。”王海说：“我们差不多是依葫芦画瓢，从你们那商行街搬来的。”李万山说：“那不是，山形地貌不一样，村寨特色也不尽相同，你们把这商贾街与自然风光和山村风貌的协调性处理得很好，又多了一些湖广的建筑和雕刻工艺特色。请的这些工匠手艺也是很到家的。”李方舟说：“这次请你们来，一是老朋友聚聚，不要事情一忙，把朋友冷落疏远了，朋友还是要越走才越亲，久不走动会生疏的；二是请你们来看看这商贾街有哪些需要注意需要改的，千万多提意见。”吴恭对吴中原说：“那你来说说。”吴中原说：“我也是觉得非常好，好多地方我们搞杨家寨商行街都值得借鉴。就是从我们现在吴寨商行街开业以后的情况看，一是人休息的地方要提供够，让去逛街逛商店的人，边走走边看看也边坐坐，人在这里的时间就会长些，购物也就自然要多些了。二是人和车马要适当分开，车马是驮东西的，可以去货场，也可以到离商场不远的地方，但尽量不要进到热闹的地方去，以免牲畜屙得到处都是粪便。三是如果用地不够紧张的话，还是在里面搞一个当地人可以唱歌跳舞的芦笙场，节日或想搞个什么活动的时候有个场所，也可以增加商贾街的一些人气。这还是我们在建杨家寨商行街时想到的。”王海说：“中原说到的这几点，确实都是我们欠缺的地方，内行人就是不一样，一讲就讲在点子上了。好在我们调整基本都还来得及，这些意见都是很值钱的。”吴恭说：“还有银饰加工制作是你们这里的长项，是不是把它的加工销售都突出出来。”李方舟说：“吴兄弟没讲到，我们还有点忽略了，这是应该加进去的，还要作个重点。你们这些意见都是一字值千金喽，我这餐饭是怎么都比不了这金口玉言的。”说着几人就朝正在建的庙宇慢慢走去。

这是一座离寨不远的大山，山上古木参天、郁郁葱葱，山涧流水潺潺，山下一条小河缠缠绵绵地绕着大山。这水来自大山深处参天大树的滋养，仿佛也就不愿离它而去，在山中盘盘旋旋地回环跌宕，形成了无数的浅潭和瀑布，溪旁的小树枝繁叶茂，繁花似锦，引得到处蜂飞蝶舞。走进山中，参天的大树舒枝展叶，把太阳都托在了茂密的枝叶之上，偶有阳光照下来，也是一圈一圈地在地面上悠悠地晃动着。路边的树好多都要两三人合抱都抱不过来，有些树拔地而起直朗朗地直插云霄，有些树枝条像无数千手观音的臂，向四周伸展开去，随风舞动着。也有些倒在山涧的古木，巨大的枝支撑着巨大的主干，像搭起的一座桥，又像斜躺着已进入梦乡的巨人，身上都披着光怪陆离的苔藓织成的衣。溪涧的水都透明透亮、忽闪忽闪地发着迷离的光，欢蹦跳跃着轻歌曼舞着。

李万山做了几个深呼吸，说：“进入这山中就有一种圣洁、空灵的感觉，真是一块修身养性的风水宝地。这五台山的长老和方丈还真是眼光锐利得很。”李方舟说：“我父亲是带着人陪着他们走了好多地方才选定下来的。”吴恭说：“不要说是佛家就是常人来到这里，都会觉得很爽乐很快意，光走一走都神清气爽的，再拜拜佛，就更是觉得心静如空山了。将来肯定是香火鼎盛的地方。”走着走着就到了庙宇的头殿。寺庙共三殿，拾级而上两千余级台阶又有一殿，每一殿都隐藏在苍翠的密林中。殿的外部轮廓都已建成，殿内正在塑佛主像和八大金刚、千手观音等。李万山说：“这庙宇修得又大气又森严，进来就让人有肃然起敬的感觉。”李方舟说：“建庙的大树也是方丈和我父亲去选的，都是上好的材料。父亲说，对佛要诚，选中哪棵树，是那树的灵性和造化，它才有命担起这神圣的职责。”吴恭说：“老人真是对佛虔诚，他也是为了家乡的安定子孙的发达，会是心诚则灵的。”

李万山说：“从风水上看李家寨，就是一个出仕子、书生和心境平和的人的地方。这里的山秀丽而不陡峭，平缓地来平缓地走。河沟纵横弯弯曲曲、水静不湍。这里的田园明镜一般在山脚下平躺着，很安闲很自在的样子，映衬着村舍和青山，让人看着到处都是如诗如画的景致。再有这佛家圣地在这里，就更是显得祥和安谧了。”李方舟说：“谢谢兄弟的这番夸耀，让我感到很是荣幸很是欣慰。不过细想起来也是，我们这里的人从不主动惹事生事，看着有恶人挡道，也是绕着走的多，宁可让人说胆小也好怕事也好，都不愿去争那赢头。除非是有人骑到头上来了，才不得已自卫一下子，也都不是心甘情愿的。”李万山说：“儒家讲‘礼之用，和为贵’，佛家强调弃恶从善，不过佛陀从不勉强别人去做他不喜欢的事情，佛陀只是告诉众生，何者是善？何者是恶？善恶还是要自己去选择，生命还是要自己去掌握。你们这是选择了从善的道路，佛陀是喜欢的。”

几人又一起到了二殿和三殿。吴恭说：“老人真是佛在心中的人，才那么尽心地去建这几殿，每一殿都给人一种天人合一的感觉，一种想要洗涤尘埃的感悟。看来这功利之人、有欲求有奢望的人，是需要经常到佛光下来晒一晒的。”王海说：“讲得出这样的话的人，是有佛缘的人，也是得佛护佑的人。”李万山说：“那就祈求佛保佑我们都平平安安，能用我们的努力造福子孙吧。”

正欲下山时，长老、方丈和李方舟老人也赶上山来，要留几人下来吃餐斋饭，吴恭几人就乐意地留了下来。

在回吴寨的路上，吴恭很有感触地说："一些时候没到李家寨来，他们的发展变化真是蛮大的，进到寨子差不多都认不得路了。寨子大了许多，新房子添了许多，商铺、客栈也多了许多。尤其是商贾街和庙宇的建设，更是让李家寨锦上添花了。但从他们这些人的脸上又看不出什么来，不骄不躁、不悲不喜，心态很是平和。"

李万山也在想同样的问题，他觉得这些变化来自平和，人有了平和的心境，他就不分心到别的事情上去，就会全心全意、集中精力地去办好该办的事情，就容易出成果出效益。和他相处的人只要把自己的想法说出来，人家只要能办的，就会不加推迟，不讲条件地去办，而且尽量地办得让你满意，那谁不愿意和他打交道。这样，客户多了，朋友多了，生意也就越做越顺，越做越大了。正在想这些问题的时候，吴恭就把自己想的事情讲了出来。李万山马上很是赞同地说："是啊，你看这天气平和了，不冷不热、不曝不寒、不旱不涝，万物就生得茁壮长得好。山平和了，不崩不塌，水土不流失，土层深厚肥沃，庄稼长得好，树子长得快。水平和了，不盈不亏、不湍不急，风平浪静，就不会有灾害发生，放排也顺当，行船也安全。人平和了，他就不浮躁不过激，不惹是生非。就会安心、用心地去做自己的事和帮助别人做事，然后在做这些事中得到他想得到的东西，还经常会得到意外的喜悦意外的收获。这就达到了人们期盼的平安、和谐、顺意的境界，生意和日子都会越来越顺心越来越红火。"

吴恭一直细心地听着李万山的说道，说："我倒是只看到了这里的发展和这里人的平和，你却把它们之间的关系想得这么深，讲得这么好，始终是有文化有就见识的人喽。"

李万山看了一下吴恭和杨田裕，说："你就不要这么说我了。我倒有个感觉，觉得我们几个现在想什么事，都能想到一起去，这就是默契，就是心有灵犀。这样的感觉，这样的知心，那不是几天几个月几件事就能办得到的，这应该算是好缘分了。"

杨田裕听了南溪山长老的话，也心生感触，说："我看缘分很重要，有些人你跟他打再长时间的交道，也不会有这样的感觉。像我和陈方亮，前前后后也是近十年，最后还是形同路人。我和你们就不一样，这几年下来，就有一种几天不见都很想念的感觉。这大概就是长老讲的有缘则生无缘则散的道理吧。”

李万山也想起了长老的话，说：“其实人与人能在一起无论是相遇还是相处，都是一种缘分，只是有些缘分长些有些缘分短些而已。在山上听了长老的一席话，我才悟出了点道道来。比如佛认为万物都是‘因缘聚合’而成的。我们眼前的这些山，它是土石之积；潭呢？也是洼地积水而成。如果把土石散开则不复成山；潭的水干了也就不叫潭了？这些有形的可见的东西，佛家叫‘色’，因为它们只是‘因缘暂时的聚合’而已，并不是一成不变的，所以佛说它们是‘空’的，就是说世上万事万物都没有永恒不变的东西。”

吴恭接着说：“我也觉得佛教的很多东西很有意思，比如说‘色即是空’，这次我才理解这‘空’字并不是空空如也、一无所有的‘空’，而是一种含着‘妙有’的‘真空’。看得见看不见的东西，没有一样不是因缘聚合生成，又生而不变的。都是因缘合则生，因缘散则灭。这佛经上‘色即是空’的道理，长老这么一比喻，就觉得很简单很好懂，但不得真传是难懂的。所以，我觉得人只要在一起相处，都要特别珍惜这种因缘则生的时光。”

杨田裕很是赞同吴恭的理解，说：“有些交往是纯利益的，这样的交往不会长久。特别是那些见利忘义的人，有利则亲无利则疏，有些甚至还为一己之利，背信弃义、反目成仇的。与这样的人交，缘分就短。而有些人，比如像你们两个，大家情投意合、以诚相待，这种缘分就长。”

李万山看着清水江两岸的青山绿水，心中很是感慨，说：“我觉得因缘而聚这个缘字，有些带有功利，有些重在友情。君子之交淡如水这句话就很有些道理，水是不花钱的，平平淡淡，但又是人离不开的，不光人离不开，万事万物都离不开。人与人的交往能像人与水那样子，就是最宝贵最难得的了。但现在这钱已经把水搅浑了把人也搞晕了，再要让人与人的关系像一潭清水那样透明清澈没有杂质就难了。”

杨田裕点头回应道：“人在金钱面前，要想还有那定力，不为金钱所惑不为金钱所动，那真是除非上山当和尚，修炼得无我无欲才能办得到。”

吴恭想到了佛缘，想到了社会上五花八门的人与佛缘的关系，说：“上山修炼的人，其实有很多在剃度前是欲望很强的人。当然不包括那些为信念信仰去修炼的，那是为了修得正果，普度众生。但有一些就不一样了，比如有些是走路坎坎坷坷，做事不遂人愿，看破红尘去求解脱的；还有就是做了好多不该做的事，想去赎罪，放下屠刀立地成佛的。这种就是欲望曾经蒙蔽过自己灵魂的人。当然也有家中贫困，去找口饭吃的。”

李万山在听吴恭说话时，想到了陈方亮，他就是那种被欲望蒙蔽了灵魂的人，但也应该不是不可教化，说：“人有各式各样物有五花八门，佛教却不管对什么人都平等相待，认为虽在形体上、智慧上有所不同，但在求生存的权利上，在佛性上却是平等的。因此他不承认有顽劣不可教化的人，认为顽劣甚至犯罪的人，都只是‘无明’，一切罪恶都因无明所生。因此苦口婆心地、日夜不停地开导、启发众生，就变成了佛的责任了。佛关怀众生，‘如母忆子’，不但不忍心众生身受地狱之苦，而且广发‘地狱未空，誓不成佛；众生度尽，方证菩提’的誓愿。佛的这些慈心、悲愿、博爱、怜悯，对我来说，确实是教益匪浅受益颇深的。”

吴恭心里也在想李万山所想的事情，说：“不管什么人，也不管怎么去修炼，要想脱胎换骨有所造化，都必须脱离世俗，只要心存俗念，那去也是白去的。所以学佛的第一步，就是要去俗念去欲望，要静下心来，忘掉过去，忘掉自我，走出凡尘。不过只要到了那种环境，又能坚持下来，俗念甚至恶念都会慢慢脱去的。这就应当是佛力无边的深意吧。”

李万山说：“我也在想，我们做生意，有目的有欲望，是不是与学佛信佛有抵触呢？人在世上也不可能个个都去当和尚呀。所以，我们学佛信佛主要是学它的精神它的实质。弃恶从善、善待众生，也会受到佛的嘉许和保佑的。”

59

陈方亮从狱中出来后，卧薪尝胆、专心专意地做起了木材生意，也把一些恶习隐藏起来，变得很低调很谦恭。这地方的人是很忠厚、很实在的，觉得浪子回头也是金不换，与他交道起来就亲热起来。陈方亮对他们说："我这次入狱，其实不是为我自己，我与吴恭、李万山素来无冤无仇。只是来到你们这地方得到你们的接纳和恩惠，也就想为你们那几次的吃亏出出气，打抱不平。"陈家寨有些平日里就喜欢无事生非的人就说："我们也是看得出一些来的，我们与吴寨是隔壁邻居，他们寨大我们寨小，只要一起争执，就难免有吃亏的时候，有时也就只能是忍气吞声的。再加上这些年他们卖的木材得钱多了些，人就更傲气了，我平日里就看不惯，是该有人收拾收拾他们。"陈方亮见有人附和他，就又说："我倒收拾不了他们，倒是他们把我整惨了。"说着又装得很委屈的样子。那人说："你是为了帮我们才吃的亏，这一点我们心里是清楚的。"陈方亮觉得他的话博得了人的同情，就又把话讲深了一步，说："一个寨的人怎么样，其实在他那个寨的头。吴恭这人看着样子很谦恭、很厚道，其实骨子里又傲气又狡诈。你看每一次你们与他们寨上打架，他都不出面，但只要稍微动下脑筋就想得到，那都是他在后面指使操纵的，没有他发话，寨里的人哪个敢动。每一次打完架，他们占了赢头你们吃了亏时，他就出来了，就会说他对这事并不知情，都是别人干的，还会装出很无奈很同情的样子，跟你赔礼道歉，让人不但不记恨他，反而会感谢他，这种人就是杀人不用刀的人了。"那人才摇着头说："真是知人知面不知心喽，你不这样说，我们还认为那人很有涵养很谦和，从不惹事闹事，觉得他才是个好寨老好族长。你这一说还真是的，他每一次都是这样子，一有冒头得罪人的事，他就把头缩回去了，风平浪静时头又伸出来了，就是个乌龟王八变的。确实是应了人不可貌相这句老话，对他这种人，以后是要防着点。"陈方亮头都不抬地掰着指头说："你看他，千方百计要他的侄子讨了李万山的独生女，现在还想要他的儿子去娶李万山的侄女，那是为什么？还不是想把李万山那一份吞了。他是机关算尽了的。”那人又恍然大悟地说：“他们联姻，我们都只是朝他们是亲上加亲，关系更亲密了这方面去想，还真是想不到这婚姻后面还会有什么心计喽。”陈方亮才抬起眼睛来，眼珠子在眼眶里转了几个圈说：“什么叫阴谋嘛.就是在暗地里算计别人的那些见不得人的谋略。”那人听得毛骨悚然，越听越发懵，就走了。

陈方亮又对来与他搭话的人说：“李万山与前老婆就一个独生女，又有文化，人又长得漂亮，在吴越那边也是来说亲的会踏破门槛的人，他为什么要把女儿嫁到这山沟来吗？”那人说：“吴中原有文化，人也帅气呗。”陈方亮不屑地说：“那你就错了，那吴越来的生意人，都是无利不起早的，像吴中原那样的人，在吴越那边不是一抓一大把呀，那是图了吴家那份家财。他还要打算把侄女也许给吴恭的儿子，以后吴家的财产不都变他李家的啦。这在三国里叫‘明修栈道，暗度陈仓’，用心良苦得很喽。”陈方亮又对另外的人说：“李万山踏遍千山万水，寻到这边远的地方来，讨了杨田裕的侄女做婆娘，又千方百计把杨田裕拉到他那里来入伙，那是为哪样？都不是为了逐步侵吞杨家的家财吗？现在他是在吴寨、杨家寨都左右逢源、呼风唤雨的人物了。一般的人，有他这心计吗？”陈家寨听话的人就说：“听说他们是早就认识的，是什么千里姻缘一线牵、有情人终成眷属。”陈方亮说：“那都是瞎编的，一个是吴越人，一个是这方的，相隔十万八千里，怎么就会是早认识的，哄三岁孩童还差不多。”那人就不再辩说了，半信半疑地说：“这人跟人的关系，咋个就变得这样子复杂哟？”陈方亮说：“这有什么复杂，他李万山军队、官场什么地方没待过？他是油锅里炸出来的人，对付我们这种地方的人，还用不上他一点小小的心思就绰绰有余了。”

吴志强在陈家寨的一些朋友对吴志强说：“现在你哥哥讨了李琦，那你哥哥家那份财产究竟是姓吴还是姓李哟。”吴志强说：“那有什么姓吴姓李的，我哥哥讨了李琦，连李琦都姓吴了，那家产还不都姓吴吗？”那人就说：“那你就错了，你先想想，过去你父亲说话和李掌柜说话，你哥哥是听哪个的，自然是偏向你父亲这边的，现在就不一样了，他肯定得先听他老丈人的。再说，杨田裕又是李万山婆娘的亲叔叔，商号四个讲话算数的，他们占了三个，也是可怜你父亲在那里夹脚哟。还有你讲嫁到吴家就姓吴，是我们这边的习俗，按吴越那边，那是得一个一半的。”讲得吴志强也莫名其妙起来，又想着商号里父亲与李万山至亲那边力量悬殊对比越来越玄妙的事，就不想再争辩什么，心里却蒙上了一层灰暗的阴影，预感有什么样的事情会要发生。

吴恭这些天也有些纳闷，自己想都不曾想的东西，就有人比自己还想得多想得深刻。说什么吴中原娶李琦，吴志强和李枚恋爱都是我要想吞李万山的财产。吴中原和李琦都是他们自己认识自己好上的，中间还经历了好多弯弯拐拐、风风雨雨。吴志强和李枚连八字都还没有一撇，这话就不知道从哪里说起了。也有说是他李家设的局，把两个如花似玉的姑娘嫁到这山沟来，就是图吴家的财产。他李家那么大的家当，还会拿一个人的幸福来交换来赌注，动这点小心眼？这些鬼话，怕是哄孩子还差不多。就觉得这些编瞎话的人太无聊太笨拙了，想得自己都笑了起来，不愿再花心思去琢磨这些无聊的风言风语。

李万山对吴恭说：“这平地起风无风起浪的东西，我是想都不去想理都不去理，免得伤我的脑筋。不过这倒不是人们无聊去编些东西来凑趣来说笑，还是有人想在里面离间我们兄弟的关系。让我们相互戒备、互不信任，最后离心离德直至散伙。”

吴恭对这些百思不得其解的东西本就是不屑一顾的，说：“他们也不想想，我们这关系是经过血与火的考验的，多少年的风风雨雨、坎坎坷坷，都没有动摇我们的情感。就凭他们编造那几句鬼话，就把我们的心分开了？就把我们多少年苦心经营起来的这商号搞散了？简直笑话。”

李万山说：“话又回到佛缘上来了，人是因缘合而聚因缘绝则散。好多人聚也是聚在财上散也是散在财上。他们散布这东西，就是抓住了这个本质的东西，想要我们争执在财上绝缘在财上，最后绝情在财上。用心是很阴毒的。还有就是他们到处这么散布，这假话说多了，外面的人还真以为我们起矛盾了，闹别扭了，事做大就开始争权夺利了，对商号的名誉还是有些不好的影响的。”

吴恭说：“嘴长在别人脸上，要想堵住也难，关键看我们自己怎么对待，只要我们不被他们的谣言所惑，自己能把握得住，不但不离心离德，甚至比他们造谣前还要团结还要默契，他们也只能是枉费心机、得不偿失。”

李万山见吴恭对这事不怒不愠、平平淡淡，很是高兴，说：“你这想法对。我看，他们愿意造就让他造，不就是个谣言作坊嘛，造出来的东西，我们照单全收，先是作为警戒，再用我们的行动一条一条地去证明它的虚假。等到这些东西在阳光下变成垃圾的时候，我们再全部还给他们，让他们自己造的脏东西把自己熏臭。”

吴恭很高兴地说：“还是你这办法好，要让那些害人的人，终究成为害己的人。”

吴志强这段时间心里一直有些憋闷，他与李枚的关系虽比过去有了不小进展，但总的感觉还是若即若离。他就看不清吴中原和李琦在这件事上究竟是起到积极还是消极的作用。按说起来，李枚应该是个比较单纯开朗的女孩，她的爱与恨是表达得很鲜明很直接的，但对我却总是那么深沉、收敛，那么模棱两可、摇摆不定。莫非哥哥娶了外地女子，风光了面子，就不想要这弟弟再来抢这风头？莫非李琦嫁到了吴家，就不再想要妹妹也嫁到吴家来，使得以后在分家产时多一个竞争对手？又觉得不对，那段时间我们去了杨家寨，李琦与李枚在一起的时间多些，回来时李枚的态度就很热情很积极，李琦应该是促进了这件事的，李琦的态度也就应该是吴中原的态度，他不会是表里不一的那种人。但吴中原自从结婚了以后，到李万山那里去的时间是多些了，到我父亲这里来的时间就少些了。是不是真像人家说的，屁股和心都偏到李万山那边去了呢？细想也不对，他是新女婿，常去岳父那里也是人之常情的事，对我父亲我们家他都是一如既往很是亲近的，一点都没有亲一边疏一边的迹象，能像他这样做就已经是很不错的了。再则，商行街建成后，他的能力进一步体现出来，给他安排的事情又多了许多，空闲的时间越来越少，走动的时间自然就少些了。在我们兄弟的关系上倒看不出什么来，从来都是他视我为亲弟我视他为亲哥，掏心掏肺地讲话，就是谈李琦、李枚姊妹的事少些了。这也正常啊，他已经当了姐夫，自然就不怎么好谈妹妹的事了。这些可能都是我多心了吧。但李万山、杨田裕、吴中原多一层亲情的这种关系在商号一个决策层里，反正对我父亲是不利的。这一层阴云，在吴志强的脑海里总是挥之不去。

吴志强实在忍不住心里的话，有一天见吴中原不算忙碌，便问："哥，你们在商号决定大事，要是我父亲和你岳父意见不一致，你会站在哪一边？"

吴中原疑惑地看看吴志强，他没有经历也没有想过这样的问题，更没有想到吴志强会问出这样的话来，就摇着头回答说："不存在这样的事啊。他们两人从来都是很合拍的，决定什么事，包括杨田裕，都是一拍即合。有时有点争执也是小分歧，连脸都没看见他们红过。"

吴志强也看出吴中原对自己提出问题的诧异和表情上的变化，就放缓了口气说："商号大了，决定的事情就多了，有分歧是难免的。我是说假如，假如李万山和杨田裕的意见一致，而我父亲的想法与他们相左，在那种情况下，你会站在哪一边呢？"

吴中原不愿去体会吴志强心里的想法和变化，他觉得吴志强不应该是那种狭隘的人，说："他们几人在一起商量事情的习惯，都是先对那件事进行利弊分析，利大于弊就干，有分歧的就撂下来，先不决策，看事态发展了利弊凸显了再定。你非要我说这时候站在哪一边，我只能说，哪边有理哪边的意见对商号有利，我就站在哪一边。"

吴志强觉得吴中原是在回避他的问话，心里更是有些着急和惶惑，就直截了当地说："你还是没有干脆地回答我的问题，我就是想问，我父亲和李万山在你的心目中哪个分量更重？"

吴中原看着吴志强这种少有的情绪，又摇头又叹气地说："兄弟问这话就让我着难了，一个是待我如父亲的叔父，一个是我尊重的岳父，两个一样重嘛。怎么就非要我分出个轻重来呢？是不是哥哥有什么做得不对的地方让兄弟费解了，你就直接说出来，哥哥也好改正才是。"

吴志强也感到了自己这种咄咄逼人的问话伤到了吴中原，说：

“那倒不是，只是无聊的时候会想起这样的问题来。哥哥也不要见笑见怪，更不要放到心里去。”说完笑了笑，脸部的肌肉却是紧绷的。

吴中原才想到了吴志强肯定是在听到各种风言风语后生出的这些想法，就解释说：“那就肯定是兄弟在外面听到了什么闲话。有些话我也是听到了的，叔父和我岳父他们也都听到了，我看他们对这些流言蜚语都是采取置之不理的态度，还拿来当笑话讲，他们老辈子的心胸气度已经足以化解这些东西，我们小辈又何必去掺和呢？我就不愿再去想这些事了，也免得分了我们做事的心。”

吴志强对外面的风传还是没有释怀，既然吴中原提到了，就干脆问道：“我也不在你们决策层，我父亲和李叔叔、杨爷爷他们不会像外面传的，出现什么大的矛盾和裂痕吧。”

吴中原回答：“有没有大的矛盾，看他们的脸色表情也看得出来呀。你看叔父每天回到家不都是乐呵呵的吗？”

吴志强摇着头说：“我父亲在商场上打滚这么多年，遇事多了，现在真是练就了喜怒不形于色的功力。我是很难从他脸上看出他的情绪变化的。”

吴中原把口气放得很重很肯定地说：“那我就很负责任地告诉你，他们的关系很好、非常的好，而且越来越好。你就不要去担心这些吧。”

吴志强叹口气说：“能是这样就好了。”

吴中原又问吴志强：“最近与李枚的关系发展得怎么样？”

吴志强见吴中原换了话题，自己也不便再不依不饶，就回答说：“离开一段时间，倒还觉得她比在一起的时候态度积极了许多，还表现出很有诚意的样子。就是感觉总还是达不到你们那种难分难舍、如影随形的程度。”

吴中原点了点头说：“这就是一个很好的变化趋势嘛。要达到你想要的那种程度，那就得顺其自然、水到渠成了。”

吴志强又疑惑地说：“看起来李枚是个很直率开朗的人，我都有点想不通，她在这件事上表现出来的那种不紧不慢的态度不像她的性格。”

吴中原看出了吴志强对李枚性格的偏颇认识，说："这样性格的人才是难得的。平时活泼开朗充满活力和情趣，在决定自己一生的大事上，又毫不含糊，稳重沉着。这样的女子你又见过几个。如果她是个轻率不严谨的人，你又还喜欢她吗？"

吴志强说："哥哥这一说，我倒也更是觉出她的可贵了。"心里就为自己对哥、嫂的怀疑感到羞愧起来，觉得对哥嫂的那种怀疑简直是对他们高贵人品的亵渎，突然间就脸也红了心也跳了，说："哥哥，我突然觉得身子有些不舒服，刚才问你的那些话，千万不要跟弟一般见识，就当是弟弟胡说八道的。"

吴中原觉察了吴志强的情绪起落和表情变化，说："兄弟是个直性人，有话是憋不住的，这样才是自家兄弟的相处，哥哥怎么会去计较这样的事情。兄弟不舒服是不是这些天累了，回去躺一下吧。要再不舒服，一定要说，我好陪你去找医生看看。"

吴志强怕吴中原看出他的脸红心跳，就一边听着吴中原的话，一边佝偻着腰往门外走，说："我只是一时的不舒服，回去休息一下就好了，哥哥不用担心。"

为杨家寨新建杨氏祠堂的事，杨田裕和吴恭发生了一些争执。杨田裕觉得原来的祠堂小了，在经营木材中这个家族的人又都找了不少的钱，就想趁着商号街的建设重新建一个大些的。这一点吴恭没有意见，但他只是认为建祠堂是家庭家族的事，要与商号街建设的事分开来，不应该混在一起。杨田裕觉得在这一点上他是这样做了的，祠堂的建设费用是家族里凑的钱，各是各的账，又不会赚商号的便宜。只是同时建，可以在用工用料等各方面统筹起来办，更省事省钱一些。吴恭认为这样做外面不知情的人会认为商号街决策层的人没有把头带好，会对杨田裕的行为和人品产生怀疑，这样对商号街和杨田裕都不利。杨田裕认为是吴恭对他的不信任，是猜疑了他的人品和人格，就更是放不下面子，执意要那样做。

李万山觉得这件事他在中间很着难，这边是知己，那边是长辈，又是关系到杨璇家的事。他觉得吴恭的想法是有道理的，在处理家庭与商号街的问题上，一定是要分开分清，这应该是一个原则。但杨田裕那样做，也不是不分，他也主要是为了省工、省时、省料。不过这件事放在吴恭身上，他是绝不会这样做的。他实在是难以想出一个两全的办法来调停这件事。如果他迟迟不表态，杨田裕就继续干，就等于是他站在了杨田裕一边。他要站出来说话，决定叫杨田裕停下来，则除了得罪叔叔外，又会影响商号街与杨家寨整体的关系。

李万山把这件事和这些想法告诉了杨璇。杨璇说："这件事叔叔是做得有些欠妥，吴恭的意见肯定是对的。但在家族里，自己又是小辈又是女子，加上叔叔性格又比较执拗，真是不好出来讲话。是不是有个折中的办法，比如叫吴中原和吴志强去加强商号街的监管，把商号街与杨氏祠堂的账目和建筑用料彻底分开。"李万山说："这样做，吴恭肯定还是会有意见，叔叔那边也会认为是对他的不相信。但看来也只能那么去做了。"

李万山把这个想法告诉了吴恭，吴恭说："这样做不是不可以，但要管好这样大的商号，关键是不能破了这个例，什么事只要头没开好，坏了规矩，以后就会产生连锁反应，会后患无穷的。我知道在这件事上你有你的难处，吴中原也不好说话，这恶人就由我来做吧。"

吴恭找到杨田裕说："我想去想来，你还是应该把祠堂的建设先停下来，等商号街建好以后再建。"杨田裕说："我建祠堂又没有赚商号街的便宜，我心不亏理也没亏。凭什么就非要停下来，这不是非要跟我过不去吗?"吴恭说："你也是当寨老、族长的人，要当好寨老、族长是不是要按规矩办?"杨田裕说："正因为是寨老、族长，寨上族里的事我都当不了家，你这不是在驳我的面子吗?"吴恭说："你除了是寨老族长，又还是商号街的决策人，是规矩重要还是面子重要，你应该是能掂量得出来的。"杨田裕说："你的意思是不是还是怀疑我动了歪心眼，告诉你，我不是那号人。天理良心我对商号街对家族孰轻孰重我是把持得住的，决不会偏心到家族那边去，你要不放心，可以叫吴志强来监督我。"吴恭说："你的人品我是从来就没有怀疑过，不仅不怀疑，还很敬重。"杨田裕说："那不就得了嘛，为什么就非叫我把建祠堂的事停下来呢?"吴恭说："对人放心是一回事，规矩又是另外一回事。"杨田裕说："在我们的规矩、章程上，哪条哪款有这样的规定，要有这规定我一是不会做，二是无意做了，哪个有意见，我马上停下来。”吴恭说：“规矩不是事无巨细都定得那么清清楚楚、明明白白，不能把自家的事掺和在商号街里一起做，这是大原则。你这样做，我信得过你，别的股东呢，他们又会怎么想，以后又会怎么做？”杨田裕说：“别的股东我倒没听说过有什么意见，我看有意见的就是你。”吴恭见杨田裕听不进意见，如果再说下去，会要红脸，就不再说话了。

陈石奎知道陈方亮最近又在搞些活动，也不闻不问、不动声色。他知道陈方亮是个既聪明又心地狭窄而且有仇必报的人，自己的复仇计划有个代理人，也就用不着自己去花这么多的精力操这么多的心。这样又达到了目的又没人看得出自己的借刀杀人心计，是再好不过的一箭双雕之法了。就抱着坐山观虎斗的心态，看这出戏陈方亮如何导，吴恭又如何演，热闹到什么程度。眼见着吴恭、杨田裕和吴志强慢慢入了戏，李万山、吴中原一批人也在后台准备出场，心里暗自高兴。心想，陈方亮用了让他们内斗的反间计，杀伤力看来是要比直接与他们斗奏效得多。

陈方亮这些天的心情也特别好，走路时都哼起了花灯调，人们也猜不透他葫芦里卖的什么药。就觉得这人怪怪的，那脸就是四、八月的天，一会晴一会阴的。陈方亮自有他的想法，自古都说三十年河东三十年河西，还有就是分久必合合久必分，古人都逃不过这套路，你们几个乌合之众还能怎的？我只要再吹些风加把火，添些盐加些醋，我就不相信这盘如意的菜出不来。

吴志强前些天心情都还比较好，他信得过自己的哥哥，信得过与父亲相交了多年的李叔叔，可在杨田裕修祠堂的问题上，明明父亲的意见是对的，他们几个因为那点亲缘关系，屁股就偏到了杨田裕那边。其他更大的事看来就无须推测了，父亲肯定就是一个坐冷板凳的角色。他忍不住把这些想法告诉了李枚，李枚马上就翻了脸，说吴志强是用小人之心度君子之腹，然后甩屁股就走了，搞得吴志强很狼狈很难过。他想，李枚也还是她那个家的人，关键时候面目就一览无遗了，我们那份情谊连这一点考验都经不起，还谈什么加深了解建立感情，更谈不上还有什么姻缘可言了，越想心里越是苦闷。

这样的一些想法他是不能告诉父亲的，因为那结果很简单，只能是挨一顿臭骂，还要被斥为心眼窄心胸小，是敷不上壁的烂泥巴。那不是自找没趣吗？可他又看不得自己的父亲表面上风风光光，可实际上还要不断地受着窝囊气，被人戏耍被人架空。又想，父亲在身边最亲近最信赖的人都不能交心不能倾诉，最孤独最无奈最需要人来理解他帮助他，并为他担一肩担子的时候，谁又是最可靠最应该站出来的人呢？那无疑就应该是我了。所以，应该到朋友那里去，多了解一些情况，听一听朋友的意见和建议，而这些朋友中，看来还是陈家寨那几个人有眼光有预见，他们早就提醒我要防着那几个亲戚抱团欺负我爹，现在不幸言中了。至于她李枚，也就顾不得这么多了，三只脚的青蛙找不到，四只脚的青蛙不是到处跳？想着这些烦心的事，就不由自主地沿着江边向陈家寨走去。

吴志强一到，几个朋友都拢来，由吴志强当东，去了陈家寨最好的酒店，一阵发权打码，桌上的菜如风卷残云。那几个兄弟说："我们还很少看见吴兄弟这个蔫巴巴的样子，像条死蛇一样，这也不是你平日里的做派。有什么话就只管讲出来，我们兄弟为你两肋插刀，上刀山下火海都心甘情愿，就是看不得你这死眉烂眼的样子。"吴志强打起精神说："其实没什么，就是好久不见想你们了，过来聚一聚，也顺便过来散散心。"有兄弟说："兄弟心里不痛快，是不是那李家女子惹你生的气？"吴志强说："不是她惹我生气，是我让她生气了。"那人说："和女伴生气，不是常事吗？还把自己气成这样子，值不得。"吴志强说："这不是一般的闹别扭生气，是关系到对两家人的态度，我就觉得，她怎么都还是偏向她李家的。"那人说："这也正常啊，又还没嫁到你家来，不偏向李家还要人家偏向你吴家？"吴志强说："你们不晓得前因后果，一般的事偏向她家，我肯定没有说的。是在对杨田裕修祠堂的态度上，就我父亲在一边，他们几个倒好，因为是亲戚就一边倒，讲亲戚都不讲道理了。我心里想不通，跟她说起这事，她连话都没听完，尥蹶子就走了，还说我是小人，你看这气不气人。"有人就说："说起这事，我们陈家寨都议论纷纷的，为你父亲打抱不平。说你父亲这些年算是白做了，搞了半天是为他人作嫁衣裳。说是过去起家时他们都要靠你父亲，现在做大了，做顺了，也就用不着你父亲了。他们也就不把你父亲放在眼中了。”有人又说：“其实他们亲戚抱团，主要还是杨田裕在中间捣的鬼，他对他侄女婿李万山说，吴恭就一个农民，懂得什么做生意，全都是靠你帮他做起来的，他有什么资格要主这个商号街的事。一个柴棒棒当火筒的人，他吹得燃火，煮得熟饭吗？所以，还是你来撑这个头才好。”有人就说：“当初他杨田裕和陈方亮搞不来，自己又没有什么本事做生意，才来投靠你父亲的。你父亲人善，收留了这条毒蛇，现在蛇醒过来咬人了，你父亲不是吃了大亏吗？”有人说：“他才来了几天，对吴寨商行、商号又做了多少事？就提出来要搞什么杨家寨的商号街，他根本就没有资格提这样的条件，你父亲也答应了。跟这样的人在杨家寨绷了面子，现在不仅不买你父亲的账，还反过来笼络人对付你父亲，这样的人是什么人喽。”有人说：“他那人是得寸进尺，借着修商号街来修杨氏祠堂，分明就是想赚你们的便宜。还不愿认这个账。”有人就说：“李万山算是你家的亲戚，杨田裕就不算什么了。是不是悄悄地找几个人教训教训他，让他晓得锅是铁打的。”有人就附和说，就这样办，吴志强也不做声。有人又说：“这人都是共得患难共不得享受的。但也不能这样做得出来，要你的时候把你当亲爹，不要你的时候，你就是龟孙子。”有人就说：“像这样子，你就没有什么必要再去追那李家的小姐了。追上后，你家的就更是变成李家的了。”吴志强听着听着，听得脸红筋胀，一仰脖子把一碗酒喝了下去，趴在了桌子上。

过些天，杨田裕到吴寨商号来开会，开完会就往杨家寨赶，在登船的码头上，几个年轻人说是杨田裕挤着了他们，杨田裕正要跟他们理论，被几个人围过来一阵好打，趴在地上气都出不来，几个年轻人就扬长而去了。等吴恭他们赶过来，打人的人已经跑得没了踪影。吴恭和李万山就派吴中原和吴志强去查这件事，看是谁下的毒手，说是查到后一定要严加惩治，绝不姑息。

吴恭和李万山去看杨田裕，杨田裕说：“主要是些皮外伤，幸好没有内伤和骨折，过几天就会好的。那几个打我的人我在吴寨就没见过，应该是陈家寨的，看来是陈方亮他们又在搞些下三滥的事了。”吴恭说：“什么时候才能风平浪静一点喽。大家和和气气地做生意为什么不好呢？非要搞些鬼名堂来整人害人。”李万山说：“猫头鹰没有睡觉的时候，打个盹眼睛都是半开半闭的，只要你一松懈，他就会飞下来啄你。所以，害人之心不可有，但防人之心不可无哟。”吴恭又对杨田裕说：“你还是要放心养病，不要以为只是皮外伤，这上了点年纪的人，稍不注意，以后老来会犯病的。打你的人我们已经安排人去查了，查出来我们是不会轻饶他们的。”杨田裕说：“那就谢谢你们了，我这里没有什么事，你们就去忙去吧。现在商号的事也多得很。”

又过几天，吴中原单独找到吴恭，说：“叔叔，打人的人用不着去查了，我晓得是哪个。”吴恭着急地说：“那还不把他们抓出来。什么样的人这样胆大包天的，青天白日胡作非为，没有王法啦。”吴中原叹了口气还是不说话，把头埋了下去，很难过很自责的样子。吴恭看着更是着急地说：“是天王老子你都不要怕，赶快跟我说出来，你不要出面，我去找他们算账。”

吴中原低着的头不住地摇，还发出了轻微的抽泣声。吴恭过去用手轻轻抬起吴中原的下巴，见吴中原脸色蜡黄，满眼泪花，疑惑地说：“莫过还是你叫人去打的。”讲到这里忽然醒悟过来，马上觉得胸脑闷胀手脚发颤，用手使劲地捶打着自己的胸口，带着哭声地说：“我这个不成器的崽呀，怎么会办出这样伤天害理的傻事来哟，我吴家怎么会出这样没有出息的东西这样的败类，我吴恭清白一生，怎么会让他来往我的身上泼粪水哟。”说着已是老泪纵横、泣不成声。吴中原抬起头也满脸的眼泪。说：“叔叔，不要难过伤了身子。一切都是我的不对，你天天在忙，几天也难得见他一次。你是信任我，把他交给我的。是我头没带好，没有认真关心好弟弟，及时发现和纠正他的偏激行为，我是深感愧疚。这个场我去给杨爷爷圆吧。”吴恭说：“前些时候，我还说他跟着你，也在生意场上学了点东西，已见成熟起来，慢慢开始会想事看事办事了。我还放心了许多，宽心了许多，怎么就没想到那劣根性还藏得这么深，居然就干出这种恶人才想得出干得出的事来哟。”吴中原说：“他是爱你敬重你，到了一种不容许任何人对你的权力和人格有任何侵犯的程度。他是想用一种挺身而出的立场和态度来维护你、保护你，才失去了理智，采取了这样过激的行为。”吴恭说：“平日里他倒偶尔露出一些对杨田裕不满的情绪，但我是怎么都想不到居然还到了邀人合伙打人的程度。这样的自私、狭隘，不宽容，能成气候吗？现在，还连累我跳进清水江都洗不清了？”

吴中原说：“曾经有段时间，他问了我一些莫名其妙的话，现在细想起来是有联系的，只是那时候我比较忙，没有过细地去想。”吴恭问：“他问了些什么？”吴中原说：“他对我说，如果你和我岳父起了争执，我会站在哪一边？我说小事争执有可能，大的事从来就没有过。他非要我说出个立场，我说非要说就是哪个在理哪个的意见对商号有利就在哪边。现在看来是他认为我们三个在李家那边有亲缘关系，把你架空起来了。才心里藏不住，去了陈家寨，被那些人怂恿，干出那样的事来的。”吴恭说：“我不是说了吗？哪家没有个三亲四戚的。况且你杨爷爷比你大两辈比你岳父大一辈。在不是太大的原则问题上，还是我来跟他讲话比较合适，这是我的意见，也是个策略呀。存在志强胡思乱想的那些吗？”吴中原说：“我这弟弟是个忠厚人，除了因为对你的深爱和尊重产生的偏激外，他是不会想到这些问题上去的，还是他那几个兄弟当了陈方亮的传声筒，给他的脑壳里灌了米浆，才会出现这样的问题。”吴恭说：“他脑壳里有这些想法，为哪样不事先跟我说说呢？”吴中原说：“你总是那么正经威严，他有什么心思是不敢对你讲的。”吴恭说：“那个脑筋不会转弯的人，就是一个让人当枪使的料。想不到的是这枪还把自己人戳伤了，干了令亲者痛仇者快的事，看这个场怎么收？”

吴中原说：“我之所以这两天没有及时给你说这事，就是一直在想这事究竟该怎样办？想去想来也想不出个好点的办法，才决定来请你指教的。反正这事第一步由你出面和弟弟出面都不太好，人若转不过弯来时就没有了回旋的余地，我觉得还是我先把这事从侧面婉转地告诉杨爷爷，让他了解和理解是陈方亮的用心和计谋，吴志强只是懵懂不懂事，被人利用了，完全不是他的个人意愿和本意。杨爷爷应该是能理解和原谅的。”吴恭说：“这些办法都不行。第一步还是要把陈方亮整个对付我们的招数搞得清清楚楚。包括他抓住了我们的那些弱点和不足来造的这些谣言，是怎么散布谣言，蛊惑人心的，这些谣言都能起到什么作用，达到他的什么目的。把这些都搞清楚了，对吴志强是个教育，对我们是个教训，对杨爷爷也好说得清楚些。那时我再亲自带着那不孝之子到你杨爷爷那里去负荆请罪，请求他的原谅。”

吴中原说：“那是不是先把这些天出现的一些谣言和问题我串起来想到的，向叔叔说一下，然后你觉得有点道理，我们就沿着这条线去了解和证实一些情况，叔叔说好不好。”吴恭说：“我也是想先听你说说，包括吴志强最近的一些想法和行为举止，我也是该好好地了解了解他了，再不把他扳正过来，我天天忙着干这些事又还有什么意思？”

吴中原就说：“既然叔叔这样说，那为侄的就不加掩饰不讲辈分地直言了。我觉得陈方亮是个头脑聪明但人格扭曲的人，他最初是恨杨田裕，当杨田裕到我们这里合伙后，他觉得是我们庇护了他，又完全断了陈方亮还想回到杨家寨的路子。就把恨也转移了一些到我们商号来，目标肯定就是对着你。再加上他刚到陈家寨时，他知道陈石奎在想些什么，也是想迎合他的心思，取得他的信任，就出了那几个损招，结果是不仅不占便宜反而吃了亏，尤其是还进去坐了一段时间的牢，里子面子都过不去。他又是一个心胸狭隘，爱钻牛角尖，还钻进去就出不来的人，对我们的仇恨就埋在了心底，只要一有机会和条件，就会想方设法地来撺掇来报复。

陈石奎所在的陈家寨作为我们的邻里，过去与我们也有过一些小的摩擦，但那都是些牙齿咬舌头的事情。他从来不从自身的问题上去找原因，总觉得是寨小人少吃的亏，是你欺负了他，心里也埋下了仇恨你的种子。后来拦江的几次打架，也是人财两空、损兵折将，外面吃了亏，寨子里也失去了人们对他的信任。就把这账记在了杨田裕和吴寨的身上。

两人趣味相投又有共同的仇家，就伙在一起，一边做生意一边实施复仇计划了。陈方亮见前几次出的招都没能得逞，就想了另外的绝招，他人聪明狡诈，看到我们商号决策层是这样一种结构，我与你是叔侄，与李万山是翁婿，李万山又是杨田裕的侄女婿。他就想，人最薄弱的东西莫过于亲情上的拉扯产生的利益之争了。他就先放出了两颗烟雾弹，一是李万山攀亲是想要吴家、杨家的产业；二是你在打李家财产的主意。这样的东西你们一看就穿了，外人也一看就穿了。但这不是他真正要出的招，那是他为了让人们认为他并不聪明，故意假装糊涂来隐蔽自己。聪明之处就在暗里挑起商号内部的争权夺利，他最终的目的是要让你和李叔起纠葛起矛盾，只要你们一分裂商号就断了大梁，也就自然垮下来了。他觉得相对比之下杨田裕性子更直一些，就用他和他做的一些事来做挑起矛盾的由头。说他先是拉拢李万山，讲在商号里李万山最懂行，作用最大，要由他来取代你；说木行起家时需要你，现在商号做大了，我们几个就联合起来，要把你一脚踢开了；说杨田裕困难时，你收留了他，现在他反过来要联合李万山和我来整你；说杨田裕修祠堂，李万山和我都站在他一边，让你很孤立，很无助，主要就是这些吧。都是围绕着制造吴寨商号内部矛盾来的。吴志强听他们这样一说，加上性子又急一点，不是火冒到头上来了吗？在这件事上，陈石奎是一样的想法，他看到陈方亮这样做很是高兴，但嘴上不说，也不行动，采取坐收渔利的办法，但对陈方亮用这一招，他说是高招。所以，他们还是遥相呼应的。都是希望把商号搞垮，让他们能够红火起来，报他们的一箭之仇。”

吴恭说：“他们这反间计还真是用得毒用得狠。”又问：“那你怎么了解了这样多的情况？”吴中原说：“你把这任务交给我后，我就放人去盯着的。在此之前我也一直按你的要求注视这些方面的事，也零零碎碎地知道一些，就是还没有串起来想，打人的事就发生了。”吴恭说：“看来这次他们离间我们的事就是了了，也还不会风平浪静，通过这件事看出来，他们是有点不撞南墙不回头的味道。你还是要多注视一些他们的动态，比过去我交代你的还要更用心更扎劲一些。至于你说是不是按照这个方向去了解情况分析问题，我看是可以的。只是要尽快一些，我要给你杨爷爷有个交代，才放得下这颗心来。那你就说说吴志强最近的情况吧。”

吴中原说：“应该来说，吴志强前一段都在进步中，思想各方面都比较稳定。就是近一段时间，有两件事让他有些分心和烦恼。一件是他和李枚之间的关系。”吴恭插话道：“那不现实，文化层次他就差人家李枚一大截。我看他是一厢情愿、自寻烦恼。”吴中原说：“文化层次上有差异的事他自己还是知道的，他也一直在努力补上。正因为这一点，他就总是认为自己要矮人一截，直不起腰来，缺少了自信，能力也就难得表现出来，这还是最主要的。其实李枚也还是比较喜欢他的，觉得他聪明率真，很有朝气和活力。但也是因为吴志强的男人形象在她心中一直树不起来，就一直在观察中，下不了决心。这是吴志强这段时间一直有点心神不定的一个方面。”吴恭又插话说：“这一点就不像个男人。”吴中原接着说：“另一点就是在维护你的权威上，他听信了一些人的话，想歪去了。”吴恭说：“要他来操空心帮倒忙。还有就是关于他和李枚的事，是不是他有一段还有点怪怨你和李琦，”吴中原说：“那倒没什么，可能觉得我和李琦没有帮什么忙吧？”吴恭说：“我问这些东西，主要不在问他和李枚的关系，是想把他这些表现连起来看他的思想成熟程度。没有正确认识自己，不从自己身上找出现问题的原因，拉屎不来怪茅坑。遇到问题不理性，思想容易反复，情绪容易波动，人容易被人左右和利用，这些都是幼稚无知的表现。我看他是学到的东西又退回去了，获得的进步又倒回去了。”吴中原说：“还是怪我这段时间有点忙，关心他的时间太少了，了解他的思想也太少了，所以帮助他也就太少了。”吴恭说：“这些都不能怪你，那是他自己的问题。我们都只能管他到大，人大了以后就看他自己的悟性和造化了。还有就是小的时候吃苦太少磨难太少了，才是这么少不更事、骄横跋扈。”吴中原说：“他在对你的权威维护上，一方面是对你太爱太尊重。”吴恭打断吴中原的话头说：“那不是主要的方面，主要的方面还在于他的思想太狭隘太偏激。想要他的父亲在这里独揽大权、说一不二，他也好沾光出风头。”接着摇摇头说，“他太不了解他的父亲，太不像他的父亲了。”吴中原说：“你的心胸你的情怀是没几个人能比的。”吴恭说：“怎么没有？你的岳父，你岳父的父亲，那都是我们值得学习的人。”又叹口气说，“我这儿子啊，怎么就不好好地学学你，学学这些身边的长辈呢？”吴中原说：

“他是努力在学的，就是有时会有些反复，我觉得这也是正常的。”吴恭说：“你就不要替他讲话替他包瞒了，对他还是要上上牛鼻绳，随时扯着点，对‘好鼓不要重锤’的人轻轻敲打一下就行了，对他这样的人还是要严加管教，不教是不成人的。其他关于陈家寨那边的事你就抓紧去了解抓紧去办吧，还有就是吴志强结交的那几个人，你也要了解清楚，不是好伴的，我来快刀斩乱麻，跟他砍断，免得越染越黑。”吴中原说：“那好吧，就是请叔叔不要对吴志强太强硬，他是那种服软不服硬的人，太硬了容易造成他的反叛心理，讲道理他还是听得进的。”吴恭说：“侄儿讲得对，我也会采纳的。不过这次是得好好教育教育他了。”

又过了两天，吴中原把事情基本了解清楚，向吴恭详细地作了报告。吴恭回到家把吴志强叫到了堂屋，对吴志强说：“你现在也长大了，我今天先是不打你不骂你不讲你，你就当着祖宗的面，把你最近看到了些什么事，想到了些什么事，别人对你说了些什么，你到陈家寨去干什么，杨爷爷又是怎么挨打的，全部都跟我完完整整、清清楚楚地倒出来。面对祖宗，不准有半点包瞒半句假话。”

吴志强坐在堂屋侧面的撑凳上，低着头，哭丧着脸，听着父亲的问话，知道父亲已经知道一切。自从有人打杨田裕那天的事发生后，自己心里天天都是十五只吊桶打水，没有安生过，知道这一天迟早会到来，但想不到的是这次父亲不是先叫自己跪下，不分青红皂白一顿好打，先让皮肉受苦再说话。知道父亲已经把自己当了大人，是大人就要说真话敢承担了。自己这些天心里编的几套准备对付父亲的话都没有用了，就按父亲的说法，实话实说吧。于是就把自己听到人们如何议论杨田裕、李万山和吴中原是亲戚，几人如何在杨田裕的戳火下合起来与父亲作对，杨田裕如何不听父亲的劝告强行修他家的杨氏祠堂，自己听到这些议论后心里如何着急，又不敢跟父亲直言道出自己的想法。在吴寨找不到帮助拿主意的人后，自己如何带着疑惑和无奈去了陈家寨，如何上了酒楼，朋友说了哪些话，自己怎么喝醉了酒，最后又是怎么发生了打杨田裕的事情一股脑都全盘托出告诉了父亲，接下来是痛哭流涕、泣不成声。

吴恭心里虽是很痛苦，但听到儿子说出这一切后是欲哭无泪。他觉得自己在儿子的事上是有责任的，首先，如果自己过去都是这样比较平等地与儿子交流，耐心地倾听儿子的述说，儿子敢把思想告诉自己，也就可以避免那件打人事件的发生。这一点自己幸好是接受了侄儿的意见，没有先用棍棒说话。其二是觉得儿子还是有了进步的，至少在这件事上所说的话与吴中原了解到的情况是一致的，没有编造没有说假，诚实和担当是一个男子汉最该具备的东西。其三是这商品社会突然就会变得这样复杂，人跟人之间的那种坦诚和信任竟然就被钱搅乱了，是自己都始料不及的，况是乳臭未干的儿子。其四是犯事的主要原因还是在他的幼稚无知和思想简单，还没有到品质恶劣的程度，他的出发点还是出自忠孝。

吴恭想到这些，就压住了心中的火气，用比较平和的口气对吴志强说："你这次的行为是恶劣的，后果也是很坏的。产生这种恶劣后果的原因，倒不是你的品行不端，主要还在于你太幼稚太冲动，看问题的方式太片面太偏激，因此被人左右被人利用。首先我要告诉你，我和你杨爷爷、李叔叔以及你哥哥，几人的关系很好很协调很和睦。那些对我们有意见有想法甚至有仇恨的人，害怕什么，就是害怕我们这种稳定的默契的关系，这是吴寨商号发展最重要最基础的东西，他们想要绊住或者搞垮吴寨商号又要怎么办？就是要分裂这种关系。要分裂这种关系又要怎样办，就是要让我们之间互相猜疑互不信任互为掣肘，然后自相矛盾自我分化自我瓦解。所以他们用的是离间计。你杨爷爷这次与商号街一起修杨氏祠堂的做法，是有些欠妥，但也并不是太大的原则问题，首先在钱上他们是杨家自己筹的钱，专款专用。其二他们在用钱用料上是专人管理的，不与商号街的用度混淆，这一点你自己去那里也应该看得到。我只是说他是商号决策层的人，不该让外人有想法有意见。他那个人面子观念有点重，觉得在寨上和族里都通过了的事，他抹不下面子把工程停下来。这边呢，我既然觉得不是什么大不了的原则问题，哪个家都有三亲六戚，都有亲情人情。你李叔叔和你哥哥又都是小一辈小两辈的人，也没有必要让他们去为这事撕破脸，造成对家庭对商号都不利的影响和结果。我是出于这种想法不要他们说话的，这是人与人之间的相互理解和支持，怎么谈得上是他们合在一起来孤立我对付我呢？你呢？却是听信了谣言，去猜疑你的杨爷爷、李叔叔和你哥哥，这对他们的人品人格是多么大的伤害呀。你这样做，不但没有帮到我还害了我，这事传出去，人们会怎样议论你父亲，怎样看待你父亲，其实你并不是爱我尊重我，骨子里还是自私是小气，是难得脱掉的不容侵犯的那种不值一文的优越感在作怪。你呀，放着这么好的长辈榜样不学，天天和你相处的哥哥你不跟，却去跟那些狐朋狗友酒肉兄弟学那些不好的东西，你不自愧不难过吗？”吴志强一直低着头听着父亲的教诲，时而抬起眼皮看一眼父亲，逐步感到脸上发烫身上发热，然后逐步发凉，脑子嗡嗡作响，眼泪也止不住地往下掉。吴恭接着说：“《左传》都说知错能改善莫大焉，是男人就要敢认错敢承担。我们现在就到你杨爷爷那里去，还要叫上你李叔叔和你哥哥，去跟他把事情的原委说明白，去赔礼道歉，求得他的谅解。你现在去捆上两根柴，我去叫你李叔叔和你哥哥。”

吴志强也不知道捆两根柴干什么，就照着去办了，吴恭也把李万山和吴中原叫来，一起去了杨田裕那里。到了杨田裕养病的地方，吴恭把两根柴捆在了自己的背上推门进了屋，见着杨田裕就拉着儿子扑通一声跪在了杨田裕面前。杨田裕一时也不知原委更是不知所措，立马扶住吴恭说：“这是怎么啦，天大的事，也不能叫你大掌柜的来给我下跪，这不是责罚我了吗？”吴恭还是沉着身子，绝对不肯起来，说：“今天不是商号的事，是家事。你一定要听我把话讲完，原谅了我，我和儿子才能起来。”李万山也要来拉吴恭，吴恭说：“这事你不知道，等我说完，你就明白了，到时候该不该起来，再说吧。”吴中原是知道缘由的，又是小辈，就一直站着没有说话。但叔叔的这个举动是他没有想到的也是令他感动的。吴恭接着就把这次杨田裕挨打，是儿子纵容和默许陈家寨的几个酒肉朋友干的。然后把陈方亮最近造了哪些谣言，通过一些什么样的人来散布，是为了达到什么目的，又起到了什么样的作用。儿子出于什么样的心态，听信了谗言，如何在心里猜疑他们三人与吴恭作对，对他们产生了轻蔑和忌恨，以至于到了让人打人的程度，全部倒了出来。接着说：“身上背上这两根柴，也不是什么负荆请罪，我们还没有资格用这样高雅的形式。这两根柴是拿来请杨爷爷打我们的。你是长辈完全可以这样，无须顾忌。打我是打我的教子无方，家中出了忤逆不孝、辱没祖宗之子。打他是打他的无视家法不尊长幼，干了天打雷劈、天理不容的事情。是为了让他不要成蛇钻草，长点记性。”说着就把柴解下来，分成两根，交到了杨田裕的手上，接着把自己的背伸了过去。杨田裕确实没有想到这事态的变故来得如此突然，心里既对吴志强的鲁莽作为觉得心里发凉，又为吴恭的严格大度感到心里发热。拿着两根柴棒也无从下手，就说：“你们这样叫我如何是好。”吴恭说：“打了就是好，赶快吧。”李万山就说：“牙齿都有咬着舌头的时候，何况是小辈无知，杨爷爷会理解和原谅的，还是起来说话吧。”吴中原说：“我替弟弟求杨爷爷原谅，是我这段时间没有关心他带好他。”说话间，吴志强一纵身起来，抢过杨田裕手中的木棒，用力一棒敲在了自己的头上，当即鲜血直流晕了过去。大家才急忙一边扶住他一边去叫了医生。

杨田裕心里想，自己这样一把年纪了，还是这么执拗，这么顾面子，这在商号里确实是不应该的，比起吴恭的明理、大度来，自己就枉为长辈了。志强那孩子是有些做得过分了，但孩子就是孩子，他也是出于一片孝心，也是被人哄骗被人利用。人都这样了，自己又还何必再去计较呢，再跟孩子一般见识，不是不通情理了吗？我到这里这几年，生意是做大了的，过去的一些不是，在人们心中是淡忘了的，自己的心情是愉悦的，杨家寨的人们也是高兴的。现在吴寨商号就是杨家寨的一部分，自己也是商号大家庭的一分子，如果我们之间出现了隔阂出现了裂痕，那不正好中了那些不怀好意的人的奸计吗？这陈方亮啊，这么多年都过去了，还是那么计较那么劣性不改，还是在不断地翻新花招，变本加厉地报复我们。要说他对吴寨商号的意见、仇恨，也是因我而起的。自己就更应该注意和检点自己，不应该再给这里添乱了。于是决定把建祠堂的事先停下来，想着这只要跟杨家的人说明了，他们都会理解支持的。心里也就放下了一个包袱，敞亮起来愉悦起来。

李枚来看吴志强时，吴志强已经醒过来，头上绑着绷带，脸色蜡黄，还留下一些没有完全洗干净的血渍和泪渍。他把头偏向了床里，觉得不好意思见李枚。他自己打自己的这一棒是打得重了些，到现在都还有些头晕目眩，但却是把自己打醒了许多。就觉得前一段自己好像是被鬼缠着一样，一切是那样的茫然、空虚、无助，心里没有了自己的思想自己的意志，失去了自己该有的情绪控制和表达能力，一切都被一种混沌的东西蒙蔽了，淹没了。对李枚那种近乎疯狂的热情和激情突然之间跌到了谷底，仿佛那个自己心目中的女神变成了与自己作对的女巫。一切的爱恋都是那样的分文不值、不屑一顾。而当那些魔怪似的东西，从自己打开的裂口中青烟一般袅袅散去以后，那女人又变成了自己高不可攀的女神。仿佛只是站在云头对着自己笑，那笑一会儿像是亲昵的微笑一会儿像是嘲讽的讥笑。他觉得自己的那种境界那种对事情的判断能力，的确与她有着天壤之别，她看似稚嫩但对事却往往很洒脱很超然，自己是配不上她的。自己前段对她的那些想法那些认识那些态度，不仅亵渎了她的人格也伤了她的自尊。所以，自己是没有脸见她的。李枚看出了吴志强那种欲求解脱而不能的情绪交织和痛楚，觉得这时候安慰什么讨论什么也是枉然的，甚至还会让他思想上的矛盾变得更加复杂和激烈，那些朦胧中肆意缠绕的心结，还不如让他自己去静心清理和慢慢解开。于是就说："那你就安心地好好养病吧，我学堂里还正有些事情，下次再来看你。"

李琦在她的学生一天天进步，无知慢慢退去，求知的欲望和良知的行为渐渐地萌生出来成长起来的时候，自己肚子里的孩子也越来越活跃起来，踢着肚子的频率越来越高力度也越来越重。每一次这样的活动都要持续好长时间。

吴中原在身边的时候，她就会叫吴中原赶快过来，用耳朵贴在她的肚子上，倾听孩子在腹中戏耍和呢喃。两人就有一种做父亲做母亲的欣慰和冲动，就会一切的辛苦一切的烦闷都被这孩子萌动的生命体征舞动得烟消云散。李琦问："你希望这孩子是女孩还是男孩？"吴中原说："是男孩女孩我都喜欢，女孩就要像你一样，男孩就要像她外公一样。"李琦说："这地方的人说，女孩要像父亲，男孩要像母亲才有福气。"吴中原说："像你不是又聪明又漂亮吗？"李琦说："把你的帅气和聪明加进去不是更好吗?”吴中原说:“那好吧,女孩像我,男孩像你。让他们把我们的优点都继承和表现出来,还要加上他们外公外婆的好东西。”李琦说:“你真会想,什么好的东西你都想要。”吴中原说:“对别的东西不要贪,对孩子的希望贪一些好,笋子高过竹才好嘛。他们可是吴越和吴寨两地人,侗族和汉族两族人结合的新生命哟。”

李琦看着吴中原冲动和兴奋的表情很是高兴,说:“他小叔叔不也是吗?”吴中原说:“他小叔叔长得真快,等小辈子生出来,他都差不多要能抱得动了。”李琦说:“他一见着我就说,姐姐,快把弟弟生出来吧,我天天都在想着和他玩。他也不知道辈分,就管叫弟弟。”吴中原说:“那个小兄弟真是机灵可爱得很,最会逗爷爷奶奶高兴,让爷爷奶奶天天笑得嘴都合不拢。”李琦说:“我一过去,就跑过来黏着我,叫我讲故事和教他背诗歌,现在都会背几十首古诗了。”吴中原说:“不光会背,还会用。春上的时候我们去河边,你们在前面走,我牵着他走在后面。他看到寨边的桃花和河里的鸭子就念起来。‘竹外桃花三两枝,春江水暖鸭先知。蒌蒿满地芦芽短,正是河豚欲上时。’我问他,‘是哪个的诗啊’?他想都不想就答,‘北宋苏东坡的题画诗’。我又问,‘那《咏鹅》呢’?他马上又答,‘骆宾王七岁写的’,并接着背道,‘鹅,鹅,鹅,曲项向天歌。白毛浮绿水,红掌拨清波。’真不愧是书香门第的后代。”李琦说:“他妈在他身上真是用了心的。”吴中原说:“也有你们大家的影响。将来长大了,肯定是一个难得的才子。”李琦说:“这主要在环境和自幼的努力。过去这里有几个女孩会读书写字,现在学堂一开起来,我看他们聪明得很学得快得很,不比我们吴越那边的差。刚办学堂时,你看我们费了多大的劲,才把这些孩子动员来读书,现在就不一样了吧。到了年纪他们就会主动送过来,对先生也是尊重得不得了,逢年过节家里的这些土产品都是孩子的家长送来的,什么腌鱼腌肉喽,干牛肉干猪肉喽,鸡鸭蛋喽,现在你连买都不用买。叫家长不要送了,他们还不高兴。说是他们的一点心意,不收就是看不起他们。你们这地方的人真是客气真是实在。”吴中原说:“他们现在也觉得,孩子得读书会认字,比什么都重要比什么都强。过去祖祖辈辈都是大字不识一个的文盲，现在孩子辈不一样了，能写会算了能说会道了。哪是用物资可以换得来的嘛。所以，你们才是这么受到尊重爱戴，他们给你们拿些东西是把心掏给你们了。”李琦说：“看来我没有选错行，授之以渔还获以熊掌，太值得了。”

吴中原觉得李琦一谈到学校学生就有一种特殊的兴奋感和自豪感，就说：“再讲一讲学堂里有趣的事来听听。”李琦说：“这类的事情多了，昨天桂花姐那女儿芳香就来说，她妈叫她教了几个字，会写得不多。前天有人邀她去马田玩，走得急就留了一个条子，说去马田了。可能是一时把那马字忘了，就在马字的地方画了一匹马，把家里人笑得不得了。”吴中原说：“孩子识了字，还能影响家长教家长，这还蛮有意思的。看来以后年轻点的家长只要是愿学习的，慢慢都会认几个字了，这真是一件好事情。那你们教孩子的意义还真是大得很喽。”李琦说：“那还不光是认字，现在这些孩子还会给家长讲道理，有些过去在孩子面前讲话不太注意的，比较粗俗的，孩子听了以后就指出来，家长也觉得不好意思，讲话也就慢慢文雅起来了。”吴中原说：“文化跟文明是孪生兄弟，读书的人讲话是要注意一些，否则人家也会说你辱没斯文。以后有文化的地方的人会是另外一种面貌的，他们懂礼貌会挣钱，有门风家道旺，男的能讨好老婆，女的能嫁好人家。”李琦说：“你说得是，以后这社会，做生意的人多了，没有文化就更会显得没有本事，肯定是要吃亏一些。”

吴中原说：“没有文化，不光生意做不赢别人，道理讲不赢别人，什么都会落人一步低人一头的。没有文化，就只有扯牛尾巴，只会扯牛尾巴的人，现在看来是难得比得了做生意的人的。”李琦说：“孟子与陈相那段对话讲的也就是这个道理。我们这里现在弃农从商的人慢慢多了起来，是不是就是丢了祖宗的根本，孟子就说不是的，那是社会的分工。社会已经到了不可能种田、织布、打铁，制作各种工具都要由自己来完成的时候，是应该各自做自己强项的东西，然后进行交换，才是各尽所能、各得其所。这时候不同文化程度的人，掌握不同技艺的人，就有分别了。孟子说后稷教老百姓耕种收获，栽培五谷，五谷成熟了才能够养育百姓。人之所以为人是因为人有思想有自制，如果吃饱了，穿暖了，住得安逸了，没有教养，那就和禽兽差不多。圣人又为此而担忧，派契做司徒，用人与人之间应有的伦常关系和道理来教育百姓，说父子之间有骨肉之亲，君臣之间有礼义之道，夫妻之间有内外之别，老少之间有尊卑之序，朋友之间有诚信之德。这些就是读书以后应该有的涵养和变化了。”

吴中原认真听着李琦讲述孟子的话，听完后说：“是啊，圣人的话是很有道理的。可是，现在有些人光是顾着挣钱，把钱看得太重，不讲道德不顾伦常。这些都是忘了圣人的教诲，丢了做人的根本，真是不应该得很。所以我们这孩子，以后最重要的还是要教他们怎样做人，从小养成好的习惯，学会为他人着想，不能太以自我为中心。孩子只能爱不能惯。”李琦说：“你都还没当父亲，做父亲的思想准备倒还是做得蛮充分的嘛。”吴中原说：“我生得艰辛嘛。现在他们好啦，条件越好，越是要严格要求孩子才对，千万不能让他们有优越感。过去讲寒门出孝子，那是因为穷人家的孩子，经历了生活的艰辛，懂事早，知道父母的不易，才晓得孝顺长辈尊重父母。家庭条件好时，注重孩子的教育，多给孩子好的影响，我想也是应该做得到朱门出好人的。”李琦说：“所以，孩子启蒙读书，都从《三字经》开始，用圣贤的话先贤的事，教育影响他们，是蛮有道理的。”两人越谈越投缘越谈越兴趣。直到有人来叫吴中原去办商号的事时，吴中原才离去。

60

吴嫂、吴李氏、灵芝和桂花在孩子的影响下都识了几个字。几人相邀到河边洗衣裳，桂花说：“我给你们讲个段子吧，听不听？”吴李氏说：“卖什么关子，讲吧。你这个人是个‘得个老鼠连夜干’的人，要是不讲出来，今天晚上也是睡不着的。”桂花说：“话说一个老秀才过生日。”吴嫂打断桂花的话说：“还‘话说’呢，一个农民婆还变得文绉绉的了。”吴李氏说：“那文绉绉几个字又是农民婆讲的吗？不要打断人家，这是进步。”桂花继续说：“老秀才有三个女婿，都来祝寿，老丈人有点文化，平时就酸溜溜的，招女婿时都要经过他亲自考试过关。就说，我今天再来考考你们几个，看哪个最有学问。你们每人用一样东西来做比喻，讲一段话，但都必须有‘大小多少’四个字，而且顺序不能乱。大女婿最有文化，看着门边放着一把伞。心想这还不简单？接着说‘撑开来大，收起来小，下雨天用得多，天晴天用得少’。老丈人知道难不倒他，就摸摸胡子说，算是过关了。然后示意二女婿接着讲，二女婿也是有文化的人，毫不示弱，正好看着他婆娘在绣花，马上说道，‘绷起来大，收起来小，白天做得多，晚上做得少。’老丈人又说，也算过关。三个女婿中，就数三女婿文化少，但脑子聪明反应快，看着两个姐夫都过了关，又把他想讲的都讲了，急得脸都红起来，三妹也急得尿胀，又怕他难堪，就去蹲茅坑了。三女婿立马急中生智说‘蹲起大，站起小，天黑时用得多，天亮时用得少。’老丈人摸着胡子说，还是我三女婿最聪明，讲在最后还讲得最精彩。”吴嫂对桂花说：“要是三女婿是你男人，你估计会怎么说?”灵芝抢过来说：“那肯定会说‘干起大，看起小，我最用得多，别人用得少。’”吴李氏说：“我看你们是都有文化了，那先生也没有教你们这些，你们是正经的不会说，歪脑筋倒是蛮会动的。这清水江的水洗得干净这衣裳，是怎么都洗不干净你们那脑壳里的脏东西哟。”

灵芝说：“我们几个当中，还是数桂花最聪明，歪门子也特别多，要是换成现在是她读书，那不晓得要挨先生打多少屁股哟。”吴嫂说：“那屁股就肯定比现在还要大了，哪个男人受得了哟。”吴李氏说：“你那是皇帝不急太监急，那想要的男人更是多。”桂花说：“你们那屁股也都不比我的小，你们这叫做自吹自擂，讲我是为了夸你们自己。”灵芝说：“要不你们三个把裤子脱了，翘起屁股让我来给你们比一下，哪个大赏男人一个。”几个相互递了一下眼神，就一起过来脱了灵芝的裤子，一个在她屁股上打了一巴掌，吴嫂拿着裤子，灵芝去抢，吴嫂又递给了吴李氏，灵芝跑到吴李氏那里去抢，吴李氏丢给了桂花，桂花又丢给了吴嫂，让灵芝光着屁股跑来跑去。正巧有人过来，灵芝就只好跳到河里游到对岸去了。

在收购木材的木堆旁，吴月对吴江说：“江哥，我这段时间学了些字，读了点书，真是觉得人的心里敞亮了许多，对什么事就多了一个衡量的尺码。过去陈方亮他们造那些事，我还半信半疑的，信是他们编得很逼真，不信是因为我特别相信我们几个掌柜的人品，并不是晓得去分析去辨别。现在那些东西到了我的脑子里，我就会去想一想是不是真会有这样事情存在，一想就觉得不可信的，我就认为肯定是他造的谣了，有人问我的时候，我就会告诉他们这不可信，还讲了为什么不可信，别人就只顾点头了。”吴江说：“那你讲一件事来听听。”吴月说：“比如说杨田裕和李万山、吴中原合起来对付吴掌柜的话，我就觉得吴掌柜和李掌柜那是十多年的交情，不是生死之交也是患难兄弟。两人的人品又都很好，不是说合就合说散就散那么简单的事情，就像书上讲桃园三结义的刘关张三兄弟一样，那种关系曹操破不了孙权也破不了，他们自己更是珍惜更是爱护。像吴中原，那就是一个典型的孝子，他把吴掌柜视为自己的亲生父亲一般，对吴掌柜是恭敬孝顺都嫌不够，还会去做那种忘恩负义的事？再说杨掌柜那个人，心思是要粗些，讲话要直些，但人却很重品行讲道义。绝对不会去讲那些挑拨离间的话，做那些丧失良心的事。我们都是做具体事的，如果他们不团结了，闹起来了，我们下面的事情还会这么有规有矩、有条不紊？所以我断定都是他们造的。就是不太明白为什么好端端的，要去制造这么多的事端做什么。本本分分地做事为人为什么不好呢？”吴江说：“我们吴月小兄弟是越来越长大成人了，有了自己的想法有了自己的主张。我看是可以成家当爹了。”又问，“你那新屋修得怎么样了？”吴月说：“差不多了，梅秀还带着她爹妈来看过，都还比较满意。我还悄悄地对梅秀说，你姐夫帮着设计的还会有错。她问，哪个姐夫，我说带我来你家那个，她就伸手来打我。我把她的手一捏，她就哇哇地喊疼，真是会撒娇得不得了。”吴江说：“你乱说话，她姐听到了要生气的哟。”吴月说：“高兴还差不多哟，她姐还经常通过她问到你哟。要你真是她姐夫，那我们就真是更亲了。”又想想说，“那也不对，那我又少了一个疼我的李姐姐了。”吴江说：“你这个鬼崽，拿你哥郎当起来了。”吴月说：“那是怎么都不敢的，没有你就没有我吴月的今天，没有我这个婆娘，没有在修的这房子。我讲这些是亲你、感谢你。”

吴江听了吴月的话心里也很是激动，说：“你说读书有文化好，真是不错，现在你那小侄女读了几年书，我讲错话她来纠正，她妈讲话不注意，带了脏话，还要被她批评。她妈有时骂她，她就跟她妈辩理，她妈讲不赢了就说，再跟我顶嘴顶舌，看我打不打你。她说乖人动嘴讲，痴人才动毛巴掌，还说有理不在声高，搞得她妈哭不是笑不是。”吴月说：“那侄女真是聪明得很，最逗人爱了。我看她长那样子，把你们两个长处都捡了，你真是拿她当宝贝，她可能是仗着你欺负她妈哦。”吴江说：“你这是冤枉我了，我爱是爱她也是不敢惯她，那个小机灵是个得寸进尺的家伙。惯了她以后是会害她的。”吴月说：“你那小姑娘人又长得好，又机灵可爱，又有文化。以后的女婿怕是一个不得了的人嘞。”吴江说：“还这样小，讲什么女婿哟。不过他们还真是赶上好年头了，你以后有了孩子也是一样的。”吴月说：“那不管是男是女，我都要让他们去读书，长大才能有出息。决不能像我一样，老来学鼓手，会吹不会走了。”

吴江说：“你个小崽都老来老来的，怕是想当爹想疯了。老实跟我交代，装好窑子了没？”吴月说：“窑是装过多回了，不敢装上，还是怕大起肚子过门来，人家不晓得的还讲我是‘时也来运也来，讨个婆娘带崽来’。以为是别人装的窑子，我是捡了便宜。”接着又问吴江，“我看梅芳那崽，越大越像你，肯定是你做的模子灌的浆是不是？”吴江听吴月一说，心又有点激动起来，脸都有些红了，从地上捡起一根木棍，做出要打吴月的样子，吴月撒腿就跑了。

61

杨田裕伤好以后，到杨家寨开了一个家族会，把暂时要把建杨氏祠堂的事停下来的想法提了出来，还原原本本地把为什么要停下来的缘由和道理都给大家讲得清清楚楚。有人就说：“我们族长还真是一个明大理重大义的人。挨了棒棒不但不忌恨别人还体谅别人，真是越走出去越大气了。那我们还有什么讲的，支持就是。”有人又说：“理是这个理，就是建了又停下来，会不会得罪祖宗。”一个老辈站起来说：“不会的，祖宗高兴才是。我来给你们讲一段祖宗的故事，说是我们的祖宗有三兄弟，这三支人发大了，就要分家。我们现在分家哪家不是吵得呜呼哀哉的，可我们的祖先不是。三兄弟只有一支留在原地方，其他分到另外两个地方去，我们就是属于分出来的一支。留在原地方的不用起房造屋，开垦荒地，样样都是现存的，当然最好。分出来的两支，一支呢地势比较开阔，开出来多是良田沃土，也是蛮好的。我们这一支的地方相对来讲最差，虽是有山有水，但山高坡陡，虎虫出没。三兄弟就都争着来这里，为争差的倒还争得脸红脖子粗的。我们这一支是大哥，大哥就说不用争，一个家就看大哥怎么带好这个头，那就有苦有亏都得大哥吃，那才会分家不分心。以后我们虽各在一个地方，还是一家人，还多有几个走动的地方。三弟说，大哥的话虽是在理，但我们这里都说大的出门小的苦，我虽是小，也是儿孙满堂了，还个个都是身强力壮的，那最苦的地方我小的不去，还叫大的去，那岂不是让我的子孙看不起我？老二说大哥三弟都不要争了，我去那里最折中最合适，别人就不会讲大哥也不会说三弟了。我都已经给我的几个子孙商量了，大家都立志要去那个地方，干出一番事情来。大哥见争不下来就说那我们现在就先不分家，大家一起来把去这两个地方的路都修好，该凿石的凿石，该架桥的架桥，然后把那里的荒山荒土开垦出来。最后我们再来抽签定去留。大家就都同意了。你们看，我们三支人年年都去祭拜的那桥就是那时修的，虽经了多代人的整修，但那还是我们这个家族的一种精神一种骄傲，是一座连心桥，一直香火鼎盛到现在。你们说我们的祖先是看到我们谦让高兴还是看到我们争高兴。”大家就高兴地听了杨田裕的提议，决定杀猪宰羊，第二天就去在建的祠堂祭拜祖宗，告知祖宗暂时停建的缘由，祈求祖先的谅解。

吴恭和李万山听了这件事，很是高兴很是感动。

吴恭望着满天的星斗，都在发着自己的光，相互映照着，很有感触地说：“杨田裕这人看起来有点古板执拗，但很明理重义。不但不对吴志强的行为予以追究，还把杨氏祠堂的建设停了下来。我知道这件事后，对我的触动真是不小。”

李万山也在凝望着蓝天上的星星，它们都在自己的位子上，不争不抢、不碰不撞，都显得那么悠然那么从容。说：“在这件事上，你们两个都做得好，你是对商号的大原则不松口不徇私，还考虑和顾及了我们的亲戚关系不受影响。他一开始是有些顾面子，但通过你对孩子事情的处理，反而感化和影响了他。不过，他也确实是一个重情重义心胸大度的人。你们两个的人品能力都让我对商号的发展更加充满了信心。”

吴恭心想，这夜空之所以这样美丽这样宁静，就在于蓝天上这些星月间的相互照应相互衬托，说：“我在想，他们把建祠堂的事停下来，肯定会造成一些损失，是不是叫吴中原他们算一算账，该补的由商号补一点。人要有个礼尚往来，互相理解互相支持，把事做得合情合理、互不亏欠才对。”

李万山收回仰望星空的目光，说：“你想事做事总是那么在情在理、心细如发，事事为别人着想，我哪有不赞成的。就叫中原他们那样做吧。”又问，“最近志强恢复得怎么样了，这小家伙也真是率真刚烈，用这样的方式惩罚自己。”

吴恭很感慨李万山的谦恭和体贴，说：“好得差不多了，就是有些时候头还有点晕眩。我倒觉得他这一棒打得好，一是让他记忆深刻，以后可以让那些怪东西少钻到脑子里去一点。二是还真是打醒了许多，原来脑子里那些乌七八糟的东西基本没有了。想问题看问题也正常起来明晰起来。”

李万山也为吴志强的转变感到高兴，关心地说：“是不是用天麻炖鸡给他多吃些，这里山上的药材真是好得很，一吃就见效。我家两个老人经常都会用来补补身子，疗疗病，大病比过去好多了，小病也比过去少多了。”

吴恭对李万山投去感激的目光，说：“还有你们对他们尊重孝顺，心情一好就一好百好了。你说到我们这边的药材好，这真不假，自古这里就有‘苗药三千，单方八百’的说法，还有侗药、瑶药。用这些药，是屡验屡灵的。”

李万山急切地说：“那我们是不是找几个较有名气的中草医，到商行街来开个大点的药店，在那里坐诊，把我们这里的苗药侗药什么的都开发出来。搞好了不光对当地人有益，对民族医药的挖掘发展也是很有意义的一件事情。”

吴恭很佩服地点着头说：“你这脑筋真是活泛，听到什么，只要是有用的有钱赚的，你都不会放过。这真是个一举多得的好项目，那我们就抓紧办吧。”

李万山迟疑了一下问吴恭：“我们把杨家寨停建祠堂的账算好以后，是不是去一趟杨家寨，一是看一看那里的商行街建设进度，主要还是去对杨田裕的行为还个礼。”

吴恭说：“那很应该，我们抓紧把一些事了结就去吧。”

两人说话间有人来报，说是有人在钱庄闹事，打伤了几个人。吴恭、李万山立即赶了过去。到达钱庄时，门前围了很多人，吴勉正在那里和闹事的人理论。

那人一听就是典型的两湖口音，硬说在钱庄取出的钱当时没点好，结果钱拿出去后少了。钱庄的店员都说那是不可能的事情，这样的事自开钱庄以来就没发生过。那人就说是钱庄欺负外地人，要钱庄补足他少的钱。说钱庄不讲信用，就要砸钱庄的牌子。几个店员过来阻拦，被他出手打伤，才去喊了吴勉过来。吴勉说：“钱庄的钱出了门是不可能再补的，这是钱庄的规矩。把钱补了你，那就不是几个钱的问题了，那就是说钱庄少了信誉。这是没有先例没有道理的。”那人就说：“钱不补可以，那你们这钱庄就不能开下去，我就要砸了你们这牌子。”吴勉说：“真是笑话，你无凭无故、无事生非，竟敢在这里撒野。”那人就要对吴勉动手，吴勉挡了一下，那人感觉得出吴勉也是有些功力。就说：“那我们立个生死状，我们两个谁赢谁输、谁生谁死用武功讲话。你输了死了，这门就得关，我输走人，我死自有人来收尸。”吴勉也是习武的人，养得了一个好性情。见这人如此横蛮无理虽是气恼，但也还是平心静气地说：“我们前世无怨今生无仇，你也应该是走南闯北的人，何必为这些区区小事如此动怒。”那人很不耐烦地说：“闲话少说，你要不愿签那生死状，说明你是理亏是胆怯，我也不想耽误时间，来吧。”于是一掌向吴勉劈去。

吴勉急忙起身跳到了街上，喊一声：“大家散开。”人们四处散去，吴勉把长辫往后一甩，摆开了迎战的架势。那人便一个虎跃，想趁吴勉尚未立稳桩子，便向吴勉扑来。吴勉一个偏身退让，躲过了那人的五禽爪。李万山在一旁看得真切，对吴恭说：“吴勉的功力略欠那人一筹，但那人心神不稳，性子浮躁，取胜心切，吴勉要能沉着迎战，也不一定没有取胜的可能。”看了一会儿又说，“这人又是受人支使，专来这里寻衅滋事的，如果吴勉可能吃亏，要不要去劝一劝。”吴恭说：“再看几招吧，这人既然是有心前来闹事，也就是劝不了的了。吴勉要是吃亏，我上去就是了。我已经看出了他的套路和破绽之处，对付他是没有什么大问题的。”李万山说：“我平日里只是看到你站站桩打打太极，问你你还说就是强身健体而已。竟然还能实战？不过对付这个人还用不着你，我上去就行了。”吴恭看了看李万山，也略知李万山的功力，说：“多久没练真的了，这手脚还真是有点痒。今天既然有人要来陪练，还是让我松松筋骨吧。”吴勉见家兄已到，知道吴恭的内功深厚，自己也就多了几分胆量，越打越勇。逐步转守为攻，手脚的功力也愈渐显现出来。那人见吴勉也不是那么好对付的对手，便突然换了一种招数，有如用兵刃器械一般，并向旁边的人使了一个眼色，这时人堆中突然有人把一把明晃晃的大刀扔到了他的手上，那人便使出刀法向吴勉砍来，吴勉并无防备，几个退让防备招式后，被那人砍中了手臂。吴恭见他们使出暗招，一步抢过去把那递刀的人制住，那人便滚在地下动弹不得。李万山跃入街中，叫一声：“吴勉让开，我来对付。”那人正待再砍吴勉时，突然有人攻来，只见脚落在地上，如踩莲叶如踏绸绵，腰手柔软轻捷，却顿见铺在地上的青石裂开，一招一式慢中有快快中有慢，突而如和风细雨突而如雷鸣闪电，两眼炯炯，放出光来。那人见递刀人被吴恭只一手便制服，知道两人都功力非同小可，便心中有些发憷。但既以口出狂言，也只能继续不能退却，便不由分说地向李万山又砍又刺过来，李万山都没有回击，只是躲闪退让，但身手都十分敏捷。那人虽然是使大刀，而且步步紧逼，但连续十几刀，都未能触到李万山身上，脚下慢慢乱了方寸。于是又动了歪心，突然转身向李万山身边的人砍去，李万山见状，立马来护。那人见李万山分心，回砍一刀，把李万山的衣裳划了一个口子，肚子上也冒出血来。李万山回过神两手把那人砍来的刀夹住，顺手一带，那人一个趔趄。李万山怒眼一睁，一掌拍在了那人的腰上，只听咔嚓一声，那人便泥一般瘫在了地上。

几人围过来看李万山的伤口，李万山说："没有事，肠子不出来都是皮外伤。"接着吴恭问那递刀的人，那人哭丧着说："我们只是受人钱财，替人消灾，没想到现在是人财两空了。"李万山说："我下手太重，这人已经腰断骨折了。"吴恭对商号的人说："用板子把他抬到商号去，找水师来给他治吧。"接着有人向李万山扔出了手巾，李万山一笑作谢，然后用手巾擦去身上的血渍，拱手向围观的人表示谢意，人们便热烈地鼓起掌来。

人抬到商号，那人还疼得哼天动地的。有人已按吴恭的吩咐请来了当地的水师。吴恭对李万山说："你的伤重不重，要不要将就那水师看看。"李万山打开衣服露出伤口说："你看嘛，没事。"吴恭说："那你去看看水师治病吧，神奇得很。"李万山也想去领教领教这地方土医的奇妙，就去了。

只见水师叫人拿了一个菜碗，一双筷子，一壶米酒。把酒倒入碗中，用筷子点着碗念念有词。然后将筷子往酒中一插，筷子便不偏不斜，端端正正地立在了碗中。水师叫人把那人扶到长凳上，腰背朝上卧着，那人一经翻动又叫得鬼哭狼嚎一般。水师用手轻抚那人伤处，从脊椎处往上下摸探，那人便开始平静下来。水师摸探那人伤处后，含一大口碗中的酒在嘴中，向那人伤处喷去，再用手掌在伤处一抚一拍，那人便不再哼叫了。水师说："没有什么大事，休养几日就好了。看得出来李掌柜是掌下留情了的，凭他的功力，你这腰上的骨头就该完全碎了。"有人就说："好好谢谢李掌柜就走吧，不要在这里惹是生非了。这里不是你这种人可以随便撒野的地方。"那人只顾点头，眼里流出几行泪来。

杨田裕回到吴寨后知道了陈方亮又雇佣打手来闹钱庄的事，很是气愤。他对吴恭和李万山说：“陈方亮这人心也太狠毒无常了，真是变成了疯狗，到了哪里咬到哪里，非要咬伤人咬死人才善罢甘休怎么的。是我得罪过他，就叫他来咬我一个人吧，真是不应该到处去咬人伤人了。这是作孽呀。”李万山说：“还是有陈石奎在跟他撑着，否则，在陈家寨他也站不住脚，也不敢这么肆无忌惮地做坏事。”杨田裕又对李万山说：“你都受伤了，在家休息几日吧。这一刀应该来说，你是替我挨的。是我到这里来，给你们添了麻烦喽。”李万山说：“叔叔怎么能这么讲呢？应该说你来这里给商号带来了很多发展机会，使得商号的发展更快了，力量更大了。以后千万不要再说这样的话。”杨田裕说：“不过我也想了想，他们越是这么做，我们就越是要团结越是要把事情做好。让他们想拆散我们的如意算盘打不成。”吴恭说：“你这么想，我们也这么做了。每一次的结果都是让他们笑着开头哭着结尾，我猜想，他们心里受的煎熬比我们要大多了。只是心理阴暗的人，他们往往对自己所做的事情，缺乏正确的认识，所以，也就难得下得了改正的决心。”李万山说：“这不叫做自讨苦吃、自作自受吗？他们所做的坏事都该到阴间地府时下油锅的程度了。但对他们这种不撞南墙不回头的人，还是要防着他们失去理智，狗急跳墙。”杨田裕说：“难道他们还敢青天白日杀人放火？”吴恭说：“明的不敢，暗的难说。”李万山说：“俗话都说明枪易躲，暗箭难防，是要加倍小心才是。”接着又说，“这次我亲眼看了水师疗骨伤，真是使我大开眼界，真是太神奇太令人信服了。所以也更加坚定了我们应该抓紧开发苗药侗药的决心。这些东西要真是失传了的话，那不光是对我们这里，就是对我们这个国家，那都是多大的损失啊。”

吴恭看到李万山对水师神奇的兴趣，说：“小的时候我也是顽皮，爬到屋檐口去掏麻雀窝，结果摔下来，手的骨节都错开了，凸出来的样子，看着都十分怕人。老人也是请来了水师，给我治伤。我又怕疼，不让水师摸我的手。我父亲强制地抱着我让水师治，结果硬是奇怪得很，他一摸着我的手，我便一点疼的感觉都没有了。他把酒喷在我的痛处，还用一只脚撑在我的腋下，脚一蹬手一拉，骨节便复了位，他再用手来捏，说是把一些碎了的骨头捏合进去，也不做什么包扎，就用那芭蕉芋的外壳裹上，吊起来不让手移动，过不了几天，我那手便活动如初了，与好时没有任何区别，到现在也没有疼过。”杨田裕说：“你那点伤对水师来说算不了什么。我小的时候，有个兄弟也是顽皮，拿着鸟枪上山去打鸟，结果鸟没打着，把一个人打着了。那鸟枪里面装的是铁砂，起码十几颗都打进了别人的肚皮里。那人疼得昏迷过去，搞得两家人都惊慌失措。我父亲赶快请来了水师，水师也是把酒喷在了那人的肚皮上，没多久那些铁砂便一颗颗地冒了出来，你说神奇不神奇。不过那水师说幸好那铁砂打进去不算深，要是都进了肠子、内脏，那也是危险的。”李万山说：“听你们这一说，我都搞不清那水师是医还是神了。不过这次是我亲眼所见，要不然我心里会觉得你们是在吹牛的。我想水师用那枪伤药和骨伤药肯定还是不一样的。但我心里一直纳闷的是只看得见酒，看不见药。应该是有药的吧？不然，还会有包治百病的酒？”杨田裕和吴恭都摇头，吴恭说：“这些就真是不知道了。好多特殊的疗法和方子，还是很神秘的，一般人也无从知道。他们在选择传人上也很有讲究。不过大的原则还是传给聪颖和品行好的长子。”李万山说：“这不教人和独传的传统，还是很容易让这些十分宝贵的东西失传的，我们是要想办法来挽救它光大它。”

没过多长时间，商行街上就挂起了“吴寨民族医药铺”的牌子。有收药的、卖药的、坐诊的，还有十多张收治重病人的床位。

62

陈方亮这些日子确是如坐针毡、郁郁寡欢，却眼露凶光、面带杀机。他就不相信自己一生都是抗不过的平平庸庸、无所作为的命运，不相信自己与吴寨几个人的对抗和较量就永远是占下风，不相信别人总是那么顺风顺水而自己总是走倒运，不相信老天总是这么眷顾别人亏待自己。他觉得自己就是要与人争雄与天争命与命运抗争，否则，就难有自己的出头之日。他近些时候听说李家寨新建了庙宇，那里的方丈看命很是灵验。也还是想到那里去看看，或许他能给自己指出一条捷径使自己走的路顺畅一些，或许他能为自己的今后描绘一幅美好前程的图景，达成自己长期以来梦寐以求的愿望。于是便去了李家寨的南溪山，找到了庙中的长老。

长老正手捻佛珠闭目养神，便头也不抬地问："香客可是要来问前程的?"陈方亮被这一问，好像自己的心思全都被长老看穿看透，没有任何的东西可以遮掩得住隐藏得了一般，回道："长老真是神仙，小的心思正如长老说的是也。"长老又回道："官人生就筋骨之人，眉目清秀，又印堂之气直灌百会，本也是做事干练，可成就一番事业的。"陈方亮听后很是舒服，又说道："长老神人，并不见你抬眼看我，却能准确地描述出我的长相、运道来，小人佩服。"长老又说："可香客发挤天庭，眼斜鼻钩，时而眼露凶光，乃心胸狭窄所然也。要想有所成就，还必须把那心思放宽了去。"陈方亮虽是心中不快，又不能发火生气，只好压着气又掩不住气地问："何以才叫把心思放宽了去?"长老说："香客此时的话语就不是把心思放宽了去，应当是想事做事都平平淡淡、心平气和才是也。近些时候，你太心气浮躁，心中充满怨气和仇恨，是该静静心才好。"陈方亮问："何以见得我心气浮躁、充满仇恨?"长老说："话由心出、面由心生。"陈方亮说："那我近期是福是祸?"长老说："佛说，一切在你自己。但你印堂灰暗，有些不好。"陈方亮心想，既然佛说一切在我自己，那又还何必再问下去，看这样子，再问反而还会问出些更不愉快的事情来，就说："近日有些杂事，改日再来请教长老吧。"便起身走了。长老才抬起头来看着他的背影念道："苦海无边，回头是岸。"

陈方亮在下山的路上，走得踉踉跄跄。心想，真是不该来这里，别人说什么这菩萨灵得很，有求必应；这长老神得很，百算百灵，我看不见得。拜菩萨，那菩萨怒眼圆睁，怪怕人的，一点都不慈善。求那长老，长老像不得了得很，眼都不开一点，头都不抬一下。但他眼不睁头不抬，却知道我的长相我的心思，也还真不是等闲之辈。又想，难不成是前些时候吴恭他们来这里时讲了我的坏话，那长老对我早就心有成见、心怀不满，才故意给我脸色，用话来吓唬我羞辱我的？否则，他怎么会不正眼看我，难道他不听人说，还能知道我最近做的这几件事情？想到这几件事和几件事的结果，他心里就发憷、发冷，来气。还有就是吴志强在陈家寨那几个狐朋狗友，就会白吃白喝白拿，简直是白痴，一帮成事不足败事有余的饭桶、窝囊废，打人打得不痛不痒的，还暴露了自己，给他们的钱算是打水漂了。那家乡请来的拳师，就更不是什么狗屁拳师了。喝酒吃肉拿钱时还发誓祷愿、信誓旦旦的。连个吴勉、李万山都收拾不了。吃了我的酒肉拿了我的钱，打不赢别人也就算了，还就把所有的东西都抖搂得干干净净，这算什么男人什么武林中人？越想心里越是肝火上浮气血上涌，憋得胸口出不得气来。然后长长地舒了一口气，又转过来想，有一句话我是信的，“佛说，一切在我自己。”佛都不能让我上天堂下地狱，那上天堂的路还得我自己走，下地狱的路就留给别人吧。正待有些高兴，又想起走时，好像听到那长老念什么“苦海无边，回头是岸”，那是对我说的吗？应该不会是的，佛家都爱念这句话，是经文里的话，肯定是他们念顺口了，脱口而出的。想着想着，走到了李家寨，就在那里找家客栈住下来，独自一人喝起了闷酒。

王海对李方舟说：“陈方亮也真是的，整天那心里也不知道在想些什么歪门邪道？我觉得吴恭他们也是够对得起他的，不爱跟他一般见识。否则收拾起他来，还不像捏个臭虫一样。他却是一次一次地跟吴恭他们过不去，真是不知趣得很。”李方舟说：“岂止是过不去，那是挖空心思地出狠招下毒手。一个人有必要那么非要争个输赢，非要置别人于死地而后快吗？这样的人也不会有什么好结果的。”王海说：“我看是被鬼迷住了，看不到自己的错误，总是怨天尤人、自以为是得很，好像自己的不成功，自己的不由人愿，都是别人造成的。自己做了坏事还认为是别人在整他。这样的心理也太扭曲太反常了。”李方舟说：“是啊，这些人最大的缺陷就是自己想要往前去，不是自己去努力，总是想用绊住别人的方法去超过别人，这些是卑鄙小人的做法。是君子是小人，通过这些事，一看便知了。”王海说：“是啊，君子不夺人所爱，君子不偷鸡摸狗，君子光明正大，君子一言九鼎，这些陈方亮都做不到。”李方舟说：“陈方亮绝对不是什么君子，我看他是连小人都算不上，是贼人。他应该到佛门去静一静。再不改一改，都成害群之马了。”王海说：“他那心现在是静不下来的，他只要觉得还有一点可能获得意外的成功，都会孤注一掷的。除非是到了希望全无、走投无路的时候。”李方舟说：“人走到那一步，丧失了道德丧失了伦理，受到人们的指责和唾弃，活着还有什么意思嘛。”王海说：“人要都这么想，也就没有坏人，没有人的扭曲和社会的复杂了。”李方舟说：“那佛教是不是想做这件让人都弃恶从善的事呢？”王海说：“应该说一部分是，佛教理论博大精深，很难用引导人们去做一件什么事来说明和概括。”李方舟说：“但劝诫人们做好人做好事，肯定应该是佛教的初衷和精髓。陈方亮这样的人，更应该多接受一些佛家的思想，改一改自已的行为才对。”

吴恭、李万山和吴中原随杨田裕一起去了杨家寨。几人看了杨家寨商号街的建设，对工程质量和进度都很是满意。他们还带去了补偿杨氏祠堂停工的损失补偿费，杨家寨的人觉得吴恭他们办事公道，对人体谅体贴，也很是高兴和感动。便当天吃住在了杨家寨，第二天才启程返回吴寨。

63

李家寨的李方舟和王海正在河滩查看收购的木材，突然有人来报，说是寨上游的牛角滩有船触了礁，船上的人都落入水中，有些人撞在了石头上，很危险。李方舟知道那里是这一带水最急礁石最多最危险的一座险滩。便大声喊道：“所有的人都赶快放下手中的活路，到牛角滩去救人。”人们都互相叫唤着向牛角滩跑去。

赶到牛角滩时，只见李万山和吴中原正在吃力地把杨田裕拖上岸来，吴恭还斜躺在河中的一块礁石上，艄公奄奄一息卧在岸边。李万山才叫人赶快去抬吴恭上岸，几人身上都是鲜血淋漓。木船被撞成了支离破碎的几大块，顺水漂着。李方舟和王海急忙安排人把受伤的人都抬到了李家寨进行救治。吴恭和杨田裕胸口和腰上都断了几根骨头，李万山左手手腕骨裂，吴中原手上、身上被石头和烂了的船板撞击，开了一些血口，只是受些轻伤。李方舟请了水师和吴寨药铺坐诊的郎中前来医治。从中午处理到傍晚，才把几人的伤口和骨折处处理完毕，郎中说艄公除了多出严重撞伤外还有箭伤，可能是有些难救了。李方舟和吴恭同时说："一定要想方设法把他救活。"

李方舟问吴恭他们说："你们对当时的情景可否还能记得起来?"吴恭说："当时船行至牛角湾滩头的最激流处，就只听艄公啊地喊了一声，声音很是怪异和凄厉，然后船就失了控。我在船尾，离艄公最近，正待一步抢过去，想去拿艄公丢下的篙子，把船扳正。船就猛力地撞在了那块大礁石上，只听砰的一声闷响，我就什么都不知道了。"杨田裕说："当时吴恭去抢篙子，身子是失去平衡的，他落水最早。我在船头是眼睁睁地看着船撞向礁石的，当时还听得到船的破碎的声音，和大家惊恐的叫喊声，那声音现在想起来都后怕。"李万山说："我和中原坐在船中间，可能受到的撞击力要小些，知道船被打烂，落水时都还是清醒的。船失控撞向礁石的那速度和力量，任何人都把控不住，船当即破碎和大家落入水中的那种突如其来的感觉，是我在战场上都没有遇到过的，我现在想起来才觉得，我们几个也算福大命大了，到了阎王殿边上去走了一回，阎王不收，才转回来的。"吴中原说："我就是在船触礁破碎落入水中那时候蒙了一下，回过神来，看到我叔公、叔叔在痛苦万状地挣扎，艄公已是完全昏迷，知道他们受了重伤，第一个反应就是去救人。这时我岳父也醒了过来。才一起把他们受重伤的人都抬到了礁石上，以免被水呛着。接着一个个地把他们连拖带抬地扶到岸上，你们就赶来了。"李方舟说："从艄公受箭伤才使船颠覆碰撞的情况来看，这件事不是简单的一般的事故，应该是有人蓄意而为的。而且这人很是熟悉这边的水路和岸边的状况。水上这一条江下来，这个滩最急最湍最危险，从岸边的情况看，这里河岸陡峭，离船行位子最近，又有茂密的林子掩护，躲在那里的人不易被人发现。而且此人对你们的行踪也很了解，这次你们是吴寨商号决策层最集中的一次。这人真是心狠手辣，是想让你们全军覆没啊。”吴恭说：“你这分析是有道理的，我们这次是一定要查他个水落石出。再不治治这样的人，他害了我们还会去害别人，危害社会而无人治理，就没有公理了。”杨田裕一边哼，一边叹口气说：“这还用去查吗？用脚趾头都能想得出来，肯定还是那挨千刀的做的事，只有他才能做得出这样丧尽天良的事情来。”吴恭说：“话不能这样讲，什么事都要讲个证据。证据不掌握到他不能抵赖的程度，你说是他，他都会反咬一口的。”李方舟说：“狗变疯了以后，千万不能被它咬着，疯狗咬人是没有药医的。”

李万山想了想说：“你们这样说，让我想起一件事来，前几天我遇到你们李家寨的一个人，一时半会想不起他的名字来了。他告诉我说，他在李家寨见到了陈方亮，说是他去了南溪山，见了长老。他还说看来陈方亮是不是觉得自己作恶多端，开始反省自己，去求神拜佛了。”李方舟接过来说：“我前几天是听人说陈方亮来过，还住在了寨上的客栈。他是不是第二天去了江边，看了地形什么的，我去了解一下，应该是能搞得清楚的。”吴中原说：“我听陈家寨的人说，陈方亮这段时间的行为举止特别反常，整天喜怒无常、颠三倒四的，显得特别焦躁不安，这是不是准备有个什么大的行动前的一种心理特别的表现。”吴恭说：“那是不是请方舟兄帮助了解陈方亮到这里的行踪和表现，中原多托几个靠得住的人掌握陈方亮这段时间所说的话和所做的事情，和出了这件事情以后他的反应。尤其要了解到雇佣的那个射手的情况，要把目标重点放在箭法特别好，又比较贪财的人的身上。我主要负责了解吴寨这里近段时间对陈方亮的反映。当然，也不能就针对陈方亮一个人去办这件事，如果有其他有关的动向，也是不能放过的。”吴恭刚把话说完，就有人来报，说艄公受伤太重，抢救不过来，已经断气了。几人都十分悲痛起来。吴恭对李万山说：“那兄弟和中原就代我和田裕兄去看看吧，他是替我们丧的命。要多花些钱，把他的丧葬和他家的抚恤安排好，那是一个很忠厚的人，家里又很困难，死得太可惜太冤枉了。”李万山说：“你们就放心养病吧，伤筋动骨一百天，要按医师的嘱咐，千万不要乱动。办完事我们就来接你们回吴寨，免得家里人担心。”杨田裕痛苦地挥挥手说：“走吧，走吧。”李方舟也就一起陪着李万山他们，去帮忙料理艄公的后事去了。

几天后，李家寨牛角滩出事的事一切真相大白。弓箭手就是陈家寨的人，单身一人过着靠打猎为生的生活，因为穷讨不起婆娘。连他母亲死时他都是用一铺烂席子裹着，吊上石头，沉入江底的。当时受到了人们指鼻子戳眼睛的强烈指责。陈方亮看中了这个人，就找他来喝酒，找了一个窑子的人来陪他睡觉，让他快活了一个晚上。第二天，陈方亮又给了他一些钱，并许他事成之后帮他找个女人成家。如若不干，陪睡的女人就要到官府告他，让他进牢房，那人就答应办了此事。吴中原他们找到那猎户时，那人还问死了几个人，吴中原他们为了稳住他，就说大家都水性好，都只是受了伤。那人就安心地留在了村外窝棚似的家里。

陈方亮这段时间的举止都非常反常，特别是那拳师失利后到他制造牛角滩事件的这段时间，经常会一个人喝闷酒，一个人半夜起来到河边走动，一个人去召妓嫖娼，基本不回家中住宿。跟人讲话也是心不在焉、答非所问的。路上见到人，别人给他打招呼，半天才回过神来，也是支吾几句就过去了，别人也不知道他说些什么。有时还看到他经常独自一人自言自语，像乱了神经似的。有时候会说人死后有些会上天堂有些会下地狱，有些人会投生富人家有些会投生穷人家，有些会变猪变狗，是因为在阳世时有些当好人有些做坏事，好人就有好轮回，坏人就会有恶报，他不信。有人说坏人活千年，好人命不长，他就很赞成。他从南溪山下来住在李家寨客栈那晚，也是一个人自斟自饮，一直喝到店小二叫他，他还把一大把钱掏出来砸在了桌子上，跟店小二吵了架，第二天天刚蒙蒙亮就离店走了。有早起割牛草的人，在牛角滩的河边见到过他，他看见有人，就急急忙忙躲闪开了，显然是心中有鬼的样子。

吴恭摇着头很气恼地说：“这人坏事做尽，已经是黑心滥肝，无可救药了。摆在他面前的，我认为有两条路。一条是我们报官或他自己去自首，这条路要把他做的坏事累起来，我看是完了。光挖坟掘墓、雇凶打人闹事，还持刀行凶，砍伤了人；还有这次制造牛角滩事件，出了命案，那都是不是应该把牢底坐穿，或者拿一条命来换？另一条路就是到南溪山去修行，用佛家的思想把他那些不清净不干净的思想洗干净。让他在南溪山反省觉悟他过去所做的事情，洗心革面、净化心灵，成为一个戴罪修行、痛改前非的人，或者还能对社会有益。”杨田裕说：“我看还是报官为好，该怎么处置怎么处置，那都是他自作自受、罪有应得，也免得再祸害百姓祸害地方。你让他去南溪山，那里是佛门净地，我怕是会被他玷污了。”李万山说：“叔叔说得有道理，但想想他也是从外地离乡背井来到这里，我们好丑也是一条道上走了这么长时间，如果他被长期关押起来或被砍了头，不光他的家庭老小会十分痛苦，对清水江木材行业来说，也不是一件光彩的事情。事情不出也出了，把他关了，死去的人也活不过来，我们也不能减少伤痛。如若他真能上了南溪山，又能改邪归正，那也是一件由恶贯满盈到追求功德的好事。是不是去问一问长老，若长老愿意收留他，他自己在两条路上也愿选择这条路，我觉得按吴恭兄想到的这条路让他走还是要好些。”吴中原说：“我也听说牛角滩的事情出了以后，他也知道我们在了解并掌握了他全部犯罪的事实，曾经想伺机逃跑。有人劝他，这是躲得过初一躲不过十五的事，康熙帝的法度还是很森严的，戴罪外逃是罪加一等。再说，带着一种心灵的谴责逃亡，也是十分痛苦的，还不如去自首吧。他也下不了这个决心，就一直是闭门不出，会不会已经开始在闭门思过了？”杨田裕说：“如果你们都有菩萨心肠，都有要他上南溪山的倾向，那我也不反对。要说交情，还是我和他在一起搭伙的时间长，要说仇恨，那他也是最恨我的了，听听长老的意见吧。”

在征求了长老的意见后，吴中原和吴志强在陈家寨陈方亮的住所找到了陈方亮，转达了吴恭和大家的意思。陈方亮人都消瘦得脱了形，看到吴恭他们在这样的情况下还不对他动粗和向官府告发，反而给他指出了一条求得生存和解脱的路子，才由呜咽到大哭起来。吴中原看着陈方亮又可恨又可怜的样子，说：“我们掌柜的意思是说，给你两天的时间，让你想想，想好了给他回个话。”陈方亮抬起头，泪眼朦胧地说：“我已经不用想了，现在就跟着你们到吴掌柜那里谢罪去吧。”

几人一起来到吴寨，见了吴恭、杨田裕和李万山。吴恭和杨田裕都还躺在商行街药铺的床上，不能下床，就斜靠在床上见了陈方亮。陈方亮见到几位商号的掌柜，扑通一声叩了几个响头，接着便泣不成声。吴恭偏过头来，对着陈方亮说：“起来吧，你和李万山同是外乡人，外乡人到这里来求生存求发展，也实是不易。我们又都是木材生意上的同路人，你那样做又何必呢?”陈方亮收住眼泪说：“这些天我是天天吃不下睡不着，天天晚上做噩梦，还经常梦见那个死去的艄公来掐我的脖子，让我气都出不来。我是想通了，这都是我自己作的孽，自己栽的苦果也该自己吃。”

陈方亮停顿了一下，脸部的肌肉有些抽搐有些变形，深深地吸了一口气又叹了一口气，接着把从杨家寨到陈家寨期间的心理和行为及其所作所为全盘托出地讲了出来。陈方亮讲完后站起来说：“我今天是把这些天想到的都毫不包瞒地吐出来了，这些年我确实是做了太多丧尽天良的坏事，对不起你们，也对不起清水江上忠厚老实又宽容的老乡们，你们怎么发落我，我都会是毫无怨言的。”吴恭几人相互看了一眼，都点了点头，吴恭说：“你情愿上南溪山就去那里吧，千万要好好接受佛光照度，不能再在那里生事了。”陈方亮回说：“你们就看我在南溪山的表现吧。”

吴恭勉强着把自己的身子撑起来，说：“从你今天表露的心迹看，我觉得你愿意痛改前非的想法是真心的。人啦，都有私利的时候，都有偏激的时候。你几次这样失去理性地想把我们往死里整，或者说是进行没有理由的疯狂报复，我们也都非常气恼甚至是非常愤怒，都认为你是病态到没有药医的程度了。也是想把情况搞清楚，就把你送交官府算了，那也是你咎由自取、自作自受。你把我们的人都整死了，我和杨田裕也受了重伤，我们就是这么做，也不会受到什么良心上的谴责，人们也不会认为我们过分，但细细想起来，人都有迷失的时候，你和杨田裕在一起好丑也是这么多年，我们大家也是在这条江上共同做事这么久，一个人一辈子又有几个十多年呢？这都是一种缘分。对缘分的理解达到比较深刻的程度，还是我们去南溪山见到长老的时候，有了这种理解我们也就更加珍惜这种缘分了。也是因为这种理解，我们才想到了建议你上南溪山，去了以后，我们觉得对你一生的转折应该是有意义的，也是其他的办法代替不了的。”

在吴恭讲这番话的时候，杨田裕一直在叹气，眼圈都有些红起来，接着说：“方亮老弟呀，吴恭这番话可谓是语重心长的肺腑之言了。在这里我们两个是共事最久的，开始的时候我们合作得很好，我那心里呀说不上有多高兴了，我是想这一辈子我们两个做兄弟的，哪个会想那个不欢而散的结果。你说到鬼迷心窍，我觉得实际上讲的鬼迷心窍是私心作祟，从遇到天灾人祸时起，你就把自己考虑得太多，看得太重了。我当时说到这个看法，想给你提个醒，你却说这是外地做生意的惯例，我又有些闹不懂。但我们这个地方的人虽是不富裕，却是特别重情重义的，在钱与情的问题上，我们开始产生了分歧。你和万山同是外乡人也都是聪明人，但你们的不同是他那个人都是先想别人后想自己，你却是反过来的。还有就是你做那些不该做的事情的时候，其实我的心里很难受，一个是对吴恭他们来讲，这些事是我惹出来的，他们是代人受过而已。对你来说，我们又是差不多十年的共事十年的交情，你那么做，不光是我为你难过，我这心里都过不去，经常还会为这事感到羞耻和自责。我是觉得，你转这个弯的时间也太长了，付出的代价也太大了。但终究是悬崖勒马、回头是岸吧。希望你珍惜这次来之不易的机会。”陈方亮说：“还有就是我曾经利用了吴掌柜公子的直率和你们之间的亲缘关系来制造矛盾，这也是很缺德的，我再为这事向你们道歉。”吴恭说：“这就不用再说了，有些事从另外一个角度看又是好事。一方面我那傻儿子通过这件事，变得比以往聪明了，想事做事心里都多了一根弦，不再是那么单纯无知了。另一方面，我和田裕的交情也经过了考验和检验，我们的感情现在更加巩固了坚实了。”

陈方亮把该讲的话都讲得差不多了，也不好一直耽误吴恭和杨田裕休息和养伤，就说：“那我就再次向大家表示赔礼和感谢了。我这就去南溪山，恳求你们伤好后来看我教益我。”李万山和吴中原把他送出了门，陈方亮就径直往李家寨的方向跌跌撞撞地去了。

64

在吴恭和杨田裕伤好到可以下地走动的时候，吴中原和李琦的孩子也呱呱坠地了，是一个又漂亮又机灵的男孩。吴中原高兴得像个孩子似的，整天跳出跳进地奔忙着。李万山当了外公，也自然很是高兴，杨璇一天到晚都陪在李琦身边，好像是自己生了孩子，也是忙里忙外的。

吴恭一过来就抱起小孙子，眼泪都要掉下来，说："哥耶，你都有孙子了，又白又胖的小孙子，可惜你没有亲眼看到，但你的在天之灵一定是感知到了的，保佑他顺顺当当的健康成长吧，真是好人有好报哟。"说话间，突然感到腰部不适，脸色煞白，直冒冷汗，吴中原急忙抱过儿子说："叔怎么啦?"吴恭深深地吸了一口气，然后轻捶了一下腰部说："没什么事？应该是受的内伤还没有好完吧。"李万山过来把吴恭扶到凳子上坐下，说："是不是叫郎中再认真看看，多开几服药，多将养一段时间。内伤是轻视不得的，一定要一次性把它治疗好了，以免带来后患。"杨田裕说："你受的伤蛮重的，千万别逞强，一定要多休息。"杨璇急忙把吴中原怀里的孩子接过来，对吴中原说："赶快把你叔扶到家里去休息，马上去叫郎中过来看看。"吴中原就把吴恭扶出了门。

一家人正在欢天喜地时，有人来把李万山叫了出去，说是吴寨去吴越的人，有两人是星夜兼程赶回来的，说李枚的父亲病重，要李枚速速赶回吴地。李万山又问了一下情况，说是李枚父亲得的是肺痨，有些病入膏肓了。李万山急忙叫出杨璇商量此事如何处置。杨璇说："兄弟咳嗽严重，已是有些时间了。看来现在这次是果真有些病重了，才会催促李枚回去的。"李万山说："我也是这么想的，早些时候就觉得弟弟脸色和气色都有些不对头。他这次若病得不严重，是不会托人来叫李枚回去的。但这事又不能直接告诉老人，怕他们一时转不过弯来受不了。这里李琦又刚刚生了孩子，你是走不脱的，如何是好呢?"杨璇说："是不是你直接把这事告诉吴恭和我叔叔，就编一个你们要在吴地办一件大事的理由，叫你抓紧亲自去筹办。两位老人已来这里多时，他们也几次念叨想回去看看了。正好这边重孙也已平安出世，他们肯定是要提出来跟着过去的。就跟李枚讲她的父母兄妹都很思念她了，叫她也赶回去看看，她应该会同意的。这边的公事有中原他们顶着，家事你就放心地交给我吧。”李万山说：“这也应该是万全之策了，就这样办吧。”李万山就交代传话的人，不要再对别的人说此事。于是把事情原委告诉了吴恭和杨田裕，两人都说：“这事耽误不得，明日一大早就启程吧，这边的事自有我们照料。那边若要有了什么大事，赶快来信，我们再派些人去帮忙。”

第二天一大早，李万山就带着一家人启程回吴越。吴志强也赶过来送行，他和李枚两人都眼泪汪汪的，互相招手再见。

李琦问杨璇：“璇姨，我叔叔的病是不是难救了？”杨璇说：“我和你是一样的，就知道得这么多。金陵那边医疗条件好，应该不会有大的问题吧，或者说是他们太想老人和女儿了，编出个理由来叫他们回去的。你都刚刚生了孩子，那些事你着急也帮不上忙，还是安安心心地恢复身体带好孩子吧，不要让你爷爷奶奶和父亲两头牵挂。”李琦说：“这叔叔早不病晚不病，这个时候病，要是真有什么事，让我怎么对得起他哟？”杨璇说：“你不能这么想，生孩子是大喜事，说不定还能把你叔的病冲好呢？”李琦说：“真能这样，那就好了，但愿老天保佑吧。”然后又接着说，“这生活也真是的，商号有些起色有些发展的时候，往往又伴有一些不顺当不快活的事发生。中原和我这孩子像知道要来添些喜庆一样，降生了，大家正在欢天喜地时，我叔叔那边又出点什么事了。也许就是酸甜苦辣、喜怒哀乐相依相伴才叫生活吧。”杨璇说：“苏轼不是讲‘人有悲欢离合，月有阴晴圆缺’吗，他的这段话最符合我们现在情形了。”李琦叹了口气，继续道：“‘但愿人长久，千里共婵娟’倒是我们所希望的。”

吴志强自从那次经历后，应该来说是最清醒最理智的一段时间。在这段时间里，他反复地把自己纷乱如麻的思绪拿出来进行了梳理和清洗，解开一些结去掉一些渣滓后，心才渐渐由雾霾笼罩变得敞亮清晰起来。生在吴恭这样的家庭，是自己的造化自己的荣幸，自己的父亲实际就是自己最好的师长，看事总是那么明白，处事总是那么稳重，办事总是那么公道，对人总是那么宽厚。正因为有这样一些常人该具备而又少具备的品格和素养，才使得他总是处事不惊，化险为夷，而且把很多很棘手很复杂的事，都轻轻松松、妥妥帖帖地处理在不慌不乱、不紧不慢中。人们才是这么尊重他帮助他追随他，使得由他为首驾驭的这条商号大船能够乘风破浪地稳当前行。没有摇摆不定没有随波逐流，更没有被颠覆被破坏。

李万山叔叔和父亲就如同兄弟如同手足。为什么能够成为同甘共苦、不离不弃的兄弟、朋友，就是因为有共同的品格涵养和追求。有能力不自傲，有贡献不居功，有困难不回避，有好处不争抢，做事总是那么认真，做人总是那么低调。还有杨爷爷，也是那种公私分明、不藏不掖，明人不做暗事的直人，连我做了这样对不起他的事，都能够如此的宽谅。哥哥这些年真是进步很大成熟太多了，看事透彻，思路清晰，处事温和，办事干练。在我身边就有这么多好的榜样，这么难得的尊师，我却是充耳不闻视而不见，真是有眼不识泰山哟。他们这些人与那些造谣生事、无事生非的人比起来，孰高孰低孰对孰错不是一目了然了吗？我那时怎么就这么糊涂这么不晓事，还去轻信妄言、认敌为友呢？搞得差点出了大事。

李枚回去了，看来是难得回来了，这是这些天心里最没有着落的事。她给了我好多的帮助好多的机会，是我自己失之交臂错过去了。不过我确实是配不上她的，人应有自知之明。我们认识是一种缘分我们分开也应该是一种缘分。这对我来说是一种解脱，对她来说是一种公平。所以不应该有太多的失落太多的遗憾，我们应该是做不了夫妻做朋友的缘分。我心里会把对她的这种爱珍藏一辈子的，这肯定是一种失落了再也找不回来的，值得回味值得咀嚼的一段终身难忘的经历。我衷心地祝福你吧李枚，愿你今后能够找到比我更好更适合你，让你终生幸福的归宿。吴志强想到这些，就有些鼻子酸酸的感觉。

在吴恭、杨田裕养病，李万山去吴地期间，商号的大小事基本都由吴中原打理，他是商号忙家里忙，忙得走路都是打小跑的。正巧商号里又发生了一件大宗的退材事情，吴中原来向吴恭和杨田裕汇报。他们两人都说，你就放心大胆地去处置吧，不用来说了。吴中原觉得这时确实不应该去打搅两位长辈的养病，再说这也是一次锻炼和检验自己的机会。就找到了张家的采办，问退材的缘由。采办说："你们的木材质量有问题。"吴中原也参与了多年的木材经营，还没有出现过因为木材质量原因退材的事情，心里就有些觉得奇怪，但不看材是不能下定论的，就说："你带我去看看吧，果真是那样，我们包换包赔。"几人到了河边，那人指给吴中原看了有问题的木材。吴中原说："这三棵木材是有些小问题，一棵是内有空洞，但空洞大小和深度都在允许范围；一棵是有些弯曲，但弯曲度并没有超过规定；一棵是木疖多了些，但木疖处没有形成影响使用的问题。在你们这批材里，这样的问题算少的，都在合同规定的范围内。如果你们不满意，我们就把这三棵材全部换了，包你们满意。"采买说："换就不用换了，我们是整批材都不要了。"吴中原觉出退材的原因不在质量，肯定是因为别的什么原因，就说："这事看来我们一时半会扯不下来，今天我还在忙别的事，就再耽误你们一天，我们明天再来议定吧。"那人就点头同意了。

吴中原随即派人去对这批木材的供货情况和退材原因进行了详细的调查了解。这批材是吴越张家买去建祠堂的，后在建设地点上家族之间发生了争议，建筑规模方面，家族内部又发生了分歧，这样在短时间内事情定不下，钱也就筹不起来，因此就只能退掉这批木材了。吴中原又把张家祠堂的采买请来，说："这次你们提出退材，真正的原因我们已经了解清楚了，并不是你们所说的木材质量原因。按照商号的规定，若是因为我们的问题，我们会不讲价钱的退货赔钱，并赔礼道歉。凡不是我们的原因的，违约金你们得承担。"对方说："坦白地讲，你们的木材质量是我们难以挑剔的，接到材时我们就很高兴。但后来家里传信给我们，说建祠堂的事出了些问题，叫我们想办法把这批材退掉。我们强调那木材质量的原因，就是因为我们如果违约，按合同规定我们就得承担这笔违约金，那我们几个做具体事情的人就难了，搞不好这一大笔钱就只能由我们来担，我们又不是什么有钱的大户人家，这些天我们几人硬是愁得茶饭不思的。这批材确实是我们自采自用的，不是用来经营，问题又是出在缺钱上，就请原谅一些担待一些吧。”吴中原说：“你们说这些，我们也是很理解的。但你也要考虑到我们为筹备你们这批材在前期的开销和耽误时间的资金损失，这也是一笔不小的数字，是你们那笔违约金所不能抵偿得了的。那考虑到你们处置违约金有一定的难度，我们就一家承担一半吧，俗话都说生意不成仁义在嘛。这买卖合同也是经过你们族长签字了的，你们能谈成这样，他们也不会怨怪你们了。再说你们修这祠堂也只是早晚的事，如果你们以后还是来这里要材，我们还打交道，那一半的违约金就算做你们的定金，结算时打入你们的购材款，你们看这样好不好?”对方见吴中原做事这么精明又讲话在情在理，就高高兴兴地接受了。双方画押签字结束了这笔生意。

刚刚结束了退材的事，又来了一笔大生意。是吴越那边一个县遭了水灾后，要重建家园的大宗购材。那人提出的条件很简单，因为材要得急，一是现钱现货，二是要按需要比例配材，三是要保证供材的质量和时间，四是要求在一般购材的基础上，下浮三成。吴中原说：“第一条你有现钱我肯定有现货，第二条你们所需要的材种规格我们都可以如数配齐，第三条木材质量我们这里是从来没出过问题，供材时间我粗算了一下，按照这个时间我们可以把木材如数运达你们那里。就是第四条需要和你们商榷一下，按照下浮三成的话，我们做这笔生意基本就算白做了。当然，支援灾区，是我们应尽的责任和义务，但话要说在明处事要做在明处。”那人说：“怎样话说在明处事做在明处法?”吴中原说：“我也还没想好，是不是我们都回去算一算账，这样大的生意，亏了哪个都不好。”那人说：“那我们明天早上议定怎么样。”吴中原说：“时间就这样定吧，你们提的条件只要能满足的，我们会尽力让你们满意。但合同条款还需要详细些，我们都把合同初稿拿回去好生斟酌斟酌吧。”

吴志强问吴中原，“哥，我觉得你是基本答应了他们提出的条件。下浮这样大的点数，据我所知我们过去都没有这样做过，我担心会不会亏进去哟?”吴中原说：“我已经去叫了两个账房先生来了，算算账再说吧。但我是这样想的，他们做这样一大笔生意，肯定不会是第一个到我们这里来。说不定这条江都跑遍了，或者还去过了别的地方谈过，做到心中有数了才来找我们的，所以他们提的东西也是经过反复比较后提出来的。第二是这样大的生意也确实是难得遇到，我们肯定是要争取把它拿过来。打了这次交道后，以后肯定还会有更大的生意更长时间的交道。第三是现钱现货我们不占资金或少占资金，加快了我们的资金周转，减少了我们的资金占用，也是节省了成本。第四是我看了他们的木材需求规格，所要小径材所占比重较大，我们正好把我们的一些人工林的间伐材卖出去，这一部分我们可以一举两得，还是有些赚头。当然，主要的目的还在于能打下好的基础，做更大的后续生意。”吴志强又问：“那你说话说在明处事做在明处又是什么意思呢?”吴中原说：“我是想啊，这批材是拿到灾区去重建家园用的，支援灾区是我们理所当然应该做好的事。木材打了折，少收了木材款，实际就是对灾区的支持。但办采买的人把钱压下来，就成了他们的利润。这个名誉我们就不能白白地送给他们，这该争的还得争，这就不是要出什么风头，抢什么名利了。这是商号对灾区的贡献，也是提高商号社会知名度的一次难得的机会。”吴志强佩服地说：“哥哥真是算账算大账，想问题想到深处了。”说话间，两位账房先生都赶了过来，吴中原对他们作了交代，就说：“你们务必在今天酉时前把账送到我这里来，要明了细致有说服力。我们商量后，还要向两位掌柜的报告，事又大又急，耽误不得更错不得。”两位接了任务便退了下去。吴中原又把负责草拟合同的叫来，这般这般作了详细交代，才安下心来跟吴志强谈事情。

吴中原对吴志强说：“短时间内定这么大的事情，你哥也是头次，你看看还有哪些考虑不周或不对的没有，这是讲不得客套话的，你要大胆地把你的想法提出来，你哥也好及时改正和调整。不能在几个掌柜有事时我们搞出什么差错来。”

吴志强心里很是佩服吴中原的精明干练和眼光谋略，说：“我看你现在是想事缜密，做事麻利，处理事情稳重得体。弟是难得提得出什么意见来了。你要我说什么，我是想啊，第一是这大宗生意不能丢，这样的生意做好了，后续的生意应该比现在的还要多，又还会是一宗长久的生意。第二是这账一定要算好，就是除了这次的细账以外还要算长远账，也包括今后经营以长补短的账和这次要到木材需求地交货的风险账。第三就是交货期，根据我们的经验，我觉得还可以提前一些，也是急人所急，为人着想。第四就是如何把这明里的事做得恰如其分、恰到好处，既能让人情愿办，又不能让人认为我们是计较名利。”

吴中原高兴地看着吴志强，说：“兄弟这番话真是让我感动。我过去就一直说你很聪明，这一点没错。特别是你讲的算长远账，提前交货期，还有把握名誉度都是很重要的。一个县遭了灾，就不光是一个县城，还有乡村和相邻的县。这点木材是远远不够的，只能算是首期采购，以后要的还会更多。从交货期上讲，我也算了一下，至少还能提前半个月，搞得好还能提前二十天。名誉的事重要不在名誉，而在扩大我们的知名度。我们今天一起去向两位掌柜的报告吧，你把你的想法大胆地讲出来，我想他们会高兴的。”

吴志强觉得心里很矛盾很为难，说：“我心里还在惧怕他们，见了他们就像过去做过贼一样，特别是见到杨爷爷，总觉得太对不起他，心里胆怯得很，还是不去的好哟。”

吴中原知道吴志强的心里矛盾，就开导说：“通过那么多的事，你也看出他们的心胸了。他们都是有知识有教养的人，又都经历了那么多的磨砺，那是绝对不会计较过去了的事的。你要再怕他们，担心他们还在生你的气，就反而是对他们的不恭了。叔叔也多次说到了你在那件事以后的转变和进步。再说，在他们养病，我岳父没回来前，你不多来帮我，谁来帮我，你想把你哥一个人累死啊。”

吴志强见哥哥这么说，也就不好再推辞，同意一起去见吴恭和杨田裕。

在合同基本修改完毕，账房先生也都把账算出来后，吴中原和吴志强一起把吴恭和杨田裕请到商号来，报告了这桩大宗木材交易的事情。两人详细地把算账结果和对这件事的想法向两位掌柜报告后，吴恭和杨田裕都很高兴，很赞同他们两人的想法和做法。吴恭说：“要把生意做好做大，是要算大账算长远账还要算良心账。这个大客户看来是很有实力很精明的，我们把这笔生意做好了，客户满意了，成为了我们长久的合作伙伴就达到目的了，至于钱赚得多少，就已经不重要了。再说，经过你们这样算账，我们还是有赢头的。”杨田裕说：“我高兴你们接到了这宗大生意，更高兴你们的成熟和进步，我和你们老人都渐渐老了，以后主要是看你们的了。在生意场上，算小账的人，眼光短浅，总想自己占便宜，让别人吃亏，这样的人太多太普遍，是做不成大事的。你们年纪不大，但心胸大，看得宽想得远，真是英雄出少年了。我是从内心感到高兴。还有就是志强不用在我的面前畏畏缩缩的，你那是缺少经历和经验，人家利用了你的直率和忠厚。杨爷爷早就不记得那事了，知道吗？”

吴志强低着的头才慢慢抬起来，两眼噙着泪花，一种不尽的感激和感动都涌上心来。他对杨田裕和吴恭说：“经过这几次教训和这一段时间的反思，我是恨我自己得很，觉得自己不长进不争气，丢了商号的面子。对不起杨爷爷，对不起父亲，也对不起中原哥。丢了的面子也只能由自己捡回来。多的我就不说了，光是冲着你们对我这样的宽容和爱护，我都一定要彻彻底底地换一种活法，为商号多做事，为你们长脸、争光。”吴恭说：“你表这个态，是真诚的发自内心的，我知道。但有些想法还需要逐步调整，一个人做人做事都不要把面子放在前面。你过去的问题也在把面子看得太重了。只要老老实实地做人做事，对得起自己的良心，就不要去管别人怎么看怎么说了，这样你才活得坦然，自在。你只要这样做，哪怕别人有时对你有看法有误解，通过一段时间一些事，人们自然就能正确地看待你了。你要换一种活法就这样活，丢掉面子，心怀坦荡地做人做事。还有就是说为我们长脸、争光，这也不全对，这实质上前面是为你的面子后面是为我们的面子，我们慢慢老了，也不讲究什么面子了，面子这个东西不是争来的抢来的，它只是一种内心的外露，你内心丰富了充实了，人们也就自然给你面子看你面子了。”吴志强用敬佩的眼光看着父亲，说：“我记下了。”吴中原说：“那我们就不多打搅两位掌柜的，就按你们的要求去抓紧落实了。”

吴中原对这批木材的采买说："你们所有要求我们都答应，而且在交货期上，我们主动提前半个月，看来我们是很有缘分的，这次和今后我们合作都会很融洽很开心。就是有一点我们想跟你们商榷一下，下浮的三个点，我们同意，但其中的一半算是我们初次打交道的一种诚意，另一半我们有个想法，就是这一部分我们选最好的木材扎成一块专门的木排，写上'吴寨商号捐赠给灾区民众的礼物'，也算表表我们对灾区民众的一片心意。你们看行不行？"采买们也觉得合情合理，就高兴地签订了这笔合同。

李万山到吴地没几天，就托人捎来了消息，说一家人刚回到金陵两天，李枚的父亲就因病辞世了，还说那边帮助打理的人多，这边就不用去人了。李琦得知消息后，泪流满面，抽泣不止，说："叔叔，我真是对不起你哟。我离开你那么久了，心里一直很是想念你，前些时事务缠身，这时候又是孩儿降临。我连向你道个别的机会都没有，不是遗憾终身了吗？"杨璇也泪流不止地说："琦儿不要这样想这样说了，你都还在月子里，是伤心不得的。你是很有孝心的孩子，这一点你叔叔是知道的，全家人都是知道的，叔叔是绝对不会计较的，就把对叔叔的思念藏在心里吧。"

吴志强听到这个噩耗后，一天都没有出门。想着李枚这次是真的回不来了，他与李枚在一起的每一个片段每一个场景在他心里就分外明晰起来，他时而泪眼朦胧地看着天花板发呆，时而又失声痛哭。他更是觉得对不起李枚，如果自己对那段爱再珍视一些，说不定就不是今天这个令人遗憾的结局了。自己就可以名正言顺地陪着李枚去分担这种悲痛了，而现在跪在她父亲灵前的还是她一个人，这不是我的悲哀吗？想着这些，他就使劲地捶着自己的胸口，像试图把憋闷的胸气捶散一样，但胸气却越来越积郁，让他胸口发闷眼睛发花。当他实在憋不住的时候，才踉踉跄跄地走出门去找到了吴中原。两人谈了很久，吴中原说："李枚确实是个难得的好姑娘，他父亲去世我也是很难过的。你想到这些说明你这个人重感情，对李枚也是真心的，但也不要为这事过多的懊悔和痛苦了，随缘吧。"

吴江和吴月为了吴地灾区大宗木材交售的事，也是分外地忙碌起来，整天山上跑河边转。吴江说："真是难为我们吴月了，新媳妇刚过了门，就不能多陪她几天，两个人多享受点新婚的快乐，我这当哥的还真是心里过意不去，只有等忙完这阵子再多休息几天吧。"吴月说："江哥不要这样说，你对我的关心体贴我都无以回报了，在商号需要人手的时候，我又怎么可能忍心看着哥哥忙，我却站在岸上看呢？再说一个男人如果整天窝在家里，围着婆娘转，那也不是个男人。"吴江说："刚和吴月在一起的时候，吴月还是个真童子，现在是个真男人了。做事情又麻利又有条理，还分得出个轻重缓急。在家里又会管事管家，又会逗老婆喜欢。梅芳找到你还真是有福气的。"吴月说："梅芳也很不错，又勤快又贤惠，也很会持家。"吴江说："那就好啊，一个家里还真得有一个会持家的，人都说家里光有棵摇钱树还富不起来，还得有个聚宝盆，会过日子的女人就是聚宝盆。现在你还没有孩子，体会还不深，有了孩子以后，你就更觉得有这样女人的重要了。"又笑笑说，"现在成了家不一样了吧，不像玩姑娘时，只晓得两人快活，什么都不管了。"

吴月有点不好意思地看了吴江一眼说："讲到孩子，我想起别人讲你的一个笑话，不晓得是不是真的。"吴江说："我还会有什么笑话，讲来听听。"吴月说："哥哥不许生气我才讲。"吴江说："有什么好生气的，只管讲就是。"吴月说："说是你那崽还小时，你去山上一段时间回来就想和我姐干那事，老早就上了床。你刚回来小崽又特别激动，想亲热你不肯睡觉，你就指着李氏姐和你那崽说，我们来做个游戏，看你们哪个先笑我就压哪个，崽还小当然怕压，莫说笑就连大气都不敢出，李姐晓得你的把戏，觉得这样的名堂你都想得出来，就扑哧一声笑了，你就马上压了上去。崽就说妈妈输喽妈妈着压喽，是不是。"吴江笑了笑说："你这个鬼崽哪里听来的，我也听说过，但那人肯定不是我。"吴月说："还是大男子汉敢做敢当的人，这点事都不敢承认。"吴江说："吴月崽都还没有，就想学这些东西，这些办法多得很，以后我教你。但不能让梅芳觉得你是被我教坏的哟。"吴月说："反正我好也是你教的坏也是你教的，这你就不得不认了。"吴江说："好嘛，你小子现在是还没出师就开始徒弟打师傅了。看来我还是要留一手的好，免得到时候吃了你的亏，后悔来不及。”吴月说：“一日为师终身为父，这我不光是晓得，还会牢记于心的。况且，凭我这点小脑筋，这一辈子也没想过能超得过师傅，你就放心地教吧。”吴江说：“那不一定，你现在也学了不少字，读了不少书，那脑壳里装的东西，已经不比我的少了。不过话又说回来，师傅都是希望青出于蓝胜于蓝的，我没有那么小心眼。”

吴月转过话头说：“陈方亮那小心眼不知道去了南溪山，变得怎么样了？”吴江说：“他也算是做尽坏事得报应了，不是掌柜仁慈，我看是千刀万剐都不过分。但愿能变好吧。”吴月说：“那个弓箭手呢？”吴江说：“听说也是到南溪山扫地去了，那也是个作孽太多，死了妈都不下葬，活得不像人的人，在那里还得口饭吃。”接着又叹口气说，“我要是有这样的崽，还不如一棒把他敲死算了，免得害人害己，被人吐口水。”

吴月说：“听说你那崽和那姑娘读书都狠得很，倒是为你们争气了。”吴江说：“讲到他们，倒真是让我得欣慰，先生是经常夸奖的。去年家里的对联就是崽写的，还有好几户人家也都来讨他写，都说字写得很有笔力，有柳体的骨劲又有颜体的章法。就是那姑娘嘴巴太厉害了，我们现在都讲不过她，但她是讲理不讲蛮。即便有时对我们顶嘴，也让我们高兴，她诓你姐那是一套套的。不时又还冒出点夫子们的话来，让你气都生不起来。”吴月说：“有知识和没有知识那是大不一样哟。好在我们的孩子今后都有书读了，真的要感谢几个掌柜的。”吴江说：“读书和不读书是不一样，你看那几个大点的，现在到商号来做事，那是一点就通。半年时间不到，就差不多可以顶上工了。那没有文化的人，干几年甚至一辈子也干不出他们那个样子来。商号的发展真是后继有人了。”吴月说：“还有几个考到外地去读书去了的，那是要点真本事才考得出去的，你那两个孩子都有本事，你让不让他们出去读书？”吴江说：“我和你姐都说好了，只要他们中用，读得出来考得出去，都让他们去，我们花点钱盘他们，值得。”吴月说：“说不定盘出个状元、榜眼、探花的来，将来当个状元郎，再出个贵妃娘娘，那你们就有享不尽的清福了。”吴江说：“我们家那坟山还冒不出那么大的青烟来，只要他们一代能比一代强，我们就心满意足了，莫要去想那些一竿子打不到边的东西。”吴月说：“那是说不定的，我看我那侄儿侄女都会有大出息，不信我们打个赌。”吴江说：“那就借兄弟吉言吧。哪个家都是望子成龙的，我们给他们提供了条件，就看他们自己的努力和造化了。”

吴中原在独立打理商号这段时间，觉得自己是身心疲惫的累，但有一种责任心和成就感在支撑着，也有苦乐参半的欣慰。他才更进一步觉出叔叔、岳父他们创下这份产业的艰辛和担着这副担子的沉重。是啊，前些时候自己虽然也做了一些事情，但那是在天塌下来有人顶着的情况下做的。别人担着担子，自己只是在上坡下坎时帮一把手，那是不一样的。那时累一点，没有心理负担，吃得下饭睡得好觉。这段时间就不一样了，就害怕他们几个担大梁的在不主事期间，自己有个大意和闪失，给商号造成损失和影响。所以，有时真是食不甘味、夜不安寝。况且，自己独立处理商号事务的这个时段，在一些大的事情自己拿不准的情况下，还是可以去请教他们的。所以，心里更是敬佩几个长辈，觉得自己有责任多给他们担一些担子，也能够多锻炼锻炼自己。

李琦看着吴中原忙里忙外很是心疼，说：“中原啦，你一天到晚起早贪黑的这么忙，木子都快认不得你这个爸爸了。快抱抱孩子吧。”吴中原急忙接过孩子，把脸贴在孩子脸上，说：“木子，我真是对不起你妈妈和你哟。”木子也没有什么反应，把头偏过去，两只胖胖的小手伸向了妈妈。吴中原再用手轻轻地把木子的脸掰向自己，把嘴凑在孩子脸上亲了一个，木子就哇哇地哭了起来，身体一个劲儿的向妈妈扑去。吴中原把孩子交给李琦，眼圈红了起来。说：“我是该多给你和孩子一些时间了，但这段时间恰恰家里家外都这样忙，叫我怎么办呢？”李琦摇着头说：“你忙，我能理解，只是忙也要注意身体，不要把身体搞垮了哟。你除了为了商号，也要为了孩子和我啊。”吴中原挺了挺腰杆，说：“我会注意的，我的身体好得很，你就放心吧。”又说，“最近父亲可能要回来了吧？”李琦说：“听璇姨说是快了，他对这边吴叔叔、叔公的身体和小木子也放不下。还说对商号这边，他倒是放心你办事的。”吴中原说：“他们越是信任，我就越是感到压力大，就害怕辜负了他们的希望。”李琦说：“我倒觉得你用不着有压力，你已经经历和处理过大大小小若干的事情，已经具备了这样的心理素质和办事能力，只要尽心做就行了。心理负担重了反而会造成你束手束脚、施展不开。”吴中原笑着对李琦说：“感谢娘子的夸奖和鼓励，你总是在我最需要精神支持时，实时地给我加油鼓气，使得我的气想泄都泄不下去哟。”李琦说：“感谢我也接受，但你这话是不是有些放大了我的能量，言过其实了。还是我夫君自身能力强，我充其量也只是敲敲边鼓而已。这一点，我是有自知之明的。”吴中原说：“完全是发自内心的肺腑之言，没有半点虚情假意，更没有投其所好，再说，我娘子也没有这个‘好’。”李琦用一只手深情地抚摸在吴中原的脸上，说：“我这夫君真是可亲可爱得很。”吴中原牵过李琦的手，深深地吻了一个，就出门去办事去了。

李万山虽心里顾念着吴寨这边，但因为父母是白发人送黑发人，丧子之痛让他们大伤了元气，弟媳又因过度悲伤重病了一场，就只能在吴越多待了一些时间。直到家里基本恢复正常，在父母的一再催促下，才离开金陵，回了吴寨。见到吴恭，杨田裕身体恢复较好，外孙长得活泼可爱，儿子更是聪敏过人，吴中原又把商号打点得井井有条，也才放下心来。

李万山去看吴恭时，吴恭很仔细地问了李家发生的事情。李万山也把家里的事如此这般地详细对吴恭说了一遍。吴恭说：“家里发生了这样的事情，也是难为你了，家中上上下下老老少少的一堆难事，都得由你一个人去面对和打理，看把你人都累瘦了。我要是没受这次创伤，那无论如何都要陪着兄弟去的，也可以为兄弟分担点。真是对不起兄弟了。”李万山说：“兄长的心意我是知道的，你比我还要难，有病在身，又还要处理商号的事。在那边我最担心的就是你的伤了。果不其然，你这么好的身体现在都还没有完全痊愈，看来内伤还是不轻的。”吴恭感激地说：“腰上断的骨头都好了，也不知道这胸口上的毛病这样难治。”李万山问：“是不是伤着了心肺哟？”吴恭说：“郎中说，我这胸口直接撞在了石头上，除了断了几根肋条骨，心、肺都受了创伤。”李万山说：“那是必须得好好将养，一点大意不得。这心肺在人体里都是管着大用处的。你这段时间就安心养病，还要多补补身子。商号里有大的事情，我会向你报告的。”吴恭说：“大事小事你都处理了，我们共事这十多年，我还不了解你相信你？其实这商号的发展，主要也是靠的你嘛。”李万山说：“那是吴兄掌的舵，这个舵还得靠你掌下去。所以，你疗好伤养好病是最重要的。不光是你的家事，更是商号的大事。”吴恭说：“客套话我们就不用讲了，现在起，我们两个的分工，就是我养病你干事，商号的事就托付你了。”这时，商号有人来请李万山过去处理事情，李万山才拱手告辞了吴恭，去了商号。

吴中原向李万山报告说：“吴地水灾的木材采购，现在是经常在发生需求变化，原定的合同，好多都变了，还说以后都难免还会变，有些砍下山运到了河边的木材又不要了，有些上了筏子的木材都还要撤下来，光人工成本都要增加不少。”李万山问：“他们有理由没有？”吴中原答：“就是说，他们刚来这边买木材的时候，那边木材要得急，他们也来得匆忙，当时只是对所需的材种规格大体匡算了一下。现在那边要什么品种什么规格多少数量的材，都是各家报了数的，越来越具体越来越准确了，所以就发生了变化。”李万山说：“这倒是情有可原的，增加人工成本的事如果不是太大就算了。砍下来的木材他们这次不要下次会要，他们不要别人也会要的。”吴中原说：“这个事我倒也是这么想的。请你来主要是有两件事要你做主。一件是按照商号章程，大宗合同的修改，要由几个掌柜的商定；二是他们需求量也在增大，而且增大的不是小数，是在原来的基础上现在就将近增加了一倍。”李万山说：“改合同的事，基本谈定以后，我再向两位掌柜的报告吧，应该是没有什么大问题的。增加这么大的采购量，那是好事啊，不正是你们所预料所希望的吗？”吴中原说：“关键是他们新增的这部分材，还是想要下浮三成，而且还提出来，不要再采用其中的一成半是赠送的办法了，说是那样的话，这部分木材容易被灾民哄抢。”李万山说：“你们原来谈的下浮三成的办法，是不是确定指的就是原合同内的数？”吴中原说：“那是合同上写明了的。”李万山说："那就好办了，他们提出赠送材会被灾民哄抢的理由没有什么道理，是不可能发生的事。很明显，他们就是想要赚这部分钱，那这个利我们就不能让给他们了。你就按这个意思去找他们谈吧。"吴中原说："好吧，应该是能谈得下来的，据我所知，他们原来找过的那些家，最多的让利也才一成。再说，我们这段时间的合作也还是蛮好的。"李万山说："那就好，要尽快谈尽快定，要好言好语，求得他们的谅解和支持。"吴中原随即就和吴志强一起去找吴越灾区的采买去了。

杨璇为李万山的到来，专门做了几个浙系菜和侗菜把吴恭和杨田裕请来，也把吴中原和李琦叫来，一起吃个团圆饭。李琦带着木子一早就过来了，李万山抱起小外孙亲去亲来，木子也在他怀里笑个不停。直到李森林缠着要和木子玩，李万山才把他们两个都搂在怀里，乐得心里开了花。

李万山的家，也是徽式建筑风格与苗侗建筑特色的融合。灰墙青瓦、翘檐斗拱，三进两个天井一个后花园，到处打扫得干干净净，打理得井井有条。杨田裕说："你这家是把我们苗、侗精华的东西都搜罗进来了，到处都是苗侗的精品和农耕文化的东西，都快成博物馆了。"李万山说："蒙叔叔夸奖，我对这些东西是真爱真有感情，加上杨璇的眼光独到，是搜集了一些东西。杨璇还都为他们建档立卷，样样有名有姓有历史有故事。像绣片，就记有出自什么年代，什么针法，图腾图案的名字叫什么，讲的是苗侗什么典故。本来这家里很宽，现在都显得窄了。"吴恭说："你们两个真是情趣相投、性情高雅得很，这不光是在品玩、收藏，是在发掘和整理苗侗文化。"杨璇说："一开始还真是喜欢爱好，没想到一涉足进去还真是让人着迷让人惊叹。我这些东西，好多都成了李琦的教学样本了，把她的兴趣也提了起来。不过，我又多了一个参谋和帮手。"李琦说："苗侗也应该是始于狩猎，植根于农耕。在这两个阶段都有自己光辉的历史和灿烂的文化，也有楚文化等外来文化的融合。才有这么多建筑文化、歌舞文化、饮食文化、喜庆文化、丧葬文化以及刺绣艺术、银饰艺术、雕刻艺术、泥塑艺术等等的遗存和发展。"杨田裕说："我们还真是'不识庐山真面目，只缘身在此山中。’这些被老百姓用手工表现出来的生产生活中的东西，被你们这些文化人一研究总结，还都变成艺术和特质文化了。”

吴恭一边看着一张有些年代的绣片，一边说：“现在又多了一个木材文化，你们也要把它加进去哟。”李万山说：“正在准备做这件事，已经收集了一些木材样本了，还包括了上亿年的石化木和若干万年前的阴沉木。”吴恭说：“那杨璇都成苗侗文物馆的馆长了。”杨璇高兴地说：“你都委任我了，那你们商号给钱不？”吴恭说：“要给要给，不光应当给你发钱，还应当给你研究经费。”又看了李万山一眼说，“不过暂时在他的收入中列支。他要不给我也给，看他好不好意思。”李万山说：“吴兄真会做好人。以后杨璇定然拿着你的令箭向我发难和声讨了。”杨璇说：“那不会的，我要用钱时，只管找吴掌柜签字，到柜台支取就是了，才不会低三下四地向你要钱喽。”然后对着吴恭笑着说：“是吧，掌柜的？”吴恭连说：“是的是的，包括吴中原的，我们四个的一个支一次，保管你够用。”几人都哈哈地笑起来，笑得吴恭咳个不停，吴中原才赶快过去为吴恭捶背。等吴恭缓过来，几人落座八仙桌，准备吃饭。

饭桌上，李万山说：“这个饭摆在桌子上的就是两种饮食文化，我年轻时吃的是浙系菜，中年后吃的主要是苗侗菜，我这一身也是青少年时在吴越生活，青壮年在苗侗地区生活，看来老年也是在这里生活了。今天这个饭，说是为我接风洗尘的饭也好，是外孙子满月的饭也好，还是老少合三班的朋友相聚饭也好，我看还是算家人的团圆饭最好。总之，都是高兴的事，高兴的饭。还是由我来敬大家一杯吧，吴兄贵体欠安，就以水代酒，请大家干杯。”大家高高兴兴地干了第一杯。杨璇对杨田裕说：“叔叔，这里你的辈最长，你不说话，他们就不好说话了。”杨田裕站起来说：“那我就说几句吧，这第一句啊，就是我有一种心情，在这种场合我都不想当长辈了，想和大家都是兄弟姊妹，这样我们可以无拘无束、开怀畅饮。第二句呀，我还是想为我当时硬性要和杨家寨商号街一起修杨氏祠堂，道个歉。那是我的固执我的要强，导致了很多不该发生的事的发生，这件事是吴恭的心胸和行为点醒我的。第三句是希望菩萨保佑，吴恭的身体尽快好起来，我们商号能够少些波折快些发展。第四句话就是祝我的小外孙和小重孙健健康康、快长快大。这都是我的真心话，请大家干杯。”桌上的人都对杨田裕的豪爽和大气感到十分钦佩和感动。吴恭站起来说：“我原来身体一向好，还不那么体会到这生命时光的宝贵，友情的珍贵。现在闲着的时候，就会经常去想过去的一些事情，所以就特别理解田裕老辈子的这一席话。不过我要说的，是我应该向您道歉。这个话就不多说了，怕我自己动感情，也怕大家动感情。就是一句话，我们在一起，确实不容易，我们大家要珍惜，大家也会很珍惜的。以水代酒敬大家一杯吧，千言万语，一切尽在杯里了。”

酒过三巡，吴恭说：“今天我没有喝酒，没有讲酒话。我是想讲啊，我这大侄子吴中原，真是一个难得的后生，难得的人才。这段时间我们都没做什么商号的事，商号上上下下里里外外的事基本都是由他打理的，打理得那是井井有条，而且几件大的事都处理得很漂亮。大大地超过了我们这个年龄的成就和水平，想事的周到，办事的稳重，算账的细致，脑筋的活泛，已经比我们不差了。还有就是从学堂里出来的几个小家伙，那是一顶一一顶二的做事，我一看啦，心里高兴得像喝了蜜一样，真是商号有希望了，吴寨有希望了，我们这个地方都有希望了。还是我们李万山有眼光哟，选了一个好女婿，提议办了一所好学堂。”李万山说：“中原是你教育得好培养得好，这个女婿我是打心里喜欢的。学堂是你从办木行以来的一大心愿，那时你就常说，有了钱的第一件事就是办一个好的学堂，让吴寨和周边的孩子们都有地方读书，都读得起书。这些功劳都是你的，我是在支持你实现这个愿望，可是不敢贪天功归已有。”杨田裕说：“确实不是当着中原和李琦的面说中原好，像中原这样的后生，我也是过了大半辈子的人了，没见过的。做商号的事比做自己家的事还上心还负责，在外面跟那些客商谈生意论家常，没有人不佩服的，我看除了聪明好学外，主要在用心。跟别人谈事，把心交给别人，做商号的事，把心放在商号。生怕有半点闪失，出半点纰漏。我看在做事上用披肝沥胆、呕心沥血这两个成语在他身上是一点不过分的。”

大家说着吴中原，吴中原却是脸一阵阵地红起来，心也越跳越快。觉得自己就做这么点事，这些老人就这么看在眼里记在心上，都是自己没有想到的。不过自己也就是凭良心办事，压根也没去想什么得失之类的事情，可他们却是如此的褒奖如此的赞誉。跟着这些老人在一起，真是自己的幸运自己的福气。李琦看了看吴中原，觉得吴中原在想事，就说："中原，都想些什么去了，长辈们这样表扬你，还不赶快谢过。"吴中原都还没有完全回过神来，赶快说："哦，哦，谢老辈子，谢叔公，谢叔叔，谢岳父大人。"李琦问："谢什么喽？"吴中原在听长辈们夸奖时，脑子却在想老辈们的好去了，确实不知道谢什么，就说："谢长辈们的器重和培养。"李琦问："那长辈们对你的表扬，你就受之无愧的不谢喽？"吴中原说："不是不是，我没有那么好，受之有愧，受之有愧。"杨田裕看得出吴中原刚才在想事去了，没有听到他们在说他什么，心里就觉得这孩子就是一个不计名利的孩子，你表扬他他反而会感到窘迫和不安。赶快解围说："我看得出来，中原刚才在想别的事去了，想什么事能给我们讲讲吗？"吴中原才说："我听到你们讲我这样好那样好，我觉得我没有你们讲得那么好，是你们包涵了抬爱了。我做的事太少了，对商号的贡献太小了。我能有今天，那都是仰仗老辈们的扶持帮助，我都才做那么点事情，你们却是对我如此的夸耀，我确实是深感羞愧和不安，就想如何向你们学习，来弥补我的不足。"杨田裕说："中原的另一个优点就是厚道。你表扬他，他不是洋洋自得、自以为是，而是觉得担待不起。这也是很难得的。"

李琦听了大家对吴中原的夸赞，自然心里很是高兴。说："你们也不要老表扬他了，把他抬得太高都把我比矮下去了。"吴恭说："那不会的，我们家媳妇不也是这么优秀吗？一个学堂的人都在夸你，家长们也都很感谢你喜欢你哟。"李琦也不好意思地说："我做得不够，做得不好，以后会展劲的。"吴恭说："现在学堂的功德是越来越显现了，孩子们都会读会写会算，比大人们都强多了，人们都说，我们这些崽和姑娘，别人现在拿两个来换一个我们都不干，事实上也是一个抵俩了。这就是文化的作用，学堂的功德，也是你们这些当先生的功德。”李万山说：“一个家庭有几个有文化的，这个家庭就改变了，一个地方多有几个有文化的，这个地方就不一样了，我看现在吴寨就多了很多文化的气氛，连人们说话做事都文雅起来。商号的知识结构改变了，办事效率就大大地提高了，出新政办新事都容易被人接受和推广了。自然商号的发展就顺了就快了。”吴恭说：“我们创下的这个家业，能够后继有人，我们就放心喽。”李万山说：“吴寨有了这个学堂，今后还会出很多人才的。吴寨就不仅是后继有人，还会长江后浪推前浪，一代更比一代强。”吴恭说：“这就是我们所愿意看到，最期盼最开心的了。”

李万山回到吴寨不多时候，金陵又传来了消息，说李枚的母亲因丈夫的去世过度悲痛，也身染重疾，很是严重，很可能不久于人世。李万山得到这个消息，又得急忙启程赶往吴越，杨璇也携儿子一起随李万山前往。李琦说：“叔父走时没能送上一程，已是十分自责和遗憾，这次叔母要再有什么三长两短，自己不能去，就连自己也不能原谅自己了。”在李万山和杨璇的一再劝说下，李琦执意要去，吴恭就说：“让她去吧，木子也已经两个月了，在路上多注意一些就是了。你们要不让她去，她叔母怎么了，她会怨你们一辈子恨自己一辈子的。”吴恭、杨田裕和吴中原把他们一家人送到了码头，看着船慢慢变小，在两个山洼间转弯远去，才回了商号。

回到商号，吴恭又咳嗽起来，脸都涨红了，平息下来对杨田裕说：“我这心肺的毛病觉得没有什么好转，这一段时间深感体力不支。李万山家里的事又出了一件又一件。我几时想开口，请他来主商号的事，都没有机会说出来。我是想先跟你商量商量，我们两人统一一个意见，等万山回来，我把这商号的事就交给他了，你看如何？”杨田裕说：“我觉得你年纪比我还小，身体底子也很好，不久就会痊愈的。再说，商号大家对你都很尊重和拥护，你要辞去这职务，会让大家冷心的。还是不要有什么想法吧。”吴恭说：“老辈子啊，这件事我是翻来覆去想了好久了。我绝不是推辞，对这个商号我是很有感情的。就像自己从小抱大的崽一样，何尝不想和大家一起多出一份力多尽一份心把他盘得更大些，让他健健康康地成长。可我自己的身体我自己知道，虽然现在还没到要命的程度，但总觉得气喘得很乏力得很，特别是睡下来的时候，就咳得特别厉害，有时就咳得气都喘不过来。我再主事，莫说体力精力顾不过来，辜负了大家的重托，影响商号的业务和发展，连我这条命都会短一些，你就不同情和可怜我吗?”杨田裕说：“你这么说了，我又能怎么说呢?”吴恭说：“其实凭李万山的能力和人品，他更适合在商号主事。只是那人谦虚，当时他说我是本地人，在地方有根基有威信，好说话好办事，再说我又比他长几岁，就不好过多推脱，担起了这副担子，一担就是差不多二十年。这段时间，其实好多事情我也都是听他的，他有文化，经历多，思想活，点子多，又肯干事敢干事，这商号要由他主事，只会比现在好，不会比现在差的。你就放心吧。”杨田裕说：“放心我肯定是放心的，我这个人虽要比你们粗些，但看人一般不会走眼，特别是有与陈天亮共事这段经历后，我是蛮注意看人的。李万山的确是个不错的人，对人心胸大，办事靠得住。但最终同不同意接你掌这个舵，还得看他自己，我们都定不了这件事情。当然也看你能不能说得动他。”吴恭说：“先过了老辈子这一关，我再跟吴中原谈，他那里应该是没有什么问题的。李万山还不是他岳父时，他就很尊重和崇拜他，他知道李万山是个可以统领千军万马的帅才，莫说现在这个规模的商号了，就是再大几倍，他也是轻轻松松拿得下的。”杨田裕说：“你看吧，即便吴中原这一关也得了，李万山那关键的一关，我看是不那么好过的。”

李万山从吴越回到吴寨没几天，吴恭就找到李万山谈辞去商号主事的事，要请李万山来领军商号。李万山又皱眉头又摇头，说：“吴兄，在平时你说什么我不听，不说是百依百顺、唯命是从，也是大凡小事我基本都是依从你的，可你这个要求我是无论如何都不能答应。这绝不是驳你的面子，而是为了商号的大事。你要退下来，由我来主这个事，首先得是你有哪个地方出了问题，不再适应这个位子；再就是你虽没有问题，但失去了在人们心中的威望，人们不再选择你；或者是你在商号退掉了大部分股份，不再是大股东，我看这几样你是哪条哪款都对不上号。那不正是应了别人说杨田裕要我来主事那句话了，外人还真以为我们商号起内讧了，闹翻天了，对商号多不好啊。”吴恭说：“你这样说问题就复杂了，我们一定要把问题简单化，就是我有病，需要静养。你身体好，能力强，来担起商号这副担子。如果真是有人讲闲话，我们也是用事实说话，那些经不起检验的话，就自然烟消云散了。”李万山说：“你现在身体欠佳，就多养病少做事就是了，舵还是你来掌，事我们来做，直到把你的病养好。我们都不会来啰嗦你、影响你好不好？”吴恭见一时说不服李万山，也就只顾摇头，说：“你这兄弟呀，平时什么事都好说，到了关键的事上，你还真是固执得很。你哥是这个样子，你又不肯担这个担子，叫我说什么好呢？”说完又不断地咳了起来。李万山说：“你安心养病安心掌舵就好，凡是有别的想法都不好。你这话要说出去，会伤了大家的心的。”

吴恭觉得自己身体这个状况，做不了事也基本不做事，还在这位子上占着，心里就像堵了一个猪尿泡，憋闷得慌，又像压了一块大磨盘，喘不过气来。就躺在床上，再也起不来了，还不住地咳嗽，有时还咳出点血来，急坏了家里的人。

吴恭打发内人去把杨田裕和李万山请来，两人见了吴恭，脸色煞白、喘气不止。吴恭见两人来了，强着把身子撑起来。杨田裕说：“究竟怎么回事啊，前些天还好得多，这些天怎么就变成这样了？”吴恭喘着气慢慢地说：“这原因很简单，就是你们不让我卸担子，你们再是这样，就真是要了我这条命了。”李万山才说：“现在叫我来接，也不现实啊，你看我家那边哥嫂都走了，两个老人受了那么大的打击，身体状况每况愈下，我是在这边又想着那边，在那边又想着这边，叫我怎么办呢？”吴恭觉得李万山确实也存在这样一些问题，就说：“那杨老辈子就担起来，我看是没有任何问题的。”杨田裕马上说：“我自己几斤几两我是知道的，你们叫我做这件事，就是让这商号在我的手中断送了，哪怕就是全部退了我的股份都愿意，叫我来承商号这个头，我是无论如何都不能从的。”几人都在沉默中，只听得见吴恭的咳嗽和苍蝇飞过的声音。突然杨田裕说：“我们都忘记一个人了，吴中原才是最适合的人选啦。”几人不约而同地对视了一下，眼睛都发亮起来。

吴恭突然就精神起来，说："中原那里就不用谈了，万山去准备一下，我们开个股东会，我们把意图说了，由股东大家来选举。我把想法先跟几个大股东交换一下，中原这些年做人做事大家都是有目共睹、有口皆碑的，特别是主持建商行街的建设及以后的几件事都干得很不错，已经表现出了他独立处理问题和全面主持商号的能力，我看他是能选得出来的。既然是选出来的，中原就众望难违了。"几人都同意了这个意见，就分头去准备了。

股东会上，吴恭深情地说："这一晃真快，我和你们相处最长的已经二十来年了，最短的也有了好几年。这些年的时光，有时候想起来好像只是做了一个梦，只是大家原来头发是黑的胡子是黑的，突然之间就变花白了，后来又变得更白了，孩子原来都还小，突然间就长大了、成人了，有些都有孙儿孙女了，才觉得自己变老了。这人变老是哪个都逃不脱的，只是看这段时间自己做了些什么，哪些是记得下来的，那些是值得回忆的，哪些是永生难忘的，有这些就够了，就没有什么好遗憾的了。前一段时间，我受了一次大的创伤，想起来都还觉得后怕，不过也还觉得蛮幸运的，终究是捡回了一条性命。也还算是值得的，用一个人的死几个人的伤，唤醒了一个人，使得这条江平静多了，大家也都用不着那么担惊受怕了，特别是商号的生意和发展少了许多阻力和障碍。但这次伤对我个人来说，确实很严重，经常会感到心口疼痛、咳嗽不止、体力不支。我要再继续主商号的事，不仅会影响了商号的生意和发展，连我这半条命都难保了。所以今天开这个会，就是恳请大家答应我的要求，另选人来带着大家朝前走。当然这也不是说我今后就站在岸边看了，我还是会跟大家在这条我永远都不会也舍不得离弃的船里，与大家同舟共济，直到幸福的彼岸的。"吴恭讲完，大家用眼睛相互对视着，半天都没有做出反应，直到有人鼓起了掌，大家才不约而同地鼓起掌来。吴恭咳了几声，用手压着胸口坐了下去。

李万山把吴恭扶着坐下后，接着说："吴恭这番话，都是发自内心的，他是一个重情重义的性情中人，来不得半点虚情假意，他带着大家在一起共事一起奋斗这么多年，哪个都受过他的恩惠，当然也难免会受到过他的批评指责，但大家都不会因为什么去恨他，瞧不起他，而是更加尊重他爱戴他，这是为什么？是他的人格使然。在这个商号里我跟他相处的时间最长，也是最了解他的。我相信没有一个人愿意要他离开现在的位子，我也相信他离开后至少现在还没有一个顶得上他的人。但他要退下来，也是出于对商号前途的考虑，当时他对我和杨田裕说这件事时，我们都是反对的，正是这样使得他成了负担，身体更加欠佳，我们就担不起这个心理的压力和责任了，所以才同意开这个会。我还要说明一点，就是我自己现在面临的状况，两个老的在吴越，身体越来越差，我心里在这里又牵着老人，在吴越又牵着这里，很难专下心来做商号的事。所以也是恳请大家要理解我，不要认为吴恭退下来，就该轮到我了，因此把我选出来，那对商号来说是不利的，对我和我家来说也是不利的。谢谢了。”杨田裕接着说，“我就不多说了，就一个要求，大家不要选我，选了我也是不会干的，因为我干不了，更是干不好。大家要把眼光看长远点，选那些既能干又能带着我们走得长远的。我们商号是做大事的，做大事就要有做大事的心胸和眼光，不要去讲那些年龄、资历、辈分。”吴恭说：“大家就先酝酿酝酿吧，一定要负责任地选出个最合适的人来。这可是事关商号，也是事关大家自身利益的大事哟。”

在采用了无记名投票的办法选举后，大家选出了吴中原。吴中原面红耳赤、结结巴巴地说：“大家搞错了，我当不了，实在当不了。”吴恭用眼睛盯着吴中原说：“中原，这是众望所归，是大家对你的信任，你就不要推脱了。”然后对大家说，“我们大家欢迎新的商号主事对大家讲话好不好?”大家就鼓起掌来。

吴中原犹豫了一阵，在吴恭的眼光催促下才站起来，向大家深深的鞠了一个躬，说：“各位叔叔伯伯、哥兄老弟：我确实没有这个思想准备，第一是没有思想准备接这个班，这个责任太大了，担子太重了，我这肩膀又还太柔弱，我是担不动这副担子的。所以我还没想好该不该接受大家这个重托。第二是我也没有思想准备讲什么话，所以也讲不了什么，请大家原谅。”然后，看了吴恭一眼坐了下去。吴恭说："那大家稍事休息一下，我和原来商号的几个决策人先开个小会。"然后把李万山、杨田裕和吴中原叫到了一起。几人才把自己内心的想法都说了出来，要求吴中原要勇敢地挑起这副担子，不要辜负了大家的希望，冷了大家的心。吴中原才点了头，然后回到会场。

吴中原用感激的目光看着大家，声音有些颤抖地说："感谢大家对我的信任和厚爱，把商号这副担子放在了我的肩上，凭我一个人的能力，我是无论如何都担不动这千斤重担的，好在我还有前辈们在支撑着，有同辈们在帮衬着，才鼓起了我担起这副担子的勇气。我今天就不说什么了，就几个字，虚心学习，扎实做事，尽我的全力，和大家一起把商号这艘船稳稳当当地开向幸福的彼岸。谢谢了。"

吴恭激动地说："这副担子交给了中原，我的肩上是轻了，但心里的负担并不轻。我们大家都要齐心协力地努力做事，真心真意地爱护和帮助中原，大家一起使劲一起努力，才能把商号的明天建设得更加美好。刚才我们几个商量了，过几天就把各个分号主事的请来，正好又是一个年头了，大家把这一年的事都汇总说一说，吴中原也好把商号下一步的想法和打算告诉大家，把任务布置给大家。我建议大家，用热烈的掌声祝福中原祝福我们的商号，开始新的征程吧。"大家都鼓起了热烈的掌声。

李万山说："吴中原接了这个任，大家不要认为他是我女婿，是吴恭的侄子，我们就会有什么做事的方便或难处。在商号里只有制度，没有关系，谁要违反了制度，不要说中原会按章办事，我们自己也要自觉接受处罚。这一点吴恭做到了，吴中原也不会做得差的。这也是我的想法和对他的要求，请大家督促他也监督我们。"

杨田裕说："我开始的时候，觉得吴中原的辈分和年纪，可能会成为大家对他承头商号的障碍，现在大家把这个障碍打破了，这是大家的进步，商号的进步。我想这亲缘就更不应该成为中原管理商号的障碍和负担了。有了这些进步，商号就会大有希望。大家说是不是？"大家就鼓起掌来。

第二天，天刚鱼肚白，吴中原就和李琦带着木子来到江边，吴恭、李万山和杨田裕都不约而同地到了江岸的沙滩上，看着江河的木筏，满山的林木，都分外的兴奋。一轮红日正从远处的江口拖着湿漉漉明晃晃的尾巴升起来，分外晶莹透亮，把近处的江和远处的山都照得通通透透的，也把大家的脸都照得明明亮亮的。

2012年10月18日成稿于贵州凯里

图书在版编目（CIP）数据

清江大木商 / 黄承钧 著. -- 北京 ：作家出版社，2013. 9

ISBN 978-7-5063-6964-0

Ⅰ. ①清… Ⅱ. ①黄… Ⅲ. ①长篇小说 - 中国 - 当代 Ⅳ. ①I247. 5

中国版本图书馆 CIP 数据核字（2013）第 154996 号

清江大木商

作　　者： 黄承钧
责任编辑： 佳　丽
装帧设计： 孙惟静
出版发行： 作家出版社
社　　址： 北京农展馆南里 10 号　　**邮　　编：** 100125
电话传真： 86-10-65930756（出版发行部）
86-10-65004079（总编室）
86-10-65015116（邮购部）
E-mail:zuojia@zuojia.net.cn
http://www.haozuojia.com（作家在线）
印　　刷： 三河市鑫利来印装有限公司
成品尺寸： 152 × 230
字　　数： 355 千
印　　张： 25
版　　次： 2013 年 9 月第 1 版
印　　次： 2013 年 9 月第 1 次印刷
ISBN 978-7-5063-6964-0
定　　价： 36.00 元